HEYNE

Das Buch

Siebzehn dunkle Winter sind in der alten Königsfestung von Island ins Land gegangen, seit Drachentöter Siegfried dem Verrat des Hagen von Tronje zum Opfer fiel. Weitab vom Schatz der Nibelungen, fern vom zerbrechenden Römischen Reich ziehen Gernot und Elsa den Sohn des heimlichen Erben von Xanten auf. Doch der Ruf des Blutes erreicht den Jungen, als er zum Mann wird: Als die »dunklen Horden« von König Wulfgar von Xanten in Island einfallen, greift Sigurd nach dem legendären Schwert seines Vaters – und beginnt eine Odyssee durch einen Kontinent, der im Krieg zwischen jungem Christentum und alter Magie zerrieben wird. In langen Schlachten und hinter finsteren Intrigen sucht Sigurd nach dem Schlüssel zu seiner Herkunft – und findet ihn in den Armen einer Frau …
Nach dem überwältigenden Erfolg des ersten Romans über das größte deutsche Heldenepos haben sich Torsten Dewi und Wolfgang Hohlbein an die Fortschreibung des unsterblichen Mythos gemacht.

Die Autoren

Torsten Dewi, Jahrgang 1968, ist ein erfahrener Roman- und Drehbuchautor, der sich auf die Bereiche Fantasy und Science-Fiction spezialisiert hat. Zuletzt war er für Heyne als Herausgeber der *Böse-Nacht-Geschichten* tätig. Er lebt in München.

Wolfgang Hohlbein, 1953 in Weimar geboren, hat sich mit seinen Romanen aus den verschiedensten Genres - Thriller, Horror, Science-Fiction und historischer Roman - eine große Fangemeinde erobert und ist einer der erfolgreichsten deutschen Autoren überhaupt. Er lebt mit seiner Frau Heike und den gemeinsamen Kindern in der Nähe von Düsseldorf.

Lieferbare Titel
Der Ring der Nibelungen

TORSTEN DEWI
WOLFGANG HOHLBEIN

DIE RACHE DER NIBELUNGEN

ROMAN

WILHELM HEYNE VERLAG
MÜNCHEN

FSC
Mix
Produktgruppe aus vorbildlich bewirtschafteten Wäldern und anderen kontrollierten Herkünften
Zert.-Nr. SGS-COC-1940
www.fsc.org

Verlagsgruppe Random House
FSC-DEU-0100
Das für dieses Buch verwendete FSC-zertifizierte Papier *München Super* liefert Mochenwangen Papier.

Vollständige Erstausgabe 04/2007

Printed in Germany 2007
Umschlagillustration: © Ciruelo via Agentur Schlück GmbH
Umschlaggestaltung: Nele Schütz Design, München
Satz: hanseatenSatz-bremen, Bremen
Druck und Bindung: GGP Media GmbH, Pößneck
ISBN: 978-3-453-53268-7

www.heyne.de

Für die Altemanns

Inhalt

Einleitung:
Es wird aus alten Zeiten viel erzählt …

Mein Name ist Elsa von Tronje. Auch wenn mich schon seit Ewigkeiten niemand mehr so genannt hat. Der Name ist mir so fern wie die Schande, die auf ihm liegt. Es war nie meine Schuld, von Tronje zu sein, und doch trug ich die Last alle Jahre. Bis jener kam, der mir seinen Namen gab – und seine Liebe. Gernot, Prinz von Burgund, König von Island, Mann meines Lebens.

Ich will unsere Geschichte niederschreiben, bevor sie zur Legende wird, die man in Tavernen verlacht. Bevor sich das Gedächtnis angesichts des Alters geschlagen geben muss, und bevor die letzten Zeugen auf ewig die Augen schließen. Ich will Zeugnis ablegen, nicht nur für die Welt, sondern für Sigurd, dessen Erbe die Wahrheit sein soll. Sie muss auf Pergament, schmerzhaft wie unumstößlich. Er wird sie nicht wollen, doch er wird sie brauchen. Denn für das Glück der letzten Jahre haben wir mit einer Lüge bezahlt, das ist mir schmerzlich bewusst. Und sollte ich aus der Geschichte nichts gelernt haben, so dann doch dies: Lügen werden mit Leid bezahlt, und nicht selten mit Blut.

So viele Dinge, die ich schildern muss, stammen aus zweiter Hand. Ich war nur ein Mädchen am Hofe in Worms, und die Türen, hinter denen die Entscheidungen getroffen wurden, blieben mir stets verschlossen. Die Könige und Helden, ich habe sie meist nur vom Söller gesehen, wie sie ein und aus ritten. Doch nun, mit der Würde der Herrscherin von Island, habe ich mir berichten lassen. Von Eolind, der seit fünfzig Jahren dem Hofe dient. Von den Kriegern, die einst an Gunthers und Siegfrieds Seite ritten. Von Mönchen, die in den Städten und Dörfern beflissen Geschichten sammeln. Und von Gernot, der an so manchem kalten Winterabend versucht, seinem Gedächtnis die schwindenden Erinnerungen zu entreißen.

Und nun kenne ich die Geschichte des Rings der Nibelungen, so gut sie jemand nur kennen kann.

Ich erzähle sie für Sigurd, geboren als Siegfried, Sohn von Siegfried.

Die Anfänge liegen in einem Nebel, der nicht mehr zu lichten sein wird. Wie das Schwert Nothung dem Geschlecht derer von Xanten zufiel, welche Könige damit welche Schlachten schlugen – mögen die Götter diese Fragen beantworten. Durch die Generationen war es das Sinnbild der Macht am Rhein. Nie ward ein Herrscher besiegt, dessen Hand das Schwert hielt. Vom Götterschmied Wieland einst auf dem Amboss mit Thors Hammer gezwungen, gab es Stolz und Würde dem Reich Xanten.

Bis König Siegmund dem Hjalmar von Dänemark in der Schlacht begegnete. Da brach das Schwert vor den Augen der Krieger, als die Götter ihm ihren Segen nahmen. Es standen tausend gegen tausend, und als kein gütiger Gott mehr die Hand über Siegmund hielt, da richtete Hjalmar den stolzen Xantener mit kalter Klinge. Und es weinte vom Himmel, bis der Schlamm des Feldes die Leiche schluckte.

Xanten fiel an Hjalmar von Dänemark, der grausam war und blind für Gerechtigkeit. Doch seine Geschichte ist nicht unsere, zumindest nicht für viele Jahre …

Die Geschichte, die ich erzählen will, ist die Geschichte einer Frau. Wenn ich es recht bedenke, ist die Geschichte der Nibelungen eine Geschichte vieler Frauen. Und sie beginnt mit Sieglinde, der Königin von Xanten, die ihren Thron mit dem Tode ihres Gemahls verlor. In der Nacht, da Siegmund auf dem Feld verstarb, hatte er sie noch im Zelt besucht, ihr ein letztes Mal seine Leidenschaft gegeben, als Abschied wie als Geschenk. Im Schein einer einzigen Fackel wurde auf einem Lager aus Fellen die Saat gelegt für die Zukunft von Xanten. Und die Rache.

Noch bevor sich die Nachricht vom Tode des Königs verbreiten konnte, waren Sieglinde und der Getreue Laurens den Rhein hinauf geflohen. Es ist mir unmöglich zu sagen, welche Route sie nahmen, wo sie rasteten, oder ob ihre Flucht ein vorbestimmtes Ziel hatte. Sieglinde ist schon lange tot, länger noch als Laurens, und keiner von beiden hat sich je einem anderen Menschen anvertraut. Ich weiß nur, dass sie eines Tages bei Regin Schutz suchten, einem Waldschmied. Hier waren sie sicher vor den Schergen des Hjalmar, der unerbittlich nach der Königin suchte, um ihren Kopf dem gedemütigten Volk von Xanten zu präsentieren.

Noch bevor die Königin ihr Kind gebar, den kräftigen Jungen Siegfried, machte sich Laurens auf den Weg, um in den folgenden Jahren Hjalmars Widersacher um sich zu scharen und gegen den Tyrannen aufzubegehren. Doch wir werden ihn wiedertreffen – später.

Kriemhild – auch von ihr wird noch zu sprechen sein – erzählte einst ihrem Bruder Gernot, der nun mein Mann ist, dass Siegfrieds Mutter Sieglinde bei der Geburt verstarb. So hatte es ihr Siegfried geschildert, und ich habe keinen Grund, daran zu zweifeln. Der Junge wuchs in der Schmiede beim alten Regin auf, lernte das Handwerk und jagte unermüdlich die Tiere des Waldes, mit bloßer Hand und großem Geschick. Das Schicksal machte ihn so schnell zum Mann, dass Regin kaum übersehen konnte, dass hier kein Schmied vor ihm stand, sondern ein Prinz. Ich weiß nicht, ob es Regin widerstrebte, Siegfried von seiner Herkunft zu erzählen. Wie dem auch sei, er zog mit ihm nicht nach Xanten, sondern in die entgegengesetzte Richtung, nach Burgund.

Von hier an kann ich in größerem Detail erzählen, denn fortan kenne ich die Geschichte aus erster Hand. Und wenn ich auch über die Jahre vieles verloren habe: mein Gedächtnis ist klar wie Bergwasser und hell wie Morgenlicht.

Er war sehr schön, der junge Siegfried, als er mit seinem Schmiedemeister an den Hof von Burgund kam. Hochgewachsen und von der Arbeit am Amboss muskulös, die blonden Haare in sanften Wellen auf die Schultern fallend, und in den Augen jenes begeisterte Verlangen, das bei den Männern Respekt, bei den Frauen Hingabe erzeugt. Hätte ich mein einsames Herz nicht damals schon an den schüchternen Prinzen Gernot verloren, so wäre es vermutlich stillgestanden beim Anblick des jungen Schmieds. Man nahm ihn und Regin freundlich auf, denn gute Waffen aus lohender Glut waren so nötig wie nie zuvor …

Es war keine gute Zeit für Burgund. Seit Jahren kreiste das Biest Fafnir mit ledernen Schwingen über dem Land, verbrannte mit seinem Odem die Häuser, fraß die Kinder und zerbiss das Vieh. Keine Zahl Krieger, die auszog, den Drachen zu töten, war groß genug, und manche Helden großer Schlachten fielen geröstet in die feuchte Erde, ohne eine würdige Bestattung zu erhalten. Was das Monstrum von außen säte, blühte auch im Innern weiter: Das Volk lebte in Furcht, und der Respekt vor König Gundomar, der es nicht zu schützen wusste, sank von Tag zu Tag.

Diese Stelle mag so gut wie jede sein, um von meinem Vater zu erzählen. Hagen von Tronje, Ratgeber des Königs Gundomar. Ich würde ins Stocken geraten, bäte man mich, von seinen guten Seiten zu berichten. Seine Seele war finster, und die Hand, mit der er mich als Kind hielt, war nie anders als kalt. Er war ein Mann, dem Furcht so recht war wie Respekt und dessen scharfer Geist nur Verachtung für das weiche Leben bei Hofe besaß. Doch Hagen von Tronje war, was er war, und stolz darauf noch obendrein. Sein Leben hatte er dem Reich Burgund gewidmet, und niemals hörte ich den Vorwurf, dass er seine Pflicht vergessen hätte. Und so war sein Hass auf den Schmied Siegfried, dem die liebliche Prinzessin Kriemhild schnell ihr Herz geschenkt hatte, nicht der neidische Hass eines alten Mannes auf den jungen Widersacher. Es war der politische Hass eines Ratgebers, der das strahlende Licht seines Königs neben einer neuen Sonne erlöschen sah. Wie unschuldig Siegfried auch sein mochte – in den Augen meines Vaters war er ein Usurpator, der über die Liebe Kriemhilds nach dem Thron griff. Auch wenn er keinen Beweis dafür gebraucht hätte: Als Prinzessin Kriemhild dem Hunnenführer Etzel die Hand verweigerte und Burgund an den Rand des Abgrunds führte, bekam er ihn. Siegfried war in Hagens Augen das Verderben des Reiches.

Doch den Drachen zu bezwingen war wichtiger in diesen Tagen als die Ränkespiele bei Hofe. Um die Wertschätzung seiner Untertanen zurückzugewinnen, ritten König Gundomar, die Söhne Gunther und Giselher und zehn weitere Getreue in den Wald, um Fafnir zu stellen. Im Schloss blieb nur der empfindsame Gernot, dessen Hand nicht für das Schwert taugte und dessen Herz langsam für mich erwachte.

Bang wartete man bei Hofe auf die Rückkehr der Krieger, die nicht weniger als glorreich sein durfte. Doch der Morgen brachte nicht Ruhm, nur sprachloses Entsetzen: Der König war unter den Klauen der Bestie gefallen, ebenso Kronprinz Giselher. Mit seinem letzten Atem übergab Gundomar dem stillen Gunther die Krone. Burgund hatte einen neuen Herrscher – ein Herrscher, in dessen Reich niemand mehr vor die Tür zu treten wagte.

Gunther und Siegfried, so verschieden vom Stand, so gleich im reinen Herzen, wurden Freunde. Meinem Vater gefiel es nicht, dass der junge König einem Fremden Gehör schenkte. Und es gefiel ihm nicht, dass Gunther Verständnis für Siegfrieds Werben um die Prinzessin Kriemhild hatte. Doch es war leicht, durch wenige gewählte Sätze dieses Übel im Sinne Hagen von Tronjes aus der Welt zu schaffen: Warum dem jungen Schmied die Prinzessin nicht versprechen, falls es ihm gelänge, den Drachen zu töten? Sollte der Tor in sein Verderben rennen, und das Problem löste sich von selbst. Leider hatte mein Vater, den ich ungern Vater nenne, nicht mit dem Auftauchen von Laurens gerechnet, der einst Siegfrieds Mutter vom Schlachtfeld geführt hatte. Obwohl die Klinge Regins ihm schnell das alte Leben austrieb, konnte Laurens noch dafür Sorge tragen, dass Siegfried endlich von seinem Erbe erfuhr, von seinem Vater – und von dem Reich Xanten, das rechtmäßig ihm zustand! Es gab ihm die Kraft, die Teile des Schwerts Nothung zu schmieden, die Laurens im Gepäck gehabt hatte. Und als der Morgen graute, war aus dem Schmied Siegfried der Thronfolger Xantens geworden, der Träger Nothungs, und der Herausforderer Fafnirs!

Es liegt im Schicksal, dass die Glorie Siegfrieds von Blutdurst kündete …

So zog Siegfried also in den Wald zu Fafnir, die Tränen Kriemhilds und die feierliche Krönung Gunthers hinter sich lassend. Nur die schrecklichen Wunden der Opfer des Drachen lassen erahnen, welchem Kampf sich der junge Schmied gestellt haben muss; wie das Fleisch dem Feuerodem widerstand; wie seine Klinge schließlich den Schädel der Bestie zwischen den Augen durchbohrte. Was Siegfried zum Helden machte, waren weder das Schwert noch der Mut: es war der unbedingte Wille, Kriemhild zu besitzen.

Jahre später erst habe ich erfahren, dass während all dieser Zeit ein weiteres Herz an anderer Stelle vor Sehnsucht verging: Die stolze Brunhilde von Island in ihrem eisigen Schloss wartete auf den Freier, der nicht kam, auf den einzigen Mann, der sie bezwingen konnte. Sie hatte als junges Mädchen am Rhein einen Schmied getroffen, und sie hatten sich einander versprochen. Doch während Siegfrieds Feuer für Brunhilde in den Flammen der Liebe zu Kriemhild erstickt war, wuchsen von Jahr zu Jahr die Verzweiflung und der Hass im Herzen der Königin von Island. Viele Prinzen, die um sie freiten, schickte sie in den Tod, um den Platz an ihrer Seite für einen Mann freizuhalten, der sie vergessen hatte.

Was das mit Burgund und dem Drachen zu tun hat? Noch nichts. Aber der geneigte Leser dieser Zeilen möchte den Sturm am Horizont im Auge behalten, der aus dem Norden kommt …

Derweil trat der in der Kirche von Worms gekrönte Gunther vor sein Volk, bejubelt trotz der schweren Zeit. Und im Jubel schleppte Siegfried einen hölzernen Schlitten in die Stadt, beladen mit dem Gold der Nibelungen – und dem Haupt des Drachen Fafnir! So feierte Burgund an diesem Tag zwei Helden, den König und den Retter, die eigentlich eins hätten sein sollen. Mein Vater wusste das. Und er wusste auch, dass man den Nibelungen nicht ihr Gold nahm, ohne auch ihren Fluch mitzunehmen …

Doch für düstere Gedanken schien die Zeit vorbei. Der Drache war tot, die Liebe zwischen Kriemhild und Siegfried nun gesegnet, und König Gunther konnte ein freies Land regieren.

Ist Frieden die Zeit zwischen zwei Kriegen? Oder Krieg die Zeit zwischen friedlichen Jahren? Wie dem auch sei, die Kenntnis um Siegfrieds Herkunft zwang bald auch die Männer von Burgund zu den Waffen, denn der Xantener Thronfolger wollte sich sein Erbe holen, um dann als König seine Prinzessin heiraten zu können. Es war ihm nicht genug, reich und beliebt zu sein – es dürstete ihn nach einer Krone. Es dürstete ihn nach zu viel.

Trotz aller Freundschaft zwischen Siegfried und Gunther fiel es meinem Vater nicht schwer, Misstrauen zu säen: König Siegfried von Xanten mit der Prinzessin von Burgund als Gattin – wie leicht konnten die Reiche dann verbunden werden, wie schnell war Gunther dann nur noch Staffage, wenn Kriemhilds Schoß die Blutlinie bestimmte? Um seine Macht, Gunthers Macht, zu festigen, musste er selbst eine Königin an seiner Seite haben, die seinen Thronfolger zur Welt brachte. Nur im Gleichgewicht der Macht lag die Chance auf dauerhaften Frieden. So flüsterte es mein Vater zumindest dem König ein.

Während Gunther und Siegfried mit dem Heer der Burgunder gegen Xanten zogen, plante Hagen bereits für seinen König die nächste Reise: Nach Island, zur einsamen Königin Brunhilde, die eine würdige Gattin auf dem Burgunder Thron abgeben würde …

In Liedern wird noch oft von der Begegnung von Siegfried und Hjalmar gesungen. Wie zwei Heere auf dem Schlachtfeld standen, ohne die Waffen zu heben. Wie Siegfried den prächtigen Krieger Hjalmar zum Duell forderte. Wie sie ihre Klingen kreuzten. Und wie das Schwert Hjalmars an der Haut Siegfrieds abglitt, als sei sie aus poliertem Eisen. Man munkelte, und munkelt noch bis heute, dass Siegfried von den Göttern beschützt wurde, die ihm den Thron Xantens versprochen hatten. Und mit einem wuchtigen Stoß seiner Klinge in Hjalmars Leib wurde das Versprechen eingelöst.

Siegfried, König von Xanten.

Von diesem Sieg hörten wir in Burgund lange Zeit nicht, denn die Boten brauchten Wochen, um die frohe Kunde zu überbringen. Ich stand in diesen Tagen jede Nacht auf der Burgmauer, mit einer Schale Suppe für die Rückkehr meines Gernot betend, dem ich mich versprochen hatte. Manchmal stand Kriemhild neben mir, das Herz vor Sehnsucht nach Siegfried förmlich berstend.

Doch es sollte dauern, bis wir die Männer unserer Herzen wieder in die Arme schließen konnten. Kaum dass er einen Statthalter in Xanten berufen hatte, zog Siegfried, die Freundesschuld anerkennend, mit Gunther nach Island weiter. Auch hier erzählen Geschichten von unglaublichen Geschehnissen: Stürme, stärker als die Faust der Götter, wirbelten die Schiffe umher bei der Überfahrt. Eine Wand aus Flammen, die den Hafen Islands unüberwindbar umtoste. Und Siegfried, der mit einer List dennoch Zugang zur Burg bekam und für seinen Freund Gunther bei Brunhilde vorsprach.

Ich habe Brunhilde später nie wirklich kennengelernt, zu verschlossen war ihr Herz. Und doch wage ich mir vorzustellen, was sie empfunden haben muss, als der geliebte und herbeigesehnte Siegfried vor ihr stand, nur um ihre Hand für einen anderen zu erbitten. Was mag in Siegfried vorgegangen sein, als er in der Königin das Mädchen aus dem Wald wiedererkannte? Ich kann es nur vermuten. Aber ich weiß, wie rein die Liebe Siegfrieds zu Kriemhild zu diesem Zeitpunkt bereits war, und keine Sekunde wird er an dieser Liebe gezweifelt haben. Er war ein guter Mann, und ich kann nur glauben, dass er Brunhilde mit aller Kraft überredete, die Dinge so zu nehmen, wie die Götter sie vorgesehen hatten: Kriemhild für Siegfried, Brunhilde für Gunther. Zwei Paare für zwei Reiche.

Siegfried hatte keine Ahnung, zu welchem Hass eine verstoßene Frau fähig ist.

Um Brunhilde zu bekommen, musste Gunther sie in einem Zweikampf besiegen. Es gelang ihm auf dem Feld aus Feuer und Eis, auch wenn es heißt, dass Siegfried ihm mit der Magie der Nibelungen zur Seite stand. Das vermag ich nicht zu bestätigen, aber die folgenden Ereignisse lassen es zumindest vermuten.

Brunhilde unterwarf sich Gunther, setzte den guten Eolind als Statthalter Islands ein und ging mit nach Worms, wo sie Königin von Burgund wurde – und Kriemhild in der gleichen Zeremonie Königin von Xanten an Siegfrieds Seite.

Es hätte gut sein können. Es war der Moment dieser Geschichte, an dem ein friedliches Ende greifbar schien. Zwei Reiche mit starken und weisen Königen, mit schönen und klugen Königinnen, in Freundschaft verbunden. Aber Siegfried hatte das Gold der Nibelungen geraubt, und er hatte Brunhilde um ihre Liebe betrogen. Es waren zu viele Lügen gesprochen worden, und ich sagte es bereits: Lügen werden mit Leid bezahlt, und oft fordern sie Blut.

Brunhilde hatte sich Gunther unterworfen, weil sie

dachte, er hätte sie auf dem Feld ehrenhaft besiegt. Doch schon in der Hochzeitsnacht offenbarte sich die Wahrheit, als Gunther den Sieg über seine Frau auf den Laken nicht wiederholen konnte. Sie bezwang ihn mit verdächtiger Leichtigkeit, und Gunther sah keine Wahl, als erneut Siegfried um Hilfe zu bitten. Ich mag mir nicht vorstellen, was in dieser Nacht dann noch geschah, denn kein Weib sollte erleiden, was man sich von Brunhilde erzählt. Doch die schändliche Tat brach die Königin nicht – sie unterwarf sich zum zweiten Mal, doch diesmal bereits mit dem Gedanken an Rache im Herzen.

Siegfried hatte gehofft, das Geheimnis, das ihn mit Gunther verband, vor seiner Frau bewahren zu können, doch Kriemhild war klüger, als man ihr zugestand. Zwar gab es keine Freundschaft zwischen ihr und Brunhilde, aber das Verbrechen, das zwei Könige an ihr begangen hatten, entfachte Kriemhilds heiligen Zorn. Sie schämte sich für Mann wie für Bruder gleichermaßen und verkündete die baldige Abreise nach Xanten. Und wären die Getreuen schneller dabei gewesen, das Gepäck zusammenzuraffen, immer noch hätte sich das Schicksal wenden lassen.

Ich bin zu alt, um mich dafür zu schämen, dass ich mir in jenen Tagen Stunden stahl, um mit Gernot küssend im Wald die Zeit zu vergessen. Unsere Liebe mochte bei Hofe keinen Respekt finden, zu unterschiedlich war unser Stand, aber sie war makellos und rein. Keine Intrige konnte uns schrecken, und die Kabalen im Schloss erschienen uns nichtig im Vergleich zu jeder Berührung unserer Körper. Aneinandergepresst an einer alten Eiche wurden wir auch Zeugen eines erbitterten Streits zwischen König Gunther und meinem Vater Hagen. Es war klar, dass Siegfried Dinge wusste – Dinge, die Ehre und Ehe des Königs von Burgund mit einem Satz zu Staub zerfallen lassen konnten. Gunther vertraute seinem Freund, doch mein Vater verstand es, Misstrauen zu säen: Nur ein toter Siegfried würde seinen Mund versiegeln. Ich weiß noch, wie entsetzt Gunther ob des innewohnenden Vorschlags war – und wie klar mir war, dass er ihn doch annehmen musste, sollte der Tag kommen …

Zu viele Menschen, die an den folgenden Ereignissen beteiligt waren, sind lange tot, und es fällt mir schwer, die Details zu einem Bild zu ordnen. Allem Anschein nach spann mein Vater eine Intrige, die Siegfried dazu brachte, an einem Jagdausflug teilzunehmen. Er trank aus einer Quelle, Nothung an seiner Seite, als die Lanze meines Vaters seinen Rücken durchbohrte. Das Schwert des Xantener Geschlechts zerbrach. Der herbeigeeilte Gunther konnte nichts mehr tun, als Hagen eigenhändig zu richten. Hätte ich nicht zuvor beider Gespräch belauscht, ich hätte es vielleicht für eine Ehrentat gehalten. So war es jedoch nur der feige Versuch, den letzten Zeugen zu meucheln.

Nicht nur Xanten verlor an dem dunklen Tag den König – Burgund verlor die Königin. Brunhilde konnte es kaum erwarten, an Siegfrieds Seite in Walhall einzuziehen, und so provozierte sie die Hand ihres Mannes, auf dass er sie erstach. Gunther, nun verantwortlich für den Tod seines besten Freundes und seiner Frau, zerbrach an der Schuld. Er war fortan ein Schatten, die Schuld im Wein ertränkend, von unstetem Geist und zerrüttetem Verstand. Man munkelte, dass er in einsamen Stunden noch mit meinem Vater sprach, dessen Leichnam er in den Rhein hatte werfen lassen.

Brunhilde und Siegfried hingegen wurden Seite an Seite verbrannt, wie es Brauch war.

Wir hofften alle innig, dass der Fluch der Nibelungen damit gebrochen war, dass genug Blut geflossen war, um endlich die Düsternis von den Reichen zu nehmen. Doch wir irrten, denn weiter standen zu viele Lügen in der Welt. Gunther hatte Kriemhild glauben gemacht, dass er Hagen für den feigen Mord an Siegfried gerichtet hatte, nicht ahnend, dass Gernot und ich es besser wussten. Ich gebe zu, es war der Moment, in dem Gernot selber Schuld auf sich nahm, aber was sollte er tun? Er tat es aus Liebe zu mir, aus Verzweiflung, und aus der Unfähigkeit, weitere Lügen auszusprechen.

Es begab sich nämlich, dass Kriemhild endlich nach Xanten ziehen wollte, um den verwaisten Thron zu übernehmen. Gernot sollte als ihr Bruder über Dänemark herrschen, das nach Hjalmars Tod Siegfried und damit auch Kriemhild zugefallen war. Doch die Tat meines Vaters Hagen gegen Siegfried hatte in Kriemhild den Hass auf die Tronjer entfacht. Als sie erfuhr, dass Gernot mich an seiner Seite wollte, da verbot sie es ihm in klaren Worten. Kein Tronjer Blut am Xantener Hof! Und mein Geliebter, in seiner Not, erzählte von Gunthers Wissen um Hagens Plan. Es war der Moment, in dem alles, was noch an Güte in Kriemhild war, erstarb. Sie wurde Brunhilde ähnlich, die kalt nur noch auf Rache gesonnen hatte, das eigene Leben missachtend.

Obwohl Gernot sie anflehte, die Dinge auf sich beruhen zu lassen, fasste Kriemhild einen Plan, mit dem sie Brunhilde in keiner Weise nachstand: In Xanten regierte sie weise und sorgsam, das Reich wieder zu einer starken Macht bauend. Sie brachte das letzte Geschenk ihres toten Gatten zur Welt: Jung Siegfried, den wir Sigurd nennen, weil seine Name keine Verpflichtung sein darf.

Dann vermählte sich Kriemhild mit Etzel, den sie einst zu Siegfrieds Gunsten abgewiesen hatte. Ein großes Fest in Gran, wo die Hunnen sich niedergelassen hatten, wurde ausgerichtet. Kriemhild lud ihren Bruder Gunther ein, der zunehmend dem Wahn und dem Wein verfiel. Gernot hingegen wollte sie nicht sehen – wir dachten, ihr Groll gegen mich sei noch zu groß, um seine Anwesenheit zu ertragen. Er reiste dennoch mit, entschlossen, sich mit seiner Schwester auszusöhnen.

Wieder folgten Wochen, in denen ich bangend auf der Wehrmauer stand, den Blick diesmal gen Osten gerichtet.

Gernot erzählte mir, dass das Fest nach anfänglichem Frost ausgelassen und heiter gewesen sei. Die Hunnen verstanden zu feiern, und an warmen Feuern flossen exotische Tränke. Etzel war begierig, als Fürst anerkannt zu werden und das Leben als ewiger Steppenreiter für die Hand Kriemhilds aufzugeben. Er sah nicht einmal Schmach darin, den Sohn Siegfrieds als seinen eigenen aufzuziehen. Wenn doch nur einer geahnt hätte, dass Kriemhild in jener Nacht nicht auf Versöhnung aus war, sondern auf Blut!

Irgendwann, als den meisten Burgunder Kriegern Beine und Verstand schwer von Met und Wein waren, zogen die Getreuen der Königin von Xanten ihre Schwerter, und es begann ein Gemetzel, dessen Grausamkeit selbst die Götter ihren Blick abwenden ließ. Kehlen wurden durchtrennt, Gliedmaßen abgehackt, und mit starren Augen landeten die Leiber des stolzen Burgund im Staub der Fremde. Die Krieger Etzels wagten nicht einzugreifen, und als ihr Herrscher merkte, dass er Opfer eines Ränkespiels geworden war, da wandte er sich ab von Kriemhild. Doch die Königin hatte erreicht, was zu erreichen war, und fand ihren Frieden in der Klinge Gunthers, so wie der König von Burgund seinen Frieden im Dolch seiner Schwester fand. Sie starben einander in den Armen liegend, als wäre das Band der Familie niemals durchtrennt worden.

Es ist Etzel hoch anzurechnen, dass er aus Wut und Enttäuschung über den Verrat nicht alle überlebenden Xantener hinrichten ließ – und meinen Gernot gleich dazu. Doch er, der so oft als Barbar verspottet worden war, zeigte jenes Maß an herrschaftlicher Würde, das uns verloren gegangen war – er übergab das Kind von Kriemhild und Siegfried an Gernot und schickte den Burgunder Prinzen fort, auf dass er nie wieder einen Fuß auf Hunnenland setzen solle. Der Fluch der Nibelungen, Etzel wollte ihn nicht in seinen Grenzen haben.

So kehrte Gernot zurück nach Burgund, zurück zu mir, das Kind Siegfried im Arm. Dänemark, Xanten, Burgund und Island – alles Reiche, die nun ohne Herrscher waren. Lange saßen wir am Feuer beim Gedanken, was zu tun sei. Gernot zeigte mir den Ring, den Siegfried getragen hatte und der von Kriemhilds toter Hand kam. Ich hatte die Legenden gehört, ihnen aber wenig Glauben geschenkt. Dennoch – es gab keinen Grund mehr, den Göttern zu vertrauen. Wir brachten den Ring zurück in den Wald, zu den Nibelungen, und gaben ihnen, was ihnen gehörte, in einem letzten Versuch, den Bann zu brechen. Dann nahmen wir das Kind Siegfried, zwei Pferde und ein wenig Proviant und machten uns auf den Weg nach Norden, nach Island. Dort, fast am Ende der Welt, erhofften wir uns Frieden – und Abstand von Hass und Neid. Eolind hatte das bescheidene Reich umsichtig und weise geführt, und mit wenig Mühe hielten wir den kleinen Hof beisammen.

Das ist nun siebzehn Jahre her, siebzehn wunderbare, friedliche, berauschende Jahre. Siegfried, den wir Sigurd nennen, ist mehr, als ich mir je zu wünschen wagte. Er wächst scheinbar von Tag zu Tag, und er ist ein guter, feiner junger Mann, aus dem dereinst ein weiser König wird.

Und doch bleibt da die Lüge. Die Lüge seiner Herkunft.

Oft habe ich Gernot gefragt, ob Sigurd nicht das Recht auf die Wahrheit habe. Die Wahrheit über seinen Vater, seine Mutter – und die Reiche, die untergingen in ihrem Kampf. Doch wir brachten es nicht über uns. Die Liebe, die Sigurd zu uns als Eltern empfindet, ist so unendlich und stark, dass wir ohne sie nicht leben mögen. Sie ist fast so groß wie die Angst, dass der Junge sich auf das Erbe seines Vaters beruft – und damit auf den Fluch.

Aber tief in meinem Herzen fürchte ich, dass der Tag kommen wird, an dem die Götter den Schleier von der Erinnerung ziehen, an dem das hässliche Licht der Wahrheit auf uns fällt. Ich bete, dass uns Sigurd an diesem Tag verzeihen wird. Und dass einmal, dieses eine Mal nur, die Lüge nicht mit Leid bezahlt werden muss …

1

Sturm am Horizont

Elsa war allein, wie immer allein. Sie stand an einer Klippe, an der riesige Wellen brachen. Die Schaumkronen leckten am Stein empor und griffen mit wütender Gischt nach ihrem Kleid, das sich langsam vollsog. Ihre Füße berührten nicht den Boden, taten es nie. Sie schwebte gerade hoch genug, dass das feuchte Gras ihre Fußspitzen kitzelte.

Am Horizont sah sie den Kontinent, der eigentlich zu weit weg war für jeden suchenden Blick. Doch sie sah ihn, sah die Wand aus Rauch und Flammen. Fern dort auf dem Festland schien die Erde zu beben und zu brechen, und Feuer fraß noch, wo es längst keine Nahrung mehr gab. Ein Summen wehte herüber, wie Millionen Schreie, die auf der Reise über das Meer müde geworden waren.

Eine Hitzewelle rollte heran, die Luft flirrte, und Elsa spürte, wie der Hauch des Todes die kleinen Härchen auf ihren Armen verbrannte. Sie hatte keine Angst. Das Übel und die Vernichtung, sie waren weit weg, in Jahren und Entfernung. Mochte der Kontinent in Feuer und Asche sterben, auf Island war sie sicher.

Sie kniff die Augen zusammen, als ein kleiner Lichtpunkt am Horizont aufstieg wie ein brennender Pfeil, ein Sendbote, den das Flammenmeer ausgespuckt hatte. Er vollzog einen feurigen Bogen an der Himmelsscheibe und neigte sich schließlich wieder der Erde zu. Nun schien es eine Sternschnuppe zu sein, die rasch näher kam – und brüllte. Ja, sie brüllte – hell und wütend.

Es war keine Sternschnuppe, das wusste Elsa. Sternschnuppen kamen nicht von der Erde – und sie brüllten auch nicht. Und je näher der Gruß der Flammen kam, desto mehr schnürte ein schwarzes Band das Herz der Königin von Island. Auf einer lodernden Zunge wurde nun eine Gestalt sichtbar, die auf einem Ross saß, dessen Hufe die Luft in Brand zu setzen vermochten. Es schuf sich seinen Weg aus Feuer, und auf dem Pfad der Vernichtung trug es eine Walküre.

Brunhilde.

Wie sehr hatte sich Elsa gewünscht, das Gesicht der Isländerin nie mehr sehen zu müssen! Sie hatte dabeigestanden, als Brunhildes Leib in Burgund verbrannt worden war. Und doch – hier war sie, im Dienste Odins und in voller Rüstung, einen Kampfruf auf den Lippen, als sie aus den Wolken auf Island niederstürzte. Ihre Hand hielt ein Schwert mit breiter Klinge, um jeden Gegner zu zerstückeln.

Der Sturm, den Brunhilde mit sich brachte, wirbelte durch Elsas Haar und trocknete den Saum ihres Kleides. Die Königin von Island schloss die Augen, wartete auf den Tod durch die Hand der Walküre.

Doch der Tod, der eine Erlösung gewesen wäre, kam nicht, und das Brüllen der Walküre zischte an Elsas Ohr vorbei, weit nach Island hinein.

Elsa öffnete die Augen und drehte sich um.

Island stand in Flammen! Die Felder, die Burg – sogar die Felsen, die den Hafenfjord schützten!

Elsa schrie, und ihre Tränen flossen schneller, als die Hitze sie trocknen konnte. Ihr Island!

Sie rannte los, ihre Füße immer noch nicht auf der Erde. Sie glitt über den Boden wie ein Schiff über die See.

Gernot! Lilja! Und – Sigurd!

Sie hatte seinen Namen kaum gedacht, da hörte sie von rechts ein hartes, metallisches Hämmern, unheilschwanger und voller Wut. Widerwillig drehte Elsa den Kopf und sah Sigurds muskulöse Gestalt, wie er den Hammer über einem Amboss aus Leibern schwang.

Auf den Leichen der Isländer schmiedete Sigurd das Schwert, dessen Macht das Schicksal seines Blutes war – Nothung! Und die Leiber knackten und knirschten unter jedem Schlag, während Nothung totes Fleisch verbrannte.

»Sigurd!«, schrie Elsa, doch kein Ton war zu hören. Sie konnte ihn nicht erreichen, ihm nicht in den Arm fallen. In seinem Blick lag Wahnsinn und in seiner Hand die Rache. Neben ihm stand Brunhilde, stolz und herrisch, das Pferd an ihrer Seite.

Einen Herzschlag später hatte Sigurd Nothung fertig geschmiedet, doch ohne Wasser glühte die Klinge weiter heiß und gierig. Brunhilde legte ihm die Hand auf die Schulter: »Siegfried.«

Wieder schrie Elsa den Namen des Mannes, den sie als ihren Sohn aufgezogen hatte – den *richtigen* Namen: »Sigurd!«

Niemand bemerkte sie.

Mit einem mächtigen Satz sprang Brunhilde auf den Rücken ihres Pferdes, und als die Hufe den Boden berührten, brannte wieder die Erde. Sie ritt auf dem Feuer davon, abermals in Richtung Festland. Und Sigurd folgte ihr, das Schwert zum Mord bereit in der Hand.

Er kam nahe an Elsa vorbei, ohne sie wahrzunehmen. Die

Königin wollte ihn packen, ihn aufhalten, doch ihre zarten Hände rutschten an seinem verschwitzten Körper ab. Endlich gelang es ihr, die Faust mit dem Schwert zu greifen.

Sigurd hielt inne.

»Zieh nicht in Rache hinaus, ohne den Tod zu erwarten.« Sie sagte die Worte leise, obwohl ihr nach Schreien zumute war.

Sigurd sah sie an, ohne sie zu erkennen. Er knurrte unwillig und zerrte an ihr, um seinen Arm zu befreien.

Elsas Hände rutschten weiter ab, bis sie das Schwert an der Klinge hielt. Das glühende Eisen brannte sich in ihre Haut, doch sie ließ nicht los.

»Mein Sohn«, flüsterte sie. Dann glitten ihre Hände ab, und in einer sanften Drehung wandte sich Sigurd der Nacht zu.

»Nicht dein Sohn – nicht dein Schicksal!«, hörte Elsa die Stimme von Brunhilde. Sie sah auf ihre Hände. Aus zischenden Brandwunden floss kein Blut – sondern flüssiges Gold. Eifrige, dicke Tropfen quollen aus ihrer Haut, breiteten sich aus wie glänzendes Moos, über Finger, Gelenke, die Unterarme.

Elsa musste hilflos zusehen, wie ihr Körper vom Gold verschluckt wurde, wie ihre Arme bereits steif waren wie die einer Statue, als die schimmernde Schicht die Schultern eroberte.

Etwas zischelte im Wind wie ein böser Gedanke. Drei, vier böse Gedanken. Es sauste in Elsas Ohren, und Schatten ohne Körper tanzten um sie herum in höhnischer Freude. Ihre Stimmen kamen aus der Erinnerung, und ihr Ton war kalt …

Sooo lange heeer … sooo lange … und doch unseeer …

Es waren die Nibelungen, die sie quälten. Und es war ihr Gold, das nun den Weg in Elsas Rachen fand.

Dann kam die Dunkelheit, und Elsa schrie so lange, bis ihr eigener Schrei sie weckte, bis Gernot ihr schweißnasses Gesicht in seine Hände nahm und sie festhielt, bis der Morgen den Albtraum von ihr nahm.

»Er ist hier!«, schrie Gelen und ruderte wild mit den Armen. »Der Dryk ist hier!«

Sigurd und Jon, die näher bei den Findlingen an der Steilküste gesucht hatten, drehten sich um zu ihrem Freund, der ein paar hundert Schritte weit im lichten Wald aus Krüppelbäumen umherstakste.

Wie zur Bestätigung hörten sie das Brüllen des Tiers, im Klang irgendwo zwischen dem empörten Röhren eines Hirschs und dem verächtlichen Grunzen eines Wildschweins. Nur lauter. Und wilder.

Der Dryk versuchte gar nicht, sich zu verstecken. Er war der König der kargen isländischen Tundra, und jeder Versuch, sich mit ihm zu messen, war leichtfertig – wenn nicht tödlich.

Sigurd und Jon wollten ihrem Freund beistehen. Sigurd drehte sich noch einmal zu Eolind, der mit seinem Stock an einem großen Stein lehnte. »Kommst du?«

Der alte Mann lächelte milde. »In meinen Jahren bin ich froh, dass die Knochen nicht von selber brechen – da werde ich sie nicht ungebührlich fordern.«

Sigurd lachte und rannte ungestüm los. Weil der Boden steinig und uneben war, machte er lange Schritte, fast Sprünge. Der drahtige Jon folgte ihm, so gut es ging. Es galt keine Zeit zu verlieren, immerhin hatten sie schon zwei Tage lang nach dem Dryk gesucht. Die harte isländische Erde wies nur wenige Spuren auf, und Sigurd hatte geschworen, ohne einen Erfolg nicht ins Felsenschloss zurückzukehren.

Als die drei Freunde wieder beieinanderstanden, ging nur Sigurds Atem ruhig. Gelen keuchte vor Aufregung, dass sein fleischiger Nacken zitterte, und Jon hatte der schnelle Lauf zugesetzt.

Sigurd kniff die Augen zusammen und sah sich vorsichtig um. Die Bäume waren verwachsen und hielten sich angesichts des harschen Wetters nah am Boden. Es gab nur wenig Laub, und jede Bewegung war leicht auszumachen. Man musste nur sorgsam achtgeben …

»Dort!«, rief Jon nun und deutete nach rechts.

Ein Schatten drängte sich durch das Gehölz, gerade weit genug entfernt, um nicht genau erkannt zu werden. Doch der zitternde Boden und die Geräusche von schweren Ästen, die brachen wie Reisig, verrieten den Dryk, der es nicht gewohnt war, statt Jäger die Beute zu sein.

»Nehmen wir ihn in die Zange?«, fragte Jon.

Sigurd nickte. Er bedeutete Jon, die linke Flanke zu übernehmen, entlang der Küste. Das war wichtig – sie wollten den Dryk nicht aus Versehen über die Klippe treiben. Es war keine Ehre darin, das zerschmetterte Tier von den Felsen zu klauben. Gelen war für die rechte Flanke zuständig – dort grenzte der Wald an ein freies Feld, auf dem der Dryk viel schneller war als jeder Mensch. Auf glattem Boden und über weite Strecken war die behaarte Bestie jedem Pferd an Geschwindigkeit und Ausdauer überlegen.

Sigurd nahm sich vor, geradewegs auf den Dryk zuzugehen, um den Zweikampf zu suchen.

»Sigurd«, mahnte Jon, »wo ist deine Klinge?«

Er selber hatte schon ein langes Messer mit gezackter Schneide in der Hand.

Sigurd lächelte. »Was wäre ich für ein Prinz, wenn ich einem unbewaffneten Dryk mit einem Messer in der Hand gegenüberträte?«

»Unbewaffnet?«, zischte Gelen. »Mein Prinz, der Dryk hat zweiundvierzig Arten zu sterben in seinem Maul. Jede einzelne wartet nur auf euch!«

Sigurd winkte ab, und in seinen wasserblauen Augen blitzte die Vorfreude. Er sah es als faires Duell.

Jon und Gelen tauschten einen Blick. Der Übermut Sigurds war nicht neu, und auch wenn sie von König Gernot den Befehl hatten, den Prinzen zu schützen – wie sollten sie das tun? Größer als sein Mut war Sigurds Tollkühnheit, die sich jedem guten Rat widersetzte.

Also teilten sie sich auf, um den Dryk zu stellen. Sigurd marschierte langsam in die Richtung des Schattens. Er machte sich nicht die Mühe, dabei übermäßig leise zu sein. Der Dryk hatte ihn vermutlich schon gewittert, als er mit seinen Freunden auf die Hochebene gekommen war. Die Sinne dieses Tiers waren hoch entwickelt, und Furcht kannte es so wenig wie sein Jäger.

Es gab nicht mehr viele Dryks in Island. In den vergangenen Generationen war es guter Brauch für junge Krieger gewesen, die Tiere zu erlegen, um das Leder zu robusten Stiefeln zu verarbeiten und das Horn als Trinkspitze auf Metschläuche zu setzen. Der scharfe Backenzahn eines Dryk, an einer Lederschnur um den Hals getragen, galt als Zeichen von Mannesmut. Und das nicht zu Unrecht – viele Gefolgsleute des Hofes humpelten oder trugen einen steifen Arm als Zeichen der Begegnung mit einem Dryk. In metseligen Nächten lästerte man gerne, dass isländische Männer mehr Narben vom mächtigen Kiefer des Bullenschweins trugen als von glorreichen Schlachten.

Sigurd war nun nahe genug, um die Größe des Dryk abzuschätzen. Es war ein Prachtexemplar, an der Schulter fast so hoch wie Sigurd, das stachelige schwarzgraue Fell feist an den mächtigen Flanken, und zwei leicht gebogene Hörner auf dem flachen Schädel, die einen Mann vom Brustkorb bis zum Rücken durchstoßen konnten. Der Kiefer unter der feuchten Schnauze mahlte Steppengras, während die dunklen Augen hin und her pendelten. Ein Dryk mochte vielleicht ruhig aussehen, war aber immer auf dem Sprung.

Acht, vielleicht neun Jahre alt. Sicher so schwer wie ein kleines Schiff und so groß wie zwei Ochsen.

Ihn zu überraschen war nahezu unmöglich. Sigurd ging langsam auf das Tier zu, mit einer selbstverständlichen Ruhe, die den Dryk einlullen sollte. Seine Arme hielt er locker an der Seite, als wolle er beweisen, dass er unbewaffnet war.

Der Dryk schnaubte leicht – ein Warnzeichen. Heißer Atem fauchte aus seinen Nüstern.

Sigurd hielt inne. Er begann zu summen. Irgendein Lied von vergangenen Zeiten und verlorener Liebe, das in endlosen Nächten an den Feuern gesungen wurde. Er blieb dabei leise genug, dass der Dryk sich auf ihn konzentrieren musste und seiner unmittelbaren Umgebung weniger Aufmerksamkeit schenkte. Zusätzlich begann Sigurd, die Arme zu schwenken, nicht herausfordernd, sondern in weichen, fließenden Bewegungen, wie sein Vater Gernot es ihm beigebracht hatte.

Der Dryk schnaubte nun nicht mehr – er knurrte. Das Knurren kam tief aus seinem kehligen Schlund, und auf dem Weg in die kalte Herbstluft nahm es schäumenden Speichel mit.

Sigurd stand genau an der Stelle, die der Dryk noch hinzunehmen bereit war. Es waren dreißig, vielleicht vierzig Schritte. Der Prinz summte nun lauter, schlug stärker mit den Armen in der Luft. Es war ein eingespieltes Ritual, tausendfach erprobt.

Aus dem Augenwinkel konnte Sigurd sehen, dass Jon sich in Position gebracht hatte. Er stand rechts hinter dem Dryk, vielleicht zwanzig Schritte entfernt. Wenn es gelang, das Tier abzulenken, konnte Sigurds Freund mit einer schnellen Attacke den ersten Angriff ausführen, vielleicht schon den entscheidenden Stich.

Gelen war nirgendwo zu sehen. Aber das war im Moment nicht wichtig. Es ging auch so. Sigurd ballte die Hände zu Fäusten, um Jon zu bedeuten, dass er bereit war. Sein Freund hob die lange Klinge, ging etwas in die Knie und bereitete sich auf die Attacke vor.

In diesem Moment machte Sigurd einen Fehler: Er blickte kurz zu Jon, um sich zu vergewissern, dass alles seine Ordnung hatte. Und der Dryk konnte in den Augen des Prinzen lesen, dass da noch jemand sein musste. Hinter ihm.

Sigurd ahnte, dass die Jagd nun eine unglückliche Wendung nahm.

»Hai-ho!«, schrie er, so laut er konnte, um die Aufmerksamkeit des Dryk wieder auf sich zu lenken, doch er konnte Jon nicht mehr helfen. Dieser befand sich schon in vollem Lauf, als das Bullenschwein den mächtigen Kopf herumriss und den heranstürmenden Isländer sah. Es ergab keinen Sinn mehr, den Angriff abzubrechen, und Jon sprang nun statt auf die ungeschützte Flanke direkt auf den hornbewehrten Kopf des Tiers zu. Den Arm mit der Klinge streckte er so weit wie möglich nach vorne, um die Muskeln im Nacken des Dryk zu verletzen. Am Schädel selbst war kein Sieg zu holen.

Sigurd rannte los, um seinem Freund beizustehen, doch der Dryk rammte seine Schnauze brüllend in den Leib des auf ihn zustürzenden Isländers. Dabei senkte er glücklicherweise den Schädel nicht genug, um Jon auf die Hörner zu nehmen. Es sah aus, als wickelte sich der Körper des Kriegers durch die Wucht des Aufpralls um den Kopf des Dryk, nur um dann in einer ärgerlichen Schüttelbewegung davongeschleudert zu werden.

Jons Klinge fiel auf den Boden, während er selber in einen der Krüppelbäume krachte.

Nun war die Wut des Dryk geweckt, und das Bullenschwein nahm Maß, um seinen Gegner endgültig zu durchbohren. Es scharrte mit den Hufen. Ein, zwei Atemzüge blieben Jon vielleicht noch, der besinnungslos im Dreck lag.

Sigurd war zur Stelle und warf sich mit aller Macht gegen die Flanke des Dryk. Es war bekannt, dass diese Tiere aufgrund ihrer Körperhöhe und ihrer Masse nicht sehr standfest waren. Und tatsächlich – die Hinterbeine rutschten weg, und der Dryk wurde wie von einem Rammbock zur Seite geschoben. Damit hatte Sigurd ihn zumindest erst einmal von Jon abgelenkt.

Das Tier wandte sich nun dem isländischen Prinzen zu, lediglich zwei Schritte von ihm entfernt. In diesem Moment wurde Sigurd klar, warum die Männer des Reiches die Jagd auf den Dryk als Mutprobe betrachteten. Das Bullenschwein sah wie ein Tier aus, das sich selbst einem Heer nicht beugen würde.

Der Dryk senkte den Schädel, und Sigurd konnte die Spitzen der Hörner sehen, die auf seine Brust zeigten. Er bereute nun doch, kein Messer mitgenommen zu haben.

Beten? So sehr glaubte er dann doch nicht an den allmächtigen Gott seines Vaters. Die streitbaren Götter seiner Mutter hätte er in diesem Moment allerdings gerne an seiner Seite gewusst.

Das Bullenschwein zog die Lefzen hoch, und seine Zähne schienen in Erwartung des Menschenfleischs zu zittern. Sigurd spannte alle seine Muskeln an, auch wenn er keine Ahnung hatte, was er nun tun sollte.

Ein leichtes Surren war in der Luft zu hören, und ein Stein in der Größe einer Kinderfaust schlug über dem rechten Auge des Dryk auf. Das Bullenschwein brüllte vor Schmerz auf und machte hektisch ein, zwei Schritte zurück.

Gelen mit seiner Schleuder!

»Bringt euch in Sicherheit!«, schrie der Freund des Prinzen, während er einen weiteren Stein in die Lederschlinge legte.

Mit ein, zwei Schritten war Sigurd bei Jon, der leise stöhnte. »Wie steht es um dich?«

Jon versuchte etwas zu sagen, aber nur ein wenig Blut gurgelte über seine Lippen.

Der Dryk hatte sich derweil wieder gefangen und stürmte auf Sigurd zu, der bei Jon am Baum in der Hocke saß. Gelens zweiter Stein traf die muskulöse Flanke des Tiers, blieb aber ohne Wirkung. Sigurd merkte, wie Kieselsteine auf dem Boden tanzten, als der Boden unter den stampfenden Hufen des Dryk erzitterte. Es war Zeit, aus dem Weg zu springen – und es war unmöglich, ohne Jon seinem Schicksal zu überlassen.

Sigurd packte seinen Freund um den Brustkorb und zog ihn wie zur freundschaftlichen Umarmung an sich. Dann rollte er ruckartig zur Seite weg, um den Stamm des alten Baums herum. Nun hatten sie zumindest den Baum zwischen sich und den Dryk gebracht.

Es blieb kaum ein Herzschlag, bevor das volle Gewicht des Ungetüms in den Baum krachte und das Holz schreiend splitterte. Der Stamm brach zur Seite weg, armdicke Wurzeln wurden aus dem Boden gezogen. Es war, als krallte sich der Baum verzweifelt in der Erde fest und neigte sich dabei schützend über Sigurd und Jon.

Es war klar, dass der Dryk nicht aufgeben würde – er hatte die Lust am Kampf entdeckt, den Geschmack von Blut in der Nase. Knurrend zerrte er die Hörner aus dem Holz, schüttelte ein paar Splitter ab.

Sigurd sah sich gehetzt um. Weit und breit war kein wirksamer Schutz vor den Angriffen des Bullenschweins zu sehen. Und mit dem verletzten Jon auf der Schulter war auch an feigen Rückzug nicht zu denken. Was immer nun geschah – es musste schnell geschehen, wenn nicht weiteres Isländer Blut vergossen werden sollte.

Der Prinz ließ seinen Freund los und sah sich verdreckt und blutend nach Gelen um. Dieser schlich gerade auf das Messer zu, das Jon fallen gelassen hatte. Obwohl Gelen mit seinem weichen Gesicht und der fülligen Gestalt nicht wie ein Krieger aussah – an Mut hatte es ihm nie gefehlt. Doch die Augen des Dryk waren nun auf Sigurd gerichtet.

»Gelen!«, rief der Prinz. »Schütze Jon!«

Dann sprang er auf und begann zu laufen.

Zuerst war das Gefühl, mit schnellen Schritten durch den Wald zu hetzen, sehr befreiend – aber bereits nach kurzer Zeit hörte Sigurd hinter sich den massigen Leib des Dryk durch das Unterholz brechen. Das Tier folgte ihm, schneller und stärker als Slepnir, das achtbeinige Pferd Odins. Sigurds Lunge begann zu brennen, und knorrige Äste bissen in sein Fleisch.

Dreihundert, vierhundert Schritte vielleicht noch bis zur nächsten Lichtung. Sigurd hatte nur eine vage Vorstellung, was er dort tun würde. Aber es war wichtig gewesen, den Dryk von seinen Freunden wegzulocken.

Weiter, immer weiter. Haken schlagen, zwischen breiten Stämmen hindurch in der Hoffnung, der Dryk müsse ausweichen. Die Füße auf einmal in einem kalten Bach – mit dem Strom aufwärtsrennen, um die Spur zu verwischen?

Hoffnungslos, der Dryk roch den Isländer Schweiß bis zum Horizont.

Sigurd stolperte mehr auf die Lichtung, als dass er rannte. Große Findlinge lagen herum, kaum ein Baum war zu sehen. In der Vorzeit hatten die Ahnen hier Zeremonien abgehalten, von denen selbst die mutigsten Krieger nur zu flüstern wagten. Heute war kaum noch zu erkennen, ob die Steine von den Göttern gesetzt oder von Menschen herbeigeschleift worden waren.

Mühsam kletterte Sigurd auf einen der mannshohen Findlinge, wobei er immer wieder am weichen Moss abrutschte. Endlich oben angekommen ging er in die Hocke, so wie große Krieger vor einem König knieten.

Der Dryk durchbrach nun die Baumgrenze zur Lichtung. Seine Augen fanden Sigurd, und seine Flanken zitterten erregt. Er ging langsam auf den Stein zu, auf dem sich seine Beute befand.

Sigurd fühlte sich vergleichsweise sicher. Am Boden war der Dryk kaum zu besiegen, aber in keiner der Lagerfeuer-Geschichten hatte er je klettern können. Und selbst mit der Kraft von tausend Dryk war dem Findling nicht beizukommen.

Das Biest umkreiste langsam den Findling, schnüffelte am Moos, schabte mit den Hörnern am Stein.

»Respekt«, keuchte Sigurd. »Die Krieger bei Hofe haben nicht gelogen. Du bist fürwahr ein würdiger Gegner.«

Das Bullenschwein grunzte.

Elsa mochte den Geruch von Salz, den der Wind vom Meer herübertrug. Sie liebte es, den rauen Stein der Mauern unter ihren bleichen Händen zu spüren, während sie in die Ferne starrte. Heute jedoch tat es in vielen kleinen Wunden weh – in der Nacht hatte sie träumend die Fingernägel so sehr ins eigene Fleisch gedrückt, dass Blut geflossen war.

Die Kälte des isländischen Herbsts kroch durch ihr dunkles Kleid, und Schauer rieselten ihre Haut hinunter. Doch sie wollte sich nicht in Felle hüllen oder in ihrer Kammer verkriechen. Ihr Blick war fest auf den Horizont gerichtet, nach Südosten. Manchmal kniff sie die Augen zusammen, so fest, dass sie meinte, das Festland jenseits des Meeres sehen zu können. Es war still.

Die Burg, die vor langer Zeit in den Fels der Bucht an der Südspitze Islands gehauen worden war, mochte nicht jedermanns Vorstellung eines schönen Zuhauses entsprechen. Der schwarze Vulkanfels war so spröde wie das Land, in dem das Eis oft auch den Sommer überstand. Jede Ernte war ein Kampf, und oft genug blieb der karge Boden siegreich. Die Menschen hatten sich dem angepasst, arbeiteten hart, ohne dafür viel zu verlangen. Es war ein Königreich ohne Glanz.

Und genau deshalb liebte Elsa Island so sehr. Sie hatte sich in Burgund immer wie eine Ausgestoßene gefühlt, wie ein schwarzes Teil eines weißen Mosaiks. Dieses Gefühl starb, als ihre Füße erstmals den Kies am Strand des verlassenen Insel-Königreichs gespürt hatten. Ihre Familie mochte vor drei Generationen aus Tronje gekommen sein – ihr Herz war Island.

Eine plötzliche Böe wehte ihr glattes schwarzes Haar durcheinander, doch bevor sie es aus ihrem Gesicht streichen konnte, kam eine Hand über ihre linke Schulter und schob die Strähnen sachte beiseite. Sie nahm die Hand und küsste sie.

»Heimweh?«, fragte Gernot leise, während er seine Arme von hinten um sie schlang und sein Umhang über ihre Schultern fiel.

Elsa lächelte sanft. »Wo du bist, ist meine Heimat.«

Sie hatte ihm kaum von dem Traum erzählt.

Der König von Island, der eigentlich Thronfolger von Burgund hätte sein sollen, folgte ihrem Blick über das Meer. »Was dann? Wartest du schon wieder auf einen jungen Krieger, dem du das Herz brechen kannst, wenn er von der Schlacht heimkehrt?«

Sie drehte sich zu ihm um. »Dann hätte ich eine Schüssel Suppe bei mir, oder nicht?«

Er lächelte nun auch. »Wer weiß – vielleicht haben die Jahre deine Methoden geändert.«

Sie küsste ihn ganz sacht auf die Lippen, wie damals, als sie – noch Kinder fast – auf den Mauern der Burg in Worms gestanden hatten. »Nichts wird sich jemals ändern. Meine Liebe für dich ist so ewig wie das Meer.«

Gernot zog sie an sich heran, und sein pelzbesetzter Umhang nahm sie auf. Er küsste erst ihre Nasenspitze, dann ihre Stirn. »Geht es dir besser?«

Sie rang sich ein Lächeln auf ihre Lippen. »Besser. Was hatten die Boten zu berichten?«, fragte Elsa, obwohl sie die Antwort fürchtete.

Gernot versuchte sich nichts anmerken zu lassen, aber sie spürte, wie sich seine Augenbrauen zusammenzogen. »Was sollten sie berichten? Das Übliche – eine Missernte hier, eine Hochzeit da. Der König der Franken ist im Bett seiner Geliebten verstorben. Alles das, was man sich so erzählt.«

»Wenn es nur das Übliche war – dann haben die Boten lange gebraucht, es zu erzählen«, stellte sie fest, mit dem Vorsatz, Gernot daraus keinen Vorwurf zu machen.

Es stimmte – zum Abendmahl hatten der König und seine Ratgeber die Boten empfangen, die im Auftrag Islands Neuigkeiten zusammentrugen. Elsa hatte schon geschlafen, als Gunther zu ihr auf das Lager kam. Und nun neigte sich der neue Tag dem Ende entgegen, und sie waren noch nicht fertig. Was konnte so wichtig sein, dass es so ausführlich besprochen werden musste?

Gernot atmete tief ein. »Es gibt nur … Gerüchte. Dummes Gerede trunkener Herumtreiber.«

»Aus Burgund?«

Er schüttelte den Kopf. »Nicht mehr, seit die Römer dort am Rhein wieder selber verwalten. Es geht um … Xanten.«

Obwohl sie im Umhang ihres Mannes warm eingepackt war, begann Elsa zu zittern. Xanten, das war Siegfried. Und Siegfried – das betraf Sigurd. Auch wenn er es nicht wusste.

»Wulfgar«, flüsterte Elsa. Sie hatten den Namen seit Jahren nicht mehr ausgesprochen. Obwohl sie den Herrscher von Xanten nicht kannte, flößte sein Name ihr düstere Angst ein.

Gernot mühte sich, seine Stimme unbesorgt klingen zu lassen. »Wulfgar ist ein Provinzkönig, ein größenwahnsinniger Stammesfürst, der das Glück hatte, auf ein verwaistes Reich zu stoßen, das nach Führung dürstete. Er musste nicht einmal darum kämpfen – es fiel ihm in den Schoß wie eine reife Frucht. In mehr als zehn Jahren hat er Xanten kein Glück gebracht.«

»Was ist es dann?«, wollte Elsa wissen.

Gernot räusperte sich. Die kalte Luft hatte seinen Lungen nie gut getan, auch wenn er es tunlichst vermied, sich das anmerken zu lassen. »Es heißt, Wulfgar stelle ein Heer auf.«

Es lag keine Gefahr in dem, was Gernot sagte. Seit dem Zusammenbruch der Reiche von Burgund bis Dänemark wurde überall auf dem Kontinent Krieg geführt, mal kleiner, mal größer. Es gab Grenzkriege und Eroberungskriege, Erbfolgekriege und Vergeltungskriege. Kein Tag, an dem nicht ein Königreich dem anderen mit Eisen zu Leibe rückte.

Aber dennoch – Xanten …

Gernot konnte in Elsas Augen lesen, und er streichelte beruhigend ihren Kopf. »Sorge dich nicht. Es ist ein kleines Reich unter kleinen Reichen. Wulfgar kann vielleicht ein paar umliegende Burgen belagern, aber für einen großen Feldzug ist er nicht gerüstet.«

»Was, wenn Island sein Ziel ist?«, flüsterte Elsa. Sie traute sich nicht, die Frage laut zu stellen.

Gernot lachte, so laut wie falsch. »Warum nur sollte er das tun? Soll er seinem ärmlichen Besitz einen noch weit ärmlicheren Besitz hinzufügen? Wo läge da der Sinn? Nein, wenn Wulfgars Blut vor Machtgier rauscht, dann wird er sich mit den Sachsen anlegen – oder Dänemark. Und König Dagfinn ist gut vorbereitet.«

»Wir sind es nicht«, stellte Elsa fest.

Gernot straffte den Rücken. »Island ist in seiner Geschichte niemals angegriffen worden. Es gibt hier nichts, mit dem ein Eroberer sich schmücken könnte. Und du weißt, was wir besprochen haben.«

»Keinen Krieg mehr«, murmelte Elsa.

»Keinen Krieg mehr«, wiederholte Gernot.

Aus dem Innern der Burg ertönte eine hohe, helle Stimme, die Elsas Namen rief.

Gernot lächelte. »Lass uns reingehen, deine Tochter verlangt nach deiner Aufmerksamkeit. Außerdem – so wenig, wie ich dich an den Krieg verlieren möchte, so wenig möchte ich dich an die Kälte verlieren.«

Sie ließ sich von ihm führen, wie sie es immer getan hatte. Doch sie drehte sich noch einmal um und blickte in

Richtung des Landesinneren. »Ich frage mich, wo Sigurd bleibt.«

Gernot lachte, und diesmal hatte sein Lachen einen warmen und väterlichen Ton. »Ich bin sicher, er hat seinen Spaß. Außerdem sind Eolind und seine beiden Freunde bei ihm. Was soll schon geschehen? Wahrscheinlich nehmen sie das Untier bereits aus.«

Es sah nicht gut aus.

Sigurd hatte sich etwas erholt, sein Atem beruhigte sich, und auch sein Herz schlug nicht mehr so wild, dass er sein Blut in den Ohren rauschen hören konnte.

Was nun? Er hatte keine Waffe dabei, das war äußerst misslich. Flucht war unmöglich. Der Dryk konnte tagelang laufen, ohne zu ermüden. Warten? Hoffen, dass das Tier irgendwann das Interesse verlieren würde? Darauf wollte sich Sigurd nicht verlassen. Außerdem wäre er als Versager in die Burg zurückgekehrt. Er mochte den Krieger-Stolz nicht so hoch schätzen wie andere Männer, aber feige schimpfte ihn niemand.

Sigurd sah einen Findling, der drei, vier Schritte zu weit entfernt war, um ihn mit einem Sprung zu erreichen. Mit *einem* Sprung …

Der Dryk stapfte immer noch umher, seinen Gegner nicht aus den Augen lassend. Sigurd drehte ihm den Rücken zu, seine Augen auf den Findling gerichtet, den er erreichen wollte. Es dauerte ein paar Sekunden, bis sich der massige Leib des Dryk zwischen die Steine schob, um Sigurd zu stellen.

Jetzt!

Der Königssohn drückte sich ab, und bevor der Dryk reagieren konnte, spürte Sigurd unter seinem Stiefel das Fleisch und das Rückgrat seines Gegners. Doch nur für eine Sekunde, dann machte er einen weiteren Satz und landete auf dem benachbarten Findling.

»Ha!«, schrie er so erleichtert wie triumphierend.

Der Dryk fühlte sich genarrt, sogar verhöhnt, und warf wieder brüllend den Kopf herum. Gegen jede Vernunft schlug er den Schädel gegen den Findling, auf dem Sigurd nun saß. Horn traf auf Stein – und Horn verlor. Es brach knirschend – und sicher nicht ohne Schmerz.

Der Dryk warf den Kopf hin und her, wütend und gedemütigt. Sein Brüllen war so laut, dass man es vermutlich bis zur Burg hören konnte.

Jetzt nutzte Sigurd die Gunst der Gelegenheit. Er warf sich von oben auf den Rücken des Dryk, packte die Hörner von hinten und zog mit Schwung nach links. Die starken Nackenmuskeln des Bullenschweins widersetzten sich mit aller Kraft, und als genügend Gegendruck da war, lockerte Sigurd den Griff und ließ sich vom Dryk nach rechts herunterschütteln, ohne dabei die Hörner loszulassen. Es war ein gewagtes Manöver, denn nun stand der Prinz unmittelbar zwischen Stein und Bestie und hätte durch schiere Masse zerquetscht werden können. Die Chance bestand, den Kampf nun zu seinen Gunsten zu wenden. Er zog den Kopf des Dryk an den Hörnern in seine Richtung, und als das Tier einen wütenden Schritt auf ihn zu machte, trat Sigurd ihm das vordere Standbein zur Seite.

Wie ein gefällter Baum krachte der schwere Körper des Dryk zur Seite auf den Boden. In der Enge zwischen den Findlingen würde es schwer sein, sich wieder aufzurichten, und Sigurd wusste das. Er warf sich auf den strampelnden Körper, das Knie gegen die Halsmuskeln, und zog den Kopf an den Hörnern nach oben, damit der Dryk sich nicht mit der Schnauze aufstemmen konnte. Unter dem Kiefer des Tiers lag ein scharfkantiger Stein, geformt wie eine Stufe. Mit genügend Wucht darauf geschlagen, sollte sich das Genick brechen lassen.

Ende des Kampfes. Held Sigurd. Jubel bei Hofe.

»Ihr solltet es tun«, ertönte plötzlich Eolinds Stimme. »Eure Kraft, ihn zu halten, lässt nach. Und sobald er sich erholt hat, wird er Euch abschütteln.«

Sigurd hatte aufgehört sich zu wundern, wie Eolind so schnell von einem Ort zum anderen kam. Oder woher er gewusst hatte, dass Sigurd den Kampf auf der Lichtung suchen würde.

Der Schweiß perlte von seinen Armen und machte seine Hände feucht, während er antwortete: »Was ist mit Jon?«

Eolind winkte ab. »Jon wird leben. Unter Schmerzen eine Weile, aber er wird leben. Ihr solltet danach trachten, es ihm gleichzutun.«

Der massige Körper unter Sigurd fing an zu zittern. Der Dryk sammelte seine Kräfte.

»Ich habe ihn besiegt«, knurrte Sigurd.

»Das habt Ihr«, bestätigte Eolind. »Und in einem fairen Kampf noch dazu. Wenn Ihr mit dem Haupt des Dryk heimkehrt, wird man noch lange davon berichten.«

Sigurd peilte die Steinkante an, die das Leben des Dryk ruckartig und schmerzlos beenden konnte. »Es gibt nicht mehr viele. Dryk, meine ich.«

»Jede Jagd fordert Opfer«, sagte Eolind lächelnd. »Und wir jagen den Dryk seit Anbeginn der Zeit.«

»Aber wenn … wenn wir sie alle töten – was werden dann unsere Nachfahren jagen?«, keuchte Sigurd und stemmte den Fuß gegen einen der Findlinge, um das Tier auf dem Boden zu halten. Es war ein ungleicher Ringkampf, den er bald verlieren würde.

Eolind strich sich über den stoppeligen Bart, als hätte ihn die Frage überrascht, was natürlich nicht stimmte. »Es liegt in unserer Natur, dem was war mehr zu gedenken als dem, was kommen wird.«

Der Dryk bäumte sich auf, und Sigurd wurde fast vom Rücken des Tiers geschleudert. Er spürte seine Muskeln beben, fühlte seine Kraft schwinden. »Meine Söhne sollen dereinst auch den Dryk jagen können.«

Eolind blickte auf seinen reich verzierten Stock, als ginge ihn der Kampf seines Schülers nichts an. »Dann solltet Ihr jetzt Sorge tragen, dass sie auch einen Vater haben, der sie zeugen kann. Denkt mit Eurem Verstand, nicht dem des Gegners, wenn Ihr den Sieg erringen wollt.«

Sigurd kämpfte ein paar Augenblicke lang nicht nur mit dem Biest, sondern mit sich selbst. Dann legte er alle verbliebene Kraft in seine Arme und drehte den Kopf des Dryk so hoch, dass er dem Tier in die Augen sehen konnte.

»Hörst du, was Eolind sagt?«, zischte er. »Dieses Spiel ist für einen Sieger gemacht. Wenn du noch siegen willst, muss ich dich nun töten.«

Es war ein seltsames Schauspiel, und sicher einzig in der Geschichte der Insel. Der Dryk war eine dumme und brutale Bestie, weder zur Zähmung noch zur Zucht tauglich. Doch nun hielten die strampelnden Beine des Bullenschweins still, und sein Schädel presste nicht mehr ganz so stark gegen Sigurds Arme. Dieser brachte seine Lippen ganz nah an das verquaste Ohr des Dryk: »Respektiere den Kampf und nicht den Tod.«

Dann ließ er los.

Der Dryk lag still.

Sigurd rappelte sich auf und ging ein paar Schritte zurück. Er achtete darauf, Eolind hinter sich zu haben, um ihn bei einem erneuten Angriff mit seinem Körper schützen zu können.

Mit einer kräftigen Pendelbewegung kam der Dryk wieder auf die Beine. Er sah Sigurd kurz an. Es lag kein Verstehen in seinem Blick, das tumbe Tier begriff nicht wirklich die Worte des Prinzen. Aber er spürte die Nähe seines Todes – und die Gnade seines Henkers.

Der Dryk drehte sich um und trottete ohne Eile in den Wald davon.

Nun erst gestattete sich Sigurd die Schwäche seines Körpers und lehnte sich zitternd an den Findling, der mit den Kratzern des Dryk-Horns übersät war. Seine Hände brannten, und aus vielen kleinen Wunden tränkte Blut sein Hemd.

Eolind kam hinzu, um Sigurd zu stützen. Aus einer Tasche, die er um die Schulter trug, zog er ein grobes, aber sauberes Hemd. »Hier.«

Sigurd zog den zerrissenen Stoff von seinem Oberkörper, wischte Blut und Schweiß hinein und zog das frische Hemd über den Kopf.

»Ich weiß nicht, ob je ein isländischer Krieger einen besiegten Dryk am Leben gelassen hat«, murmelte Eolind, und seine Stimmlage verriet nicht die Wertung, die in seinen Worten lag.

»Du hast es selbst gesagt – darum gibt es nur noch so wenige«, entgegnete Sigurd. »Ich habe gesiegt. Welcher Triumph liegt noch im Tod?«

»Welcher Gewinn liegt im Leben?«, hielt Eolind dagegen.

Sigurd grinste. »Das Tier soll fleißig Nachkommen zeugen, und ich will es auch tun. Dann haben die künftigen Generationen noch Freude an der Jagd.«

Er hielt einen Moment lang inne. »War das – dumm?«

Eolind lachte. »Was fragt Ihr mich? Nur weil ich alt bin, muss ich das Geschenk der Weisheit haben?«

»Nein«, gab Sigurd zu, »nicht dank des Alters. Deine Weisheit ist hart erarbeitet.«

»Die Jahre werden Eure Entscheidung werten«, sagte Eolind. »Und sie werden es Euch wissen lassen.«

Sie wandten sich schon zum Gehen, als Sigurd etwas ins Auge fiel. Es war das abgebrochene Horn des Dryk. Er nahm es auf und warf es Eolind zu. »Hier. Wenn ich schon den Kopf nicht als Trophäe bringe, so kann wenigstens das Horn den Kampf bezeugen.«

Sie fanden Jon und Gelen dort, wo der Dryk den jungen Isländer gegen den Baum geschleudert hatte. Gelen hatte seinem Freund ein paar Blätter auf den blau gequetschten Brustkorb gelegt und dann mit Lederriemen fest verbunden. Als Jon Sigurd und Eolind sah, schien sich sein Schmerz zu verdoppeln. »Nun sagt mir nicht, dass der Dryk euch entkommen ist! Ich will mir die Knochen nicht umsonst gebrochen haben!«

Sigurd hielt das abgebrochene Horn hoch. »Entkommen ist das falsche Wort. Das Bullenschwein und ich – wir haben uns friedlich geeinigt.«

»Was soll das denn heißen?«, fragte Gelen.

Eolind stieß Gelen mit seinem Stock an den Kopf. »Frag nicht dumm, was dich nichts angeht. Wie steht es um Jon?«

Gelen verzog das Gesicht und rieb sich die Schläfe. »Ein paar Rippen sind wohl durch, und einen ruhigen Schlaf werden die Schmerzen in den nächsten Wochen sicher nicht erlauben. Aber er hatte wieder das Glück des dümmsten Ochsen.«

Jon gab Gelen für die Beleidigung eine Ohrfeige, stöhnte dafür aber auch im Schmerz. »Ist das der Dank für meine Mühen?«

Sigurd klopfte seinem Freund lobend auf die Schulter und half ihm dann auf. »Glaub mir – wir werden in der Burg gebührend von deinem Mut erzählen.«

Sie wollten Jon von beiden Seiten stützen, doch Eolind hielt seinen Stab zwischen Sigurd und seinen verletzten Freund. »Wir gehen vor. Gelen kann Jon alleine helfen.«

»Aber dann brauchen die beiden doch eine halbe Ewigkeit bis zur Burg«, protestierte Sigurd. »Wenn wir alle mit anfassen ...«

»Wir beide werden es noch bis zum Abend schaffen, dann können wir einen Reiter schicken, der Gelen und Jon holt. Der König und die Königin machen sich schon Sorgen – und ihnen gilt unsere erste Pflicht.«

Sigurd wollte das nicht hinnehmen, aber Gelen und Jon warfen ihm einen Blick zu, der besagte: Es ist den Streit nicht wert.

So sehr Sigurd Eolind als Ratgeber, als Lehrer und auch als Freund schätzte, so sehr wunderte er sich manchmal, dass der alte Knochen auf der Einhaltung des Hofzeremoniells bestand. Gelen und Jon waren Sigurds Kumpane, doch keiner von beiden hätte es je gewagt, Eolind direkt anzusprechen. Und Sorge trug der alte Mann nur für den Prinzen – in Gefahr hätte er dessen Freunde ohne Reue zurückgelassen.

»Nun?«, fragte Eolind, und in der Frage lag die Aufforderung, nicht länger zu warten.

Sigurd nickte seinen Freunden entschuldigend zu. »Sobald wir in der Burg sind, schicken wir Hilfe.«

Gelen und Jon sahen ihn ohne Groll an.

Sigurd und Eolind schwiegen eine Weile, während sie zurück zur Burg gingen. Dabei sah der isländische Prinz seinen Lehrer verstohlen an. Dieser tat, als merke er es nicht – was Teil seines Spiels war.

Eolind war ein komischer alter Kauz. Elsa und Gernot erzählten, dass er Teil der Burg war und seit Generationen den Herrschern von Island diente, wenn es galt, ihre Kinder aufzuziehen. Sein ledernes Gesicht mit den grauen Stoppeln, die zu rasieren er sich nicht mehr die Mühe machte, erschwerte die Einschätzung, wie alt er genau war. Auf jeden Fall hatte Sigurd noch keinen anderen Menschen in Island getroffen, der so viele Jahre zählte. Zwar erstattete sein Körper den Tribut an die Zeit, aber seine Hand teilte immer noch kräftige Ohrfeigen aus, und seine klare Stimme duldete selbst bei Heerführern und Kriegern keinen Widerspruch. Auch der König hörte auf das Wort des Ratgebers, der niemals von den früheren Herrschern erzählte, so sehr die Kinder auch bettelten.

Schließlich hielt Sigurd es nicht länger aus. »Was hast du gegen Gelen und Jon?«

Eolind sah ihn nicht an, sondern konzentrierte sich auf seine Schritte. »Ich muss nichts gegen sie haben.«

»Sie sind meine Freunde. Ich erwarte, dass du sie mit Respekt behandelst.«

Ein flüchtiges Lächeln huschte über Eolinds Gesicht. »Mein Prinz, den Respekt für Eure Person könnt Ihr verlangen, den Respekt für andere jedoch nicht. Was käme als Nächstes – Respekt vor Steinen oder Bäumen?«

»Aber warum respektierst du mich – und meine Freunde nicht?«

»Ihr seid der Prinz. Euer Wohl und Euer Wille sind meine Aufgabe.«

Sigurd dachte kurz darüber nach, bevor er antwortete: »Dann respektierst du nicht mich, sondern die Rolle, in die ich geboren wurde.«

»So ist es.«

Eolind sagte es, als sei es selbstverständlich, als gäbe es keine Möglichkeit, wie dieser Satz den Prinzen verletzen könnte.

Sigurd blieb stehen. Nach ein paar Augenblicken merkte Eolind es und hielt ebenfalls inne. Er sah den Prinzen an. »Wir können gerne streiten, wenn Euch danach ist, aber wir sollten den zügigen Schritt dabei nicht vernachlässigen. Ich bin sicher, Eure Eltern wünschen Euch beim Abendmahl an ihrer Seite.«

Verärgert setzte Sigurd seinen Heimweg fort. Er ließ sich nicht gerne von Eolind herumkommandieren. Andererseits war es unmöglich, sich ihm zu widersetzen.

»Bedeute ich dir nichts?«

Eolind spuckte auf den Weg. »Als Mensch? Nichts. Als Prinz? Alles.«

Sigurd verstand den alten Mann nicht. »Dann würdest du auch jedem anderen Prinzen dienen? Das enttäuscht mich.«

Eolind schien das nicht weiter zu stören. »Weil Ihr keine Pflichten kennt. Wie kann ich mich abhängig machen von meiner persönlichen Neigung? Soll ich einem König die Gefolgschaft verweigern, weil seines Sohnes Dummheit mich in Rage bringt? Nein. Man bringt mir die Prinzen und Prinzessinnen – und ich kümmere mich um sie.«

Sigurd trat mit Wucht auf einen Ast, der unter seinem Fuß zerbrach. »Ich hatte nur gehofft, du würdest ... ich meine, über die Jahre ...«

Eolind seufzte vernehmlich. Die Gespräche mit Sigurd kannte er schon. Der Junge war stark wie ein Dryk, aber empfindsam wie ein Weib. Seine Mutter hatte ihn mit zu viel Büchern gefüttert statt mit Ochsenblut. »Ihr sucht Verständnis, wo keines nottut. Wenn Ihr Freundschaft und

Pflicht nicht unterscheiden könnt – was schert Euch dann, ob es dann das eine oder das andere ist?«

Sigurd wusste, dass er damit alle Antwort hatte, die Eolind zu geben bereit war. »Du wirst mich vermissen, wenn ich erst mal in Dänemark bin.«

»Werde ich Eure Abreise mehr bereuen als die Dänen Eure Ankunft?«

Sigurds Laune besserte sich augenblicklich, denn auf seine erste große Reise über das Meer freute er sich seit dem Beginn des Jahres. »Ich habe gehört, dass die Dänen andere Spiele spielen als wir. Sie haben Instrumente, die Töne machen, von denen du noch nie gehört hast! Und ihr Met ist mit Gewürzen verrührt und brennt auf der Zunge!«

Eolind lachte. »Danach sehnt Ihr Euch? Nach einer verbrannten Zunge? Ich glaube, Ihr werdet Euch bei König Dagfinn sehr wohl fühlen.«

Sigurd schwieg eine Sekunde zu lang, und Eolind ertappte den falschen Gedanken sofort. »Ihr *werdet* Euch bei König Dagfinn wohl fühlen, Sigurd. Das ist keine Bitte – und ich möchte nicht mit Eurem Vater darüber sprechen müssen.«

Sigurd nahm ein paar Kieselsteine auf und warf sie in den Wald rechts und links des Weges. Es wurde langsam dunkel, und der Boden presste die Kälte aus der Erde.

»Was soll ich denn bei Hofe?«, maulte Sigurd nun. »Eine Burg ist der anderen gleich. Das sagt jeder! Und du kennst Dagfinn! Er wird mich bei Empfängen herumreichen wie ein edles Pferd, das man zur Schau stellt!«

»Ihr seid Prinz von Island und Gast an seinem Hof. Es wird Euch an nichts fehlen.«

»Aber das ist es ja! Eolind, ich will des Morgens keinen Diener neben der Schlafstatt, der meine Füße wäscht! Ich will etwas erleben! Ich möchte unter Leute, die nicht meines Standes sind!«

»Ihr wollt Huren sehen, und Krieger, die sich im Suff die Krüge über die Schädel ziehen, bis sie im eigenen Blut liegen. Wo die Hand schnell am Schwert ist und die Nacht keinen Schlaf verlangt.«

Sigurd fühlte sich ertappt. »Woher … woher weißt du das?«

Eolind lachte wieder. »Ihr wollt, was jeder Junge will, der schon den Mann in sich spürt. Man nennt es Freiheit. Und in Eurem Fall die Freiheit, Dummheiten zu begehen.«

»Glaubst du, Vater wird es erlauben?«

Eolind schüttelte den Kopf. »Niemals. Nicht nur aus Sorge um Euch – Eure Mutter würde ihn eigenhändig meucheln, wenn Euch etwas zustöße.«

»Mutter macht sich immer zu viel Sorgen.«

»So wie es ihre Aufgabe ist.«

Sie hatten nun den Rand des Plateaus erreicht, und die karge Steppenlandschaft fiel langsam zur südlichen Küste Islands hin ab. Als hätte einer der Titanen in das Land gebissen, kam der Fjord in Sicht, der auf der einen Seite Hafen und an der Felswand im Rücken Heimstatt der Könige war. Wenn man genau hinsah, konnte man ein paar wenige Lichtpunkte hinter den Burgmauern ausmachen.

Ein, vielleicht zwei Stunden strammer Fußweg standen noch bevor.

Noch einmal versuchte Sigurd, das Thema anzusprechen. »Wenn ich an den Hof von Dagfinn muss, kann ich gleich hier bleiben.«

»Dann bleibt hier.«

»Aber ich will …«

»Etwas erleben«, stöhnte Eolind genervt auf. »Das hatten wir doch bereits geklärt.«

Er legte dem Prinzen den Arm auf die Schulter, als müsse er sich stützen lassen. Aber Sigurd spürte die Vertrautheit in der Berührung.

»Mein Prinz, mit Eurem Blut braucht Ihr dem Abenteuer nicht lange hinterherzuschmachten. Es ist kein Tier, das man jagen muss wie den Dryk. Das Abenteuer wird Euch finden.«

»Aber wann?«

»Schneller, als Euch lieb ist. Und eines Tages werdet Ihr Euch nach diesen Tagen zurücksehnen, in denen das Schicksal nicht ständig Euren Namen ruft.«

»Das kann ich mir kaum vorstellen«, knurrte Sigurd.

Den Rest des Weges gingen sie schweigend.

Das Fleisch war zart und üppig, das Brot noch warm vom Ofen. Doch Elsa aß kaum etwas von den Speisen auf dem langen hölzernen Tisch. Gernot sah sie fürsorglich an. Vor Jahren hatten sie schon die Pflicht des engeren Hofstaats, bei jedem Abendmahl anwesend sein zu müssen, abgeschafft. Oft aßen sie allein, unterbrochen nur von den Dienern, die ihre Kelche nachfüllten oder die Fleischplatten wegtrugen.

»Wenn du weiter so zulangst«, versuchte der König einen Scherz, »dann kommen wir mit nur einem Brot durch den Winter.«

Elsa warf ein paar Krumen, die sie in den Fingern zerbröselt hatte, neben sich. »Ich kann in Sorge nicht essen.«

»Dann lass mich ein paar Reiter in die Nacht schicken, die Sigurd aufspüren.«

Elsa lächelte müde. »Er würde uns diesen Vertrauensbruch nie verzeihen. Nein, Gernot, die Sorge ist meine Aufgabe – als Mutter und Königin. Lass sie mir, bitte.«

Gernot griff nach ihrer Hand und drückte sie sanft. Dem Protokoll nach hätte die Herrin am anderen Kopfende des Tisches sitzen müssen, aber auch diese Regel hatten sie abgeschafft. Der König bevorzugte die Nähe seiner Königin, und deshalb saßen sie über Eck.

»Wie soll es erst werden, wenn Sigurd in Dänemark ist?«, fragte Gernot vorsichtig.

Elsas Augen wurden groß – sie hatte den Gedanken beiseitegeschoben, so lange es ging. »Wir können ihn nicht ziehen lassen!«

Gernot nahm einen Schluck von seinem Wein, der ihm die Pause gab, die er immer brauchte, bevor er Elsa widersprach. »Das Versprechen wurde gegeben. Und es ist wichtig für einen Mann, die Welt zu sehen.«

Elsa blieb ruhig, legte ihre Hände auf die Oberschenkel und richtete ihren Blick auf die Tischplatte vor sich. Es war die Ankündigung des Streits, den Gernot hatte vermeiden wollen.

Der König von Island seufzte. »Was – nun soll Sigurd auch kein Mann mehr werden?«

Elsas Kopf ruckte zur Seite wie der eines Raben, ein Eindruck, der durch ihr glattes schwarzes Haar noch verstärkt wurde. »Du hast selbst gesagt, dass Dänemark vielleicht von den Xantenern angegriffen wird. Willst du unseren Sohn in den Tod schicken?«

Sie war gewöhnlich die Liebe selbst – aber wenn es um Sigurd ging, konnte man kaum vernünftig mit ihr reden. Gernot versuchte es dennoch. »Ich habe nicht gesagt, dass Wulfgar Dänemark angreifen will – nur, dass Dänemark allemal ein lohnenderes Ziel wäre als Island.«

»Dann ist Sigurd also hier sicherer als dort«, trumpfte Elsa auf.

Gernot schob ärgerlich sein Essen beiseite – der Hunger war ihm nun auch vergangen. »Er wäre *noch* sicherer, wenn wir ihn im Kerker einsperren würden! Und manchmal glaube ich, das wäre dir lieber.«

Elsa Augen füllten sich mit Tränen. »Wie kannst du so etwas sagen – ich liebe Sigurd.«

»Und ich liebe ihn auch! Aber wenn man sein Kind liebt, tut man das, was für das Kind am besten ist – nicht das, was die eigenen Ängste fordern! Es drängt den Jungen in die Welt.«

Gernots Stimme war lauter, als er beabsichtigt hatte, und er bereute schon, sich auf die Diskussion überhaupt eingelassen zu haben. Aber er wollte Elsa in dieser Angelegenheit nicht einfach mit dem Recht des Königs übergehen.

Elsa tupfte sich die Augenwinkel ab. Sie verabscheute es, so schwach zu wirken, wie sie war. »Und haben wir beide, *gerade wir beide*, nicht gesehen, was geschieht, wenn man dem Drang die eitle Freiheit lässt? Wenn wilde Leidenschaften aufeinandertreffen, denen die Folgen ihres Handelns gleichgültig sind?«

Gernot versuchte es mit Herzensgüte. »Ist unsere Liebe nicht auch das Ergebnis eines Drangs, einer wilden Leidenschaft? Hätte man uns einander verwehren können?«

Elsa sah ihren Mann an, als habe er nicht verstanden, wovon sie sprach. »Aber Sigurd ist nicht das Kind *unserer* Liebe! Sein Blut ist Siegfrieds – und Kriemhilds! Es stammt aus Herzen, deren Leidenschaft nur Tod brachte!«

Gernot schlug mit der Faust auf den Tisch. »Nein! Sigurd ist *nicht* Siegfrieds Sohn! Er ist *unser* Sohn! Die Arme, die ihn seit der Kindheit hielten, waren unsere! Die Regeln, die er lernte – unsere Regeln! Er hat es verdient, als Sohn Islands in die Welt zu ziehen.«

»Was ist, wenn er für die Welt noch nicht bereit ist?«

Gernot winkte ab. »Niemand ist für die Welt bereit, bevor er ihr begegnet ist. Genau darum geht es ja.«

Elsa atmete tief ein und spielte die letzte Karte, die sie hatte. »Ich wünsche nicht, dass du Sigurd nach Dänemark ziehen lässt.«

Gernot stützte die Ellenbogen auf den Tisch und rieb sich mit den Händen müde das Gesicht. »Tu das nicht, Elsa, bitte – mach aus deinen Argumenten keine Forderung.«

»Du hast mir versprochen, nie gegen meine Wünsche zu handeln.«

Das hatte er – und er hatte das Versprechen bis zu diesem Tag gehalten. »Du verlangst, mich für dich und gegen Sigurd zu entscheiden. Er wird mir das nicht verzeihen.«

»Er wird es verstehen – eines Tages.« Sie hoffte es mit der gleichen Innigkeit, mit der sie es sagte.

Elsa und Gernot sahen sich lange schweigend an. Der König wusste um die Reinheit der Motive seiner Frau, und doch stand die Forderung lähmend zwischen ihnen.

Für Elsa bedeutete das Schweigen Leiden, und die Zeiten, in denen sie und Gernot gestritten hatten, waren auch nach all den Jahren an einer Hand abzuzählen. Sie hätte ihm so gerne nachgegeben, aber ihre Seele wehrte sich dagegen wie eine Katze, die man in einen Waschzuber stecken wollte. Es trieb sie, ihm von den dunklen Träumen zu erzählen. Vielleicht würde er dann verstehen, vielleicht glaubte auch er dann daran, dass die Götter ihr letztes Opfer noch nicht verlangt hatten …

Sie schreckten beide auf, als die kleine Seitentür zum Thronsaal mit einem Knall aufflog und ein quirliger Schatten mit braunem Haar und dunklem Kleid hereinrauschte.

Lilja war nun schon zehn Jahre alt, der kaum noch erhoffte Spross der Liebe von Gernot und Elsa. In jeder Hinsicht ein Burgunder Kind. Sie hatte den wilden Schopf ihres Vaters und seine laute Begeisterung für alles, was ihr in den Blick kam. Nur manchmal, wenn man ihr tief in die schwarzen Augen sah, konnte man in ihnen die Melancholie Elsas sehen. Trotz ihrer kindlichen Verzückung war sie zu großer Trauer fähig.

Mit einem Satz sprang Lilja auf den Schoß ihres Vaters, und das Königspaar bemühte sich, rasch den Eindruck von Harmonie und Ruhe zu erwecken.

Lilja hielt ihrem Vater ein krude aus Holz geschnitztes Pferd hin, kaum faustgroß. »Das habe ich gemacht.«

Elsa lächelte, und Gernot sah sich das Tier mit übertriebenem Sachverstand an. »Gute Arbeit. Ein Talent für das Handwerk besitzt du. Aber muss ich Björndis bestrafen, weil sie dir ein Schnitzmesser in die kleine Hand gegeben hat?«

Lilja schwang ihre kleinen Arme um ihren Vater. »Nein! Björndis hat ... Björndis hat das Messer gehalten. Ich habe nur geholfen.«

Gernot stellte das Pferdchen auf den Tisch und klopfte seiner Tochter sachte auf den Rücken. Dabei sah er Elsa mit einer Liebe an, die den vorangegangenen Streit vergessen ließ.

Eine Faust stieß von außen an die große Flügeltür, die in die Vorhalle der Burg führte. Dann trat die Torwache ein. »Mein König.«

»Was gibt es?«, fragte Gernot lächelnd.

»Eolind und der Prinz sind zurück«, verkündete die Wache.

»Sigurd!«, schrie Lilja begeistert, sprang vom Schoß ihres Vaters und rannte mit kindlichem Übermut an der Torwache vorbei. Auch Elsa stand auf, aber die Freude über die gute Nachricht ließ ihr Herz rasen – sie musste sich an der Tischkante festhalten, um nicht zu taumeln. Zwei-, dreimal atmete sie tief. Dann sah sie Gernot an, lächelte und folgte ihrer Tochter.

Gernot saß nun allein am Tisch. Er zupfte ein Stück Schweinefleisch vom Braten und schob es sich lustlos in den Mund. Dann sah er, dass die Torwache ihn beobachtete. »Ja, ja, ich komme.«

Fackeln und Feuerkrüge erleuchteten die Umrisse der Felsenburg, als Eolind und Sigurd im Mondlicht durch den kleinen Hafen darauf zugingen. Die wenigen Seeleute, die schweigend an ihren Booten arbeiteten, damit sie im Morgengrauen zum Auslaufen taugten, nickten den beiden Männern freundlich zu. In Island war es nicht nötig, sich vor dem Adel zu verbeugen, wenn man nicht direkt mit ihm zu tun hatte.

Ein einsames Horn vom Turm kündete davon, dass der König sein Volk wissen lassen wollte, dass der Prinz wieder daheim war.

Die zwei Wachen, die am Absatz der großen Bogentreppe standen, deren endlos weite Stufen zur Burg im Fels führten, klopften mit dem stumpfen Ende ihrer Lanzen auf den Boden. »Prinz Sigurd. Meister Eolind.«

Eolind ächzte ein wenig – der lange Weg hatte ihm mehr zugesetzt, als er zuzugeben bereit war. »Ich werde mich dann zurückziehen, wenn es Euch genehm ist.«

Sigurd nickte. »Ich danke dir für deine Gesellschaft, Eolind.«

Der alte Mann lächelte müde und schlurfte davon.

Sigurd hatte die halbe Treppe erklommen, als eine kleine Gestalt aus dem großen Flügeltor stolperte und ihm in die Arme flog. Der Prinz nahm den Schwung seiner kleinen

Schwester auf, um sie herumzuwirbeln, worauf sie freudig kiekste.

»Na, du Wirbelwind?« Sigurd lachte. »Hast du mich vermisst?«

»Ich habe mich gelangweilt«, verkündete Lilja, während sie versuchte, in den Armen ihres Bruders Halt zu finden. »Hast du mir was mitgebracht?«

Sigurd setzte die Prinzessin ab und tastete an seinem Hemd herum. »Ich hatte doch … Moment mal … ach so was! Nun habe ich vergessen, es aus Eolinds Tasche zu nehmen.«

»Ich geh ihn fragen!«, rief Lilja begeistert und rannte los, um Eolind den erhofften Schlaf zu verweigern.

Erst als er sich wieder aufrichtete, merkte Sigurd, dass auch Elsa den Weg vor die Burg gefunden hatte. Ihre schmale, dunkle Gestalt verschmolz in der Nacht fast mit dem Vulkangestein der Treppe. Sigurd breitete die Arme aus, und erleichtert drückte die Königin ihn an sich.

»Den Göttern sei gedankt«, flüsterte sie, und eine Träne lief ihre Wange hinab.

Sigurd drückte den Rücken durch, und die Füße seiner Mutter verloren den Boden. »Du brauchst deinen Göttern nicht zu danken – wie du siehst, komme ich mit leeren Händen.«

Als Elsa wieder sicher stand, bemerkte sie trotz der Dunkelheit die vielen kleinen Kratzer an Sigurds Armen. »Lass uns schnell hineingehen – ich werde deine Wunden auswaschen, bevor sie sich entzünden können.«

»Nicht der Rede wert«, winkte Sigurd ab. »Nicht schlimm genug jedenfalls, um deshalb ein Bad zu nehmen.«

»Deine Mutter hat sich Sorgen gemacht«, kam nun die Stimme Gernots mit gespielter Strenge.

Sigurd blickte zu seinem Vater auf, der einige Stufen über ihm stand. »Und Ihr, mein König?«

Gernot drehte übertrieben den Kopf hin und her, als suche er etwas. »Ich frage mich, wo der Dryk ist, den zu erlegen ihr ausgezogen wart.«

Sigurd senkte den Blick. »Der Dryk und ich … wir haben uns geeinigt. Ich habe ihn besiegt – und mit dem Großmut des Siegers am Leben gelassen.«

Gernot kam näher, darauf bedacht, vor den Wachen und Bürgern Islands nicht zu viel Herzlichkeit zu zeigen. »Ihr habt euch … geeinigt? War das Tier euch am Verhandlungstisch gar überlegen? Wurde der Pakt bei Met und Brot mit Hand- zu Hufschlag besiegelt?«

Es war freundlicher Spott nur in der Stimme – aber Spott war es dennoch, und Sigurd fühlte das Blut in seine Wangen steigen. »So war es nicht. Ich habe mir den Dryk untertan gemacht. Sein Leben war meins.«

»Und doch nahmst du dir nicht, was dein war?«

Elsa drehte sich zu ihrem Mann, und ihr Blick war weit fester als der Sigurds. »Er hat nicht getötet, wo er nicht töten musste. Ist er damit nicht der Mann, den wir zu erziehen hofften?«

Gernot atmete geräuschvoll ein – so sehr er Elsa liebte, ihren Widerstand konnte er vor seinem Hofstaat nicht gutheißen. »Sigurd zog aus, den Dryk zu töten. Was immer seine Absicht war: Er hat das Wort nicht gehalten.«

Sigurd wollte widersprechen, seinem Vater in jugendlicher Hitze die Stirn bieten, aber Elsa drückte ihren zierlichen Körper gegen den seinen. »Der Tag endet mit der glücklichen Heimkehr des tapferen Prinzen. Mehr zu wollen wäre töricht.«

Sigurd und Gernot sahen sich ein paar Augenblicke lang an – dann nickte der König. »Auch ich freue mich über deine Heimkehr, Sigurd. Wenn du essen willst, dann lass uns zur Tafel schreiten.«

Das Königspaar ging mit dem Sohn die Felsentreppe hinauf. Sigurd drehte sich noch einmal zu einer der Wachen. »Schickt einen Reiter mit drei Pferden, den Pfad nach Norden soll er nehmen, zum Krüppelwald. Er soll Ausschau halten nach Gelen und Jon. Jon ist verletzt und wird eure Hilfe brauchen.«

»Ich brauche deine Hilfe nicht!«, knurrte Jon und drückte Gelen wieder von sich weg. Doch schon die nächsten zwei Schritte straften seine Worte Lügen – er knickte immer wieder ein, und jeder Atemzug ließ die Rippen in seinem Brustkorb knacken wie brennendes Holz in einem Feuer. Ihm schwindelte, aber bevor er erneut hinschlug, packte ihn Gelen unter.

»Du stellst dich an wie die Bauernmädchen beim Tanz zur Sommerwende«, zischte Gelen. »Wenn du dir nicht helfen lässt, sind wir im Morgengrauen noch nicht an der Burg. Und ich habe Hunger.«

»Hätte Sigurd den Dryk erlegt, säßen wir nun am Lagerfeuer und würden uns am feinsten Teil des Biests laben«, bemerkte Jon.

»Das mag ja sein«, gab Gelen zu. »Aber du hast gehört, was geschehen ist. Sigurd wollte den Dryk nicht töten.«

Jon spuckte aus, und etwas Blut war in seinem Speichel. »Die Beute nicht zu nehmen – was sollte das überhaupt? Wer gräbt nach einem Klumpen Gold, den er dann doch nicht heimtragen will? Wer rührt eines Mädchens Herz, wenn er sie dann doch nicht auf sein Laken ziehen will? Es ist gegen die Natur der Dinge!«

Gelen schnaufte – er trug schwer nicht nur an Jon, sondern am eigenen Fett. »Für jemanden, der Schmerzen leidet, schwafelst du gar viel, mein Freund.«

»Ich mache mir nur Sorgen«, erwiderte Jon. »Für einen Prinzen mag Sigurds Verhalten nur wunderlich sein – für einen König ist es undenkbar.«

Jon war einige Jahre älter als Gelen und Sigurd. Er hatte dem Prinzen das Reiten beigebracht, den Umgang mit Schwert und Bogen. Sigurd war geschickt, aber die Liebe zur Waffe ging ihm ab. Und statt beim Schein des Feuers dem Met die Stirn zu bieten, las er oft bis spät in die Nacht.

Gelen bemerkte, dass Jons Atem pfiff wie ein Horn, das einen Riss hatte. »Wir sollten lieber rasten und auf die Reiter warten, die Sigurd nach uns schickt.«

Jon schüttelte den Kopf. »Mein Freund, deine Völlerei wird dir eher den Atem rauben als mir meine gebrochenen Knochen.«

Gelen seufzte. Über seinen Wanst machten sich die Menschen lustig, seit er ein Kind war. Dabei aß er gar nicht so viel – zumindest erschien es ihm nicht so. Er mochte nicht der schnellste Läufer Islands sein, und im Kampf machte er keine gute Figur. Aber weder an Mut noch an Loyalität mangelte es ihm, und Sigurd hatte ein ums andere Mal deutlich gemacht, dass ihm das wichtiger war als alles andere.

»Das Weibsvolk in Dänemark«, begann Gelen vorsichtig, »man sagt, es sei nicht so kritisch mit den Augen wie die Isländerinnen. Glaubst du das auch?«

Trotz seiner Schmerzen musste Jon lachen. »Wir schleppen uns hier durch die Nacht, müde und zerschunden vom Kampf – und ein Rock ist das, woran dein Kopf denkt?«

Gelen zog Jon am Gürtel wieder ein wenig hoch und

griff den Arm des Freundes um seine Schulter fester. »Ich möchte nun mal wissen, worauf ich mich einlasse.«

Gelen hatte noch bei keiner Frau gelegen, und Jon wusste das. Sein Freund war begierig, sich weichem Fleisch hinzugeben. Jon hingegen hatte in Stroh und Leinen viele Mägde und Dienerinnen beglückt. Als Knabe war er acht Jahre zur See gefahren, und in manchem Hafen hatte er seine Saat gelassen. »Glaub mir, solange du genügend Münzen im Beutel hast, werden die Mädchen von Dänemark in dir den König sehen.«

»Münzen im Beutel?«, fragte Gelen. »Meinst du damit, ob ich … ob ich mit meinem …?«

Jon hielt inne, als ihm das Missverständnis klar wurde, und er befreite sich aus Gelens Griff nur lange genug, um dem Freund eine Ohrfeige zu geben. »Ich meine *Geld*, du Narr! Münzen im Beutel! Was die Weiber in deiner Hose finden, wird ihnen herzlich egal sein, solange es nicht jucken macht.«

»Ach so«, murmelte Gelen beschämt. »Geld habe ich.«

»Ich auch«, sagte Jon. »Wofür soll man es hier in Island auch ausgeben?«

»Was meinst du – wie lange werden wir wohl in Dänemark bleiben können?«, wollte Gelen wissen.

Jon verzog das Gesicht, während er nachdachte. »Zuerst einmal möchte ich wissen, dass wir überhaupt reisen dürfen.«

Gelens Augen wurden groß. »Wieso denn nicht?«

Jon ergab sich seinen Schmerzen und setzte sich ächzend auf einen Stein am Wegesrand. Es war schon lange stockdunkel, aber wenn man in Island groß geworden war, hatten sich die Augen daran gewöhnt, auch in der Nacht zu sehen. »Ich bin mir nicht sicher, ob Sigurd seinen Eltern die Erlaubnis abringen kann.«

Gelen hob das Hemd, öffnete die Hose und urinierte an den Wegesrand. »Aber wieso denn nicht? Ich dachte, das wäre schon geklärt.«

Vorsichtig versuchte Jon, seinen Brustkorb zu betasten, unterließ es aber sofort wieder. Es schmerzte zu sehr. »Sigurd hat seiner Mutter mit Mühe das Versprechen abgerungen, an den Hof Dagfinns zu gehen. Die Reise, die wir wirklich planen, wird er ihr wohl verschwiegen haben.«

Gelen kicherte. Die Königin war sehr vorsichtig, und eine Fahrt mit dem erklärten Ziel, sich dem Suff und der Weiberei hinzugeben, konnte kaum ihren Wünschen entsprechen. »König Gernot würde es verstehen – ich glaube kaum, dass er als junger Mann anders war als wir.«

Jon nickte. »Das mag wohl sein – aber wann hat Gernot jemals etwas getan, was der Königin missfiel? Und nach dem, was die Seefahrer erzählen, hat sie Grund zur Sorge.«

»Was erzählt man sich denn so?«

Jon wusste immer gut Bescheid, weil er dem Hafenmeister half, die einlaufenden Schiffe zu überprüfen. Neben vielen tolldreisten Lügengeschichten bekam er auch die neuesten Gerüchte vom Festland zu hören – manchmal vor dem König selber. »Es heißt, auf dem Kontinent ist Unruhe. Noch kein Krieg, aber sein Geschmack liegt in der Luft. Die Schmiedefeuer verlöschen in keiner Nacht mehr, und man sagt, es sei nur eine Frage der Zeit, bis das erste Eisen gezogen wird.«

Gelen seufzte. Er sah die Möglichkeit, endlich bei einem Weibe zu liegen, dahinschwinden.

Jon unterbrach die trüben Gedanken seines Freundes, indem er die Hand hob und zischte: »Pst! Hörst du das?«

Gelen strengte sich an. Die Nacht in Island kannte viele Geräusche, und die Erde war manchmal lauter als die

Tiere, die auf ihr herumstaksten. Aber nach ein paar Sekunden vernahm er ebenfalls das rhythmische Klackern auf dem harten Boden. »Pferde.«

Jon stöhnte erleichtert. »Sigurd hat uns nicht vergessen.«

Gelen rieb sich die Hände. »Na wunderbar. Ich sterbe vor Hunger.«

Sigurd machte sich nicht die Mühe, zwischen essen und reden zu unterscheiden. Schmatzend berichtete er von seinem Abenteuer. »Wenn ich es euch sage – der Dryk erkannte seinen Meister. Und er gehorchte wie ein abgerichteter Hund.«

Gernot lachte und schlug mit der Hand auf den Tisch, sodass der Met aus seinem Kelch schwappte. »Wohlan, und wäre es keine wahre Geschichte – eine gute Geschichte wäre es dennoch. Am Hofe von Burgund wärst du damit in der Runde der Krieger gut gelitten.«

Sigurd sah nicht, dass Gernot für diese Bemerkung einen strafenden Blick von Elsa bekam. Er war stolz auf den Stolz des Vaters. »Ich möchte die Geschichte gerne aufschreiben.«

So wie Gernot mürrisch die Stirn zusammenzog, so heiterte sich nun Elsas Miene auf. »Das ist eine wunderbare Idee.«

»Was willst du aufschreiben, und wozu?«, wollte Gernot wissen.

Sigurd trank einen kräftigen Schluck. »Mein Abenteuer. Es hat Euch gefallen, vielleicht gefällt es anderen.«

Gernot winkte ab. »Dann erzähle es den anderen, wie du es mir erzählt hast. Was soll dieser Unsinn von Büchern und Schriften? Wer von alten Abenteuern schreibt, erlebt keine neuen.«

Elsa legte ihrem Sohn die Hand auf den Arm. »Hör

nicht auf ihn. Deine Worte auf Pergament wären für die Ewigkeit.«

»Es sind kaum große Taten, die man aufschreiben muss, damit die Söhne sie nicht vergessen«, hielt Gernot dagegen.

»Vielleicht ist es mehr als angebracht, die Geschichte unserer Familien zu bewahren, auf dass die Lektionen nicht vergessen werden«, entgegnete Elsa eine Spur zu scharf und bereute es sogleich.

Sigurd spürte die Spannung zwischen seinen Eltern, auch wenn er sie nicht erklären konnte. Elsa und Gernot sprachen für gewöhnlich nicht über ihre Vorfahren. Sie waren wohl von weither gereist, um den verwaisten Thron Islands zu übernehmen – und nun zählte für sie nur noch das, was Island war.

»Es ist ja nicht nur der Dryk«, sagte Sigurd vorsichtig. »Auch Dänemark wird mir gewiss ausreichend Erinnerungen für lange Abende bringen.«

Es wurde sehr still im Speisesaal, und Sigurd war nicht mehr sicher, ob er den Atem seiner Eltern noch hörte. »Was ist?«

Elsa bemühte sich, etwas zu essen, um nichts sagen zu müssen, und ihr Blick zu Gernot war eine einzige Aufforderung, das Wort zu ergreifen. Der König gab sich zuerst störrisch, doch dann besann er sich der Pflicht und des Versprechens, das er seiner Frau gegeben hatte.

»Sigurd …«, begann er langsam. Er räusperte sich. Zweimal. Dann endlich fand er die Worte: »Deine Mutter und ich haben verglichen, was wir für dich wollen, und wo in unseren Augen deine Zukunft in Frieden und Sicherheit ruht. Und wir sind uns einig …«

Er hielt inne, weil Elsa bei diesen Worten dankbar seine Hand drückte.

»Und wir sind uns einig«, begann er erneut, »dass für Dänemark noch Zeit ist. Später.«

Sigurd vergaß zu kauen. Er hatte vieles erwartet – dass man ihm einen Aufpasser mitgeben würde. Dass regelmäßig Bericht vom Hofe Dagfinns zu erstatten war. Dass jeder Versuch, sich etwas mehr Freiheit für die Reise zu erschachern, umsonst sein würde.

Aber – eine Absage?

»Ich reise nach Dänemark«, murmelte Sigurd ohne eine Regung, als spräche er sich selber Mut zu. »Es wurde so versprochen.«

Gernot atmete tief ein – einem Streit mit Sigurd fühlte er sich gewachsen. Schreien und toben, befehlen und fordern, das fiel ihm leichter als die schmerzhaft sanften Gespräche mit Elsa, die ihm immer fast das Herz brachen. Insgeheim hoffte er, Sigurd würde aufbegehren, um einen Wutausbruch des Königs zu rechtfertigen.

Und er hatte Glück.

Sigurd drehte sich zu seiner Mutter. »Ich reise nach Dänemark – das habt ihr mir versprochen!«

»Suche nicht die Erlaubnis deiner Mutter, wo ich sie dir bereits verweigert habe.«

Gernots Worte hatten einen leisen und endgültigen Klang.

Sigurd sprang auf. »Die Erlaubnis war seit Monaten gegeben – von Euch! Ihr könnt nun nicht ohne Grund das eigene Wort brechen!«

»Wenn ich als König sonst nichts könnte, so dann doch meine Entscheidungen überdenken«, widersprach Gernot. »Und solange ich denken kann, wiegt der Wille des Prinzen nicht die Macht des Königs auf!«

»Wenn diese Burg mein Schicksal ist – was unterscheidet dann den Prinzen vom niedersten Diener?«, rief Sigurd empört. Die Muskeln seiner Arme arbeiteten, und schließlich warf er seinen Kelch wütend zur Seite.

»Allein schon die Tatsache, dass ihm für ein solches Aufbegehren keine schwere Strafe droht!«, hielt Gernot dagegen. »Sigurd, deine Wut findet mein Verständnis, aber meine Entscheidung wird sie nicht ändern.«

Sigurd sah wieder zu seiner Mutter. »Und du? Willst du mich auch hier gefangen halten, als wäre ich nicht dein Sohn, sondern dein Sklave?«

Elsa kämpfte mit den richtigen Worten, doch im Streit lag nicht ihre Stärke. Es war wieder Gernot, der antworten musste. »Wenn der Unterschied vom Sohn zum Sklaven für dich nur in der Frage liegt, ob ich dich am dänischen Hof huren lasse, bis der Suff deinen Geist zerfrisst, dann ist es mir egal!«

Sigurd konnte nicht sofort antworten, denn er war noch zu erschrocken, dass Gernot seine geheimsten Absichten zu kennen schien. Der König lachte bitter. »Was? Hast du geglaubt, du bist der erste Jüngling, den die Lenden zur Sünde rufen? Die Hafenstädte sind voll von Herumtreibern und Taugenichtsen, die in ihrer Pisse erwachen und sich der Brüste rühmen, zwischen die sie ihre Zunge gesteckt haben!«

Elsa mochte nicht, dass ihr Mann und König so sprach, auch wenn er recht haben mochte. Es war ihr unvorstellbar, dass Gernot oder Sigurd jemals so beschämend einfache Gelüste verspüren konnten.

Sigurd wusste, dass er den Streit vor diesem Hintergrund nicht gewinnen konnte. Jede verschwenderische Beschreibung der guten Taten, die er zu tun beabsichtigte, würde im heißen Licht der fleischlichen Wahrheit verwelken. Er hatte seinen Vater unterschätzt – und die Tatsache, dass auch sein Vater mal ein junger Mann gewesen war.

»Habe ich behauptet, keine Fehler machen zu wollen, keine Dummheiten zu begehen?«, versuchte er es darum mit der Bitte um Einsicht. »Aber wie soll ich denn die Welt verstehen – wenn ich sie nicht zu sehen bekomme? Wie soll der Prinz so ein König werden?«

Gernot wusste zuerst nicht, wie er antworten sollte – denn der Junge hatte recht. So wie ein Vogel im Käfig nicht fliegen lernen konnte, so konnte ein Prinz in der Burg den Charakter nicht bilden. Die Heimat lernte man nur in der Fremde zu schätzen. Doch er hatte Elsa versprochen, Sigurd nicht – nicht jetzt! – ziehen zu lassen, und zumindest dieses Versprechen wollte er halten. »Wenn es etwas gäbe, mit dem du mich umstimmen könntest – ich würde bis zum Morgengrauen mit dir feilschen. Aber die Entscheidung ist gefallen, und für dieses und das nächste Jahr wird jeder Tag für dich ein Tag in Island sein.«

Sigurds Wut suchte ein Opfer, ein Ziel. Wäre der Dryk noch in der Nähe gewesen – der Prinz hätte ihn mit bloßen Händen erwürgt, nur um das kochende Blut zu besänftigen. Aber gegen König und Königin gab es keinen Aufstand, und so konnte er sich nur zu seiner Mutter drehen. »Mutter – ist seine Entscheidung auch deine Entscheidung?«

Elsa konnte nicht zugeben, dass es mehr ihrer als der Wille Gernots war, darum senkte sie den Blick. »Es ist *unsere* Entscheidung.«

Sigurd nahm einen tiefen Atemzug, dann wischte er sich den Bratensaft mit dem Ärmel vom Mund und stand auf. »Es gibt wohl nichts mehr zu bereden.«

Er machte ein paar Schritte auf die kleinere Tür zu, die in den Flügel der Burg führte, in dem sich sein Zimmer befand.

»Sigurd«, sagte Gernot scharf. »Du wirst deinen Kelch aufheben und wieder auf den Tisch stellen.«

Es war ein Machtspiel. Gernot forderte von Sigurd, den Streit nicht ohne Unterwerfung zu beenden. Der Prinz hielt inne. Dann nahm er langsam den Kelch, den er beiseitegeschleudert hatte, und brachte ihn zum Tisch zurück. Gernot sah ihn dabei wortlos an.

Sigurd wich dem Blick seines Vaters nicht aus. Er stellte den Kelch auf den Tisch – mit der Öffnung nach unten.

Dann ging er, ohne sich noch einmal umzusehen. Die Tür knallte laut hinter ihm in die Angeln, und es hallte im Saal nach.

Gernot setzte sich und nahm einen tiefen Schluck Met. Doch er schmeckte bitter. Er hatte gewonnen – und doch verloren.

Elsa begann wieder leise zu weinen. »Es … es tut mir leid.«

Gernot stand auf und ging durch die große Saaltür davon.

»Es ist nicht die Zeit für Kinder«, sagte Eolind müde und hoffte damit mehr auf Ruhe für sich selbst als für die Prinzessin. »Und der König mag es nicht, wenn Ihr des Nachts noch durch die Burg geistert.«

Lilja war viel zu aufgeregt, um sich von den Reden des alten Ratgebers beeindrucken zu lassen. Die Begeisterung der Jugend ließ ihre Kräfte unerschöpflich wirken. »Aber Sigurd hat gesagt, du hättest etwas für mich. Ein Geschenk!«

Eolind winkte ab. »Was immer er gemeint haben mag – es wird wohl bis morgen warten können.«

Er hatte schon das einfache Hemd für die Nacht übergezogen, und die Laken seines Lagers schienen mit leisen Stimmen nach ihm zu rufen. Sein Stock lehnte in der Ecke an der Wand.

»Nein!«, rief Lilja entschlossen und hüpfte dabei, als wolle sie die Burg zum Einsturz bringen. »Ich kann nicht schlafen, wenn ich es nicht habe!«

»Wenn du *was* nicht hast?«, fragte Eolind listig.

Lilja beruhigte sich etwas und dachte angestrengt nach. Das war ein Dilemma – sie konnte kaum behaupten, ohne etwas leben zu können, wenn sie nicht einmal wusste, was es war. »Das … das, was Sigurd mir versprochen hat!«

»Hat er es dir denn für *heute* versprochen?«, hakte Eolind nach.

Lilja hasste es, wenn Eolind so verschlagen war. Sie versuchte immer, schlauer zu sein als der alte Mann, aber es wollte ihr einfach nicht gelingen.

»Ich bin *sicher*, es hat bis morgen Zeit«, kam eine Stimme von der Tür, und Eolind merkte erst jetzt, dass der König leise hereingetreten war. »Und morgen kommt *erheblich* schneller, wenn eine gewisse Prinzessin sich der Nacht ergibt.«

Gegen das Wort ihres Vaters kam Lilja nicht an, und mit zusammengepressten Lippen machte sie sich auf den Weg in ihr Zimmer. Doch bevor sie an der Tür war, pfiff Eolind nach ihr, wie man nach einem Pferd pfiff. Er kramte mit seiner zitternden Hand in der Tasche, die auf einem Schemel lag. Schließlich fand er das abgebrochene Horn des Dryk und warf es der Prinzessin zu, die es begeistert auffing und dann in ihren kleinen Händen hin und her drehte.

»Es wird dich immer beschützen«, sagte Gernot lächelnd und schob seine Tochter aus der Tür. »Aber nicht vor mir, wenn ich dich heute Nacht noch einmal mit offenen Augen sehe.«

Lilja drehte sich ein letztes Mal zu Eolind und winkte ihm dankbar. Dann war sie fort.

»Sie zu bändigen ist schlimmer als ein Heer von Söldnern zu führen«, seufzte Gernot.

Eolind verneigte sich gebührlich, und dem König fiel erst jetzt auf, dass sein Ratgeber sich bereits zur Nachtruhe fertig gemacht hatte. »Es tut mir leid, wenn ich dich noch störe …«

»Die Pflicht für den König kennt keinen Schlaf«, erwiderte Eolind. »Womit kann ich Euch dienen?«

Gernot setzte sich auf eine kleine Holzbank an der Wand und legte den Kopf in den Nacken, bis er den kalten Stein berührte. »Ich brauche nur ein freundliches Ohr – eines, das mich nicht mit Vorwürfen und eitlen Wünschen quält.«

Eolind nickte, denn er ahnte, worum es ging. »Sigurds Reise nach Dänemark.«

Gernot sah seinen Ratgeber an – es überraschte ihn nicht, dass Eolind im Bilde war. »Elsa ist strikt dagegen, und um ihr Herz nicht zu brechen, habe ich meinem Sohn die Fahrt verboten. Nun hasst er mich mit der Inbrunst eines Hundes an der Kette.«

»Er ist mehr seines wahren Vaters Blut, als Euch lieb sein kann«, murmelte Eolind. Er war vermutlich der Einzige bei Hofe, der die Wahrheit nicht nur kannte, sondern sie auch aussprechen durfte. »Seht ihr nicht auch viel Siegfried in ihm?«

Gernot rieb sich das Gesicht. »Siegfried – es ist, als ob sein Schatten mich verfolgt. Elsa hat es auch bemerkt. Aber der Knabe kannte seinen Vater kaum, und in unserer Obhut wurde er gut erzogen.«

»Die Wut eines Xantener Herzens ist nicht durch eine gütige Hand zu besänftigen«, gab Eolind zu bedenken. »Und doch habt Ihr das Beste aus dem gemacht, was die Götter ihm mitgaben.«

Gernot schmunzelte. »Das ist wahr. Sein Vater hätte keinen Dryk am Leben gelassen. Im Gegenteil – an jeder Hand einen Kadaver hätte er hinter sich hergeschleift, um uns zu imponieren. Aber es trifft mich, dass Sigurd mir nun grollt.«

»Ich muss zugeben, dass ich die Königin verstehen kann. Es rumort auf dem Kontinent, und die Omen sind schwarz wie die Nacht ohne Mond. Nicht nur für Sigurd mag es hier in der Burg sicherer sein.«

Gernot dachte eine Weile darüber nach. Er hatte sich immer selbst eingeredet, dass kaum Gefahr drohte. Aber was, wenn das nur Wunschdenken war? Die Blutlinien der Königshäuser waren verworren. Die Römer hatten zwar Burgund unter ihre unmittelbare Verwaltung gestellt, aber Gernot war noch immer der Erbe der Krone. Und nach dem Tod seiner Schwester, die Siegfried geheiratet hatte, machte ihn das auch zum König von Xanten. Wulfgar konnte sich erst zum rechtmäßigen Herrscher ausrufen, wenn die Letzten vom Geschlecht Burgund verbrannt oder begraben waren.

»Glaubst du, Wulfgars Sinn steht nach Krieg?«

Eolind legte den Kopf schräg. »Er ist ein skrupelloser, aber kein dummer König. Für den Moment sollte Xanten ihm genügen, aber fast täglich entstehen und vergehen Allianzen auf dem Kontinent. Was für ihn heute genug ist, könnte schon morgen nicht mehr reichen.«

Gernot nickte. »Dann war meine Entscheidung richtig. Sigurd muss bleiben.«

»So wie es Euer Wille ist.« Eolind brachte doch noch

den Mut auf, seinen König zu fragen: »Und der Rest des Reiches? Sollte sich Island nicht ebenso wappnen wie Xanten?«

Gernot verzog das Gesicht. »Du meinst aufrüsten? Söldner anheuern? Waffen schmieden? Schon der erste Schritt in diese Richtung würde alle anderen Reiche auf Island schauen lassen. Der Griff zum Schwert ist die Aufforderung zum Kampf. Es gäbe kein Zurück.«

»Doch wir bestimmen nicht allein den Lauf der Geschichte«, gab Eolind zu bedenken. »Lasst Island nicht zur fetten Frucht werden, die ein jeder Gegner nur zu pflücken braucht.«

»Was schlägst du vor?«

»Allianzen. Sendet Boten zu Dagfinn und den anderen Königen, deren Reiche am Meer liegen. Frieden bedeutet freien Handel, und keiner von ihnen kann darauf verzichten. Schmiedet ein Bündnis, das jeden Gegner abschreckt. Schild an Schild sind auch die schwächeren Territorien kaum zu unterwerfen.«

Er gähnte, und Gernot lachte freundlich. »Es ist schon spät für eine Lehrstunde in Diplomatie. Und doch hast du natürlich recht, treuer Eolind. Vielleicht haben wir Island zu lange nicht regiert – sondern versteckt.«

»Das mag so sein.«

Gernot legte Eolind seine Hand auf die Schulter. »Was wäre das Reich ohne dich? Brunhilde war sehr weise, als sie dir dereinst das Land in Obhut gab.«

Eolinds Blick verdunkelte sich. »Lasst uns von ihr nicht mehr sprechen. Nie mehr. So war es abgemacht.«

Elsa wandelte durch die Gänge der Burg wie ein Geist auf der Suche nach dem Weg ins Jenseits. Sie hielt eine kleine Fackel in der Hand, um nicht über die schroffen Kanten der Bodenplatten zu stolpern. In Burgund war alles viel ordentlicher gemeißelt gewesen, aber sie hatte sich an die raue Unfertigkeit Islands gewöhnt, sie sogar schätzen gelernt. Wo keine Perfektion war, da wurde auch keine Perfektion erwartet.

Eben noch hatte sie nach Lilja gesehen – die Kleine war nun endlich im Bett gelandet und sogleich eingeschlafen. Elsa hatte ihr das abgebrochene Horn aus der Hand nehmen wollen, damit sie sich in der Nacht daran nicht verletzen konnte, aber selbst im Schlaf hatte sich das Kind daran geklammert. Lilja vergötterte Sigurd, und jedes Geschenk von ihm war ihr heilig.

Sigurd. Elsa seufzte bei dem Gedanken. Sie konnte den Jungen ja verstehen, und Gernot auch. Aber die Männer hatten ihre Träume nicht gesehen, die Träume von Tod und Untergang. Wie konnte Elsa nach diesen Omen noch den einzigen Sohn ziehen lassen, zumal seine Geburt schon vom Schicksal belastet gewesen war?

Wieder einmal dachte Elsa daran, Sigurd die Wahrheit zu erzählen. Von Siegfried, seinem ungestümen Vater, dessen einziges Verbrechen seine Loyalität zu Gunther und seine Liebe zu Kriemhild gewesen war. Von Kriemhild, die über den Verlust Siegfrieds fast den Verstand verloren hatte. Vielleicht würde Sigurd verstehen, vielleicht würde er einsehen, dass nur die Ferne von Burgund und die Missachtung des Blutrufes Frieden versprachen.

Aber vielleicht würde das Erbe ihn nur anspornen. Er würde Rache wollen, wo keiner mehr war, an dem er sich rächen konnte. Sigurd würde dann Wut ohne Ziel werden. Das durfte nicht sein!

Sie kam an die schwere, fast schwarze Holztür, die zu Sigurds Zimmer führte. Vorsichtig klopfte sie an. Nichts geschah. Sie klopfte wieder, etwas fester, auch wenn unklar war, ob das mächtige Türblatt den Ton weitergab. Schließlich drückte sie vorsichtig gegen das Holz, und die Tür schwang ächzend nach innen.

»Sigurd?«

Das Fell war nicht vor dem Fenster heruntergelassen, und fahles Mondlicht erhellte den Raum.

Das breite, niedrige Lager von Sigurd war unbenutzt.

Es war wahrlich keine glorreiche Rückkehr an den Hof für Gelen und Jon. Die Nacht hatte mittlerweile auch den letzten Isländer in die Laken getrieben, der nicht Wache schieben musste, und stolze Beute hatten sie keine vorzuweisen. Der Krieger, hinter dem sie auf zwei geliehenen Pferden langsam ritten, hatte kaum ein Wort mit ihnen gesprochen. Den Prinzen zu holen hätte ihm gut zu Gesicht gestanden – doch zwei Burschen aus dem Volk? Da war keine Ehre drin.

Sie gaben ihre Pferde an den Stallungen ab, die östlich der Burg im Schatten der Felswände errichtet worden waren. Der Krieger verschwand ohne ein weiteres Wort. Gelen musste seinem Freund vom Pferd helfen, denn Jo konnte sich kaum noch bewegen.

»Ich werde den Heiler gleich wecken lassen«, keuchte Gelen, während er Jon an die Holzwand der Stallung lehnte. »Er wird sicher die richtigen Pasten und Kräuter haben.«

»Das hat Zeit bis morgen«, winkte Jon ab. »Was mein Körper zur Heilung mehr als alles andere braucht, ist Schlaf.«

»Dann bringe ich dich zu deinem Lager«, sagte Gelen und griff seinen Freund unter.

Jon mühte sich ein Lächeln ab. »Lass das aber keinen sehen – du kennst das Gewäsch der Hofdamen. Uns beide des Nachts in mein Zimmer schleichen sehen, das wäre ein gefundenes Fressen für den Tratsch an den Waschzubern.«

Sie wollten sich auf den Weg machen, aber eine Gestalt trat aus der Dunkelheit auf sie zu.

Es war Sigurd.

»Es tut gut, euch gesund und munter zu sehen«, sagte er knapp und umarmte beide Kumpane kurz. »Jon, was machen die Knochen?«

»Jeder einzelne kämpft um das Recht, am meisten schmerzen zu dürfen«, antwortete Jon. »Aber keine Sorge – gönnt mir eine Woche Ruhe, und ich werde notfalls nach Dänemark schwimmen.«

Sigurd drehte sich von seinen Freunden weg, und Jon und Gelen konnten seine geballten Fäuste im Mondlicht sehen. So kannten sie den Prinzen nicht. Für gewöhnlich war Sigurd entspannt und immer gut gelaunt.

»Was ist geschehen, Prinz Sigurd?«, fragte Gelen vorsichtig.

»Ist es wegen Dänemark?«, hakte Jon nach. »Es … es ist nicht wirklich wichtig. Wenn der König nicht wünscht, dass wir Euch begleiten, dann verstehen wir das.«

Sigurd drehte sich wieder zu seinen Freunden, und das Mondlicht schimmerte in seinen wütenden Augen. »Macht euch fertig – noch bevor der Morgen graut, machen wir uns auf den Weg.

»Wohin?«

»Wohin wohl? Auf den Weg nach Dänemark.«

Elsa schlief noch nicht, als Gernot zu ihr ins Bett stieg. Er ächzte leise – ein Tribut an die Jahre, aber auch Ausdruck seiner Unzufriedenheit. Sie ließ ihre Finger unter der Decke nach seiner Brust suchen und streichelte ihn zärtlich. »Ich weiß, wie schwer es dir gefallen sein muss.«

Sie hob den Kopf, damit Gernot seinen Arm unter ihren Nacken schieben konnte. Dann schmiegte sie sich an ihn. Gernot seufzte, bevor er sprach. »Es ist nur … es fällt mir schwer, ihn zu enttäuschen. Er beruft sich auf ein gegebenes Versprechen, und damit ist er im Recht. Was für ein Vater oder König bin ich, dass ich ihm verweigere, was jeden jungen Mannes Drang ist? Unser Vater hätte weder mir, noch Gunther oder Giselher, ein paar wilde Wochen flussaufwärts missgönnt. Im Gegenteil!«

»Es geht um das Feuer in Sigurds Blut«, erinnerte ihn Elsa. »Wir beschützen ihn vor sich selbst.«

»Immer nur das Blut«, stöhnte Gernot. »Du redest wie Eolind. Haben wir Sigurd nicht aus Burgund fortgenommen, um dem Blut endlich abzuschwören? Haben wir ihn nicht ohne Worte wie Schicksal und Geburtsrecht aufgezogen? Vielleicht ist es längst keine Sache des Blutes mehr. Vielleicht ist es eine Sache des Vertrauens. Wir sollten Sigurd mehr vertrauen.«

Elsa wählte ihre Worte mit Bedacht. »Und vielleicht sollten wir ihm endlich die Wahrheit sagen.«

Im Licht der Fackeln, die an beiden Seiten neben dem Bett an den Wänden hingen, sah Gernot seine Frau an. »Bist du dir klar, was du da sagst? Die Wahrheit würde diese Familie zerreißen. Sigurd wäre nicht mehr unser Sohn, Lilja nicht mehr seine Schwester!«

»Natürlich wäre er noch unser Sohn«, hielt Elsa dagegen. »Mehr noch als vorher, denn die Familie gründete sich nicht mehr auf einer Lüge!«

Gernot schüttelte den Kopf. »Du irrst – und es schmerzt mich, das zu sagen. Mit der Wahrheit werden die Fragen kommen, und Sigurd wird nach Antworten dürsten. Bevor unsere Worte verklungen sind, sehe ich ihn schon auf dem Schiff gen Festland segeln. Er wird sein Erbe suchen, um zu ersetzen, was ihm die Wahrheit genommen hat.«

Elsa ahnte, dass Gernot recht hatte. Aber sie fand es schwerer und schwerer, in Sigurds Augen zu sehen, die Siegfrieds Augen waren. Sie hatte nie gedacht, dass das Ehrenhafte so viel Schmerz in sich trug.

Gernot drückte sie sanft an sich. »Ich glaube, du machst dir zu viele Gedanken. Ich hätte dir die Sache mit Wulfgar nicht erzählen sollen. Du wirst sehen – der Narr fällt bald vom Pferd und bricht sich das Genick. Dann vergessen wir Xanten und Burgund für weitere fünfzehn Jahre.«

Elsa dachte daran, Gernot von ihren Albträumen zu erzählen, von dem Feuer und von Brunhilde. Aber was für einen Zweck konnte das schon haben? Es würde ihre Seele nicht erleichtern und Gernots Herz nur noch schwerer machen. Sie wusste, dass ihre Aufgabe als Königin nicht darin bestand, dem König Kummer zu bereiten.

»Vergessen wir Xanten und Burgund – heute Nacht.«

Ihre Lippen suchten seinen Hals, küssten seine Schulter. Mit langen Fingernägeln kratzte sie sanft über seinen Bauch. Es dauerte nicht lange, bis seine Lippen ihre fanden und seine Hand durch Elsas Haare strich.

»Wie kann es sein, dass ich König bin – und du es bist, die mich regiert?«, fragte er leise.

Elsa schob sich langsam über ihren Mann, und das Nachtkleid rutschte von ihren bleichen Schultern. »Wenn es dich danach drängt zu regieren – dann befiehl mir, was du willst.«

Sie flüsterte die Worte mit wachsendem Hunger in sein Ohr, und es erregte sie, dass Gernots Körper sich unter ihr spannte. »Was immer du willst.«

Seine Hände glitten über ihre kleinen Brüste, die Fingerspitzen fühlten ihre Schauer. »Weil ich dein König bin?«

Elsa atmete schneller, und mit den Handflächen drückte sie ihn in das Laken. »Nein, weil du mein Leben bist.«

Und sie liebten sich, als wäre es das erste Mal – und das letzte Mal zugleich.

Eolind hatte nicht gut geschlafen, aber das war auch nicht wichtig. In seinem Alter kam der Körper mit weniger aus, sei es bei Tisch oder im Bett.

Er warf sich ein Hemd über, band es mit einem Gürtel um die Taille und schnürte Stiefel an die Füße. Er verzichtete auf die wattierte Hose gegen die Kälte – wie die meisten Isländer hatte er sich mit dem Wetter arrangiert, und es fror ihn nicht so schnell wie das Königspaar.

Er mochte diese Zeit, wenn keine Seele sich mehr rührte, wenn sowohl der Nachtvogel als auch der Morgenvogel schliefen. Man war dann mit seinen Gedanken allein – und mit Island. Weit im Osten nannte man diese Zeit »die Stunde des Wolfes«, hatte er einmal gehört.

Eolind stieg die Stufen zum Turm hinauf, und er ächzte dabei wie der alte Mann, der er war. Den Stock hatte er in seiner Kammer gelassen. Solange seine Hand sich an etwas stützen konnte, ging es noch ganz gut. Aber schon die kleine Lilja zeigte ihm täglich aufs Neue, dass sie wohl die letzte Generation des Königshauses war, die er noch aufwachsen sehen würde.

Selbst der Wind schien noch zu schlafen, und Eolind hatte einen klaren Blick auf das weite Meer.

Er dachte nach. Gernots Erwähnung von Brunhilde hatte alte Erinnerungen geweckt. Erinnerungen, die er weggeschlossen und vergessen gewähnt hatte. Doch jetzt waren sie so klar wie die Morgenluft, und sie drängten sich störrisch in seine Gedanken.

Eolind hatte Brunhilde vergöttert. Sie war eine wilde

Prinzessin gewesen, widerspenstig und gierig nach Grenzen, die sie überschreiten konnte. Kein Mädchen war je so sehr Krieger und gleichzeitig so sehr Frau gewesen. Er hatte das Licht der Liebe in ihren Augen gesehen, als sie das erste Mal dem jungen Siegfried begegnet war, und über die Jahre, in denen sie vergebens auf ihn wartete, war es langsam erloschen. Als er für seinen Freund Gunther – ausgerechnet Gunther! – um ihre Hand warb, da war das Feuer in ihr wieder erwacht. Aber es war nur noch das Feuer der Rache gewesen, nicht mehr das Feuer der Leidenschaft.

Elsa mochte es so wenig wie Gernot, wenn man von Brunhilde sprach, die das letzte isländische Blut auf dem isländischen Thron gewesen war. Und Eolind verbot der Schmerz, ihren Namen im Mund zu führen. Aber bei den Göttern, er hatte sie geliebt! Und manchmal, wenn er seinem Herzen für eine einsame Minute die Wahrheit gestattete, dann sehnte er sich nach den vergangenen Jahren zurück. Dann hasste er die Burgunder, den Frieden und den Niedergang des Hauses Island.

Irgendwo am Horizont spaltete ein Blitz den nächtlichen Himmel, als wollte er seine düsteren Gedanken begrüßen.

Eolinds Kopf wurde wieder klar, und er war sich selber gram, dass er so dachte. Die Burgunder behandelten ihn gut und mit mehr Respekt, als seinem Posten zustand. Es gab keinen Grund, ihnen Böses zu wünschen.

Sein Blick schweifte über den Fjord, und im Mondlicht sah er ein paar kleinere Handelsschiffe dümpeln. Sie brachten die Waren, die Island nicht selber erzeugen konnte, und sie nahmen das wenige, was hier im Übermaß vorhanden war, und verkauften es in die Welt. Das meiste davon waren Erze, und viele Isländer bauten Metalle in den Minen ab oder veredelten sie.

Eolind merkte, dass an einem kleinen Handelsschiff, dessen Bug fast auf den Kiesstrand gezogen war, hektische, wenn auch leise Betriebsamkeit herrschte. Ein, zwei Handfackeln erleuchteten die augenscheinlich eilige Abreise von ein paar Männern. Das war ungewöhnlich, denn es war noch zu früh, um die Segel zu setzen. Auch die Gezeiten riefen nicht zur Eile. Eolind kniff die Augen zusammen, aber es war zu dunkel und zu weit weg, um Genaueres zu erkennen.

Er würde den Hafenmeister nach dem Morgenbrot zur Rede stellen. Eine heimliche Ausfahrt, fast schon einer Flucht gleich – das sollte es nicht geben.

Dann begab er sich wieder in seine Kammer, um ein paar Stunden die Augen zu schließen.

Gelen begrüßte die Sonnenscheibe damit, dass er in das dunkle Meer kotzte. Sein Gesicht war bleich wie die Haut eines frisch geschorenen Schafes, und er konnte keinen Satz sprechen, ohne gleich wieder zu würgen. Jon und Sigurd wunderten sich, dass ihr Freund überhaupt noch etwas in sich hatte, das er speien konnte.

Jon stand neben dem Prinzen am Bug des kleinen Handelsschiffs, und sie schauten gemeinsam, wie unter ihnen das Meer in weißer Gischt geteilt wurde. Der Wind stand günstig jetzt, das breite Segel war voll gespannt, und es ging gut voran.

Sigurd hatte seit Stunden nicht mehr gesprochen, seit er dem Händler, auf dessen Boot sie sich befanden, befohlen hatte, in tiefschwarzer Nacht auszulaufen. Er war der Prinz von Island, das stand in seiner Macht. Und doch – es war offensichtlich, dass Sigurd ungebührlich handelte. Gegen den Willen seines Vaters. Aber er ließ es sich nicht anmerken. Seine linke Hand ruhte auf dem Pferdekopf, der die Spitze des Schiffes zierte. Sein Blick war entschlossen und ruhig.

Jon musste seine Stimme heben, um gegen das Meer anzusprechen. »Mein Prinz, es ist nicht ganz das, was ich mir unter der Abreise vorgestellt hatte.«

Sigurd antwortete, ohne ihn anzusehen. »Was hattest du dir denn vorgestellt?«

Jon zuckte mit den Schultern. »Einen zünftigen Abschied der drallen Bryndis. Ein paar Tränen. Man will ja wissen, dass man vermisst wird.«

Sigurd spuckte ins Meer. »Ich glaube kaum, dass mich jemand vermissen wird.«

Jon lachte, musste aber sogleich wieder innehalten, weil seine Rippen schmerzten. »Ein guter Scherz! So wie ich Eure Mutter kenne, ist bereits der ganze Hof in Aufruhr!«

Gelen kam dazu. Er tupfte sich breiige Reste vom Hemd. »Ich hoffe mal, in Dänemark gibt es tüchtige Waschfrauen. Viel konnte ich an Kleidung in der Eile ja nicht einpacken.«

»Beschwer dich nicht«, beschied ihn Sigurd. »Ist es so nicht genau das, was wir wollten – ein Abenteuer? Wo liegt der Reiz in einer erlaubten Flucht?«

Jon nickte. »Der König wird mich mit einem Fußtritt aus dem Palast befördern, aber bei den Göttern, ich trage Sorge, dass diese Reise es wert sein wird.«

Das Salzwasser leckte an Sigurds Beinen, und trocknend juckte es. Er verfing sich wieder in seinen eigenen Gedanken. Nach dem Streit mit seinem Vater war ihm klar gewesen, dass er Island nur verlassen konnte, wenn er sich das Recht dazu selber nahm. Natürlich musste er die Reise nicht als Rudersklave im Bauch des Schiffes antreten – er hatte genügend Münzen, um das ganze Schiff zu kaufen, und die Mannschaft mit dazu. Außerdem war er der Prinz – kaum ein Händler, der jemals wieder in Island würde anlegen wollen, hätte ihm die Passage verweigert.

Und doch – Sigurds Gewissen nagte an der Vorfreude auf die zu erwartenden Genüsse. Gelen hatte recht – die Königin würde sich sorgen und mit ihrer Sorge den ganzen Hofstaat anstecken. Vielleicht würden sie einen Trupp Krieger nachschicken, um in jeder Kaschemme an der Küste nach den Ausreißern zu suchen. Doch selbst das war sicherlich ein Teil des Abenteuers.

Zumindest versprach die Überfahrt ein Erlebnis zu werden. Das Handelsschiff war klein, mit einer Besatzung, die einschließlich der Ruderer kaum zwanzig Köpfe hatte. Gegen die starken Wellen, die das Meer heute aufwarf, kamen sie kaum an, und das Vertrauen lag im Segel. Der Himmel drohte düster mit Gewitter, als wäre das Wasser unter dem Bug noch nicht genug.

Es blitzte. Der Donner folgte so rasch, dass Jon sich unsicher umsah. »Wir sollten lieber unter Deck gehen, Prinz.«

Sigurd sah den Wolken entgegen, die sich wie feindliche Heerscharen vor dem Schiff drängelten, und lachte. »Unter Deck? Du willst dem Abenteuer entgegen, und beim ersten Anzeichen desselben versteckst du dich?«

Jon war nicht getroffen. »Herr, ich habe bessere Seeleute als uns im Sturm über Bord gehen sehen. Wenn das feuchte Holz und die richtige Welle zusammenkommen, hält auch der stärkste Arm Euch nicht an Deck.«

Gelen stöhnte und hielt sich den Bauch. »Das ist nicht gut. Das ist gar nicht gut.«

Jon sah seinen korpulenten Freund kurz an. »Schweinebraten.«

Kaum zwei Sekunden später hing Gelen wieder über der Reling, und Jon lachte begeistert. »Die Weiber von Dänemark werden unseren guten Gelen länger pflegen müssen als mich.«

»Geht ruhig schon unter Deck«, sagte Sigurd. »Ich komme nach.«

Die ersten dicken Tropfen fielen und wurden schnell immer mehr. Jons Blick wurde ernst. »Ich kann Euch nicht allein lassen, Prinz. Wenigstens *das muss* ich aus Respekt vor dem König tun.«

»Segel einholen!«, schrie der Kapitän des Schiffes vom Heck. »Und dann alles sichern, was sich bewegt!«

Sigurd sah Jon an. »Nun geh schon – mit deinen lädierten Knochen müsste ich sonst eher *dich* schützen. Ich komme nach, versprochen.«

Der drahtige Krieger sah zum Sturm auf, der ihnen entgegenrollte. »Wüsste ich es nicht besser – ich könnte schwören, die Götter missgönnen uns die Reise und wollen uns gleich wieder heim nach Island blasen.«

Die Seeleute schafften es rasch und erfahren, das Segel einzuholen, und das Steuer wurde festgezurrt, damit es nicht ausbrechen konnte.

Jon drehte sich um, packte seinen Freund Gelen am Arm und zog ihn in den Bauch des Schiffes, wo sie halbwegs geschützt waren.

Sigurd war nun allein im Bug. Das Holz knurrte unter seinen Füßen, und das Wasser, das in Wellen über die Reling schwappte, war von abgerissenen Algen und Kleingetier getrübt. Kein Zweifel – der Sturm kam mit Macht, mit dem kleinen Schiff als Ziel.

Sigurd hatte keine Angst. Ihm war, als ob die Naturgewalten nach ihm riefen, als ob das Unwetter sich freute, endlich wieder einen Gegner zu haben, der ihm trotzen wollte. Es war kein Feind – es war ein Herausforderer.

Blitze zuckten nun vom Himmel, immer dichter, immer

mehr. Die Donnerschläge kamen so schnell, dass sie nicht mehr zu unterscheiden waren, und ein einziges Grollen erfüllte die Luft.

»Ist das alles?«, rief Sigurd begeistert und strich sich die nassen Haare aus dem Gesicht. »Das soll richtige Männer in Angst versetzen?«

Eine Welle traf das Schiff hart an der Breitseite, und der Ruck warf Sigurd gegen die Reling und dann fast über Bord. Er rollte herum, und auf dem Bauch liegend wartete er ein paar Sekunden, bis sich die See eine Atempause gönnte. Dann sprang er auf die Füße und packte mit beiden Armen den hölzernen Pferdekopf am Bug. »Ha! Es gehört mehr dazu, den Sohn des Königs von Island zu schrecken!«

Wie zur Antwort schlug ein Blitz kaum einen Steinwurf entfernt vor dem Schiff ins Wasser, und es war, als würde das Meer erleuchtet. Der Donner zerriss Sigurd fast die Trommelfelle.

Aber er lachte.

Wie am vorherigen Tag stand Elsa auf der Burgmauer und schaute in die Ferne. Doch diesmal war es nicht aus Sehnsucht – es war aus Sorge. Sie sah es am Horizont flackern, und sie wusste, dass dort ein schwerer Sturm wütete.

Lilja krallte sich von hinten an das Kleid ihrer Mutter. Elsa zog sie vor sich und umarmte das Mädchen. Sie spürte, wie etwas ihren Bauch pikste, und sah nach unten. Lilja trug das Horn des Dryk. Einer der Handwerker bei Hofe hatte ihr ein Loch hineingebohrt, und sie hatte ein helles Lederband hindurchgefädelt, um das Horn als Glücksbringer um den Hals tragen zu können.

»Wo ist Sigurd denn hin?«, fragte das kleine Mädchen.

Elsa strich ihr durch das Haar. »Das weiß ich nicht. Aber er ist bestimmt nicht weit.«

»Er hat mir versprochen, dass wir die Hunde trainieren gehen.«

Nun kam Gernot dazu, und sein Gesichtsausdruck verriet Elsa, dass er Sigurd nicht gefunden hatte. Elsa bemühte sich um Haltung. »Vielleicht ist er nur nach Norden geritten, um mit den Minenarbeitern zu zechen.«

Gernot schüttelte den Kopf. »Keines der Pferde fehlt. Dafür sind die Lager von Gelen und Jon auch unbenutzt.«

Elsa atmete aus. »Das ist eine gute Nachricht in der schlechten. Wenigstens sind sie zu dritt.«

»Zu dritt – wo?«, knurrte Gernot.

Es war nicht so, dass Elsa und Gernot keine dunkle Ahnung hatten, in welche Richtung Sigurd verschwunden war. Doch beide wehrten sich noch dagegen, den Gedanken auszusprechen. Am Horizont grollte es wieder, und der König sah in Richtung Festland. »Ich hätte mit ihm sprechen müssen. Gestern Abend noch. Es war nicht richtig, ihn mit Wut im Bauch gehen zu lassen.«

Elsa drückte den Arm ihres Mannes. »Im Streit sagt sich leicht das Falsche. Aber Sigurd ist ein Mann – und er muss damit umgehen können.«

»Die Frage ist nur, was Sigurd als die richtige Reaktion eines Mannes auf die Beleidigung seines Vaters erachtet«, kam es von rechts, wo Eolind durch eine kleine Nebentür auf die Burgmauer getreten war. Auch sein Gesicht zeugte von Sorge.

»Weißt du mehr als wir?«, fragte Gernot.

Eolind kam hinzu und kniete vor der kleinen Lilja nieder. »Hört zu, Prinzessin – ich möchte, dass Ihr jetzt in Euer Zimmer geht und dort ganz fest für Sigurd betet. Dann wird er auch bald wiederkommen.«

Das Mädchen nickte ernst, packte mit beiden Händen das Dryk-Horn und lief davon.

Eolind richtete sich wieder auf, wobei Gernot ihm helfen musste. »Danke, mein König. Ich wollte die Prinzessin mit den Worten, die es zu wechseln gilt, nicht verschrecken.«

Elsa reagierte schneller als ihr Mann. »Dann sprich – wo ist Sigurd?«

Eolind räusperte sich. »Nicht in der Burg – und nicht draußen im Lande.«

»Was soll denn das heißen?«, verlangte Gernot verärgert zu wissen.

Eolind wand sich noch immer. »In den frühen Stunden dieses Tages sah ich etwas, dem ich keine besondere Bedeutung zumaß. Doch mittlerweile muss ich davon ausgehen, dass ...«

Gernot hob herrisch die Hand. »Es ist nicht die Zeit, höfliche Floskeln zu sprechen. Fasse dich klar und knapp.«

»Ich glaube, der Prinz ist bereits mit seinen Freunden auf dem Weg nach Dänemark«, sagte Eolind. Es ging ihm einfacher von den Lippen, als er gedacht hatte.

»Aber wie kann das sein?«, fragte Elsa.

»Ich sah ein ... Schiff heute Morgen«, erklärte Eolind. »Und Männer, die sehr auf Diskretion bedacht an Bord gingen. Es ging mir nicht auf, dass es sich dabei um den Prinzen handeln könnte ...«

Wütend schlug Gernot mit der Faust auf die Mauer aus Vulkanstein, die jeden Ton verschluckte. »Dänemark! Ich hätte es wissen müssen! Kaum mache ich mal eine Vorschrift, schon sucht er sie zu brechen!«

Elsa atmete durch – zu ihrer Besorgnis gesellte sich eine gewisse Erleichterung. »Wenigstens wissen wir nun, dass ihm nichts geschehen ist. Noch nicht.«

»Das werde ich zu ändern wissen«, knurrte der König.

»Ich habe alles Verständnis der Welt für Sigurd gehabt, aber sich meinem ausdrücklichen Befehl zu widersetzen, meine Anordnung zu verhöhnen – dafür wird er einen hohen Preis zu zahlen haben.«

»Soll ich ein paar Krieger auswählen, die sich an die Verfolgung machen?«, fragte Eolind.

Gernot nickte. »Am besten fangt ihr ihn, noch bevor sein Schiff die dänische Küste erreicht. Nicht einmal diesen Triumph will ich ihm gönnen.«

Elsa strich ihrem Mann mit der Hand über die kalte Wange. »Und was hoffst du damit zu erreichen? Der geprügelte Hund lernt keinen Respekt vor dem Herrn. Nimm Sigurd nicht den Stolz der eigenen Entscheidung.«

»Aber ich kann das nicht durchgehen lassen«, verkündete Gernot wütend, während er das Gewitterflackern am Horizont beobachtete. »Ich bin der König, er ist der Prinz. Sich mir zu unterwerfen sollte keine Schande sein.«

Elsa nutzte nun beide Hände, um das Gesicht ihres Mannes in ihre Richtung zu drehen. »Dann lass ihn sich unterwerfen – aus freien Stücken! Vielleicht dreht er bei, bevor er das Ziel seiner Reise sieht. Vielleicht wird er erkennen, dass die viel gelobte Freiheit nur ein flüchtiger Traum ist, welcher der Heimat kaum ebenbürtig sein kann. Und dann wird er mit Freuden heimkehren und nicht in Unmut.«

»Unser Sohn müsste all deine Güte und Weisheit geerbt haben, um so zu handeln«, sagte Gernot und küsste seiner Frau die Stirn. »Ich fürchte jedoch, es treibt ihn gerade das Xantener Blut voran.«

Der König atmete tief durch und wandte sich an seinen Ratgeber. »Eolind, ich folge dem Rat meiner Frau. Doch sende einen Boten an den Hof Dagfinns. Wenn jemand dem isländischen Prinzen begegnet, so ist er zu behandeln wie ein Mann aus dem Volke. Keine Privilegien. Sigurd wollte das einfache Leben – er soll es haben.«

Eolind nickte und ließ das Königspaar allein. Elsa sah Gernot dankbar an. »Sigurd wird es dir mit Liebe danken, wenn er zurückkehrt.«

»Mir würde Gehorsam schon reichen«, murmelte Gernot und zog seine Frau an sich.

2

Aus dem Jungen den Mann, aus dem Mann den Krieger …

Die Überfahrt hatte dank der günstigen Winde kaum vier Tage gedauert, und die Nacht brach schon herein, als das Schiff in Fjällhaven, dem kleinen dänischen Provinzhafen, einlief.

Sigurd und Gelen halfen dabei, die für Dänemark gedachten Waren mit auszuladen. Jon, der schon einmal hier gewesen war und dessen Knochen harte Arbeit kaum zuzumuten war, machte sich auf den Weg, um eine Unterkunft für die Nacht aufzutun.

Sack um Sack, Kiste um Kiste luden sie auf den breiten Holzsteg, an dem das Schiff vertäut war. Crassus, der Kapitän des Schiffes, kam zu ihnen. Er war ein dunkelhäutiger römischer Bürger, dessen Männer erzählten, er habe sich als Sklave die Freiheit mit dem Schwert verdient. »Prinz Sigurd, es wäre mir lieber, wenn Ihr Euch an meiner Ladung nicht plagt. Euer Vater …«

Sigurd winkte gut gelaunt ab. »Ihr habt mir einen großen Dienst erwiesen, und den will ich jenseits barer Münze abarbeiten. Außerdem wärmt es die Muskeln, die nach Tagen auf See doch ein wenig steif und kalt waren.«

Crassus lachte. »Dann solltet Ihr mal eine Reise an den

Kontinenten vorbei mit uns machen. Mitunter sehen wir für Monate kein Land. Man meint, den eigenen Körper verwelken zu spüren, wenn man nicht gerade das Ruder in der Hand hat.«

»Es ist nicht so, dass eine weite Reise mich nicht reizen würde«, nickte Sigurd freundlich.

»Dann sprecht mit Eurem Vater – ich bin sicher, er wird ...«

Sigurd hob die Hand. »Es wäre mir sehr recht, wenn Ihr mich fortan nicht mehr als meines Vaters Sohn bezeichnet. Wir möchten die Zeit in Dänemark ohne großes Aufsehen erleben.«

Crassus runzelte die Stirn. »Wie Ihr wünscht. Aber sobald der Name Sigurd von Island fällt, wird jeder Wirt und Schmied ...«

»Dann werde ich den Namen nicht mehr führen«, entschied Sigurd spontan. »Wie hört sich ein einfaches Sig für dänische Ohren an?«

»Nach einem ebenso einfachen Mann«, versicherte Crassus.

Sigurd strahlte. »Dann also Sig.« Er drehte sich zu Gelen. »Hast du gehört, alter Freund? Ich bin ein einfacher Mann! Von nun an wirst du mich Sig nennen.«

Gelen japste, während er eine Kiste kratzend über die Bohlen des Stegs schob. »Ein einfacher Mann hat mir gar nichts zu sagen.«

Crassus hielt Sigurd den starken Arm zum Abschied hin, und der Prinz ergriff ihn mit beiden Händen. »So wünsche ich dem Sig eine gute Zeit auf dem Boden des Kontinents. Fjällhaven ist weder Burg noch Kloster – was Euer Herz sich wünschen kann, das lässt sich hier für Münze kaufen.«

Sigurd lächelte. »Ich kann mir sehr vieles wünschen.«

Crassus zog den jungen Heißsporn etwas an sich heran. »Dann einen letzten guten Rat, Hoheit – klingelt nicht zu laut mit Eurer Börse. Die schweren Münzen solltet Ihr gut versteckt halten. Mit Freunden seid Ihr hergereist – aber finden werdet Ihr in Fjällhaven keine. Also seht Euch vor, und vertraut weder süßem Fleisch noch starkem Trank.«

Mit diesen Worten ging er zu seinem Schiff zurück.

Sigurd verstand die Warnungen – doch sie feuerten ihn nur noch mehr an. Fleischeslust und Verrat, Diebe und üble Gestalten? Das klang vielversprechend! Er schlug seinem erschöpften Freund Gelen auf die Schulter. »Nun dann – lass uns in die Stadt ziehen! Schauen wir, welche Sünden darauf warten, von uns begangen zu werden.«

»Ich würde … gerne … erst mal was essen«, schnaufte Gelen und setzte sich auf die Kiste, die er herumgewuchtet hatte. »Jetzt, da ich das Brot nicht mehr für die Fische kaue, meldet sich mein Magen umso lauter.«

Sigurd nickte. »Das kann ich verstehen. Suchen wir eine Taverne. Jon wird schon zu uns stoßen.«

Sie verließen den Steg, der wie zehn andere auf schweren Stämmen in das flache Wasser gezimmert war. Überall waren Schiffe vertäut, und das Geschäft erlaubte keine Muße. Es war ganz anders als in Island, wo allemal eine Handvoll Boote ankerte. Hier in Fjällhaven lagen mindestens hundert Schiffe an. Die meisten davon waren einfache dickbauchige Handelsschiffe, schwer im Wasser, aber geräumig und sicher.

»Ganz schön was los hier«, sagte Gelen vorfreudig. »Ich habe noch nie so ein Gewimmel gesehen. Was ist das dahinten für ein Schiff?«

Sigurd folgte dem ausgestreckten Arm seines Freundes, bis er ein großes, aber schmales und stolzes Schiff mit prächtiger Beflaggung sah. »Das ist eine Dromome«, erklärte er. »Ein römisches Kriegsschiff aus Byzanz. Ich wusste gar nicht, dass die Römer hier noch Präsenz zu zeigen wünschen.«

Er freute sich nun doch über die Bücher und Schriftrollen, die seine Mutter ihm als Kind immer wieder vorgelegt hatte. Er mochte Dänemark nicht *kennen*, aber er *erkannte* vieles sofort. »Da drüben sind ein paar Liburnen. Diese wendigen Schiffe werden auf den großen Flüssen eingesetzt, als Patrouillen.«

Es war durchaus überraschend, hier auf Römer zu treffen, und vielleicht waren sie schon auf dem Rückzug. Seit dem Zerfall des Reiches in zwei Teile konnte das Imperium den Machtanspruch auf dem Kontinent nicht mehr halten. Immer mehr Stämme und Völker wanderten gen Süden. Teilweise eroberten sie zurück, was die römischen Kaiser ihnen in langen Kriegen genommen hatten, teilweise besetzten sie Land, das noch nie Siedler gesehen hatte. Es war eine Zeit des Umbruchs – das hatte Elsa zumindest immer gesagt.

Sigurd und Gelen, mit ihren Beuteln über der Schulter, traten vom Hafen in das Gewimmel der langen Straße, die an der gesamten Bucht entlangführte. Hier stand Haus an Haus, und manche waren zwei, sogar drei Stockwerke hoch. Die Menschen drängten sich dicht an dicht, es raunte überall, und es stank wie in einem Stall. Pferde waren an Pflöcke gebunden, und streunende Hunde pissten und kackten, wo es ihnen passte. Hin und wieder waren Karren zu sehen, von denen Händler ihre Waren lautstark anpriesen.

»Da!«, rief Gelen und deutete auf eine zahnlose Frau, die in ihrer schmutzigen Hand Brot in die vorbeirauschende Menge hielt. »Lass uns Brot kaufen.«

Sigurd hielt seinen Freund zurück. »Warum so bescheiden? Lass uns heute auf meine Kosten schmausen!«

Das Gewimmel der Menschen trieb sie weiter, und Sigurd bemühte sich mit wachsender Begeisterung, die vielen Gerüche und Geräusche aufzunehmen. Er sah Reisende, deren Sprache ihm fremd und aufregend vorkam, auch wenn er kein Wort verstand. Er sah Hautfarben und Kleider, die vom anderen Ende der Welt kommen mussten. Manche Leute hatten hier Tücher um den Kopf gewickelt, andere hatten das Gesicht gleich ganz verhüllt, nur mit Schlitzen für die Augen. Es war – überwältigend.

Ein bärtiger Seefahrer, der rülpsend aus einer Tür stolperte und hinter sich einen Schwall würziger Gerüche herzog, wies ihnen den Weg in eine Taverne.

Der große Raum war niedrig, und auf grob gezimmerten Bänken saßen Männer aus vielen Ländern, die sich aus großen Krügen Met und Bier in die Kelche kippten. An großen Bratenstücken wurde gezerrt und mit Messern gesäbelt, und schwere Suppen in hölzernen Schalen machten die Runde, damit jeder sein Brot in sie tunken konnte. Das Fleisch kam von einem großen Rost in der Mitte des Raums, und der Rost war mit einer Kette an der Decke befestigt. Darunter schwelte rotglühend die Kohle. Mollige Schankfrauen in einfachen Kleidern trugen das Essen herum.

Obwohl kaum Luft zum Atmen war und eine Schicht von Fett und Schmutz jeden Fleck bedeckte, war besonders Gelen begeistert. »Na, das nenne ich mal einen geselligen Haufen!«

Sie drängten sich durch die Menge und fanden schließlich einen Platz in der hinteren Ecke, von dem gerade zwei Sachsen aufstanden. Sie saßen kaum, da stand auch schon eine junge Schankmagd mit verschwitzten Haaren neben ihnen. »Was kann ich den Herren bringen?«

Sigurd warf einen Blick zum Rost. »Kräftig was vom Ochsen, dazu Brot und Bier.«

»Und nicht zu knapp beim Bier«, fügte Gelen hinzu. »Wir haben eine weite Reise hinter uns.«

»Ich glaube, die meisten Männer hier sind erheblich länger auf See gewesen«, murmelte Sigurd.

Er fischte eine kleine Münze aus seiner Börse, sorgsam den Rat von Crassus beachtend, nicht zu viel Aufhebens um sein Vermögen zu machen. Trotzdem bemerkte er, wie angesichts des ledernen Beutels ein paar Augen in der Umgebung unauffällig einen Blick riskierten.

Die Schankmagd dankte Sigurd seine Münze mit einem Lächeln, das im Preis sicher nicht inbegriffen war. Und der Prinz gönnte sich einen Blick auf ihre Hüfte, die hin und her pendelnd in der Menge verschwand.

Gelen rieb sich die Hände, als das Fleisch auf einem Holzbrett vor seine Nase gesetzt wurde. »Ich bin kaum hier, und schon gefällt es mir.«

»Dir gefällt es überall, wo gut gegessen wird.« Sigurd lachte und drückte der Schenkfrau das Geld in die Hand.

Dann aßen sie reichlich und fett.

Auf das Zeremoniell wurde am isländischen Hofe nicht viel gegeben. Man empfing so gut wie niemals andere gekrönte Häupter, und die Sorgen der wenigen Untertanen wurden zumeist schnell und wohlwollend entgegengenommen. Der Hofstaat war nicht groß genug, um Bankette oder ausschweifende Feste zu gestatten. Der Thron stand meist verwaist an die hintere Wand des großen Prunksaals geschoben, und die Krone war oft über Wochen sicher verwahrt in der Schatzkammer, wo sie ein vergleichsweise einsames Dasein fristete. Der König war im Verhältnis nicht viel reicher als sein Volk.

Heute aber war alles anders. Ein Bote hatte sich angekündigt aus dem großen Frankenreich. Das war ebenso ehrend wie erstaunlich. Zu diesem Anlass hatte Gernot die Burg herausputzen lassen, und farbenprächtige Banner und Wandteppiche bedeckten die sonst rauen schwarzen Wände des Saals. Der Thron war nach vorne gezogen worden, damit er den Raum beherrschte, und der Königinnenstuhl stand gleich daneben.

Elsa trug ein geschmücktes Kleid mit einem goldenen Gürtel, und ihr Haar war von einem geflochtenen Band um die Stirn gehalten. Gernot hatte sich den Königsmantel umgeworfen, und die Krone auf seinem Kopf brach in vielen edlen Steinen das Licht.

Zwei Trompeter vor dem Eingang verkündeten die Ankunft des Boten, der seinerseits drei Tage zuvor von einem Boten angekündigt worden war.

Der Franke trat ein. Er war von hagerer, hochgewachsener Gestalt, der breite Gang verriet lange Jahre auf dem Rücken vieler Pferde. Sein Reisemantel war abgebürstet worden, doch viele dunkle Flecken deuteten auf eine lange und beschwerliche Reise hin.

Der Bote kniete vor dem König, hielt den Blick auf dem Boden und streckte die Hand mit einer Schriftrolle vor. Gernot nahm die Rolle und vergewisserte sich, dass Siegel und Unterschrift den Boten als rechtens auswiesen. »Ihr müsst nicht knien, guter Mann.«

Der Franke erhob sich und nickte dankbar. Elsa griff ihren Mann am Arm, und mit einer sachten Kopfbewegung machte sie Gernot auf den erschöpften Zustand des Boten aufmerksam.

»Möchtet Ihr zuerst speisen und ein wenig ruhen?«, fragte der König.

Der Franke schüttelte den Kopf. »Mein König schickt

mich mit der Weisung, schnellstens wieder heimzukehren.«

Gernot reichte die Schriftrolle zurück. »Es erfreut uns, dass Theudebald, der große König der Franken, uns würdig befindet, Nachricht von seinem Hofe zu erhalten.«

»Mein Herr ist weise und gerecht«, sagt der Franke. »Er kennt den König von Island nicht persönlich, doch in aller Munde als Mann von Ehre. Und in seiner Güte fand er es angebracht, Euch zu warnen.«

Die Generäle der kleinen isländischen Streitmacht, die an den Seiten im Halbdunkel standen, begannen leise zu raunen. Der unerwartete Besuch begann bitter zu schmecken.

»Warnen? Wovor?«, fragte Gernot. Er mühte sich, seiner Stimme keine unnötige Schärfe zu geben.

»In diesem Sommer weilte ein Abgesandter des Königs Wulfgar von Xanten am Hofe der Franken«, fuhr der Bote fort.

Das Raunen der Generäle wurde störend, und mit einer Handbewegung gebot Gernot sie zu schweigen. »Ihr wisst, dass wir Wulfgar nicht als König anerkennen, bestenfalls als Usurpator.«

»Mein König ist sich der Blutlinien bewusst«, versicherte der Franke. »Auch das ist ein Grund, warum er mich schickt.«

Der Mann war sehr geschickt darin, sich vorsichtig auszudrücken. Das war bei seiner Aufgabe auch nötig. So mancher Bote war als Überbringer einer schlechten Nachricht mit einer Klinge entlohnt worden.

»Was wollte Wulfgar von Theudebald?«, wollte Gernot wissen.

»Er bot dem König einen Pakt an«, erklärte der Franke. »Freundschaft und freier Handel zwischen den Franken und den Xantenern.«

Gernot lehnte sich in seinem Thron zurück. »Für so eine Selbstverständlichkeit reist kein Bote durch das Land. Ich wusste nicht, dass die Beziehungen zwischen Franken und Xanten einer Versicherung bedurften.«

»Wulfgar bezog sich damit nicht auf die Gegenwart«, fuhr der Bote fort. »Er versprach dem König auch künftig gute Nachbarschaft … unabhängig von der Größe des Reiches.«

In Elsas Augen flackerte die Angst auf, und Gernots ganzer Körper spannte sich schlagartig. »Dann plant Wulfgar, das Reich zu erweitern.«

Gernot sprach es nicht als Frage – es war eine Erkenntnis.

Der Franke nickte. »Er hat ein großes Heer aufgestellt – auch deshalb war es ihm wichtig, sich der Freundschaft meines Königs sicher zu sein. Den Franken gegenüber, das wissen selbst die Römer, zieht man nicht das Schwert.«

Gernot nickte. In der Tat waren die Franken mittlerweile die stärkste Macht des Kontinents, ihr Reich erstreckte sich von der nordischen See bis zu den warmen Wassern im Süden, und es breitete sich aus wie die Lache Bier aus einem umgestürzten Kelch.

»Und wenn Wulfgars Ziel nicht das Land der Franken ist – was dann?«

Er fürchtete die Antwort, die nun unausweichlich schien.

»Wulfgar hat meinem König angeboten, das Reich mit Erzen zu versorgen – Erzen aus Island.«

Nun flüsterten die Generäle wieder, diesmal erbost und hektisch. Gernot ließ sie. In seinem Kopf breitete sich eine schwarze Masse aus, die seine Gedanken erstickte. Mit den Handflächen rieb er sich die Schläfen.

»Wie hat Theudebald auf das Angebot reagiert?«

Der Bote zeigte keine Regung. Es war nicht seine Aufgabe, Mitgefühl oder Herzlichkeit zu zeigen. »Mein König hat das Versprechen Wulfgars, seine Hand nur nach Island auszustrecken, angenommen. Doch er möchte Euch wissen lassen, dass er weder Unterstützung noch Genugtuung für den Plan des Xanteners hat. Im Gegenteil – er schickt mich, Euch zu warnen.«

Gernot bemühte sich um Fassung, obwohl der Bote gerade den zu erwartenden Untergang Islands verkündet hatte. »Wann ist mit dem Heer aus Xanten zu rechnen?«

»Die Truppen haben sich nur langsam gen Norden formiert, um keinen Verdacht zu erregen«, erklärte der Franke. »Doch unsere Spitzel teilen mir mit, dass die Soldaten nun in vollem Marsch unterwegs sind. Der Rhein speit ihre Schiffe in das Nordmeer, während wir hier sprechen.«

Die Generäle verstummten. Jeder wusste, was das bedeutete.

Gernot erhob sich, und der Mantel um seine Schulter verdeckte die zitternden Hände. »Lasst Euren König Theudebald wissen, dass Gernot von Island ihm für den Freundschaftsdienst dankt. Sollte es in unserer Macht stehen, so hoffen wir, eines Tages gleichermaßen bereitzustehen.«

Der Bote senkte den Kopf. »Der Vater meines Königs, Theudebert, war ein guter Freund Eures Vaters Gundomar, der sein Reich Burgund mit gerechter Hand zu führen wusste. Im Gegensatz zu Wulfgar sehen wir die Macht der Reiche im Blut, nicht im Schwert.«

Gernot nickte, und der Franke drehte sich grußlos um und verließ den Saal. Als die Flügeltür hinter ihm geschlossen war, traten die Generäle vor den Thron. Aber keiner von ihnen wagte es, das Wort zu ergreifen.

Gernot nahm wieder auf seinem Thron Platz, und seine

Hand suchte die seiner Frau. Elsa sah ihren Mann ängstlich an. »Was wird nun werden? Was können wir tun?«

Gernot schüttelte langsam den Kopf, als müsse er sich zu der Antwort zwingen. »Nichts. Gar nichts. Selbst das kleinste Xantener Heer wäre uns in der Zahl noch so weit überlegen, dass jeder Widerstand einem Gemetzel gleichkäme. Island wird fallen.«

Es hatte eigentlich ganz harmlos angefangen. Eine Hand voll Langobarden hatte sich an den Tisch gedrängelt, an dem Sigurd und Gelen gerade ihr letztes Stück Fleisch verspeist hatten.

»Der Braten kam mir gerade recht«, verkündete Gelen, schlug sich mit der Faust auf die Brust und rülpste zufrieden. »Das Bier scheint mir jedoch gepanscht. Ich habe schon dreimal hinter die Hütte gepisst, und mein Schritt ist immer noch gerade und sicher.«

Sigurd lachte und schenkte seinem Freund nach. »Dann musst du dich mehr anstrengen. Vielleicht sollten wir auch noch Met bestellen. Man sagt, die Mischung steigt zu Kopf.«

»Das mag stimmen«, grunzte Gelen, »jedoch erst am nächsten Morgen. Und dann zahlt Ihr den Preis der Nacht doppelt.«

Sigurd sah sich um. »Ich hoffe, der gute Jon findet uns. Er sollte doch langsam mal ein Nachtlager für uns aufgetrieben haben.«

Er bemerkte nicht, dass Gelen und einer der Langobarden gleichzeitig nach dem Krug griffen. Der Isländer war zu naiv, um darin mehr als ein Versehen zu erkennen. »Entschuldigt, aber dieser Krug ist von unseren Münzen bezahlt.«

Der Langobarde, von gepflegter, aber herrischer Art,

machte keine Anstalten, die Hand vom Krug zu nehmen. Gelen blieb freundlich. »Wenn Ihr mit uns anstoßen wollt, so bin ich sicher, dass der Krug noch alle Kelche füllen kann.«

Der Langobarde beugte sich vor und spuckte dann langsam in den Krug. »Ich trinke nicht mit isländischem Heidenpack.«

Gelen wollte sich sofort auf den Widerling stürzen, aber Sigurd hielt ihn zurück. »Komm schon, mein Freund, wir wollen nicht am ersten Abend in Dänemark böses Blut.«

Der isländische Prinz wandte sich an den Langobarden. »Ihr sprecht von Heiden. Ich hörte, dass sich Euer Reich in Toledo vor nicht langer Zeit dem einen heiligen Gott unterworfen hat.«

»Dem heiligen und wahren Gott«, knurrte der Krieger, der augenscheinlich auf Streit aus war.

»Wir haben viele Christen in Island«, erklärte Sigurd, »sogar meine Mutter …«

Bevor er weitersprechen konnte, beugte sich Gelen dazu und zischte: »Langobarden? Ich habe gehört, Euer Herrscher Agilulf treibt es mit den Schweinen, weil sie immer noch hübscher sind als Eure Frauen!«

Er drehte sich triumphierend grinsend zu Sigurd um und sah deswegen die Faust des Langobarden nicht, die gleich darauf gegen seinen Schädel krachte.

Die beiden Langobarden auf der anderen Seite des Tisches griffen sofort nach ihren Kurzschwertern. Sigurd blieb keine Zeit, sich eine Strategie zu überlegen. Gelen war zu benommen, um wegzulaufen, und wenn die Raufbolde erst mal ihre Waffen in der Hand hatten, war es für jede Gegenwehr zu spät.

Also sprang er mit einem Schrei über den Tisch und warf seinen Körper wuchtig gegen die Angreifer, die er damit zu Boden riss. Die Menge der Tavernengäste um sie herum rutschte eilends auseinander, ließ das Spektakel aber nicht aus den Augen.

Gelen hatte mittlerweile wieder einen klaren Kopf und trat, noch auf der Bank sitzend, dem Langobarden unter das Hemd. Er packte den Krug, und mit einem Schwung hatte der Streithahn das bespuckte Bier im Gesicht. Wütend sprang er auf die Füße und zog aus einer Mantelfalte einen Dolch. Gelens Augen wurden groß – damit hatte er nicht gerechnet.

»Das wirst du bezahlen«, knurrte der Langobarde.

Doch dazu kam es nicht, weil von hinten ein Krug auf seinen Schädel krachte und in tausend Stücke zerbrach. Ein ungepflegter alter Krieger nickte Gelen freundlich zu. »Wir Awaren können die Langobarden auch nicht leiden.«

Damit hätte die Rauferei eine gute Wendung nehmen können, wenn nicht von links der Schrei ertönt wäre: »Awaren? *Packt sie!*«

Sekunden später herrschte heilloses Chaos in der Schenke. Römische Soldaten gegen Awaren, Langobarden gegen Sachsen, Franken gegen Dänen – es war, als hätten alle nur auf die Gelegenheit gewartet, sich aufeinanderzustürzen und in wildem Gedränge die Tische und Bänke zu zerlegen. Man hörte Holz splittern, Knochen knacken, und hier und da brüllten die Männer ihren Mut heraus. Die Schankmägde huschten behände aus der Menge und gönnten sich eine Pause, um dem Getümmel zuzusehen. So manche guckte sich den Krieger aus, dessen Wunden sie in der Nacht zu pflegen beabsichtigte.

Sigurd hielt sich gut, die Trainer bei Hofe hatten ihn gelehrt, im Kampf zu bestehen. Er teilte Schläge links und rechts aus, duckte sich unter einem römischen Schild weg und zog einen Goten an seinem langen Zopf so ruckartig auf die Tischplatte, dass dieser mit verdrehten Augen liegen blieb. Dann gönnte sich der Prinz von Island einen Blick in Richtung Gelen, der eine andere Technik nutzte – er duckte seinen rundlichen Körper wie ein Igel und warf sich mit voller Wucht in die Pulks seiner Gegner. Kaum waren sie wieder auf den Füßen, war er auch schon in der Menge verschwunden. Sigurd war beruhigt, dass sein Freund sich trotz des Alkohols zu wehren wusste – allerdings machten die Gegner es ihnen auch einfach. Kaum ein Krieger in der Taverne war nüchtern, und ihre Schläge waren so ungelenk wie ihre Blicke unstet waren. Manche fuchtelten kaum mit ihren schlappen Armen, und ihr Kinn wartete nur auf die Faust, die den Körper zu Boden schickte.

Aus dem Augenwinkel sah Sigurd etwas blitzen – eine Klinge! Er drehte sich zur Seite weg, bekam einen starken Arm zu fassen und zog ihn zu sich. Es war der Langobarde, der den Streit begonnen hatte. Sie standen kurz Auge in Auge, dann hieb Sigurd den Unterarm des Kriegers auf sein emporschnellendes Knie. Der Knochen brach, und seine Hälften rissen durch das Fleisch und das Hemd des Gegners, der schmerzerfüllt den Dolch fallen ließ.

In diesem Moment spürte Sigurd eine Lederschlinge, die von hinten über seinen Kopf fiel und sogleich um seinen Hals zugezogen wurde. Instinktiv schnappte er nach Luft, die nun nicht mehr zu haben war. Starke Arme packten seine Schultern und rissen ihn zu Boden.

Vor Sigurds Augen tanzten blaue Flecken, und das Gedröhne des Kampfes wurde ersetzt durch ein seltsames Rauschen in den Ohren, von dem er nur vermuten konnte, dass es sein rasendes Blut war. Mit beiden Händen griff er nach der Lederschlinge, doch sie war zu fest zugezogen, als dass er seine Finger darunter hätte schieben können. Er ruderte mit den Armen, versuchte irgendetwas zu packen, aber es war vergeblich. Zwei, mindestens drei Männer hielten ihn fest.

Die Schatten und Schemen in seinem Blick luden ihn ein, die Augen zu schließen, sich zu konzentrieren. Doch das wäre ein Fehler gewesen. Er musste sich wehren, statt hilflos im Staub des Tavernenbodens zu liegen!

Erneut sah er eine Klinge, größer diesmal. Ein Schwert. Ein drahtiger Krieger mit geflochtenem Bart und einem schwarzen Loch, wo einmal das linke Auge gewesen sein musste, drohte seine Waffe in Sigurds Brustkorb zu versenken. Der Prinz mühte sich nach Kräften, die Beine an den Brustkorb zu ziehen, um seinen Gegner davonzustoßen, aber jemand hielt seine Knie fest.

Von der Seite erwischte ein wuchtiger Schlag den Krieger, dessen Klinge schon fast die Brusthaare Sigurds gekitzelt hatte, die nun aber ungeführt zur Seite klapperte. Einem satten Krachen hinter seinem Kopf folgte eine Lockerung der Lederschlinge, und Sigurd bekam endlich wieder Luft in die Lungen. Es schmerzte schlimmer als alle vorherigen Schläge, einfach nur einzuatmen.

Zwei Arme packten ihn und zogen ihn auf die Füße. Sigurd schlug schwach um sich, noch zu benebelt, um Freund von Feind zu unterscheiden. Eine flache Hand tatschte seine Wangen. »Prin … Sig, wir müssen hier raus!«

Sigurd schüttelte den Kopf, um endlich wieder klar zu sehen. Jon! Es war Jon! Sein alter Gefährte stand vor ihm, den Prinzen immer wieder nach links und nach rechts schubsend, um Fäusten und fliegenden Krügen auszuweichen.

»Gelen!«, rief Jon.

»Schon dabei!«, kam es zurück, und Sigurd sah, dass

der kleine dicke Gelen seinen Leib als Rammbock nutzte, um den Weg zur Tür freizuboxen. Jon griff Sigurd unter und packte mit der freien Hand die Riemen ihrer Beutel.

Ein Krug zersplitterte direkt neben ihnen an der Wand, und ein Sachse, der von einem Faustschlag getroffen gegen sie stieß, schubste die kleine Truppe aus Island direkt durch die Tür. Ohne eine Möglichkeit, sich abzustützen, fielen die drei Freunde auf die feuchte Straße. Jemand zog die Tür wieder zu, und in der Taverne ging die Rauferei fröhlich weiter.

Schwer atmend lagen Sigurd, Jon und Gelen auf der Straße. Irgendwann presste der Prinz krächzend heraus: »Ob die wohl noch lange weiterkeilen werden?«

Gelen kicherte erschöpft. »So lange, bis keiner mehr steht. Wahrlich, ich habe mich ewig nicht mehr so amüsiert.«

Jon spuckte etwas Blut aus. »Ich hatte eigentlich darauf gesetzt, dass meine Knochen ein wenig Zeit zum Heilen bekämen.«

Sigurd setzte sich aufrecht hin und klopfte seinem Freund auf den Rücken. »Ich bin dir überaus dankbar, guter Freund. Die hatten mich ganz schön an der Gurgel.«

»Ihr hättet Euch nicht von Gelen trennen lassen dürfen«, knurrte Jon. »Rücken an Rücken ist die einzige Taktik in so einem Fall, sonst hat man schnell eine Klinge zwischen den Rippen.«

»Ich werde künftig daran denken«, antwortete Sigurd hustend. Sein Hals brannte wie Feuer. »Aber für den Abend war es Aufregung genug. Hast du einen Ort gefunden, an dem wir übernachten können?«

Jon nickte. »Kaum einen Steinwurf entfernt. Ein Langhaus mit vielen Lagern, für kleine Münze. Und am Morgen Milch und Brot.«

Sigurd mühte sich auf die Beine und half Gelen, aufzustehen. »Das klingt gut. Dann werden wir uns den Schlaf gönnen.«

Sie hörten die Tür, und es war die junge Schankmagd, die Sigurd bedient hatte. Sie trat heran und strich ihm mit der Hand vorsichtig über den roten Striemen am Hals. »Wie furchtbar, mein Herr – ich hoffe, Ihr seid nicht arg verletzt.«

Sigurd lächelte verlegen, als er ihre neugierigen hellen Augen sah. »Nicht arg, nein. Ich vertrage so was leicht.«

Die Schankmagd fuhr sich durch das weizenblonde Haar, das strähnig und vom schweren Duft der Taverne getränkt war. »Ich bin Liv.«

»Mein Name ist … Sig.«

Er konnte aus den Augenwinkeln sehen, wie Jon und Gelen sich zuzwinkerten.

»Nun, guter Sig«, schnurrte Liv und legte Sigurd die Hand auf die Brust. »Für Euer Geld hättet Ihr noch weit mehr als einen Krug Met bekommen.«

»Das erlasse ich Euch gerne«, murmelte Sig. »Es soll mir Ehrensache sein.«

Jon räusperte sich vernehmlich, und als Sigurd ihn ansah, deutete er mit dem Daumen die Straße hinunter. »Wir müssen dann auch mal los – es ist das Haus am Ende der Straße. Nur für den Fall …«

Gelen machte keine Anstalten, Jon zu folgen – er war viel zu neugierig, wie Sigurd sich bei Liv zum Narren machte. Aber Jon packte ihn kräftig am Arm und zog ihn weg. Sie nahmen auch das Gepäck mit.

Sigurd wandte sich wieder der Schankmagd zu, die auf einmal so nahe vor ihm stand, dass ihre Nasen sich fast berührten. »Aber mein Herr, mit Schulden kann ich Euch unmöglich ziehen lassen.«

Natürlich kannte Sigurd die Geschichten von den Seefahrern und den Frauen in den Häfen. Genau darum war er ja nach Dänemark gekommen. Aber seine Gedanken verbanden noch nicht die Geschichten von den trunkenen Festen mit dem zarten Geschöpf, das vor ihm stand. »Ihr könnt mir gerne etwas vom Rost für die Nacht einpacken.«

Liv kicherte ein wenig, dann stahl sie ihm einen schnellen Kuss. »Wie wäre es, wenn ich Euch etwas gäbe, was Ihr zur Nacht auspacken könnt?«

Elsa strich ihrer Tochter zärtlich über den Schopf. Lilja murmelte noch etwas, obwohl sie bereits eingeschlafen war. Im Arm hatte sie eine einfache Puppe, die seit Kindestagen ihre Begleiterin war. Wie oft hatten Hofdamen versucht, dem Kind eine schönere, edlere Puppe anzudienen, doch Lilja war ein treues Kind.

Elsa zog der Kleinen vorsichtig das Band mit dem Dryk-Horn über den Kopf. Sie wollte nicht, dass Ilja sich im Schlaf damit würgte. Sachte legte sie den Glücksbringer auf den Boden neben das Bett.

Dann stand sie auf, um zu ihrem Mann zu gehen.

Die Burg wirkte wie ausgestorben. Der König hatte befohlen, dass die Mitglieder des Hofstaats den Tag bei ihren Familien verbringen sollten oder gemeinsam bei einem guten Essen. Es war ihnen auch freigestellt, die Flucht nach Norden anzutreten, in der Hoffnung, den Xantenern lange genug zu entgehen, bis deren Blutdurst gestillt war.

Niemand hatte das Angebot angenommen.

Elsa ging lautlos durch die scheinbar endlosen und immer gleichen schwarzen Gänge, der kalte Vulkanfels dunkel und stumm. Das Flackern und Fauchen einiger Fackeln waren die einzigen Geräusche, wenn man mal vom

Rauschen des Meeres absah, das die ewige Melodie zum Bilde Islands spielte. Nach ein paar Jahren nahm man es gar nicht mehr wahr, wie den eigenen Atem.

Siiigurd … Siiigurd … Siiigurd …

Es waren Stimmen, so leise wie das Meer, und sie verwehten wie der Wind, bevor man sie wirklich hörte.

Elsa hielt inne. Ein Schauer lief ihr über den Rücken, und er hatte nichts mit den kühlen Gängen der Burg zu tun.

Sie drehte sich um. Nichts. Drehte sich wieder um. Nichts. Und doch – etwas.

Bluuut vergossen … Bluuut bezahlt …

Ihr Herz raste. Sie hatte die Stimme diesseits ihrer Träume so lange nicht mehr gehört. Stimmen aus der Vergangenheit, aus dem Dunkel. Geboren aus dem Bösen, das ihr Vater gewesen war.

Es bedurfte all ihrer Kräfte, den Stimmen entgegenzutreten. »Was wollt ihr? Was wollt ihr *noch*?«

Das letzte Bluuut … das allerletzte Bluuut …

Es waren die Stimmen der Nibelungen, die verächtlich und gierig raunten. Elsa wunderte sich, denn eigentlich waren die niederträchtigen Waldwesen von Odin an den Rhein verbannt worden. So hatte es ihr Vater, Hagen von Tronje, zumindest immer erzählt.

Doch wie es schien, konnten die Nibelungen dem Blut folgen, dem Schicksal, oder dem Fluch. Die Erwartung von Tod und Elend hatte ihre flüchtigen Schatten schaudern lassen, und in der Erde waren sie gereist, unter den Wassern und durch die Berge.

Die Ahnung einer Gestalt huschte an Elsa vorbei, doch ihr Auge war zu langsam, sie zu fassen.

»Wird es vorbei sein?«, fragte sie mit zitternder Stimme. »Wird es dann *endlich* vorbei sein?«

Dein Blut hat es begonnen. Dein Blut! Deinblutdeinblutdeinblut!

Sie war sicher, dass außer ihr niemand die Stimmen hören konnte. Sie waren so sehr in ihrem Kopf wie sie in ihrer Seele waren. Und doch – nicht weniger real als der kalte Stein unter ihren Füßen.

Elsa hatte gehofft, nie wieder die Bürde ihres Vaters tragen zu müssen. Aber Hagen hatte Königreiche mit sich gerissen im Versuch, die Macht bei Burgund zu halten. Und als seine Tochter zahlte sie nun die Schuld, die ihrem Vater durch die Klinge Gunthers erspart geblieben war.

Elsa beschloss, nicht mehr auf die Stimmen zu hören, die wie Zuschauer zu einem grausamen Schauspiel angereist waren. Mit festem Schritt machte sie sich wieder auf den Weg zur Burgmauer, wo Gernot wartete.

Er brauchte sie jetzt.

Es war einerlei, ob die Xantener mit hundert oder mit zweihundert Schiffen kamen – Island hatte ihnen nichts entgegenzusetzen. Es war ein Land ohne Krieg seit Generationen, fernab der gierigen Blicke ruchloser Könige. Es nahm mehr, als es gab, und ein Eroberer hatte wenig Beute zu erwarten. Keine Pracht war hier zu erobern, keine Juwelen für die Schatzkammern in der heimischen Burg. Und so wie die Herrscher von Island kaum die fremden Heere fürchteten, so hatten sie niemals Ansprüche jenseits ihrer Grenzen erhoben. Die Schmieden hatten niemals bis in die frühen Morgenstunden Funken gespuckt, um starken Kriegern Eisen in die Hand zu geben. Der Stolz Islands war niemals das Blut seiner Feinde an den eigenen Schwertern gewesen.

Island – das war Frieden gewesen.

Gernot stand auf der Mauer und sah die fünfhundert

Schiffe Wulfgars, die sich gegen schwere See in den Hafen kämpften. Es gab kein Bemühen, sich zu verstecken, vielleicht an der Ostseite der Insel anzulegen, um dann über die Hochebenen anzugreifen. Die Streitmacht Xantens kam als Sieger, noch bevor der Krieg begonnen hatte. Es war kein Angriff, es war eine Invasion.

Es wäre an Gernot gewesen, zusammen mit Eolind, Elsa und den Generälen am Strand zu stehen, um Wulfgar zu empfangen. Keine Kriegserklärung war ausgesprochen worden, und ein König durfte einen König erwarten, der ihn grüßte.

Doch Gernot wusste, weshalb Wulfgar gekommen war. Nicht Island reizte ihn, nicht die Minen. Sie waren allenfalls Beigabe, so wie man einer Braut das beste Pferd der Familie mitgab.

Wulfgar wollte nicht Land – er wollte Gernots Tod. Den Tod der ganzen Familie. Dann würde er sich Xanten endlich rechtmäßig zu eigen machen können, am Tisch des Frankenkönigs Theudebald hätte er Respekt verdient, und mit den Römern konnte er sogar über Burgund verhandeln. Ein großes Reich, von den römisch kontrollierten Gebieten im Süden bis an die Küste im Norden. Ein machtvoller Nachbar der Franken.

Doch es würde kein süßer Sieg für den Xantener König werden – die Generäle empfingen ihn, um ihn wissen zu lassen, dass die Felsenburg verriegelt war, dass kein Rammbock einen Eingang würde freistoßen können. Wollte Wulfgar die Burg, dann musste er seinen Bewohnern dabei zusehen, wie sie verhungerten.

Gernot musste bitter lächeln, als er daran dachte, mit wie wenig Recht sich Wulfgar so viel Besitz angeeignet hatte. Er dachte auch über die Frage nach, ob es seine Pflicht gewesen wäre, in Voraussicht eines solchen Tages ein Heer aufzustellen und zu führen. Doch dann wären die letzten siebzehn Jahre eine Qual gewesen, ein Herrschen im Schatten von Blut und Eisen. Das Land wäre an den Waffen arm geworden und vor Furcht blind und wütend.

Nein, er war ein guter König gewesen. Und er würde es bis zu seinem letzten Tage sein. Ob dieser nun heute war – oder morgen.

Das erste Schiff, das große Königsboot, lief knirschend auf Grund, und die persönliche Garde Wulfgars sprang in das kniehohe Wasser. Gernot hatte seinen Generälen unter großem Protest befohlen, den Xantener ohne Waffen zu empfangen. Das Blutvergießen zu beschränken, das Biest Grausamkeit zu besänftigen, das war vorrangig.

Gernot war bereit, sich Wulfgar auszuliefern. Für Island. Für Burgund. Und für seine Familie. Er hatte keine Furcht.

In diesem Moment trat Elsa neben ihn, und wie zum Hohn durchflackerte ihn nun doch die Angst. »Meine Königin, was tust du hier? Ich hatte doch unmissverständlich befohlen …«

»… dass ich fliehen soll mit der kleinen Lilja?« Elsa lächelte sanft und von ergebener Ruhe. »Wie kannst du glauben, dass ich dich im Stich lassen würde? Wie wenig wäre ich deine Frau – wie wenig verdiente ich das Leben, das noch folgen könnte?«

Gernot dachte darüber nach, ob er wütend war – oder verzweifelt, weil seine Frau nun dem gleichen Schicksal entgegensah wie er. Aber er spürte die Liebe in ihrem Handeln, und sein Herz konnte nicht froher sein als mit ihr an der Hand. Seit dem Tage, an dem sie aus Burgund geritten waren, hatte Elsa niemals seine Seite verlassen – bei klarem Verstand hätte er gewusst, dass sie so wenig wie er vor Wulfgar fliehen würde.

Er nahm ihr Gesicht in seine Hände und küsste sie sacht. »Aber wenn wir sterben, wenn heute der Tag ist – was bleibt dann?«

Elsa nahm seine Hände und rieb sie ein wenig zwischen ihren, um sie zu wärmen. »Sind nicht beide Antworten in tiefster Seele Frieden schenkend? Wenn nichts bleibt, dann ist endlich jener Fluch gebrochen, der unsere Familien verfolgte. Dann erlebt die Welt einen neuen, freien Morgen. Und wenn etwas bleibt, Sigurd vielleicht, dann bleibt auch die Hoffnung, dass er von uns gelernt hat und in ihm unsere Liebe in der Welt bleibt.«

Gernot hatte am Tag zuvor Eolind losgeschickt, mit einem kleinen, schnellen Boot, das hart am Wind segelte. Im Osten an der Xantener Flotte vorbei sollte der alte Freund des Königs reisen, um den Prinzen Sigurd zu finden und für seine Flucht zu sorgen. Flucht wohin? Es war gleich. So weit weg, dass ein Leben Wulfgars nicht reichen würde, ihn zu finden.

»Was ist mit Lilja?«, fragte Gernot leise.

»Ich gab ihr einen Trank, und sie wird schlafen, so sehr die Xantener auch mit den Schwertern klappern«, flüsterte Elsa. Sie legte den Kopf an Gernots Schulter, und der König legte den Arm um sie.

»Dann ist wohl nicht mehr zu tun.«

Sie sahen, wie Wulfgar von seinem Schiff stieg, mit dem harten Schritt eines Eroberers. Die Generäle von Island verbeugten sich vor ihm. Und Wulfgar zog sein Schwert und streckte den ersten gleich nieder. Seine Männer verstanden den Befehl, und es begann das Massaker an Island.

Gernot drehte Elsa zu sich, damit sie es nicht sehen musste. Und so sehr er König war, konnte er doch auch selber nicht hinschauen.

Er schloss die Augen, als die Leiber seiner Männer in den Kies fielen und ihr Blut das Hafenwasser färbte.

Sigurd kratzte sich am Kopf, wo Stroh in seinen Haaren kitzelte. In seinem Mund schmeckte er noch fahl die letzte Nacht, und sein Schädel zahlte den Wein, wie Gelen es prophezeit hatte. Er zwang seine Augen auf, ohne jedoch viel erkennen zu können – um ihn herum war es fast dunkel, und das war vielleicht auch besser so.

Leicht stöhnend richtete der Prinz von Island sich auf und mühte sich, die müden Gedanken und die nackten Gebeine in Einklang zu bringen.

Es roch nach Kot, warm und feucht. Sigurd erkannte in den Lichtstrahlen, die zwischen Holzplanken hereinfielen, dass er sich in einem Stall befand. Ein paar Schritte weg standen zwei kleine Ponys, und drei Hühner staksten gelangweilt umher. Lederzeug hing an der Wand, ein Trog stank nach Essensresten.

Sigurd lag auf einem Lager aus Stroh, welches durch ein paar Bretter vom Rest des Stalls abgetrennt war. Es war weder eine bequeme noch eine sonderlich frische Bleibe, und der junge Prinz war überzeugt, dass es sich hier nicht um das von Jon versprochene Bett handelte.

Liv.

Ihr Name sprang Sigurd in den Kopf, und mit dem Namen kamen trunkene Bilder, Fetzen von Gelächter und süßen Schreien, der Geruch von Schweiß in der Nase und die Lippen an heißen Brüsten.

Sie hatte ihn hinter sich hergezogen, in den Stall, und das mit einer Selbstverständlichkeit, die Gewohnheit verriet. Ihr schmutziges Kleid war ohne sein Zutun von ihren Schultern gerutscht, und ihre Hände hatten schnell seine Männlichkeit gefunden, die trotz des Rausches wild pochend nach ihr zehrte. Sie waren ins Stroh gefallen, kichernd wie zwei Kinder, doch mit der Gier von Erwachsenen. Sigurd hatte ihren Körper noch nicht erforscht, ihre Lust kaum der seinen angepasst, da ergoss sich sein Trieb schon heftig und benetzte die junge Frau, die gurrend den Finger darin tunkte und mit der Zunge Sigurds Saat probierte.

Es war ihm peinlich, und mühsam hatte er zu einer Entschuldigung angesetzt, die gar nicht nötig war – Livs Lippen fanden Sigurds Schoß, und obwohl sich in seinem Kopf alles drehte, schien sein Körper entschlossen, das Mädchen wieder und wieder zu beglücken.

Sigurd konnte sich an weitere drei lustvolle Ziele erinnern, an die Liv ihn geritten hatte. Erfahren nutzte sie dabei das Lederzeug, und manches Mal, wenn Sigurd in das Fleisch ihrer Schultern biss, drückte sie sich von ihm, um mit der Hand zufrieden nach seiner Männlichkeit zu tasten. Sein Hunger, sich in ihr zu ergeben, war so stark, dass er sie immer wieder grob an sich zerrte, sein Becken gegen ihres stemmte und knurrte, wenn seine weiße Glut sie füllte. Liv hatte dann immer zitternd dagelegen, den Atem schnell, die Beine schwach.

Irgendwann musste er neben ihr eingeschlafen sein.

Die Erinnerung an die Lust der Nacht, seiner ersten Nacht, weckte in Sigurd augenblicklich wieder die Begierde nach ihrem Fleisch, nach ihrer Hand, nach ihrem Schoß.

Doch Liv war fort, irgendwann musste sie sich aus dem Stall geschlichen haben. Sigurd war allein, auch wenn sein Fleisch sich dieser Erkenntnis nicht beugen wollte.

Draußen war viel Lärm, Karren waren zu hören, Gerede, Schritte auf festem Boden. Es war heller, geschäftiger Tag, so viel stand wohl fest.

Im Halbdunkel fand Sigurd seine Kleidung, auch wenn es ihm widerstrebte, den dreckigen, klebrigen Stoff über einen nicht weniger unreinen Köper zu ziehen. Er band die Stiefel mit den Lederriemen fest und schlang den Gürtel um die Hüfte.

Liv. Er musste sie wiederfinden. Er wollte … mehr. Mehr Liv. Er wollte ihren Körper bei Licht sehen, ihre Knospen küssen und ihre Lippen spüren, überall.

Sigurd seufzte, als er an sich herabsah. Es stand fest, dass er kaum aus dem Stall gehen konnte, solange seine Gedanken bei Liv waren. Also mühte er sich, sein Blut zu zähmen, indem er an Jon und Gelen dachte. Wie mochten seine Freunde die Nacht verbracht haben? Sicher nicht so lustvoll wie er! Er würde sie finden und ihnen alles erzählen! Jedes Detail, an das er sich erinnern konnte – und für die Lücken in seinem Gedächtnis würden sich prächtige Prahlereien finden lassen.

Und am Abend würde er Liv sicher wieder in der Schenke finden. Er würde sie mitnehmen, und sie würden diesmal bei klaren Gedanken einander bis in den Morgen durch das Stroh zerren.

Sigurd fand den Ausgang des Stalls, und das Tageslicht schmerzte in seinen Augen. Er schwankte ein wenig und nutzte den Moment, um sich zu vergewissern, dass er nichts vergessen hatte. Seine Hände fanden alles dort, wo es zu erwarten war – nur den kleinen Lederbeutel mit den Münzen, den er an seinen Gürtel geknotet hatte, den fand er nicht mehr.

Lag die Börse noch im Stall? Wohl kaum. Sie war sicher befestigt gewesen und konnte sich kaum gelöst haben. Hatte er sie bei der Schlägerei verloren? Sigurd erinnerte sich schwach, dass er sie noch gehabt hatte, als er mit Gelen und Jon vor der Kneipe saß.

Es war aber auch nicht wichtig – die größte Summe war im Gepäck gut versteckt, und die wenigen Münzen im Beutel waren allenfalls das Geld für ein paar Tage.

Zufrieden und doch hungrig in jeder ihm bekannten Form ging Sigurd durch Fjällhaven, das ihm in nur einer Nacht mehr dargeboten hatte als Island in den letzten fünfzehn Jahren. Mochte die Stadt auch stinken und mit düsteren Gesellen drohen – was konnte großartiger sein?

Unter der Sonne sah alles harmlos aus, und geschäftig auf lustlose Art. Sklaven schoben Waren auf Karren und Kutschen vorbei, Händler feilschten um Preise, und Schiffe wurden repariert und geputzt, um sie für die nächste Reise seetüchtig zu bekommen. Ein Trog mit klarem Wasser lud Sigurd ein, seinen Kopf hineinzustecken und sich mit kräftigen Handstrichen Arme und Oberkörper zu erfrischen.

Das Haus, von dem Jon erzählt hatte, war nicht schwer zu finden, und die beiden guten Freunde aus Island ebenso wenig. Sie saßen auf einer kleinen Bank vor dem Langhaus, kauten Brot und tranken die versprochene Milch. Als sie den Prinzen sahen, war es ein großes Hallo.

»Nun sieh er sich den Pri … den Sig an«, rief Gelen, warf sein Essen auf den Boden und umarmte den Prinzen begeistert. »Die Nacht bei einem Frauenzimmer hat er verbracht – und einem nicht mal hässlichen!«

Sigurd drückte seinen Freund von sich, die Nähe schien ihm … unangebracht. Und die Lust, von Liv in jeder Einzelheit zu erzählen, war schlagartig verflogen. »Nun blast nicht so viel, als ob ihr segeln wolltet.«

Jon war sitzen geblieben und zwinkerte Sigurd freundlich zu. »Wenn Ihr nicht prahlt, dann muss es wohl gut gewesen sein.«

Sigurd kratzte sich am Kinn. »Fürwahr, ihr habt nicht

zu viel versprochen, was die Leidenschaft des Weibes angeht.«

Gelen stieß ihn in die Rippen. »Besonders die leichten Hafenbräute sind's, die ihre Hüften einzusetzen wissen.«

»Ich glaube nicht, dass Liv von solcher Art ist«, widersprach Sigurd in einem Tonfall, der mürrischer als gewollt ausfiel. Die Nacht mit Liv, sie war … sie war sicher nicht von trunkener Beliebigkeit gewesen.

Jon lachte. »Wie es scheint, hat die fesche Magd Euch nicht nur das Gemächt entleert. Auch das Hirn schläft noch selig in der Erinnerung.«

Er hielt Sigurd Brot und Milch hin, die der Prinz dankend nahm. Er kaute kräftig, während er weitersprach. »Es war wie Feuer, ein Ausbruch … es war so *unvermeidbar*. Liv und ich … wir *fanden* uns einfach.«

»Wie Raubtier und Beute«, nickte Jon, der sich sichtlich für seinen Herrn freute.

»Wobei ich gerne wüsste, wer in dieser Nacht das Raubtier war«, grinste Gelen.

Sigurd warf ein Stück Brot nach ihm und erinnerte sich dann. »Übrigens scheine ich den kleinen Beutel mit den Münzen verlegt zu haben. Ist er bei euch im Gepäck gelandet?«

Gelen und Jon sahen einander an, dann den Prinzen. Ihr Blick hatte etwas Ungläubiges, als wäre Sigurd gerade auf die dümmste Frage der Welt gekommen.

»Was?«, hakte der Prinz verwirrt nach.

Gelen drehte sich weg, schüttete sich still aus vor Lachen. Jon seufzte, stand ächzend auf und legte seinem Herrn väterlich die Hand auf die Schulter. »Mein Prinz – es würde mich sehr wundern, wenn der Beutel in dieser Nacht nicht von der gleichen Frau genommen wurde wie Eure Unschuld.«

Sigurd brauchte eine Sekunde, um zu begreifen – dann schüttelte er entschlossen den Kopf. »Nein, das ist abwegig: Liv würde nicht … ich meine, sie hätte doch …«

Er versuchte eine Formulierung zu finden, die nicht dumm und naiv klang, doch es gelang ihm nicht. Die Worte suchten die Wahrheit, als sie über seine Lippen kamen, und die Wahrheit war sehr hässlich.

»Dann hat sie mich betrogen – und bestohlen obendrein«, flüsterte er wütend.

Zerknirscht blickte er zu Boden, doch Jon hob sein Kinn. »Nur ein Narr würde es so sehen. Sagt mir lieber: Was die kleine Schankmagd Euch gab – war es die paar Münzen nicht wert?«

Sigurd fand seinen Stolz wieder. »Hätte ich es vorher gewusst – das Doppelte hätte ich bezahlt!«

»War sie ein geiles Luder, und gab sie nicht Ruhe, bevor Eure Lenden versagten?«

Sigurd grinste. »Sie trieb mich mit ihrem Verlangen, bis ich vor Erschöpfung einschlief.«

Jon warf die Arme in die Luft. »Dann hat es sich gelohnt! Was sollen wir uns also grämen?«

Nun kam auch Gelen wieder herbei. »Wenn wir heute Abend in der Schenke sind, dann tut eine gute Tat – und stellt mich dem lüsternen Weibe vor.«

Sigurd sah Gelen missvergnügt an, woraufhin der beleibte Kumpan gleich einen Schritt zurücktrat: »Nur, wenn Euer eigener Hunger an ihr gestillt ist, natürlich.«

»Darauf würde ich nicht wetten«, sagte Jon, »der Prinz hat jenen glasigen Blick, mit dem verliebte Tölpel – oder geile Toren – durch die Welt laufen. Doch sorgt Euch nicht, Sigurd – Schenkmägde, die sich für wenig Münze Eurer Herrlichkeit annehmen, finden sich hier genug.«

Sigurd begann zu ahnen, dass Jon recht hatte: Liv hatte

ihm einen Dienst erwiesen, und er hatte sie gut dafür bezahlt – auch wenn ihm eine vorherige Absprache genehm gewesen wäre. Ihre Sorte mochte lieblich sein – selten war sie sicher nicht. Und war sein Sehnen nach ihr nicht der Beweis, wie gut sie ihr »Geschäft« verstand?

»Was machen wir denn mit dem neuen Tag?«, fragte Sigurd. »Was bietet uns Fjällhaven noch?«

»Die Frage, was es nicht bietet, wäre sicher einfacher zu beantworten«, sagte Gelen. »Nachdem wir Völlerei und Rauferei genossen haben – und unser Sig sich schon der körperlichen Lust ergeben hat –, sollten wir eine Runde suchen, die im Runenspiel nach unseren Münzen trachtet.«

»Gute Idee!«, rief Jon. »Das Spiel verspricht noch mehr Gelage, und im besten Falle erneute Schlägereien. Kaum ein anderer Weg, so viele Mannestriebe auf einmal zu befriedigen.«

»Dann lasst mich schnell das Hemd wechseln und den Geruch der Schankmagd aus den Haaren waschen«, sagte Sigurd.

»Gebt die schmutzige Kleidung der Frau des Hauses«, empfahl Jon. »Dann ist sie zum Anbruch des nächsten Tages wieder frisch.«

Sigurd nickte und verschwand im Langhaus. Gelen schüttelte langsam den Kopf. »Was unser Prinz mit der ewigen Wascherei hat, ist mir ein Rätsel. Als bekämen wir nur sauber unser Bier serviert.«

Jon zuckte mit den Schultern. »Er wäscht sich auch daheim in der Burg fast täglich, und die Hofdamen schnattern von einem Bad an jedem Vollmond. Es ist wohl die Mutter, die ihn so weibisch reinlich macht.«

»Was immer ihn glücklich macht«, knurrte Gelen und rieb sich die Hände. »Aber heute Abend suche ich mir auch eine Schankmagd. Die wird sich meine Münzen hart erarbeiten müssen.«

Jon atmete tief durch und war froh, dass er dabei seine Rippen kaum schmerzen spürte. »Wir hätten diese Reise früher machen sollen. Kaum etwas macht den Kopf freier als neuer Boden unter den Füßen.«

»Hier ist das Leben prall und saftig«, stimmte Gelen zu. »Kein Vergleich mit Island, wo ein Tag wie jeder Tag und ein Jahr wie jedes Jahr ist.«

Island starb brennend. Die Xantener, denen die Vulkanfestung mit unerschütterlicher Standfestigkeit den Einlass verwehrte, zeigten keine Absicht, die Belagerung in Ruhe abzuwarten. Von den Burgmauern konnte man bei Tage die Rauchsäulen und bei Nacht die Flammenkegel sehen, in denen die Häuser und Scheunen der Isländer vergingen. Wenn der Wind ungünstig stand, trieb er die Schreie sterbender Frauen und Kinder heran, und was an Schiffen nicht vor der Invasion den Hafen verlassen hatte, ruhte geplündert auf dem Grund des Hafenbeckens. Zum Hohn und zur Demütigung ließ Wulfgar Leichen zusammensuchen, vor der Burg auf einen Haufen werfen und anzünden. Es trieb einen beißenden Geruch von brennendem Menschenfleisch durch die Gänge und Säle. Manchmal warfen die Xantener Krieger auch Verletzte zwischen die brennenden Leiber.

Gernot sah den Untergang. Manchmal stand er an einem Fenster – nicht nah genug, dass die Xantener ihn sehen konnten, aber nah genug, um mit seinem Volk zu leiden. Das Leben jedes seiner Untertanen wäre es ihm wert gewesen, sich Wulfgar zu stellen und durch die Klinge des Feindes zu sterben. Aber seine Ratgeber hatten ihm versichert, dass es für den Xantener König keinen Unterschied machte – Wulfgar hatte ein Heer aus Söldnern verpflichtet, und diese Söldner waren mit dem Versprechen gelockt wurden, aus der Insel zu pressen, was immer sie hergab. Sie deckten sich mit Schmuck und Kleidern aus feinen Stoffen ein, nahmen die Frauen mit Gewalt, oft im Anblick der toten Angehörigen, und die älteren Krieger beschlossen mitunter, die besetzten Höfe gleich für sich zu behalten. Es war bestialisch und doch der seit Jahrhunderten gewählte Weg des Krieges.

Gernot wusste nicht, wie lange die Vulkanburg am Hang der Belagerung standhalten konnte. Es war aber auch gleichgültig, denn am Ende des letzten Tages konnte nur die Vernichtung stehen. Zumindest diese Genugtuung wollte er Wulfgar nicht geben – der Xantener sollte bei den Gelagen an seinem Hofe nicht prahlen können, mit eigener Hand die Burgunder Blutlinie ausgelöscht zu haben.

Die letzte Pflicht oblag Gernot selbst. Und irgendwie schien sie ihm kein Feind, keine hässliche Schuld. Sie war nur das stille Ziel eines langen Weges.

Als Gernot und Elsa mit dem Jungen Siegfried, der Sigurd hieß, Burgund verlassen hatten, da war es in der Erkenntnis geschehen, dass das Schicksal etwas war, dem man sich nicht beugen musste. Kriege, Rache, Opfer – all das hatten sie vermieden, indem sie aufgaben, was ihre Vorfahren für unerlässlich gehalten hatten. Gernot und Elsa hatten bewiesen, dass sie Herrscher über ihr eigenes Leben waren. Siebzehn Jahre Frieden war der Lohn gewesen.

Und nun? Nun blieb nur noch zu beweisen, dass sie auch im Tod ihre eigenen Herren waren.

Dagfinn, der König der Dänen, hatte sich wie erwartet verhalten: Er bedauerte den Angriff der Xantener auf Island, doch einzugreifen lag nicht in seiner Macht. Selbst wenn sein Heer, zu spät und sicherlich unter großen Opfern, das Land dem Wulfgar hätte entreißen können, es wäre allenfalls der Beginn eines neuen, schrecklicheren Krieges gewesen. Dem Eroberer von Xanten durfte das Land der Dänen nicht auch noch anheimfallen. So tat Dagfinn, was kalt und zugleich richtig war – er schloss die Grenzen, verstärkte die Truppen an den Punkten, die für die Xantener Flotte leicht zu erreichen waren, und wies seine Gesandten an, den Namen Dagfinn keiner Seite zuzuschlagen.

Und er bat Eolind, den Hof so schnell wie möglich zu verlassen.

Es hielt den Ratgeber Gernots auch nicht mehr, denn trotz angestrengter Suche hatte er den jungen Prinzen und seine Freunde nicht finden können. Einen Abend lang hatte er gezweifelt. Vielleicht waren es nicht die jungen Männer gewesen, die er des Nachts gen Dänemark hatte segeln sehen. Vielleicht war diese Annahme, so naheliegend und reizvoll sie gewesen sein mochte, ein Irrweg. Doch dann entschloss sich Eolind, daran nicht zu glauben. Es *musste* Sigurd gewesen sein! Wenn der Prinz nicht geflohen war, dann spielte Wulfgar nun schon mit seinem verwesenden Haupt. Und daran zu glauben war Eolind unmöglich.

Er lieh sich aus Dagfinns Ställen ein schnelles Pferd, und der dänische König war enttäuscht, wie dankbar er sein musste, Gernots Ratgeber loszuwerden. Seine Eskorte ließ Eolind am Hof zurück, denn von nun an musste er seine Herkunft sorgsam verbergen. Alle Wappen und Insignien hatte er abgelegt, sein Hemd verriet keinen König. Er trieb das Pferd an der dänischen Küste entlang und gönnte dem Tier so wenig Ruhe wie sich selbst. Sollte es doch am Ziel der Reise tot zusammenbrechen – solange er Sigurd fand, war der Preis nicht zu hoch.

Als Eolind erfahren hatte, dass der isländische Prinz nie bei Hofe angekommen war, hatte er sich an die langen Gespräche mit Sigurd erinnert. Der Junge wollte das Leben suchen und viele Abenteuer. Er hätte wissen müssen, dass die Segel nicht in Richtung Palast zeigen würden. Im Gegenteil – Sigurd würde dort zu finden sein, wo seine Eltern ihn keinesfalls haben wollten. Wo all das geschah, was sich für einen künftigen König nicht ziemte. Wo sich der Prinz Lust, Wut und Langeweile aus dem Körper treiben lassen konnte.

Und so lenkte Eolind sein Pferd in Richtung Fjällhaven.

Sie waren am Abend nicht mehr in die Schenke gegangen. Und auch am darauffolgenden Abend nicht. So sehr sich seine Lenden nach Liv sehnten, so wenig hatte Sigurd Lust, der Frau ins Auge zu sehen, die ihn bestohlen hatte. Es tat ihm weh, wenngleich er nicht verstand, warum. Die Hure hatte sich einer Hure gemäß verhalten. Er konnte einem Schmied genauso wenig vorhalten, sein Eisen zu schmieden.

Stattdessen hatten die drei Isländer ihren Spaß an anderen Orten gesucht – und reichlich gefunden. Solange man genügend Münzen besaß oder Waren zum Tausch, war Fjällhaven der Ort, an dem kein Wunsch unerfüllt blieb, wenn man ihn aussprach. Auch Gelen und Jon waren mittlerweile bei den Weibern erfolgreich gewesen, und ihre Nächte verbrachten sie, wenn auf den Lagern, dann nicht allein. So manches Mal mussten sie dem Besitzer des Langhauses eine Münze nachschieben, um nicht hinausgeworfen zu werden. Bei einem Runenspiel hatten sie einen Esel gewonnen, den Gelen dann bei einem Perser gegen einen Damaszener Dolch getauscht hatte. Solch eine Klinge hatten sie noch nie gesehen – biegsam und dünn, doch von einer ungekannten Schärfe, die selbst an Stein nicht stumpf wurde.

Zusammen mit einem Nubier hatten sie eine Nacht lang im Kerzenschein ein seltsames Ritual vollzogen, und die Dämpfe fremder, brennender Blätter hatten ihnen die Sinne geöffnet. Jon fand am nächsten Morgen ein gezacktes Brandmal zwischen seinen Schultern, ohne zu wissen, wie es dahin gekommen war.

Und wenn sie nicht spielten, hurten oder aßen, dann tranken die drei Freunde alles, was ihnen in Kelchen, Schläuchen oder Krügen unter die Nasen gehalten wurde.

Es war nicht die Reise, die Sigurd sich vorgestellt hatte – es war viel mehr. Es war das pralle Leben. Ihm wurde klar, dass er in Island gelebt hatte wie ein Kind, das der Welt immer nur durch verschlossene Türen lauschte, aber sich niemals selbst in ihr bewegte. Er war ein Zuschauer gewesen, ein Beobachter. Nun war er – endlich! – in der Welt angekommen.

Er saß mit Jon auf einem Steg und ließ die Beine im Wasser baumeln. Sie hatten soeben nicht wenige Münzen an einen Reisenden verloren, der vorgegeben hatte, König aus einem fernen, fremden Land zu sein, der aber wohl doch nur ein geschickter Betrüger gewesen war. Die Runensteine, die sie im Ärmel seines Umhangs versteckt gefunden hatten, waren ihnen ein paar kräftige Tritte und Schläge wert gewesen, mit denen sie den »König« aus der Stadt vertrieben hatten.

Gelen war losgezogen, um ein paar Keulen vom gebratenen Huhn zu holen, damit der Abend nicht jetzt schon im trunkenen Nebel endete.

Sigurd blickte über das Wasser des Hafens hinaus zum Horizont, der gerade noch im letzten Tageslicht die Himmelsscheibe von der Erde trennte. Irgendwo dahinter, wenn man nur lange genug segelte oder wenn ein Vogel lange genug flog, war Island.

Er seufzte. Schon der Gedanke trübte seine Stimmung.

Jon schlug ihm auf die Schulter. »Es ruft die Heimat, nicht wahr?«

Sigurd fühlte sich ertappt. »Warum sollte sie? Die Wut meines Vaters zu ertragen, das hat Zeit genug. Und was könnte Island uns nun noch bieten – nach all dem, was wir in Fjällhaven erlebt haben?«

Jon lachte. »Ihr macht mir nichts vor, mein Prinz. Die Sehnsucht des Mannes nach Heimat kann weder ein Weib noch ein Kelch stillen. Ohne sie gäbe es keine Königreiche, und wir würden alle nur übers Land ziehen, auf der Suche nach Kurzweil. Aber das Herz braucht ein Zuhause.«

Sigurd musste zustimmen, so sehr es ihm auch missfiel – er vermisste Island. »Aber was ist es, was mich zurückzieht?«

Jon sah nun ebenfalls zum Horizont. »Der König, Eure Mutter, die kleine Schwester. Und wäre es nicht das, dann wäre es die Liebe zum Land selbst. Und die Pflicht des Thronfolgers.«

»So habe ich das noch nie gesehen.«

»Dann ist es umso besser, dass wir hergekommen sind«, sagte Jon, und seine Stimme hatte nun einen ernsten Klang. »Ihr konntet Island nur vermissen lernen, wenn Ihr von ihm getrennt seid.«

Sie hörten Schritte hinter sich, und Gelen nahm neben ihnen Platz. Er bewegte sich langsam, was gar nicht seiner Art entsprach, und seine Hände waren leer. Selbst in der Dämmerung erkannte Sigurd, dass sein Freund aschfahl war und dass seine Augen einen Punkt suchten, an dem sie den Blick festmachen konnten.

»Nun, wo sind die versprochenen Teile vom Federvieh?«,

fragte Sigurd überrascht. »Oder hat der Wein dich eingeholt, und dir ist mal wieder übel?«

Gelen war kein Mann, der einen freundlichen Scherz auf sich sitzen ließ, und nie war er um eine spöttische Antwort verlegen. Außer heute. Er presste die Lippen aufeinander, als müsse er ein Würgen unterdrücken. Dann atmete er flach aus. »Die Seefahrer in der Schenke – sie sprechen nur über ein Thema heute Abend.«

In seiner Stimme klang Angst und Entsetzen, und weder Sigurd noch Jon war noch nach Neckerei zumute.

»Wenn es schlechte Nachricht gibt – dann sprich«, sagte Jon. »Keine Botschaft ist wie Wein und wird besser, wenn man sie lange verschweigt.«

Gelen nickte, als müsse er sich selber überzeugen. »Die Männer – sie reden davon, dass kein Schiff mehr Island anläuft, sobald es unser Reich am Horizont erkennt.«

Sigurd war schon aufgefallen, dass heute viel mehr Schiffe in Fjällhaven angelegt hatten als in der ganzen letzten Woche. »Was soll das heißen?«

Gelen drehte nun das Gesicht seinem Prinzen zu, und man konnte Tränen auf seinen Wangen sehen. »Sie sprechen von Krieg, mein Herr. Und davon, dass Island brennt.«

Eolind hatte Fjällhaven bei Einbruch der Dunkelheit erreicht. Ein dunkler Umhang mit Kapuze verbarg sein Gesicht wie seine Gestalt genug, um auch von denen nicht erkannt zu werden, die ihn früher schon einmal gesehen hatten. Er gab das Pferd bei einem Schmied ab, der es pflegen sollte – Eolind konnte nicht sicher sein, Sigurd hier zu finden, also bereitete er sich schon einmal auf die Weiterreise vor.

Anscheinend war die Kunde von der Invasion Islands

noch nicht allzu weit nach Dänemark vorgedrungen. Gerade Hafenstädte waren gewöhnlich die besten Orte, um Neues aus der Welt zu erfahren, doch die Xantener hatten ihre Flotte von Westen gen Island geschickt, weitab der Handelsrouten. Es würde Wochen dauern, bis die Nachricht sich in allen anliegenden Reichen verbreitet hatte.

Mit kleinen Münzen als Belohnung fragte Eolind nach drei jungen Isländern – einer schön und jung, einer stark und erfahren, einer dick und gesellig. Er ging davon aus, dass der Prinz klug genug gewesen war, seine Herkunft zu verschweigen, um nicht aufzufallen.

In Gedanken hatte Eolind auf dem langen Ritt die weiteren Schritte geplant – er würde Sigurd finden und dann mit ihm nach Osten ziehen. Sie mussten aus den zivilisierten Reichen heraus, in die Länder, in denen noch Stämme und Nomadenvölker herrschten. Kein gekröntes Haupt des Kontinents würde dem Prinzen Islands Unterschlupf gewähren, nicht einmal auf Zeit. Da Sigurd weder Geld noch Macht besaß, war kein Vorteil darin, ihn zu schützen. Im Gegenteil – viele der benachbarten Reiche würden schnell freundschaftlichen Kontakt zum erstarkten Reich Wulfgars suchen, um damit die eigene Sicherheit zu erkaufen. Sie würden ihre Söhne nach Xanten schicken in der Hoffnung, den Gemahl für Wulfgars Tochter Xandria zu stellen. Damit war kein großes Opfer verbunden – Xandria galt als Schönheit mit einem Meer aus flammendem Haar, und ihr weiches helles Antlitz spottete den Gerüchten nach dem zerfurchten düsteren Gesicht des Vaters. Die Prinzessin hatte ihr Aussehen von der Mutter, einer namenlosen Hofdame, die Wulfgar gewaltsam genommen und nach der Geburt erwürgt hatte.

Xandria war ein Lamm, von einem Wolf gezeugt. Sofern das Gerede der Söldner nicht trog.

Trotz der einbrechenden Dunkelheit entging nichts Eolinds scharfem Auge. Er betrat die Schenken und Gasthäuser, ließ den Blick schweifen und gönnte sich nicht einmal einen Krug Met zur Rast. Von den Höfen am Rande Fjällhavens arbeitete er sich zum Hafen vor, im Zweifelsfall die Schatten an den Häuserwänden suchend. Er befragte Diebe und Trunkenbolde, Huren und Kinder.

Eolind hatte keine Furcht. Er war zu alt dafür. Und das Schicksal hatte kaum noch etwas, das es ihm nehmen konnte. Island war mittlerweile gefallen, das wusste er, ohne dabeigewesen zu sein. Das Schicksal des Königspaars war damit erfüllt. Beim Gedanken an die kleine Lilja ballten sich seine Fäuste.

Und Sigurd? Wenn er Sigurd nicht fand, dann hatte sich der Thronfolger gut versteckt, und die Mission Eolinds war trotz seines Versagens erfüllt. War der Prinz tot – nun, dann war alles gleich.

Ein großes Wirtshaus warf aus vielen Fenstern Licht auf die Straße, und das gedämpfte Gegröle deutete auf heitere Zecher hin. Es war ein Ort, an dem sich Eolind den Prinzen und seine Kumpane gut vorstellen konnte. Er trat ein und warf einen Blick durch den Raum, dessen Luft von Fett und Rauch zum Schneiden dick war. Die Gerüche waren so schwer, dass sie Gewicht zu haben schienen.

Fünfzig, vielleicht hundert Männer. Aus allen Reichen der Welt. Krieger wie Seefahrer. Acht, vielleicht zehn Schankmägde.

Kein Sigurd, kein Gelen, kein Jon.

Eolind wollte wieder zurück auf die Straße, als eine schlanke Magd neben ihm auftauchte und freundlich lächelnd eine Strähne aus ihrer Stirn blies. »Herr, kann ich Euch zu einem guten Platz begleiten? Ein frischer Ochse brät über dem Feuer, und die besten Stücke sind noch nicht versprochen.«

Eolind dachte kurz nach – was konnte es schaden, hier genauer nachzufragen? Er zog eine kleine Münze aus der Tasche, hielt die Magd jedoch fest, als sie ihn zu einem freien Platz führen wollte. »Es steht mir der Sinn nicht nach Speis und Trank. Ich suche meine Gefährten.«

Die junge Frau legte die Stirn in Falten. Es war nicht klug, über andere Gäste zu schwatzen, wenn man in Fjällhaven lebte. »Gebt mir eine kurze Frage – und ich gebe vielleicht eine kurze Antwort.«

Eolind nickte, und wiederholte die einstudierte Beschreibung. »Drei Männer – von nicht weit her. Keine Brüder, aber innig wie solche. Klein und dick, erfahren und stark, und schließlich blond und kühn.«

Die Langeweile der Magd wich einem Glitzern in den Augen, als Eolind den Prinzen knapp beschrieb. »Die Isländer?«

Sie antwortete leise, denn über Tag waren bedrohliche Nachrichten gekommen, was das kleine Inselkönigreich betraf.

Eolinds Hand, die immer noch den Arm der jungen Frau hielt, drückte ungewollt hart zu. »Du hast sie gesehen?«

Die Magd nickte, während sie ihren Arm aus dem Griff befreite. »Sie waren hier, vor einigen Tagen. Nur einmal.«

»Bist du sicher?«

»Sie fingen eine Schlägerei an – mit Langobarden, so ich mich recht erinnere. Die Klappe des Dicken war wohl zu groß gewesen. Sig warf sich für ihn ins Zeug, bis der Dritte kam und sie gemeinsam aus dem Haus eilten.«

Eolind kniff die Augen zusammen. »Sig?«

Die Magd nickte. »Den Namen nannte er mir. Ich … wir … wir haben ein wenig Zeit miteinander verbracht.«

Eolind wusste, was sie meinte, doch nichts scherte ihn momentan weniger als die Frage, welches Weibsbild den Prinzen auf ihr Lager gezogen hatte. »Wo sind sie hin?«

Das Mädchen zuckte mit den Schultern. »Seither sind sie nicht mehr zu Gast gewesen. Und das finde ich schade.«

»Sind sie weitergereist?«

Kopfschütteln. »Nein, eine Magd hat sie gestern erst gesehen, als sie im Langhaus am Ende der Straße zur Nacht einkehrten.«

Eolind atmete tief durch. Endlich! Die Chancen, den Prinzen lebend zu finden, waren gerade deutlich gestiegen. Er gab der Magd noch eine Münze. »Für eine gute Nachricht in Zeiten von schlechten Nachrichten.«

Er wollte schnell aus dem Wirtshaus eilen, aber nun war es die junge Frau, die ihn am Arm festhielt. »Guter Herr, wäre es vermessen … könnte ich Euch vielleicht um einen Gefallen bitten, wenn ich dafür auf die Münze verzichte?«

Sie hielt ihm das Geldstück hin, doch Eolind ignorierte es. »Was gibt es noch zu sagen?«

Jemand schrie vom Rost nach der Magd, doch sie winkte ab und blieb bei Eolind. »Der junge Isländer, der Sig – würdet Ihr ihm sagen, dass ich noch immer hier des Abends knechte? Wenn er Liv wiedersehen will, so würde sie sich freuen.«

Eolind erlaubte sich ein paar Sekunden, der jungen Frau in die Augen zu sehen. Dass unter den verschmierten Schürzen und dem schmutzigen Kopftuch ein schöner Körper steckte, war leicht zu erkennen. Doch da war mehr – eine Reinheit im Blick, die ihrer gemeinen Existenz zu widersprechen schien. Die Frage nach Sigurd hatte nichts von Gier, nur von Sorge.

Der alte Ratgeber aus Island nickte knapp. »Ich werde es ihm ausrichten.«

Dann verließ er die Schenke. Er musste zu dem Langhaus, von dem Liv gesprochen hatte.

Die Freude über das wilde Leben der letzten Tage war schlagartig verflogen, und Sigurd hatte mit seinen Freunden eilends das Gepäck aus dem Langhaus geholt. Mit schnellen Schritten machten sie sich auf den Weg zum Hafen.

»Wenn das, was die Männer sich erzählen, wahr ist«, keuchte Gelen, »dann wird kaum ein Kapitän uns nach Island bringen. Sie meiden die Insel, als lauerte dort eine Seuche.«

»So ist es auch«, knurrte Sigurd, »und die Pest heißt Wulfgar. Doch das soll mich nicht abhalten.«

Gelen und Jon erkannten ihren Freund kaum wieder. Er wirkte entschlossen, angespannt und gleichzeitig von rasender Wut getrieben. Wut auf die Xantener – und auf sich selbst.

»Lasst uns erst einmal davon ausgehen, dass viel trunkenes Geschwätz dabei ist«, warf Jon ein. »Keiner hat die Xantener Flotte wirklich gesehen, Hörensagen reiht sich hier an dumme Prahlerei.«

Der Prinz hörte ihm nicht einmal zu. »Ich hätte das Reich nie verlassen dürfen. Der Platz des Prinzen ist an der Seite des Königs. Was immer meinem Vater geschieht – es sollte auch mir geschehen.«

»Aber was tun wir, wenn die Lage so schlimm ist wie befürchtet?«, fragte Gelen vorsichtig. »Wenn die Xantener mit einer Flotte Island erreicht haben, dann …«

»Dann werden wir sie mit dem Schwert in der Hand zurück ins Meer treiben«, fauchte Sigurd, dem keinen

Augenblick in den Sinn kam, wie absurd dieser Gedanke war. »Aber zuerst brauchen wir ein Schiff. Ein schnelles Schiff.«

Sie hatten den Hafen erreicht, und im Licht der Fackelreihen lagen viele Schiffe, die in Bälde zum Auslaufen bereit sein würden. Nur eine Mannschaft musste gefunden – und überzeugt – werden. Jon deutete auf ein kleines, schnittiges Boot mit kräftigem Segel, das für gewöhnlich wertvolle Ware auf kürzeren Routen beförderte. »Das ist es, was wir brauchen.«

Sigurd nickte, doch bevor er einen Fuß auf den hölzernen Steg setzen konnte, trat eine Gestalt vor ihn, die das Gesicht unter einer Kapuze verbarg. »Keines dieser Bote bringt euch an Euer Ziel, wenn es Island heißt.«

Sigurd war zu erregt, um die Stimme zu erkennen, und zu wütend, um sich aufhalten zu lassen. »Aus dem Weg, oder ich schwöre bei den Göttern – meine Rache beginnt schon in dieser Nacht.«

Jon und Gelen stellten sich neben ihren Prinzen, um im Kampf Einigkeit zu beweisen.

Der alte Mann, der ihnen den Weg versperrte, warf die Kapuze zurück. Es war Eolind.

»Mein Prinz«, sagte er.

Sigurd war überrascht und machte einen Schritt zurück, als müsse er sichergehen, von der Dunkelheit nicht genarrt zu werden. Dann schloss er seinen Lehrer freudlos in die Arme. »Eolind.«

Sie konnten einander in den Augen lesen, was nicht mehr gesagt zu werden brauchte. Sigurd nickte knapp. »Wir dürfen keinen Herzschlag mehr an Dänemark verschwenden. Island braucht uns.«

»Der König schickte mich mit dem Schwur los, Euch zu finden«, erklärte Eolind.

»Und nie werde ich es dir vergessen«, antwortete Sigurd. »Doch alles Weitere können wir auf der Überfahrt besprechen, die zu lange dauert, gleichgültig, wie früh wir aufbrechen.«

Eolind nahm Sigurd an beiden Schultern und sah ihm in die Augen wie einem Kind, dem man die Gefährlichkeit eines Dryk erklärte. »Gernot schickte mich nicht, Euch zu holen. Er schickte mich, mit Euch zu fliehen.«

»Aber Island …«, begann Sigurd.

»… ist verloren«, zischte Eolind. »Ich würde mir die Zunge abschneiden, wenn das Wort dadurch weniger wahr wäre. Aber während wir hier sprechen, ist das Reich in Xantener Hand und kein Schwert in Sicht, es zu befreien.«

Gelen und Jon traten zwei Schritte zurück, um ihren Prinzen mit der Erkenntnis ringen zu lassen.

»Aber mein Vater«, murmelte Sigurd, »meine Mutter – meine Schwester?«

»Wir können nur hoffen, dass Wulfgar ihnen einen schnellen Tod gönnt«, antwortete Eolind. Die Worte schnitten ihm ins Herz, und doch mussten sie ausgesprochen werden. »Uns bleibt nur die Flucht, wenn nicht das letzte königliche Blut Islands vergossen werden soll.«

»Nein!«, schrie Sigurd. *»Niemals!«*

Er drehte sich um, zog Gelen mit einer raschen Bewegung den Dolch aus dem Bund und hielt ihn seinem Mentor an den Hals. »Du lügst, Eolind! Deine Worte verraten den Hohn des Feindes! Nie und nimmer würde König Gernot der feigen Flucht das Wort reden!«

Eolind ergriff langsam das Handgelenk des Prinzen und drückte damit die Klinge so stark an seine Haut, dass Blutstropfen sie benetzten. »Und so ist es auch – keinen Gedanken verschwendet Gernot an eine Flucht … oder an sein eigenes Leben. Doch für Euch, für seinen Sohn, kann er sich den Tod nicht wünschen.«

Sigurd zog die Klinge zurück, und sein Blick war schon wieder auf dem Boot. »Mit diesem Schiff könnten wir in drei Tagen Island erreichen. Wir müssen den Kapitän finden.«

Eolind schlug Sigurd mit der flachen Hand ins Gesicht. Das hatte er nicht mehr getan, seit der Junge zehn Jahre alt geworden war. »Wacht auf, Prinz Sigurd! Was immer Ihr zu tun beabsichtigt – es kann nichts mehr ändern! Island ist gefallen! Es erwartet Euch nur noch der Tod.«

Jon trat von hinten heran und legte Sigurd eine Hand auf die Schulter. »Mein Prinz, wenn König Gernot Eolind schickte, dann ...«

Sigurd schüttelte die Hand ab. »Ich werde von niemandem verlangen, mich zu begleiten.«

Dann ging er auf das Schiff zu.

Eolind, Gelen und Jon sahen einander an.

»Das ist nicht gut«, flüsterte Gelen. »Das ist gar nicht gut.«

»Hattest du etwas anderes von ihm erwartet?«, fragte Jon. »Ist er nicht zum König erzogen worden – und gehört dazu nicht, zum Reich zu stehen, auch wenn es untergeht?«

Eolind hörte, wie Sigurd mit lauten Rufen die Mannschaft des Schiffes weckte. »Vielleicht ist es meine Schuld – Brunhilde lehrte ich die gleichen Werte, und sie hätte nicht eine Sekunde gezögert, wie Sigurd zu handeln.«

»Brunhilde?«, fragte Gelen vorsichtig.

Eolind winkte ab. »Nicht mehr wichtig. Schon lange nicht mehr.«

Gelen und Jon hatten den Namen wohl gehört, und sie kannten die Geschichten der Königin, die ihre Freier in den

Tod geschickt hatte. Aber an manchen Lagerfeuern galt sie schon weniger als Erinnerung und mehr als Legende.

Jon wandte sich an Eolind. »Ich weiß zu schätzen, was Ihr versucht. Doch Ihr wisst selbst, dass die Götter beim Versuch, Sigurd aufzuhalten, verzweifeln würden. Und wenn die Wahl schon nicht besteht – dann muss ich an seiner Seite sein.«

Gelen schluckte. Zeit seines Lebens hatte er einen guten Riecher für Gefahren gehabt, und alles in ihm zerrte nach Osten, weit weg von Island. Der Tod, der aus dem Königreich herüberwehte, lag förmlich in der Luft. Trotzdem nickte er. »Wir sind Gefährten. Wo der Prinz ist, sind auch wir. Selbst im Tod.«

Eolind seufzte. Er war ein wenig wütend auf sich selbst – wie hatte er etwas anderes erwarten können?

»Nun denn«, flüsterte er schicksalsergeben. »Auf nach Island.«

Es bewährte sich, dass Sigurd und Eolind schwere Börsen mit sich trugen, denn wie erwartet war es fast unmöglich, eine Besatzung zu finden, die bereit war, sich auf den Weg nach Island zu machen. Schließlich kamen sie mit einem ägyptischen Tuchhändler überein, die Reise mit zwei Booten anzutreten. Kurz vor Island würde die Mannschaft des einen Schiffes auf das andere wechseln und die Rückreise antreten. Sigurd und seine Gefährten mussten das erste Schiff dann allein den letzten Teil des Weges steuern – und für das Privileg bezahlten sie einen ungehörigen Preis. Jon kaufte bei einigen Römern auch noch ein paar Schwerter und Dolche.

Alles in allem dauerte es kaum zwei Stunden von der Begegnung Sigurds und Eolinds bis zur geplanten Abreise. Jon spürte die Ungeduld des Prinzen – hätte es eine schnellere Ankunft versprochen, der Prinz wäre nach Island geschwommen. Jon selbst war weniger getrieben. Er hatte keine Familie im Königreich, und selbst wenn: Welcher Wert bestand darin, die Leichen zu suchen?

Ein paar ägyptische Seefahrer lösten die Taue, mit denen die beiden Schiffe befestigt waren, und drückten dann lange Holzstangen gegen den Steg, um Abstand für die Ruder zu gewinnen.

Sigurd stand wieder am Bug, grimmige Entschlossenheit im Gesicht. Jon, Gelen und Eolind saßen schweigend neben dem Mast. Sie hatten Proviant besorgt, aber keinem von ihnen war nach essen zumute.

Auf dem Steg waren nun eilige leichte Schritte zu hören. »Sig!«

Der isländische Prinz riss seine Augen vom schwarzen Horizont los und sah Liv, die auf das Schiff zugeeilt kam. Er konnte sich nicht vorstellen, was die Schankmagd trieb, aber auch an sie wollte er nun keine Zeit mehr verschwenden. Von der Reling aus hob er die Hand in einem stummen Abschiedsgruß.

Zuerst schien es, als wollte Liv ebenfalls winken, doch dann erkannte Sigurd, dass sie ihm etwas zuwarf. Er fing es, bevor es dem Wasser anheimfiel.

Es war sein kleiner Beutel mit den Münzen, den sie ihm in der gemeinsamen Nacht genommen hatte. Er hatte kein Gewicht verloren.

»Es tut mir leid«, rief Liv. »Seit Tagen wollte ich dich wiedersehen, um dir den Beutel zurückzugeben. Es war nicht recht von mir, ihn zu nehmen.«

Obwohl seine Gedanken sich an die Heimat klammerten, berührte Liv etwas in Sigurds Herz. »Ich danke dir«, rief er. »So kann ich dich als ehrliche Seele in Erinnerung behalten.«

Sie stand etwas verloren am Ende des Stegs, und in der Dunkelheit war sie kaum zu erkennen. Nur ihre zuckenden Schultern verrieten, dass sie weinte. Sigurd hatte keine Ahnung, warum.

»Werde ich dich wiedersehen?«, rief sie noch, und es war mehr eine Bitte als eine Frage.

Es wäre leicht gewesen, zu lügen. Niemand hätte es ihm verübelt. Doch Sigurd wollte Liv den Respekt der Ehrlichkeit erweisen, so wie sie es gerade getan hatte. »Nein«, rief er. »Wohl nicht.«

Er war froh, dass die Nacht ihn verschluckte und dass er Abschied nehmen konnte, ohne ihr in die Augen sehen zu müssen.

Wulfgar war ein Mann, der seinem Namen gerecht wurde – ein wildes Tier, getrieben von der Lust nach Blut, und keinen geringeren Preis nehmend als den Sieg. Es war mehr als sein Schicksal zu herrschen – es war seine Pflicht. Wenn etwas zu knechten war, dann musste es geknechtet werden. Legenden erzählten von Krieg, nicht von Frieden. Und eine Legende wollte er sein, der König von Xanten.

Wulfgar sprang wieder von seinem Boot, das er zu seinem Hauptquartier erkoren hatte, solange die Felsenburg der Isländer nicht genommen war. Das kalte Wasser drang in seine Stiefel wie tausend winzige Dolche, doch er ignorierte es. Er konnte seine Füße in das heiße Blut der sterbenden Bewohner Islands tauchen, wenn er wollte.

Die Krieger, die am Kiesstrand vor dem Schiff Wache hielten, verbeugten sich ehrerbietig. »König.«

Wulfgar schenkte ihnen keinen Blick. Sein Auge klammerte sich an die schwarze Burg, die die Isländer vor Jahrhunderten aus dem Vulkanfels geschlagen hatten.

Diese verfluchte Insel mochte nur Kälte und Schafscheiße zu bieten haben – aber die Burg war ein stattlicher Anblick. Würdig eines Königs – würdig eines Xantener Königs!

Sie hatten alles versucht, um den Sitz Gernots einzunehmen. Weder mit Rammböcken noch mit Fackeln war dem großen Flügeltor beizukommen, das den einzigen Zugang darstellte. Seit Tagen hatte kein Mensch die Burg mehr betreten oder verlassen. Wulfgar konnte nicht wissen, wie lange die Vorräte der Isländer reichen würden. Es war ihm auch egal – irgendwann würden sie erschöpft sein. Und so lange konnte er warten.

Es wunderte den Xantener, dass Gernot die Niederlage so herauszögerte. Auf Hilfe konnte er kaum hoffen, und dass der Winter die Invasoren schreckte, war nicht einmal im Fiebertraum zu erwarten. War es nicht besser, sich den siegreichen Schwertern zu ergeben, als eingesperrt in Angst auf etwas zu warten, das unausweichlich war?

Wulfgar hatte sich entschlossen, Gernot vom Vorteil einer schnellen Lösung zu überzeugen. Seine Generäle hatten ein gutes Dutzend Frauen und Kinder zusammengetrieben und direkt vor dem Absatz der großen Freitreppe zur Burg auf die Knie gezwungen. Schweigend hockten sie seit Mittag dort, damit Wulfgar sicher sein konnte, dass Gernot auf sie aufmerksam geworden war. Eine der Frauen war bereits bewusstlos auf die Steine gesunken – der Kälte und dem Hunger hatte ihr geschundener Körper nichts mehr entgegenzusetzen.

Die Krieger, die die Isländer bewachten, ließen ihren Unmut über den öden Dienst in Flüchen, Spuckereien und Tritten aus. Sie hielten sofort inne, als ihr König herbeitrat.

Missmutig sah Wulfgar die uneinnehmbare kalte Felswand hinauf, in der die Fensterlöcher ihn zu verhöhnen schienen.

»Siehst du mich, Gernot?«, schrie er aus vollem Hals, und seine Stimme hallte durch den Fjord, der den Hafen und die Festung schützend umgab. »Siehst du meinen Sieg?«

Es kam keine Antwort – es gab ja auch nichts, was der König der feigen Isländer hätte antworten können. Mochte er ruhig zitternd in seinen Gemächern die Laken nässen, während seine Untertanen starben.

Wulfgar, gehüllt in einen weichen Mantel aus Schaffell, zog das kleine Messer, das er hinter seiner Gürtelschnalle versteckt hielt, hervor. Ein Schwert wäre sicher beeindruckender gewesen, eines Königs würdig. Aber hier ging es um kalte Entschlossenheit, um Leid, um Stärke.

»Ergib dich mir, du feiger Hurensohn von einem König!«, brüllte Wulfgar nun.

Er packte den Kopf einer jungen Frau am Haar, zog ihn zurück, sodass ihr Hals entblößt war. Ein silbernes Amulett in Form der Sonnenscheibe hing an einer Lederschnur, und Wulfgar riss es grob an sich. Es war genau die Sorte Tand, die seiner Tochter Xandria gefiel.

Seine kleine Klinge schnitt tief genug, das Blut sprudeln zu lassen, ohne die Frau sofort zu töten. Die Wunde spie das Leben der Isländerin in zuckenden Fontänen aus. Die anderen Gefangenen litten leise, nur heimlich schluchzend.

Wulfgar ließ los, und die Frau hatte noch genug Leben in sich, um nicht nach vorne zu sacken. Er hielt die Hände mit dem Messer, alles in warmes Blut getaucht, nach oben.

»Siehst du es, Gernot? Das Blut an meinen Händen – an deinen Händen! Mein Messer ist dein Messer! Morgen werden es zwanzig sein. Übermorgen dreißig. Rechne dir selber aus, wann dein lächerliches Land keine Seele mehr kennt.«

Dann machte er sich daran, die anderen Isländer zu entleiben.

Die Wut Sigurds, ohne Ziel und Richtung, war nach zwei Tagen auf See einer müden Dumpfheit gewichen. Er starrte nur noch auf den Horizont, die Arme schlaff an seiner Seite. Gegessen hatte er seit der Abreise aus Dänemark nicht mehr, und in den Nächten legte er sich zwar auf ein Lager, doch seine Augen blieben offen.

Am dritten Tag saß er wieder am Bug des Schiffes, die Beine über die Reling hängend, sodass die Gischt sie durchtränkte. Eolind stellte sich neben ihn und blickte ebenfalls voraus.

»Was hofft Ihr zu finden, mein Prinz?«

Vielleicht hatte Sigurd Vernunft angenommen, vielleicht war er nun zu überzeugen, dass eine Umkehr keine Schande war, sondern die Rettung. Doch der Thronfolger schüttelte den Kopf. »Spar dir jedes Wort, das mich umstimmen soll«, sagte er. »Island bleibt das Ziel.«

Eolind nahm einen getrockneten Fisch aus einem kleinen Beutel, hielt ihn Sigurd hin, doch dieser winkte ab. »Schwach vom Hunger werdet ihr Wulfgars Heer kaum entgegentreten können.«

Sigurd schwieg.

Es war in diesem Moment, dass Eolind beschloss, den Prinzen mit dem Furchtbarsten zu konfrontieren, das ihm denkbar schien – der Wahrheit. Sie mochte hässlich sein, aber vielleicht war sie auch das, was den letzten Rest isländischer Geschichte retten konnte.

Eolind ließ den Fisch in Sigurds Schoß fallen. »Esst, und

ich will Euch eine Geschichte erzählen, für die Ihr mich hassen werdet.«

Sigurd sah Eolind müde an. »Ich hasse dich nicht, guter Freund, ich denke nur ...«

»Ihr hasst mich nicht jetzt – doch wenn Ihr mich frei reden lasst, dann wird es sich ändern, bevor die Gräten des Fisches freigenagt sind«, unterbrach Eolind.

Nun hatte er Sigurds Neugier geweckt, und langsam begann der Prinz, den Fisch zu verspeisen. »Nun?«

Eolind setzte sich auch auf das Deck des Schiffes, den Rücken jedoch zur Reling. Er hatte die Seefahrt immer gehasst. »Vor über fünfzehn Jahren kamen der König und seine Königin an unseren Hof, als rechtmäßige Erben des Throns. Sie ließen Hass und Krieg hinter sich.«

Sigurd nickte langsam. »So weit kenne ich die Geschichte.«

Eolind schluckte. »Doch ein Geheimnis brachten sie mit – ein Geheimnis, gehütet wie kein zweites im Reich.«

Sigurd spuckte eine Gräte ins Wasser. »Ein Geheimnis, von dem ich nichts weiß?«

»Ein Geheimnis – das Ihr selber seid«, sagte Eolind.

Sigurd drehte den Kopf zur Seite, um seinem Mentor in die Augen zu sehen. »Was soll das heißen?«

Eolind sah keinen Sinn darin, viele Worte zu verlieren. »Das Kind in ihren Armen, mit dem sie durch das Burgtor traten – es war nicht ihr eigenes.«

Ein, zwei Sekunden vergingen, bis Sigurd verstand. »Das ... das ... das ist nicht wahr.«

Er sprach die Worte sehr leise, als hoffte er, dadurch einer Antwort zu entgehen.

»Ein blonder Knabe eines dunklen Paares«, fuhr Eolind fort. »Es wurde geraunt bei Hofe, aber niemand hatte den Mut, die Zweifel zu äußern. Noch vor dem ersten Winter zog Gernot mich in sein Vertrauen. Ich hatte in den Augen des Kindes – in Euren Augen – den Vater sofort erkannt.«

Wütend warf Sigurd den Rest des Fischs ins Meer und rieb die fettigen Hände an seiner Hose ab. »Was willst du mir da aufbinden, Eolind? Dass mein Vater und meine Mutter mich am Wegesrand gefunden haben? Dass ich nicht edlen Blutes bin?« Ein Gedanke flackerte in seinen Augen auf. »Das ist es! Du willst mich durch diese Lüge zum gemeinen Bauern reden, auf dass ich von meiner Rache ablasse und Wulfgar keinen Grund findet, mich als Teil der Blutlinie zu richten! Ha!«

Er sprang auf und ging wütend hin und her. Das Feuer war wieder in seinen Leib gefahren.

Eolind blieb sitzen. »Wäre es so – alles wäre unendlich einfacher. Aber wenn ich schon die Wahrheit sage, dann muss es gleich die ganze sein. Und die ganze Wahrheit entbindet euch nicht von der Pflicht, den Thron Islands zu verlangen.«

»Du sprichst wirres Zeug«, rief Sigurd erregt. »Wäre ich nicht der Sohn Gernots und Elsas – ich wäre auch nicht der Thronfolger Islands!«

Langsam schüttelte Eolind den Kopf. »Es scheint mir ein übler Scherz des Schicksals, dass ich Euch widersprechen muss. Ihr seid vom Blute Gernots, doch nicht von seinen Lenden.«

Sigurd ging vor Eolind in die Knie und sah seinem alten Lehrmeister wütend in die Augen. »Sprich schnell und klar, Eolind, sonst werfe ich dich über Bord für dein Gerede.«

Eolind wich dem Blick nicht aus. Er spürte die Erleichterung in ihm wachsen, die mit der Wahrheit kam. »Eure Mutter hat Euch erzählt von Siegfried, dem Schmied, der einst nach Burgund kam, um die Prinzessin Kriemhild zu freien, die Schwester Gernots.«

Sigurd nickte. »Sie sprach von einer Liebe, so groß wie die ihre zu Gernot.«

»Eine Liebe gegen das Schicksal und gegen die Götter, denn Siegfried hatte sein Herz der Brunhilde von Island versprochen.«

Sigurd runzelte die Stirn. »Brunhilde? Die alte Königin?«

»Nicht damals. Jung war sie und wild, mit einem Herzen aus Feuer, das für Siegfried brannte.«

»Davon hat meine Mutter nicht erzählt.«

»Das denke ich mir«, murmelte Eolind. »Es ist ein düsteres Kapitel im Buch der Familie, und es durfte nicht darüber gesprochen werden. Wie hätte man erklären sollen, dass Brunhilde den Gunther ehelichte, während ihre Liebe Siegfried dessen Schwester zur Frau nahm?«

»Das ist erstaunlich, was du sagst – aber was hat es mit mir zu tun?«

»In einem Strudel aus Leid und Verrat ging alle Liebe damals unter, so hat man es mir erzählt«, fuhr Eolind fort. »Brunhilde, gut in der Seele, aber vor Verzweiflung rasend, nutzte Gunthers Schwäche, um Siegfrieds Tod zu fordern. So geschah es auch, und sein Reich Xanten ging an Kriemhild.«

»Auch das ist mir bekannt«, sagte Sigurd. »Sprich endlich das, was neu ist an der Geschichte.«

»Zu seiner Zeit«, hielt Eolind dagegen. »Ich weiß nicht, ob ich je wieder die Gelegenheit erhalte, Euch davon zu berichten. Und daher will ich es sorgsam tun. Also: Brunhilde ging zu den Göttern, nachdem Siegfried gefallen war. Gunther nahm es den Verstand. Kriemhild ging nach Xanten, um dort zu herrschen. Doch in ihrem Herzen war nur noch Hass, und unter ihrem Herzen – wart Ihr.«

Sigurd sackte auf das Deck, als hätten seine Beine ihren Dienst verweigert. »Kriemhild von Xanten?«

Eolind nickte. »Eure Mutter. Und Siegfried Euer Vater. Wenn ich mich recht erinnere, war Siegfried sogar der Euch gegebene Name. Erst hier in Island entschied sich Elsa, Euch Sigurd zu nennen. Sie hoffte, den Makel des Namens damit zu tilgen.«

Sigurd strich sich über die Augen. Gelen kam näher, weil er sehen wollte, was mit seinem Freund geschah, aber mit einer herrischen Bewegung scheuchte Eolind ihn fort. »Doch auch Kriemhild wurde das Opfer ihrer Rachsucht, und am Ende eines blutigen Tages blieben von Burgund nur noch Gernot, Elsa und der junge Siegfried übrig.«

»Meine Eltern. Sie … sie sind …«

»Nicht Eure Eltern«, erklärte Eolind erneut. »Und doch seid Ihr der Thronfolger Islands, denn Euer Onkel Gunther wurde einst durch die Hochzeit mit Brunhilde der König der Insel, so wie er König von Burgund war.«

»Aber wenn … wenn Siegfried mein Vater war …«, stammelte Sigurd.

Eolind atmete tief durch. Nun kam der Teil, den er am meisten fürchtete. »Dann seid Ihr mehr als nur der rechtmäßige Erbe von Burgund und Island – auch das Reich Xanten müsste Euch als König huldigen.«

Sigurd hörte auf zu sprechen. Er hörte auf zu atmen. Und schließlich hörte er auf zu denken. Es war, als hielten sein Körper und sein Geist inne, als müssten sie sich neu justieren, das Kleid der neuen Existenz anprobieren. Nach langen Minuten, in denen Eolind die vielleicht letzte friedliche Stille genoss, formulierte Sigurd sein Erbrecht. »Ich bin Sigurd, Sohn von Siegfried und Kriemhild, Erbe von Xanten, Burgund und Island.«

»Sechs Gründe, Euch sofort zu töten, wenn Ihr in Island Wulfgar gegenübersteht«, flüsterte Eolind eindringlich. »Versteht Ihr nun, warum die Flucht das Gebot der Stunde ist?«

Sigurd sah ihn an, den Blick unergründlich, aber von klarer Entschlossenheit. Eolind seufzte.

»Island!«, schrie Jon, der ein wenig den Mast hinaufgeklettert war, um eine bessere Fernsicht zu haben. »Island am Horizont!«

»Ihr denkt an Island, nicht wahr?«, fragte Hede, die Hofdame, und legte die Lyra weg, auf der sie leise gespielt hatte.

Prinzessin Xandria mühte sich, die düsteren Gedanken zu verscheuchen, und wandte sich vom Fenster zurück in ihr Gemach. »Woran sonst sollte ich denken?«

Hede lächelte. »Ich bin sicher, Euer Vater wird unversehrt und siegreich heimkehren. Er ist ein großer Krieger.«

Seufzend setzte sich die Prinzessin auf ihr Bett, das mit kostbaren Stoffen bezogen war. »Wenn auch nichts sonst.«

Hede erschrak und versicherte sich, dass niemand sonst in Hörweite war. »Euer Hoheit, wie könnt Ihr so sprechen über den eigenen Vater, über den König?«

Xandria sah sie kampfeslustig an, und ihre smaragdfarbenen Augen blitzten. »Wäre er ein guter König – oder Vater!-, dann wäre er hier, wo er gebraucht wird. Xanten ist kein reiches Land, und es bedarf der Führung. Doch er ist irgendwo im Norden und streckt die Hand nach Reichen aus, für die er keine Verwendung hat. Weißt du, wie viel

Gold für Waffen und Söldner er aus den Schatzkammern hat räumen lassen?«

Hede senkte ergeben den Kopf. »Meine Prinzessin, des Hofes Politik ist nicht meine Angelegenheit – nicht Eure.«

»Natürlich nicht«, murmelte Xandria. »Krieg und Politik sind das Vorrecht der Männer. Den Krieg gönne ich ihnen, aber warum gönnt man uns die Politik nicht?«

»Eine Frau hat keinen Platz, wenn es um die Belange des Staates geht«, sagte Hede eilig.

»Nur weil die Männer es so verfügt haben?«, höhnte Xandria. »Männer wie mein Vater, die das eigene Volk hungern lassen, um sich in Feldzügen beweisen zu können?«

»Wulfgar ist ein guter König«, flüsterte Hede, »und es ist nicht weise, anderer Meinung zu sein.«

Xandria ließ sich auf den Rücken fallen, und ihr rotes Haar breitete sich wie ein Feuerring um ihren Kopf auf den Kissen aus. »Weise wohl nicht – aber wenn ich als Prinzessin nur ein Privileg habe, dann möchte ich die Dinge beim Namen nennen können. Wulfgar ist grausam und ungerecht. Ihn meinen Vater zu nennen, dreht mir jedes Mal den Magen um.«

Hede schwieg nun. Schon von den lästerlichen Reden der Prinzessin zu wissen, bedeutete große Gefahr. Mochte Xandria auch ein Ebenbild ihrer schönen Mutter sein, das Temperament hatte sie vom Vater geerbt. Die Schärfe ihres Verstands widersprach der Zartheit ihres Körpers. Sie hatte gegen den ausdrücklichen Wunsch ihres Vaters lesen und schreiben gelernt und belästigte die Ratgeber bei Hofe jeden Tag mit Fragen über Politik und Strategie. Wie kaum eine Prinzessin nahm sie sich die Privilegien eines Prinzen.

Xandria rollte auf den Bauch und sah ihre Hofdame keck an. »Ich sollte einen Aufstand anzetteln! Die Zeit nutzen, da mein Vater außer Landes ist! Mich zur Königin ausrufen!«

Hede atmete tief ein und hielt die Luft an, bis sie sicher sein konnte, nicht in Ohnmacht zu fallen. »Bitte versprecht mir, dass Euch nichts dergleichen ernst ist, Prinzessin.«

Xandria lachte. »Warum nicht? Mein Vater erzieht mich, auf dass ich eines Tages an der Seite eines Prinzen den Thron besteige. Wenn ich ihm zuvorkomme, kann ich allein regieren. Findest du nicht, ich wäre eine kluge und gerechte Königin?«

Es war eine Frage ohne ehrenvolle Antwort – es stand Hede nicht zu, der Prinzessin zu widersprechen. Einem Aufstand das Wort reden kam jedoch auch nicht infrage. Sie flüchtete sich in eine Floskel: »Vielen anderen Königskindern geht es bedeutend schlechter als Euch.«

Xandria verzog das Gesicht. »Die möchte ich sehen.«

Sigurd und seine Gefährten hatten Island bei Nacht erreicht und ihr Schiff außer Sichtweite der Küste verlassen. Kaum Kleider am Leib und nur wenige Waffen auf den Rücken geschnürt, waren sie gen Festland geschwommen. Die wütende See hatte ihre Leiber auf den Wellen tanzen lassen und sie dann wieder in die Tiefe gesogen. Manches Mal hatten sie gedacht, dass alle Rachepläne dem Gelächter der Götter anheimfielen, wenn sie schon auf dem Weg zum Schlachtfeld ertranken.

Der isländische Prinz hatte versucht, Eolind von dem beschwerlichen Schwimmen abzubringen, ihn stattdessen das Schiff bewachen zu lassen, bis sie zurückkehrten. Doch er hatte sich geweigert, und seine ledernen Muskeln bewiesen eine Kraft, die seinem Alter spottete.

Japsend krochen sie außerhalb des Fjords auf die Felsen, von grollenden Wellen auf die Steine geschubst. Vier Männer, deren müde Beine sich jedem weiteren Schritt widersetzten und die doch gekommen waren, sich einer Streitmacht zu stellen.

»Ich weiß nicht«, keuchte Sigurd, »was das soll. Warum schleichen wir in unser eigenes Reich? In den Hafen einfahren sollten wir, denn Wulfgar kann uns das Leben nehmen, doch nicht unser Recht.«

Eolind spuckte Salzwasser auf den Fels. »Mein Prinz, das Recht ist nur viel wert, wenn es von seinem Bruder Macht begleitet wird. Kein Gesetz hat je das Duell mit einer Klinge gewonnen.«

Jon nickte. »Wulfgar würde die Gelegenheit ergreifen, die Schädel der mutigen Heimkehrer auf Lanzen zu stecken und durch das Land zu tragen.«

»Aber ich muss zu meinen … Eltern«, sagte Sigurd. »Kann ich schon nicht mit ihnen siegen, so will ich wenigstens an ihrer Seite stehen.«

Gelen sah ihn von der Seite an. »Verzeiht, mein Herr, aber was dann? Sind wir gekommen, um Leichen zu schauen?«

Sigurd wurde bleich, denn den Gedanken, dass er Gernot und Elsa nicht mehr lebend finden würde, hatte er verdrängt. Dabei war der Einfall der Xantener schon eine Woche her. Wie lange hatte das kleine Inselreich den Invasoren wohl standhalten können?

Es war Eolind, der sich nun aufrappelte. »Was auch immer sei – es entbindet uns nicht von der Eile. Wir müssen zur Burg.«

Jon lachte freudlos. »Ach ja? Und wie soll das geschehen? Schreiten wir nun doch durch den Fjord zu den Xantenern und bitten um Einlass?«

Eolind hörte nicht auf ihn, sondern sah die nackte Felswand an, die schroff vor ihnen aufstieg und weit oben fast den Nachthimmel zu berühren schien. Dann zeigte er nach rechts in die Dunkelheit. »Dort entlang.«

»Aber das ist weg vom Fjord«, murrte Gelen. »Dort sind nur Steine, und selbst die enden irgendwo im Wasser.«

»Ich hätte euch kaum hergeleitet, wenn es das Ende des Weges wäre«, knurrte Eolind und ging voraus. Die drei Freunde sahen sich an, zuckten die Schultern und folgten ihm.

Nach ein paar Minuten, die sie mehr kletternd und kriechend als gehend verbrachten, gelangten sie zu einem spitzen Findling, der wie ein steinerner Finger vom Fels auf das Meer zeigte. Eolind lächelte müde. »Ich kenne es nur aus dem Munde meines Vaters – und doch ist es wie einst erzählt.«

Bevor Sigurd und die anderen fragen konnten, was er meinte, entdeckten sie im fahlen Mondlicht einen schwarzen Fleck im Fels hinter der Steinspitze, der sich als Höhleneingang entpuppte.

»Ein Versteck?«, fragte Sigurd.

Eolind kniff die Augen zusammen. »Weit mehr. Ein Weg zur Burg.«

Dann verschwand er in der Dunkelheit. Sigurd folgte ihm.

Gelen sah Jon an. »Wusstest du von einem geheimen Weg? Ich wusste nichts davon.«

Jon runzelte die Stirn. »Mir scheint, dann trägt er die Bezeichnung zu Recht.«

Aus dem Innern des Eingangs knisterte und knackte es, und der fahle Schein einer Handfackel erleuchtete das Loch im Fels.

Es war Sigurd unmöglich zu bestimmen, wie alt der Geheimgang war, durch den sie langsam die Eingeweide der Insel durchschritten. Wenn er zur Burg führte, dann war er wohl zu etwa derselben Zeit angelegt worden wie der Sitz der Könige von Island. Aber niemand wusste genau, wann das gewesen war. Manche Krieger, wenn sie betrunken genug waren, erzählten davon, dass Odin die Felsenburg den Menschen zum Geschenk gemacht hatte, nachdem er die Heimstatt nicht mehr benötigte.

Der Weg durch den Fels war verschlungen und von großen Höhenunterschieden geprägt. Oft musste die kleine Gruppe die Köpfe einziehen, mitunter sogar kriechen. Nur an Stellen, wo kein natürliches Weiterkommen möglich gewesen wäre, hatten hilfreiche Hände Absätze in den Stein gehauen.

»Wie kann es sein, dass ich von diesem Weg nichts weiß?«, fragte Sigurd leise, obwohl es keinen Grund gab, die Stimme zu senken.

»Es ist der Weg des Königs«, antwortete Eolind. »Ich bin sicher, Gernot hätte euch beizeiten eingeweiht.«

»Vielleicht sind meine Eltern durch diesen Gang geflohen«, mutmaßte der Prinz. »Vielleicht haben sie sich in Sicherheit gebracht.«

Eolind hielt kurz inne und sah Sigurd im flackernden Licht der Fackel an. »Könnt Ihr das glauben – dass der König geflohen wäre? Könnt Ihr das auch nur eine Sekunde lang glauben?«

Sigurd senkte den Blick. »Nein. Das würde er niemals tun.«

Sie marschierten eine Weile weiter durch den Fels. Der Weg war mühsam, die Luft abgestanden und faul – und Sigurd fürchtete das, was am anderen Ende auf ihn wartete. Aber er konnte nicht zurück – die Unwissenheit wäre schlimmer gewesen als alles, was Wulfgar seinen Eltern hätte antun können.

Aber da war noch etwas.

Sigurd fühlte sich nicht – allein. Abgesehen von seinen drei Gefährten war da noch das Gefühl von Augen, die ihn aus dem schwarzen Fels heraus zu beobachten schienen. Und sie folgten der kleinen Gruppe, glitten durch den Stein, als sei er morgendlicher Nebel.

Der Prinz schauderte. Er hatte dieses Gefühl fast schon vergessen. Manchmal, als er noch klein gewesen war, hatten die Augen im Schlaf zu ihm gesprochen. Auf dem Weg in den Kerker war er einmal die Treppe hinabgestürzt und hatte verletzt darauf gewartet, dass ihn jemand fand. Auch damals war da dieses Gefühl gewesen, nicht allein zu sein. Es war kein beruhigendes Gefühl, denn die unsichtbaren Augen hatten etwas Lauerndes. Als warteten sie nur darauf, ihn allein zu erwischen. Als hofften sie auf seine Schwäche, seine Einsamkeit – seinen Tod?

Absichtlich ließ sich der Prinz etwas zurückfallen und schaute sich vorsichtig um. Da war nichts. Natürlich nicht. Fauler Schlick am rauen Fels, mehr gab es nicht. Aber dennoch …

Siiiegfried … Siiiegfried … Siiiegfried …

Die Stimmen waren leise genug, um als Einbildung abgetan zu werden, und doch war Sigurd sicher, dass er sich nicht täuschte.

Da war etwas.

Jemand.

Und dieser jemand rief nach ihm.

Der Prinz drehte sich um seine Achse, mit den Händen vorsichtig über den Stein tastend.

Siiiegfried … heeeim … ins Leeeid …

»Wer ist da?«, sagte er laut, aber mit einem verräterischen Zittern in der Stimme.

Seine Freunde, nur wenige Schritte von ihm entfernt,

blieben stehen. Jon hielt eine kleine Fackel hoch. »Was ist, mein Prinz?«

Sigurd bedeutete ihm, still zu sein, und horchte in die Dunkelheit. Aber alles, was er hörte, war das entfernte Geräusch der brechenden Wellen, das sich von den Felsen durch den Höhlengang nach oben mühte.

Tot … tot … totototototototot …

»Da!«, zischte der Prinz. »Habt ihr es nicht gehört?«

Gelen kam zu ihm. »Was gehört?«

Sigurd musste einsehen, dass die dunklen Stimmen nur für ihn bestimmt waren und dass es nicht die Zeit war, darüber zu grübeln. »Nichts. Lasst uns weitergehen.«

Noch eine gute Stunde mühten sie sich aufwärts, und immer wieder rutschten ihre Stiefel auf dem feuchten Fels aus. So mysteriös der Gang auch sein mochte – er war sorgsam gepflegt. Immer wieder hingen in gewachsten Stoff geschlagene Fackeln an der Hand, die sie für Licht und Wärme entfachen konnten.

Schließlich erreichten sie das Ende des Höhlentunnels – an einer Mauer.

Jon strich mit der Hand über die grob verfugten Steine. »Nicht sehr einladend.«

Gelen, der müde keuchend an der Wand lehnte, verzog das Gesicht. »Bitte sagt mir nicht, dass die Mühsal vergebens war. Ich kann den Weg unmöglich wieder zurück.«

Sie sahen Eolind an, dessen Finger an der pulverigen Masse zwischen den Steinplatten kratzte. »Es wäre kein sehr geheimer Gang, wenn sich in der Burg eine Tür dorthin fände. Diese Mauer hier ist dünn und nur als Täuschung ersonnen worden.«

Sigurd drängte sich an seinen Freunden vorbei und drückte seine Schulter gegen den Stein. »Dann wollen wir doch mal sehen, was sich dahinter verbirgt.«

Auch Gelen und Jon warfen sich mit ihren Schultern gegen die Mauer. Zwei-, dreimal. Dann gaben einige große Steine im Verbund nach und stürzten nach hinten weg. Sie gaben ein Loch frei, durch das ein Mann leicht kriechen konnte.

Sigurd leuchtete vorsichtig in den Raum, der hinter der Mauer lag. »Ein Lager. Wahrscheinlich bei den Kerkern. Eine gute Wahl – hier kommt in Jahren kaum ein Mann herein.«

Sie stiegen durch das Loch, und der Gedanke, wieder in der Burg zu sein, erfreute trotz des furchtbaren Anlasses ihre Herzen. An der Wand lehnte ein alter Schild, und darauf war das verblassende Wappen des Reiches zu erkennen.

»Wir sind, wo wir sein sollen«, flüsterte Jon. »Isländer Blut im Isländer Reich.«

»Aber nicht zum Zweck, es zu vergießen«, gab Gelen zu bedenken. »Was machen wir nun?«

»König Gernot hatte nicht vor, dem Wulfgar die Burg zu überlassen«, erklärte Eolind. »Wenn die Xantener es erfolgreich stürmen konnten, dann bleibt nichts mehr für uns zu erreichen, außer vielleicht Wulfgar auf dem Thron zu erschlagen.«

»Dafür würde ich gerne sterben«, flüsterte Gelen.

»Wenn das Xantener Pack noch immer auf Einlass wartet«, fuhr Eolind fort, »dann müssen wir uns einen Überblick verschaffen.«

»Wir werden uns aufteilen«, entschied Sigurd. »Ab hier ist jeder auf sich gestellt. Durchsuchen wir die Burg in alle Richtungen. Trefft ihr Xantener – sucht nicht den Tod, sondern weicht ihnen aus. Dann treffen wir uns in einer Stunde wieder hier. Ist die Burg noch in heimischer Hand, dann im Thronsaal.«

Die anderen nickten, und vorsichtig öffneten sie die quietschende kleine Holztür, die in den Kerker führte.

Es war niemand zu sehen.

Bald erkannte Sigurd, dass niemand mehr in der Burg war. Anfangs lief er noch geduckt, doch irgendwann straffte sich seine Gestalt, und er ging leise, aber aufrecht durch die Gänge und Hallen.

Es war, als wäre mit den Menschen das Leben aus den Räumen geflohen. In den Feuerstellen hatte lange kein Holz mehr gebrannt, es war kalt. Ein paar umgestürzte Stühle, ein Teppich, der halb von der Wand gerissen war – Zeugen einer Unruhe, von der nun nichts mehr zu spüren war.

Es gelang Sigurd nicht, Freude über die offensichtliche Unfähigkeit der Xantener zu empfinden, den Königssitz Islands einzunehmen. Die Leere war nicht viel besser, weil sie der Burg unwürdig war. Hier wurde seit Generationen geherrscht, gefeiert, gelacht – gelebt. Anders kannte der Prinz es nicht, und die Stille drückte sein Herz zusammen.

Als Sigurd sicher sein konnte, dass keine Xantener Gefahr drohte, machte er sich auf die Suche nach seinen Eltern, die er im Thronsaal nicht gefunden hatte. Eine steinerne Treppe führte in ihre Gemächer, und durch einen schmalen Ausguck gelang Sigurd der erste Blick auf den Hafen und damit das besetzte Island.

Er sah Untertanen, an den Füßen aufgehängt und totgepeitscht. Leichen, achtlos beiseitegeworfen. Ein Xantener Söldner pinkelte auf verkohlte Überreste dessen, was mal eine ganze Familie gewesen sein musste.

Überall Krieger. Wie schwarz gekleidete Ratten waren sie über den ganzen Hafen verteilt, der ansonsten nichts von seiner üblichen Betriebsamkeit hatte. Und ein großes Hauptschiff, umgeben von vielen kleinen Transportbooten, trug das Xantener Wappen auf dem Segel.

Es fiel Sigurd schwer, nicht nach draußen zu stürmen, um mit dem Schwert in der Hand den Tod von Wulfgar zu verlangen. Doch die Sorge um seine Eltern wog momentan schwerer. Und er nannte sie Eltern, egal, was Eolind sagte.

Für Wulfgar war später noch Zeit …

Er kam in den Gang mit dem weichen Teppich auf dem Boden und der prächtig beschlagenen Doppeltür, die ins Gemach des Königspaars führte. Es hatte bei Hofe einiges Geraune gegeben, als Gernot verfügt hatte, die Zimmer des Herrscherpaars zusammenzulegen. Dem König stand es jederzeit zu, seine Frau zur Ehepflicht zu rufen – aber worin bestand die Not, sie jede Nacht an seiner Seite zu haben?

Vor der Tür blieb Sigurd stehen, die Hand auf dem Holz, kaum zwei Schritte von der Wahrheit entfernt. Er zitterte, und sein starker Arm verweigerte den Dienst. Was gab es zu finden, das nicht weniger sein konnte als entsetzlich? War die Ungewissheit nicht ein gnädigerer Geselle als die grausame Wahrheit?

Siiiegfried … am Ziiiel … eeendlich …

Die Stimmen!

Sigurd wirbelte herum, hoffte die ihn narrenden Geister endlich zu erblicken – und stolperte in der Bewegung. Rückwärts fiel er gegen die Tür und taumelte in das Schlafgemach. Er konnte sich gerade noch rechtzeitig fangen, um nicht auf den Boden zu stürzen.

Die Stimmen kicherten, manche lachten hysterisch. Und doch – so genau Sigurd sie auch hörte, so wenig konnte er sicher sein, dass es sie gab.

Abgelenkt durch die unerwartete Störung, drehte sich Sigurd eher beiläufig in den Raum.

Es war ein Bild von Schönheit und Tod.

Elsa und Gernot lagen auf einem pechschwarzen Fell in ihrem Bett, die Körper einander zugewandt. Der König hatte die Hand auf der Wange seiner geliebten Frau, und sein Daumen berührte ihre blauen Lippen. Elsas Haar war wunderschön geflochten, mit goldenen Bändern, die aus den schwarzen Zöpfen funkelten.

Sie waren in Liebe gestorben, einander in den Armen haltend, für die Ewigkeit vereint. Der Kelch, aus dem sie den Tod getrunken hatten, stand sorgsam mit einem Tuch abgedeckt neben dem Bett.

Sigurds Tränen begannen zu fließen, als er die zwei Schritte auf seine Eltern zu machte. Seine Knie gaben nach, und er sackte auf den Boden, wo er sich mit den Fäusten abstützte. Dann fiel sein Blick zur Seite, wo ein kurzes Bett im Schatten der Wand stand. Eine kleine reglose Gestalt, in weißes Linnen gewickelt, lag dort.

Sigurd, dem sogar die Kraft zum Aufstehen fehlte, kroch hinüber und sah in das bleiche friedliche Gesicht seiner Schwester Lilja.

Er legte seine Hände auf ihren Körper und die Stirn an die Holzkante des Betts. »Es … tut mir leid.«

So sehr sein Kopf wusste, dass er sie nicht hätte retten können, so sehr schämte sich sein Herz, in den letzten Stunden nicht bei seiner Familie gewesen zu sein.

In Wut war er davongerannt!

Verdammtes Dänemark, verdammte Saufereien, verdammte Freiheit!

Er hatte sich wie ein Lump verhalten, nicht wie ein Prinz. Und nun hatten die Götter ihm gezeigt, wie grausam das Schicksal jene strafen konnte, die ihm davonliefen.

Unter seinen Händen spürte er einen Gegenstand, der seltsam vertraut war. Er öffnete die Augen und entdeckte zwischen Liljas kalten Fingern das Horn des Dryk.

Sie hatte es bis in den Tod getragen!

Vorsichtig nahm Sigurd ihr das Horn ab und hängte es um den Hals. Dann küsste er sacht ihre Stirn.

»Verzeih.«

Das Wort war kaum mehr als ein Krächzen.

Er stand auf, sah sich noch einmal um. Es lag keine Befriedigung darin, dass seine Familie in Frieden gestorben war und nicht durch Wulfgars Hand. Im Ergebnis war es gleich, und das Ergebnis war das Ende Islands.

Sigurd nahm den Kelch vom Boden, zog das ihn bedeckende Tuch fort. Ein Drittel war vielleicht noch darin von dem Trank, der leisen Abschied brachte. Es schmerzte vermutlich nicht einmal, sonst hätten Elsa und Gernot die letzten Sekunden nicht so friedlich Seite an Seite gelegen.

Endliiich vorbei … endliiich … Siegfried …

Sigurd war des Lebens zu müde und der Trauer zu ergeben, um einen Gedanken an die zischenden Stimmen zu verschwenden. Die Gier nach seiner Seele in ihren Rufen hatte keine Bedeutung.

Was blieb denn noch?

Langsam hob er den Kelch an seine Lippen.

Es war alles so einfach auf einmal …

Ein einsamer Lichtstrahl fing sich im Metall des Bechers, und Sigurd bemerkte, dass es eine Bewegung im Hafen war, die von außen eingefangen worden war.

Er sah aus dem Fenster.

Da war ein Krieger, nein – ein Anführer! Das musste Wulfgar sein. Er marschierte in Begleitung einiger Männer durch den Kies und gab Anweisungen, die auf diese Entfernung nicht zu hören waren.

Der Anblick des Usurpators brachte den Willen zurück in Sigurds Körper. Eine Flamme loderte auf in seiner Seele, und es war das Feuer der Rache.

Wulfgar!

Sigurd warf den Kelch beiseite. Wie töricht wäre er fast gewesen! Dem Feind die Arbeit abzunehmen!

An der Wand hingen Schwert und Schild seines Vaters. Sigurd nahm sie aus den eisernen Halterungen, und die Muskeln seiner Hände pressten das Leder von Griff und Gurt. Bei den Göttern, wenn Wulfgar sich für einen Krieger hielt, dann sollte er sich den Kopf des Thronfolgers mit eigener Klinge erkämpfen.

Von irgendwoher waren die Stimmen zu hören, leise, fast wie aus der Ferne.

Endliiich … endliiich … Frieden … im Toood …

Sigurd hatte kein Gehör für sie. Sein Geist war klar und scharf, Vergangenheit und Zukunft wie Ballast von ihm abgefallen. Die Entscheidung fiel hier – und jetzt. Nichts darüber hinaus zählte.

Er sah ein letztes Mal auf die Leichen seiner Eltern, und seine Stimme trug keine Trauer mehr. »Für euch.«

Dann verließ er das Gemach und machte sich auf den Weg in den Thronsaal, um seine Gefährten für den letzten Kampf zu treffen.

»Hätten die Xantener sie niedergebrannt – die Burg bereitete mir nicht weniger Unbehagen«, murmelte Gelen und wischte mit der Hand einige verschimmelte Brotreste vom Tisch.

»Ich hatte mir den Untergang des Landes nicht so … leise vorgestellt«, knurrte Jon, während er mit der Messerspitze Dreck aus seinen Fingernägeln kratzte.

Eolind stand dort, wo er immer stand, wenn er im Thronsaal war – an der rechten Seite des Königsthrons. Es war eine leere Geste, mehr ein Reflex. Es war ja niemand mehr da, der seinen höfischen Rat erbat.

Keiner von ihnen hatte etwas gefunden. Die Burg war in Eile geräumt worden, die Schlafsäle menschenleer. Die Xantener belagerten eine verlassene Ruine, und Eolind fragte sich, ob sie das wussten.

Nun kam Sigurd schnellen Schrittes in den Saal, Schwert und Schild entschlossen in den Händen. Jon und Gelen sprangen auf. Eolind merkte augenblicklich, dass der Prinz keine guten Nachrichten brachte. »Was habt Ihr gefunden?«

Sigurd hielt inne, als fühlte er sich in seinem Drang aufgehalten. »Den Tod – nicht von Wulfgars Hand, doch in seiner Schuld. Bereitet euch vor, die Königsfamilie zu rächen. Wir sterben heute für Island.«

Jon und Gelen sahen einander an, dann blickten sie unsicher zu Eolind. Der alte Ratgeber schluckte schwer an der schlimmen Kunde. »Gingen das Königspaar und die Prinzessin … in Frieden?«

Sigurd nickte. »In Frieden und Glauben. Diese Chance werde ich Wulfgar nicht geben. Sucht Waffen.«

Eolind räusperte sich, und es hallte durch den gesamten Thronsaal.

Sigurds Blick wurde kalt. »Ich hoffe auf euren Beistand aus Freundschaft – doch ich werde nicht zögern, ihn als Prinz zu fordern.«

Eolind trat vor und stellte sich so nah vor Sigurd, dass dieser den warmen Atem des alten Mannes spürte. »Mein Prinz, wenn heute auch der letzte Tropfen Isländer Blut vom Stein getrunken wird, dann wäre es uns gleich. Im Tod liegt keine Schande, schon gar nicht im Kampf. Aber *wofür* wollt Ihr uns sterben sehen?«

Die Frage überraschte Sigurd. »Für die Rache. Die Rache für Island. Die Rache an Wulfgar.«

Ein müdes Lächeln umspielte Eolinds Lippen. »Wir gehen aus dem Tor, und zwei Herzschläge später rollen unsere Köpfe, während Dutzende von Klingen unsere Leiber zerhacken. Eine vortreffliche Rache, fürwahr – Wulfgar wird sich beim Gedanken daran lachend in den Schlaf saufen.«

»Ich werde ihn stellen«, zischte Sigurd. »Mit oder ohne eure Hilfe.«

Hart und ohne Ansatz schlug Eolind seinem Schüler ins Gesicht. Sigurd stolperte einen Schritt zurück.

»Narr!«, schrie Eolind. »Könntest du auch nur gegen einen Krieger bestehen – Wulfgar wärst du kein Gegner. Und könntest du gegen Wulfgar bestehen – er würde sich dir niemals stellen. Du suchst eine ehrenvolle Rache, die der Xantener König nicht bietet. So feige er Island überfallen hat, so feige wird er dich von seinen Vasallen niederstechen lassen! Wo ist dann die Ehre, mein Prinz?«

Sigurd schüttelte den Kopf angesichts der Worte, deren Wahrheit ihm unmöglich zu akzeptieren schien.

Jon trat herbei. »Eolind hat recht, Sigurd. Selbst wenn Ihr gegen Wulfgar im Zweikampf bestehen könntet – er würde sich Euch niemals stellen.«

»Dann meucheln wir ihn hinterrücks, wie das Vieh, das er ist«, keuchte Sigurd. »Zur Nacht schleichen wir uns an das Hauptschiff der Xantener, und dann …«

»Und dann metzeln uns die Wachen nieder, die er zu Dutzenden um sich weiß«, spie Eolind aus. »Mein Prinz, ich bin Euch nach Island gefolgt, obwohl ich von der Unmöglichkeit Eurer Absichten wusste. Doch bittet mich nicht, Euch sehenden Auges in den Tod gehen zu lassen – noch weniger, Eure Freunde mitzunehmen.«

Sigurd schwankte, stützte sich an der Tischkante ab. »Aber was dann? Soll ich meinen Eltern folgen? Mein eigenes Leben nehmen?«

Eolind packte den Prinzen bei den Schultern. »Hört ein letztes Mal auf mich. Euer Tod ist nicht von den Göttern gewollt. Sie hätten Euch sonst nicht von Island weggelockt, als die Xantener kamen. Hört auf die Götter, Prinz Sigurd. Ehrt ihren Willen.«

Sigurds Augen zeigten den Trotz eines kleinen Jungen. »Ihr wollt, dass ich feige fliehe? Dass ich die Leichen meiner Eltern der Schändung Wulfgars überlasse? Was für ein Leben hätte ich dann noch?«

»Ein Leben, das zu einem späteren Zeitpunkt von Rache gekrönt werden kann«, flüsterte Eolind eindringlich, »später, wenn Ihr Euch Islands Thron zurückholt.«

»Aber wie sollte das geschehen?«, hielt Sigurd dagegen. »Wenn ich heute davonlaufe, dann bleibt mir nichts. Keine Familie, kein Gold, keine Macht. Wie sollte ich dann jemals den Thron zurückerobern?«

Eolind entwand dem zweifelnden Königssohn Schwert und Schild und legte sie beiseite. Er sprach langsam und bedächtig, denn es war wichtig, dass Sigurd dieses eine Mal jedes Wort verstand. »Sigurd, Prinz von Island, ist ab heute ohne Reich. Doch wenn Ihr als Siegfried, rechtmäßiger Erbe von Xanten, das Gold Eures Vaters findet, dann habt Ihr bald ein Heer hinter Euch. Die Nibelungen sind der Schlüssel.«

»Die Nibelungen?«, flüsterte Sigurd, als müsse er sich an den Klang des Wortes erst gewöhnen.

Eolind nickte. »Einst errang Siegfried von Xanten ihr Gold, und nach seinem Tod nahmen sie es zurück. Findet die Nibelungen, findet das Gold – und das Schicksal ist wieder offen.«

»Ich soll auf dem Pfad meines Vaters wandeln?«, fragte Sigurd. »Dem Pfad meines wahren Erbes?«

Eolind nickte. »Ich weiß, dass Eure Mutter … dass Königin Elsa immer gehofft hatte, es käme nicht dazu. Der Pfad Eures Vaters war der Pfad des Blutes. Aber nun …«

»… nun ist es an der Zeit«, sagte Sigurd. »Ich muss den Rhein hinaufziehen.«

Gelen und Jon traten heran. »Und wir werden an Eurer Seite stehen!«

Sigurd schüttelte den Kopf. »Mein Schicksal ist Xantener Schicksal, vielleicht auch Burgunder Schicksal. Aber es ist nicht das eure.«

Eolind war weise genug, die beiden Gefährten des Prinzen an seine Seite zu nehmen. »Lasst uns hierbleiben und die traurige Pflicht erfüllen.«

»Was meinst du damit?«, fragte Jon.

Es war Sigurd, der ihm antwortete. »Mit dem Tod des Königspaars ist Island endgültig gefallen, und ihr seid seine letzten Vasallen. Verhandelt freies Geleit mit Wulfgar, bietet ihm an, das Reich in seinem Sinne zu verwalten – auch wenn nur noch wenig übrig scheint.«

»Das wäre Verrat!«, rief Jon empört. »Nie werde ich das Reich in blutige Xantener Hand geben.«

Sigurd nickte ihm freundlich zu. »Nur für den Moment. Wiegt Wulfgar in Sicherheit, und wisst in euren Herzen, dass ihr jeden Handschlag für den neuen König Siegfried tut, der auf euch zählt.«

Gelen, dessen Gemüt so weich war wie seine Wampe, kämpfte mit den Tränen. »Aber wie können wir Euch gehen lassen, Prinz? Unser Versprechen war, Euch niemals aus den Augen zu lassen. Wir gaben es Gernot.«

»Und er würde euch danken«, sagte Sigurd. »Aber heute zählen neue Aufgaben, neue Herausforderungen.

Wir hatten unsere Zeit, unsere Freuden. Was wir wollen, zählt nun nicht mehr – nur noch Island.«

Er wandte sich an Eolind. »Leck Wulfgar die Stiefel, wenn es sein muss, und nenn ihn König – aber hüte mein Land bis zu meiner Rückkehr.«

Eolind ging auf die Knie, die knotigen Hände an seinem Gürtel. »Meinem Herrscher gilt mein Leben.«

Sigurd nickte. »Dann ist es entschieden.«

Sie griffen einander bei den Unterarmen, im Kreis, einen geheimen Pakt besiegelnd. Dann nahm Sigurd das Schwert seines Vaters und ging auf die Tür zu, durch die er den Thronsaal betreten hatte.

»Wollt Ihr nicht in den Kerker zum Gang, der Euch zum Meer zurückführt?«, rief Gelen ihm nach.

Sigurd hielt ein letztes Mal inne. »Ich hole die Leichen meiner Eltern und meiner Schwester. Sie werden im Meer begraben, in Leinen gehüllt, und mit Steinen beschwert. So, wie es Brauch ist. Wulfgar wird sich über ihre Leiber nicht hermachen können wie der tollwütige Hund, der er ist.«

Sten wurde unruhig – seit Tagen herrschte besiegte Stille in ganz Island, und der Feldzug hätte als Sieg betrachtet werden können.

Bis auf die Felsenburg.

Der Xantener General stand neben seinem König und blickte missmutig die schwarzen Steinmauern hinauf, die jedem Versuch, sie einzunehmen, getrotzt hatten.

Es war alles vergebens gewesen. Das große Doppeltor, das den einzigen Zugang bildete, hatte jeder Ramme ebenso widerstanden wie jeder Fackel. Mit Pferden und Ketten hatten sie versucht, die Querbalken der Innenseite zu brechen, Sägen hatten sie in den Spalt gedrückt, um das Holz zu stückeln. Doch die alten Bohlen waren in der salzigen kalten Luft über die Jahrhunderte wie Stein geworden, und die sauren Poren widerstanden sogar brennendem Öl.

»Wann mag dem König das Essen ausgehen?«, murmelte Sten. »Wann ist das letzte Brot verzehrt, der letzte Wein getrunken?«

Wulfgar spuckte vor sich auf den Boden. »Es ist mir gleich. Je länger sie warten, um sich zu ergeben, desto länger werden ihre Qualen sein.«

»Den König vor den letzten Untertanen zu demütigen, wird die Isländer brechen«, stimmte Sten zu. »Dann wird die Insel Xanten untertan, und keiner wird mehr Euer Thronrecht infrage stellen können.«

»Ich habe gehört, die Königin sei von dunkler Schönheit«, sagte Wulfgar, seinen Blick auf den Seitentrakt gerichtet, hinter dem er das Herrscherpaar vermutete. »Vielleicht werde ich sie vor den Augen Gernots nehmen, bis ihr Leib sich mir ergibt – oder sie Gefallen daran findet.«

Sten antwortete nicht. Die ausgesuchte Grausamkeit des Königs war bekannt, und es war tödlich, sie zu tadeln. Warum auch? Wulfgars Blutgier sicherte die Macht, und die Macht sicherte Sten den Posten.

Ein Rasseln alter Ketten und ein Kratzen mächtiger Balken riss beide Männer aus ihren Gedanken. Die Wachen, die vor der Felsenburg postiert waren, zogen ihre Schwerter und hielten die Lanzenspitzen gegen das Doppeltor, hinter dem sich etwas regte.

Und das Tor – schwang auf.

Langsam zuerst, wie ein großes schwarzes Auge nach langem Schlaf. Ein Mechanismus aus Gewichten, Winden und Kurbeln ermöglichte es zwei Männern, die tonnenschweren Flügel aufschwingen zu lassen.

»Männer, antreten!«, schrie Sten, obwohl es nicht nötig war – die Xantener Krieger, in der Belagerung fast schon träge geworden, eilten herbei, um einem etwaigen Ausbruchsversuch der letzten Isländer mit blanken Klingen zu begegnen.

Doch es waren keine Elitesoldaten, die ins Freie stürmten, kein letztes Aufgebot des Königs Gernot – es waren ein alter Mann und zwei junge Kerle.

Das Gefälle zwischen erwarteter und erlebter Gegenwehr war so groß, dass niemand auf die Idee kam, die Isländer anzugreifen. Unsicher warteten die Krieger auf den Befehl Wulfgars.

Der König von Xanten bedeutete seinen Männern, die Burg einzunehmen, solange das Flügeltor einladend offen stand. Mehrere Dutzend Bewaffnete drängten sich an Eolind, Gelen und Jon vorbei.

»Sie werden nichts mehr finden, was zu plündern oder meucheln lohnt«, verkündete Eolind sachlich, doch mit brüchiger Stimme.

Sten und Wulfgar traten auf den alten Mann zu. Wulfgar zog sein Schwert und hielt Eolind die Spitze an den Hals. »Wähle deine nächsten Worte gut, wenn sie dein Leben retten sollen.«

»Der König und die Königin sind tot, und das Reich ist Euer«, antwortete Eolind ohne Hast.

Es donnerte. Ein Sturm zog auf.

Obwohl sie tot waren, wollte Sigurd nicht von seiner Familie lassen. Er hatte die Leichen in ihre Laken gewickelt und mühsam durch den Felsengang zum Meer hinuntergeschleppt. Doch als er auf der kleinen Steinspitze stand, die zum endlosen Horizont zeigte, versagten seine Arme ihren Dienst. Sie konnten, sie *wollten* die Körper nicht dem

Wasser übergeben, obwohl es der letzte Ehrendienst war, den Sigurd seinen Eltern erweisen konnte.

Mit heißen Tränen auf den Wangen zog er den Leichnam seines Vaters schließlich an die Brust. Die Steine im Stoff zerrten zum Meer, und mit einem Schrei stieß Sigurd endlich den toten Gernot von sich.

Wie zum Gruß zuckte ein Blitz über den Horizont, eine Fackel der Götter für einen gefallenen König. Das Wasser nahm ihn gnädig auf, und der weiße Schatten tanzte in die Tiefe.

Es folgte Elsa, Königin von Island, Mutter von Sigurd, wenn nicht des Leibes, dann doch des Herzens.

»Nicht das Ende!«, schrie Sigurd und schickte ihren Körper dem geliebten Gatten hinterher.

Mit Lilja hielt sich Sigurd nicht lange auf. Den kleinen Leib in den Händen zu halten war ein zu großer Schmerz, und der Gedanke, ihr Leben nicht gerettet zu haben, wog schwer auf Sigurds Brust.

»Niemals das Ende!«, tönten seine letzten Worte über das Wasser, und dann war seine Familie begraben. Nicht in Würde, aber doch begraben.

Sigurd hätte nun tagelang auf der Felsenspitze sitzen können, kraftlos und der Trauer ergeben. Aber Eolind hatte ihn noch gewarnt – früher oder später würden die Xantener die durchbrochene Mauer zum Felsengang finden, und dann musste er weit fort sein. Also sprang Sigurd selbst in die Fluten, ließ das Wasser an seinem Körper zerren und schwamm mit kräftigen Stößen gegen das Meer, das ihn unwillig wieder an Land spucken wollte. Der Gedanke, sich den Strömungen zu ergeben und irgendwo in der Tiefe mit seiner Familie vereint zu sein, lockte verführerisch, doch er warf wütend den Kopf hin und her und kämpfte sich wieder an die Wasseroberfläche.

Er musste am Leben bleiben. Und sei es nur um der Rache willen. Seine Wut machte ihn den Göttern gleich, unverwundbar und getrieben.

An die zwei Stunden schwamm Sigurd gegen die Wellen, bis er das Boot wiederfand, mit dem er und seine Getreuen gereist waren. Er zog sich am Ankerseil hoch, und sein Körper fiel schwer auf das Deck.

Es begann zu regnen. Graue, schwere Tropfen. Kein Horizont war zu sehen, und Island nur eine dunkle Ahnung, ein zitternder Schatten.

Mit müden Schritten kroch Sigurd unter Deck, fand etwas zu essen und tauschte die nassen Kleider gegen trockenes Leder, dem er einen Umhang aus gewachstem Tuch überwarf. Es trieb ihn fort, aber die Zeit musste er sich nehmen – er hatte das Massaker an Island nicht überlebt, um von einer Lungenentzündung dahingerafft zu werden.

Der Anker hatte sich im rauen Meeresboden verhakt, und Sigurd sah keinen Anlass, ihn zu bergen. Mit einem langen Seefahrermesser durchtrennte er das Seil, und schon die nächste Welle riss das kleine Schiff in die Höhe.

Mittlerweile peitschte der Sturm, von Blitz und Donner unterlegt, und mehr Regen als Wind schlug in das Segel, das Sigurd aufzog.

Zu steuern war das Schiff alleine nicht, schon gar nicht, wenn die Naturgewalten am Segel zerrten, als wollten sie das Schiff aus den Wogen heben. Das Ruder war festgezurrt, und es war nur noch zu hoffen, dass der Kurs stimmte. Alles nach Süden und Osten war Sigurd genehm – über Dänemark konnte er genauso fliehen wie durch das Land der Franken. Leichter würde sicherlich das alte Britannien zu erreichen sein. Die Römer hatten es weitgehend aufgegeben, und sechs kleine Reiche waren entstanden. Seine Mutter hatte Sigurd oft von den Jüten erzählt, die in Kent Schrift und Verwaltung der Besatzer übernommen hatten. Die wilderen Geschichten kamen jedoch aus den Gebieten der Sachsen und Angeln.

Hauptsache, der Sturm warf Sigurd nicht gleich wieder gegen die Küste Islands oder trieb ihn gen Norden oder Westen. Einige Seefahrer hatten von neuen, unberührten Ländern dort gesprochen, doch sie waren von den Gelehrten verlacht worden. Island lag nahe am Rand der Weltscheibe, das hatte der Prinz von Eolind gelernt, und von dort stürzte man tief nach Utgard, wo die Riesen und Trolle waren. Die Götter zu fordern war nicht weise.

Sigurd glaubte das Glück der Götter auf seiner Seite – das Unwetter trieb sein Schiff schnell vor sich her, weg von Island und dem Rand der Welt.

Dann brach der Mast unter der Wut von Wind und Regen.

»Der Junge wird sterben«, flüsterte Xandria so leise, dass die Mutter es nicht hören konnte.

Hedes Augen wurden groß. »Seid Ihr da sicher, Prinzessin? Sollen wir nicht lieber einen Heiler kommen lassen?«

Xandria blickte liebevoll zu dem kleinen, kaum den Windeln entwachsenen Kind, das mit rasselndem Atem auf dem fleckigen Lager seiner Eltern unruhig schlief. »Sie würden nicht kommen – es gibt kein Geld, das sie aus den armen Leuten pressen können, und bevor sie ihre Pulver verrührt hätten, ist der Knabe tot. Die Lungen sind mit Flüssigkeit gefüllt, die Luft kommt nicht mehr in seinen Körper.«

Die Hofdame der Prinzessin von Xanten sah sich unsicher in der kleinen Lehmhütte um, die eine Stunde Fußmarsch von der Burg entfernt lag. Sie presste dabei ein Tuch vor den Mund. Es stank, weil Mensch und Tier die

Ausscheidungen ihrer Körper in die Ecken gaben und Fliegen und anderes Geschmeiß sich darum balgte.

Hede verabscheute es, wenn die Prinzessin in einem einfachen Leinenkleid dem gemeinen Volk die Aufwartung machte und sich dabei nicht zu schade war, Kranke und Hungernde mit den zarten Händen zu berühren. Xandria nutzte die Abwesenheit ihres Vaters, wenigstens im kleinen Maße die Not der Xantener zu lindern. Es war Hede allerdings schleierhaft, wieso das in persönlicher Anwesenheit geschehen musste. Leichter hätte man ein paar Soldaten mit Brotlaiben und kleiner Münze losgeschickt, den Menschen zu helfen.

Draußen hörten Hede und Xandria, wie ihre Garde grob die Dorfbewohner verscheuchte, die in der Hoffnung auf Almosen zur Hütte drängten.

Xanten war ein armes Reich, seit Jahren schon. Arm nicht nur an Äckern und Herden, auch arm an Hoffnung. In Fülle hatte es nur grausame Herrscher kennengelernt, seit vor zwei Generationen der gerechte Siegmund auf dem Schlachtfeld gefallen war. Seither waren die Ernten immer dürftiger ausgefallen, die Steuern aber immer höher. Nicht, dass es Gesetze gab, die einen gerechten Satz festlegten – seit dem Abzug der Römer war die Verwaltung weitgehend zum Erliegen gekommen, und jeder Herrscher nahm sich, was er brauchte, und manchmal mehr. Mit der Drohung des Schwertes – oder mit seinem Einsatz.

»So hat der kleine Wicht es wenigstens bald überstanden«, versuchte Hede sich in Mitgefühl, das ihr fremd war, wenn es um das gemeine Volk ging.

Xandria wusch ihre Hände in einer kleinen Holzschüssel, wenngleich das trübe Wasser kaum Säuberung versprach. Sie rieb sie an ihrer Schürze trocken. »Der Tod des Kindes ist nicht meine größte Sorge. Es ist die Krankheit.

Sie wird von Haus zu Haus ziehen, von Dorf zu Dorf. Und sie wird nichts hinterlassen als Leichen. Findet sie keine Kinder mehr, wird sie sich an den Eltern gütlich tun.«

Es war kein Wunder, dass in den ausgelaugten Dörfern neben dem Hunger und der Armut auch die Krankheiten grassierten, von der Cholera bis zur Pest. Typhus raffte die Menschen dahin, bevor es Aussatz oder die vielen Geschlechtskrankheiten taten.

So wie die Burgen mit Mauern und Palisaden Feinde abwehrten, so war ihre Aufgabe auch, die Krankheiten vom Adel fernzuhalten. Wer Ausschläge zeigte oder wem die Finger faulten, der wurde am Burgtor von den Wachen abgewiesen.

Hede hatte kein Verständnis, dass Xandria ihre sicheren Gemächer immer wieder verließ, um sich in voller Kenntnis der Gefahren den zerlumpten Menschen auszusetzen.

Seufzend erhob sich die Prinzessin, und die Mutter des Jungen, die bereits den nächsten Säugling an der Brust hielt, kam demütig näher. »Meine Herrin, was könnt Ihr mir sagen?«

Xandria sah zu Hede, doch die Antwort war nicht zu vermeiden. »Halte deinen Sohn warm, gute Frau, gib ihm Kräuter und Suppe, solange er den Mund noch öffnen kann. Zwei, drei Tage noch, dann wird der Herrgott ihn zu sich holen.«

Die Frau – nicht älter als Xandria, doch durch Schmutz und hartes Leben zum alten Weib geworden – nickte ohne sichtbaren Schmerz. »Das dachte ich mir schon. Wir werden ihn dann vergraben.«

»Es ist nicht das erste Kind, das du der Erde übergibst, oder?«, fragte Xandria vorsichtig.

Die Frau lachte bitter, kaum einen Zahn im vereiterten Mund. »Vier starben mir weg, bevor ich sie auf die Welt bringen konnte, und weitere drei, kaum dass ich sie aus dem Becken gepresst hatte. Fünf sind mir geblieben. Doch sage keiner, ich sei nicht fromm – ein jedes hat ein kleines Kreuz im Garten bekommen.«

Xandria schüttelte den Kopf. »Du wirst den Jungen nicht begraben, hörst du? Pack seine Leiche, wenn es so weit ist, auf einen Stapel Holz und zünde den Stapel dann an. Auch die Kleider und das Laken, in das er seit Tagen geschwitzt hat.«

Die Stimme der Prinzessin hatte unversehens einen scharfen Ton angenommen, von dem sie wusste, dass er keinen Widerspruch duldete.

»Verbrennen? Aber Euer Hoheit – der Junge ist getauft! Nie könnte ich ihn nach den alten Riten in die Flammen geben!«

Die Prinzessin atmete tief ein. Sie kannte das Problem. Xanten war in den letzten zwanzig Jahren fast komplett zum Christentum übergetreten. Das heilige Wort hatte sich von Rom aus gen Norden verbreitet, und die kurze Herrschaft Kriemhilds von Burgund war hier der Zündfunke gewesen. Sicher hatte der christliche Glaube viel Gutes bewirkt – aber die Tatsache, dass die Leichen nicht mehr verbrannt wurden, gehörte nicht dazu.

»Das hat nichts mit den Riten zu tun«, erklärte Xandria deshalb, »sondern mit der Krankheit.«

Die Frau nickte, doch Widerstand war in ihrem Blick, und Xandria merkte es. »Ich werde einen Soldaten schicken, wenn es soweit ist. Er wird vermelden, ob du meine Anweisungen befolgt hast.«

Die Prinzessin warf Hede einen Blick zu – es war Zeit zu gehen. Auf dem Weg aus der Hütte stolperten sie fast über ein ausgemergeltes Schwein, das mit der Schnauze im Schlamm vor dem Eingang wühlte.

»Ihr habt der Familie sicherlich einen großen Gefallen getan«, sagte Hede vorsichtig. »Nur Dank habt Ihr dafür nicht bekommen.«

Xandria sah sich um – das kleine Dorf war eine Ansammlung jämmerlicher Hütten, mit noch jämmerlicheren Bewohnern. »Dank ist nicht der Zweck meines Handelns. Was mich mehr erzürnt ist die Sinnlosigkeit. Jeder Kranke zieht zwei nach sich, und wer nicht siech ist, den holt sich der Hunger.«

»Das Schicksal ist mitunter grausam«, sagte Hede und wedelte mit dem Taschentuch ein paar Fliegen fort.

Xandria sah ihre Hofdame an, als habe sie sich verhört. »Schicksal? Hede, das Elend hier ist hausgemacht! Mit dem Prunk des Hofes bezahlt! Wenn das Volk dem König gehört, dann geht er wahrlich schlecht mit seinem Besitz um.«

Sie staksten durch den Morast zu dem Holzkarren, an dem die Soldaten darauf warteten, die Frauen wieder in die Burg zu bringen.

»Ich bin sicher, der König wird aus Island reiche Beute bringen«, begann Hede, »und mit dem Gold wird es möglich sein …«

»Island?«, unterbrach Xandria. »Der Sache ist nicht gedient, wenn wir unsere Kinder mit dem Brot füttern, das wir aus Händen anderer Kinder gerissen haben. Der Hunger jenseits der Grenzen ist nicht erträglicher als der eigene!«

Hede seufzte wieder. Für eine Prinzessin war Xandria zu klug. Und zu vorlaut. Und zu eigensinnig.

Es würde schwer sein, einen Prinzen für sie zu finden.

Die Nibelungen glitten durch Wasser wie durch Stein, und einem Schwarm Fische gleich hatten sie seit Tagen Sigurds

Boot umkreist. Die Götter hielten den Sturm aufrecht, und ohne Hauptsegel war jede Küste unerreichbar.

Die Geistwesen, deren Sinn immer noch nach dem Ende der Blutlinie Siegfrieds gierte, tanzten zwischen den Wellen, leckten am geteerten Holz des Schiffes und kicherten, wenn der Erbe von Island immer wieder stöhnend über das Deck kroch, ohne Essen, ohne Wasser, ohne Richtung. Die Kleidung klebte salzverkrustet an seinem geschwächten Körper, und das steife Tuch rieb Wunden in seine Haut, in denen sich das Meer festfraß.

Die Nibelungen konnten Sigurd nicht töten – die Götter hatten es ihnen verboten. Ihre Aufgabe war es, einzuflüstern, zu beobachten, gefährliche Gedanken zu säen, deren Ernte Blut und Schande waren. Die Ehre Elsas und Gernots hatte ihnen über die Jahre Siegfried, den sie Sigurd nannten, vorenthalten, aber nun war Rache im Herzen des Jungen, und wenn er starb, war der Fluch gebrochen.

Es brauchte nur noch wenig. Zwei Tage ohne frisches Wasser vielleicht, ein Sturz über Bord im Hungerwahn – ein weiterer Sturm? Hier, auf dem Meer zwischen den Reichen, waren die Unwetter reichlich und tückisch.

Eine Windböe traf das Schiff, aber kein Segel mehr, das sie antreiben konnte. Den Mast mit den Resten hatte es längst über die Reling gespült. Dafür hatten die Wellen nun am Bauch des Schiffes freies Spiel, und das Ruder schlug schon seit Tagen nur noch hilflos hin und her.

Die Nibelungen wurden unruhig. Zweimal schon waren Händler nah genug gekommen, um Sigurd fast zu entdecken – und zu retten. Doch die Rache hatten sie verdient in langen Jahren. Jetzt musste Sigurd sterben! Es musste geschehen, was schon weiland in Gran gefordert worden war. Das letzte Blut des Xantener Königs auf der Erde!

Eine Welle an die Breitseite des Schiffes ließ es fast kentern, und gieriges Wasser leckte erneut an Sigurds Körper, zog ihn mit vielen Händen zum Meer. Müde grunzend griff der Prinz um sich, kaum noch zu einer Regung fähig. Ein altes Seil, mit dem er sich vor zwei Tagen an die Stufen unter Deck gebunden hatte, rettete ihm das Leben, an dem er in diesem Moment nicht mehr hing.

Auch die Götter schienen auf der Seite der Nibelungen. Unablässig schlugen Blitze vom Himmel herab, brüllte der Donner übers Meer, als wolle er den schwachen Prinzen zu sich rufen. Es gab keinen Zweifel – Odin wollte Sigurds Tod, und seine Geduld war begrenzt.

Das Flüstern der Nibelungen, ihr Kichern und siegessicheres Feixen wurde lauter: Aus der Entfernung sahen sie eine Welle heranrollen wie eine riesige Mauer aus Wasser, auf der weiße Dämonen tanzten und die sich neigte wie ein Dryk im Sprung auf sein Opfer.

Drei, vier Blitze hintereinander. Ein Zeichen, wenn nichts sonst.

Sigurd zwang seine verkrusteten Augen auf. Er sah die Welle kommen, doch sein Körper war zu schwach, um etwas zu unternehmen, und sein Geist zu wirr, um es zu begreifen.

Die Nibelungen begannen begeistert zu schreien, ihre Stimmen kreischten aus Schatten und Spiegelungen so laut, dass auch normale Sterbliche sie hätten hören können, hätte der Sturm nicht alles übertönt.

Die Welle hob nun das Schiff an, wie man ein Stück Fleisch zum Munde führte, und ihr tosender Schlund nahm sich den Königssohn von Island zur Speise.

Bis Hufe aus dem Nichts auf das Deck des Schiffes trafen.

Hufe, die Feuer schlugen, trotz des Regens.

Und als die Stimme ertönte: »Die Gewalten des Himmels hören mich!«, da sank die Welle in sich zusammen, und das Unwetter verstummte fast augenblicklich.

Das Schiff lag still auf dem Meer, das Wasser glatt wie ein gestrichenes Laken, und die plötzliche Stille war nicht weniger unerträglich als das Getöse in der Sekunde zuvor.

Ein Pferd stand nun auf dem nassen Holz, kaum zwei Schritte neben Sigurd, den eine gnädige Ohnmacht umfangen hatte. Es war ein Pferd mit acht Beinen, größer als jedes, das in den Ställen der Könige zu finden war, mit silberner Mähne am schwarzen Leib und funkelnden Hufen.

Und auf dem Pferd saß eine Frau.

Schwarz ihre Augen wie ihr Haar. Schwarz auch der lederne Panzer um ihre Brust und schwarz die Klinge des Schwertes auf ihrem Rücken. Nur ihre fahle tote Haut schimmerte in der Dunkelheit.

Die Nibelungen, die sich der Seele Sigurds schon sicher geglaubt hatten, begannen nun zu zischen und zu fluchen.

Verraaat … er ist uuunser … uuunser!!!

Die Frau auf dem Pferd hörte die Stimmen klar und deutlich. Und sie konnte die Geistwesen sehen, wie sie unruhig zitternd um das Schiff flirrten, mit bösen Augen und kratzenden Klauen.

»Sein Schicksal endet nicht an diesem Tag«, verkündete die Walküre. Ihre gänzlich schwarzen Augen verrieten keine Regung, als sie auf den leblosen Körper des Prinzen hinabblickte.

Die Nibelungen jaulten auf, empört und beleidigt.

Das Meeer … sein Graaab … unser Reeecht …

Die Kriegerin Odins zog am Zügel, und ihr Pferd bäumte sich wiehernd auf. Seine vier vorderen Beine schlugen Funken in die Luft, und die Nibelungen zuckten im Schmerz.

Hier war die Macht der Götter zugegen, und gegen ihren Schutz konnten die Nibelungen das Leben Sigurds nicht fordern.

Wir kennen diiich … dein Ziiiel … deinen Naaamen …

Die Walküre rutschte in einer gleitenden Bewegung von ihrem Pferd, und ihre beschlagenen Stiefel rieben ebenfalls Funken aus dem nassen Holz. »Ihr kanntet mich, als ich noch einen Menschenkörper trug. Und mein Ziel war bisher das eure – der Tod des Bastards, den Siegfried einst mit der blonden Hure zeugte.«

Sie stieß Sigurd hart mit dem Fuß an, sodass er auf den Rücken rollte. Keine Regung war in seinem Gesicht.

Lass ihn uuuns … lass ihn uuuns … lass ihn uuuns …

»Nein!«, schrie sie nun, als hätte der Anblick des Prinzen etwas in ihr aufgeweckt. »Ihr werdet ihn nicht bekommen. So wahr ich Brunhilde bin!«

Bruuunhilde … Bruuunhilde … Bruuunhilde …

Jeder Dienst für Wulfgar war Eolind ein Gräuel, und die Nähe des Xantener Königs ließ den alten Mann immer wieder eine Klinge herbeiwünschen, mit der er Gernot und Elsa rächen konnte.

Doch Eolind hatte ein Versprechen gegeben – und sein Leben würde er geben, um Island zu schützen, bis Sigurd wiederkam.

Als Befreier. Als König.

Die letzten Tage waren eine Hölle gewesen, die Eolind ohne die Hoffnung auf Sigurd nicht überstanden hätte. Wulfgar hatte ihm gestattet, durch das Land zu reiten, um zu sehen, was die Krieger Xantens vom Reich übrig gelassen hatten.

Viel war es nicht. Leichenberge schwelten überall, Häuser waren eingerissen oder niedergebrannt und das Vieh vertrieben. Am ehesten hatten die Xantener alte Männer am Leben gelassen, die keine Gefahr darstellten – und junge Frauen, an deren Körpern sie sich ergötzten, bis sie ihrer überdrüssig wurden oder die Mädchen eine Gelegenheit fanden, ihrer Schande selbst ein Ende zu setzen.

Wulfgar ließ den Ertrag aus den Minen ebenso auf seine Schiffe bringen wie die Kostbarkeiten aus der Burg.

Und nun musste Eolind neben ihm am Thron stehen, wie er einst neben Gernot gestanden hatte, und davor neben Brunhilde. Es verursachte ihm Übelkeit, die kaum zu beschreiben war und doch keinen Weg in seinen versteinerten Gesichtsausdruck fand.

Eigentlich musste er froh sein, noch am Leben zu sein. Natürlich war er als erfahrener Statthalter für Wulfgar von Nutzen, aber der Xantener König hatte wie ein Berserker gewütet, als ihm klar wurde, dass die Leichen des Königspaares seiner Schändung entzogen worden waren. Er hatte sich darauf gefreut, dem gedemütigten Volk die verrottenden Körper der einstigen Herrscher zu präsentieren.

Gernot, Elsa, Lilja – und Sigurd.

Als seine Krieger den Geheimgang zum Meer fanden, war er misstrauisch geworden. Aber Eolind hatte ihm glaubwürdig versichert, dass er zusammen mit Gelen und Jon die Leichen auf diesem Weg im Meer bestattet hatte.

Und nun hatte er den König getäuscht, indem er ihm die Wahrheit erzählte.

Wulfgar sah von den Chroniken auf, die Eolind für den Xantener aus dem Gemach der Königin hatte holen lassen.

»Und das ist niemals jemandem aufgefallen? Niemand hat die naheliegenden Fragen gestellt?«

In seiner Stimme schwangen Misstrauen und Verachtung gleichermaßen.

Eolind schüttelte den Kopf. »Versetzt Euch in diese Lage, mein König: Würde jemand am Hofe von Xanten Euer Wort infrage stellen? Wenn Ihr ein Kind Euer eigen nennt – wer spräche dagegen an?«

»Sigurd, der Prinz von Island – ein ganz gewöhnlicher Bastard«, knurrte Wulfgar zufrieden. »Wer hätte das gedacht?«

»Nicht einmal er selbst«, antwortete Eolind. »Er ging im festen Glauben, vom Blute Burgunds zu sein.«

Auch das war keine Lüge – es war nur nicht die ganze Wahrheit. Aber sie würde hoffentlich dazu dienen, Wulfgar von jedem Versuch abzuhalten, den Verbleib Sigurds doch noch zu hinterfragen. Ein Bastard konnte seinem Anspruch auf den Thron Xantens schließlich nicht gefährlich werden …

Wulfgar klappte die Chroniken zu und warf das schwere lederne Buch beiseite. »Wären die Bücher und Schriftrollen nicht – ich würde dir eine List unterstellen, um mich zu täuschen. Einen Finger nach dem anderen würde ich dir nehmen, bis du mir die Wahrheit sagst.«

Eolind blieb ruhig. »Und nähmt Ihr mir die Zehen dazu, meine Antwort bliebe dieselbe, bliebe die Wahrheit. Sigurd war nicht Gernots und Elsas Sohn. Sie nahmen ihn bei sich auf, als er Waise wurde.«

Für ein paar Sekunden musterte Wulfgar den Ratgeber, wog ab, ob er ihm vertrauen sollte. Schließlich nickte er. »Dann ruf mich aus zum König. Und die Generäle sollen meine Schiffe bereit machen. Ich will so schnell wie möglich zurück nach Xanten.«

Dann ging er in die Ecke des Thronsaals und urinierte. Eolind dachte wieder an einen Dolch und wie es sein würde, ihn dem Xantener König ins Fleisch zu drehen.

Der Tod war weder das Ende – noch war er frei von Vorteilen. Zeit ihres Lebens war Brunhilde voller Zweifel gewesen, von Sorgen über Island und Leiden über die Liebe zu Siegfried getrieben. Es war ein hartes Leben gewesen, ohne klares Ziel, und mit dem Schmerz als ständigem Begleiter. Ihr Tod durch die Hand ihres Gatten Gunther hatte sie erlöst, und als Walküre war sie frei.

Frei von Schuld, frei von Kummer, frei von Angst.

Die Walküren begleiteten die Krieger, die im Kampf gefallen waren, nach Walhall. Es war eine ehrenvolle Aufgabe, und sie hatte sie immer gut erfüllt. So manchen Kämpfer hatte sie über die Regenbogenbrücke begleitet, damit er an den Tafeln Odins speisen konnte.

Doch nie hatte sie Sigurd aus den Augen verloren. Kaum eine Reise in die Welt der Menschen, bei der sie nicht nach ihm Ausschau gehalten hatte. In vielen Nächten war sie, wie ein entfernter Funkenstreif am Himmel, durch die Wolken über der Königsburg geritten. Niemand hatte sie je gesehen, doch Brunhilde ahnte, dass Elsa sie gespürt hatte. Und dass Elsa Angst vor ihr gehabt hatte.

Nicht ohne Grund.

Brunhilde wollte Sigurds Tod nicht weniger als die Nibelungen. Er war die personifizierte Liebe von Kriemhild und Siegfried, und seine Existenz spottete ihrem Glauben, dass Siegfried immer nur sie geliebt hatte. Solange Sigurd lebte, lebte in ihr die Erinnerung an die Schmach, dass Siegfried eine andere zur Frau genommen hatte.

Hätte sie die Nibelungen überhaupt aufhalten können? Kaum. Die Geistwesen waren von Odin verstoßen, aber ihren Willen zu missachten, war dennoch nicht gestattet.

Was also tat Brunhilde hier an Deck des Schiffes, ihren kalten Körper zwischen Sigurd und die Nibelungen stellend, den Kampf förmlich herausfordernd? Bei den Göttern, sie verlangten doch nichts, was nicht in Brunhildes Interesse lag!

Und doch …

Den Nibelungen war es gleich, wie Sigurd starb. Nur schnell sollte es sein. Sie wollten den Fluch beenden, der begonnen hatte, als Siegfried den Drachen besiegte und sich das Gold aneignete. Die Nibelungen wollten zurück in den Wald am Rhein, wollten ihre Ruhe.

Als Brunhilde aber Sigurd ins Gesicht gesehen hatte, wie er schreiend die Leichen seiner Eltern ins Meer versenkte, da war ihr klar geworden, dass der Prinz von Island vielleicht todgeweiht war – doch es musste ein Tod in Ehren sein. Ein Tod, der würdig genug war, damit Brunhilde Sigurd nach Walhall holen konnte.

Denn als Brunhilde Sigurd ins Gesicht gesehen hatte, da hatte sie Siegfried gesehen. Und das Blut in ihren kalten Adern war auf einmal warm geworden, und das Herz in ihrer Brust hatte zum ersten Mal wieder einen Schlag getan.

Und so stand sie nun hier und verteidigte, was sie doch vernichtet sehen wollte.

Lass ihn uuuns … lass ihn uuuns … lass ihn uuuns …

Aus dem Durcheinander der Stimmen war ein Chor geworden, der unablässig dieselben drei Worte sang.

Lass ihn uuuns … lass ihn uuuns … lass ihn uuuns …

Die Nibelungen forderten ihr Recht – den Tod des Prinzen von Island, ertrunken auf einer schicksalhaften Flucht vor den Schergen Wulfgars.

»Nein!«, rief die Walküre. »Ich sagte es bereits – seine Zeit ist noch nicht gekommen!«

Nicht dein Wooort … nicht deine Entscheiduuung …

Was sie sagten, stimmte. Und Brunhilde mochte sich nicht vorstellen, was Odin tun würde, wenn er von ihrer Einmischung erfuhr. Und doch …

Das Schiff schien nun zu zittern, der Sturm verlangte sein Recht, peitschte wütend gegen die Glocke aus Ruhe, in die Brunhilde es eingebettet hatte. Lange würde die Macht über die Elemente nicht halten. »Was schert es euch, ob Sigurd heute stirbt, oder in einem Jahr – in zehn Jahren?«

Zuuu lang der Fluuuch … zuuu spääät die Racheee …

»Unsinn!«, rief die Walküre. »Ihr ergötzt euch am Leid – schon bei seinem Vater. Und ihr wisst, dass kein Triumph auf Sigurd wartet, wenn er das Land erreicht. Also lasst ihn heute ziehen, auf dass sein Tod euch morgen umso süßer scheint.«

Die Stimmen der Nibelungen wurden wirr und schrill; sie stritten. Manchmal meinte Brunhilde fast, einige der Wesen lauter und eindringlicher zu hören. Wortführer, Anführer gar? Niemand wusste genug über die Nibelungen, um eine solche Frage zu beantworten.

Schließlich …

Er soll leeeben … um zu sterbeeen … für uuuns …

Mit der Seele eines Menschen in der Brust hätte Brunhilde sich gefreut. Stattdessen sprang sie kraftvoll auf den Rücken des Pferdes, das sie deutlich überragte. »Dann bleibt mein Schwert für heute ungezogen. Und wenn Sigurd dereinst im Kampfe fällt, werden wir gemeinsam jubeln.«

Leebe deine Lüüüge … Brunhildeee …

Brunhilde fragte sich nicht, was dieser Satz der Nibelungen bedeutete. Sie wartete einige Augenblicke, bis die Schattenwesen durch das Wasser davongeglitten waren, dann stieß sie ihrem Pferd die Stiefel in die Flanken. Acht

Funkenregen verabschiedeten die Hufe vom Holz, und die Walküre lenkte ihr gehorsames Tier geradewegs zu den Wolken. Sie hatte heute noch ein anderes Ziel.

Der Sturm fand nun den Weg zurück zum Schiff, doch statt mit geballter Wut schoben die Elemente den kleinen Kahn verärgert vor sich her, als wollten sie ihn so schnell wie möglich loswerden.

Das beschädigte Boot mit dem ohnmächtigen Prinzen nahm wieder Fahrt auf die Küste zu. Und keine neidischen Augen beobachteten es dabei.

Der Bote war auf einem schnellen Pferd gekommen, und am Hof war sogleich hektische Betriebsamkeit ausgebrochen. Doch im gleichen Maße, wie die Handwerker die Burg schmückten und die Wege mit frischem Kies aufstreuten, erlahmte jeder Elan in der Prinzessin. Xandria saß in ihren Gemächern am Fenster, alte Bücher auf dem Schoß, versunken in die Welt der griechischen und römischen Denker.

Es klopfte vorsichtig, und die Prinzessin sah nicht einmal auf. »Komm herein, Hede.«

Die Hofdame trat ins Zimmer, den Blick devot zu Boden gerichtet. »Es wäre dienlich, wenn Ihr zumindest die Abfolge der Speisen für das Bankett festlegen würdet, Hoheit.«

Es war mehr als eine Bitte. Man erwartete von Xandria, der Rückkehr ihres Vaters mit Freuden entgegenzufiebern – eine Begeisterung, die sie nicht aufzubringen vermochte. »Ob sie vom Rind oder vom Schwein zuerst sich die Mägen vollstopfen, wen schert das schon?«

Obgleich Hede der Prinzessin untertan war, hatte sie doch die Aufgabe, die junge Frau zu erziehen, wenn es nötig war. Und nötig war es in letzter Zeit oft. »Wulfgar kehrt als Sieger heim, und als solcher muss er auch gefeiert werden. Hadert damit in Eurem Herzen, aber lasst die Düsternis nicht in Euer Gesicht. Ihr kennt des Königs Jähzorn.«

Xandria nickte gedankenverloren. Sie hatte die Narben, die davon zeugten. Und die zwei Finger an der linken Hand, die steif waren, seit Wulfgar mit dem Stiefel daraufgetreten war. »Mein Vater hat schon lange nicht mehr in meine Seele geschaut.«

Hede kam näher und räumte vorsichtig die Bücher zusammen. Sie hielt nicht viel von den kunstvoll bemalten Seiten, die der Prinzessin nur krude Ideen in den schönen Kopf zu setzen schienen. »Verzeiht mir die Impertinenz, Hoheit, aber wenn das Leben bei Hofe Euch so unerträglich ist, dann gäbe es einen Ausweg.«

Xandria seufzte. »Ich weiß. Aber man hat mir gesagt, dass Gift schmerzt – und wer Hand an sich legt, kommt nicht in den Himmel.«

Hede wurde bleich und legte die Hand auf ihre Brust, um nicht vor Schreck aufzukeuchen. »Prinzessin, nein! Das war es nicht, was ich meinte!«

Xandria dreht sich zu ihr – und lachte. »Das weiß ich doch, dummes Ding! Du sprichst von einer Heirat, auch wenn ich nicht sicher bin, ob ein letzter Trunk dieser Möglichkeit nicht vorzuziehen wäre.«

Hede brauchte ein paar Sekunden, um sich zu fangen. Der Humor der Prinzessin war derb, mitunter fast höhnisch. »An der Seite eines Prinzen könntet Ihr fort in ein anderes Reich. Dorthin, wo es warm ist und die Menschen nicht hungern. Wer wäre eine bessere Königin als Ihr?«

Xandria sah aus dem Fenster die untergehende Sonne. Der Gedanke an eine Hochzeit war ihr zuwider, denn mit der Pflicht als Königin kam die Pflicht zur Unterwerfung.

Als Prinzessin konnte sie sich so manche Tollheit leisten – an der Seite eines Königs kam das nicht infrage. Und außerdem war es ja nicht so, dass man sich die Prinzen der Kontinente in einer Parade aufstellen lassen konnte, um die schmucken und belesenen Kandidaten auszuwählen. Sobald Xandria auch nur eine Andeutung machen würde, dass sie zur Ehe bereit war, würde Wulfgar den geeigneten Gatten nach politischem Vorteil und prall gefüllten Schatztruhen erwählen. Er musste schließlich Sorge tragen, dass Xanten nicht dem wachsenden Frankenreich einverleibt wurde. Den Prinzen, der in Wulfgars Augen Gnade fand, mochte sich die Prinzessin gar nicht vorstellen.

Nein, sie war eingesperrt in Xanten, und wenn eines Tages die Hochzeitsglocken läuteten, würde sie vermutlich nur ein Gefängnis mit einem anderen vertauschen.

Und doch, in manchen Nächten und in letzter Zeit immer mehr, träumte Xandria von einem Mann mit starken Armen, breiten Schultern und einem schnellen Pferd zwischen den Schenkeln. Sie träumte von heißen Küssen im Regen und nasser Haut auf dem Fell vor dem Feuer. Es mochte diesen Mann nicht geben, schon gar nicht unter den Prinzen der umliegenden Reiche – nicht in Sachsen, nicht in Franken, und schon gar nicht in Dänemark. Aber seine Gesellschaft in einsamen Stunden war Xandria genug, wenn sie mit schwerem Atem und kochendem Blut erwachte. Wenn seine Hände ihre waren …

»Prinzessin?«, fragte Hede vorsichtig, und Xandria schreckte aus ihren Gedanken auf. »Wo seid Ihr nur mit Euren Gedanken? Schon bei einem Prinzen, der euch freien wird?«

»Nein«, antwortete die Prinzessin, und sie musste sich räuspern. »Wahrlich nicht. Aber ich wäre gerne noch ein wenig allein. Wenn mein Vater zurückgekehrt ist, wird mir die Muße schnell fehlen.«

Hede nickte und verließ wieder das Zimmer.

Xandria lächelte leise und versuchte mit der Kraft ihrer Gedanken, die Sonne schneller untergehen zu lassen. Denn die Nacht brachte den Prinzen, der nur ihr gehörte …

3

Der lange Weg der Rache

Sigurd hatte die letzte Welle nicht gespürt, die sein Schiff auf die Klippen geworfen hatte, er hatte das berstende Holz so wenig gehört wie das Stöhnen des Rumpfes, der dem Meeresboden entgegensank. Sein bewusstloser Körper wurde von zwei, drei Wellen hin und her geworfen, bis sie des Spiels müde waren und ihn dem Strand übergaben. Fast zärtlich betteten sie den Prinzen in den Sand, wo sie ihn auch rüde auf den Felsen hätten schlagen können. Den letzten Funken Leben hätte es aus Sigurds geschundenem Fleisch gedrängt, doch so lag er da, die wunden Füße immer noch vom Wasser umspielt, die Arme in den feuchten Boden gekrallt.

Was die Küste erreicht hatte, war nicht der Prinz von Island – es war ein kümmerlicher Rest von ihm, eine Ahnung dessen, was ein Mann sein sollte, ein lächerlicher Schatten eines Kriegers. Keine Stelle war ohne Schorf, und die tagelange Irrfahrt hatte seine vielen kleinen Wunden entzündet. Die Bewusstlosigkeit war eine Gnade, die Sigurd unerträgliche Schmerzen ersparte. Mehrere Knochen waren gebrochen, an ruhigen Tagen verwachsen, nur um bei hohem Wellengang wieder zu knicken wie Zweige.

Aber er lebte. Sigurd lebte. Nicht durch die Gnade der Götter, nicht durch die Gunst der Nibelungen. Zum ersten Mal seit Generationen war das Schicksal unbeeinflusst gewesen, und es hatte dem Prinzen zur Seite gestanden. Mochten seine Hände unbeweglich sein – sein Herz schlug noch, und leiser Atem benetzte den Sand vor seinem Mund.

Er lag zwei Tage und zwei Nächte am Strand, während Ebbe und Flut ihn immer wieder hin und her schoben, als seien sie nicht einig, was die günstigste Position dieses Treibguts wäre. Und am Morgen des dritten Tages hörte Sigurd nicht die Schritte, fühlte nicht die Arme unter seinen Achseln, und schlief noch, als er auf einem starken Rücken über weite Wiesen getragen wurde.

Es wurde warm um ihn herum, und der Wind pfiff nicht mehr durch seine zerrissenen Kleider. Feuchte Tücher reinigten die Wunden, Kräuterpasten schlossen sie. Manchmal, wenn warme Brühe seine Lippen benetzte, wand sich der Prinz stöhnend, ohne jemals die Augen zu öffnen. Als er wieder ruhig lag, schabte eine Klinge seinen Bart ab, und eine Nadel schloss den Riss im Fleisch an seinem Bein.

Sigurd hatte keine Eile, in den geschundenen Körper zurückzukehren. Sein Geist wandelte zwischen den Welten, die aus Fieber und Visionen bestanden. Hier gab es keinen Schmerz, keine Zeit, keinen Boden unter den Füßen. Überall war Nebel, und das trübe Licht schien von nirgendwo her zu kommen. Manchmal schossen bunte Irrlichter umher, tanzten um Sigurds Finger, nur um wieder zu verschwinden, wenn er nach ihnen griff. Aus der Ferne hörte er Stimmen, dröhnend und laut, sodass der Nebel zitterte, als hätte dieses seltsame Reich Angst vor den Wesen hinter den Dingen.

Etwas fauchte, und obwohl es körperlos war, spürte Sigurd eine Wärme hinter sich. Er drehte sich um, doch nicht in Schritten, sondern gleitend wie ein Mensch im Wasser, fließend.

Da war Feuer. Kein Lagerfeuer, keine Fackel, sondern ein langer Flammenatem, der sich durch die feuchte Luft brannte und sie zischend verdampfte. Etwas klirrte, und ein Mann schrie gleichsam herausfordernd und ängstlich.

Sigurd wollte mehr sehen, näher ans Geschehen. Er fragte sich vage, wie er in diesem Dunst seinen schwebenden Körper vorwärtsbewegen sollte, doch es war gar nicht nötig – mit dem Wunsch kam die Wirklichkeit zu ihm. Die Szenerie vor seinen Augen schimmerte, und in den Schwaden sah der Prinz nun Bäume, Hügel, harten Boden. Doch es war nicht real, und der Wald wirkte hier wie eine ungefähre Erinnerung, errichtet aus Legenden und verschwommenen Erzählungen. Während Sigurd hinsah, wurden aus Bäumen Sträucher, und eine Anhöhe schmolz zusammen zu einer Wiese. Alles blieb ungreifbar, unwahr, unwirklich.

Nur zwei Dinge blieben konstant.

Der Mann und der Drache.

Es war ein Kampf, wie ihn Sigurd noch nie gesehen hatte. Absurd in seiner Ungerechtigkeit, unerhört in seiner Wildheit. Der riesige Lindwurm schlug mit den ledernen Flügeln, und sein Flammenodem röstete Holz wie Boden. Der Krieger, der das Untier stellen wollte, wirkte geradezu lächerlich, wie er durch die Büsche sprang, immer wieder Deckung suchend und dem Drachen letztlich doch hilflos ausgeliefert.

Das Gesicht des Kriegers … Sigurd sah es immer nur gehetzt und für Sekunden, doch es löste eine Erinnerung aus. Eine Erinnerung an Unerlebtes.

Der Kampf war seltsam gestückelt, wie in seine wichtigsten Teile zerlegt. In einem Moment war der Krieger auf der Flucht, dann saß er über dem Höhleneingang und lockte das Vieh mit einem Kopf, den er an ein Stück Stoff gebunden hatte. Sigurd blinzelte, und plötzlich sah er den heldenhaften Streiter zwischen den Kiefern des Drachen und hielt sein Ende für gekommen. Doch dann durchbrach die Klinge den Schädel der Echse und beendete das ungleiche Duell, in dem der Schwächere siegreich blieb.

Seine Mutter Elsa hatte Sigurd manchmal aus der Heiligen Schrift vorgelesen, und der Prinz kannte die Geschichte von David und Goliath. Doch das hier, das war über die Maßen tollkühn.

Das Bild verschwamm um ihn herum, und plötzlich konnte Sigurd sehen, wie der Krieger mit dem Drachenkopf und Gold auf einem hölzernen Schlitten durch den Wald zog. Der gerechte Lohn für einen großen Kampf.

»Heda!«, rief Sigurd, obwohl er sich kaum etwas davon versprach, einen Fiebertraum anzureden.

Doch der Krieger hielt tatsächlich inne und wandte den Blick nach oben, wo Sigurd schwerelos im Nebel schwebte. Nun konnte der Isländer Prinz das Gesicht genau in Augenschein nehmen – und es war sein eigenes.

Sie lächelten einander zu.

Dann kam der Wirbel.

Aus dem Nebel formte sich ein pfeifender Trichter, der die Bilder dieser seltsamen Umgebung mit sich riss, zerstückelte und wieder in die Gegend spuckte. Die Gewalt des Wirbels zerrte an Sigurd, und da sich der Prinz nirgendwo festhalten konnte, wurde er aufgesogen wie ein Blatt vom Waldboden. Seine körperlose Gestalt begann sich zu drehen, immer schneller, und die Welt um ihn herum verschwamm vollends in Streifen und Schemen. Sigurd hob die Arme, um sich abzustützen, aber es gab keinen Halt. Der Strudel zog ihn in alle Richtungen gleichzeitig, als wollte er die Seele des Prinzen zerfetzen.

Und wieder Bilder. Laute. Flimmernd, einzeln, ungenau. Eine prächtige Stadt. Eine blonde Frau, seltsam bekannt. Plötzlich Blut aus den Haarwurzeln, die den Schopf rot färbten. Das Gesicht jünger jetzt, und schöner noch.

Heerscharen auf dem Feld. Ein Duell. Wieder der Krieger. Flammen überall, brennende Schiffe.

Wulfgar auf dem Thron. Nicht der Isländer Thron. Xanten? Er lachte.

Ein Schwert wie kein anderes.

Der Schrei eines neugeborenen Kindes.

Ein Ring.

Und diese Frau. Die Frau in Schwarz. Eine Kriegerin, ohne Zweifel. Ihre Arme ausgestreckt, nach Sigurd greifend.

»Siegfried.«

Er wollte ihre Hand nehmen, sich an ihr stützen.

Die Hand war kalt.

Sie hielt ihn fest, zog ihn zum Kuss an sich, und mit ihren Lippen spürte er die Klinge zwischen den Rippen.

Schmerz. Sigurd wurde Schmerz. Nur noch Schmerz. Und nur noch Schreie.

Er schrie so laut, dass sein Atem den Nebel teilte. Schrie, bis der Wirbel erstarb. Und er schrie noch, als ihm klar wurde, dass er wieder im Leben war.

Zurück im Leben.

Auf einer Pritsche, in einer Hütte, irgendwo in einem fremden Land.

Zurück im Leben.

Der Schmerz blieb. Sigurd schrie weiter.

Eine dunkle Hand drückte seinen Kopf zurück auf das Fell. Ein Gesicht, ledern und finster.

»Ich weiß«, hörte Sigurd eine Stimme. »Aber der Schmerz wird abklingen. Von Tag zu Tag.«

Für einen Moment hielt Sigurd alles noch für einen Traum, ein weiteres Trugbild. Doch er spürte das gebrochene linke Handgelenk, fühlte den Holzrahmen der Pritsche unter seinen Füßen und roch die Salbe in den Tiegeln neben seiner Schlafstatt.

Und Schmerz. So viel Schmerz. Er zitterte, die Augen im Kopf verdreht, Speichel von den Lippen sprühend.

Zum ersten Mal, seit er auf dem Schiff das Bewusstsein verloren hatte, drängte ein klarer Gedanke in Sigurds Kopf, verlangte der Verstand sein Recht. Er wusste, wer er war, und wo er war. Er wollte die Finger bewegen, und sie taten es – wenn auch widerstrebend.

Er war am leben.

Er war *im* Leben.

Es war der einzige Gedanke, den er brauchte. Und es war der einzige Gedanke, zu dem er fähig war, bevor sich seine Augen wieder schlossen.

Nicht mehr zur Ohnmacht.

Zum Schlaf.

Nazreh lächelte, als er sah, dass der junge Mann gleich wieder eingeschlafen war. Kein Wunder. Ein Wunder war, dass er überhaupt noch lebte. Der Heilungsprozess hatte dem Körper vermutlich mehr abverlangt als die schlimmen Tage auf dem Meer, die er sicherlich hinter sich hatte. Es war dem stolzen Orientalen kaum gelungen, zwei Löffel Suppe in den geschundenen Krieger zu bekommen, und das in drei Tagen!

Aber dieser Fremde war von außergewöhnlicher Zähigkeit, die seinem Alter spottete. Offensichtlich *wollte* er nicht sterben, und sein Leben klammerte sich an diesen Willen.

Nazreh tupfte seinem »Gast« die Stirn ab und lockerte die Lederschnüre etwas, mit denen er die Handgelenke an die Pritsche gebunden hatte. Im Fieberwahn hatte der junge Mann immer wieder um sich geschlagen und damit seine Genesung gefährdet.

Er würde jetzt noch eine Weile schlafen. Morgen war vielleicht die erste Gelegenheit, sich zu unterhalten, auch wenn Nazreh keine Ahnung hatte, was für eine Sprache der Fremde auf seiner Zunge trug.

Vor der Hütte sammelte er trockene Zweige und ein paar Wurzeln für das Feuer. Das würde bald nicht mehr reichen, und dann musste er nach Sussex, um aus den Wäldern der Sachsen eine größere Menge Holz zu holen. Man konnte den Winter in der Luft riechen, wenn man es nur wirklich versuchte.

Die Sachsen waren ein eher grobes Volk, und die gepflasterten Straßen und Siedlungen der Römer waren unter ihrer Herrschaft schnell verfallen. Aber dafür waren sie weitgehend friedfertig. Die Kriege des Kontinents waren hier, im alten Britannien, kaum von Bedeutung. Natürlich gab es mal Raufereien an den Grenzen zwischen den Angeln und den Jüten, den Jüten und Sachsen, den Sachsen und Angeln. Aber bevor sich die Leichen stapelten, zog man sich zu gemeinsamen Gelagen zurück, und alles war vergessen. Es war diese Gelassenheit, die Nazreh nach Sussex gelockt hatte. Hier war niemand jemandes Feind, und keiner kam je, um dem Araber seine kleine Hütte und die paar Schafe an der Küste streitig zu machen. Und in keiner Taverne spottete man ob seiner Hautfarbe oder ob der kunstvollen Tätowierungen, die seinen Körper von den Füßen bis zur Stirn bedeckten.

Er fragte sich, ob die Ankunft des Fremden ein Zeichen war. Ein Omen, dass Veränderungen anstanden. Oder gar der Aufruf, diese Veränderungen in die Wege zu leiten. Über die Jahre hatte Nazreh zu viel gesehen, um nicht an Bestimmung zu glauben.

Er kehrte in die Hütte zurück und warf das Holz in die Feuerstelle. In der Ecke lagen immer noch die Fetzen von Kleidung, die er dem jungen Mann vom Körper gezogen hatte. Dem Kreuzmuster der Stiche nach kam er aus dem Norden. Vielleicht ein Däne. Oder ein Isländer. Aus Island hatte man Schlimmes gehört in letzter Zeit.

Nazreh nahm ein Stück saures Brot, goss Milch in eine Holzschale und setzte sich neben die Truhe, in der sich sein einzig wahrer Besitz befand, und den er über die Jahre durch manchen schweren Weg geschleppt hatte.

Bücher. Chroniken. Reiseberichte.

Einige hatte er gekauft, andere von Banausen gestohlen, wieder andere bei Mönchen eingetauscht.

Er fand einen kleinen Band, zusammengehalten mit brüchigen Lederbändern, und mit grob geschnittenen Seiten.

Es war der Lebensbericht eines römischen Centurios, und er mochte an die zweihundert Jahre alt sein.

Sicher eine gute Lektüre, während Nazreh darauf wartete, dass der Patient in seiner Obhut wieder auf die Beine kam.

Wulfgars Ankunft, mit den siegreichen Truppen hinter sich, war eine Rückkehr, keine Heimkehr. Wie hätte Xanten für den Usurpator, der sich den Thron erschlichen hatte, auch eine Heimat sein können? Und es war zwar das Volk, das am Wegesrand stand, um seine geforderte

Aufwartung zu machen, doch es war nicht *sein* Volk. Die Kolonne aus Soldaten, Söldnern, Trägern und Gefangenen war so lang, dass die Spitze ein Dorf erreichte, bevor ihr Ende das vorherige verlassen hatte. Doch die Schlange aus schmutzigen Leibern wälzte sich nicht durch Jubel und trunkene Freude, und die bunten Tücher der Xantener hingen schlaff in müden Händen. Nicht wenige Blicke, besonders aus jungen Augen, warfen Hass und verrieten Rebellion im Herzen.

Keine Liebe war zwischen Xanten und dem Königshaus. Das Heer bestand aus Lohnkriegern der umliegenden Reiche, deren Sold aus dem Schweiß der Armen gepresst worden war, und die Söldner suchten nicht nach Anerkennung und Respekt. Kaum hatte der König den Zug gen Island für beendet erklärt, faserten sie aus den Reihen der Streitkräfte aus, suchten in Tavernen nach Wein und Weibsvolk. Die kargen Münzen ließen sie in ihren Börsen, und wie von Island gewohnt, nahmen sie sich das, was ihnen nicht zustand – in dumpfer Freude über die Gewalt, die sie dabei anwenden konnten.

Auch der Xantener Kern des Heers bediente sich, plünderte letzte Reste aus sterbenden Dörfern und verstärkte das Leid, während die Boten des Königs überall vom »stolzen Sieg des stolzen Landes« plärrten.

Mit seiner Garde und den Getreuen beeilte sich Wulfgar, in die Burg zu kommen – die grauen dumpfen Gesichter der ausgemergelten Untertanen verdarben seinen Appetit. Er hatte dem Xantener Pack den Sieg über Island heimgebracht, aber Dank konnte er dafür scheinbar nicht erwarten.

Nur in der Burg im Herzen von Xanten mühte man sich, dem jähzornigen König die Rückkehr so prachtvoll zu gestalten, wie er es für angebracht hielt. Zwölf Trompeter kündeten es von der Burgmauer über dem Tor, als Wulfgar heranritt. Der Hofstaat war herausgeputzt, die Damen in hellen Kleidern, die Männer in Hemden mit dem Wappen des Hauses. Akrobaten sprangen zur Belustigung umher, Musikanten spielten an jeder Ecke auf. Kinder sangen eilig geschriebene Lobgesänge auf den König, und viele Barden, die nicht dabei gewesen waren, priesen den Heldenmut der Xantener Truppen in der Schlacht gegen das räudige Island. Es lag der Geruch von Brot und Fleisch in der Luft, von Hopfen und frischem Käse.

Xanten spielte Sieger und fühlte sich doch im Herzen nicht weniger besiegt und geplündert als Island. Zwar hatten die Soldaten auf Karren und in Kisten vieles mitgebracht, was nun in Island fehlte, doch war es kaum zu erwarten, dass aus den Erzen Töpfe für das Volk würden oder dass auch nur eine Goldmünze für Brot auf dem Tisch der armen Familien sorgen sollte. Was nach der Entlohnung der Söldner übrig blieb, das war des Königs und des Königs allein.

Xandria stand vor dem Hofstaat, als ihr Vater vom Pferd stieg. Ihr Kleid war von dunklem Blau, die formelle Tiara konnte das rote Haar nicht bändigen, und deshalb war es mit Schleifen an den Schläfen nach hinten gebunden. Ihre helle Haut glänzte silbrig, als wollte sie den grünen Saphir-Augen Fassung sein. Über dem Samt hing ein goldener Gürtel um die Taille, geschlossen mit dem Wappen von Xanten. Nicht mit dem alten Wappen jedoch, welches seit Generationen dem Volk vom Stolz gekündet hatte: Wulfgar hatte es ersetzen lassen durch einen Wolfskopf, in dessen Zähnen eine Schlange starb.

Erneut ertönten die Trompeten, und die Herolde riefen durcheinander: »Der König! Der König!« Der Jubel der privilegierten Stände war etwas weniger pflichtschuldig als der des gemeinen Volkes, versprach man sich doch von der Rückkehr Wulfgars wilde Feste und unerhörte Geschichten. Unter der Verwaltung Xandrias war es in den letzten Monaten sehr ruhig, viele sagten schläfrig geworden. Der Hofstaat hatte die Aufregung vermisst, den Kitzel eines Monarchen, dessen Launen über Leben und Tod entschieden.

Wulfgar riss die Arme hoch, Schwert und Schild schwenkend. Die Kunde seines Sieges war schon vor Wochen gekommen, und nun holte er sich die verlangte Anerkennung, wenngleich er selbst keinen Feind im fairen Kampf getötet hatte. Dennoch – er war der Triumphator.

Knappen nahmen ihm die Ausrüstung ab, brachten den Königsmantel, den er über das dreckige Wams zog, und nahmen ihm den Helm vom Kopf, um ihn durch die Krone zu ersetzen.

Wulfgar wandte sich seiner Tochter zu, und Xandria machte einen Knicks, die Augen fest auf den Boden gerichtet. Es stand ihr nicht zu, als Erste zu sprechen.

Der König nahm seine Tochter nicht in die Arme. Schon nach ihrer Geburt hatte er sie nur angefasst, um sich zu vergewissern, dass ihr kleiner Körper keine Abnormitäten aufwies. »Was hast du zu sagen?«

Xandria sah nicht auf. »Der Hof ist wohlgeführt, Vater. Das Wenige, das die Ernte gegeben hat, wird sorgsam verwaltet, und auf dem Land …«

»Gut, gut«, knurrte Wulfgar ungeduldig. »Soweit also alles in Ordnung. *Essen!*«

Mit diesem letzten Wort, das Befehl wie Ankündigung war, ließ er seine Tochter stehen und marschierte in Richtung Thronsaal. Seine Ratgeber, Günstlinge, Generäle und Verwalter wieselten ihm hinterher, erleichtert ob der groben, aber guten Laune des Königs.

Die Frauen waren zum Festmahl nicht geladen. Diejenigen, denen Arbeit zugewiesen war, verteilten sich schnell, während die Hofdamen noch kurz schwatzten, bevor es in die Gemächer ging, um sich für die Nacht der Sieger vorzubereiten.

Hede trat von hinten auf Xandria zu. »Der König scheint gut gelaunt zu sein. Danken wir dem Himmel.«

Die Prinzessin sah sich um. Jetzt, da sie nichts mehr zu sagen hatte, suchte kein Höfling mehr ihren Blick, stand kein Ratgeber mehr im Hintergrund, um auf ihren Wink zu reagieren. Sie war wieder Xandria, die Prinzessin, nicht Xandria, die Herrin. Sie seufzte. »Ja, danken wir dem Himmel.«

Die Tür zum Thronsaal ging auf, und ein paar Diener trugen große Holzschalen heraus, auf denen sorgsam gedünstetes Gemüse lag. Achtlos wurde das Essen auf die Steine neben der Tür geschüttet, und auf den entsetzten Blick der Prinzessin hob einer der Günstlinge entschuldigend die Schultern. »Der König wünscht das Fleisch, Majestät – nur das Fleisch.«

Xandria warf Hede einen gleichermaßen überlegenen wie enttäuschten Blick zu. »So viel zur sorgsam ausgewählten Speisenfolge.«

Dann rief sie laut nach ein paar Burschen, die sich bei den Ställen langweilten. »He, ihr da! Kommt herbei und sammelt das gute Essen wieder auf! Ich möchte doch meinen, dass es genug Bettler vor den Burgtoren gibt, denen es noch einen vollen Magen zur Nacht verspricht.«

Die Männer machten sich wenig begeistert an die Arbeit – für die Armen sich zu placken, das war allenfalls die Aufgabe von Mönchen und Missionaren. Sie scheuchten die Schweine weg, die sich schon eilends über die Bohnen und Karotten hermachen wollten.

»Ihr solltet vielleicht ebenfalls am Festmahl teilnehmen«, riet Hede nun. »Es ist angeraten, den Abenteuern des Königs ein aufmerksames Ohr zu schenken.«

Xandria wusste, dass ihre Hofdame recht hatte, aber ihr fehlte jeglicher Antrieb. »Die prahlerischen Heldengeschichten meines Vaters interessieren mich so wenig, wie ihn meine Verwaltung des Hofes schert. Ich ziehe mich zurück. Falls man mich braucht, findet man mich im Lesezimmer.«

Hede war wieder einmal froh, dass niemand in der Nähe war, um die spöttischen Worte der Prinzessin zu hören.

So unglaublich es gewesen war, dass Sigurd seine Verletzungen überlebt hatte, so unglaublich war auch die Tatsache, dass seine Heilung kaum Wochen brauchte und wenige Narben auf seiner Haut zurückließ. Nach einigen Tagen schon hatte er, auf Nazreh gestützt, die ersten kurzen Ausflüge aus der Hütte unternommen, und bald darauf war sein Arm stark genug, selber Holz nachzulegen, um der Kälte in der kleinen Behausung zu begegnen.

Sie sprachen nicht viel, der Prinz und sein Retter. Nicht in den ersten Tagen. Sigurd konzentrierte sich darauf, den Schmerz zu bezwingen und wieder Herr über den eigenen Körper zu werden. Nazreh saß in der Ecke auf einem Fell, das in ein stuhlähnliches Holzgestell gespannt war, und las. Er strahlte dabei eine Ruhe aus, die Sigurd nur von seiner Mutter kannte.

Irgendwann war Sigurds Urin wieder gelb, und die Suppe, die er aß, blieb bei ihm. Der Schorf auf seinen Wunden wurde hart und dunkel, und die schwarze Salbe aus Nazrehs Tiegeln zog keinen Eiter mehr aus dem verletzten Bein. Sigurd schlief nicht mehr zur Heilung, sondern nur noch des Nachts, wie jeder andere Mann es ebenso tat.

Ihr erstes wirkliches Gespräch fand an einem nebligen Morgen statt, als Nazreh dem Prinzen Brot und Milch hinhielt. »Feste Nahrung mag deinen Körper noch reizen, aber sie ist den Kampf wert. Macht die Beine stark und den Kopf klar.«

Sigurd nickte. »Beides kann ich brauchen.«

In der kurzen Pause, die folgte, während er abbiss, fiel ihm auf, dass er mit dem seltsam dunkelhäutigen Mann, der immer nur las, reden *wollte*. Es hungerte ihn nicht nur nach Brot, sondern auch nach einem freundlichen Wort. »Hast du mich vom Schiff geholt?«

Nazreh schüttelte den Kopf. »Am Strand fand ich deinen Körper, und eine Weile lang dachte ich, das Leben hätte ihn verlassen.«

»Ich würde dir gerne mit mehr als Worten danken«, sagte Sigurd, »doch leider ist nicht einmal das Hemd an meinem Leibe mein Besitz. Ich habe nichts.«

»Das stimmt nicht ganz«, widersprach der Araber. Aus einer kleinen Schatulle zog er ein Lederband hervor. Es war das Horn des Dryk. »Du trugst es, als ich dich das erste Mal sah. Irgendwie hatte ich das Gefühl, es wäre dir lieb und wert.«

Sigurd nahm den Anhänger, küsste ihn sacht und zog ihn sich über den Kopf. »Mehr als du ahnst. Doch gib mir Zeit, und ich will dich in Gold entlohnen für deine Freundlichkeit.«

»Ich betrachtete deine Rettung als muntere Aufgabe für einen trüben Herbst«, erwiderte Nazreh lächelnd. »Selten konnte ich so viele Rezepte und Tinkturen aus meinen Heilbüchern an einem einzigen Mann ausprobieren.«

»Du liest viel«, stellte Sigurd fest und deutete mit dem Kopf auf die Kiste in der Ecke. »Sehr viel.«

Das Lächeln des Orientalen wurde noch breiter, und

zwei Lücken in einem sonst makellosen Gebiss wurden sichtbar, links und rechts der Schneidezähne. Der seltsame Anblick schien kein Ergebnis von Gewalt oder Krankheit, sondern eine gewollte Zurschaustellung uralter Tradition. »Ich bin Nazreh, und ich studiere die Welt. Wie ist dein Name?«

Sigurd wollte seinen Namen sagen, wie es ihm beigebracht worden war, wie er es tausend Mal getan hatte. Aber dann fiel ihm ein, dass er nun auf der Flucht war, und tot in den Augen seiner Feinde. So war es, und so sollte es auch sein. Er atmete tief ein. »Siegfried.«

Wie um ihn zu spotten, wiederholte der Orientale den Namen mit dem gleichen unsicheren Atemzug. »Siegfried.«

Sie sprachen eine Weile über die wundersame Rettung, über die lädierten Knochen und über die Tatsache, dass es Sigurd tatsächlich nach Britannien geschafft hatte.

»Doch du scheinst mir so wenig hier heimisch zu sein wie ich«, bemerkte der Prinz und hoffte, dass sein Gastgeber an der Erwähnung der exotischen Erscheinung keinen Anstoß nahm.

Nazreh lachte. »Nein, wahrlich nicht. Sobona hat mich geboren, in der Stadt Tibur. Weit im Osten jenseits von Byzanz und Mekka. Auch für mich ist Britannien das Ende einer langen Reise.«

Es gefiel Sigurd nicht, widersprechen zu müssen. »Meine Reise endet nicht hier.«

Sie tranken noch ein wenig, und Nazreh schien nicht verärgert. »Ah, der Drang der Jugend. Immer unterwegs, immer ein hehres Ziel im Blick. Ging mir nicht anders.«

»Und du hast dein Ziel gefunden – hier in Britannien?«

»Nein«, antwortete der Orientale. »Ich habe etwas viel Wichtigeres gefunden – die Erkenntnis, dass der Weg das

Ziel ist und die Herausforderungen immer den Preis übertreffen.«

»Das ist bei mir nicht der Fall«, hielt Sigurd dagegen. »Meine Aufgabe ist meine heilige Pflicht. So ist es von den Göttern gewollt.«

Wieder lachte Nazreh. »Die Götter. Gewiss. Beantworte mir dies, heißblütiger Siegfried – wenn deine Aufgabe so im Sinne der Götter ist, warum erledigen sie die Aufgabe dann nicht selbst? Ihre Macht sollte doch deiner um ein Vielfaches überlegen sein.«

Sigurd wurde unsicher. Er glaubte daran, dass die Götter ihn erwählt hatten, um Island wieder den Xantener Mördern zu entreißen und Wulfgar zu richten. Aber Nazreh sprach nicht dumm – warum hatten die Götter das Massaker an seiner Heimat überhaupt zugelassen?

»Vielleicht wollen sie mich prüfen«, sagte er nach einer Weile. »Alle großen Krieger brauchen Prüfungen, um sich zu beweisen.«

»Als ob die Welt ohne deine Götter nicht genügend Prüfungen bereithielte«, schnaufte Nazreh.

»Meine Götter?«, hakte Sigurd nach. »Zu welchem Gott betest du um Gnade und Kraft?«

Nazreh stand auf, ging zu seiner Büchertruhe und wühlte ein paar Werke daraus hervor. »Hier sind Schriften nahezu jeder Religion – von weit aus dem Osten bis zu den nordischen Legenden. Sonnengötter in Afrika, Tiergötter der Hindi, das Pantheon der Griechen. Vergangene Götter, neue Götter, gnädige Götter, grausame Götter. Ich habe sie alle studiert.«

»Und was ist deine Erkenntnis? Was ist der wahre Gott? Der Gott der Christen?«

Sigurd hatte durchaus mitbekommen, dass sich das Christentum schnell auf dem Kontinent ausbreitete mit seiner Botschaft von Liebe und Vergebung. Alte Soldaten hatten nur Spott für diesen weichen Gott übrig, der weder Fleischeslust noch gerechten Krieg belohnte. Aber Frauen und Gelehrte, Kinder und Alte schienen in den Schriften der Priester erstaunliche Seelenruhe zu finden.

Doch Nazreh schüttelte den Kopf. »Ein Gott wie der andere – dummes Gerede für kleine Geister.«

Es war die Antwort, die Sigurd am wenigsten erwartet hatte. Seine Mutter hatte ihn gelehrt, jedem fremden Glauben mit Respekt zu begegnen. Und die Schiffe hatten die Anhänger vieler Religionen nach Island gebracht.

Aber – kein Glaube? Wie konnte der Mensch ohne Herr sein, die Welt ohne Schöpfer? Das war absurd und vollends unsinnig.

Sigurd beschloss, mit Nazreh nicht mehr über dieses Thema zu sprechen.

»Das Volk wird sterben«, sagte Eolind, als Sten den Bericht unterschrieb, den der Bote nach Xanten bringen sollte. »Wenn Eure Vorgaben erfüllt sind, bleibt nichts mehr für den Winter – kein Holz, kein Essen, kein Fell.«

Der General, den Wulfgar als gleichberechtigten Statthalter zurückgelassen hatte, setzte die Feder nicht ab. »Dann wird das Volk eben sterben.«

Eolind atmete tief ein, schluckte wieder einmal die Wut und rollte das Pergament zusammen, um es mit dem höfischen Siegel zu schließen. »Ohne Volk gibt es keine Arbeit. Und ohne Arbeit kein Erz aus den Minen, kein Fleisch aus den Herden, kein Schwert aus den Schmieden. Kann das im Interesse Wulfgars sein?«

Sten nahm einen getrockneten Apfel aus einer Schale und biss kräftig ab, bevor er antwortete. »Der König verlangt den Lohn seines Sieges. Und ich sorge dafür, dass der Lohn gezahlt wird.«

Eolind ging langsam im Thronsaal der Felsenburg auf und ab. »Ihr sorgt Euch, dass der König wütet, wenn Eure Lieferungen zu knapp ausfallen – auf die Gefahr hin, dass sie ganz versiegen?«

Sten war nicht dumm, aber wie die meisten Krieger musste man ihm die Zusammenhänge in einfachen Worten vor Augen halten, damit er Widersprüche erkennen konnte.

Der General grunzte. »Sie werden nicht versiegen, das verspreche ich Euch.«

»Kein Schwert knechtet ein totes Volk«, hielt Eolind dagegen. »Schon jetzt ist der Ertrag aus den Minen nur ein Bruchteil dessen, was vor der Annexion gefördert wurde. Und jede Hand am Erz fehlt auf den Feldern und in den Ställen.«

Sten brauchte ein wenig, um das zu verarbeiten. Es gefiel ihm, das erniedrigte Volk der Isländer herumzuscheuchen – aber bei seinem König in Ungnade zu fallen, war auch keine Lösung. »Sag, was du sagen willst, alter Mann.«

Eolind griff an seinen Gürtel, und sofort hatte Sten die Hand am Schwert, doch der alte Isländer zog nur eine Schriftrolle hervor, die er mit einem Lederband an der Hüfte trug. »Ich habe einen Plan erarbeiten lassen.«

»Was für einen Plan?«

»Einen Plan für den Wiederaufbau Islands.«

Sten lachte. »Wulfgar hat das Land kaum dem Erdboden gleichgemacht, um es danach hochzupäppeln.«

Eolind verriet kein Gefühl. »Es wird sich selber aufrichten. Wie seit Jahrhunderten. Der König von Xanten hat sein Ziel erreicht – die letzten Thronerben Islands sind vernichtet. Warum sollte ihn stören, wenn sein Besitz nun gedeiht? Gibt es einen größeren Triumph, als den Feind nicht nur zu besiegen, sondern sein Land sogar zu neuer Blüte zu führen?«

Widerwillig nahm Sten das Dokument entgegen und rollte es auf dem Tisch aus. Es war eine Karte der Insel, mit allen Siedlungen, Höfen und Minen eingezeichnet. Viele davon waren ausgestrichen, Pfeile deuteten von einem Punkt zum anderen. Ringförmig waren einige Orte durch Striche verbunden, besonders im größeren Umkreis der Felsenburg. »Ich verstehe nicht, was das Gekrakel soll.«

Eolind beugte sich ebenfalls über die Karte. Es war nun der Zeitpunkt, Sten auf die Seite Islands zu holen, ohne dass es ihm bewusst war. »Große Teile der Bevölkerung sind bei der Invasion gefallen, es fehlt an Arbeitern wie an Bauern. Die Reste sind zu weit verstreut: In manchen Minen wird abgebaut, aber nicht mehr fortgeschafft. Mancher Bauer hütet sein Vieh, hat aber keine Frau mehr, die das Fleisch verarbeitet. Ich schlage daher vor, alle Siedlungen im Norden und Nordosten aufzugeben und die verbleibenden Isländer in den Dörfern rund um jene Minen anzusiedeln, die in Marschweite der Burg sind. Kurze Wege, viele Hände und wenig Verlust.«

Sten fuhr mit den Fingern über die Linien, als würde es ihm helfen, den Vorschlag besser zu verstehen. »Island wäre dann …«

»… sozusagen ein Stadtstaat«, vollendete Eolind. »Die Burg als Zentrum, alle notwendigen Anlagen und Stallungen in der Nähe.«

Es war ein vernünftiger Gedanke – und doch gefiel er Sten nicht. »Große Teile des Landes sollen wir aufgeben?«

»Nur vorübergehend«, hielt Eolind dagegen. »Was nützt die reichste Ader in der größten Mine, wenn wir das

Erz vor den Stollen aufschütten müssen, weil kein Transportmittel zur Verfügung steht? Auf ein kleines Gebiet konzentriert, kann Island als Gemeinwesen funktionieren und ohne Raubbau an sich selbst Waren und Profit für den König von Xanten abwerfen.«

Die Idee war so neu nicht – in schlechten Zeiten schrumpften Reiche immer wieder auf ihren Kern zusammen, drängten sich Mensch und Tier um die Burg, die Schutz und Aufsicht versprach. Aber Sten war in der Kriegskunst ausgebildet, nicht in der Staatsführung. Doch er nickte. »Wenn ich dem König weiter beladene Schiffe schicken kann, dann lasse ich dich gewähren.«

Zufrieden nahm Eolind das Pergament an sich, doch Sten war noch nicht fertig. »Sollte es sich jedoch erweisen, dass die versprochenen Erträge ausbleiben und der König mir deswegen zürnt, dann wird es dein Kopf sein, der zuerst rollt.«

Eolind nickte. »Seid versichert, General – zu viele Pflichten halten mich davon ab, Ruhe im Tod zu suchen. Wenn Ihr gestattet?«

Sten winkte mit der Hand ab, und Eolind machte sich auf den Weg aus dem Thronsaal, vorbei an den Soldaten, die Wulfgar zusammen mit ein paar Generälen auf der Insel gelassen hatte. Niemand hörte sein Flüstern. »Sterben kann ich, wenn Island wieder frei ist.«

Er ging mit zügigen Schritten aus der Burg, nahm ein paar Ecken und Seitenstraßen, ohne verfolgt zu werden, und fand schließlich die alte Taverne, die früher die seefahrenden Händler beherbergt hatte. Er vergewisserte sich, dass keine Xantener Ohren anwesend waren. Die Wirtin Lili nickte ihm freundlich zu und öffnete die Falltür im Boden, unter der im Kriechkeller früher immer der Wein kühl gelagert worden war.

Es war nun der Ort der Begegnung für den Widerstand.

Gelen war da, Jon ebenfalls, und eine Handvoll anderer tapferer Isländer, deren Herz noch für die Heimat schlug. An der Wand hing das Wappen des Reiches, schmutzig von den Fußtritten der Feinde, und im Licht von ein paar Kerzen schlugen sie Eolind freundlich, doch mit ernstem Blick auf die Schulter.

»Bring uns gute Nachricht, Freund«, sagte Jon.

Der gemeinsame Gegner hatte sie zu Brüdern gemacht, und es lag Eolind nicht mehr daran, seinen Stand zu betonen. »Es ist geschehen, wie wir es erhofft haben. Der General der Hunde lässt Island schrumpfen, bis es klein ist – und bald wieder stark.«

»Und der Rest des Reiches?«, wollte der baumstarke Sven wissen.

»Der Rest des Reiches wird aufgegeben – von den Xantenern, nicht jedoch von uns. Was an jungen Männern sich verstecken konnte, was an Schmieden noch nicht unter dem Joch des Feindes steht, wird sich an der Küste im Norden einfinden. In eigenen Minen, in eigenen Werkstätten werden wir schuften Tag und Nacht.«

Jörn war nicht überzeugt. »Das klingt sehr schön, doch kaum ein Mann ist übrig, und wenn der Geruch des Windes nicht täuscht, steht uns ein harter Winter bevor.«

Auch Sven nickte. »Im Winter in den Minen zu arbeiten, mag uns schneller töten als die Klingen der Xantener.«

»Wenn es euch lieber ist, unter der Knute des Feindes zu stöhnen, dann steht euch das frei«, knurrte Eolind.

Das wollte niemand.

»Für das Land zu sterben ist allemal besser als für den Feind«, murmelte Jörn nun.

Eolind wandte sich an Sigurds alte Freunde. »Und eure

Aufgabe ist es, den Widerstand zu leiten und in großer Verantwortung zu schützen. Seid den wenigen verbliebenen Männern Väter genauso wie Anführer. Für Island.«

Gelen und Jon nickten, die schwere Aufgabe wie selbstverständlich akzeptierend.

»Und wie lange wollen wir warten?«, fragte Sven. »Wie viele Schwerter müssen sein, auf dass wir das Pack von unserer Insel vertreiben können?«

»Es wäre nicht damit getan, den Besatzungstruppen Wulfgars die Kehlen durchzuschneiden, so gut das Blut der Xantener auch schmecken würde«, erklärte Eolind. »In wenigen Wochen hätten wir eine neue Flotte am Horizont, und am Ende wäre nicht mal mehr ein Rabe übrig, in dem Isländer Blut fließt. Die Zeit zum Aufstand kommt, wenn Wulfgar selbst geschlagen ist.«

Die Männer, die mit Ausnahme von Jon und Gelen nicht wussten, dass Sigurd noch am Leben war, begannen unruhig zu murmeln. Für sie war nicht absehbar, wann und wie der König von Xanten geschlagen werden sollte. Eolind hob die Hand, um sie zum Schweigen zu bringen. »Es wird geschehen. Weil es die Götter wollen.«

Sie alle nahmen ihre Kelche, in denen das verdünnte Bier schwappte, welches die letzten Braustätten noch hergaben. »Auf Island!«

»Auf Island!«

»Auf Xanten!«, brüllte Wulfgar so laut wie betrunken. Seine Männer grölten begeistert, soweit sie dazu noch fähig waren.

Seit Wochen war die Burg der Ort eines nicht enden wollenden Gelages, und Schwein um Schwein landete am Spieß. Weder die Öfen der Bäcker noch die Kessel der Braumeister kamen dem nach.

Wulfgar feierte mehr als nur den Sieg über Island. Ein so kleines und unbedeutendes Reich zu unterwerfen war keine Leistung, der ein Feldherr sich rühmen konnte. Zugegeben, der Einmarsch war schnell und effizient gewesen, mit kaum Verlusten auf Xantener Seite, aber die Isländer hatten keine nennenswerten Truppen gehabt, deren Widerstand man brechen musste.

Was Wulfgar hingegen feierte, war die Sicherung seiner Macht im eigenen Reich. Mit dem Tod Gernots und seiner Kinder war niemand mehr da, der legitimen Anspruch auf Xanten anmelden konnte. Nicht die Römer, nicht die Päpste, nicht mal der König der Franken konnte nun die Macht Wulfgars in Zweifel ziehen. Mit diesem Sieg hatte die Blutlinie Wulfgars die Herrschaft übernommen, und es gab keinen Grund zu glauben, dass ihr nicht Jahrhunderte der Regentschaft bevorstanden.

So war es immer gewesen. Ein Herrscherhaus starb aus, ein anderes rückte nach. Wulfgar hatte nur ein wenig … nachgeholfen.

Diplomatische Verwicklungen waren nicht zu erwarten. Der König der Franken schätzte Xanten als einen Verbündeten gegen Sachsen, mit dem der Friede brüchig war. Die Dänen hatten kein Interesse, das Schicksal Islands zu teilen. Und die Römer waren froh, dass mit dem Tode Gernots auch der Anspruch auf Burgund an sie gefallen war. Wie lange sie sich dort allerdings noch würden halten können, das war eine andere Frage. Rom war nicht nur in zwei Reiche zerfallen, es litt auch an sich selbst. Seine guten Tage mochten schon so lange vorbei sein, dass niemand mehr lebte, der sie gesehen hatte.

Xandria trat von hinten zu ihrem Vater an den Tisch. Sie hatte den Versuch, mit Wulfgar zu sprechen, so lange wie möglich aufgeschoben, aber ihr Pflichtgefühl siegte nun über den Widerwillen. »Ein Wort, Vater?«

Wulfgar gönnte ihr nur einen Seitenblick, winkte sie aber mit einem Knochen in der Hand neben sich. »Was willst du?«

Er wusste, dass sie etwas wollte – der König gab sich schon lange nicht mehr der Illusion hin, dass Xandria mit ihm sprach, weil es ihr gefiel.

Die Prinzessin räusperte sich. »Der Feldzug ist vorbei, und das Reich Xanten braucht wieder Führung. Deine Führung.«

»Und die hat es«, versicherte der König kauend, »ich bin ja schließlich wieder hier, oder?«

»Der Herbst war kalt und die Ernte karg«, fuhr Xandria fort. »Krankheiten haben sich durch die Dörfer gefressen. Der Winter wird …«

»Der Winter wird kommen und gehen«, winkte Wulfgar ab, »das ist der Lauf der Dinge. Not tötet die Schwachen. Und was im Frühjahr übrig ist, geht umso stärker in den Sommer.«

»Kinder sind schwach, und Frauen sind es auch«, hielt die Prinzessin dagegen. »Doch ohne sie ist das Volk ohne Zukunft. Ein starker Krieger ersetzt weder Bäckerin noch Waschfrau.«

Die anderen Trunkenbolde an der Tafel wurden nach und nach still. Xandria forderte ihren Vater heraus, und das vor seinen engsten Vertrauten. Es war im besten Falle eine Anmaßung, im schlimmsten Falle Verrat.

»Das Volk soll arbeiten und schweigen«, knurrte Wulfgar gefährlich leise. »Und gewisse junge Frauen sollten es ihm gleichtun.«

»Aber es ist doch keine Wundertat, die man von uns erwartet«, sagte Xandria verzweifelt. »Ein wenig Nahrung von den Franken gegen gute Münze, um die Kammern zu füllen. Ein paar frische Ochsen für die Herden, und vielleicht weniger Eisen für Schwerter und mehr für Pflugscha …«

Das letzte Wort kam nicht mehr vollständig aus ihrem Mund, denn ansatzlos schlug Wulfgar ihr ins Gesicht, ohne das Fleischstück mit dem Knochen loszulassen. Ranzig riechendes Fett klebte an ihrer Wange, als sie auf den Boden stürzte, und in ihrem Mund schmeckte sie warmes Blut aus kleinen Wunden.

Der König stand nun über ihr wie ein steinerner Turm, und ebenso kalt und unerbittlich. »Wie kannst du es wagen, mich richten zu wollen – mir Vorschriften zu machen?«

Xandria rutschte ein, zwei Schritte nach hinten und wischte mit der Hand über ihre schmerzende Wange. »Das sollte es nicht sein! Ich wollte nur …«

»Du *hast* nichts zu wollen! Du hast zu gehorchen! In Samt gekleidet hurst du mit dem Volk, das lieber heute als morgen deinen zerschmetterten Körper durch die Straßen schleifen möchte! Ein König regiert mit dem Schwert, nicht mit der Suppenkelle!«

Er schwankte ein wenig, weil die Wut die Wirkung des Alkohols in seinem Blut verstärkte. Aber es befriedigte ihn, dass das Pack an seinem Tisch angemessen beeindruckt dreinschaute.

Xandria rappelte sich auf. »Es tut mir leid, mein König – ich hatte Euch nicht kritisieren wollen. Verzeiht.«

Sie stand ganz still, den zitternden Körper devot gebeugt, die tränenden Augen zum Boden gerichtet.

Wulfgar trat auf sie zu, und sie konnte seinen sauren Atem riechen. »Du bist meine Tochter – und sollte ich je nicht mehr sein, wirst du einem neuen König Gattin sein, und dein Schoß wird unsere Blutlinie fortsetzen. Dann, wenn es dein Mann erlaubt, magst du entscheiden, was das Land braucht. Doch solange die Krone auf meinem Haupt ruht, wird das Volk seinen Herrscher fürchten und jeden seiner Wünsche erfüllen. Auch wenn es dafür darben muss. Und jetzt geh, bevor du mir den Appetit verdirbst.«

Xandria nickte stumm und verließ den Prunksaal, in dem seit Tagen das Feuer unter den Spießen nicht mehr ausgegangen war. Die Tür war noch nicht wieder hinter ihr geschlossen, da hörte sie bereits die Männer lachen.

Seit Tagen hatte die Prinzessin darüber nachgedacht, wie sie den König dazu bringen konnte, dem Leiden des Volkes ein Ohr zu schenken. Sie hatte Pläne gemacht, die Ernte gerechter zu verteilen, die üppigen Vorräte der Burg anzutasten, um zumindest dem Hungertod Einhalt zu gebieten. Viele Argumente hatte sie bereitgelegt, um Wulfgar einzuflüstern, dass ein guter Herr auch ein starker Herr sei.

Es war umsonst gewesen.

Doch seltsamerweise bedrückte es Xandria nicht. Auch der Schmerz in der geschwollenen Wange war ihr gleich.

Sie hatte etwas erkannt.

Die Lösung – sie lag in dem, was Wulfgar gesagt hatte: »Solange die Krone auf meinem Haupt ruht …«

Wie einfach. Wie elegant. Wie selbstverständlich.

Wulfgar musste sterben.

Und in den Schatten der Burg hörte eine dunkle Gestalt den Gedanken der Prinzessin.

Es waren gute Wochen gewesen, die Sigurd, der nun Siegfried war, bei Nazreh verbrachte. Er lernte Dinge, die ihm als Prinz immer gleichgültig gewesen waren, doch die nun viel spannender schienen, als er je gedacht hatte.

Kochen. Die Magie der Gewürze. Saucen aus dem bratenden Fleisch, feiner Dunst ausgesuchter Kräuter. Er trank erstmals Pfefferbier, versuchte sich an einer Suppe, die direkt aus einer Brotschale getrunken wurde.

Und an den Abenden erzählte Nazreh. Von seinen Reisen nach Osten wie nach Westen. Von Völkern, deren Augen seltsam geschlitzt waren, und Göttern, deren Namen er sich nicht merken konnte. Reiche, einst prächtig und stolz, waren so lange vergangen, dass selbst die Chronisten kaum noch ihre Grenzen wussten. Im Sand der südlichen Welt fanden sich Statuen von Königen, deren Namen niemand mehr kannte. Und je weiter man reiste, desto seltsamer die Sprachen, auf die man traf. Viele Male lachte Sigurd, wenn Nazreh ein Wort mit fremder Zunge sprach, glucksend und pfeifend.

Und doch erinnerte jedes genannte Reich, jeder genannte König und jeder genannte Krieg den jungen Prinzen daran, dass eine Aufgabe vor ihm lag, dass er ein Schicksal zu erfüllen hatte. Nazreh mochte nicht an Götter glauben, aber Sigurd zweifelte keinen Augenblick, dass es ihm zugedacht war, Wulfgar zu stellen. Wie konnte die Welt in Ordnung sein, wenn feiger Mord nicht Rache gebar und Klinge nicht mit Klinge bezahlt wurde?

Sigurd wurde unruhig. Je stärker seine Beine wurden, desto mehr drängten sie gen Süden zur Küste, wo es Schiffe gab, die ihn zum Rhein bringen konnten. Zum Gold der Nibelungen. Und er beschloss, Nazreh darauf anzusprechen.

»Was weißt du von den Wesen, die man auf dem Kontinent die Nibelungen nennt?«

Sie waren auf dem Weg ins nächste Dorf, als Sigurd die Frage stellte, und Nazreh hielt inne, als müsse er das Wort nachklingen lassen. »Nibelungen?«

Sigurd nickte. »Ich … ich habe von ihnen gehört, und was ich hörte, machte mich neugierig.«

Nazreh ging weiter, nun langsamer. »Schon lange spricht man nicht mehr von den Nibelungen, junger Siegfried. Aber mich wundert nicht dein Interesse, trägst du doch den Namen ihres letzten Bezwingers.«

»Du weißt von Siegfried?«, fragte Sigurd überrascht.

Nazreh nickte und zog die reich bestickte Jacke etwas fester gegen den Wind um seinen Leib. »Jeder Mensch, der je in Worms die Nacht verbrachte, hat die Geschichte gehört. Die Römer mögen nicht, dass man darüber spricht, doch braucht es nur wenig Wein, um den Männern der Stadt die Zungen zu lösen. Und so manch einer von ihnen präsentiert stolz einen Knochensplitter.«

»Knochensplitter?«

»Von Fafnir, dem Drachen. Dereinst hing der Schädel im Palast des Königs von Burgund. Die Römer ließen ihn zertrümmern, doch wie es scheint, hat sich wirklich jeder Bewohner der Stadt ein Stück gesichert. Das – oder es ist trunkene Prahlerei.«

»Gibt es die Nibelungen noch?«, wollte Sigurd wissen.

Nazreh zuckte mit den Schultern. »Es gibt den Glauben an sie. Man sagt, dass der Wald, in dem Siegfried einst den Drachen stellte, seit damals nicht mehr betreten wurde. Nicht mal das Versprechen des Goldes wiegt so schwer wie die Angst vor den Nebelzwergen.«

»Glaubst du an die Nibelungen?«

»Ich glaube, dass es gleich ist«, sagte Nazreh unverbindlich. »So ist die Natur des Glaubens – er bedarf keines Beweises. Ob die Nibelungen dort wirklich im Wald hausen oder nicht, macht keinen Unterschied. Die Menschen meiden ihn trotzdem. Und das seit fast zwanzig Jahren.«

Sigurds Magen verkrampfte sich bei dem Gedanken,

was er nun zu sagen hatte. »Nazreh, ich möchte es selber herausfinden.«

Der Orientale rupfte einen langen Grashalm aus und begann darauf herumzukauen. »Du willst an den Rhein reisen?«

Sigurd nickte. »Es ist meine ... ich spüre ... ich glaube, es ist vorbestimmt.«

Nazreh seufzte. »Ich wünschte, du würdest endlich mit dem Gerede von Bestimmung und Götterwillen aufhören. Aber du musst gehen, wohin der Schmerz dich zieht. Daran wächst ein Mann. Das war schon immer so. Und Burgund ist immer noch ein schönes Reich, und ich bin sicher, die Reise wird deinem Herzen ein Gewinn sein. Sei jedoch gewarnt – wir marschieren direkt in den Winter, und ich kann dir nicht versprechen, dass wir an allen Orten ein Dach für die Nacht finden werden.«

Nun war es Sigurd, der stehen blieb. »Was meinst du mit ›wir‹?«

Nazreh lächelte. »Kein Wunder schaut man gern allein, und mir scheint, als könntest du einen erfahrenen Begleiter brauchen. Außerdem – der Rhein ist immer eine Reise wert. Oder bevorzugst du die Einsamkeit?«

Sigurd schüttelte heftig den Kopf. »Nein, gewiss nicht! Dich an meiner Seite zu wissen, was könnte mich zuversichtlicher machen? Vielleicht ergibt sich so die Gelegenheit, meine Schuld bei dir zu tilgen.«

Sie ergriffen einander an den Unterarmen, um den Pakt zu beschließen.

»Es gibt keine Schuld zu tilgen«, widersprach Nazreh. »Nach langen Jahren wieder einen Freund zu haben und einen neuen Weg zu gehen, das ist wahrlich Lohn genug.«

Die Vorfreude durchströmte Sigurd wie ein betörender

Wein, und die Kraft in seinem Körper drängte nach der Tat. »Wann brechen wir auf?«

Keine andere Antwort als »sofort« schien ihm erträglich.

Nazreh ließ die Unterarme des Prinzen los und griff ihn stattdessen an den Schultern. »Wenn der Entschluss gefasst ist, braucht es kein Zögern. Lass uns dieser Tage meine Ziegen und Schafe in Obhut geben und die Hütte sichern, auf dass sie auch ohne mich den Winter übersteht. Ein paar warme Kleider noch und Proviant, dann steht der Abreise nichts im Wege.«

So sehr Sigurd die Erholung bei Nazreh genossen hatte, so sehr die Gespräche am Feuer seinen Kopf für neue Ideen geöffnet hatten, so froh war er nun doch, sich wieder auf dem Weg zu wissen.

Dem Weg nach Worms.

Dem Weg zum Gold.

Dem Weg zur Rache.

Schon Sigurds Entschluss, mit Nazreh an den Rhein zu reisen, war von den Nibelungen wahrgenommen worden. Niemand in der Welt sprach über die Nibelungen oder über ihr Gold, ohne dass sie davon wussten. Niemand konnte eine Kerze anzünden, ohne dass man das Licht sah.

Die Entscheidung, Sigurds Leben nicht schon auf dem Schiff zu fordern, war bereits heftig umstritten gewesen. Der erklärte Wille des Prinzen, sich das Gold anzueignen, um damit gegen Wulfgar zu ziehen, bestätigte die schlimmsten Befürchtungen der Geistwesen.

Sie waren so nahe an ihrem Ziel gewesen. Das Gold hatten sie bereits, bis auf wenige unbringbar verloren gegangene Stücke, seinerzeit von Gunther zurückerhalten. Den

Ring, Zeichen der Macht wie des Untergangs, hatte dessen Bruder Gernot in den Wald geworfen, um den Fluch zu beenden. Und Gernot war tot, damit auch seine Schande abgegolten.

Kein Herzschlag mehr aus Sigurds Brust – und es hätte Frieden sein können. Das Gleichgewicht der Götter wäre wiederhergestellt gewesen, und die Nibelungen hätten sich wieder dem zugewandt, was sie wirklich interessierte. Sich selbst.

Doch nun war aus dem Ende des Fluchs ein neuer Anfang geworden, und aus dem Letzten seines Blutes vielleicht der Erste einer neuen Linie.

Und er kam, um sich das Gold zu holen.

Nervös zischten die Nebelzwerge körperlos durch den einheimischen Wald, glitten durch das Holz der Bäume, sprangen in den Schatten von Strauch zu Strauch.

Konnte Sigurd ihnen gefährlich werden? Konnte er Hand an das Gold legen, das einst schon der Vater für sich beanspruchte? Kein Fafnir hütete mehr den Hort, und in den letzten Jahren hatten die Nibelungen mehr von der Angst der Menschen gelebt als von der eigenen Stärke.

Sie beschlossen, sich zu versammeln und zu beraten. In der dunklen feuchten Höhle, in der immer noch einzelne Schuppen des besiegten Drachen lagen, kreisten sie umeinander, durchdrangen sich, spürten gegenseitige Gefühle und Gedanken.

In einem waren sie schnell einig:

Was geeestern gegeben wurde … muss heuteee genommen weeerden …

In ihrer Arroganz sahen die Geistwesen die Schuld bei Brunhilde, bei ihrer Weigerung, Sigurd sterben zu lassen. Was hatte sich die Walküre überhaupt einzumischen? Wusste Odin davon? Wie konnte jemand, dessen Aufgabe es war, Krieger ins Totenreich zu geleiten, einen ebensolchen schützen?

Sie hätten warten können. Wäre Sigurd am Strand gestorben und verfault oder auf der Steppe im Osten irgendwelchen kriegerischen Horden zum Opfer gefallen – ohne heiße Wut hätten die Nibelungen seinen Tod zur Kenntnis genommen. Zehn, zwanzig Jahre, bedeutungslos. Aber er nahm ihre Gnade nicht an, verstand nicht die Bewährung, die sie ihm gegeben hatten. Jeder Weg vom Rhein fort hätte ausgereicht, doch der junge Sigurd schien entschlossen, seine Bestimmung bei den Nibelungen zu suchen.

Vom Vater das Heeerz … doch nichts geleeernt von dessen Schicksaaal …

Aneinander verstärkte sich die Raserei, die Gesamtheit ihres körperlosen Seins zitterte so stark, dass es sich auf den Schmutz am Boden übertrug, und die Staubkörner hüpften, als ob schwere Stiefel den Boden stampften. In ihrer Wut gaben die Nibelungen einander Gewissheit.

Sigurd musste sterben.

Sein Bluuut … im Boooden … unseres Waaaldes …

Es würde Zeit genug sein, sich vorzubereiten. Ohne den Drachen als Hüter war es geboten, auf ihre grundsätzlichen Fähigkeiten der Täuschung und der Gaukelei zurückzugreifen. Nichts, was Sigurd im Nibelungenwald sah, durfte wahr sein.

Jeder Schritt ins Niiichts … jeder Blick in die Lüüüge …

Sie würden eine Falle stellen, so groß und prächtig, dass die Wahrheit selbst in ihr verschwand. Sigurd würde sterben, weit weg vom Gold, und in Schande.

Unser Friiieden … mit Tod bezaaahlt … eeendlich …

Doch wie mitunter ein Tropfen Milch ein ganzes Glas Wasser trüben konnte, so schob sich eine einzelne Stimme in das Säuseln und Zischeln, begehrte auf, bot Widerstand.

Kein Friiieden … nur Raaache … nie Ruuuhe …

Auch wenn die Nibelungen einzelne Wesen waren, die sich zur Gemeinschaft verbanden und in ihr als eine Gestalt fühlten, so waren sie doch gemacht aus vielen. So sehr sie sich mühten, aus allen Mündern nur mit einer Stimme zu sprechen, konnten sie doch nicht verleugnen, dass dereinst jeder für sich gewesen war. Wie eine Herde, der eine Kuh auf dem Wege stehen blieb, bot einer der Nebelzwerge dem Rest die Stirn.

Einer war dagegen.

Sie, die lange keine Namen mehr hatten, wussten und fühlten es.

Und es kam nicht als Überraschung, dass er dereinst unter den Menschen gelebt hatte, als sein Wesen noch Fleisch und Knochen war, Blut und Kraft.

Reeegin … Reeegin … Reginreginregin …

Sie begannen, seine schemenhafte Gestalt zu umkreisen, so wütend wie neugierig. Er blieb ruhig, körperlos leicht auf und ab sinkend, wie ein Stück Treibholz auf dem Meer.

Reeegin … schütze nicht das Bluuut … wiiieder …

Er war einst Schmied gewesen, alterslos und weise. Ein Soldat hatte ihm eine schwangere junge Frau gebracht. Die Königin des gefallenen Xanten, mit dem Thronfolger unter dem Herzen. Er hatte sie aufgenommen und den Jungen nach ihrem Tod als Siegfried erzogen. Er hatte ihn gewarnt, nicht nach Burgund zu gehen, das Schicksal nicht zu fordern. Er hatte ihm verboten, gegen den Drachen zu ziehen, um das Recht auf die Hand der Prinzessin Kriemhild zu erlangen. Es war vergebens gewesen.

Zur Sühne hatte sich Regin den Seinen ergeben, war in

den Kreis der Nibelungen aufgenommen worden, hatte in ihrer Mitte die Grausamkeit des Fluches erlebt und das Blut, das er verlangte.

Es war eine harte, aber gerechte Strafe gewesen für jene, die den Willen der Götter verhöhnten.

Doch nun … Regin zauderte. Das Leben Sigurds zu fordern, die Schuld der Ahnen auf ihn zu legen, es schien … falsch.

Die anderen Nibelungen widersprachen, während sie kreischend ihn umkreisten.

Kein Friiieden ohne Ende … kein Ende ohne Toood …

Sie argumentierten nicht nur mit Worten. Gefühle schwappten zwischen ihnen hin und her, und im Wirbel der Bewegungen suchten sie Einigkeit, die nicht gefunden werden wollte.

Doch das Mühen Regins, die Gemeinschaft der Nibelungen auf seine Seite zu ziehen, den Fluch durch Großmut zu beenden, konnte nicht fruchten in diesem unwirklichen Bund, der seit Jahrhunderten nur Rache kannte und den Hass auf die Körperlichen.

In der Fülle der hetzenden Stimmen erlaubte Regin sich einen Gedanken für sich allein, eine Idee, die nicht verzerrt nach außen hallte, wo die anderen Nibelungen sie hören konnten.

Vielleicht ist der Fluch unser. Vielleicht suchen wir in anderen die Sühne, die uns selbst verwehrt ist.

Sein Geist wurde schwer und dunkel.

Nazreh und Sigurd hatten an der Südspitze Britanniens auf einem Handelsschiff angeheuert, das sie für ehrliche Arbeit mit auf den Kontinent nahm. Es fielen sogar noch ein paar Münzen ab, mit denen die beiden ihre Börse ergänzen konnten.

Xanten mieden sie weislich, und ihr Weg führte sie stattdessen westlich am Reich des Wulfgar vorbei, durch das Grenzgebiet der Franken. Nazreh wunderte es ein wenig, dass sein Freund den kürzesten Weg verweigerte, nicht sofort den Rhein als Ziel wählte. Doch bevor ihn nicht das Gold der Nibelungen zum reichen Mann und dann zum Heerführer machte, wollte Sigurd den Orientalen nicht in seine Pläne einweihen.

Nazreh verbrachte viele Abende vor der Nachtruhe damit, in einen Stapel Blätter zu schreiben und zu zeichnen. Tiere wie Pflanzen hielt er penibel fest, und so manche Anekdote seines Begleiters fand Eingang in die Reisechronik. Sigurd konnte sich keinen Grund vorstellen, warum jemand die Erlebnisse des Tages oder eines Gesprächs auf Pergament bannte, aber Nazreh lächelte immer milde, wenn er danach fragte. »Jede Dummheit, die wir begehen, mag der nächsten Generation Warnung sein, und jedes Wunder ein Wegweiser.«

Mit Handlangertaten verdienten sie sich Mahlzeiten und Unterkunft, wenn es zu kalt wurde, um am Wegesrand den Rücken zur Nacht an einen Baum zu lehnen. In den Tavernen ließen sie sich erzählen von den Höfen, meistens Tratsch aus zweiter und dritter Hand. Vom reichen Leben unter dem Frankenkönig hörten sie ebenso wie vom feigen Dagfinn, der Island dem Wulfgar überlassen hatte. So mancher Söldner prahlte mit den Köpfen der Isländer, die er eigenhändig abgeschlagen habe, und immer wieder griff Nazreh Sigurd beim Arm, um auf ein törichtes Gerede keine Schlägerei folgen zu lassen. Der Araber war zu weit herumgekommen, um aus den Reaktionen des hitzköpfigen Blonden nicht die rechten Schlüsse zu ziehen. Das Wappen Islands mochte nicht sein Hemd zieren – seine Seele trug es mit unvorsichtigem Stolz.

Mit den Reichen und Städten wechselten die Dialekte, und immer wieder musste sich Sigurd mühen, Wirte oder Bauern zu verstehen. Es kam vor, dass die Worte für ein Ding von einem Dorf zum andern sich unterschieden und der Zungenschlag von der Kehle in den Gaumen wechselte. Das Latein der Römer war kaum noch zu hören, und man spürte, dass die Sprachen in den Reichen auseinandertrieben. Nazreh spottete, dass es kaum drei Generationen dauern würde, bis sich Franken und Dänen, Sachsen und Goten gar nicht mehr verstanden.

Auch die Küche wechselte. Die Franken labten sich weniger am Spieß und mehr aus dem Topf. Fette Würste ersetzten so manche Haxe, und gekochter Kohl machte satt, aber nicht müde. Kräuter und eingelegte Wurzeln verwandelten fade Suppen in wohlschmeckende Brühen.

Mehr zum Zeitvertreib begannen Nazreh und Sigurd, auf den langen Märschen zwischen den Dörfern mit Messern und Schwertern zu trainieren. Hätte jeder Beobachter ohne Zögern auf den jungen und starken Nordländer gesetzt, wäre er schlecht beraten gewesen – trotz seines Alters und der schmächtigen Gestalt war Nazreh kaum zu besiegen. Mit katzenhafter Eleganz tauchte er unter den Attacken ab, fand Sigurds Stoßarm, drehte die Kraft darin zum Boden ab, wirbelte den Prinzen herum, auf dass dieser sich taumelnd im Dreck wiederfand. Oft genug benutzte Nazreh nicht einmal eine Waffe, sondern demütigte den Heißsporn in seiner Obhut mit erschreckender Leichtigkeit. Ein ums andere Mal fragte sich Sigurd, ob sein Gegenüber auf geheime Kräfte zurückzugreifen wusste – was Nazreh immer wieder verneinte. »Die Kräfte des Körpers einzusetzen ist allemal lohnender als sich auf eine Klinge zu verlassen. Wer zu sehr auf das Schwert zählt, verliert das Vertrauen in die eigene Faust.«

Je genauer Sigurd seinen Freund beobachtete, um von ihm zu lernen, desto mehr fielen ihm die schwarzen Stellen auf – die Zeiten, aus denen der sonst so gesprächige Nazreh nie erzählte, die Fertigkeiten, deren Erlangung er nicht erklären wollte. Einen römischen Seidenhändler, dem sie begegneten, fertigte Nazreh mit scharfem Blick und düsteren Worten ab in einer Sprache, die Sigurd nicht einmal ansatzweise verstand.

So war es, trotz der aufregenden Erlebnisse und neuen Erfahrungen, keine fröhliche Reise, sondern ein Marsch mit klarem, gefährlichem Ziel.

In den Wäldern, die sich südwestlich von Xanten über eine lange Bergkette in den Kontinent erstreckten, schliefen Sigurd und Nazreh abwechselnd, um den Raubtieren, deren Gejaule und Gebrüll von den Hängen hallte, nicht schutzlos ausgeliefert zu sein. Zu ihrer Überraschung waren es zuerst jedoch in Leder und Leinen gehüllte Waldbewohner, die ihnen in einer mondlosen Nacht an Börse und Leben wollten.

Sechs, sieben Räuber umstellten die beiden Reisenden flink und formlos, mit Bogen und Schwert das angesammelte Geld von Nazreh und Sigurd fordernd. Das Blut des Isländer Prinzen kochte im Hunger auf den Kampf, aber sein Kopf behielt die Oberhand. »Mein Freund, ich denke, wir sollten unser weniges Kapital aushändigen.«

Nazreh reagierte unerwartet, weil ganz gegen seinen Charakter ablehnend. »Dort, wo ich herkomme, entlohnt man keinen Dieb.«

Der schmutzige und mit einem verlausten Bart verunstaltete Räuberhauptmann drückte mit einem dröhnenden Lachen sein Schwert gegen Nazrehs Kehle. »Der Hurensohn aus dem Morgenland hängt wohl nicht an seinem Leben?«

Alles in Sigurd drängte zur Gegenwehr, aber sein Freund blieb ruhig. »An meinem Leben hänge ich sehr wohl – nur zweifle ich daran, dass die Herausgabe meines Geldes etwas mit meinen Chancen zu tun hat, den nächsten Tag zu erleben.«

Die anderen Diebe lachten. Nazreh hatte natürlich den Finger in die Wunde gelegt. Die Möglichkeit, die Wegelagerer zur Rechenschaft zu ziehen, war Grund genug, keine Zeugen am Leben zu lassen. Es gab nur wenige Opfer, die das so gelassen und klar einsehen mochten.

Der Anführer knurrte: »Dann nehme ich das Geld wohl nicht zwei Reisenden ab, sondern zwei Leichen.«

»Sechs Leichen«, sagte Nazreh, und die letzte Silbe hing noch in der Nachtluft, als sein Knie das Gemächt des Räubers fand.

Es war zu dunkel, um genau zu sehen, aber Nazreh hielt plötzlich eine kleine Klinge, und die vor Schmerz verdrehten Augen des Anführers brachen endgültig, als ein breiter Schlitz das Blut aus seinem Hals holte.

Sigurd hatte in den Wochen vorher nicht bemerkt, dass sein Freund überhaupt eine Waffe bei sich trug.

Die unerwartete Gegenwehr und der Tod ihres Anführers hatten die anderen Diebe lange genug überrascht, dass ihre Pfeile hilflos durch die Nacht sirrten, als sie endlich die Sehnen der Bögen losließen. Nazreh hatte sich geräuschlos hinter einen Baum geworfen und dabei noch das Schwert aus der Hand des zu Boden stürzenden Diebes gewunden. Er warf die schwere Klinge, ohne hinzusehen, und sie versenkte sich tief in der Brust eines Wegelagerers, der nach hinten wegkippte.

Nun war es auch für Sigurd Zeit, in den Kampf einzugreifen. Mit wenig Erfahrung, aber der Kraft der Jugend warf er sich schwungvoll gegen den Feind, der ihm am nächsten stand, und riss ihn auf das weiche Moos des Waldes. Mit beiden Fäusten drosch er auf seinen Gegner ein, der den Arm mit dem Dolch nicht einmal mehr hochbekam.

Hinter Sigurd röchelte ein Dieb, und als der Prinz sich umsah, konnte er ausmachen, dass Nazreh ein dünnes Kupferband um den Hals seines Opfers geschlungen hatte und durch ein kräftiges Verschränken der Holzstäbe an beiden Enden einen schnellen Tod suchte.

Zwei weitere Wegelagerer erkannten die Unwahrscheinlichkeit lohnender Beute und den drohenden Tod angesichts der wehrhaften »Opfer« und traten den raschen Rückzug in den Wald an. Einen erwischte Nazreh noch mit einem Dolch zwischen die Schulterblätter.

Der Kampf hatte kaum zehn Herzschläge gedauert.

Nazreh strich sich den Umhang glatt, als wäre er nur gestolpert. »Es ist gut, immer einen Dieb am Leben zu lassen, damit er andere Strolche vor uns warnen kann.«

»Ich denke, den Rest dieses Waldes brauchen wir uns vor Hinterhalten nicht mehr zu fürchten«, murmelte Sigurd, und er bemerkte, dass er Blut an den Händen hatte. »Selbst unter Soldaten habe ich solches Kampfgeschick noch nicht gesehen.«

Der Araber winkte ab, während er seinen winzigen Dolch am Hemd eines Toten reinigte. »Selbst wenn man keinen Kampf zu führen trachtet, so mag es doch von Vorteil sein, wenn man ihn beherrscht. Nicht immer hat man die Wahl, dem Gegner auszuweichen.«

Sigurd *wusste,* dass es nur die halbe Wahrheit war, nur die halbe Wahrheit sein *konnte.* Was genau gab Nazreh diese Fähigkeiten? Hatte er einst als Wache im Dienste eines großen Königs gedient? War er als Gladiator in den Arenen aufgetreten, die es noch in den letzten Außenposten der Römer angeblich gab? Er konnte es nur vermuten, denn Nazreh hatte augenscheinlich kein Interesse, darüber zu sprechen.

Vom Feuer des Kampfes gewärmt und aufgeweckt, setzten sie ihren Weg zum Rhein noch in der Nacht fort.

Zwei Tage später sah Sigurd den Wolf. Von seinem Rudel offensichtlich verstoßen und an der Schulter verletzt, hinkte das Tier zitternd durch den Wald, und sein abgemagerter Körper verriet wenig Erfolg bei der Jagd. Nazreh wollte den struppigen Jäger mit der Klinge erlösen, aber Sigurd hielt ihn davon ab. »Wie könnten wir die stolze Kreatur meucheln, die doch so sichtlich um ihr Leben kämpft? Ihm geht es nicht anders als einst mir am Strande Britanniens. Damals nahmst du dich meiner an, und nun würde ich diese Gnade gerne weitergeben.«

Nazreh lächelte. »Ob dir der Wolf die Mühe danken wird wie du einst mir, sei allerdings dahingestellt.«

Im Morgengrauen gelang es ihnen, das geschwächte Tier auf einen Umhang zu betten, und Sigurd hielt ihm die Schnauze, während Nazreh Heilpaste aus seinem Beutel auf die schwärenden Wunden rieb. Das Tier lag still, vielleicht schon aus Leid, vielleicht auch in der vagen Erkenntnis, in guten Händen zu sein. Doch Sigurd hatte die Schnauze kaum losgelassen, da schnappte der Wolf nach ihm.

»Ein Lamm wird aus ihm nicht werden«, stellte Sigurd fest, »nicht mal einer der treuen Hunde, die wir in meiner Heimat abgerichtet haben.«

Sigurd nannte nie den Namen Island. Zwischen ihm und Nazreh gab es Geheimnisse, und beide respektierten das.

Er warf dem Wolf ein Stück getrocknetes Fleisch hin, das dieser erst herunterschlang, als Sigurd und Nazreh genügend Abstand genommen hatten.

Und doch – in den nächsten Wochen, durch Täler und über Hügel, an Städten vorbei und in eiskalten Nächten des hereinbrechenden Winters, immer wieder sahen sie das Raubtier mit den funkelnden Augen und dem golden schimmernden Fell. Manchmal raschelte er in einem entfernten Busch, dann wieder kaute er auf den Knochen, die die beiden Reisenden hinterlassen hatten. Wenn die Mondscheibe klar am Himmel stand, hörte Sigurd ihn oft heulen, als wollte er ihre Reise dergestalt begleiten.

Nazreh schrieb das alles auf, den Kopf amüsiert wiegend. »Nun sind wir zu dritt.«

Sigurd gefiel der Gedanke. Der Wolf war ein edles Geschöpf, und sein Respekt war viel wert. Die Kette, die sie aneinanderband, war nicht Metall, sondern Freundschaft.

Eine weitere Woche später durchbrachen sie dichtes Gestrüpp, und Sigurds Fuß tappte in schweres Wasser. Was ein Bach sein sollte, entpuppte sich als schwarzer Strom, der sich kalt und mühsam dahinwälzte.

Der Prinz ging in die Knie und hielt die Hand in das Wasser, als sei es geweiht. Er wusste die Antwort, und er fragte dennoch: »Wo sind wir hier?«

Nazreh setzte sich zufrieden ans Ufer und sah sich um. »Wir sind am Rhein, Freund Siegfried. Und damit bald am Ziel.«

In alten Büchern hatte Xandria gelesen, wie einst in Rom und Griechenland das Gift als Mittel der Politik eingesetzt worden war. In Feigen und Wein hatte man es Despoten wie Lästerern eingeflößt, wenn ein genügend entschlossener Zirkel sich zum Verrat gefunden hatte. Leider waren die Chroniken recht vage, wenn es um Zutaten und Mischverhältnisse ging. Viele Ingredienzien waren in Xanten nicht verfügbar, wuchsen sie doch nur in den griechischen Bergen oder wurden aus den Klauen seltener Tiere des Orients gemahlen.

Es kam der Prinzessin zugute, dass sie immer ein deutlich besseres Verhältnis zum Volke gehalten hatte als ihr Vater. So konnte sie in ruhigen Nächten durch die Dörfer ziehen und mit den Heilern sprechen, die oftmals Gifte in schwacher Konzentration verwandten, um Magen oder Darm zu reizen, wenn Speisen unbotmäßig dort rumorten. Ihr Interesse galt als ehrenhaft, wenn sie sich sorgsam Kräuter und Wurzeln notierte. So manches Mittel verwarf sie als Humbug oder Aberglaube, doch bestimmte getrocknete Pilze und Höhlengewächse, das war ihr bekannt, dienten sowohl guten wie bösen Zwecken.

Wulfgar sollte nicht leiden. Xandria war nicht erpicht, dem König an Grausamkeit nachzueifern. Und noch weniger trachtete sie danach, als Königsmörderin selber unter dem Schwert zu fallen – was war gewonnen, wenn Xanten dann alleine stand? Nein, ihr Vater sollte sterben, als hätte das Schicksal launig seinen Tod beschlossen. Einfach, leise, unverdächtig.

Natürlich wusste Hede, was die Prinzessin vorhatte. Ihr oblag es schließlich, auch die selteneren Zutaten für die Tränke und Pulver zu besorgen und an den Wachen vorbei in die Burg zu schmuggeln. Die Hofdame war nicht glücklich dabei, den Plan zum Königsmord zu unterstützen, zumal sie selbst kaum mit Wulfgar zu tun hatte und ihren Stand durchaus seinem Wohlwollen verdankte. Aber Xandria war ihre Herrin, und eine Weigerung hätte eine Verbannung nach sich ziehen können. Was immer kam – zurück ins Volk wollte Hede nicht. Nie wieder …

So verbrachten sie manchen verschwörerischen Abend damit, Blütenkelche zu zerstoßen, Pilze zu trocknen und Knollen zu reiben. Wulfgar nahm erfreut hin, seine Tochter kaum zu sehen, ohne zu ahnen, dass sie an seinem Untergang feilte. Mäuse und Ratten aus den Kellern der Burg dienten Xandria zum Test und getränktes Brot als Köder. In den ersten Tagen gelang es ihr kaum, auch nur einen Nager vom Leben in den Tod zu befördern. Aber mit den Winterwochen wuchs ihre Kennerschaft: Entdeckung brauchten sie nicht zu fürchten – den Wachen war es bei Strafe verboten, die Gemächer der Prinzessin zu betreten.

Xandria war glücklich in dieser Zeit. Von der Richtigkeit ihres Vorhabens überzeugt, trübte die Vorstellung des Vatermords ihr Gemüt nicht – im Gegenteil. Selten war ihr so klar gewesen, was das Schicksal verlangte, und selten hatte sie sich so stark gefühlt, ihm gerecht zu werden. Das Ende Wulfgars war kein Mord – es war eine Befreiung!

Und es kam die Nacht, in der sie beschloss, dass die Mittel zu ihrer Verfügung standen und der Plan seine Ausführung verdiente.

Xandria wickelte drei tote Ratten in ein Tuch und legte sie in einen Korb. »Du kannst sie später vor dem Tor in die Büsche werfen.«

Die Tiere hatten nicht sichtbar gelitten, und ihre kleinen Herzen hatten kaum zwei Stunden, nachdem sie an dem Brot genagt hatten, einfach aufgehört zu schlagen. Es war wichtig, dass ein zeitlicher Abstand eingehalten wurde – die Verbindung von Speise und Tod sollte verschleiert werden. Im besten Fall würden die Experten bei Hofe darauf plädieren, dass Wulfgars geschundenes Herz einfach in der Brust geborsten war.

Hede mühte sich, die kleinen Leiber in dem Korb nicht

anzusehen. Sie hasste Ratten ebenso wie die bevorstehende Tat. »Wie soll es geschehen?«

Xandria begann, das Pulver, Ergebnis der wochenlangen Experimente, in ein kleines Fläschchen zu füllen. Die restlichen Bestandteile, der Mörser, die Tiegel – all das war schleunigst zu entsorgen. »Wir warten einfach das nächste Vollmond-Fest ab. Sie werden saufen und fressen wie immer, und im Gedränge von Kelchen und Platten wird das Gift seinen Weg zum König finden.«

Hede versuchte erneut, die Prinzessin von ihrem Plan abzubringen – weniger aus moralischer Überzeugung, als mehr aus Furcht vor den Folgen der Entdeckung. »Es ist nicht nur Mord, meine Herrin – es ist auch Sünde. Über die Taten Wulfgars zu richten, das ist nicht unsere Aufgabe!«

Xandria blickte fasziniert auf das grünliche Pulver, das im Kerzenlicht im Fläschchen schimmerte. »Wohl wahr – richten kann meinen Vater nur der Herrgott selbst. Ich sorge aber dafür, dass sie einander bald begegnen.«

Die Reise am Rhein entlang war anders als der Weg, den Nazreh und Sigurd in den Wochen zuvor zurückgelegt hatten. Der erste Schnee war gefallen, und die beiden Freunde trugen schwere Pelze, um sich in den endlosen Stunden zu wärmen, die sie schweigend dem Strom folgten. Sigurd hatte jedes Interesse verloren, durch launige Plauderei die Zeit zu vertreiben. Immer mehr verkroch sich sein Gemüt tief in seiner Seele, wo es düster brütete.

Der Wolf war stets in der Nähe – knapp außerhalb des Blickfelds, so unsichtbar wie unvermeidlich. Sigurd fühlte sich ihm verbunden und gleichermaßen unter seiner Beobachtung.

Die Gegend, die der Prinz noch nie gesehen hatte, kam

ihm seltsam vertraut vor. Weniger wie eine konkrete Erinnerung, mehr wie ein Echo aus Bildern, kleinen Fetzen, die sich in seinem Kopf über das legten, was er sah und deren Übereinstimmungen ihn schwer verwirrten.

Der Boden atmete kalt das Blut seiner Vorfahren.

Als die Hügel rund um Worms in Sicht kamen, verließen sie den Fluss, der sich nun zierend schlängelte, statt den direkten Weg zu nehmen. Sie fanden eine gepflasterte Straße, erbaut noch von den Römern, und das Tor der Hauptstadt von Burgund durchschritten sie in der diesigen Düsternis eines Wintermorgens, der viel frischen Schnee versprach. Der Wolf blieb am Waldrand stehen, die Nähe vieler Menschen meidend. Er heulte Sigurd zum Abschied nach.

Die Stadt war edler und prächtiger als alles, was Sigurd bisher gesehen hatte. Die größte Siedlung Islands konnte mit Worms ebenso wenig mithalten wie Fjällhaven. Hier hatten die Häuser mehrere Stockwerke, und eine Kirche, aus festem Stein gemauert, beherrschte das Stadtzentrum. Kaufleute aus vielen Ländern machten hier Station, handelten mit Waren an den Grenzen zwischen den freien Nordreichen und den noch römisch kontrollierten Gebieten. Soldaten patrouillierten in den Straßen, und Latein war ihre Sprache.

Doch Sigurd merkte auch, dass Worms einst mehr gewesen sein musste. Viele Gebäude zeigten Zeichen des Verfalls, die niemand mehr zu beseitigen trachtete. Manches Dach war eingeknickt, und der Hauptbrunnen am Markt war abgedeckt und versiegt.

»Es ist noch so, wie ich es in Erinnerung habe«, sagte Nazreh, während er sich umsah, »oder zumindest fast. Die Römer sind wohl nicht mehr ganz so streng mit der Ordnung wie einst.«

Sie fanden ein freundliches Gasthaus, in dem sie einkehrten, obwohl der Tag noch jung war. Es begann zu schneien, und da war es klug, die feuchten Mäntel zum Trocken in der Nähe eines Feuers aufzuhängen und die kalten Knochen mit einer Suppe zu wärmen.

Die Schankstube des Gasthofs war gut gefüllt und die Laune der Männer sichtlich ungetrübt. An ihrem Tisch auf Speisen wartend, spitzten Sigurd und Nazreh die Ohren, wie es sich an solchen Orten immer lohnte. Die Händler sprachen von den Waren, die sie zu veräußern hatten, und tauschten gegenseitigen Rat, um böse Überraschungen in allen vier Himmelsrichtungen zu vermeiden. Römer wurden genannt, ebenso Franken und Sachsen – doch Streit kam nicht auf. Man hatte wenig Interesse, sich durch politisches Gerede die Geschäfte zu gefährden, und es mochten Spitzel hier ihr Bier trinken, die sogleich den Kommandanten benachrichtigten, was getratscht wurde. Auch Island war kein Thema. Weit im Süden war das Schicksal der Insel von so wenig Belang, dass es Sigurd schmerzte. Dafür kam die Rede auf Xanten, und gleich wurde das Gemurmel lauter. Wie es schien, brachte der König einiges an frischem Gold in die Welt, und wer exotische Waren zu bieten hatte, konnte trotz der Armut des Reiches auf guten Profit hoffen.

Sigurd wusste, dass das Gold Wulfgars das Gold Islands war, und es erinnerte ihn daran, welcher Gedanke ihn so weit getragen hatte.

Ein Wirt in lederner Schürze trat heran und setzte zwei schwere Krüge mit dunklem Bier vor den Neuankömmlingen auf den Tisch. »Das erste Bier geht aufs Haus. So ist's Brauch hier in Burgund.«

Sigurd und Nazreh nickten dankbar. Der Prinz von Island klopfte mit seinem Finger neugierig gegen den Krug. »Das ist kein Kelch, wie ich ihn kenne.«

Der Wirt lachte. »Wenn ihr aus dem Norden kommt, so mögt ihr metallene Kelche gewohnt sein. Hierzulande trinkt man aus Krügen, die aus fester Erde gebrannt werden. So echt wie das Bier.«

Sie stießen an, und einen tiefen Zug später waren sie Freund mit dem Krug wie mit dem Bier. »Süffig«, lobte Sigurd. »Mir scheint, Worms ist ein guter Ort für Menschen mit Lebensfreude.«

Der Seitenblick von Nazreh verriet, dass er Sigurds Versuch, den Wirt zur Plauderei zu locken, guthieß.

Der Wirt biss an und setzte sich zu den Neuankömmlingen. »Das will ich meinen. Seit vier Generationen lebt meine Familie hier. Nicht immer einfach. Aber reich an Geschichten.«

Er hob die rechte Hand – an einer Kette um das Gelenk baumelte ein kleines weißes Stück Knochen. »Das hier zum Beispiel ist aus dem Kiefer des furchtbaren Drachen Fafnir. Kennt ihr die Geschichte?«

Sigurd mühte sich, ein Lächeln zu unterdrücken, während er Nazreh unter dem Tisch mit dem Bein anstieß. »Nein, aber wir würden gerne davon hören.«

Das Vollmond-Fest unterschied sich nicht von den vielen anderen Festen, die am Hofe von Xanten gefeiert wurden. Der Anlass mochte sich ändern, doch der Ablauf war immer der Gleiche – Fraß und Tanz, Prahlerei und Hurerei. Dazu Musik und derbe Scherze. Und wenn die Fackeln gelöscht wurden, hörte der Spaß noch lange nicht auf. Xandria hatte immer vermutet, dass alle Kinder bei Hofe in derselben Woche geboren würden, wenn man nur einmal im Jahr das Gelage hielt. Keine Steinmauer konnte das Stöhnen und Grunzen aus den Gemächern und düsteren Ecken übertönen. Mägde und Hofdamen waren in diesen Nächten so sehr Beute wie der Ochse am Drehspieß.

Nur Xandria hatte ihre Ruhe. Als Prinzessin konnte es keiner wagen, ihr zu nahezutreten, wenngleich mancher Soldat ihr heiße Blicke hinterherwarf. Ihre wilde Schönheit machte sie ebenso begehrt wie ihre offensichtliche Unberührtheit. Ihre Unschuld war ein Preis, um den jeder Mann bei Hofe gerne gekämpft hätte. Und doch war niemand da, der sich vom Stande her Hoffnungen machen durfte. Es war kaum zu bezweifeln, dass so mancher feine Kerl, der bei seinem Weibe lag, in Leidenschaft das Gesicht der Prinzessin vor Augen hatte und ihren feinen Körper unter seinen Fingern wünschte.

Es war ein ebenso ausschweifendes wie widerwärtiges Spektakel, und die Verschwendung empörte umso mehr angesichts der Armut des Volkes vor den Toren. Doch selbst die hungernden Dörfler sehnten die Feste herbei, wurden ihnen doch an den Seiteneingängen die Reste hingeworfen, die sie gierig verschlangen.

Nur den Soldaten, deren Aufgabe es war, die Burg zu bewachen, wurde der Griff nach Wein und Bier versagt. Je sicherer man sich nach außen gab, desto hemmungsloser ließ es sich im Innern feiern.

So manch ein Zecher war schon während der Völlerei tot vom Stuhl gerutscht, einen Knochen quer im Hals oder zu viel Wein im Wanst. Es galt durchaus nicht als ehrlos, sich dem Feind Vielfraß zu ergeben, wenn er in solchen Massen angriff. Im Suff und beim Weibe starb es sich wenigstens glücklich, sagte man bei Hofe.

Und genau darauf setzte Xandria. Ihr Vater hatte ein robustes Alter erreicht, und die Welt litt mehr als vierzig Winter unter seiner Präsenz. Sein Körper trug die Wunden vieler Schlachten, und immer wieder brauchte es Blutegel und Kräuterbäder, um seine Verdauung anzuregen. Wenn so ein König am Essen sich verdarb, war kein Grund, Niedertracht zu vermuten.

Seinen Krug im Gewühle des Festsaals zu finden war nicht schwer – ließ Wulfgar ihn doch kaum je aus der Hand. Eifrige Diener schenkten nach, bevor der König sein Gesicht auf dem Boden spiegeln sah. Xandria drängte sich an den Vasallen und Ratgebern vorbei, manche schon auf den Bänken schnarchend, andere den kreischenden Hofdamen die Brüste aus den Miedern grapschend. Eine Hand kniff das Gesäß der Prinzessin – was bei Tage die Todesstrafe bedeutet hätte, war im Gewimmel der Körperteile nicht zuzuordnen. Xandria ignorierte die Unverschämtheit und suchte weiter den Weg zu ihrem Vater, in der Hand das Fläschchen mit dem Pulver, das ihn ebenso erlösen sollte wie sein Volk. Auch ohne Alkohol schlug das Herz der Prinzessin heiß, brannte im Blut ihrer Adern und färbte ihre Wangen so rot, wie es die helle Farbe ihrer Haut sonst kaum zuließ.

Sie fand Wulfgar, der gerade einer Magd, die tunlichst stillhielt, mit der Hand unter dem Rock den Hintern rieb. Die vulgäre Tat wurde nicht weniger erbärmlich dadurch, dass Xandria selbst noch die Finger eines Mannes an sich spüren konnte. Wenigstens besaß der König den letzten Rest Anstand, beim Anblick seiner Tochter von der Frau zu lassen. »Schau an, wer uns da die Ehre gibt. Seit wann feierst du?«

Seine Stimme troff vor Herablassung und trunkener Angeberei, die Xandria geflissentlich ignorierte. »Für zünftige Feste wird noch so viel Zeit sein«, sagte sie freundlich, und sie meinte es auch so. »Ich bin sicher, auch für mich findet sich beizeiten ein Grund, den Becher zu heben.«

Die gute Laune seiner Tochter missfiel Wulfgar, weil sie

gänzlich ungewohnt war. Er trank, und als er seinen Kelch geleert hatte, streckte er den Arm aus, damit sein Diener nachschenken konnte. Xandria fing den großen Krug ab, als wollte sie niemanden zwischen sich und ihrem Vater haben, und schenkte Wulfgar selber ein. Die linke Hand, die dabei den Mund des Kruges stützte, hielt ebenfalls das kleine Fläschchen, und mit dem Strom des Rotweins rann das Pulver in den Kelch.

Xandria reichte den Krug weiter, und es gelang ihr, das fast leere Fläschchen in eine Falte ihrer Gürtelschlaufe zu stecken.

Es wurde still um sie herum. Zwar verstummte niemand, und auch die mittlerweile arg schräg aufspielenden Musikanten versahen weiter ihren Dienst – aber die Prinzessin hörte nichts mehr davon. Das Gelage wurde zu einer tonlosen Posse, die um sie und ihren Vater herumwogte, die Menschen eine formlose Masse aus Leibern, die in ihren Augenwinkeln verschwamm.

Es gab nur noch Xandria, Wulfgar – und den Kelch.

Sie wartete.

Der König sagte etwas zu ihr, aber sie sah sich außerstande zu antworten.

Jemand stieß Wulfgar von hinten an. Ihr Herzschlag setzte aus. Wein schwappte aus dem Kelch. Nur ein wenig. Nicht genug, die Wirkung des Giftes zu schwächen. Oder?

Der König trank.

Einen Schluck, zwei.

Dann rülpste er.

Xandria hatte das Gefühl, in Ohnmacht zu fallen.

Wieder sagte Wulfgar etwas. Als er merkte, dass seine Tochter nicht reagierte, stieß er mit der Faust gegen ihre Schulter: »He!«

Die Prinzessin wurde aus der seltsamen Trance herausgerissen und blinzelte zweimal, bevor sie sich gefangen hatte. »Entschuldige, Vater.«

Wulfgar sah sie misstrauisch an. »Du führst doch was im Schilde.«

Dann trank er noch einmal.

Sigurd stellte den Steinkrug auf den Tisch, den er zum dritten Mal geleert hatte. Der Wirt goss sogleich nach, ohne seinen Redefluss zu unterbrechen. »So dachten wir, wenn König Gunther zurückkommt von der Hochzeit seiner Schwester mit Etzel, dann wird wieder Frieden herrschen und Ruhe einkehren. Na ja, hat nicht sollen sein. Mehr als ein Jahr lief es so schlecht und recht, bis Rom einen Verwalter sandte, der den verwaisten Hof übernahm.«

Es hatte sich gelohnt, den Wirt zum Tratsch zu veranlassen. Sigurd hatte an diesem Abend viel erfahren, was sich vor vielen Jahren bei Hofe zugetragen hatte. Die Menschen hatten seinen Vater wirklich verehrt, viel mehr noch als den König Gunther selbst. Durch die Bezwingung des Drachen war er Volksheld und Legende geworden, dem Tag seines Todes wurde immer noch mit einem speziellen Starkbier gedacht, dem »Siegfried-Bräu«.

»Aber schlecht ergangen scheint es Euch unter den Römern nicht«, merkte Nazreh vorsichtig an, weil er die Wut des Wirts spürte.

»Kein Römer Blut kann ein Burgunder Herz gewinnen«, erklärte der Hausherr. »Prinz Gernot hatte das Recht auf den Thron – doch mutlos hat er sich nach Island verzogen. Wen wundert's? Ein weicher Feigling ist er alle Tage gewesen, der das Schwert verabscheute.«

Die Anschuldigung machte Sigurd wütend, und in trunkenem Kopf wollte er den Wirt dafür angehen, doch wieder einmal hielt Nazreh ihn zurück. »Wenn ich mich recht erinnere, gab es keinen Krieg mehr mit Burgunder Toten, seit Gernot gen Norden zog. Vielleicht hat er jene Weitsicht bewiesen, die seinen Vorfahren abging.«

»Bah!«, schnaufte der Wirt. »Der Tod reiste ihm nur langsam nach, und statt in Burgund hat er ihn in Island gefunden. Schade ist's nur um Elsa – des edlen Hagens Tochter hätte Besseres verdient und sollte in Burgund begraben liegen.«

»Wie könnt Ihr Hagen edel nennen?«, brauste Sigurd auf. »Verrat und Meuchelmord waren seine Gefährten auf dem Weg in den Untergang! Nicht weniger als Euren Helden Siegfried hat er auf dem Gewissen!«

Der Wirt war über die heftige Reaktion erstaunt, aber er ließ sich nicht beirren. »Der Hagen, und das sage ich Euch als jemand, der ihn noch erlebte – der Hagen war ein Mann von Ehre. Was er tat, tat er für Burgund und das Königshaus. Stolz sei der, der das von sich sagen kann!«

Es pochte in Sigurds Schläfen, als er versuchte, die Ungeheuerlichkeit zu verstehen. Hier saß ein grundehrlicher Mann und pries den feigen Mörder seines Vaters! Wie konnte das sein? Legte die Erinnerung einen solch goldenen Glanz über das Leben des einäugigen Falken des Hofes Burgund? War die finstre Tat gar nicht so räudig, wenn man nur den Blickwinkel wechselte? War das Motiv nicht Niedertracht, sondern schlichte Politik gewesen?

Es fiel Sigurd auf, dass die Männer an den umliegenden Tischen bei den letzten Sätzen zustimmend genickt und gegrummelt hatten. Die Meinung des Wirts schien in Worms nicht ungewöhnlich.

Der Hausherr erhob sich, um wieder seinen Pflichten nachzugehen. Flüsternd wandte sich Sigurd an seinen

Freund. »Sie preisen Hagen – und wissen doch, dass er ihren Volkshelden Siegfried meuchelte? Und den braven König von Island ächten sie, weil er dem Blutbad ein Ende bereiten wollte?«

Nazreh hob die Schultern. »Jedes Land hat seine eigenen Legenden. Was für die einen feiger Verrat, mag für die anderen edles Handeln sein. Ich bin sicher, dass auch in Xanten Wulfgar für die Unterwerfung Islands gepriesen wird, von guten und ehrlichen Menschen.«

Sigurd spuckte auf den Boden und schob den Krug von sich weg. »Dieses Land ist es nicht wert, gerettet zu werden.«

»Gehe nicht zu hart mit ihnen ins Gericht, Siegfried«, mahnte Nazreh. »Ihre Erinnerungen sind nicht deine, und ihre Schlussfolgerungen demnach ebenso wenig.«

Als die Gäste hörten, dass der Araber seinen Freund beim Namen des Volkshelden nannte, prosteten sie Sigurd begeistert zu, was es ihm noch schwerer machte, die Burgunder für ihre tumbe Glorifizierung Hagens zu verachten. »Ich möchte nicht lange hier bleiben. Morgen ziehe ich los, um mir das Gold zu holen.«

Nazreh konnte nur ahnen, warum das Schicksal dieses kleinen Reiches dem Mann, den er als Siegfried kannte, so am Herzen lag. Sigurd hingegen zwang sich, die Wut zu zähmen und den Menschen ihre Dummheit zu verzeihen. Mochten sie doch Hagens Namen aussprechen, ohne dabei zu würgen. Die Missachtung Gernots jedoch, den er als seinen Vater ansah, traf ihn tief.

Eolind hatte Sigurd erzählt, dass sein Vater um den Respekt Burgunds gekämpft hatte, um die Liebe seiner Prinzessin. Er hatte das Volk vom Joch des Drachen befreit und reich mit Gold beschenkt. So wie Island und Xanten das Erbrecht Sigurds war, so war es Burgund allemal, denn seine leibliche Mutter hatte ihm ihr Blut genauso gegeben wie sein Vater.

Doch an diesem Abend in der Taverne, während der Schnee von scharfem Wind durch die Gassen von Worms getrieben wurde, verzichtete Sigurd in einem stillen Schwur auf das verlorene Reich. Burgund war der Traum Siegfrieds gewesen – und sein Tod. Es hatte ihn nicht verdient, und die Freiheit ebenso wenig.

Burgund, das Reich der Mutter, war ihm gleich.

Xanten, das Reich des Vaters, war sein Ziel.

Was zählte, war die Befreiung Islands.

Und der Tod Wulfgars.

Die Ratten waren leise gestorben, ohne großes Aufheben. Hatten sich hingelegt, noch ein wenig in der Luft geschnüffelt, dann waren sie tot gewesen.

Doch Wulfgar war keine Ratte, und anscheinend hatte er keine Absicht, wie eine zu sterben.

Er schrie.

Er grölte.

Er warf sich hin und her.

Es hatte drei Stunden gedauert, bis das Gift erste Wirkung gezeigt hatte, und noch einmal zwei Stunden, bis der König merkte, dass seine Schmerzen nicht der Völlerei zuzuschreiben waren. Xandria hatte sich aus dem Festsaal gestohlen, war aber in der Nähe geblieben. Der Diener, der sie vom Unwohlsein des Königs unterrichten sollte, fand sie schnell und musste wenig Worte machen.

Als sie den Saal betrat, fand die Prinzessin eine seltsam unwirkliche Szenerie vor. Die Männer, die eben noch gefeiert hatten, standen ernüchtert in einem großen Kreis, in dessen Mitte sich der König auf dem Tisch wälzte. Drei seiner engsten Ratgeber versuchten ihn festzuhalten, aber im

Schmerz trat und schlug Wulfgar um sich. Immer wieder griffen seine Hände den beträchtlichen Bauch, rissen am Stoff seines Hemdes und kratzten mit dreckigen Nägeln rote Striemen in die Haut.

Niemand sprach ein Wort. Alle sahen zu, als ginge es um ein verendendes Pferd. In keinem Gesicht war Sorge zu lesen oder gar Mitleid. Eine Mischung aus unsicherer Ablehnung und verschämter Neugier hatte die Männer ergriffen.

Hede tauchte neben Xandria auf. »Wir sollten nicht hier sein, meine Herrin.«

Die Prinzessin schüttelte unmerklich den Kopf, während sie flüsterte: »Wo sonst sollten wir sein?«

So hatte sie sich den Tod ihres Vaters nicht vorgestellt. Was war geschehen? Hatte sie die Wirkung des Giftes überschätzt, oder steckte in Wulfgar mehr Kraft, als man dachte? Waren Ratten für die Experimente ungeeignet gewesen? Vielleicht hatten die Gewürze des Fleisches einen Teil der tödlichen Beimischung unwirksam gemacht.

Wulfgar schrie wieder, und Xandria war sicher, noch keinen Mann so schreien gehört zu haben. Wie lästige Fliegen schubste der König seine Leute fort, rappelte sich auf, kroch ein wenig über den Langtisch und hieb mit den Fäusten auf das Holz, um den Schmerz zu dämmen.

Xandria war schlecht. Vor ihren Augen flimmerte es, und sie fürchtete, ohnmächtig zu werden. Das wäre auch bei Hofe sicher mit Respekt gesehen worden – welcher Tochter konnte man verdenken, beim Anblick des leidenden Vaters dahinzusinken? Doch die Prinzessin taumelte nicht aus Furcht um Wulfgars Leben, sondern aus Furcht um das eigene. Er konnte, nein, er *durfte* nicht überleben! Hätten die Krämpfe ihn doch nur im eigenen Gemach überfallen – allein im Raum hätte sie ihm ein Tuch in den Mund stopfen können, auf dass er daran erstickt wäre …

Nun rutschte der König vom Tisch, hielt sich mühsam aufrecht, den Oberkörper immer wieder im Schmerz hin und her werfend. Er sah die teilnahmslosen Gesichter seiner Männer, und Wut mischte sich in seine Grimasse. Ein, zwei mühsame Schritte stapfte er auf Henk, seinen Schatzmeister zu, während er sich mit der Faust selbst in die Magengrube schlug. Essensreste flogen aus seinem speichelnden Mund, als er schrie: »Tritt mich! *Tritt mich!*«

Niemand fiel es ein, dem Herrscher Folge zu leisten – schon die Absicht galt als strafbar.

Xandria hörte Hede leise neben sich beten, und sie wusste nicht, warum oder wofür.

»*Tritt mich!*«, schrie Wulfgar wieder, diesmal die Hand am Dolch an seinem Gürtel, und endlich fasste sich Henk ein Herz. Mit voller Wucht trat er dem König in den Unterbauch, die Fußspitze direkt auf den Nabel zeigend, aus dem ein Blutstropfen floss.

Der geschundene Körper Wulfgars reagierte prompt – und heftig. Aus seinem Mund ergoss sich ein breiiger Schwall mit solcher Kraft, dass er einen Bogen beschrieb, bevor er sich weit über den Boden ergoss. Fleischreste und zerkautes Brot, Wein und Bier in unheiliger Menge, Körpersäfte jeder Art und klumpige Brocken von allem, was Wulfgar sonst noch in sich hineingestopft hatte.

Drei-, viermal zog sich der Oberkörper des Königs zusammen, um alles nach außen zu speien, was er in den Eingeweiden finden konnte. Schließlich blieb nur noch bitterer Magensaft, der Wulfgar auf das Kinn tropfte.

Xandria bemerkte, dass sie den Atem angehalten hatte und dass es selbst den härtesten Kriegern im Saal nicht anders ging. Erst als Wulfgar nach hinten auf eine Bank kippte und seinen ersten richtigen Atemzug nahm, seit die Krämpfe ausgebrochen waren, kam wieder Leben in die Gefolgschaft.

Der König lebte!

Japsend, zitternd, von der Übelkeit bleich, aber er lebte.

Hede und Xandria warfen sich fragende Blicke zu. Dann nickte die Prinzessin bedächtig. »Wir sollten gehen. Der König will nun sicher seine Ruhe.«

Sie schlüpften aus dem Saal, in dem die ersten Soldaten bereits das Hohelied auf den König sangen, der dem Tod getrotzt hatte. Jetzt, da mit Wulfgars Ableben nicht mehr zu rechnen war, wollte keiner mehr an seine eigene Untätigkeit Minuten zuvor erinnert werden.

Aus dem Gewirr der Stimmen konnte Xandria noch die krächzende Erkenntnis ihres Vaters heraushören. »Man hat versucht, mich zu ermorden!«

Es war eine Nacht ohne besondere Ereignisse gewesen, die Sigurd und Nazreh in der Herberge direkt über der Taverne verbracht hatten. Sie hatten sich den Luxus eines eigenen Zimmers gegönnt, in dem zwei ordentliche Betten mit Laken bezogen gewesen waren. Sigurds Interesse an Burgunder Gesellschaft war versiegt.

Der frühe Morgen fand den Isländer Prinzen hellwach in Erwartung einer großen Herausforderung. Er schnürte seine Stiefel fest, und das Schwert, das er noch am Hafen in Britannien gekauft hatte, steckte er in einen ledernen Schaft, der über seinen Rücken gebunden war. Nazreh sah ihm dabei belustigt zu. »Du bereitest dich sehr gewissenhaft auf etwas vor, das du nicht kennst. Glaubst du, die Nibelungen – ob wahrhaftig oder ausgedacht – lassen sich von scharfem Stahl beeindrucken?«

Sigurd sah ihn an. »Hast du mich nicht gelehrt, auf einen Kampf vorbereitet zu sein, auch wenn ich ihn nicht suche? Und selbst wenn die Nibelungen kein Schwert fürchten – ein Krieger ohne Waffe wird ihnen ebenso wenig Respekt abverlangen.«

Nazreh nickte. »Das ist wohl wahr. Und du bist weiterhin entschlossen, diesen Weg ohne mich zu gehen?«

Nun nickte Sigurd. »Es ist mein Schicksal. Selbst eine Heerschar würde mir nicht helfen, wenn es den Göttern nicht gefällt.«

»Du wähnst die Götter auf deiner Seite«, warnte der Araber, »aber genau das könnte dein Untergang sein. Die Suche nach deiner Bestimmung darf dich nicht blind machen, Siegfried.«

Sigurd hielt es für gegeben, seinem Freund die Wahrheit zu sagen, soweit es ihm möglich war. »Mein Name ist nicht Siegfried, auch wenn ich so getauft wurde. In Wirklichkeit bin ich …«

»… Sigurd, der letzte Sohn des Hauses Island«, vollendete Nazreh den Satz. »Und weil das Blut deines Vaters bis nach Burgund reicht, suchst du das Gold der Nibelungen, um dich an Wulfgar zu rächen und deinen Thron zu erobern.«

Sigurd brauchte einige Sekunden, bis er verdaut hatte, dass sein Gefährte Bescheid wusste. »Woher … seit wann …?«

Nazreh lächelte milde. »Du lügst nicht schlecht, aber die Zeichen waren in den Wind geschrieben. Ein junger Krieger in isländischer Kleidung, auf der Flucht vor den Xantener Häschern? Die Neugier auf die Nibelungen? Die Wut auf die Burgunder, die den Namen Gernot verspotten? Meine alte Eitelkeit wäre getroffen, wenn ich nicht längst die Wahrheit gesehen hätte.«

»Dann verzeihst du mir die Posse, die ich in guter Absicht spielte?«

»Natürlich. Und auch im Namen der Wahrheit frage ich dich noch einmal: Willst du mich im düsteren Wald nicht an deiner Seite wissen?«

Sigurd schüttelte den Kopf. »Dieser Kampf ist mein, und mein allein. Wie einst mein Vater muss ich mich den Nibelungen stellen, damit das Schicksal seinen Lauf nehmen kann.«

»Dein Vater?«, fragte Nazreh. »Ich wusste nicht, dass auch Gernot einst gegen die Nibelungen ritt.«

Nun war es an Sigurd zu lächeln. »Dann freut es mich, dass du nicht weißt, was nicht gewusst werden darf. Weil es vielleicht ein Abschied ist, will ich dir als Freundschaftsdienst mein größtes Geheimnis anvertrauen. Mein Vater …«

»… war Siegfried, der Drachentöter«, unterbrach Nazreh erneut, auch wenn sein Gesicht verriet, dass die Erkenntnis ihm erst in diesem Moment gekommen war. »Natürlich! Nur so macht es Sinn!«

»Du gönnst mir keine Offenbarung.« Sigurd lachte und stand von seiner Pritsche auf. Sie umarmten einander wie Brüder, die sich neu kennenlernen mussten. »Da ich nun bar aller Geheimnisse vor dir stehe, guter Nazreh – willst du nicht ebenso deine Seele lüften?«

Sie hielten einander an den Schultern, und für einen Moment war es Sigurd, als schimmerten die fast schwarzen Augen seines Freundes noch ein wenig dunkler als sonst.

»Nein«, sagte Nazreh schließlich. »Dich zu deiner Bestimmung zu bekennen ist eine Frage der Ehre, so wie es dein Erbe ist. Doch was ich zu enthüllen hätte, wäre nur Scham und Schande, und wenn es da draußen ein Schicksal für mich gibt – nichts wäre mir lieber, als wenn es meine Spur verlöre.«

Er sprach die Worte ernst, ohne Raum für Zweifel oder Widerspruch.

Dann begleitete Nazreh Sigurd von Xanten aus der Schenke, durch das verschneite Worms nach Norden auf den großen Wald zu, den die Menschen von Burgund so sorgsam zu meiden wussten. Die Sonne drang dabei nicht durch den Dunst des frühen Tages, und silbriger Nebel ließ den Boden wogen wie einen unruhigen See. Irgendwann tauchte zu ihrer Rechten ein mächtiger Schatten auf.

»Die Burg, einst derer von Burgund«, erklärte Nazreh. »Heute nur noch Sitz der römischen Verwaltung. Hier haben die Götter mit deinem Vater ebenso gespielt wie mit deiner Mutter, deinen Zieheltern und allen anderen. Reizt dich ein Blick?«

Sigurd dachte kurz nach und schüttelte dann den Kopf. »Es ist Vergangenheit, und Burgund ist nicht meine Zukunft. Die Geister von gestern sollen ruhen.«

Und so gestatteten sie der Burg nicht, sich vollends aus dem Nebel zu schälen, sondern ließen sie zurück und lenkten ihre Schritte tiefer in den Wald.

Der Wolf heulte.

»Du solltest ihm einen Namen geben«, meinte Nazreh lächelnd. »Freunde verdienen einen Namen.«

Sigurd hielt inne und sah sich um. »Spürst du es?«

Nazreh steckte die Nase in die Luft, und sein Blick prüfte alles, was aus Nebel und Schnee sich drängte. »Es ist … still. Und eine eisige Klammer packt mein Herz, die nicht von der Winterkälte stammt.«

Genauso war es. Der Wald, dessen Bäume größer und deren Stämme dunkler wurden, nahm drohende Gestalt an. Die starken Äste in den Kronen waren verhakt, als wollten sie den Vögeln vom Himmel den Einlass verweigern, und knorrige Wurzeln ragten aus dem kalten Boden, als gelte es, nach den Beinen der Wanderer zu greifen, um sie ins Erdreich zu zerren. Schnee war hier wie ein Leichentuch und so manches Holz wie eine Totenhand, die klagend daraus sich emporstreckte. Es erinnerte Sigurd an die Fieberträume, die er nach seiner Rettung durch Nazreh gehabt hatte.

Und da war Angst. Es war ein Gefühl, das Sigurd fast vollständig fremd war. Nicht einmal der Dryk hatte ihn ernsthaft zur Furcht gezwungen, und instinktiv ging seine Hand zur Brust, wo er das abgebrochene Horn am Lederband spürte. Seine Beklemmung hatte keine Ursache und war doch echt und aufrecht. Seine Beine, eingepackt in warmes Fell, fühlten sich schwach an, und den ganzen Körper zog es zitternd in Richtung Worms, wo sicher eine warme Suppe aus köchelnden Töpfen wartete.

»Es ist ein gottloser Ort«, flüsterte Sigurd. »Ganz gleich, an welchen Gott man glauben mag – hier ist er nicht.«

»Sogar ich könnte fast daran glauben«, stimmte Nazreh zu. »Es verwundert nicht, dass selbst erfahrene und gierige Krieger umgekehrt sind und auf das Versprechen von Gold verzichtet haben.«

Auch Sigurds Herz bat um Gnade und bettelte beim Verstand um Einsicht und Umkehr. Doch das raue Horn, das auf seiner Brust lag, erinnerte ihn an sein Versprechen und an sein Land, das es zu befreien galt. Und schließlich war er der Sohn Siegfrieds. Es lag in seinem Blut.

Nazreh reichte ihm die Hand. »So gehe denn mit festem Schritt, mein Freund. Meine Klinge mag nicht an deiner Seite sein, aber meine Gedanken sind es. Ich werde in Worms auf dich warten.«

Sigurd schüttelte seine Hand. »So sei es. Und wenn ich beim nächsten Neumond nicht wieder da bin …«

»… dann werde ich weiter warten«, versprach Nazreh. »Zeit ist bedeutungslos.«

Es war gesagt, was zu sagen war. Sigurd drehte sich dem Wald zu, dessen ganzes Wesen böse war und dessen Atem faulig zwischen den Stämmen waberte.

Der Wolf heulte erneut. Weiter vorn. Er war schon vorausgeschlichen.

Hätten Sigurd und Nazreh sich der Burg Burgund nur ein paar Schritte mehr genähert, hätten sie die Gestalt ausmachen können, die ihnen von der Burgmauer hinterhersah. Während die Römer den nasstrüben Morgen in den Gemächern und Küchen der Burg verbrachten, stand sie einsam im Schnee, kalte Hände auf ebenso kalten Stein gestützt.

Der Nebel trübte Brunhildes Blick nicht. Klar sah sie die beiden Freunde, von denen einer entschlossen war, sich den Nibelungen zu stellen. Er wollte den Tod – oder das Recht auf seinen wahren Namen.

Natürlich war der Nebel kein Zufall, und die feuchte Kälte, die jedermann in Worms in den Häusern hielt, kam nicht vom Winter allein. Heute war ein besonderer Tag, und die Götter gaben ihm den angemessenen Rahmen.

In der Welt der Sterblichen war die Walküre Brunhilde so körperlich, wie sie es sein wollte. In diesem Moment war ihr Wesen Fleisch und Blut und dem eines normalen Menschen so nahe, wie es ihr erlaubt war. Wenn sie einatmete, füllten sich ihre Lungen mit klarer kalter Luft, auch wenn kein Herzschlag diese Luft dann in die Adern trieb.

Es erinnerte sie an Island. Die Kälte, der Schnee, die groben Quadern der Burgmauern. Oft hatte sie in der heimischen Burg auf dem Wehrgang gestanden und über den Fjord auf das Meer geblickt. Tagelang. Jahre.

Sie hatte auf Siegfried gewartet.

Der Wolf heulte und riss Brunhilde aus den traurigen Gedanken.

»Du hast recht«, flüsterte sie. »Aber gönn mir doch wenigstens die Erinnerung.«

Ihr scharfer Blick fand Sigurd, der nun allein in den Wald ging. Es war der Ort, an dem Brunhilde ihm nicht beistehen konnte, der auch für sie uneinsehbar war.

Der Wald der Nibelungen. Sie hörte schon ihr Zischeln und meckerndes Lachen aus der Ferne.

Und wieder rief der Wolf.

Es war nicht die warme weiche Hand von Hede, die Xandria an diesem Wintermorgen weckte. Und das war schon ungewöhnlich genug. Niemand sonst hatte das Recht, ihr Gemach zu betreten.

Was die Prinzessin weckte, war ein Schrei.

Spitz, dünn, von versiegender Kraft.

Xandria schreckte auf, der Blick durch das Fenster verriet den fortgeschrittenen Morgen. Das kalte Wasser in der Schüssel neben dem Bett erfrischte ihr Gesicht, und mit flinken Fingern zog sie ein Kleid über.

Wieder ein ungewohntes Geräusch. Ein klagendes Wimmern, das mühelos die Mauern zu durchdringen schien.

Es kam vom Hof.

Xandria musste sich auf Zehenspitzen stellen und sich weit über die Fensterlaibung beugen, um hinuntersehen zu gönnen. Was sie erblickte, war so furchtbar, dass sie zurücktaumelte und ihr vor Entsetzen schlaffer Arm einen mannshohen Fackelhalter aus Eisen umstieß.

Das durfte nicht sein!

Die Füße nur in groben Fellschuhen, stürzte sie durch die Korridore, die steinernen Treppen hinab, durch die Vorhalle und schließlich an den Torwachen vorbei hinaus in den Hof.

Sie fiel ihrem Vater in den Arm, als er gerade den hölzernen Knüppel zum letzten Schlag erhob.

»Nein!«

Wulfgar stieß seine Tochter unwillig beiseite und trat nach dem gebrochenen und blutenden Körper, der vor ihm im Schnee zitterte.

Hede.

Ihr Gesicht war geschwollen, ihr linker Arm unnatürlich verdreht, und in Höhe des Unterleibs tränkte Blut die vormals weiße Schürze.

»Halt dich raus«, beschied der König. »Sie ist es, die mich vergiften wollte. Händler haben ihr die Kräuter verkauft, und eine Magd hat sie mit dem Beutel zur Nacht in die Burg schleichen sehen.«

Erneut fand sein Stiefel den geschundenen Leib, und Hede krümmte sich im Schmerz.

Der halbe Hofstaat stand im kalten Morgenlicht und sah dem grausamen Spektakel zu. Wulfgar hatte es so verlangt – es sollte Strafe wie Warnung sein, sich gegen den König zu stellen.

Xandrias Blick fand den ihrer Hofdame und konnte doch keine Linderung versprechen. Hede tat, was ihre Aufgabe war. Sie schützte ihre Herrin. Und Xandria blieb nichts als stiller Dank.

»Lass Gnade walten, wo keine Gnade sein sollte«, flüsterte die Prinzessin dringlich, keine Träne zurückhaltend. »Wirf sie aus der Burg, schenk ihren verdorbenen Leib dem niedersten Untertan, den du finden kannst. Doch lasse sie am Leben – als mahnendes Zeichen für jene, die ähnliche Gedanken hegen.«

Wulfgar spuckte aus, und nur ein Zucken des Mundwinkels verriet, dass er immer noch große Schmerzen hatte. Reste des Gifts mühten sich, seinen Körper weiter in die Knie zu zwingen. »Ihr ausgemergelter Leib auf einem Spieß wird den gleichen Dienst erweisen.«

Er machte einen Schritt auf die Hofdame zu, und in ihrer Not fand Hede keinen Ausweg mehr: »Es war … es war …«

»Es war was?«, bellte Wulfgar, mit der rechten Hand das Gesicht seines Opfers quetschend. »Hast du noch was zu sagen?«

Xandrias Herz setzte aus, als Hede mit einem letzten Blick um ihre Verzeihung bat. »Es war … die Prinzess …«

Wulfgar war zu sehr König, um seine Tochter dem Verdacht des Hofes auszusetzen, und mit einem schnellen Ruck brach er der Hofdame das Genick, bevor sie die Anschuldigung vollends aussprechen konnte. Als er den schmalen Kopf losließ, sackte der Körper daran leblos in den schmutzigen Schnee.

Xandria biss auf ihre Faust und schloss die Augen. Hede war das Nächste gewesen, was sie je an einer Mutter gehabt hatte. Und im Verrat des letzten Augenblicks konnte ihr keine Schuld zugewiesen werden.

»Werft den Leib den Hunden vor«, befahl Wulfgar und drehte sich zu seiner Tochter. Er sprach leise, sodass nur Xandria ihn hören konnte. »Was meinst du, was sie noch sagen wollte?«

Die Prinzessin mühte sich um Fassung. »Es … es war sicherlich der verzweifelte Versuch, das eigene Leben zu retten. Wer könnte es ihr verdenken?«

Wulfgar beugte sich so weit vor, dass seine Lippen

das Ohr seiner Tochter berührten. »Ich habe heute eine Hofdame geopfert – um eine Prinzessin zu retten. Beim nächsten Mal trete ich deinen Leib so sehr in den Boden, dass man ihn zwischen den Steinritzen herauskratzen muss.«

Er schob sie zur Seite und ging ohne ein weiteres Wort in die Burg zurück.

Xandria sah, wie zwei Wachen die tote Hede am Fuß packten und zum Tor schleiften.

»Island!«, schrie es vom Ausguck des prächtigen Kriegsschiffes, und Sigurd eilte mit Gelen und Jon zum Bug.

Tatsächlich – die Insel war am Horizont zu sehen, und sie schien in der Frühlingssonne förmlich zu glühen.

Hinter sich die siegreiche Flotte, vor sich die Heimat – die Rückkehr hätte kaum glorreicher sein können.

Jon legte seinem Freund die Hand auf die Schulter. »Mein König – das wird ein Fest, wenn Euer Vater sieht, was wir ihm aus Xanten mitgebracht haben.«

»König«, lachte Sigurd. »Es wird dauern, bis ich mich daran gewöhne.«

Dabei trug er die goldene Krone Xantens rechtens auf dem Haupt, und seine Schultern zierte der feine Königsmantel mit dem Wolfswappen.

Jon hatte recht – die Beute war beträchtlich, denn Xanten hatte sich als kleines, aber reiches Land entpuppt, dem die Schätze mit Leichtigkeit zu entreißen gewesen waren. Aus vielen Kammern hatten sie Gold und Juwelen geräumt, und die schönen Xantener Frauen hatten die Soldaten Islands mit offenen Armen empfangen.

Die Schlacht hingegen, Strafe für Wulfgars unbotmäßigen Versuch, sich Island untertan zu machen, war so blutig wie ruhmreich gewesen. Sigurd selbst war es vergönnt gewesen, dem Xantener König im fairen Zweikampf die Klinge in die Brust zu stoßen, und er hatte den Thron nicht nur mit dem Recht seines Blutes, sondern auch dem Recht des Siegers eingenommen.

Sigurd, König von Xanten, Bezwinger von Wulfgar.

Von allen Seiten hatten Boten Glückwünsche überbracht – die Franken respektierten den Triumph ebenso wie der treue Dagfinn, und selbst die Römer zollten Tribut, indem sie einen goldenen Schild dem rechtmäßigen Erben von Xanten schickten. Niemand vermisste Wulfgar, nicht einmal das Volk, das er so lange geknechtet hatte.

»Ich bin gespannt, ob Gunther das Gold mehr freut als die Köpfe der Verräter«, frohlockte Gelen, der sich in der Schlacht als geschickt und umsichtig herausgestellt hatte. Die Häupter der Feinde würden auf Speeren so dicht an dicht Islands Klippen schmücken, dass es einem Schädelzaun glich.

Sigurds Blick blieb auf Island gerichtet. Wie hatte er die Heimat vermisst. Vater, Mutter, Schwester. Xanten war ein prächtiges Reich und würde ihm als Besitz gut stehen, doch sein Herz zog ihn zur Insel.

Aus dem ganzen Land waren die Bürger Islands herbeigekommen, um den Thronfolger zu feiern, der mit einem brillanten Feldzug die Feinde überrascht und unterworfen hatte. Der Fall Xantens machte Island zu einer Mittelmacht, die stolz am Tisch mit den Franken und den Sachsen sitzen konnte.

Jubel umbrauste Sigurd, als er mit seinen Gefährten vom Schiff stieg, Blütenblätter regneten auf die Rückkehrer. König Gernot legte seinem Sohn die Hände auf die Schultern, Elsa drückte ihn an sich, und Lilja sprang in seine Arme. Sie flüsterte in sein Ohr: »Ich wusste, dass das Horn dich schützt.«

Lachend gab er seiner Schwester den Talisman zurück. »Nun brauche ich ihn nicht mehr.«

Dann kam Eolind. Seine Planung hatte nicht wenig geholfen, den unbedachten und groben Angriff der Xantener schon zu vereiteln, bevor ihre Schiffe im Hafen festgemacht hatten. Er hatte die Generäle Wulfgars persönlich gerichtet, als dieser die feige Flucht seinem gerechten Schicksal vorzog.

Sigurd umarmte seinen väterlichen Freund in Dank und Respekt.

Dann wurde gefeiert, wie Island es noch nicht erlebt hatte. Einen Mondzyklus lang spielten die Musiker, unterhielten die Gaukler, flossen Bier und Wein. Kein Kelch, der nicht auf Sigurds Segen geleert wurde, und keine Nacht, in der den jungen König nicht die schönsten Töchter des Landes auf dem Lager erwarteten, um seine trunkene Leidenschaft mit nackten Körpern zu empfangen.

Als Sigurd an einem dieser Tage auf der Burgmauer stand und den Blick gen Süden richtete, war er stolz und glücklich. Sein Kriegsschiff wurde schon beladen, um ihn zurück an den Rhein zu bringen, und kaum dass er wieder auf dem Thron von Xanten saß, würde er seine Heiratswilligkeit verkünden, auf dass ihm die Königshäuser aller Länder ihre Prinzessinnen boten.

Er war ein guter und gerechter König, mit starkem Schwert und weisem Charakter. Xanten war wohlhabend genug, um niemals die Hände nach anderen Reichen ausstrecken zu müssen – und wehrhaft genug, um jeden Angreifer zurückschlagen zu können. In der Bruderschaft zu Island war es ein starker Partner. Der Gedanke, die Insel seiner Kindheit gleichsam unter seine Fittiche zu nehmen, gefiel Sigurd.

In der Ferne heulte ein Wolf.

Ein Wolf?

Auf ganz Island gab es keine Wölfe.

Und doch – da war es wieder. Das lang gezogene Gejaule war nicht zu verwechseln. Für den Hauch eines Moments fragte sich Sigurd, woher er wusste, wie ein Wolf klang, wenn es auf Island doch keine gab. Er konnte sich nicht erinnern, auf dem Feldzug gegen Xanten die Raubtiere in den Wäldern gehört zu haben.

Tief zog er die frische Luft des Meeres in seine Lungen und hielt inne, als sie nicht salzig und kühl schmeckte. Leicht moderig roch es, und es kratzte in seiner Nase wie von leichter Säure.

Bevor er weitergrübeln konnte, trat seine Mutter Elsa zu ihm und legte von hinten die Arme um seinen Brustkorb, den Kopf auf seine Schulter. »Schaut der Sieger auf sein dankbares Reich?«

Sigurd lächelte. »Island ist nicht mein Reich, Mutter.«

»Aber das wird es sein, mein geliebter Sohn – wenn Gernot dereinst abtritt, liegt es an dir, auch hier ein weiser König zu sein.«

Er drehte sich zu Elsa um und sah sie milde an. »Ich habe darüber nachgedacht. Zwei Reiche, die nicht aneinandergrenzen, sind schwer zu regieren, und ein Volk wird sich immer vernachlässigt fühlen, wenn der Regent in anderen Grenzen weilt.«

»Und hat der kluge Sigurd schon einen Plan, wie er das Problem zu lösen gedenkt?«, neckte Elsa.

Sigurd nickte. »Euer Einverständnis vorausgesetzt, sollten wir die Erbfolge für Island ändern. Meine Schwester Lilja wird dereinst eine gute Königin sein. So bleibt das Blut der Familie beiden Reichen erhalten.«

Die Königin küsste Sigurds Nasenspitze. »Großmut und

Bescheidenheit zeichnen dich aus. Ich bin sicher, die Idee wird auf breite Begeisterung treffen. Allerdings mag Lilja noch ein wenig jung sein.«

»Das seid ihr ja auch«, hielt Sigurd dagegen. »Und läge es in meiner Macht als König von Xanten – ich würde Gernot befehlen, noch mindestens zwanzig Jahre zu regieren.«

Sie lachten, und Sigurds Herz war leicht und unbeschwert.

Bis wieder der Wolf heulte.

»Hörst du das?«, fragte er.

Elsa horchte hin. Obwohl der Ruf des Tieres noch nicht verhallt war, schüttelte sie schließlich den Kopf. »Es ist still. Ich höre nur den Wind.«

Wie zum Protest ertönte das Gejaule erneut, und Sigurd sah seine Mutter erregt an. »Da! Wie kannst du sagen, dass du es nicht hörst? Es ist ein Wolf.«

Elsa strich ihrem Sohn sanft über die Wangen. »Es gibt keine Wölfe hier. Und wenn – dann hat vielleicht ein Händler ihn auf einem Schiff hergebracht und wird ihn hoffentlich auch wieder mitnehmen.«

Sigurd wusste nicht, warum der Ruf des Tiers ihn so irritierte, ihm die Freude an Sieg und Familie nahm. »Aber wenn der Wolf hier ist – wieso hörst du ihn dann nicht, Mutter?«

Er sah Elsa in die Augen, die ihm auswichen, als habe sie vergessen, was sie sagen wollte – oder als suche sie nach Worten, die ihn beruhigen konnten. »Wir sollten … ich bin sicher … müssen wir uns jetzt davon den schönen Tag verderben lassen? Lass uns reingehen! Mit den anderen speisen und feiern! Schließlich bleiben dir nur noch wenige Tage bei uns. Die wollen wir genießen.«

Wahrscheinlich hatte die Königin recht. Sigurd nahm sie

beim Arm und führte sie ins Schloss. »Zeit ist bedeutungslos.«

Doch auch auf dem Weg in den Festsaal ließen ihn die trüben Gedanken nicht los.

Etwas war … falsch.

Alles war … zu richtig.

»Zeit ist bedeutungslos?«

Er hatte das gehört, der Satz war nicht von seinem eigenen Verstand geformt. Aber wer hatte es gesagt? Wenn er die Worte in seinem Kopf klingen ließ, fanden sie sogar eine Stimme. Eine dunkle, alte Stimme. Nicht Eolind. Aber es war Sigurd unmöglich, daran ein Gesicht festzumachen, oder gar ein Ereignis.

Er schüttelte die blonde Mähne, um sein Zentrum zu finden, um sich auf das zu konzentrieren, was anlag. Seine Mutter blickte besorgt und seltsam leer.

Natürlich war ein fröhliches Gelage im lichten Saal, und sein Auftritt wurde mit großem Hallo und freundlichem Kelchklang begrüßt. Sigurd setzte sich zu den Männern, die allesamt seine Freunde waren und nicht müde wurden, die Geschichte der Eroberung Xantens zu hören. Eine junge Schankmagd, deren blonde Zöpfe wie wippende Zeiger auf die üppigen Brüste unter der dünnen Leinenbluse deuteten, blinzelte ihm freundlich zu – ein Versprechen für die Nacht, die beginnen konnte, wann er es sich wünschte.

Sigurds Bein juckte, und er bückte sich kurz, um die Stelle zu kratzen.

Wieder das Gefühl, einen falschen Ton gehört zu haben, eine falsche Farbe in einem ansonsten perfekten Bild.

Die Haut an seinem Bein war glatt, überzogen von einem Flaum heller Haare. Und doch hatte seine Hand wulstiges Fleisch erwartet, kantig aufgeworfen.

Eine … Narbe?

Woher sollte er eine Narbe haben? In der Schlacht um Xanten hatte keine Klinge seinen Körper erreicht, nicht einmal an einem Rosendorn hatte er einen Tropfen Blut gelassen.

Die Gedanken kamen mühsam, als müssten sie sich gegen Widerstände an die Oberfläche seines Bewusstseins kämpfen. Das Blut dröhnte in Sigurds Ohren, und er schlug seinen Kelch auf den Tisch, dass ihm der rote Wein über die Hand floss.

Gernot legte den Arm um seinen Sohn. »Was ist mit dir, edler König von Xanten? Haben die Gelage mehr von dir gefordert als die glorreiche Schlacht um dein Reich?«

Das Lachen der Anwesenden wurde schriller, und ihre Gesichter zerflossen in alle Richtungen. Es war nicht der Rausch des Alkohols, den kannte Sigurd zur Genüge.

Es war … alles.

Sigurd stand auf, die helfenden Arme seiner Freunde abwehrend. »Ich … ich brauche meine Bettstatt. Verzeiht mir die Ungeselligkeit.«

Sofort war die junge Schankmagd an seiner Seite, und ihre Stütze war weiches, williges Fleisch, welches sich ihm anbietend entgegenpresste.

Etwas knurrte.

Sigurd fuhr sich über die Augen in der Hoffnung, wieder klarer sehen zu können.

Auf dem Tisch vor ihm.

Der Wolf.

Golden schimmerndes Fell, klare blaue Augen, und die Reißzähne von den Lefzen entblößt. Kehlig knurrend.

Mitten auf dem Tisch vor ihm.

Sigurd stolperte zurück, riss den Arm schützend vor sein Gesicht und fiel zu Boden.

Doch das Tier griff ihn nicht an, sondern stand nur da, zwischen den sorgsam zubereiteten Speisen und den Krügen mit Wein und Wasser.

Niemand außer Sigurd reagierte auf den erstaunlichen Anblick. Gernot strich seiner Frau zärtlich über die Haare, und Lilja zeigte Eolind ein neues Kleid ihrer Lieblingspuppe. Jon und Gelen prosteten einander zu, dabei feixend auf die dralle blonde Schankmagd schauend.

Niemand – beachtete – den – Wolf.

Es war in diesem Moment, dass Sigurd sich entschloss, diese Welt nicht mehr zu glauben. Die Welt, in der er ein Krieger war, ein glorreicher König gar. In der fremde Worte aus seinem Mund kamen und Schlachten ohne Narben blieben. In der jeder Tag ein Fest und jede Nacht voll Leidenschaft war.

Es war eine Welt ohne Schmerz. Und es gab keine Welt ohne Schmerz.

Während seine Familie ihn besorgt ansah, rutschte Sigurd rückwärts über den Boden, bis er an die Mauer stieß. Er schob sich daran hoch, und seine Hand fand eines der Schwerter, das dort zur Zierde hing.

»Was ist los?«, fragte Gernot freundlich. »Quält dich der Wein? Hast du etwas Unrechtes gegessen?«

»Spiel mit mir!«, quäkte Lilja und hielt ihrem Bruder die Puppe hin.

»Ich bin doch so stolz auf dich«, sagte Elsa, ihre Stimme seltsam tonlos.

Und noch immer beachtete niemand den Wolf, der nun hungrig an einem Knochen kaute, den er von Eolinds Platte gezerrt hatte.

Ohne Kraft im Arm wedelte Sigurd das Schwert in seiner Hand hin und her. »Kommt mir nicht zu nahe!«

»He, alter Freund – warum die Aufregung?«, säuselte

Jon, die Hände erhoben, um seine Friedfertigkeit zu beweisen. »Nun setzt Euch erst mal hin, und dann sehen wir weiter.«

»Warum erhebt Ihr das Schwert gegen Eure Freunde?«, fragte Gelen, doch sein Lächeln zerfaserte, wurde unechter mit jedem Wort.

Sie kamen auf ihn zu, freundlich, aber tot in den Gesichtern, die bleicher wurden, je eingehender Sigurd hinsah.

»König von Xanten«, flüsterten sie wie im Chor. »Bezwinger von Wulfgar. Weiser König. Großer Krieger. Liebender Mann.«

Der Wolf sah eher beiläufig zu, wie Sigurd in Panik geriet, sich nicht mehr zu helfen wusste – und Gernot das Schwert in die Brust stieß!

Stille. Nur für einen Moment. Sigurd zog die Klinge aus dem Fleisch des Vaters, und keine Wunde zeigte sich.

Gernot lächelte. »Nie würdest du deinem Vater ein Leid zufügen wollen. Fürchte dich nicht.«

Elsa griff nach seinem Kopf, um ihm über das Haar zu streichen. »Fürchte dich nicht. Schlaf. Ergib dich dem Traum. Und fürchte dich nicht.«

»Fürchte dich nicht«, flüsterte auch Lilja, deren vor ihr baumelnde Puppe Sigurd nun wie eine Waffe erschien – oder wie eine Kreatur aus Utgard selbst.

Hände streckten sich nach ihm aus, Dutzende. Zu viele, um die Menschen dahinter sehen zu können. Sie zerrten und zupften an ihm. Nicht böse, eher helfend und besorgt. Im Singsang konnte er keine einzelnen Stimmen mehr ausmachen. Er war nicht mal mehr sicher, noch im Festsaal des Hofes von Island zu sein. Hartes Holz schien seinen Rücken zu stützen, wo Mauer sein sollte, und die Decke glitt weg, als habe sie ihre Aufgabe erfüllt.

Durch Dutzende von Fingern vor seinem Gesicht sah Sigurd den Wolf. Ein paarmal stocherte er mit dem Schwert in die Menge, doch es war umsonst. Die Klinge konnte nicht einmal Stoff schneiden an Körpern, die ihr keinen Widerstand boten.

All das hier ... war nicht real.

Nichts von dem, was er sah, umgab ihn wirklich. Es war ein Trick, den ihm die Sinne spielten. Ein übler Scherz, nicht mehr als Schall und Rauch.

Er fühlte die Umgebung nicht, und die Körper von Freunden und Familie ähnelten Mänteln, unter denen er begraben lag und die er nur von sich stoßen musste.

Nur der Wolf war echt. Der Wolf auf dem Tisch.

Und er selbst.

Sigurd schloss die Augen, zwang seine Ohren, nicht auf den gleichförmigen Singsang der Menge zu achten, die ihn bedrängte. Er schaute in sich, suchte die Wahrheit, suchte Erinnerungen, die genug Gefühle auslösten, um echt sein zu können. Die Schlacht um Xanten? Sie ließ sein Herz nicht schneller schlagen. Der Tod Wulfgars? So vage, dass er nicht einmal die Waffe benennen konnte, mit der er siegreich gewesen war.

»Zeit ist bedeutungslos.«

Da war ein Gefühl! Freundschaft und Dankbarkeit, echt und unverfälscht. Aber aus einer anderen Welt.

Ganz gleich, wie fein gesponnen auch die Lügen waren, die man ihm hier aufgetischt hatte – Sigurd wollte den Weg in seine eigene Realität finden!

Und weil nichts, was Gaukelei war, seiner Macht unterlag, besann er sich auf das Einzige, was für ihn formbar war.

Er selbst.

Sigurd von Island hob das Schwert in seiner Hand,

drehte die Klinge nach unten und stieß sie wuchtig in sein eigenes Bein.

Es gab Gerüchte am Xantener Hof, wonach die Prinzessin vom Giftmordversuch an ihrem Vater zumindest gewusst hatte, aber niemand war töricht genug, sie laut auszusprechen. Es gab wieder andere Gerüchte, die besagten, dass Wulfgar sich erneut eine Frau nehmen würde, um einen Erben zu zeugen. Einen männlichen Erben.

Xandria war es egal. Ihr Leben hatte geendet, als Wulfgar das Gift mit dem Essen ausspie und ihr jede Hoffnung nahm, sich selbst und das Land von seiner Tyrannei zu befreien. Der König hatte ihr eine neue Hofdame zur Seite gestellt, Lore, aber Xandria hatte dieser kalten und tückischen Frau nach kaum drei Tagen die Tür gewiesen. In Gegenwart der Prinzessin durfte sich die Hofdame nur noch nach ausdrücklicher Aufforderung aufhalten.

Die Bücher hatte Wulfgar ihr genommen und den Zutritt zu den Beratungen verboten. Keine Ausritte in die umliegenden Dörfer mehr, keine Hilfe für die Armen und Kranken. War ihr das Leben schon vorher wie im Käfig vorgekommen, so hatte man dem Käfig nun ein undurchlässiges Tuch übergeworfen, auf dass der Vogel darin seinen Gesang einstelle.

Bisher hatte Wulfgar seine Tochter bestenfalls als lästig empfunden – nun war sie gefährlich und unberechenbar. Der Frühling war traditionell die Zeit der Brautwerbung, und Xandria hatte das unangenehme Gefühl, dass ihr Vater nur auf die ersten Blüten wartete, um sie bei anderen Königshäusern anzupreisen wie ein Schlachthuhn auf dem Marktplatz. Jeden Abend betete die Prinzessin um einen langen Winter.

Die Tatsache, dass die Lieferungen aus Island weder in

Häufigkeit noch in Menge zufriedenstellten, besserte die Laune Wulfgars nicht.

Es war eine so naheliegende Idee gewesen, Wulfgar zu töten, um die Last von Volk und Hof zu nehmen. Aber sie hatte versagt, hatte in letzter Konsequenz die notwendige Kraft nicht besessen. Das bessere Leben, das sie für sich und die Xantener erhofft hatte, es blieb Illusion.

Doch das eigene Leid war kein Schicksal, das sie hinnehmen musste. Zumindest das blieb ihr. Zwar sprachen die Pfaffen von Sünde und Höllenqual für den, der Hand an sich selber legte – doch als Vatermörderin im Geiste hatte Xandria sowieso wenig Hoffnung, dereinst im Himmel Aufnahme zu finden. Was im Gespräch mit Hede noch makabrer Scherz gewesen war, nun reifte es zum bitteren Entschluss – die Prinzessin suchte den Abschied aus dem eigenen Leben. Es erschien ihr fast wie Ironie, dass sie ausgerechnet von dem Gift, das Wulfgar zugedacht gewesen war, noch genügend Pulver hatte, um sich selbst zu erlösen.

Sie wählte einen perfekten Abend aus. Milder Wind hatte frischen Schnee gebracht und über jedes Leid eine weiße Decke gelegt. Zur Feuerstelle erleuchteten viele Kerzen das Gemach der Prinzessin warm und freundlich, heißes Wasser im Zuber hatte ihre Haut umspült, und bevor sie in das leichte Nachtkleid schlüpfte, gönnte sie sich duftende Öle auf Armen und Brust. Sorgsam und geduldig bändigte sie das wilde rote Haar mit Kämmen, vor der Tür ließ sie einen einzelnen Flötenspieler leise musizieren.

Ein Buch, das dem Zorn ihres Vaters entgangen war, zog sie vorsichtig unter den Leinenlaken hervor, die in der Ecke in einer Kiste lagen. Es waren Geschichten von jenseits der Grenzen, gesammelt von Reisenden aus aller Herren Länder. Manche waren Gedichte, andere Lobgesänge, viele wenig mehr als trockene Berichte langer Fahrten. Es gab auch Schilderungen wilder Feste und Preisungen der Schönheit, von Landschaften wie von Frauen. Besonders von Frauen. Dabei wurden Worte benutzt, die Xandria nie gehört hatte, und Dinge beschrieben, die sie sich kaum vorstellen konnte.

Kein Mann hatte Xandria je so schön beschrieben und keiner sie erfreut, wie es hier niedergeschrieben war. Auf ihrem Bett lag sie mit dem Buch in der Hand zwischen all den Kissen und träumte sich in eine bessere Welt. Es fiel ihr nicht schwer, das Pulver in die warme Milch zu rühren. Was hielt sie noch in Xanten, was hielt sie noch im Leben? Das Einzige, was sie noch fürchtete, war der Schmerz, doch sie konnte sich kaum vorstellen, dass ihr zarter Körper sich dem Gift so widersetzen würde wie ihr von Kampf und Fett gemästeter Vater.

Sie schickte den Musiker fort, schloss das Buch, trank die Milch und legte sich zurück. In ihren Mund steckte sie ein Seidentuch, um Schreie zu vermeiden, die zur Entdeckung ihrer Absicht führen konnten.

Kaum eine Stunde später kam das Feuer. Es begann in ihren Fingerspitzen heiß und prickelnd, als hätte sie in die Flamme einer Kerze gelangt. Dann kroch es durch die Arme in die Schultern, loderte in ihrem Hals. Krächzend warf sie sich auf dem Bett hin und her. Wütend fackelte die Hitze durch ihren Oberkörper, der sich zusammenzog, als gelte es, sich in einem Versteck klein zu machen. In Stößen drängten Schmerz und Feuer in den Unterleib, zerrten an ihren Eingeweiden, leckten prasselnd jeden Muskel. Der Speichel im Mund vermischte sich mit Blut im Seidentuch, und die Nägel ihrer Finger brachen, als sie ihre Fäuste krampfend ballte.

Sie hatte von den Qualen der Hölle gehört, von den ewigen Flammen – aber es entsetzte sie, dass schon der Weg dorthin ein Inferno war.

Die Hitze trieb jedes Wasser aus ihrem Körper, der Schweiß tränkte ihr Kleid, bis es nass und dampfend auf ihrer Haut klebte. Ihre aufgerissenen Augen sahen wenig mehr als Schatten und Schemen, jede Kerze hell wie die Sonnenscheibe.

Dem Stoff im Mund zum Trotz schrie sie, aber wenig mehr als gewürgtes Wimmern ertönte. Ihre blutenden Fäuste trommelten auf die weiche Unterlage, befleckten sie rot und schaurig. Ein besonders starker Krampf warf ihren Oberkörper in die Höhe, sodass sie fast aufrecht auf dem Bett zu sitzen kam.

Und im lodernden Meer aus Flammen, das ihr Gemach gewesen war, stand vor ihr eine Frau.

Schön, groß, von herrischer Art, den muskulösen Körper in schwarzes Leder gehüllt, die bleiche Haut und das schwarze Haar unberührt vom fauchenden Feuer. Ihre dunklen Augen reflektierten weder das tanzende Licht noch den Anblick der sich windenden Prinzessin.

Ein Engel des Todes.

Die Heilige Schrift sprach von ihnen viel.

Xandrias Herz wurde leicht. Jetzt, jetzt würde es bald vorbei sein. Das elende irdische Dasein neigte sich dem Ende zu.

Zwei, drei Schritte machte der schwarze Engel auf die Prinzessin zu, und Xandria wollte die Augen schließen und den Tod respektvoll und würdig empfangen. Doch der Anblick der in Flammen gehüllten Frau war zu ergreifend, um den Blick abzuwenden.

Grob riss der Engel der Prinzessin das Seidentuch aus dem Mund und warf es beiseite. Xandria hob trotz ihrer

Schmerzen zu einem Dank an, doch eine schallende Ohrfeige riss ihr das Wort aus dem Mund und den Gedanken aus dem Kopf. Eine kalte Hand stieß sie nach hinten, zurück in die weichen Kissen.

»Das hast du dir fein ausgedacht«, knurrte der Engel, dessen Stimme kehlig und rau war. »Dich davonstehlen, bevor dein Schicksal erfüllt ist.«

Ein düsterer Verdacht keimte in Xandria – was, wenn das nicht der Engel war, der sie holen sollte? Sprach die Heilige Schrift nicht von Dämonen, furchtbaren Wesen der Hölle, die sich am Leid der Menschen labten?

»Wer … wer bist du?«, krächzte sie, mehr heiße Luft als Worte aus den Lungen spuckend.

»Brunhilde«, sagte der schwarze Engel, als sei damit genug Auskunft gegeben. »Und du wirst tun, wofür du ausersehen bist.«

Xandria keuchte und schüttelte den Kopf. »Ich … ich bin nicht ausersehen. Und ich will nicht mehr. Nicht in dieser Welt, nicht unter diesem Vater.«

Brunhilde lachte. »Als ob die Götter danach fragten! Was immer ihr Plan sein mag – dein Tod ist für die heutige Nacht nicht vorgesehen.«

Tränen rannen Xandrias Gesicht herunter und verdampften zischend noch auf ihren Wangen, bevor sie die Lippen erreichten. »Es ist … mein Wille.«

»Nur den Starken ist eigener Wille gegeben – und wer sich feige aus dem Leben stiehlt, kann nicht stark sein«, bellte Brunhilde abschätzig. »Willst du die Götter fordern, dann richte dich nicht selbst – widerstehe ihnen, wenn sie es für dich tun wollen.«

Trotz Schmerz und Glut rasten die Gedanken in Xandrias Kopf. Um sie herum flimmerte das Gemach, doch ihre Gedanken waren eigentümlich hell. »Dann … dann gibt es ein Schicksal für mich? Ich werde nicht blass dahinschwinden, bis die Jahre mich gezeichnet haben?«

Brunhilde kam zu ihr aufs Bett gekrochen, wie ein Raubtier auf allen vieren. Xandria wollte zurückweichen, doch ihr Rücken stieß bereits an das geschnitzte Kopfende. Sie konnte Brunhildes Schweiß riechen, salzig und warm.

»Dein Schicksal wartet, kleine Prinzessin«, flüsterte die Fremde, und ihr Atem streichelte Xandria wie eine Feder. »Und glaube mir, dein Schicksal willst du nicht enttäuschen.«

»Was wird es sein?«, flüsterte Xandria, und ihr fiel auf, dass der Schmerz in ihrem Körper einer fiebrigen Erwartung gewichen war. Ihr Herz raste, und ihre Brust hob sich hektisch. Mit der Zunge benetzte sie ihre Lippen, und ein Schauer überkam sie. »Was ist mein Schicksal?«

Brunhilde kam ihr noch näher, und das lange schwarze Haar kitzelte Xandria durch den Stoff ihres Nachtkleids. Sie bog sich ihm entgegen.

»Erst Waise«, schnurrte die Walküre. »Dann Königin … und Hure.«

Das Wort hatte in diesem Moment keinen ordinären Schrecken, es empörte Xandria nicht wie zu den Zeiten, da die Soldaten es aussprachen. Im Gegenteil – Hure. Hure Xandria. Ihr Schoß bebte bei dem Gedanken, ihr Schneidezahn biss Blut aus ihrer Unterlippe, und hinter ihren geschlossenen Lidern explodierten Lichter, die sie noch nie gesehen hatte.

Als sie die Augen wieder öffnete, war Brunhilde verschwunden, und die Gestalt über dem Körper der Prinzessin war ein Mann. Nackt, stark und nicht weniger von geilem Schweiß getränkt wie sie selbst. Blonde Haare rahmten strähnig sein engelsgleiches Gesicht. Er suchte ihren Blick, während seine Hand den Riemen löste, der das Kleid über Xandrias Brüsten zusammenhielt.

Sie wollte etwas sagen, doch als sich ihre Lippen öffneten, war es wie eine Einladung für das göttliche Tier über Xandria, und ihr durstiger Mund wurde sofort von seiner Zunge gestillt. Sie tranken einander, und die Hände der Prinzessin glitten zu ihren Beinen, um das Kleid über ihrem Schoß zu raffen.

Sie wollte den Schmerz seiner Liebe, und in dem Schmerz fand sie ihre Bestimmung.

Der Schmerz riss Sigurd in die Wirklichkeit. Nicht unbedingt eine Wirklichkeit, die dem vorzuziehen war, was er in den letzten Tagen erlebt zu haben glaubte, aber zumindest eine Wirklichkeit, auf die er Einfluss hatte, die keine geflüsterte Lüge in seinem Kopf war.

Die Trugbilder verschwanden mit dem Schmerz, und als das Blut aus seinem Oberschenkel rann, nahm es Island mit sich, Elsa, Gernot, Lilja.

Sigurd schrie – nicht nur des Beines wegen, sondern auch wegen der Erinnerungen, die sein Verstand ihm nun wieder erlaubte. Elsa, Gernot, Lilja – sie waren tot. Alle. Er hatte ihre Leichen gefunden. Island war gefallen, und Wulfgar war am Leben.

Er ließ sein Schwert fallen, und es landete auf dem Boden einer schmutzigen Höhle, deren Wände schwach leuchteten und die von einem kalten Wind durchfaucht wurde.

Mit beiden Händen presste der Prinz von Island die klaffende Wunde zusammen, die er sich selber beigebracht hatte. Die Klinge des Schwerts hatte die Narbe durchtrennt, die sein Schiffbruch einst auf dem Bein hinterlassen hatte und deren Fehlen ihm aufgefallen war.

Schmerz und Blutverlust waren zu groß, dass Sigurd sich in diesem Moment mit etwas anderem als sich selbst beschäftigen konnte. Er riss den groben Stoff seines Hemds am linken Arm herunter und band ihn fest um sein Bein, in dem es protestierend pochte. Fast augenblicklich färbte sich der Stoff rot.

Und nun hörte Sigurd die zischelnden Stimmen. Mühsam ließ er von der schmerzenden Wunde ab und sah sich um.

Er war im Wald der Nibelungen gewesen. Auf der Suche nach dem Gold. Das war das Letzte, woran er sich erinnern konnte. Und dann – war da Island gewesen.

Täuschung! Lug und Trug!

Die Nibelungen hatten ihn hereingelegt, in einem großen Theater ein Leben vorgeführt, in dem weiterer Kampf unnötig war, in dem alle Wünsche erfüllt schienen. In dem er das Gold nicht brauchte.

Doch der Wolf hatte sie verraten.

Sigurd merkte, dass seine Beine ihn kaum noch hielten, und mit dem Rücken lehnte er sich gegen die Höhlenwand. Mit der Hand strich er sich übers Gesicht.

Da war ein Bart. Keine Stoppeln. Ein Bart. Und das Zittern in seinem Körper – es war nicht die Verletzung, die ihn schwächte. Es waren Hunger, Durst und schiere Müdigkeit. Wie lange mochten die Nibelungen ihn genarrt haben?

Kein schlechter Plan – Sigurd hätte so lange den Traum gelebt, bis sein Körper in der Wirklichkeit verdurstet wäre und mit ihm das falsche Spiel erlosch.

Doch die Nibelungen hatten sich verrechnet, und nun war alles wieder offen.

Und das merkten die Geistwesen ebenfalls. Böse zischten sie um ihn herum, tatschten körperlos an seinem

Fleisch, schrien wütende Flüche in die Höhle, warfen sich gegenseitiges Versagen vor.

Und dann griffen sie gemeinsam an!

In Schemen und Schatten ritten sie heran, tanzten in sein Ohr, glitten unter die Fingernägel, tauchten in seine Augen. Ihre geballten Gedanken waren wie Windstöße, die Sigurd hin und her warfen ...

Siiiegfriiied ... Siiiegfriiied ... Siiiegfriiied ...

Sie spuckten seinen Namen mehr, als dass sie ihn sprachen. Der Prinz schlug wild, aber kraftlos mit den Armen um sich, ohne etwas treffen zu können.

Siiiegfriiied ... Siiiegfriiied ... Siegfriedsiegfriedsiegfried ...

Sigurd ward übel, und hätte er noch etwas im Körper gehabt, er hätte es erbrochen. Seine Hände verkrampften sich, und unter den Füßen kräuselte sich der Staub, als die vereinte Kraft der Nibelungen ihn vom Boden hob. Es war mehr, als ihnen möglich sein sollte, aber die Wut über Sigurds Flucht aus dem Traum gab ihnen ungeahnte Macht.

Stirb hiiier ... stirb heeeuteee ... stirb jeeetzt ...

Sie lachten in sein Gesicht, kreischten in seine Ohren, kratzten auf seiner Zunge – und sein Verstand begann sich von seinem Körper zu lösen. Sein Kopf sackte haltlos zur Seite, und Speichel rann aus seinem Mund. Die klaren Gedanken in seinem Kopf verblassten, und da war nur noch ein schwarzer Strudel, dumpf und leer. Sigurd sehnte sich nach dem Strudel, der Ruhe, dem Nichts ...

Nein!

Seine Hände fanden die Wunde am Bein, das blutgetränkte Tuch darum – und drückten kräftig in das Fleisch.

Wieder brach der Bann der Nibelungen, wieder brachte der Schmerz Sigurd von Island in die Wirklichkeit und zu sich selbst.

Sein Körper sackte zu Boden, als die Nibelungen ihn losließen, und es wurde augenblicklich still. Nur in Sigurds Ohren pochte das Blut und in seinem Kopf der Schmerz.

Sonst war da nichts.

Sigurd atmete flach und leise. Er spürte den Boden, roch den fauligen Wald vor der Höhle, fühlte den Wind auf dem Arm, von dem er den Stoff gerissen hatte. Ein paar Barthaare kratzten seine Lippen.

Er war er selbst. Und er war Herr seiner selbst.

»Ich bin … Sigurd von Island«, würgte er schließlich hervor. »Und ich … bin … Siegfried von Xanten.«

Keeehr um … keeehr um … kehrumkehrumkehrum …

Die Stimmen klangen böse, herablassend, doch Sigurd spürte auch die Angst und Verwirrung der Nibelungen. Schon die Tatsache, dass sie bereit waren, ihn gehen zu lassen, war ein Beweis ihrer schwindenden Macht. Denn eigentlich wollten sie seinen Tod.

Im fahlen Licht sah er einige Drachenschuppen herumliegen, und Knochen, die von Menschen stammten. Die Menge der hier ausgetragenen Kämpfe, das Ausmaß der Tragödien, er mochte sie sich kaum vorzustellen.

»Ihr hattet einen Drachen zum Schutz«, sagte Sigurd leise, jedes Wort gegen den Schmerz in seinem Körper kämpfend. »Und trotzdem … blieb mein … Vater siegreich. Was habt ihr mir entgegenzusetzen?«

Das Gooold … kein Glüüück … für Siiiegfried …

Langsam kam Sigurd auf die Füße und achtete sorgsam darauf, das verletzte Bein nicht zu stark zu belasten. »Mein Vater bezwang den Drachen. Er ist eine Legende. Das Gold machte ihn erst zum Prinzen, dann zum König. Er bekam die Frau, die er liebte, und das Reich Xanten. Und am Ende mich.«

Der Preeeis … der Fluuuch … der Toood …

Sigurd spuckte etwas Blut auf den Boden. »Der Preis

wurde gezahlt, nicht nur von ihm! Reiche sind für das Gold versunken!«

Der Chor der Nibelungen-Stimmen wurde leiser, und Sigurd spürte die Unsicherheit der Geistwesen. Der Gedanke hatte ihn selber überrascht – hatte sein Vater nicht tatsächlich jeden Preis für das Gold bezahlt? Er hatte den Drachen besiegt und war in den Tod gegangen. Und wenn der Preis bezahlt war – gehörte das Gold dann nicht seinem Sohn?

Das Gooold … unser Gooold … niemals Menschengooold …

»Dann bringt es an einen Ort, an dem es nicht gefunden werden kann. An einen Ort, den nicht mal die Legenden kennen. Doch nennt nicht Ort und Preis, wenn ihr keinen Herausforderer sucht!«

Unser Gooold … unser Preeeis … niemals gezaaahlt …

Sigurd wurde klar, dass die Nibelungen sich im Kreise drehten und der Lockruf des Goldes für sie ein grausames Spiel war. Er zwang sich, mühsam ein paar Schritte zu gehen, in die Höhle hinein, mit dem Wind. Dort schimmerte es stärker, und dort vermutete er das Gold.

Nur wenige Nibelungen zischten nun erbost.

Neuer Rauuub … neuer Fluuuch … neues Leeeid …

Sigurd winkte müde und schmerzgeplagt ab. »Dummes Gerede – das Gold, das ihr einst zurückverlangt habt, war schon lange nicht mehr eures! Gerechter Lohn war es für die Taten meines Vaters. Nicht ihr könnt verlangen, es zu behalten – *ich* kann verlangen, es zu bekommen!«

Er fand die Höhle mit dem goldenen Brunnen, den Boden übersät von Reichtum und Juwelen, dass es die Augen schmerzte. Edle Steine wie Münzen, Geschmeide wie Waffen, und in allem spielten die Lichtreflexe des Wassers.

Sigurd war als Prinz aufgewachsen, und Schätze lockten ihn nicht aus persönlicher Gier. So viel Gold wie möglich zusammenzuraffen, das war keine Freude. Die edlen Metalle waren Mittel zum Zweck, das Werkzeug, um Wulfgar zu stellen und Island zu befreien. Es drängte Sigurd nicht, im Gold ein Bad zu nehmen und dabei närrisch zu jauchzen.

Er steckte kurz den Kopf in den Brunnen, damit das frische Wasser seine Gedanken kühlen konnte. Viel Zeit hatte er nicht. Sein Körper war zittrig und schwach, und es lag Arbeit vor ihm.

Der Prinz bemerkte einige Gegenstände, die sorgsam am Brunnen ausgelegt waren. Da war eine Art Kappe und ein Kelch mit dickem Saft, der Blut sein mochte. Ein Mantel, ein Dolch, eine Krone.

Ein Ring.

Nimm sieee diiir … nimm sieee diiir … nimm sieee diiir …

Die Nibelungen versuchten es nun mit Säuseleien, boten ihre Waren wie die Händler auf dem Markt an. Sigurd war nicht so töricht, darauf hereinzufallen. »Was immer eure Magie auch bietet – kein Preis wird heute mehr bezahlt. Ich nehme nur, was mein ist. Das Gold. Nicht mehr …«

Seinen schmutzigen Umhang breitete er auf dem Boden aus und schaufelte mit beiden Händen Gold darauf. Gerade so viel, dass er es hinter sich her schleifen konnte. Genug, um ein Heer zu bezahlen, das Wulfgar und Xanten herausfordern konnte.

Immer wieder flüsterten die Nibelungen in sein Ohr, lockten ihn mit Versprechen von wundersamen Fähigkeiten, wenn er nur die richtigen Gegenstände nahm. Er hörte nicht auf sie.

Aus dem Chor löste sich eine einzelne Stimme, klar und ruhig. Sie hallte nicht, und keine Boshaftigkeit schwang in ihr mit.

Wenn du willst, was dein ist, nimm das Schwert.

Sigurd hielt inne. Hatte der Wolf vor der Höhle gerufen?

Wenn du willst, was dein ist, nimm das Schwert.

»Ich habe kein eigenes Schwert«, murmelte Sigurd und ärgerte sich schon, dass er sich zum Gespräch verführen ließ. »Und von den Nibelungen will ich keines.«

Nothung, das Schwert, ward von Siegfrieds Hand geschmiedet …

Nun horchte Sigurd auf. Das Schwert seines Vaters? Er sah sich vorsichtig um, und tatsächlich – hinter dem Brunnen, auf einem Stück alten Leders, lag ein prächtiges Schwert.

Es war zerbrochen. In zwei Teile.

Trotzdem wollte Sigurd es besitzen. Er *musste* es besitzen. Flink schlug er es in das Leder und legte es zu dem Gold, das er gesammelt hatte.

Das Schweeert … das Schweeert … dasschwertdasschwertdasschwert …

»Ich habe sonst nichts von ihm«, verteidigte sich Sigurd. »Und wenn er es selbst geschmiedet hat, dann steht es euch nicht zu. *Ich* bin sein Sohn und Erbe.«

Er packte den Umhang an den Ecken, und klirrend fand sich das Gold in einem groben Beutel, den er hinter sich her ziehen konnte. Dazu nahm er eine handgroße schwarzgrüne Schuppe, die auf dem Boden lag. »Kein besserer Beweis, dass ich in der Höhle des Drachen war.«

Die Stimmen der Nibelungen wurden nun wieder undeutlich und vermischten sich mit dem Pfeifen im Wind. Anscheinend gaben sie ihr Bestreben auf, Sigurd von seinem Besitz fernzuhalten. Die Blutlinie der wahren Herrscher von Xanten hatte sie erneut bezwungen.

Der Weg aus der Höhle war beschwerlich, und Sigurds zitternde Beine versagten ein ums andere Mal die Gefolgschaft. Auch die Magie der Nibelungen hatte ihren Anteil – immer wieder führte der Gang ins Nichts, teilte sich, um dann wieder im Kreis auf sich selbst zu führen. Doch es war nur müde Gaukelei, und nach einigen Stunden sah der Prinz das helle Licht des Tages vor sich.

Vor der Höhle legte Sigurd eine Rast ein. Es war kalt, und der vormals frische Schnee war über die Tage mit einer Eiskruste überzogen worden und vielfach schmutzig. Er fragte sich, wie lange er nun im Wald der Nibelungen gewesen war.

Es raschelte hinter ihm. Sigurd drehte sich um und sah über dem Höhleneingang den Wolf sitzen, der ihn eindringlich ansah.

Der Prinz ließ den Beutel mit dem Gold los und kniete sich auf den Boden, den Kopf in Ehrfurcht gesenkt. »Mein Freund, ohne dich wäre ich im Traum der Nibelungen gefangen geblieben. Mein Dank währt ewig.«

Der Wolf knurrte, als gefalle ihm der Schwur nicht. Dann drehte er sich um und verschwand im diesigen Wald.

»Ein fetter Hase wäre dir wohl lieber gewesen«, meinte Sigurd lachend und machte sich auf den Weg.

Es war ein langer Marsch, der durch das Gewicht des Goldes nicht gewann. Immer wieder musste Sigurd den Sack mit den Kostbarkeiten hochwuchten, um Stämme und breite Wurzeln zu überwinden, und immer öfter gaben dabei seine Beine nach. Der Winter forderte ihn kaum weniger als die Macht der Nibelungen. Die letzten Meter aus dem Wald kroch er mehr, als er ging.

Sigurd fand Nazreh auf einem Baumstumpf sitzend, an fast derselben Stelle, an der er ihn verlassen hatte. Der Araber sprang ihm sofort bei, hüllte ihn in den eigenen Mantel und flößte ihm etwas Wasser ein.

»Meinen Glauben an die Götter mag ich verloren haben«, sagte Nazreh und lächelte, »aber in diesem Moment würde ich ihnen fast danken wollen.«

Sigurd nickte und deutete schwach auf die Wunde an seinem Bein. »Deine gute Flickarbeit musste ich zunichte machen, leider. Ich hoffe, du hast Nadel und Faden aus Britannien mitgebracht.«

Nazreh erlaubte sich einen Blick in den Umhang, den Sigurd als Beutel hinter sich her geschleift hatte. Er pfiff durch die beiden Zahnlücken. »Wie es aussieht, können wir in Worms kaufen, was wir brauchen. Und was wir nicht brauchen. Und die Stadt gleich dazu.«

Sigurd hustete. »Wir sollten das Gold verstecken, bis wir uns auf den Weg machen. Solange keine Soldaten unseren Schatz hüten, ist jeder Neider eine Gefahr.«

Zwei, drei Goldstücke steckte Nazreh in seinen Beutel. »Zumindest bezahlen wir dir ein heißes Bad, ein gebratenes Schwein und eine scharfe Klinge für den Bart.«

Sigurd fuhr sich mit der Hand über das Gesicht – er hatte sich noch nie einen Bart stehen lassen, und er konnte schwer einschätzen, welche Zeit ihn hatte wachsen lassen. »Wie lange … wie lange war ich fort?«

»Fast zwei Monate.«

Nazreh sagte es mit einer Gleichmut, als hätte er von zwei Tagen gesprochen. Sigurds Augen wurden groß. »Zwei Monate? Und du hast gewartet?«

Der Araber hob die Schultern. »Dann und wann bin ich für Proviant nach Worms gegangen und habe mir die Füße gewärmt.« Er deutete auf eine Feuerstelle. »Des Nachts habe ich geschrieben. Nun, da ich deinen wahren Namen kenne, mussten viele Teile der Geschichte neu interpretiert werden. Die alten Seiten nutzte ich, um das Feuer zu entfachen.«

Nichts in Nazrehs Stimme verriet, dass er Respekt oder

gar Dank erwartete, und Sigurd empfand beides umso stärker. »Zeit ist bedeutungslos«, sagte er.

Sie warteten noch eine halbe Stunde, bis Sigurd sich stark genug fühlte, um auf Nazreh gestützt den Weg nach Worms anzutreten. Den Beutel mit dem Gold versteckten sie unter den Wurzeln eines ausladenden Baums. Kein großartiges Versteck, aber nachdem niemand den Wald zu betreten wagte, schien es sicher genug.

Die ersten Katen schälten sich bereits aus dem Dämmerlicht des Abends, als Sigurd etwas auffiel. »Du hast mich nicht gefragt, was ich im Wald der Nibelungen erlebt habe.«

Nazreh sah stur weiter nach vorn, auch er mittlerweile erschöpft. »So viele Abende, an denen du mir davon berichten kannst – warum sollte ich dich jetzt drängen?«

Doch Sigurd wollte davon erzählen. »Ich habe das Gold – und mehr. Das Schwert meines Vaters.«

»Den Nibelungen kann das nicht gefallen haben«, vermutete Nazreh.

Sigurd schüttelte den Kopf. »Gewiss nicht. Aber das Gold ist mein, das mussten sie einsehen. Und auch das Schwert meines Vaters gehört zum Erbe.«

»Dann ist es wohl an der Zeit, dem Erbe sein Recht zu geben«, sagte Nazreh.

»Was meinst du damit?«, wollte Sigurd wissen.

Sie hatten Worms erreicht, und es waren nur noch wenige Schritte zur Herberge, in der sie ausruhen konnten.

»Als Sigurd von Island bist du aufgewachsen, doch Xanten wird nun dein Ziel sein. Den Namen Siegfried, hinter dem du dich versteckst, hast du bei deiner Taufe feierlich erhalten.«

Sigurd dachte darüber nach. »Als Erbe meines Vaters, meines wahren Vaters …«

»Bist du Siegfried, Sohn von Siegfried, Erbe von Xanten und Island.«

Der Prinz nickte entschlossen. »Dann sei es von heute mein rechter Name. Siegfried, Sohn von Siegfried, Erbe von Xanten.«

Es hörte sich gut an. Richtig.

Nicht nur für ihn.

Auch für den Wolf.

4

Die Schlacht ohne Sieg

Von dem Moment an, da Siegfried und Nazreh in Worms die erste Goldmünze ausgegeben hatten, waren sie nicht mehr allein gewesen. Reichtum schuf sich seine Freunde, auch wenn die beiden Gefährten sorgsam in der Wahl der Helfer waren. Es war die Zeit für Planung und Verwaltung, die Siegfried langweilte und in der Nazreh erstaunliches Geschick bewies. Die Herberge wurde ihr alleiniges Quartier, das sich nach und nach mit Männern in ihrem Sold füllte. Bald waren die Zimmer in Worms belegt, die Ställe ebenso, Zelte wurden aufgezogen, Unterstände errichtet.

Zuerst hatten sie einige Soldaten als Leibwachen angeheuert. Zwar fühlte sich Siegfried einer Attacke gewachsen, aber noch war ihnen jedes Pack allein durch Überzahl gefährlich. Die römischen Schatzmeister von Worms, denen auch das Banken- und Steuerwesen der Region unterstand, fanden sich gegen Beteiligung bereit, die Schätze der Nibelungen in ihre Obhut zu nehmen. Damit stand zwischen dem Gold und jedem Dieb fortan ein Heer.

Der nächste Mann, den sie als Verbündeten gewinnen mussten, war Thelonius, der Stadtkommandant von

Worms und Burgund. Es dauerte einige Wochen, bis dieser sich in Rom versichert hatte, dass es im Interesse des schwindenden Imperiums lag, wenn Wulfgar Einhalt geboten wurde. Es hatte sich schnell der Verdacht erhärtet, dass Wulfgar mit dem Ende der alten Xantener und Burgunder Blutlinie auch gegen Worms marschieren könnte, wenn seine Streitmacht es zuließ. Siegfried und Nazreh bestärkten Thelonius in diesem Glauben, und der Römer war froh, dass andere für sein Reich die schmutzige Arbeit erledigen wollten, den Usurpator vom Thron zu stoßen.

Die Kunde, dass es für jeden freien Mann, der sein eigenes Schwert mitbrachte, lohnende Anstellung im Dienste eines neuen Kriegsherrn gab, machte eilends die Runde, flog von Taverne zu Taverne, von Stadt zu Stadt, von Hafen zu Hafen. Nicht wenige der Söldner, die sich bewarben, kamen direkt vom Feldzug Xantens gegen Island. Es kostete Siegfried einiges an Überwindung, die Männer anzuheuern, deren Waffen vor Wochen sein eigenes Volk niedergemetzelt hatten. Aber wie Nazreh sagte: »Ihr Schwert ist nur ein Dienst, den jeder kaufen kann. Schuld oder Rache wäre an ihnen verschwendet.«

Die Sachsen waren im Erbstreit verkeilt, und ihr Eingreifen stand nicht zu erwarten, wenn Siegfried gegen Xanten zog. Island war zwar annektiert, aber keinesfalls Bündnispartner Xantens. Dagfinn von Dänemark würde sich hüten, dem Eroberer, den er als Sigurd kannte, die Stirn zu bieten. Die kleinen Reiche Britanniens hatten keinerlei Interesse an den Kriegen auf dem Kontinent.

Blieb Franken. Das enorme Königreich war die entscheidende Macht auf dem Festland. Sein Herrscher Theudebald war bekannt dafür, nicht unüberlegt in Streitigkeiten einzugreifen, die ihn nichts angingen, auch wenn sein Kriegsheer auf keinem Schlachtfeld zu schlagen war. Die

Frage stand im Raum, ob Theudebald Wulfgar als Risiko sah oder den Xantener Usurpator als Absicherung gen Osten schätzte. Immerhin – die Franken hatten es hingenommen, dass Wulfgar Island unterwarf.

Drei Boten schickte Siegfried von Worms aus zum Hof der Franken, und dreimal kamen sie ohne Antwort zurück. Und das war Antwort für sich – Theudebald wartete ab, wer der Siegreiche war, um sich nicht durch ein vorzeitiges Bündnis mit dem Verlierer zu blamieren.

Sorgsam vermied es Siegfried, mit seinem Anrecht auf Island zu prahlen. Man hätte die Befreiung der Insel von ihm erwartet, nicht den Sturz Wulfgars. Doch darum ging es ihm nicht. Island frei zu sehen war ein Herzenswunsch – doch einer, der als Geschenk umsonst zu bekommen war, wenn Siegfried erst einmal den Thron seines Vaters in Xanten eingenommen hatte.

Die Römer erwiesen sich als ideale Helfer beim Aufbau der eigenen Streitmacht. Sie hatten Verträge für Soldaten bereit, Register der besten Bogenschützen und Reiter, und mit ihren Listen von Ställen und Schmieden war es leicht, in kurzer Zeit so viele Pferde und Schwerter zu kaufen, dass Worms aus allen Nähten platzte, als ginge es darum, die Hochzeit zwischen zwei Reichen zu feiern. Thelonius lud Sigurd sogar ein, in der Burg seiner Vorfahren zu wohnen, in der seine Mutter aufgewachsen war. Doch er lehnte ab – die Tatsache, dass Burgund nicht seine Herzensheimat war, blieb bestehen. Und Thelonius war nicht wenig erleichtert, denn es wäre für seinen Lebensabend äußerst misslich gewesen, einen Herrscher zu fördern, der am Ende des Tages Rom die Herrschaft in Worms streitig machte. Weil sie einander aber vertrauten, saßen die Männer oft in später Runde noch beisammen, um Strategien und Schlachtpläne vergangener Kriege zu diskutieren.

Bald war Siegfried ein Herrscher mit einem Heer, doch ohne Reich. Dies zu ändern war sein Anliegen.

Wulfgar war klug genug, um das Unheil im Wind zu riechen. Der Winter neigte sich dem Ende zu, und Boten brachten Nachricht eines neuen Herrn, der Söldner um sich scharte, die bald ein Heer sein sollten. Niemand wusste, gegen wen in die Schlacht gezogen werden sollte, doch es war nicht schwer, die Kandidaten zu sortieren. Keiner war so wirr im Kopf, mit einem Söldnerheer das Reich der Franken anzugreifen. Das wäre Selbstmord, ein erbetteltes Massaker. Die Römer nährten kaum den eigenen Feind, fielen also als Gegner ebenso aus. Dänemark war die Aufstellung eines Heeres nicht wert, und ein Eroberer hätte beizeiten freie Passage durch Xanten angefragt. Sein eigenes Land hatte Wulfgar gut im Griff, und niemand machte es ihm streitig.

Es musste wohl Sachsen sein, wo sich die Söhne des verstorbenen Königs um die Macht balgten. Ein guter Moment, um zuzuschlagen – die Truppen wussten nicht einmal, auf welchen Herrscher sie zu hören hatten. Wulfgar ärgerte es fast ein wenig, dass er nicht auf die Idee gekommen war. Trotzdem – Sachsen war zumindest zuverlässig gewesen. Der neue König mochte von einem anderen Schlag sein.

Aber für Kriege war immer noch genug Zeit. Der Feldzug gegen Island lag kaum ein halbes Jahr zurück, und Wulfgars Magen vertrug kaum mehr als weich gekochten Kohl, seit diese dumme Hoffrau ihn hatte vergiften wollen. Den Gedanken an seine Tochter in diesem Zusammenhang vermied er, denn er wollte sich nicht wieder sinnlos aufregen.

Trotzdem rief er Xandria zu sich. Es gab große Politik zu

machen, nicht auf dem Schlachtfeld der Kriege, aber auf dem Schlachtfeld der Liebe.

Schlachtfeld der Liebe. Wulfgar grunzte bei dem Gedanken. Mit Liebe hatte die Heirat, die er für seine Tochter im Auge hatte, gewiss nichts zu tun. Im Gegenteil – er wünschte ihr einen harten Prinzen, der sie täglich zu Disziplin und Respekt prügelte. Sie hatte das Zeug zu einer guten Königin, wenn man ihr erst mal ihre Sturheit ausgetrieben hatte. Doch sie davon zu überzeugen, das würde ein schweres Stück Arbeit …

Als die Prinzessin den Thronsaal betrat, schickte Wulfgar seine Ratgeber hinaus. Er hatte keine Angst vor seiner Tochter. Selbst wenn sie einen Dolch im Gürtel trug, er konnte sie allemal erwürgen, bevor ihre Hand den Schaft fand.

»Vater«, sagte Xandria. Es lag nichts in der Stimme – keine Freude, keine Furcht, keine Wut.

Wulfgar hatte gelernt, die Gefühle seiner Tochter so gut zu lesen wie die aller anderen Höflinge, doch in den letzten Wochen hatte sich etwas verändert. Xandria war verschlossener geworden, ohne daran zu leiden. Sie war – glücklich?

»Xandria«, knurrte Wulfgar. »Tritt näher heran.«

Er sagte es nur, weil er wusste, dass sie seine Nähe verabscheute. Es war eines der vielen Spiele, die er gerne spielte. Und Xandria gehorchte.

»Ihr wünscht?«

»Es ist Frühling«, begann der König, »und bald siebzehn Jahre wirst du sein. Zu alt schon für so manchen Thronfolger, der beabsichtigt, sein Reich durch viele Kinder zu festigen.«

»Ja, Vater«, antwortete sie auf die Frage, die er nicht gestellt hatte.

»Im Süden braut sich etwas zusammen – ein Heer auf dem Gebiet der Römer, bezahlt mit Gold, und an der Spitze steht ein Krieger.«

»Schon wieder Krieg?«

Wulfgar schüttelte den Kopf. »Wohl kaum. Doch erinnert es uns daran, stets Allianzen zu schmieden und uns das Wohlgefallen der Mächtigen zu sichern.«

»Dann solltet Ihr die Boten ausschicken, um königliche Freier einzuladen«, schlug Xandria vor. »Xanten kann ein Bündnis des Blutes gut gebrauchen.«

Wulfgar hatte eine Entgegnung für jeden patzigen Widerspruch seiner Tochter parat gehabt – der willigen Zustimmung wusste er nichts entgegenzusetzen.

Xandria – *wollte* heiraten?

»Deine Vernunft in dieser Sache ist … erfreulich«, murmelte der König. »Erfreulich, wenn auch gleichermaßen verdächtig.«

Xandria lächelte, ohne sich die Mühe zu machen, dabei ehrlich auszusehen. »Ich bin sicher, der richtige Prinz wartet auf mich. Und er sollte eine Gelegenheit bekommen, vorstellig zu werden.«

Wulfgar nickte. »Wenn du mich nicht zum Gespött machst und noch was auf deine mageren Knochen bekommst, dann mag ein kluges Bündnis dabei entstehen. Der Sohn des Hauses Kastilien bringt gleich viel Macht wie Schätze ein. Wenn du einen Araber freist, könnte uns das die Handelswege an den Rand der Welt öffnen. Gewürze, Seide, edle Steine – dann machte es endlich mal Sinn, die Flotte zu vergrößern.«

Xandria senkte demütig den Blick. »Was immer Euch gefällt.«

Wulfgar zog die Augenbrauen zusammen – diesen Satz hatte er noch nicht einmal von seiner Tochter gehört, als sie noch ein Kind gewesen war und jede Ohrfeige fürchtete. »Du weißt, dass ich nicht scherze, richtig?«

Die Prinzessin nickte.

»Und dass kein ungebührliches Benehmen angesichts der Prinzen dich aus deiner Verpflichtung rettet?«

Die Prinzessin nickte wieder.

»Geh mir aus den Augen!«, bellte er.

Ohne große Eile verließ Xandria den Saal, und die Ratgeber traten wieder ein. Henk sah gleich den Missmut in den Augen des Königs. »Euer Majestät, ich bin sicher, die Prinzessin wird sich an den Gedanken der Vermählung …«

»Hat sie schon«, winkte Wulfgar unwirsch ab. »Und das ist es, was mich stört.«

Nazreh hatte sich gesucht, was seit Wochen nur noch schwer zu finden war in Worms – einen ruhigen Ort. Er fand ihn in einem verlassenen Schweinestall, auf dessen hartem Boden er einige Kerzen verteilt hatte. Der Araber schlief nicht viel, und die Nächte gaben ihm Gelegenheit, seine Erlebnisse und Eindrücke aufzuschreiben, wie er es schon seit Jahr und Tag tat.

Er hatte nie gedacht, nie gehofft, vielleicht aber gefürchtet, eines Tages wieder in die Welt zu ziehen, an der Seite einen jungen Krieger, vor Augen die große Schlacht. An der prächtigen Universität von Bagdad hatte er die Schriften alter Denker studiert, und ihre Botschaft war über die Generationen und Kontinente dieselbe gewesen: Friede erwuchs nicht aus dem Krieg, er war nur das Produkt seiner Erschöpfung. Vergessen und Machttrunkenheit reichten aus, von heute auf morgen wieder Blut zu fordern. Es war fast lächerlich, aus welch banalen Gründen Länder und Reiche gegeneinander ins Feld zogen, und er hatte sich geschworen, niemals dem Krieg das Wort zu reden.

Und doch – war Siegfrieds Sache nicht gerecht? War weniger als Wulfgars Tod angemessen? Gehörte Island nicht die Freiheit und Siegfried nicht der Thron Xantens?

Das alles mochte sein, aber Nazreh fürchtete nicht um Xanten oder Island, nicht um die Römer in Burgund noch die Söldner im Felde.

Ihm ging es um Siegfried. Er war ein stolzer Mann und rein vom Herzen. Zu viele seiner Art hatte Nazreh in den Jahren gesehen, und keiner von ihnen war unbeschmutzt aus der Schlacht heimgekehrt. Ob siegreich oder in schmachvoller Niederlage, war dabei völlig gleich. In seiner Heimat gab es ein Sprichwort: »Im Krieg flieht dem Mann die Seele, denn sie ist klüger als sein Verstand und schneller als sein Körper.«

Wie konnte man auch unbeschadet bleiben, wenn tausende Männer unter dem eigenen Befehl in den Tod marschierten, wenn Freiheit mit Bergen von Leichen bezahlt wurde? Nazreh kannte die Freiheit – und sie hatte sich noch nie für ihre Toten bedankt.

Es war das verdammte Schicksal, an das die Menschen auf diesem Kontinent festhielten wie am Treibholz, wenn sie ertranken. Manche nannten es fromm »den Willen der Götter«, andere ergaben sich ihm als »Bestimmung«. Wieder andere bekämpften es. Doch niemand stellte es infrage. Es erschreckte Nazreh, wie wenig man hierzulande der eigenen Verantwortung traute, der Freiheit der eigenen Entscheidung.

Siegfried war nicht Herr seiner Entscheidungen, das war offensichtlich. Die Frau, von der er erzählt hatte, mochte ein bösartig gesinnter Dämon sein, ein Waldgeist, vielleicht die Walküre, an die man im Norden glaubte. Und die Nibelungen? Nazreh hatte gelernt, nicht erklären zu wollen, was er nicht erklären konnte. Aber sie alle flüsterten Siegfried ein, versprachen, prophezeiten, lockten. Sie malten ihm ein Bild des Kriegerkönigs, auf dass er sich danach richte und keinen Augenblick zweifelte.

Sie hätten in Britannien bleiben können. Ein einfaches Leben unter einfachen Menschen. Siegfried hätte sich eine Frau aus dem Dorf genommen, einen neuen Namen, und kaum zwei Generationen später wäre die Blutlinie Islands vergessen gewesen. In Frieden. Ohne Rache. Keine Gerechtigkeit, sicher – aber auch kein Blutvergießen.

Vielleicht war gerade der Wahnsinn des Krieges der Grund, warum Nazreh mit Siegfried gezogen war. Es gab nichts zu verstehen an der Schlacht, kein Ideal, das sich eröffnete, wenn man nur lange genug darauf starrte. Und trotzdem gaben sich die Menschen hin, marschierten freudig in den Tod, der sich über einfache Lieferung freute.

Nazreh wollte es verstehen. Sein Kopf versicherte ihm immer wieder, dass es nichts zu verstehen gab, aber sein Herz konnte es nicht glauben.

Wenn die Zeit kam, musste er tun, was möglich war, um diesen Irrsinn zu verhindern. Nazreh dachte daran, Siegfried zu ermorden. Sicher, Siegfried war sein Freund, aber das Leben tausender war auch der beste Freund nicht wert.

Oder war ein simpler Verrat vernünftiger? Wenn Wulfgar rechtzeitig wusste, dass das neue Heer seinen Grenzen galt, konnte er sich so abschotten, dass jeder Angriff unsinnig würde.

Er schrieb noch lange in sein Buch, geschwungene Zeichen einer Schrift, die hier von Grenze zu Grenze wohl keiner zu lesen vermochte. Vielleicht blieb am Ende nicht mehr als das …

Siegfrieds Kopf hatte geschmerzt, als er sich zur Nacht legte. Den ganzen Abend hatten sie über Plänen und Karten gehockt, er, Nazreh und die wenigen Anführer seines Heers, die in das Ziel des Feldzugs eingeweiht waren. Die vielen Zahlen lagen schwer im Schädel des Prinzen, und immer wieder verschwammen die Zeichen und Markierungen, die mögliche Truppenbewegungen darstellten. Große Schlachten planen, das lag ihm nicht, und es lief der Wut zuwider, mit der er Wulfgar und seine Mannen überrennen wollte. Doch Nazreh hatte ihn überzeugt, dass ein heißer Sturm keinen Erfolg versprach, dass die richtige Strategie den Lohn des Sieges trug.

Leise hörte er unten in der Taverne die Männer lachen und zechen. Er hatte sich großzügig gezeigt, zahlte guten Sold, obwohl noch kein Schwert erhoben worden war. Wenn er die Verbundenheit der Soldaten nicht durch Liebe zum Land gewinnen konnte, dann sollte es durch ein gutes Leben sein, das seine Seite versprach.

Die Wunde in seinem Bein pochte, obwohl sie gut heilte. Erneut hatte Nazreh mit Nadel und Faden Wunder gewirkt, und die beiden Narben bildeten ein breites Kreuz auf Siegfrieds Oberschenkel, das rot anlief, wenn er in Wut geriet. Bis zur Schlacht würde der Schmerz kaum mehr sein als Erinnerung.

Der Schlaf kam leicht. Siegfrieds Gedanken wurden unförmiger, flossen ineinander und rutschten immer wieder in dunkle Abgründe, nur um dann zuckend wieder aufzuflackern. Die Decke wärmte seinen Körper, und dankbar nahm der Geist die Gelegenheit, nicht mehr in Angriffsformationen und Flankentaktiken denken zu müssen. Dafür war Zeit, viel Zeit …

Da!

Etwas zischte und knackte. In seinem Raum.

Siegfried schreckte nicht verdächtig auf, nur sein Verstand ging in Abwehrhaltung. Seine Hand schob sich in der pechschwarzen Finsternis zur Seite der Pritsche, wo er sein Schwert wusste.

Es konnte ein Meuchelmörder sein, geschickt von Wulfgar oder einem anderen Regenten, der in dem Heer eine Bedrohung sah.

Holz knarzte.

Die Nibelungen? Möglich. Siegfried war sicher, den Geistwesen nicht das letzte Mal begegnet zu sein.

Er mühte sich, ruhig und flach zu atmen, als würde er bereits schlafen. Den Griff des Schwerts packte er fest und zog die Klinge an den Körper. Sein Verstand war wieder ganz klar, und seine müden Glieder gierten förmlich nach Taten.

Wie Nazreh ihm beigebracht hatte, rechnete er mit allem.

Nur nicht mit einer Frau, die auf einem Pferd mit brennenden Hufen durch die Wand seines Zimmers geritten kam, ohne die Bretter zu berühren. Und das im oberen Stock des Hauses.

»Steh auf, Siegfried«, sagte die Walküre. »Verschwende nicht unser beider Zeit mit eitlem Schwertgefuchtel.«

Das Tier, auf dem die Kriegerin saß, war so groß, dass es im Rest des Raums kaum Bewegungsfreiheit gab. Außerdem flammte es an den Hufen seiner acht Beine derart, dass Siegfried die Dunkelheit nicht mehr zu seinen Verbündeten zählen konnte.

Es gab allen Grund, in Panik zu verfallen, vielleicht zu beten oder furchtsam hinter der Pritsche zu kauern. Aber so imposant die Erscheinung auch war: Aus unerklärlichen Gründen jagte sie Siegfried keine Angst ein. Er setzte sich also auf und sah die erstaunliche Frauengestalt an. »Ich kenne dich.«

Sie rutschte von ihrem Pferd, um den Kopf wegen der niedrigen Decke nicht mehr einziehen zu müssen. »Du hast mich schon gesehen – doch kennen kannst du mich nicht.«

Siegfried stand auf, denn er wollte auf Augenhöhe mit der Kriegerin sein. »In meinen Fieberträumen bist du mir erschienen.«

Sie lächelte, doch es war kein freundliches Lächeln. »Ich reise gern durch Träume und raste im Wahn vieler Männer. Je weniger wirklich mein Auftreten, desto weniger muss ich mich gewöhnlich erklären.«

Siegfried hatte nicht vor, sich wie ein Untertan behandeln zu lassen. »Nichts ist gewöhnlich an diesem Treffen – wer bist du?«

Statt einer Antwort trat die Kriegerin auf ihn zu, und ein kalter Hauch erfasste Siegfried. Sie fuhr ihm mit der Hand über die Wange, legte den Zeigefinger unter sein Kinn, strich ein paar Haare aus seinem Gesicht. »Du siehst ihm so ähnlich, dass es fast schmerzt, dich anzusehen. Etwas kleiner von Gestalt, etwas weniger muskulös, aber schließlich verbrachte er seine Jahre an der Esse in Regins Schmiede.«

Siegfried wehrte die tastende Hand ab. »Nochmals – wie ist dein Name? Und von wem sprichst du?«

Die Kriegerin trat etwas zurück, und im flackernden Schein der Pferdehufe schienen Schatten in ihren rabenschwarzen Haaren zu tanzen. »Ich bin … ich war Brunhilde. Die Götter mögen nicht, wenn die Walküren bei ihren alten Namen bleiben.«

Siegfrieds Augen wurden groß. »Brunhilde – die alte Königin von Island? Frau von Gunther?«

War Trauer in Brunhildes Augen? Der Prinz war nicht sicher, aber ihre Gestalt versteifte sich. »Mehr als das war ich – so viel mehr.«

»Hast du Island fallen sehen?«, fragte Siegfried. »Kommst du, um meinen Kampf zu segnen?«

»Ich habe Island fallen sehen«, bestätigte Brunhilde. »Und viele Reiche noch dazu. Manchmal scheint mir, die Länder zerfallen schneller, als sie wieder aufgebaut werden.«

Siegfried wusste um die Macht der Walküren, und er ging auf die Knie. »Mit deinem Schutz werde ich siegreich sein – und Island wieder frei.«

Die Naivität des jungen Mannes überraschte Brunhilde. Als Königssohn hätte sie von ihm raue Weisheit erwartet. Siegfried war kaum mehr als ein Kind. Doch dann – sein Vater hatte einst im Wald mit ihr gespielt und wenig von der Welt verstanden. Die Jahre würden aus dem Sohn einen guten Anführer machen, wenn die Zeit ihm blieb.

»Was wird dann sein?«, fragte Brunhilde scharf.

Siegfried verstand die Frage nicht. »Dann … dann herrschen Freiheit und Gerechtigkeit.«

»Wie das?«

»Ich werde … ich gedenke als König …«, stotterte Siegfried.

»Du hast nur bis zum Ende deiner Rache gedacht«, stellte Brunhilde fest. »Nichts als der Wunsch nach Wulfgars Blut treibt dich voran. Doch willst du nicht eines Feindes Schwert zum Opfer fallen, musst du auch zu regieren wissen, wenn deine Fahne weht.«

Siegfried blieb demütig. »Was soll ich tun?«

Auch hier fand Brunhilde den Unterschied zum Vater – der alte Siegfried war erheblich trotziger gewesen und hätte kaum ohne Widerspruch um Rat gebeten. Sie lächelte erneut, diesmal so warm, wie es einer Walküre gegeben war. »Woran misst sich ein guter Feldherr?«

»An seinem Sieg«, antwortete Siegfried prompt.

Brunhilde schüttelte den Kopf. »Dann wäre jeder siegreiche Feldherr ein guter Feldherr. Trifft es demnach auf Wulfgar zu?«

»Nein!«, rief Siegfried hastig. »Wulfgar ist weniger als ein Tier und Mörder, er …«

»Dein Feldzug wird Leben kosten, viele Leben«, unterbrach Brunhilde. »Den Tod von Freunden zu vergelten, heißt, den Tod von weiteren Freunden in Kauf zu nehmen. Ein kluger Anführer erreicht das Ziel nicht mit der Menge der Waffen, sondern ihrer klugen Auswahl. Und er wählt seine Kämpfe mit Bedacht.«

»Ich weiß nicht, was das heißt«, gab Siegfried zu.

Brunhilde hockte sich vor dem immer noch knienden Prinzen hin. »Wulfgar muss sterben und Xanten in dein Erbe fallen. Doch Eroberung braucht vielleicht weniger das Land, vielmehr das Herz.«

»Welches Herz?«

Die Walküre legte ihre rechte Faust auf die Stelle, unter der früher ihr Herz geschlagen hatte. »Das des Volkes – und das einer Prinzessin.«

Ihre Worte verwirrten Siegfried. Prinzessin? Welche Prinzessin?

Brunhilde stand wieder auf. »Odin wird mir zürnen, dass ich dir Rat zum Leben gebe, wo ich doch deine Seele holen soll.«

Siegfried kam ebenso auf die Füße. »Ich will versuchen, deiner Worte zu gedenken, wenn der Tag gekommen ist. Doch darf ich wissen, weshalb du für mich dem Göttervater trotzt?«

Die Walküre sah den jungen Mann noch einmal lange an, und aus ihrer Melancholie hätten Barden tausend Lieder schreiben können. »Deine Augen hätten meine sein sollen, junger Siegfried. Meine Augen. Dann wäre nichts so gekommen, und mein Weg hätte nicht in die Dunkelheit geführt.«

Siegfried verstand nicht, aber er nickte. »Mein Dank wird ewig sein, Brunhilde. Vielleicht sehen wir uns wieder – nächstes Mal in einem Traum.«

Sie lächelte, sprang auf ihr Pferd und drehte es mit einem Ruck gegen die Wand, wo sein Kopf verschwand wie in einem Bergsee, in den es tauchen konnte. »Wer sagt, dass es kein Traum war?«

Als Siegfried im Dunkeln aus dem Schlaf schreckte, hörte er noch die klappernden Hufe. Es war dunkel, er lag auf der Pritsche, und das Schwert steckte in der Halterung an seiner Seite.

Ein Traum.

Ein Traum?

Zumindest war ihm nun nicht mehr nach Schlaf.

Er machte sich auf den Weg zur Burg, um mit Thelonius zu sprechen.

»Der Sieg ist unser, noch bevor der Feind in Sicht ist. Zwanzigtausend Mann unter Vertrag, weitere zehntausend in den umliegenden Gebieten und sicher noch zehntausend, die nur darauf warten, sich uns anzuschließen, wenn Ihr erst gen Xanten marschiert«, sagte Thelonius nicht ohne Respekt und stieß erneut mit Siegfried an.

Der drahtige Römer mit dem eisgrauen Haar lehnte sich auf seinem Lager zurück und gab sich dem edlen Wein der Hänge Burgunds hin. Er sprach mit der Zunge der Burgunder, fehlerfrei und flüssig.

Siegfried sah ihn überrascht an. »Euer Eifer freut mich genauso, wie er mich wundert. Direkten Nutzen zieht Ihr nicht aus meinem Krieg, und doch helft Ihr, wo Ihr könnt.«

Thelonius lächelte bitter. »Vielleicht erinnert es mich an alte Zeiten. An den östlichen Grenzen des Imperiums war meine Familie einst stationiert, mein Vater kommandierte sechs Legionen. Aber Rom hat lange nicht mehr auf der Seite der Sieger gestanden. Und heute verwalten wir nur noch den Rückzug. Dem Frankenreich gehört die Zukunft.«

»Sorgt Ihr Euch nicht um Theudebald? Er könnte die Einmischung der Römer persönlich nehmen. Wenn er auf Wulfgars Seite steht, wird seine Vergeltung vor Euren Stellungen nicht Halt machen.«

Thelonius winkte müde ab. »Theudebald ist ein unerbittlicher Gegner, aber ein kluger Herrscher. Er bekämpft nur, was ihn angreift. Das Zeichen wahrer Größe. Wulfgar hingegen – ich habe ihn einst getroffen. Im Pöbel der Tavernen findet man edlere Gesinnung als an seinem Hof. Dem ganzen Kontinent ist gedient, wenn sein Kopf endlich in der Erde fault.«

Siegfried nickte, und die beiden Männer waren im gemeinsamen Ziel einig. Doch dem Prinzen von Island und Erben von Xanten lag noch etwas auf dem Herzen, etwas, das anzusprechen er kaum wagte, um Thelonius nicht zum Spott zu reizen. Doch es drängte ihn zu sehr. »Was ratet Ihr mir, wie mit dem engeren Kreis um Wulfgar zu verfahren ist, wenn über der Burg meine Fahne weht?«

Thelonius dachte einen Moment lang nach. »Die wirklichen Getreuen von Wulfgar werden für ihn im Kampf sterben. Was übrig bleibt, ist feige oder nicht königstreu. Ein guter Anfang allemal. Verlangt von allen den Schwur auf euer Siegel. Jeder wird ihn geben. Und dann lasst ein gutes Drittel dieser Männer hinrichten.«

Der Römer sprach vom Mord an wehrlosen Männern mit erschreckend ungerührter Sachlichkeit. Dass eine Walküre von ihm mehr Gnade angemahnt hatte, widersprach allen Legenden.

»Aber wieso sollte ich ein Drittel derer, die mir Treue schwören, richten?«, fragte Siegfried.

»Ihr holt euch Xanten mit Gewalt«, erklärte Thelonius. »Die harte Hand bringt Ordnung, und jeder bei Hofe muss wissen, dass nur seine unverbrüchliche Loyalität sein Leben sichert. Bedenkt – wir reden von Männern, die bei erster Gelegenheit dem alten König die Gefolgschaft verweigerten.«

»Und was ist mit … Familie? Wulfgars Blut?«, kam Siegfried zu dem Punkt, der ihn eigentlich interessierte.

Thelonius schenkte sich nach. »Da wird Euer Schwert kaum Arbeit haben. Eine Tochter, mehr nicht.«

»Was wisst Ihr über sie?«, hakte der Prinz nach, und es kostete Mühe, nicht aufgeregt zu klingen.

Der Römer runzelte die Stirn, während er nachdachte. »Xandria ist ihr Name. Ein schönes Kind, so sagt man. Wenn man sich die Vetteln ansieht, die auf dem Kontinent sonst gerne den Titel Prinzessin tragen, dann möchte man es fast bedauern, ihre Kehle durchzuschneiden.«

Der Gedanke, Xandria zu töten, verkrampfte Siegfried den Magen, und Thelonius schien es zu merken. »Quält Euch nicht, guter Siegfried – wenn Xandria ist, was man behauptet, dann wählt den Zeitpunkt ihres Todes nach Eurem Wohlgefallen. Nehmt ihren Leib, so oft Ihr wollt. Wenn Euch danach ist, dann schändet sie vor den Augen ihres Volkes, um seinen Willen zu brechen. Und erst, wenn ihr Gejammer Euch die Lust nimmt, greift Ihr zum Dolch.«

Wieder sprach Thelonius ruhig und ohne Niedertracht von Mord und Vergewaltigung. Sie waren ihm Mittel zum politischen Zweck, kein Ausdruck seiner Eitelkeit. Siegfried bekam eine Ahnung, was die Römer über die Jahrhunderte so erfolgreich gemacht hatte. Ihr Blut war kalt, und weder Wut noch Leidenschaft trübten ihren Verstand.

Von sich selbst konnte er das nicht sagen.

Yor von den Sachsen war der erste Prinz, der sich am Hofe Xantens eingefunden hatte, um die Prinzessin Xandria zu freien. Sein Weg war nicht weit gewesen, und da die Sachsen noch der Stammeskultur verbunden waren, konnte er schnell reisen, mit starken Pferden und treuen Soldaten.

Xandria hatte Yor innerlich schon abgelehnt, als er nicht das Gesicht des Mannes trug, der ihr im heißen Traum versprochen worden war. Natürlich hatte der Sachse kräftige Muskeln, und sein Haar war lang und wellig, aber sonst stimmte nichts: Er roch nach Stall, hatte Läuse im Bart, den er beständig kratzte, und sein Kiefer stand schief, da ihn als Kind ein Pferd getreten hatte. Sein Gesicht trug seither den Ausdruck ständigen Missvergnügens. Leider konnte Xandria sehen, dass gerade ihre kaum zu verbergende Ablehnung Wulfgar große Freude bereitete, und lange redete er mit dem Prinzen, als hielte er ihn für den idealen Bräutigam. Es war das Glück der Prinzessin, dass Yor mit einem entscheidenden Mangel angereist war – die Krone von Sachsen war ihm nicht sicher. Zwei weitere Brüder sowie ein Onkel, Bruder des verstorbenen Königs, zankten sich um den Thron, und der Sieger war noch nicht abzusehen, so sehr Yor sich das auch einredete.

Gemeinsam, nur mit den Ratgebern beider Seiten in Hörweite, saßen sie an einem Tisch und diskutierten über gebratenen Wachteln und gedünsteten Rüben. Der Prinz zwinkerte Xandria wieder zu, wie er es seit Stunden tat, und mittlerweile mutmaßte sie einen Fehler in der Muskulatur seiner Augen.

»Wie schaut es an den Grenzen aus zwischen Sachsen und Franken?«, wollte Wulfgar von seinem Gast wissen. Er nutzte die Gelegenheit der Brautschau geschickt, um sich auf den neuesten Stand zu bringen.

Yor hob die Schultern. »Theudebald macht keine Anstalten, den Fuß auf unseren Boden zu setzen. Gut für ihn. Wir würden ihn abhacken und essen.«

Das war nur wenig übertrieben. Die Sachsen waren ein sehr wildes Volk, kaum gezähmt von Ackerbau und Viehzucht. Erst seit wenigen Generationen bauten sie Häuser, die mehr als dem Winter trotzen sollten, und der jeweilige König hatte beträchtliche Mühe, Dutzende Stammesfürsten bei Laune zu halten. Auch das eigene Reich definierten die Sachsen bei Bedarf gerne nach Laune – das Königreich Thuringia hatten sie sich vor kaum vierzig Jahren einverleibt, was bis heute der Grund für die Vorsicht der edlen Franken war.

»Wir sind glücklich, als Freund zwischen den Reichen zu wirken«, sagte Wulfgar diplomatisch.

Yor spuckte einen kleinen Knochen aus, der Xandrias Wange knapp verfehlte. »Darum träfe sich der Bund unserer Häuser gut. Wenn Ihr nicht mehr seid, wird der Xantener Wappen-Wolf unter der Streitaxt der Sachsen flattern.«

Wulfgar warf seiner Tochter einen verstohlenen Blick zu – soeben hatte sich Yor auch in seinen Augen endgültig disqualifiziert. »Es wird abzuwarten sein, welches Reich den Schutz der anderen Streitmacht zuerst benötigt. Wie man hört, hat Sachsen sich einen Feind im Süden gemacht, der schon seine Pferde für den Feldzug zäumt.«

Yor ließ den gebratenen Vogel fallen und wischte sich die fettigen Hände an seinem Hemd ab. »Kaum. Sogar Reiter aus unseren eigenen Stämmen baten kürzlich um Erlaubnis, sich dem neuen und sehr reichen Herrn anschließen zu dürfen, diesem … diesem … Siegfried, heißt er wohl. Kein Sachse reitet gegen seinesgleichen.«

Wulfgar runzelte die Stirn. »Aber dass ein Heer zum Marsch sich in Burgund aufstellt, das bestreitet Ihr nicht?«

Yor schüttelte den Kopf. »Wir bestreiten nicht, was jeder sehen kann, König Wulfgar. Allein – das Ziel des Heers sind nicht wir.«

Wieder tauschten Vater und Tochter einen Blick. Was ein freimütiges Brautwerben hatte sein sollen, war mit einem Mal in düstere Vorahnung umgeschlagen.

»Sodann, der Worte sind genug gewechselt. Meine Tochter, die Prinzessin, dankt Euch für Euer Erscheinen, das den ganzen Hof adelt. Erwartet unsere Antwort bis zum Sommer.«

Yor nickte, zwinkerte noch einmal Xandria zu und verließ den Saal. Vor der Tür rülpste er kräftig.

Wulfgar saß stumm da, bis er sicher sein konnte, dass die Sachsen außer Hörweite waren, dann brüllte er seinen Ratgebern zu: »Holt meine Generäle, schafft Henk herbei, bringt mir die Kommandeure der Grenzposten!«

Er drehte sich zu seiner Tochter. »Und du gehst mir wieder aus den Augen – dein Glück, dass Yor kaum Aussicht auf den Sachsen-Thron hat, sonst hättest du heute deinen Bräutigam getroffen.«

Natürlich log er – Sachsen wäre für Xanten nur ein guter Zug gewesen, wenn sich das wesentlich größere Stammesreich durch die Ehe bereitwillig der Verwaltung des kleineren Rhein-Landes unterworfen hätte. Doch das war auszuschließen nach dem, was York gesagt hatte.

Xandria stand auf, ihre Erleichterung nur mühsam verbergend. »Danke, mein König.«

»Freu dich nicht zu früh«, knurrte Wulfgar griesgrämig, »dein Prinz wird schon noch kommen.«

Sie lächelte entwaffnend ehrlich. »Mit Sicherheit – und ich werde ihn freudig empfangen.«

Damit verließ sie den Thronsaal, um die Besprechung der neuen Lage den Männern des Hofes zu überlassen. Ihre Schritte brachten sie eilig in das Gemach, wo sie sehnsüchtig aus dem Fenster nach Süden blickte.

Ein neuer Herrscher namens Siegfried? Sie hatte nie von ihm gehört, und doch hüpfte ihr Herz beim Klang seines Namens.

Siegfried. Ein schöner Name. Passend zu blondem Haar und einem weichen Gesicht mit strahlend blauen Augen.

Es war für Xandria keine Frage, dass der Anführer des Söldnerheers der Prinz ihrer Träume war. Was hatte die seltsame Kriegerin im Fiebertraum ihr prophezeit? Erst Waise, dann Königin. Daraus schloss sie, dass Wulfgar sterben würde und der Thron damit an sie fiel. Aus genau diesem Grund hatte sie auch dem Brautwerben so leichtherzig zugestimmt – es würde niemand sie von Xanten holen, solange sie noch Prinzessin war. Das war wider ihre Bestimmung.

Erst musste ihr Vater fallen.

Dann würde sie regieren.

Und danach war Zeit für die Leidenschaft.

Was Island nicht an die Schwerter Xantens verloren hatte, das holte sich der harte Winter. Für Monate war die Insel in Eis gepackt, und wer das Haus verließ, ohne sich von Kopf bis Fuß in Felle zu wickeln, dem fror beim Atmen die Zunge fest. Wann immer die Kälte undurchdringliche Wände aus Schneeflocken vor sich her trieb, fanden sich Männer, die im Lauf erstarrt und erfroren waren – Eisfiguren, mit denen die Götter das Unglück des kleinen Reiches noch zu verhöhnen schienen.

Es zeigte sich nun, dass Eolinds Plan, das Reich um die Felsenburg herum zu konzentrieren, von geradezu seherischer Genialität gewesen war. In den größten Langhäusern, die früher Tavernen und Ställe gewesen waren, konnten sich die Menschen gegenseitig wärmen, und das wenige Brennholz reichte gerade aus. Die Burg selbst war Zufluchtsort von hunderten Heimatlosen geworden, denen die steinernen Mauern Schutz vor dem gierig pfeifenden Wind boten.

Und draußen, außerhalb der Kontrolle Stens und seiner Xantener Lakaien, erstarkte der Widerstand. Die alten, vorgeblich verlassenen Minen boten vielen jungen Männern und Frauen Unterschlupf. Die Kälte blieb ausgesperrt wie der Feind vom Kontinent. Wer eine Waffe hatte, trainierte für den Aufstand. Wer für den Kampf ungeeignet schien, half Erze aus dem Boden zu holen, die verhüttet und dann mit kleinen Booten nach Dänemark geschafft wurden. Es genügte, um bei Dagfinn gerade genug Schwerter zu kaufen, dass es den Spionen Xantens nicht auffiel.

Ein sorgsam gesponnenes Netz von Boten tauschte Nachrichten zwischen dem Stadt-Staat Island und dem gesetzlosen Norden der Insel, von dem niemand wissen durfte. Gelen und Jon waren als enge Freunde des vermeintlich toten Königssohns die Anführer der kleinen, aber entschlossenen Rebellentruppe. Was an ihnen zehrte, waren nicht Kälte und Hunger – es war die Ungewissheit. Den eigenen Männern nicht sagen zu dürfen, dass der Prinz noch lebte und dass er einen Weg finden würde, Xantens Griff um Island zu brechen, war schlimm genug. Doch auch mit dem Wissen um Siegfrieds Leben waren Jon und sein Freund im Zweifel: Was, wenn dem Prinzen etwas zugestoßen war? Sie hatten die Gewitter am Horizont gesehen, in die er mit dem kleinen Schiff gesegelt war. Was, wenn er unter wilde Tiere oder Meuchelmörder gefallen war? Und selbst wenn er gesund und stark war – wie sollte er allein die Vormacht Wulfgars brechen? Es war viel Vertrauen nötig, und in einigen Nächten war zu wenig davon da.

So saßen sie wie jede Nacht mit einem Dutzend Gefährten um ein Lagerfeuer, das sie weit genug in der Mine entzündet hatten, um von draußen nicht gesehen zu werden, aber nah genug am Eingang, um dem Rauch einen unauffälligen Abzug zu geben.

»Wenigstens neigt sich der Winter dem Ende zu«, knurrte Gelen und tunkte hartes Brot in schales Bier. Er hatte in den letzten Monaten deutlich an Gewicht verloren und an Humor.

Jon nickte, die Augen fest auf das Feuer gerichtet. »Warten ist das Schlimmste. Mit Freuden gäbe ich gleich morgen mein Leben im Sturm auf die Burg. Doch hier zu sitzen, den Gestank der Xantener in der Morgenluft zu riechen und auf ein Zeichen des Prinzen zu hoffen, das nagt an meinem Gemüt.«

Die Männer unter ihrem Befehl brauchten nicht einzustimmen – jeder wusste, dass sie ähnlich empfanden.

»Vielleicht gelingt es mir, eure Stimmung zu bessern«, kam eine alte Stimme, die im harten Winter weiter gelitten hatte.

Die hagere Gestalt in der dicken Winterkutte, die leise hinzugetreten war, schob die Kapuze vom Kopf auf die Schultern.

Eolind.

Ihn hier zu sehen war mehr als ungewöhnlich. Es war vereinbart worden, direkte Kontakte zu vermeiden und nur unauffällige Kuriere über das Land zu schicken. Seine

Botschaft musste von höchster Dringlichkeit sein, um die Gefahr der Entdeckung zu rechtfertigen.

Die Männer grüßten den höchsten Mann im Staate, der Eolind momentan war, und boten ihm gewärmtes Bier für die kalten Knochen.

»Welche Nachricht bringt Ihr?«, fragte Gelen, dessen Herz frohe Kunde brauchen konnte.

Eolind setzte sich auf einen Stein, nahm einen tiefen Schluck und hielt dann die Hände zum Feuer. »Ein Schiff aus Xanten legte heute Morgen an. Mittlerweile nehmen sie Stühle, Tische, Laken – was immer sie noch in der Burg finden können.«

»Sie würden die Burg Stein für Stein abbauen und nach Xanten verschiffen, wenn sie nicht in den Fels gehauen wäre«, knurrte Jon.

»Die Bedürftigkeit Wulfgars ist an sich schon ein gutes Zeichen«, hielt Eolind dagegen. »Reich und unbesiegbar bräuchte er Isländer Holz nicht. Doch das ist nicht der Grund, warum ich trotz aller Gefahren über das Land ritt.«

Ein paar Sekunden gönnte er der Spannung seiner Zuhörer, bevor er weitersprach. »Statthalter Sten wurde vom Kapitän des Schiffes bei Wein und Fleisch über den Stand im Reich informiert. Ich hörte, was zu hören meinen Ohren nicht bestimmt war. Ein neues Heer formiert sich auf dem Kontinent. Bei Worms heuern sie Reiter und Schützen, Schwertkämpfer und Lanzenwerfer. Die Schmiedefeuer werden selbst des Nachts nicht kalt.«

»Was hat das mit uns zu tun?«, fragte einer der Männer, die meistenteils nicht einmal wussten, wo Worms auf den Karten zu finden war.

Eolind lächelte milde, wie er lange nicht mehr gelächelt hatte. »Die Spione Wulfgars melden, dass der Drang des neuen Heers nach Norden geht und an der Spitze ein blonder Krieger steht, dessen Name Siegfried lautet.«

Ein unsicheres Gemurmel brach aus, Fragen wurden hin und her geflüstert, bis Jon die Stimme erhob. »Siegfried?«

Eolind nickte. »Das ist der Name, den sich unser Prinz gegeben hat – als Sigurd musste er von Island fliehen, als Siegfried wird er es befreien.«

Der alte Ratgeber des Hofes machte sich nicht die Mühe, die Hintergründe von Siegfrieds Namenswechsel zu erklären. Es war mehr, als die Männer verstehen mussten.

Das Licht der Hoffnung flackerte im Mineneingang auf, die Stimmen der Unterdrückten wurden klarer und stolzer. »Dann lebt der Prinz – und kommt, sein Reich zu retten?«

Jon stand auf, neuen Mut in den Augen. »Haben wir je daran gezweifelt, dass die Götter die ruchlosen Taten Wulfgars nicht mit gleicher Münze heimzahlen würden?«

»Wann ist mit dem Angriff zu rechnen?«, wollte Gelen wissen, auch sein Herz neu entfacht.

Eolind hob die Hände. »Das weiß zu dieser Stunde wohl nur Siegfried – nennen wir ihn bei diesem Namen, wenn er ihn so gewählt hat. Doch kein Anführer stellt ein Heer auf, um die Soldaten zechen und würfeln zu lassen. Der Frühling wird sicher die Entscheidung bringen.«

»Was mag Siegfrieds Plan sein?«, fragte Jon. »An Xanten vorbei zur See marschieren, um sein Reich zu befreien – das wäre weder klug noch vom Erfolg gekrönt.«

»Du hast die Antwort selbst gegeben«, sagte Eolind. »Das Ziel des Prinzen, der bald unser König sein wird, ist Xanten. Und glaubt mir – wenn die Kunde vom Untergang Wulfgars kommt, steht Island auf, um seine Peiniger zu richten. Wenn sie auf keine Verstärkung aus der Heimat mehr bauen können, werden Xantens Köpfe rollen, und unsere Söhne werden noch in Jahren mit den Schädeln spielen.«

Er hob seinen Becher, und die anderen Männer taten es ihm gleich. »Auf den Sieg.«

Brunhilde sah aus den Wolken auf die Reiche hinab. Die Luft war dünner als auf dem höchsten Berg, doch da ihre Lungen nicht mehr atmen mussten, machte es ihr nichts aus. Sie schwebte weit über Burgund, und wenn sie den Blick nach Norden wandte, sah sie bis Island und weit darüber hinaus. Ihre Augen waren so scharf, dass sie die Hühner auf den Wormser Höfen sehen konnte und die Schiffe im Hafen von Fjällhaven. Ihr entging nichts, wie eine Kriegsherrin sah sie die Welt unter sich als Karte, auf der es Spielfiguren hin- und herzuschieben galt.

Ihr Pferd schnaubte, die acht Hufe unruhig Luft tretend. Sie zog fest an seiner Mähne. »Halt still, Hjordan. Wenn der erste Schlachtruf ertönt, werden wir an den Fronten reiten, und viele Krieger werden wir nach Walhall bringen. Odin wird zufrieden sein.«

Sie hatte lange geplant und immer wieder sorgsam intrigiert, um zu diesem Tag zu kommen. Odin war seiner Walküre mit mächtigem Zorn begegnet, als sie erneut Siegfried unter den Lebenden ließ. Er beschuldigte sie, unwürdiges Mitleid mit dem jungen Mann zu haben, in dem sie ihren einstigen Geliebten sah. Und damit hatte Odin recht. Doch eine Seele war dem Göttervater so genehm wie jede andere, und durch den Krieg zwischen Siegfrieds Heer und Xanten würden viele tapfere Krieger die Regenbogenbrücke betreten. Das verschaffte Brunhilde Zeit, um Siegfrieds weiteren Weg zu ebnen.

Etwas zuckte in den Wolken um sie herum. Ein Blitz? Ein Wetterleuchten? Nein, die waren in diesen Höhen ungleich wilder und schlugen um sich mit Knall und grellem Licht. Es schien mehr wie ein Funkeln im wabernden Nebel des Himmels, die Reflexion eines Gedankens.

Seeehr guuut gedacht … seeehr kluuug gemacht … doch niiiemals möglich …

Die Nibelungen.

Wütend drehte Brunhilde ihr Pferd in den Wolken, suchte die Geistwesen, deren Fratzen und Gestalten sie flüchtig umtanzten. Die Walküre hatte nicht gewusst, dass die körperlosen Wesen sogar bis zu den Wolken huschen konnten.

»Es ist nicht mehr an euch, das zu beurteilen«, rief sie. »Siegfried hat das Gold erneut verdient, wo schon sein Vater den Preis bezahlt hatte. Wenn euch das nicht reicht, dann könnt ihr gerne bei Odin vorsprechen.«

Die Nibelungen zischten verärgert – natürlich wusste Brunhilde, dass die Nibelungen Zwergwesen waren, die vom Göttervater einst auf ewig verbannt worden waren. Niemals würde Odin ihnen sein Ohr schenken.

Wenn Siiiegfried leeebt … wo Toood versprochen … da findet Leeeben kein Glück …

Brunhilde blieb stumm. Die Nibelungen drohten nicht – sie weissagten. Und mit einer gewissen Gabe der Vorhersehung war die Walküre ebenfalls gesegnet. Daher wusste sie, wann die Seelen der Krieger für den Weg nach Walhall zu erwarten waren. Und so sehr sie sich dagegen wehrte: Die Zukunft sah düster aus. Vage, unbestimmt, aber nicht von Glück und Frieden gekrönt. Sie versuchte seit Wochen, es zu ignorieren. Sie hatte sowohl Xandria als auch Siegfried eingeflüstert, um ein Leben in Liebe und Gerechtigkeit zu ermöglichen, aber der Horizont blieb schwarz. Brunhilde konnte nicht sagen, *was* geschehen würde – aber was geschehen würde, brachte keinen Segen.

Duuu weißt eees … duuu weißt eees … duuu weißt eees …

Die Walküre wusste, dass die Nibelungen ihre Gedanken nicht lesen konnten, aber das war in diesem Moment auch nicht nötig.

Es lag Krieg in der Luft. Man konnte ihn riechen. Sie hatte gehofft, mit dem Krieg nichts zu beginnen, sondern etwas zu beenden. Doch konnte sie nicht ausschließen, sich furchtbar geirrt zu haben.

»Die Räder sind in Bewegung, das Schicksal in vollem Lauf«, murmelte sie. »Wo wir die Gedanken säten, ernten wir nun die Zeit der Taten.«

Auf den weiten Feldern auf der anderen Rheinseite hatte Siegfried sein Heer versammelt, und wie ein wimmelndes Ameisenvolk standen die unterschiedlich gekleideten und bewaffneten Soldaten über die Hügel verteilt. Seine Stimme konnte nur die vordersten tausend erreichen, und es war die Aufgabe von Herolden, seine Worte bis in die letzten Reihen zu tragen.

Ein Dutzend Männer stand dem Heer zu Pferde vor: Siegfried, Nazreh und zehn Generäle. Neben Siegfrieds Pferd stand Thelonius, der nicht offiziell an ihrer Seite ritt, sich den Aufbruch aber nicht entgehen lassen wollte.

Es war ein prächtiger Anblick, so würdig wie furchteinflößend. In nur vier Monaten hatten sie mit gutem Gold eine Streitmacht aufgebaut, die es mit Xanten, Dänemark, Island und vielleicht sogar mit Sachsen aufnehmen konnte. Weder Rom noch den Franken wären die gut vierzigtausend Mann ein ebenbürtiger Gegner gewesen, aber was Söldnerheere anging, so konnte sich dieses sehr wohl sehen lassen. Es blieb jedoch abzuwarten, wie viele Männer sich vor der eigentlichen Schlacht mit dem Sold in die Büsche schlagen würden in der Hoffnung, dass nach dem

Feldzug niemand mehr am Leben war, der ihren Verbleib prüfte.

»Männer!«, rief Siegfried nun, und mit einem »Ho!« aus zehntausend Kehlen grüßten die Soldaten ihren Anführer. »An meiner Seite geht es heute gegen den Feind. Ihr habt euch mir verpflichtet, ohne den Feind zu kennen, seine Stärke, seine *Zahl*. Im Gegenzug versprach ich euch nicht nur Gold, sondern den Sieg. Wenn ich eure Schritte heute gen Norden lenke, dann wird manch erfahrener Söldner schon wissen, wo wir die Schwerter des Gegners in der Sonne blinken sehen werden. Es geht *gegen Xanten!*«

Er schrie die letzten Worte – und die Männer jubelten ihm zu. Weniger aus ehrlicher Begeisterung, mehr aus gekaufter Loyalität. Kaum einer hatte Grund, Wulfgar freudig entgegenzumarschieren. Viele trugen noch Münzen aus seinem Sold in den Taschen.

Nun war die Richtung gegeben – und die Zeit für den Feldzug verrann unerbittlich. Mit schnellem Pferd würde ein Spion sicher Wulfgar Meldung machen. Es war eine Frage von Tagen, nicht von Wochen, wann die Xantener Truppen fest an den Grenzen standen.

»Doch ich biete mehr als Gold und Sieg!«, rief Siegfried nun, und Nazreh sah ihn überrascht von der Seite an. Was hatte sein Freund sich überlegt?

Der Prinz brach mit dem Pferd aus dem Kreis seiner Generäle aus und ritt langsam die erste Reihe seiner Truppen ab, den Männern dabei in die teilnahmslosen Gesichter schauend. »Ihr kommt von weither. Viele von euch heimatlos oder von fremden Reichen verstoßen. Gold mag euch Huren kaufen – doch keine Frauen! Es kauft euch Häuser – doch keine Heimat! Verbündete – doch keine Freunde!«

Thelonius sah stirnrunzelnd zu Nazreh. Was tat Siegfried da? Wollte er seine eigenen Leute demoralisieren, ihnen den Lohn des Krieges bitter machen?

»Was Xanten braucht, ist mehr als ein König – es braucht Männer! Und gleichsam Island! Ausgelaugt von Kriegen und Misswirtschaft liegen die Reiche darnieder. Und darum verspreche ich jedem – jedem! –, der siegreich an meiner Seite reitet, die Vollbürgerschaft von Xanten. Oder Island, wenn ihr gerne friert.«

Einige Soldaten lachten, andere begannen zaghaft Zustimmung zu grölen.

»Und mit der Vollbürgerschaft – beurkundet und mit meinem Siegel garantiert – erhaltet ihr gutes Land, um euch niederzulassen. So kämpft ihr nicht nur um meinen Thron, so kämpft ihr auch für eure Zukunft!«

Es dauerte ein, zwei Minuten, dann hatte sich Siegfrieds Botschaft bis in die letzten Reihen durchgesprochen. Immer mehr Männer stampften zustimmend mit dem Fuß auf den Boden oder schlugen den Knauf des Schwerts an das mitgebrachte Schild. Lauter, immer lauter. Die ersten brüllten »Siegfried! Siegfried«, und hunderte Fäuste reckten sich gen Himmel.

Siegfried kehrte zu seinen Mitstreitern zurück, die ihn bewundernd ansahen.

»Ähnliches kenne ich nur aus Rom.« Thelonius lachte. »So entlohnten wir einst Sklaven.«

Nazreh legte Siegfried bewundernd die Hand auf die Schulter. »Ein kluger Zug gleich zu Beginn. Eines Königs würdig.«

Siegfried lächelte und genoss den Jubel, der ihm wie eine warme Welle entgegenbrandete. »Herzen gilt es genauso zu erobern wie Reiche, habe ich kürzlich gehört. Jetzt reiten wir nicht mehr mit *einem* Heer – wir reiten mit *meinem* Heer.«

»Dann werden auch die Götter auf deiner Seite sein«, sagte Thelonius und zog etwas aus einem Beutel, der an seinem Fuß lag. Er reichte Siegfried eine Kladde, ausgefranst und abgenutzt in festem Leder. »Hier – es möge dir auf dem Weg nach Xanten lehrreicher Begleiter sein.«

»Was ist das?«, fragte Siegfried, ohne das Werk zu öffnen.

»Es ist mein Feldbuch«, sagte Thelonius. »Die Chronik meiner Schlachten, mit der Quintessenz des militärischen Wissens, das das Römische Imperium in den Jahrhunderten gesammelt hat. Kann ich auch nicht an deiner Seite reiten – das Buch ist ein ebenso erfahrener Gelehrter.«

Siegfried nickte dankbar, und sie gaben einander fest die Hand. »Ich halte es in Ehren, und wenn Wulfgars Haupt auf dem Spieß verfault ist, werden die Kinder Xantens mit deinem Feldbuch die Kriegskunst lernen.«

Der Prinz wusste, dass es nun Zeit zum Aufbruch war. Nicht nur, um Wulfgar die Gelegenheit zu nehmen, eine solide Verteidigung aufzubauen, sondern auch, um die Welle der Begeisterung unter den Soldaten zu nutzen. Sie würde das Heer tragen und die Schritte beschleunigen.

Unter seinem Hemd spürte Siegfried das Horn des Dryk, Zeichen seines Mutes, Versprechen an seine Familie. Er hob die Faust gegen den Himmel: »Ho!«

Und vierzigtausend Mann ritten gen Xanten …

Es herrschte hektische Betriebsamkeit bei Hofe. Als Xanten den Angriff auf Island geplant hatte, war alle Zeit der Welt gewesen. Doch nun stand man selber vor einer Invasion, die kaum warten würde, bis Xanten aufgerüstet hatte. Manchmal saß Xandria stundenlang an ihrem Fenster, um dem Gewimmel zuzuschauen. Generäle kamen und gingen, Handwerker empfingen den Befehl, in größter Eile Waffen zu schmieden, und Heerscharen von Boten ritten aus, um die Kunde vom bevorstehenden Angriff in die Dörfer zu tragen, auf dass jeder Mann mit der Waffe in der Hand dem König seinen Dienst erwies.

Allein, die Gerüchte klangen böse und waren wohlweislich so geflüstert, dass Wulfgar sie nicht mit seinem Jähzorn beantworten konnte. Von fünfzig-, siebzig-, gar hunderttausend Soldaten war die Rede, tausenden von Pferden, Katapulten und fremden Bannern bis zum Horizont. Die ganze Welt schien sich für den Kampf gegen Xanten geeint zu haben.

Das war natürlich Unsinn, und Xandria gab wenig auf das Geschnatter. Doch ihr war klar, dass Xanten einem wirklich gut ausgerüsteten Heer schwerlich standzuhalten vermochte. Man konnte die Grenzen halten und hoffen, dass sich der Gegner im Anrennen aufrieb, aber damit waren die Möglichkeiten Wulfgars schon erschöpft. Jeder Fuß über die Landesgrenze war der Schritt in ein anderes Reich, und wenn die fremde Streitmacht Allianzen geschlossen hatte, holte Xanten damit womöglich die Nachbarn gegen sich in die Schlacht. Außerdem hatten sich die Soldaten, die noch gegen Island gezogen waren, im Vertrauen auf einige ruhige Jahre im ganzen Land verteilt, und sie zusammenzuziehen mochte Wochen dauern. Wochen, die kaum blieben.

Angst ergriff das Königreich auf allen Ebenen. So prahlerisch man gestern noch die eigene Stärke im Sieg über das kleine Island beschworen hatte, so wütend pochte man heute auf die Ungerechtigkeit des Schicksals, die einen Gegner scheinbar aus dem Boden gestampft hatte, um Xanten zu bestrafen.

War das Reich auch überrascht – wehrlos war es nicht. Die harte Hand Wulfgars hatte Disziplin gelehrt, und rasch waren die ersten Legionen an den südlichen Grenzen postiert. Straßen wurden aufgerissen, Wälder mit gerade genug Fallen versehen, um den Feind zu verunsichern, wie viel Tod noch in den Sträuchern lauern mochte. An beiden Seiten enger Täler hoffte man, den Gegner wie Vieh in eine Sackgasse zu treiben und dort einzukesseln. Nicht wenige Speere und Schwerter, die in diesen Tagen ausgegeben wurden, waren aus isländischer Fertigung.

Xandria scherte nicht die Frage, was Siegfried antrieb. Ob seine Sache gerecht war, vermochte sie nicht zu sagen. Es schien ihr aber glaubhaft, dass der Führer des feindlichen Heers mit Wulfgar abzurechnen hatte, und selbst als Tochter fand sie wenig Gründe, Einwände zu erheben. Hatte sie ihrem Vater den Tod denn nicht nur gewünscht, sondern selbst herbeizuführen gesucht? Dieser Siegfried mochte kommen, um das Land zu befreien und den König niederzustrecken. Um das Herz der Prinzessin brauchte er nicht kämpfen. Er hatte es in ihren vielen Träumen längst erobert.

Aus diesem Grund war Xandria auch weder furchtsam noch nervös. Stattdessen fieberte sie der Schlacht entgegen, hoffte auf ein rasches Ende und wünschte den Tod ihres Vater schnell, auf dass der Sieger sich ihr zuwenden mochte.

Er sollte sie zur Waise machen.

Dann zu seiner Königin.

Und schließlich zu seiner Hure.

Wulfgar stieß seinen Dolch in die Karte und nagelte sie am großen Tisch fest, an dem er mit seinen Generälen die Verteidigung des Reiches plante. »Kaum tausend? Wie kann das sein? Mit zwanzigtausend kam ich aus Island zurück!«

Nikos, einer seiner ältesten Ratgeber, nickte vorsichtig. »Zwanzigtausend, wenn nicht gar mehr. Doch viele Söldner verloren wir bereits an der Grenze, wo sie eigene Wege gingen.«

»Dann holen wir sie zurück!«, schrie Wulfgar, der seit Tagen nur noch schlief, wenn der Wein ihn dazu zwang.

Nikos sah vorsichtig zu Henk, dem es immer öfter zufiel, schlechte Nachrichten zu überbringen. Und der Schatzmeister ergab sich auch jetzt seinem Schicksal. »Die meisten Lohnsoldaten, die letztes Jahr an Eurer Seite ritten, sind diesmal unter feindlicher Flagge gegen Xanten.«

Rasend vor Wut schleuderte Wulfgar seinen Kelch gegen die Wand, und der Rest des Rotweins breitete sich daran aus wie ein riesiger Blutfleck. »Schande über diese Schweine! *Schande!* Ehrloses Pack!«

Natürlich wusste der König, dass er immer von der Ehrlosigkeit des Packs profitiert hatte, doch niemand wagte es, ihn darauf hinzuweisen. Henk räusperte sich. »Wir haben natürlich den Vorteil der Verteidigung. Während der Feind angreifen muss, Boden braucht, Siege sucht, reicht es für Xanten, nicht zu weichen. Unsere Grenzen zu halten ist ungleich einfacher, als ein anderes Reich in die Knie zu zwingen.«

Wulfgars Augen fixierten die Grenzen Xantens auf der Karte. »Wie stehen unsere Chancen?«

Das verlegene Schweigen war Antwort genug, und die nächsten Worte des Königs waren Drohung genauso wie Versprechen. »Wir konzentrieren all unsere Kräfte im Süden und an den Flanken. Wer das Land nicht verteidigt, den erwartet das Schwert. Und wenn dieses verdammte Geisterheer das Reich haben will, wird es in seinem Blut waten müssen.«

An einem zeitigen Morgen, der schwer nach Frühlingsblüten roch, traf das Heer aus Burgund auf die Xantener Grenzen – und Wulfgars Heer. Ein Bote im Sold Siegfrieds ritt zu den Generälen des Königs und verlas die formelle Herausforderung: »Mein Herr, Prinz Siegfried, erhebt Anspruch auf das Reich Xanten, seinen Thron und die zugehörigen eroberten Ländereien, insbesondere Island. Sofortige Kapitulation wird mit Milde in den anstehenden Prozessen vergolten. Ausnahme: König Wulfgar, dessen Schicksal der Tod sein wird. Es bleiben sechs Stunden zur Antwort.«

Der enthauptete Leib des Boten wurde nach kaum zwei Stunden auf sein Pferd gebunden und in Richtung des Söldnerheers zurückgeschickt. Es war die Antwort, die Wulfgar für angemessen hielt.

Der Krieg begann noch am gleichen Tag.

Fast fünfzigtausend Soldaten in Siegfrieds Sold rannten an gegen zwanzigtausend Getreue des Xantener Königs, die in eilig befestigten Stellungen harrten wie schwer bewaffnete Hasen.

Am ersten Tag fielen auf der Seite der Eroberer fast fünftausend Männer, und Xanten verlor die gleiche Menge. In von Pfeilen niedergemähten Reihen lagen die Leichen weit verteilt, vereinzelt stapften verwirrte und verletzte Pferde zwischen den Körpern herum und rochen an ausgebluteten Wunden. Priester segneten die Toten in schneller Folge, bevor sie auf Karren geworfen und weggeschafft wurden.

Siegfried beobachtete die Schlacht, so weit sein Auge reichte, von einem Hügel im Süden aus. Von den Ebenen und Tälern, die seinem Blick verschlossen waren, berichteten Kuriere, und ihre Neuigkeiten waren es, nach denen die Karten und Listen angepasst wurden, nach denen die Heerführer die Attacken neu ausrichteten.

Es trieb Siegfried, sich selber in den Kampf zu stürzen, als Anführer in vorderster Front die Soldaten mitzureißen, wie es sich für einen künftigen König gehörte. Doch sowohl das Feldbuch von Thelonius wie auch sein Freund Nazreh hatten dringend davon abgeraten. Nazreh hatte sogar ohne den Tonfall eines Scherzes versprochen, Siegfried niederzuschlagen, um ihn von der Dummheit abzuhalten. »So glorreich der Führer mit dem erhobenen Schwert auf Bildern und in Legenden wirken mag, im Felde ist er eine Ente, die um den Pfeil des Jägers bettelt, indem sie laut quakt und mit den Flügeln schlägt. Selbst eine verirrte Klinge der eigenen Leute könnte dich treffen, und wo tausend tote Soldaten den Krieg nicht beenden würden, tut es der Tod des Anführers.«

Das Ergebnis des ersten Tages war Stillstand, kein Fußbreit Xanten war unter die Kontrolle der Angreifer gelangt. Für nichts hatte Siegfried fast jeden zehnten Mann geopfert, und für nichts war ein Viertel der Xantener Truppen gefallen.

Am zweiten Tag verlor Siegfried siebentausend Männer, Xanten jedoch nur zweitausend. Der Lohn des mannigfachen Todes war die Einnahme der Grenzposten und der erste wirkliche Schritt auf feindlichen Boden. Herrschte Siegfried auch nicht über die Burg – sein Feldherrnzelt war in der Erde seiner Vorfahren verankert. In der Ferne sah er einmal den Wolf, den er einst auf dem Weg nach Burgund gerettet hatte. Das Tier hielt respektvollen Abstand, wich dem Gemetzel aus, als wisse es die leichte Beute nicht zu schätzen.

Die Xantener waren im Vorteil, denn sie konnten warten. Heranstürmen mussten Siegfrieds Krieger, und darin lag immer die Gefahr. Außerdem kannten Wulfgars Soldaten jene Stellen, an denen leicht ein Hinterhalt zu legen war, an denen hundert Bogenschützen ungesehen auf den Feind zielen konnten. Das Söldnerheer entdeckte diese Orte nie ohne grausame Verluste.

Die ersten Dörfer, ausgeplündert und verlassen, fielen den Invasoren in die Hände. Siegfried hatte ausdrücklichen Befehl erteilt, nicht barbarisch über das Land herzufallen und nur in feindlichen Soldaten den Gegner zu suchen. Doch die Berichte belegten, dass vielerorts seine Söldner kaum anders vorgingen als seinerzeit auf Island, und sein Herz fand Ruhe einzig in dem Gedanken, dass seine Mission Freiheit war und nicht Unterdrückung. Er konnte im Moment nur den Unterschied nicht mehr erkennen.

Immer wieder ritt Siegfried die frisch eroberten Gebiete ab, so klein sie auch sein mochten. Er legte seine Hand auf die Bäume, roch an der Erde, trank aus Bächen, die schon den Durst seines Großvaters gestillt hatten. Es sollte ihm den Glauben an das Recht geben, in dessen Namen er unterwegs war. Doch für jedes Hochgefühl fand er die Leichen junger Knaben, die Wulfgar eilends mit Spießen und Heugabeln ausgerüstet hatte, oder abgebrannte Dörfer, denen der Krieg das Leben ausgetrieben hatte. Siegfried bekam ein Gespür dafür, dass Kriege kaum befreiten, schon gar nicht in kurzer Folge. So sehr das Leben auch mit Kraft sich immer neu behauptete, konnte es gegen die dauernden Zerstörungen nicht an.

Die erste Woche brachte weitere Siege für Siegfried, und Wulfgars Heer zog sich erneut zurück, in einem Halbkreis nach Süden die großflächigen Gebiete um die Burg schützend. Doch Sieg hieß weitere Verluste, niemals unter tausend Mann an einem Tag. Nachts brannten die Leiber auf großen Haufen, weithin sichtbar als Fanal der Blutrünstigkeit beider Seiten. Die Priester gaben auf, und für ordentliche Bestattungen war keine Zeit mehr. Einzig die Waffenmeister profitierten, konnten sie nun doch jedem Soldaten zwei Schwerter zuweisen, und Dolche, so viel er zu tragen vermochte. Waffen starben nicht im Kampf, und je länger der Krieg dauerte, desto mehr Klingen kamen auf immer weniger Krieger. Mancher Pfeil traf schon seinen dritten oder vierten Brustkorb, als die Front in der zweiten Woche zum Erliegen kam.

Beide Seiten bissen sich fest. Morastige Gebiete erlaubten keinen Angriff auf breiter Front, und was an befestigten Straßen zur Xantener Burg führte, war in mehreren Reihen gesichert und nirgendwo planbar einzunehmen. Siegfried dachte daran, mit verstärkter Spitze vorzustoßen, doch dann war abzusehen, dass die Xantener Soldaten über die Flanken als Zange kamen, um die Spitze abzuzwicken und aufzureiben, bevor sie die Burg erreichte. Erfolg versprach nur das gleichmäßige Vorrücken, das zugleich mit großen Verlusten drohte. Und in der Erkenntnis, nichts mehr verlieren zu können, entwickelten die Xantener erstaunliche Zähigkeit. Was Siegfried an einem Tag gewann, verlor er mitunter schon in der nächsten Nacht. Was ein Sturm hätte sein sollen, war tumbes Tauziehen um Dörfer und Täler, manchmal nur um Lichtungen und Senken.

Niemand gewann – aber alle verloren.

Bis tief in die Nacht saß Siegfried mit seinen Generälen zusammen, den treuen Nazreh immer an seiner Seite. Doch was sie auch planten, wie sie auch den Gegner zu überraschen versuchten, es blieb erfolglos. Und das eroberte Land gab nicht genug her, um das Heer zu ernähren, weshalb mühsam aus dem Frankenreich und Sachsen Lebensmittel herbeigeschafft werden mussten. Dass die Höfe überhaupt lieferten, war die einzige Bestätigung, dass sie Siegfrieds Erfolg erwarteten.

Xanten hingegen hungerte. War schon vor dem Krieg

kaum genug Ernte übrig, das geschwächte Reich zu ernähren, so fielen durch die Schlachten jene Handelsstraßen aus, über die Wulfgar das Nötigste bezog. Auch diese Möglichkeit blieb Siegfried offen – wochen- oder monatelange Belagerung, bis Xanten sich selber fraß und am Schluss totes Land zu übernehmen war.

Kaum zehn Tage, nachdem die Truppen im Sold des Prinzen von Island die erste Attacke geritten hatten, ging nichts mehr vor und nichts zurück. Wo keine Handbreit Boden zu gewinnen war, da half auch sinnloser Angriff nicht. Xanten verteidigte sich bissig, doch keine direkte Gegenwehr war zu erwarten. Hätten die Söldner sich auf Siegfrieds Befehl umgedreht und den Krieg eigenmächtig beendet – Xantens Heer hätte sie ohne Verfolgung ziehen lassen. Tage vergingen im Belauern, ohne nennenswerte Scharmützel. Man zählte die Toten, pflegte die Verletzten und verteilte die Überlebenden neu.

Mitten im Krieg erlahmte der Wille zum Krieg.

Und am fünften Tag ohne Kampfesschrei kam ein Bote von der Xantener Burg zum Zelt des Prinzen, das Pergament am Gürtel mit dem königlichen Siegel verschlossen. Siegfried brach es und hielt das Schreiben nach kurzer Lektüre lachend seinem besten Freund hin. »Die Kröte lädt zum Spielen ein.«

Es enttäuschte Nazreh, dass Siegfried in dieser Lage lachen konnte, und der mangelnde Respekt vor Wulfgar war bestenfalls leichtsinnig. Er las die Botschaft genau: »Nichts anderes als ein direktes Gespräch schlägt er vor – so wie es zwischen Herrschern *vor* einem Kriege üblich ist.«

Siegfried nickte. »Es gibt jedoch nichts zu bereden – und wie närrisch müsste ich sein, mich freiwillig in seine Hand zu begeben? Will Wulfgar reden, kann er gerne aus der Burg gekrochen kommen.«

Nazreh rollte das Pergament zusammen. »Du würdest ihn mit einem Streich deines Schwertes töten.«

»Ganz genau.«

»Warum sollte er es also tun? Siegfried, er schlägt die Aussprache von Mann zu Mann vor – sicher besser, als weiterhin zu lauern oder tausende von guten Männern in sinnlosen Kämpfen zu verlieren.«

Der Prinz sah seinen Freund an, als habe dieser den Verstand verloren. »Ich soll mit Wulfgar *verhandeln?* Nazreh, hätte ich verhandeln wollen, dann hätte ich ebenso gut als Bettler an seinen Hof reisen können. Hat Wulfgar verhandelt, als er sich Island nahm?«

Nazreh schüttelte den Kopf. »Nein, das hat er nicht – und es ist nicht ratsam, ihm darin nachzueifern. Was hält dich ab, ihn anzuhören?«

»Die Tatsache, dass er mich kaum lebend aus der Burg lassen würde?«

»Dann schaff dir eine Versicherung – bestimm den Ort, bestimm die Umstände. Diplomatie auch zwischen Feinden ist der Schlacht vorzuziehen.«

Siegfrieds Blut floss immer noch zu heiß, um das Gespräch mit seinem Widersacher auch nur in Betracht zu ziehen. »Seine Botschaft beweist, dass er seine Sache verloren wähnt. Es wäre ein Zeichen von Schwäche, nun nachzulassen.«

Nazreh nahm seinen Freund fest bei den Schultern. »Deine tumbe Stärke wird in den nächsten Tagen weitere tausend gute Männer das Leben kosten. Rechne ihr Blut wie deins, Siegfried – und dann sag mir, dass es keinen Wert hat, mit Wulfgar zu verhandeln!«

Endlich drang er zum Prinzen durch, und der zornige Kampfeswille in seinem Schädel räumte endlich wieder der Vernunft den Platz. »Mit Albträumen zahle ich jede

Nacht für den Tod meiner Männer. Vielleicht hast du recht, und meine Sorge für sie ist Pflicht genug, den Sieg nicht um jeden Preis zu suchen.«

»Keiner erwartet, dass du dir weniger als den Triumph verdienst«, sagte Nazreh leise und sehr eindringlich. »Doch Sieg ist nicht immer der Sieg des Schwertes.«

»Dann hilf mir«, bat Siegfried. »Sag mir, wie ich Wulfgar gebührend antworte, ohne Gesicht oder gar Leben zu verlieren.«

Nazreh lächelte zufrieden. »So spricht ein Mann, der König sein kann. Verlange von Wulfgar ein Treffen zwischen den Fronten, auf einem Feld mit guter Einsicht. Beide Seiten bringen ihre besten Schützen in gehörigem Abstand. Befiehlt der eine König den Tod des anderen, sterben beide. Keine Rüstung, keine Waffen, keine Vasallen.«

»So hemmt die Aussicht auf den eigenen Tod den Willen, selber zum Mörder zu werden«, murmelte Siegfried. »Ein Gleichgewicht des Schreckens. Sicher nicht die edle Lösung, aber den Zweck mag es erfüllen.«

Nazreh nickte. »Eine Taktik, so alt wie der Krieg selbst. Wenn der Bote diese Nachricht Wulfgar überbringt, mag das Treffen schon morgen stattfinden. Und bis dahin sollen die Waffen ruhen.«

Siegfried runzelte die Stirn. »Sollen wir dem Kurier die Botschaft in die Tasche nähen – und dann seinen Leichnam zur Burg reiten lassen?«

Nazreh erstarrte ob der Kälte, mit der sein Anführer die Frage stellte, doch Siegfried lachte plötzlich schallend. »Nur ein Scherz, mein Freund – den Blutdurst Wulfgars habe ich nicht, und in der Überbringung einer Botschaft kann ich keine schändliche Tat erkennen. Der arme Mann soll lebend sein Ziel erreichen.«

Es erleichterte das Herz des Orientalen, dass Siegfried doch noch seine Menschlichkeit bewahrt hatte.

Es war schon späte Nacht, und die Generäle hatten sich vor Stunden zurückgezogen, um ihre Einheiten für den nächsten Tag zu instruieren. Wulfgar grübelte in seinem Kriegsraum, den ein runder Holztisch mit unzähligen Karten dominierte, über der Antwort des Anführers der Invasoren. Es war weniger der Inhalt, der den Xantener König nachdenklich stimmte – die Forderungen Siegfrieds waren weder anmaßend noch unerfüllbar und zeugten von kluger Zurückhaltung.

Aber zwischen den Zeilen standen Fragen, auf die Wulfgar gerne Antworten gehabt hätte, bevor er sich mit dem Angreifer traf.

Der Führer seiner Feinde nannte sich »Prinz Siegfried«, doch kein Königshaus, das Wulfgar kannte, hatte in den letzten Jahren einen Sohn dieses Namens aufgezogen. Hätte sich ein dahergelaufener Kriegsherr um des Ansehens wegen einen Titel gegeben, wäre es wohl nicht weniger als »König« gewesen.

Und wenn dieser Siegfried nicht den Schutz eines großen Hofes genoss, woher kam dann der Reichtum, um über einen einzigen Winter ein Heer dieser Größe aufzustellen? Selbst die vereinten Schätze von Xanten und Island wären dazu nicht in der Lage gewesen. Wulfgar konnte nur vermuten, dass Siegfried einen heimlichen Unterstützer hatte. Vielleicht aus Rom? Oder nutzte der Frankenherrscher Theudebald einen Stellvertreter, um einen unliebsamen Regenten vom Thron zu stoßen? Möglich, aber der König von Xanten hatte sich den Franken immer als loyal erwiesen. Es gab keinen triftigen Grund, ihn nun mit einem großen Schattenheer zu überfallen. Zumal keiner auf dem Kontinent etwas dagegen hätte tun können, wenn die Franken diesen Krieg selber geführt hätten.

Und da war noch ein Detail.

Siegfried verlangte explizit Wulfgars Tod.

Nun war der Tod des unterlegenen Regenten meist natürliche Folge eines Krieges zwischen zwei Reichen, aber schon in seiner ersten Botschaft hatte Siegfried klargemacht, dass er den Kopf Wulfgars *verlangte,* sollte jemals Frieden einziehen. Das sprach von persönlicher Rache, von einer unbeglichenen Rechnung.

Es schabte Holz auf Holz, als die Tür sich öffnete und die Prinzessin in den Kriegsraum trat, der für Frauen eigentlich verschlossen war.

»Was willst du?«, knurrte Wulfgar verdrossen. »Die Nacht ist keine Zeit für dich, umherzuwandeln.«

Xandria ließ sich nicht beirren und verlor keine Zeit an Höflichkeiten. »Der Krieg kostet mehr, als das Land zahlen kann.«

»Das sieht jeder, der nicht blind geboren wurde.«

»Vielleicht ist es weise, das Unausweichliche nicht über die Leichen der Menschen hinwegzustrecken«, sagte die Prinzessin vorsichtig.

»Ich weiß, dass du mich für einen Unmenschen hältst«, brummte Wulfgar. »Ein blutrünstiges Ungeheuer, dem töten Freude bereitet.«

Xandria wollte etwas entgegnen, aber der König winkte ab. »Schenk dir jeden verlogenen Widerspruch. Es ist, wie es ist. Wenn Theudebald uns nicht zu Hilfe kommt, ist Xanten den Invasoren ausgeliefert. Und Theudebald liegt nichts daran, sich einzumischen, wie es scheint.«

»Und was soll nun geschehen?«

Wulfgar kratzte sich am Kopf. »Ich werde mich mit dem Anführer des Feindes treffen. Diesem Siegfried. Vielleicht lässt sich eine Einigung erreichen, wenn ich erst einmal weiß, was genau er will. Und wenn nicht – vielleicht ergibt sich die Gelegenheit, den Krieg mit einem schnellen Dolchstoß zu beenden.«

Er sah seine Tochter erblassen und bemerkte, wie sie sich am Tisch abstützte. Ihr Atem ging auf einmal flach und schnell. »Du wirst Siegfried treffen? Wann?«, fragte sie seltsam erregt.

»Schon morgen«, antwortete Wulfgar. »Auf einem Feld, zwei Stunden Ritt südlich von hier. Was schert es dich?«

»Ni… nichts …«, stotterte Xandria ungewohnt. »Allein, das Schicksal des Volkes berührt mich.«

»Was hat das Volk je für dich getan?«, höhnte der König. »Glaubst du wirklich, die Xantener würden dich weniger eilig als mich den Schweinen vorwerfen, wenn sie könnten?«

Xandria entschied, die Stichelei zu ignorieren. »Ist es möglich, dich zu begleiten? Schließlich geht es um das Reich, und wenn meine Gegenwart hilft, die Raserei der Männer zu besänftigen, dann …«

»Eine Frau hat keinen Platz auf dem Schlachtfeld«, sagte Wulfgar, obwohl der Gedanke in seinem Kopf Anklang fand. »Doch vielleicht ist dieser Siegfried ein Tölpel, dessen Gemüt von einem schönen Gesicht zu rühren ist.«

»Ich werde mich gleich vorbereiten«, sagte Xandria rasch. Sie eilte aus dem Zimmer, als fürchtete sie, Wulfgar würde seine Meinung noch ändern.

Der König sah seiner Tochter missgelaunt nach. »Und wenn ihn das Gesicht nicht rührt, bewegt der Schoß des Mädchens vielleicht sein Gemächt. In Geilheit hat so mancher Feldherr seine größten Fehler gemacht.«

In der Stille des Kriegsraums lachte er über den Gedanken.

Nur wenige waren eingeweiht gewesen, dass an diesem Tage zwei Gegner auf dem Felde einander gegenübertraten. Beiden hätte es nicht zur Ehre gereicht, wenn ihre tapferen Soldaten von den Verhandlungen erfahren hätten.

Wulfgar brachte seine persönliche Garde mit, jene Männer, die auch die Burg im Angriffsfall zu verteidigen hatten. Exzellente Bogenschützen, schnell mit dem Schwert und jederzeit bereit, für den König zu fallen.

Siegfried hatte Nazreh dabei und ein Dutzend Söldner mit Erfahrung in der römischen Armee. Ihr Befehl lautete, die Sehnen der Bögen keinen Moment zu entspannen und die Spitzen der Pfeile nicht für einen Augenblick anders auszurichten als auf Wulfgar. Sollte der Xantener den Dolch gegen Siegfried heben, durfte sein Herz danach keinen zweiten Schlag mehr tun.

»So froh ich über dieses Treffen bin, so misstrauisch macht mich doch der Ruf des Königs«, murmelte Nazreh, während sie sich noch im Wald am Rande der Lichtung versteckt hielten.

Siegfried dachte an die Massaker Wulfgars in Island und nickte. »Zu trauen ist ihm nicht, das steht fest.«

Es war um den Mittag herum, die Sonne stand warm und genau über ihnen, keine der Parteien blendend. So wie es vereinbart worden war.

»Der König steht bereit!«, schallte es von der anderen Seite der Lichtung.

»Und sein Herausforderer ebenso!«, rief Nazreh zurück. Er drehte sich zu Siegfried. »Nun gilt es.«

Der Prinz von Island legte den Gürtel ab, an dem Schwert und Messer hingen. Die Ärmel seines Hemdes rollte er auf, um zu zeigen, dass keine verdeckte Klinge herausrutschen konnte. Er sah eine Bewegung auf der anderen Seite, eine Gestalt, die auf die Lichtung trat. Zwei

Gestalten. Siegfried nickte seinen Soldaten zu, und diese spannten ihre Bögen.

Nazreh sah Siegfried eindringlich an. »Denk daran – du willst Xanten erobern, nicht vernichten. Wähle keinen hohen Preis, den letztlich deine Männer zahlen müssen.«

Siegfried nickte und trat ebenfalls auf die Lichtung. Es waren vielleicht hundert Schritte bis zur Mitte, und beide Männer nahmen sie mit angemessener Würde. Es fiel dem Prinzen auf, dass er Wulfgar nicht so nahe gewesen war, als er ihn vom Fenster der isländischen Burg aus beobachtet hatte. Eine Welle der Wut durchlief ihn heiß, und er dachte erneut daran, Wulfgar gleich hier zu töten. Wenn es sein Leben kostete – war das nicht der faire Preis, von dem Nazreh gesprochen hatte?

Doch bevor er sich in die Rachegelüste steigern konnte, fiel sein Blick auf die zweite Gestalt, die er zuvor gesehen hatte und die am Rande der Lichtung stehen geblieben war.

Es war ein Mädchen.

Nicht viel Klugheit war vonnöten, um in ihr die Prinzessin Xandria zu erkennen, die Tochter Wulfgars. Ein goldener Gürtel zierte ihre Taille, und eine feine Krone bändigte ihr feuerrotes Haar. Ihre bleiche Haut schien in der Sonne zu leuchten, als hätte man eine Fackel entzündet.

Siegfried spürte, wie sein Blick sich an Xandria labte, wie seine Augen sich weigerten, von ihr zu lassen und sich dem König zuzuwenden. Die Prinzessin war von außergewöhnlicher Schönheit, und ihre Anmut ließ Siegfried die Hände zittern. Selbst auf die Entfernung sah er das angedeutete Lächeln auf ihren Lippen und ihre zarten Finger, die leicht zuckten, als wollte sie ihm zuwinken.

Das Herz, das es zu erobern galt? Siegfried erinnerte

sich an das, was Brunhilde ihm gesagt hatte. Xandria war mehr als das Schlachtfeld der Schlüssel zur Macht in Xanten. Doch wie konnte das sein? Wenn er siegreich war, musste er sie töten, um die Blutlinie Wulfgars zu brechen. Er konnte sie auch blenden und bettelarm in die Verbannung schicken, damit das Schicksal ihm die schmutzige Arbeit abnahm. Aber schon der Gedanke schmerzte tief in seiner Brust, zog sein Herz zusammen und weigerte sich, zu Ende gedacht zu werden.

Erst als die Gestalt Wulfgars einen Schatten auf ihn warf, stellte Siegfried fest, dass er die Mitte der Lichtung erreicht hatte, und riss mühsam die Gedanken von der zauberhaften Erscheinung.

Der Wechsel von der Tochter zum Vater war wie der Wechsel von einer Rose zu einem Kuhfladen.

Wulfgar überragte Siegfried kaum, doch an Breite und Masse hatte der Isländer seinem Erzfeind nichts entgegenzusetzen. Ein dicker Mantel blies die Schultern des Xantener Königs noch weiter auf, und schwere beschlagene Lederbänder an den Armen waren fest um kräftige Muskeln gebunden.

»So sieht er also aus, der Prinz aus dem Niemandsland«, knurrte Wulfgar, und Siegfried war froh, dass auf höfliche Floskeln verzichtet werden konnte.

»Besser keine Heimat als eine gestohlene«, hielt der Prinz dagegen.

Wulfgar zog einen Mundwinkel hoch. »Ihr strebt wohl danach, das zu ändern.«

»Ich will nicht mehr, als mein ist«, sagte Siegfried.

Wulfgar beugte sich vor, bis seine Nasenspitze fast an die seines Gegners stieß. »Und wer spricht hier von Dingen, die er sein Eigentum wähnt?«

Siegfried ließ sich nicht einschüchtern, sondern atmete

tief ein. »Ich bin als Siegfried gekommen – doch als ihr es versäumt habt, mein Leben zu nehmen, rief man mich noch Sigurd von Island.«

Wulfgar ging einen Schritt zurück und trat erbost auf den Boden. Ein Fluch, der so alt war, dass niemand mehr ihn zu schreiben wusste, entfuhr seinen Lippen.»Der alte Narr hat mich belogen! Natürlich! Ich werde ihn in Streifen schneiden lassen.«

Der König von Xanten war geradezu kindisch wütend, dass er sich von Eolind hatte täuschen lassen. Selbst Xandria zuckte zusammen, wie Siegfried aus dem Augenwinkel bemerkte.

Der Prinz lächelte freudlos. »Die Götter stehen auf meiner Seite, und mit ihrer Hilfe werde ich mir nehmen, was man meiner Familie genommen hat.«

Wulfgar fing sich wieder, strich sich über den Bart und musterte Siegfried von oben bis unten. »Der Sigurd also.«

»Siegfried.«

»Siegfried, wie auch immer. Zugegeben, nun ist mir einiges besser erklärlich. Sogar, dass die Römer Euch in Worms ein Heer aufstellen ließen. Schließlich seid Ihr von Burgunder Blut.«

»Das bin ich.«

Wulfgar gönnte sich ein paar Sekunden, um die Lage zu überdenken. Eigentlich war es so offensichtlich gewesen, dass er sich ärgern musste, nicht von selbst auf diese Erklärung gekommen zu sein. Sogar Siegfrieds Forderung nach seinem Kopf war nun nicht weniger als selbstverständlich. »Rache ist also Euer Motiv, nicht Gier nach Macht und Schätzen?«

»An Gold mangelt es mir nicht, und Macht hält keinen Reiz für mich«, antwortete Siegfried, immer wieder zur Prinzessin blickend.

Wulfgar grinste. »Dann ginge es mit dem Teufel zu, wenn wir uns nicht einigen könnten.«

Siegfried straffte seine Haltung. »Nicht weniger als Kapitulation kann die Grundlage sein. Und als Zugeständnis biete ich nur dies – ich töte Euch in einem fairen Duell, statt Euch gefesselt zu martern, bis das Leben Euren Leib jammernd verlässt.«

Auch Wulfgar wurde wieder ernst. »Mit einem Schwert in der Hand würde ich Euch diese Worte zusammen mit Eurer Zunge fressen lassen. Aber als Herrscher Xantens bin ich dem Frieden und der Politik verpflichtet. So habe ich ein Angebot für Euch.«

»Sprecht.«

»Ich gebe Euch Island.«

Es war nicht, was Siegfried erwartet hatte, und er brauchte eine Weile, um zu verarbeiten, was Wulfgar da vorschlug.

Der König von Xanten hob die Arme. »Es braucht keinen Krieg dafür. Ich nahm Eures Vaters Land, weil er es schwach und ungeschützt regierte. So ist das Gesetz der Völker. Wollt Ihr im Norden ein besserer König sein, so geleitet Euer Heer durch Xanten, bis ihr ans Meer stoßt. Keiner meiner Soldaten wird sein Schwert gegen Euch erheben. Einen schnellen Boten schicke ich voraus, mit der Versicherung, dass Ihr bei Eurer Ankunft keine Xantener Seele mehr in der Felsenburg vorfindet. Ein Reich für Euch, ein Reich für mich, kein weiteres Blutvergießen.«

Wulfgar sprach, als hätte er eine minderwertige Ware an den Mann zu bringen, und Siegfried wusste, dass dem so war – der König Xantens stand mit dem Rücken zur Wand, und die Offerte war ein bequemer Ausweg. So wie die Barden am Hofe Xantens Wulfgar als Sieger preisen würden, könnte auch Siegfried sich in Island als Befreier bejubeln lassen.

Es war ein gutes Angebot, wenn auch aus Feigheit geboren. Und Siegfried wusste, dass er noch die Tochter des Königs verlangen konnte, wenn er wollte. Er konnte *alles* verlangen, was er wollte.

Nazreh würde stolz sein.

Aber Siegfried dachte an Brunhilde, an die Nibelungen – an seinen Vater, dessen Namen er trug. Er hatte die letzten Tage auf der Erde seiner Vorfahren geschlafen, kaum einen Tagesritt von der Burg entfernt, in der einst seine Mutter regiert hatte.

Entschlossen schüttelte der Prinz den Kopf. »Wäre ich nur Sigurd von Island – vielleicht kämt Ihr so davon. Doch ich stehe hier auch als Siegfried, Erbe von Xanten.«

Er sagte es laut genug, dass es auch die Prinzessin hören konnte und die Soldaten des Königs.

In Wulfgars Hals grollte es – er hatte sich schon überlegen gesehen. »Was redet Ihr für einen Unfug? Siegfried ist Legende und schon lange tot.«

Der Prinz nickte. »Doch Kriemhild von Burgund gebar ihm einen Sohn, gleich hier in der Burg. Und auch in ihrem Namen fordere ich das Recht auf dieses Reich – und Euren Kopf.«

Wulfgar schüttelte sich, als sei er gerade aus dem Schlaf erwacht. »Dann wird kein Frieden sein.«

»Kein Frieden«, bestätigte Siegfried.

»Ich werde meine Füße in Euren Eingeweiden wärmen«, zischte Wulfgar. Dann drehte er sich um und ging zu seinen Männern zurück.

Siegfried tat es ihm gleich, und jetzt vermied er es sorgsam, Xandria anzusehen.

Er würde ihren Vater töten. Und sie vermutlich ebenso.

Nazreh war außer sich gewesen, und Siegfried verstand ihn sogar. Um nichts mehr hatte der Araber seinen Freund gebeten, als um Einsicht in der Hoffnung auf Frieden. Wulfgar hatte mehr geboten, als zu erwarten gewesen war. Siegfried hatte die Chance gehabt, als König nach Island zurückzukehren.

Stunde um Stunde versuchte Siegfried zu erklären, warum das Angebot nicht infrage kam, warum der Thron von Xanten für ihn mittlerweile wichtiger war als der Thron Islands. Es galt, das Unrecht von Generationen wettzumachen, seit seinem Großvater auf dem Schlachtfeld die Krone genommen worden war. Doch immer, wenn er Worte wie Bestimmung und Schicksal benutzen musste, spuckte Nazreh wütend aus. »Erkläre die Bestimmung den Kindern, die ihre Väter verlieren – erkläre das Schicksal den Frauen, die nach der Schlacht keine Männer mehr haben!«

Sie trennten sich im Streit, das erste Mal, seit sie sich kannten. Siegfried fragte sich, ob die Mentalität des Orientalen so anders war, dass ihm die Bedeutung des Schicksals unverständlich blieb.

Siegfried fand keinen Schlaf in der Nacht, und nachdem die Fackel in seinem Zelt niedergebrannt war, starrte er offenen Auges in die Dunkelheit.

Er *musste* so handeln – oder?

Mit dem Versprechen, Wulfgar zu richten, war er in die Welt gezogen. Nun warf ihm der Xantener König einen begehrten Brocken hin, um das eigene Leben zu retten. War es nicht feige, sich abspeisen zu lassen?

So oft er über die weitere Strategie nachdachte, so oft sah er in der Schwärze der Nacht das leuchtende Gesicht der Prinzessin. Es versetzte sein Herz so in Raserei, dass die Narben auf seinem Bein wild zu pochen begannen und

Schweiß an seinen Schläfen hinablief. Er fragte sich, wie ein Barbar von Wulfgars Schlage eine so wunderschöne Tochter haben konnte. Gerade Xandrias Liebreiz überzeugte ihn von der Gerechtigkeit seiner Sache – nicht einmal der kaum bezähmbare Drang, sie zu besitzen, konnte ihn davon abbringen, Xanten für sich zu fordern.

Er war Siegfried, Sohn von Siegfried, Erbe von Xanten und Island. Und dieser Krieg würde nicht enden, bevor er auch König beider Reiche war – oder tot.

Eine flache Hand schlug kräftig gegen das Tuch am Eingang seines Zelts.

»Was liegt an?«, fragte Siegfried und setzte sich auf. Er war todmüde und doch zu aufgekratzt, um zu schlafen.

Eine der Leibwachen, die Thelonius ihm empfohlen hatte, trat ein und erleuchtete das Zelt mit einer Fackel. »Prinz Siegfried, verzeiht die dringliche Störung …«

Er winkte ab. »Was gibt es?«

»Jemand schlich sich ins Lager – zweifellos, um Euch zu ermorden.«

Siegfried lächelte grimmig. »Das war zu erwarten gewesen. Für Wulfgar ist es der nächste logische Schritt nach der friedlichen Verhandlung.«

Der zweifelnde Blick der Wache verriet, wie falsch Siegfried damit lag. »Ihr solltet lieber selber sehen …«

»Natürlich«, erwiderte Siegfried. »Bringt den gedungenen Mörder zum Verhör zu mir.«

Die Wache steckte den Kopf aus dem Zelt, und einen Herzschlag später trugen zwei Soldaten eine zierliche, aber vehement strampelnde Gestalt herein.

Es war Xandria, Prinzessin von Xanten.

Wulfgar hatte seine engsten Ratgeber versammelt. Im Kriegsraum berichtete er ihnen von seinem Treffen mit

Siegfried, wie er es verstanden hatte. »Der Irrsinnige, der sich selbst den Namen Siegfried gegeben hat, suhlt sich im Wahn, in Erbfolge des echten Siegfried von Xanten zu stehen. Diesem Fiebertraum bringt er als Opfer sein und unser Heer – unsere Reiche. Ich bot ihm Island, doch seine Gier nach Macht ist nicht durch kluges Handeln zu besänftigen.«

Wie erhofft empörten sich die Generäle genug, um keine Fragen nach der weiteren Legitimation Siegfrieds zu stellen. Sie rasselten mit den Schwertern, stießen ihre Dolche in das weiche Holz des Tisches und schrien nach Rache und Vergeltung, als habe der Prinz von Xanten mit den höllischen Horden selbst ein unschuldiges Land gemetzelt. Ihre Rufe verlangten mehr als den Kopf Siegfrieds – nicht weniger als die Vernichtung seines Heers wurde zur Ehrenpflicht ausgerufen und der Kampf ohne Rücksicht auf Verluste.

Wulfgar nickte zufrieden. »Dann ist es beschlossen, dass Xanten nicht weichen wird, dass das Reich kämpft, solange ein einziges Herz in ihm schlägt.«

Henk trat an seine Seite. »Und wenn Frauen und alte Männer mit Mistgabeln gegen die Invasoren treten müssten – Xanten steht hinter seinem König.«

»Tragt diese Botschaft in die Dörfer«, befahl Wulfgar. »Vom heutigen Tag an ist jeder Bürger auch Soldat, kommt die Verteidigung vor jeder anderen Pflicht. Sich zu ergeben heißt Verrat und wird wie Verrat geahndet. Für Xanten zu leben ist für den König zu sterben.«

Seine Generäle nickten zustimmend, schlugen die Fäuste auf die Brust und verließen den Kriegsraum. Wulfgar blieb allein zurück und schenkte sich guten Wein ein, den er für eine einsame Stunde aufbewahrt hatte. Er setzte sich auf einen Stuhl – seit Tagen hatte er gestanden, um

Kraft und Größe zu zeigen. Nun gönnte er seinen Schultern Entspannung und Ruhe.

Die Zeit der lauten Sprüche war vorbei.

Der Krieg war verloren – und fing nun doch erst richtig an.

Es ging nicht mehr um Sieg. Es ging darum, die Niederlage teuer zu verkaufen. Jeder Xantener, der am Speer der Angreifer fiel, war ein Xantener weniger, den Siegfried dereinst regieren konnte. Und jeder Xantener Vater, der unter dem Schwert des Isländer Prinzen starb, hinterließ eine Familie im Hass auf Siegfried. Das Leid des Volkes würde nicht mehr das Leid Wulfgars sein, sondern das Leid des neuen Königs.

Wulfgar trank in heftigen und tiefen Zügen.

Sollte er fliehen? Ach was! Noch zehn, fünfzehn Jahre sich verstecken, in ständiger Angst vor Häschern und gedungenen Mördern, das war nicht seine Sache. Lieber sah er zu, wie das Reich unterging. Das Reich, das ihn nicht verdient hatte. Das ihn nun, da er als Triumphator aus Island gekommen war, in der Verteidigung jämmerlich im Stich ließ.

Xanten hatte das Leid verdient, und diesen Verdienst würde Wulfgar ihm auszahlen. Mit Zins und Zinseszins.

Sie standen einander gegenüber als Fremde, und in den Augen doch vertraut wie Geschwister. Die kleine Fackel spielte Schatten auf ihre Gesichter und warf ein Feuer in die Blicke, das aus der Seele kam. Ihnen fielen erst keine Worte ein, weil jeder wusste, was der andere dachte.

Musste Siegfried den groben Herrscher geben, um die Tochter des Feindes zu verspotten? Sollte Xandria sich trotzig geben, in aufrechtem Widerstand vor dem Herausforderer ihres Vaters? Beide fanden keinen Sinn in höflichem Getue, und Floskeln schienen so wertlos wie lächerlich.

»Mir wurde von dir im Traum erzählt«, sagte Siegfried schließlich, und er schämte sich dafür nicht.

Xandria hielt seinem Blick stand. »Und ich habe dich im Traum gesehen.«

Sie glaubten an verschiedene Götter, doch waren sie eins in der Erkenntnis, dass, welche Götter auch immer das Geschick der Menschen lenkten, diese Götter ihren Weg bestimmt hatten.

»Haben meine Wachen recht? Kamst du, um mich im Schlaf zu töten, auf dass der Krieg ein Ende habe?«

»Mit deinem Tod würde auch meine Zukunft enden«, sagte die Prinzessin. »Doch bin ich Xanten in Freundschaft verbunden. Und in Schmerz, wenn ich es leiden sehe.«

Siegfried nickte. »Auch mein Wille ist nicht Leid, sondern Befreiung. Es betrübt mich, dass dein Vater Ursache dieses Leides ist.«

Während er sprach, trank er wieder von ihren Augen, war jedes Zittern ihrer Lippen ein Lockruf, jedes Heben ihrer Brust ein Sirenengesang. Er sprach nur noch, um nicht in wortlose Raserei zu verfallen und sich zu nehmen, worauf er nie mehr verzichten wollte.

Als hätte sie seine Gedanken erraten und nicht weniger ersehnt, schlug Xandria vor: »Ich würde mich dir geben, wenn es das Leid nur einer Familie lindern könnte, meinen Körper willig als Pfand für den Frieden.«

Die Worte waren so ehrbar wie gelogen – die Prinzessin loderte innerlich, hungerte nach dem ehrlichen Fleisch Siegfrieds, das sie bisher nur im Traum an sich gepresst hatte. Ihr Körper war kein Pfand, er war nur noch entfachte Leidenschaft für den fremden Prinzen. Sein heißer Mund an ihrer Brust war all der Lohn, nach dem sie sich sehnte.

Und trotzdem standen sie steif da, leicht zitternd, den Bann des Krieges zwischen sich.

»Dem Pfand würde ich mein eigenes Leben opfern«, sagte Siegfried. »Doch Wulfgar lebend der Welt hinterlassen, das kann ich nicht. In Walhall würde mein Vater nicht neben mir speisen, ließe ich den Mörder der Familie, den Verwüster unseres Reiches davonkommen.«

Sie machten einen vorsichtigen Schritt aufeinander zu, nah genug, um des jeweils anderen Atem zu spüren.

»Dann ist, was ich bin, nicht genug, um dem Wahnsinn ein Ende zu bereiten?«, fragte Xandria, und ihre Stimme war ein Hauch, der über Siegfrieds Schultern und Rücken bis direkt in seine Lenden wehte. Er strich ihr mit einer Hand über die Wange, den Daumen sanft an ihren Lippen, ihre Augen in Sehnsucht verschließend.

»Es ist mehr, als ich wünschen könnte – und doch nicht genug, den Willen der Götter zu brechen, die den Fall Xantens fordern«, antwortete Siegfried, und er bereute die Unfähigkeit zur Lüge, die Xandria jetzt auf sein Lager gezwungen hätte. »Meinem Blut gehört der Thron, und Frieden kann nicht herrschen im Unrecht.«

Die Prinzessin nahm seine Hand von ihrem Gesicht, drückte sie, als gelte es einen Pakt zu beschließen, und sah ihm klaren Geistes in die Augen. »Dann, Siegfried von Island und Xanten, lass mich dir Unrecht zeigen, wo du Frieden suchst.«

Nazreh war nicht in sein Zelt zurückgekehrt an diesem Abend. Sein Körper verlangte nicht nach Schlaf, sein Lager nicht nach Anwesenheit. Im Beutel trug er, was er brauchte, und weiches Fell an seinen Füßen dämpfte das Geräusch seiner Schritte. Kein Zweig unter ihm brach die Stille, kein raschelndes Blatt verriet seinen Weg.

Es war geschehen, was er befürchtet hatte. Was als Eroberung begonnen hatte, wuchs sich aus zur Vernichtung.

Wulfgar wollte nicht weichen, und Siegfried konnte es nicht. Für beide war die Entscheidung leicht zu treffen, war die Zahl der gefallenen Soldaten doch wenig mehr als das – eine Zahl. Ihren Eitelkeiten und dem Schicksal opferten sie in wütender Sturheit jedes Leben in ihrer Obhut. Nazreh hingegen sah im Herrscher auch den Hüter und im Wohl des Volkes das oberste Gebot.

Er hatte Siegfried vieles beigebracht, doch vieles war auch an seiner Verschlossenheit abgeprallt. Das noble Herz hatte der Erbe von Xanten und Island zweifellos, doch die Weisheit des erfahrenen Veteranen ging ihm ab. Wulfgar hingegen fehlte es an der Erfahrung nicht, doch wo ein Herz schlagen sollte, hatte er nur einen Stein.

Nazreh hatte die Schlacht lange genug verfolgt, um einzusehen, dass ein Ende ohne verbrannte Erde von den Herrschern nicht zu erwarten war.

Es lag an ihm.

Am einfachsten wäre es gewesen, Siegfried eine Klinge zwischen die Rippen zu stecken. Als Freund kam er nahe genug heran, und keine Wache wagte es, den Orientalen nach Waffen abzutasten.

Aber der Mord an Siegfried hätte Wulfgars Sieg bedeutet, ewiges Leid für Xanten und Island, sowie das Ende der Blutlinie. So sehr Nazreh dem Blutvergießen ein Ende bereiten wollte – dieser Preis war nicht zu zahlen. Nicht von ihm.

Das Ende des Krieges musste das Ende Wulfgars sein.

Die Schritte des Arabers waren schnell, und die Dunkelheit der Nacht war ihm kein Hindernis. Jene Jahre, die er Siegfried immer verschwiegen hatte, waren lehrreich gewesen, und kaum langsamer als ein Pferd im Galopp kam Nazreh voran. Mitunter kroch er an Xantener Posten vorbei, die angespannt horchend in den Büschen kauerten, und eine Absperrung überwand er lautlos wie ein Schatten. Mit jedem Schritt entspannten sich seine alten Muskeln, kehrten einst erlernte Bewegungen in seinen Körper zurück. Seine Füße glitten mehr über den Boden, als dass sie ihn berührten, und seine Augen sahen mehr als die der Eulen, deren Ruf er immer wieder hörte.

Weder nach Verrat noch übler Tat stand ihm der Sinn. Wo Nazreh herkam, war der Mord zum Zweck der Freiheit eine edle Geste. Sie stand nicht vielen zu, und jenen erst nach Jahren harter Ausbildung, doch ihre Anwendung trug keine Niedertracht in sich.

Nazreh war ausgezogen, das zu tun, was Siegfried um des Schicksals willen verwehrt war.

Die Hälfte der Nacht war noch nicht vorbei, als an den Seiten des Weges die ersten Hütten auftauchten und Felder im Mondlicht lagen, die bestellt gehörten, wenn der Krieg endlich vorbei war.

Burg Xanten konnte nicht mehr weit sein.

Es war nicht nur dumm, sich auf das Wort der Prinzessin zu verlassen – es war nachgerade töricht. Sie war die Tochter des Feindes. Und doch fragte Siegfried sich nicht einen Moment, ob er ihr trauen konnte. Nackt in den Xantener Thronsaal wäre er gegangen, umgeben von den Schwertern Wulfgars, hätte Xandria ihn darum gebeten. Ihr Wort war mehr als nur Bitte für ihn – es war sein Gesetz.

In dunkle Mäntel hatten sie sich gehüllt und alle Insignien der Macht, die sie verraten konnten, abgelegt. Zwei gute Pferde hatte der Prinz herbeischaffen lassen, und die Nachtwachen auf beiden Seiten der Front hatten sie unbeschadet passiert – die Söldner befolgten Siegfrieds Befehl, den Weg freizugeben, und die Grenzposten Xantens stellten weder die Order der Prinzessin infrage noch die Identität des Begleiters an ihrer Seite. Auf schmalen Wegen und durch dunkle Wälder ritten sie nach Xanten ein.

Es missfiel Siegfried, sich wie ein Dieb in der Nacht in das Land seiner Väter zu schleichen. Er wollte als siegreicher Kriegsherr einmarschieren, bejubelt vom endlich befreiten Volk. Er wollte baden in der Begeisterung der Menschen, die nur auf ihn gewartet hatten.

Andererseits ritt Xandria an seiner Seite, und sein Herz war voll und stark wie niemals zuvor. Kaum zwei Stunden, dass sie erste Worte gewechselt hatten, und schon wollte er sich keinen Sonnenaufgang mehr ohne sie vorstellen. Ihr schlanker Körper führte das Pferd fest und gleitend, und der Stoff ihres Kleides spielte im Wind. Sie kam dem am nächsten, was Siegfried je in einem Traum gesehen hatte, ohne zu schlafen.

Vielleicht war es die entflammte Liebe, die ihn erst spät merken ließ, durch welche Ödnis sie ritten. Die ersten Häuser lagen nicht dunkel, weil die Bewohner ruhten, sondern weil sie ausgebrannt oder verlassen waren. Immer wieder wehte süßlicher Gestank vom Wegesrand, wo Kadaver toter Kühe lagen, die noch in den letzten Zügen gehungert haben mussten. Karren, deren Rad gebrochen war, hatte man liegen gelassen, und kaum ein Feld hatte in diesem Frühling den Pflug gesehen. Und wo nichts wuchs, würde nichts zu ernten sein.

Sie sahen Dörfer, deren Brunnen stanken und in denen klapprige Gestalten, die dem Menschenbild zu höhnen schienen, stöhnend im Schmutz lagen. Was Siegfried im fahlen Mondlicht für einen toten Hasen hielt, entpuppte sich als totgeborenes Kind, nur noch den Würmern zur Mahlzeit gereichend. Er musste sein Pferd zügeln, und als es ruhig am Wegesrand stand, übergab er sich auf den ausgedörrten Boden.

Xandria sah man das schmerzende Herz an, doch sie hatte das Leid zu oft gesehen, um ihm noch Opfer zu bringen. »Siehst du dein Xanten, Siegfried? Der Krieg ist nicht einmal hier, und schon hat er das Wenige, was die Regentschaft meines Vaters übrig ließ, vernichtet. Klopf an die Türen – nicht einen Mann wirst du finden. Nur hungernde Kinder, lahme Greise, verzweifelte Frauen.«

Siegfried wischte sich den Mund ab, versuchte es mit vorgespieltem Stolz. »Ist es nicht Grund genug, dies arme Reich deinem Vater zu entreißen – das Leid zu beenden durch Gerechtigkeit und Freiheit? Xanten war nie arm unter Siegmund, meinem Großvater, oder Kriemhild, meiner Mutter.«

»Aber bis es so weit ist, wird durch deinen Krieg nichts mehr sein, was es zu regieren gibt«, hielt Xandria dagegen. »Die Dörfer werden menschenleer sein und ausgebrannt. Es ist gut und edel, dass du deinen Söldnern die Vollbürgerschaft versprochen hast, denn sie werden das neue Xanten bilden. Dann ist Xantener Volk ohne Xantener Blut – auch das ist dein Erbe, Siegfried.«

Siegfried wusste, dass Xandria recht hatte, doch war Krieg nicht immer der Bringer von Elend und Leid und doch Wegbereiter einer neuen Ordnung? War er nicht die notwendige Reinigung, wie das Ausbrennen einer Wunde? »Zeige mir einen Weg, der dem Tun von Wulfgar ein Ende bereitet, der den Thron von Xanten in die Hände seines rechtmäßigen Herrschers gibt – und ich werde ihm folgen.«

Eine einzelne Träne rann silbern Xandrias Wange hinab. »Was versucht werden konnte, habe ich bereits versucht. Schon bevor ich deinen Namen im Schlaf rief, trachtete mein Herz nach Vatermord. Doch es war nicht bestimmt. Ich habe also keine Antwort für dich.«

»Dann sind wir also gefangen in diesem grausamen Spiel und müssen es bis zum bitteren Ende verfolgen?«

Xandria sah ihn an, und ein bittereres Lächeln hatte Siegfried noch nie gesehen. »Würdest du in den Tod gehen – mit mir?«

Er nickte, ohne zu zögern. »Nie mehr lasse ich dich allein, ob im Leben, ob im Tod.«

»Dann wenigstens könnten wir vereint sein, und die Last der Frage, wie Leid und Elend beizukommen ist, wäre von unseren Schultern.«

Siegfried war ihr so nahe, dass er ihre Hand am Zügel greifen konnte. »Doch nicht aus der Welt wäre die Frage, und den Rest aller Zeiten würden wir herabsehen auf das, aus dem wir uns feige fortgestohlen haben.«

»Ich schäme mich, dass mein Herz so viel leichter ist, da ich dein Antlitz schauen durfte«, flüsterte Xandria und zog seine Hand auf ihre Brust, damit er ihren Herzschlag spüren konnte. »Darf Liebe sein, wo die Verantwortung so harsch regiert?«

Siegfried nahm seinerseits ihre Hand und legte sie auf seine Brust. »Nichts sonst treibt mich mehr an, und mir wurde versprochen, dass in der Liebe wir die Reiche einen.«

Sie küssten einander, nicht in wildem Hunger, sondern in sanfter Zärtlichkeit.

»Der Morgen wird uns wieder als Feinde sehen«, wisperte Xandria in Siegfrieds Ohr.

»Dann wird es den Göttern gefallen, dass wir einen Ausweg finden«, versprach Siegfried.

Sie trennten sich schweren Herzens. Xandrias Platz war an der Seite ihres ungeliebten Vaters, und der Prinz war immer noch der Führer seines Heers. Im frühen Licht des nächsten Tages würde man von ihm neue Weisungen erwarten.

Bevor Siegfried sein Zelt betrat, hörte er den Wolf, dessen Stimme er gut kannte, heulen. Sein Lied ging zur Mondscheibe und schien doch mehr zu beklagen als nur die Einsamkeit der Nacht.

Siegfried hingegen spürte eine neue Süße in seinem Herzen, und seit langer Zeit war Hass nicht mehr sein einziger Antrieb. Die Kenntnis, dass die Prinzessin seine Liebe erwiderte, machte seinen Kopf klarer, seine Arme stärker, seinen Stolz größer als je zuvor.

Und was Wulfgar anging – das Problem würde auf dem Schlachtfeld gelöst, und das Schlachtfeld kannte nur einen Sieger.

So uneinnehmbar Xanten für Siegfrieds Heer war, so löchrig war sein Schutz gegen einen einzelnen Mann, der dunkel gekleidet durch die Nacht auf die Burg zuschlich. Nazreh hatte mit schnellen Blicken die Runden der Soldaten geprüft, die Rituale der Wachtposten an den Toren. Aus den vielen Jahren seiner Jugend wusste er, wie unmöglich es war, jeden Fleck zu überwachen, besonders in der Nacht.

Wie es üblich war, patrouillierten gut zwei Dutzend abgerichtete Hunde um die äußere Burgmauer. Mit ihrem untrüglichen Geruchssinn galten die Tiere als ideales Warnsignal, wenn fremde Füße durch das Gras stapften. Doch Nazreh hatte eine Paste im Beutel, deren Rezept an die tausend Jahre zurückgehen mochte und die er auf Hände und Gesicht schmierte. Für Menschen kaum wahrnehmbar, schreckte der bittersüße Geruch die Vierbeiner ab und reizte sie, nicht anzuschlagen. Der Orientale kroch unbehelligt auf die Außenmauer zu, die kein Graben umgab, wie man es weiter im Süden und in Britannien gewohnt war. Einmal kam ein Wachtposten verfrüht, die

Handfackel vor sich schwenkend, und Nazreh drückte seinen Körper an den dunklen Boden, so gut es ging. In der Nacht suchte das Auge nach Bewegung, das hatte er gelernt. Der Soldat ging kaum drei Schritte entfernt an ihm vorbei.

Die Mauer selbst war kein großes Hindernis. Je selbstgefälliger und mächtiger die Steinquader aufeinandergetürmt waren, desto einfacher war es gewöhnlich, sie zu überwinden. Nazreh suchte sich die mondabgewandte Seite und zog zwei hölzerne Griffe aus dem Beutel, in die metallene Haken eingeschlagen waren. Jede seiner Hände umfasste eine künstliche Kralle, und die Ritzen zwischen den Quadern gaben genügend Halt, um sich Stück für Stück an der Mauer hochzuziehen. So wie er die Patrouillen beobachtet hatte, blieben ihm dafür zwei Minuten, mit der Dunkelheit als Schutz vor jedem Blick von außen. Auch hier musste er so leise wie möglich sein, um die Wachen auf der Mauer nicht zu alarmieren.

Kein Palast von Bagdad bis Mekka, von Kairo bis Byzanz war so schlecht geschützt wie die Burgen der Germanen, das stand für den Araber fest. Kein Wunder – leise Attacken aus dem Hinterhalt galten hier als unehrenhaft, man rottete sich lieber auf dem Schlachtfeld gegenseitig aus.

Nazreh gönnte sich eine kurze Pause an der Mauer und wartete, bis die Wache auf dem Wehrgang diese Stelle passiert hatte. Er atmete tief ein, denn nun war erstmals die Konfrontation nicht zu vermeiden.

Mit einem eleganten Schwung schob er die Beine über die Mauer, und lautlos fand er sich gebückt auf dem Wehrgang, den Rücken eines Soldaten direkt vor sich, wie geplant. Keine der Türen links und rechts von der Außenmauer war zu erreichen, ohne von der Wache gesehen zu werden, also musste die Wache beseitigt werden, schnell und leise.

Die linke Hand am Genick, die rechte unter dem Kinn, brauchte es nur einen kräftigen Ruck, und Nazreh hörte die Knochen seines Gegners hässlich brechen. Der Soldat sackte zusammen, ohne einen Laut von sich zu geben, und Nazreh fing seinen Speer, bevor dieser auf den Stein klapperte.

Damit war der Weg in die Burg frei. Der Orientale hatte keine Ahnung, wo genau das Königsquartier lag, aber seiner Erfahrung nach waren die meisten Burgen dieser Reiche ähnlich aufgebaut, und es gab immer Hinweise, nach denen man sich richten konnte – je näher man den Gemächern des Regenten kam, desto größer wurden die Gänge, üppiger die Teppiche und zahlreicher die Wachen.

Der direkte Weg kam nicht infrage, denn mit Sicherheit war Wulfgars Kammer gut bewacht, besonders in Kriegszeiten. Für gewöhnlich weniger gut bewacht waren die Räume über und unter den königlichen Gemächern. Nachdem Nazreh sich versichert hatte, dass der König genau dort schlief, wo er es erwartet hatte, orientierte er sich an den Treppen ein Stockwerk höher. Hier fand er Baderäume, Schreibzimmer und ein Lager mit allerlei Gerümpel. Einer der Baderäume hatte einen halbrunden Balkon zur Hofseite. Zwar lag das Fenster des Königsgemachs nicht genau darunter, sondern etwas zur Linken davon, aber für Nazrehs Zwecke war es gut genug. Am steinernen Waschbecken machte er das Seil fest, das er in seinem Beutel trug. Es war mit Asche dunkel gefärbt, und am Mauerwerk baumelnd konnte es nicht gesehen werden.

Nazreh nahm sich eine gute Stunde Zeit, von seiner Position aus erneut die Runden der Wachtposten zu studieren. Er hatte nicht den ganzen Weg zurückgelegt, um nun im letzten Moment dem Pfeil eines Soldaten zum Opfer zu fallen. Schließlich entschied er, dass der Augenblick günstig war, und rutschte mit drei, vier Griffen am Seil hinunter. Dann pendelte er ebenso oft hin und her, bis der Schwung ihn weit genug nach rechts trug, dass er die Laibung von Wulfgars Fenster zu fassen bekam.

Im Gemach des Königs von Xanten war es dunkel bis auf eine Nachtkerze, die für den Fall des notwendigen Stuhlgangs immer brannte. Sie war schwach genug, dass Nazreh mehr Schatten als Gegenstände sah, und es war ihm recht so.

Es war Nazreh durchaus schon passiert, dass eines seiner Opfer davongekommen war, weil es sich kurzerhand entschieden hatte, bei einer Konkubine zu nächtigen. Aber das Glück – im Gegensatz zu Siegfried mochte er es nicht Schicksal nennen – war auf seiner Seite. Wulfgar schlief grunzend in seinem Bett.

Die Klinge aus Nazrehs Gürtel, die den Kerzenschein matt reflektierte, war klein und scharf. Manche Römer, die Feldzüge im Orient hinter sich hatten, gebrauchten sie zur Rasur, auch wenn das großes Geschick erforderte – schließlich war der Zweck des Dolches, den Hals zu durchtrennen und nicht zu schonen.

Xandria war so aufgekratzt, dass sie weder an Schlaf noch Essen denken konnte, als sie in die Burg zurückkehrte. Sie wartete nicht darauf, dass ein Stalljunge kam, um sich ihres Pferdes anzunehmen, sondern ließ es einfach vor dem Thronsaal stehen.

Sie musste mit ihrem Vater sprechen!

Ihr war klar geworden, dass Siegfried nicht das Herz eines Tyrannen hatte, dass sein Wille nicht der Untergang war. Wenn Wulfgar das verstand, wenn er auf sein Leben noch etwas gab, dann *musste* es einen Ausweg geben. Es konnte nicht sein, dass beide Seiten den Krieg ablehnten und ihn doch auf dem Rücken des Volkes weiter austrugen!

Es war nicht nur die Hoffnung auf Frieden, die sie trieb.

Siegfried.

Er war alles, was sie erträumt hatte – und so viel mehr. Jeder Kuss von ihm war starker Schauer, stärker noch als die heißen Träume, mit denen sie die letzten Monate überstanden hatte. Seine Hand war weich und fest zugleich, und sie konnte sich kaum entscheiden, auf welchem Teil ihres Körpers sie die Hand am dringlichsten spüren wollte.

Ihren Mantel ließ sie fallen, als sie durch die Gänge der Xantener Burg lief. Irgendjemand würde ihn aufheben – und wenn nicht, was machte es schon?

Erstmals seit Jahren trug sie Glück im Herzen, und das Glück würde auf ihren Vater abfärben wie auf das Volk. Fürwahr – große Zeiten standen ihnen bevor!

Natürlich wusste sie, dass Siegfried auf Xanten bestand, so wie ihr Vater sich die Krone eher aufs Haupt nageln ließ, bevor man sie ihm wegnehmen konnte. Aber wenn beide Männer den Frieden wollten, dann würde es Einigung geben, davon war sie überzeugt! Vielleicht konnte Siegfried über Xanten herrschen, wie es sein Erbrecht war – und Wulfgar sich nach Island zurückziehen! Die kalte Insel kam seinem griesgrämigen Charakter weit mehr entgegen.

Die Wachen konnten kaum die Speere schnell genug zur Seite nehmen, als Xandria an ihnen vorbeieilte. Sie grüßten pflichtschuldig, doch die Prinzessin hatte kein Ohr dafür.

Die schwere Tür ins Schlafgemach des Königs hatte ihr immer Mühe bereitet, denn die groben Angeln brauchten

Männerarme, um vollends aufgestoßen zu werden. Doch heute Nacht hatte Xandria alle Kraft der Welt, und mit ihrem ganzen zarten Körper warf sie sich gegen das Holz, das ächzend den Weg freigab.

»Vater!«, rief die Prinzessin. »Wach auf! Es gibt so vieles zu besprechen! Ich …«

Sie hielt inne, und es dauerte ein wenig, bis ihre Augen im flackernden Licht einer einzigen Kerze erkannten, was geschehen war.

Wulfgar lag auf dem Rücken, das Laken von seinem fetten Körper gezogen. Die Augen waren geschlossen, doch er schlief nicht. Satt und rot färbte das Blut unter dem Bart aus dem Schnitt von Ohr zu Ohr das Bett, und die tödliche Klinge steckte wie zur Sicherheit in seiner Brust, das kalte Herz durchbohrend.

Auf dem Stuhl neben dem Bett saß ein Mann von ebenso dunkler Kleidung wie Hautfarbe. Er hatte die Beine unter seinem Rumpf gefaltet, die Augen geschlossen und schien leise zu beten. Er benutzte dabei eine Sprache, die Xandria noch nie gehört hatte und die mehr wie ein Singsang war.

Der Prinzessin wurde schwindelig. Die Grausamkeit der Tat, die unvorstellbaren Konsequenzen, sie überluden ihren Kopf mit wirren Gedanken und trieben das Blut aus ihren Wangen. Sie griff nach dem schweren Holz der Tür, um sich abzustützen.

Die zwei Türwachen traten nun zu ihr, vom plötzlichen Verstummen Xandrias gelockt. Auch die Getreuen des Königs verharrten nun einige Sekunden sprachlos.

Schließlich schrie einer. *»Der König ist tot! Wulfgar wurde ermordet!«*

Es hallte durch die Gänge und fand die Ohren anderer Soldaten, die es weitergaben.

Als Xandria ausgesprochen hörte, was vor ihrem Auge

ausgebreitet war, knickten ihr die Knie ein, und in gnädiger Ohnmacht stürzte sie zu Boden.

Der Morgen begann still auf Siegfrieds Seite der Front. Er fand seine Generäle ausgeruht und bereit, die Marschbefehle für den Tag zu empfangen. Nebel lag noch auf dem Land, und das Gras war feucht.

»Wo ist Nazreh?«, wollte der Prinz wissen. Bisher hatte sein Freund noch keine Zusammenkunft verpasst. Doch niemand wusste eine Antwort.

Siegfried hatte nicht geschlafen, die ganze Nacht war sein Kopf angefüllt gewesen von Gedanken an Xandria und der Schlacht gegen das Heer ihres Vaters. Er war nun begierig, eine Lösung zu finden, so schnell es ging, und mit geringstem Leid für Volk und Soldaten. Dafür brauchte er seinen Freund und besten Ratgeber – immerhin hatte Nazreh ihn stets gedrängt, nicht nur auf das Schwert zu vertrauen.

Das Xantener Heer verhielt sich außergewöhnlich ruhig, es kam nicht einmal zu einzelnen Attacken an den üblichen, strategisch wichtigen Straßen. »Wulfgars müde Soldaten scheinen heute verschlafen zu haben«, scherzte einer der Generäle, als sie im großen Kommandozelt beieinanderstanden.

»Das hätten wir nutzen sollen«, scherzte Siegfried. »Doch erinnert es uns daran, dass die Xantener mit dem Rücken zur Wand kämpfen. Es bleibt ihnen wenig, als auf unsere Angriffe zu reagieren, und dabei zu hoffen, dass sie sich nicht aufreiben. Die Niederlage können sie allenfalls aufhalten, nicht aber verhindern.«

»Aushungern, das Pack«, knurrte Hederich, ein altes Schlachtross aus vielen Kriegen, das sicher auch ohne Sold an Siegfrieds Seite gestanden hätte – der Franke brauchte den Krieg als Lebenselixier. »Warum noch angreifen? Schneiden wir die Xantener noch zwei, drei Monate vom Rest der Welt ab, und sie werden nicht mal mehr die Schwerter heben können, wenn wir einmarschieren.«

»Das Leid des Volkes darf nicht gleich dem Leid der Soldaten sein«, mahnte Siegfried, in Gedanken beim Ausritt der letzten Nacht. »Xanten liegt am Boden, und wir kommen nicht, auf ihm herumzutrampeln.«

Seine Generäle warfen einander mürrische Blicke zu – was war der Sinn eines Krieges, wenn nicht die demütigende Unterwerfung des Gegners?

Die schnellen Hufe eines Pferdes waren zu hören – sicheres Anzeichen einer eintreffenden Botschaft.

Es war ein Kurier vom Hofe Xantens, außer Atem vom eiligen Ritt, der von zwei treuen Soldaten flankiert ins Zelt trat.

»Wer stört schon so früh den Morgen?«, fragte Siegfried.

Der Bote keuchte ein wenig und zog ein aufgerolltes Pergament aus seinem Umhang. »Mein ... mein Herr ... Ihr werdet an den Hof geladen.«

Sofort begannen die Generäle ablehnend zu murmeln. Keinesfalls konnte der Heerführer die Burg des Feindes aufsuchen, wo er leichtes Opfer war und sein Schutz kaum zu garantieren stand.

Auch in Siegfrieds Blick lag keine Begeisterung. »Mein letztes Treffen mit Wulfgar verlief nicht gerade einträchtig. Er kennt meine Ansprüche. Was hat er zu sagen, das meine persönliche Gegenwart erfordert?«

Siegfried nahm nun endlich das Pergament entgegen und bemerkte einen Unterschied zur Rolle, die das erste Treffen mit Wulfgar eingeleitet hatte.

Es fehlte das königliche Siegel.

»Wie kann es sein, dass Ihr vom König Kunde bringt, die nicht durch sein Siegel beglaubigt wurde?«

Immer noch ein wenig aufgeregt atmete der Bote tief durch. »Die Einladung ist vom Hofe, doch nicht von König Wulfgar.«

Nun raunten die Generäle so laut, dass sie auch offen hätten sprechen können. Was der Bote sagte, war unerhört – niemand außer dem König konnte sich anmaßen, direkten Kontakt mit dem Gegner aufzunehmen. Das war Verrat, Hochverrat. In keinem Land stand darauf weniger als der Tod.

Argwöhnisch rollte Siegfried das Pergament auseinander, die Einladung zum Hofe sorgfältig studierend. »Aber wenn die Offerte rechtens ist, muss er sein Siegel trotzdem daruntersetzen.«

Der Bote sah sich unsicher um, aber es war seine Aufgabe, Rede und Antwort zu stehen. »Das Siegel König Wulfgars von Xanten wurde in den frühen Morgenstunden gebrochen.«

Totenstille.

Siegfried sah den Boten an. Die Generäle standen wie vom Donner gerührt.

Das königliche Siegel zu brechen war nur in einem Fall erlaubt. Im Falle des Todes des Königs.

»Sattelt ein schnelles Pferd«, sagte Siegfried schließlich. »Sucht zehn gute Männer zu meinem Schutz. Und findet Nazreh. Ich will ihn an meiner Seite wissen.«

Für die Liebe zu Siegfried war in Xandrias Kopf kein Platz in diesem Moment. Kein Tag in ihrem Leben hatte je mit solcher Hektik begonnen, mit so vielen Stimmen, die ihr Ohr suchten, und so vielen Ohren, die auf ihre Entscheidung drangen.

Der König war tot.

Das Land war im Krieg.

Und alles schaute auf sie.

Den feigen Mörder hatte sie in den Kerker werfen lassen. Sein Tod war beschlossen, ohne verkündet werden zu müssen, und damit konnte sie sich später noch beschäftigen. Die Bedürfnisse des Tages ließen keine Zeit für Trauer, von der Xandria sowieso nicht wusste, ob sie sie aufbringen würde.

Der Krieg jedoch duldete keinen Aufschub. Ihre Generäle hatten sie bedrängt, das Wort vom Schicksal viel gebraucht und förmlich darum gebettelt, dem Feind keine Gelegenheit zu geben, in der Verwirrung bei Hofe den großen Angriff zu führen, der Xanten in die Knie zwingen konnte. Nur der engste Kreis wusste, was geschehen war, und mit Mühen war es gelungen, die Kunde innerhalb der Burg zu halten. Wie hatte Henk gesagt? »Erreicht die Nachricht vom Tod Wulfgars den Feind, fällt Xanten binnen Stunden.«

Für wen sollten die Soldaten nun auch noch kämpfen? Einige der Generäle schlugen die gegenteilige Strategie vor – ein unerwarteter Angriff gegen den Feind an allen Fronten, bevor Siegfried erfuhr, dass Wulfgar tot war. Vielleicht war in einem letzten verzweifelten Ausbruch der Krieg zu gewinnen. Herrisch hatten sie über den Kopf der Prinzessin hinweg verhandelt, bis Xandria wütend das Schwert ihres Vaters auf den Tisch geworfen hatte. »Mit dem Tode Wulfgars ist das Kommando auf mich übergegangen, und mir wäre neu, dass diese Tatsache von euch zu ignorieren ist.«

Sie befahl, die Truppen einstweilen in ihren Stellungen zu belassen und im kleinen Zirkel die Beisetzung des Königs vorzubereiten. Dazu war es nötig, dem Volk die

Wahrheit zu sagen – und den neuen Regenten zu präsentieren.

Regentin, in diesem Fall.

Das Siegel des Vaters hatten sie am Morgen gebrochen, wie es Pflicht war, und der Goldschmied bei Hofe arbeitete bereits an einem neuen Siegel für die Königin.

Normalerweise dauerte es zwischen einer Woche und einem Monat, bis der alte Monarch zu Grabe getragen war und ein neuer gesalbt wurde. Es hing zusammen mit Religion, mit Protokoll, mit Erbfolge. Im Falle von Sachsen zog sich die Prozedur bereits seit sechs Monaten hin.

»Es ist Krieg, und Xanten darf keine Stunde länger als nötig ohne Führung sein«, sagte General Alban.

»Xanten sollte keine Stunde länger als nötig im Krieg sein«, stellte Xandria klar. »Schickt eine Botschaft an den Führer des feindlichen Heers, den Siegfried. Er möge an den Hof kommen, am besten heute noch.«

Selbst altgediente Generäle verstummten angesichts der ungeheuerlichen Order. Dass Siegfried den Tod Wulfgars befohlen hatte, galt als ausgemacht. Als Befehlsgeber war er im Stand des Königsmörders. Und den Königsmörder wollte Xandria in ihrer Nähe wissen?

Henk bat ums Wort und um Bedacht. »Dahinter mag eine kluge Strategie stecken – Siegfried glaubt, der Tod Wulfgars lässt ihm Xanten in den Schoß fallen. Doch seine Anwesenheit erlaubt uns, Gleiches mit Gleichem zu vergelten und dafür zu sorgen, dass er den nächsten Sonnenaufgang nicht erlebt.«

Die Generäle begannen zu nicken, denn die Planungen bewegten sich damit wieder in vertrauten Bahnen.

»Nein!«, zischte Xandria wütend. »Kein Auge um Auge mehr, wenn es ein größeres Ziel zu verfolgen gibt. Die Leiche meines Vaters wird nicht weniger schnell kalt, wenn wir die Leiche seines Feindes danebenlegen.«

Einige der Generäle mochten glauben, die Prinzessin habe aus Trauer den Verstand verloren. Andere hatten von einer Frau nicht weniger Unvermögen erwartet, was Kriegsdinge anging. Doch Xandria ließ keinen Zweifel daran, dass sie ihren Willen durchzusetzen gedachte. »Ich befehle nicht noch einmal die Entsendung des Kuriers. Und tragt Sorge, dass es eine Einladung ist, keine Order.«

Es war nicht nur die Liebe zu Siegfried, die neues Leben in Xandrias Adern pumpte. Der Tod ihres Vaters war kein Anlass zur Trauer. Das Leben hatte endlich die Last von ihrer Seele genommen, die sie sechzehn Jahre mit sich geschleppt hatte. Ihre Stärke, solange unterdrückt und verlacht, konnte nun ihr Recht verlangen. Wer in diesen Stunden in ihre Augen schaute, der sah keinen Zweifel, fühlte kein Zögern.

Xandria hatte die Krone nicht auf dem Haupt, aber sie regierte bereits das Land.

Am Mittag läuteten die Glocken des Doms, und davon weiter ins Land hinein. Dreimal, mit Pausen. Es verkündete den Tod des Monarchen und rief das Volk zusammen. Wer konnte, packte ein Bündel und machte sich auf den Weg zur Burg. Ausgenommen waren die Soldaten. Xandria wollte die Grenzen des Landes nicht preisgeben, bevor sie mit Siegfried gesprochen hatte.

Siegfried.

Sie brauchte ihn an ihrer Seite.

Die Sonne stand hoch über dem Horizont, als Xandria auf den breiten Balkon trat, der zur Ansprache an das Volk gedacht war. Sie trug ein einfaches Kleid, doch der juwelenbesetzte Gürtel zeugte bereits von ihrem neuen Stand.

Der Burghof war von Mauer zu Mauer mit Menschen gefüllt, und sie pressten sich aneinander, als würde gleich und nur hier Gold vom Himmel regnen. Auch außerhalb der Burg wimmelte es von Xantener Bürgern, die gekommen waren, um aus erster Hand die Nachrichten zu hören.

Selbst aus der Nähe, kaum einige Meter über dem Volk, konnte Xandria kaum Trauer in den Blicken sehen, nur unsichere Neugier.

Die Menschen hatten Wulfgar gehasst, das war offensichtlich, und sie wollten nicht den alten König beweinen, sondern einen neuen bejubeln. Einen Moment lang fragte sie sich, ob ihr Vater recht gehabt hatte, als er meinte, dass das Volk ihr ebenso wenig Liebe entgegenbrachte wie ihm.

Sie stand noch etwas im Schatten der Tür, die auf den Balkon führte. Alban war hinausgetreten und verlas den Menschen, was diese schon wussten. »Hört, Bürger von Xanten! Heute Nacht ist der König in Gnade abberufen worden, und in schwerem Leid galt sein letzter Gedanke seinem geliebten Volk.«

Die Menschen tuschelten, doch offenen Hohn wagte niemand.

»Mit dem Feind an der Grenze, dem bisher mutig widerstanden wurde, gebietet es die Stunde, hier und jetzt den Thron würdig zu besetzen. Wie es Blutlinie und Gesetz befehlen, geht die Krone mit diesem Tage an … Xandria von Xanten!«

Nun trat Xandria vor, und ihr Herz wurde leichter, als die Menschen zu jubeln begannen. Erst verhalten, dann mit mehr Begeisterung. Arme reckten sich ihr winkend entgegen, hunderte von Kehlen riefen ihren Namen. Manche Menschen holten Tücher hervor und schwenkten sie.

Von hinten reichte Henk die Krone, in die man schnell einen Bogen eingenagelt hatte, damit sie Xandria nicht auf die Nase rutschte.

Alban nahm die Krone, und die Prinzessin senkte demütig ihr Haupt. Als das Gold ihre Stirn berührte und die Haare sanfte drückte, brandete noch mehr Jubel auf.

»So grüßt ab heute nicht mehr die Prinzessin, sondern die Königin Xandria!«, vollendete Alban das Ritual.

Königin Xandria.

Es war gekommen wie in der Prophezeiung.

Erst Waise.

Dann Königin.

Xandria winkte den Untertanen, die nun ihre Untertanen waren, und als sie ihren Blick über die Menge schweifen ließ, sah sie Siegfried, der mit einigen Getreuen zu Pferde durch das Burgtor geritten kam.

Sie winkte ihm zu.

Mit vielen Fragen im Herzen war Siegfried zur Xantener Burg geritten, das Dokument von Xandria als Passierschein in der Hand. Doch als er den Hof des Feindes erreicht hatte, fand er die meisten bereits beantwortet.

Er kam gerade recht, um die neue Königin Xantens auf dem Balkon zu sehen, wie sie die Huldigungen ihrer Untertanen entgegennahm, dabei so gnädig wie entschlossen lächelnd.

Xandria war Königin.

Und er, der ihr Herz erobert hatte, war nun in der Lage, den Krieg zu beenden. So hatte Brunhilde es nicht nur prophezeit – so hatte sie es versprochen. Die Liebe, der Krieg, der Thron, alles fand seinen geordneten Platz, und bald würde das Leid diesseits und jenseits der Grenzen vorbei sein. Vor seinem inneren Auge konnte Siegfried von der Freiheit Islands erstmals nicht nur träumen – er konnte sie sehen, wie ein Land am Horizont.

Mehr als eine Stunde musste er warten, während die

neue Königin dem Volk versprach, als Herrscherin auch Dienerin zu sein. Die schweren Mauern dröhnten förmlich von der Begeisterung der Xantener, und es erfrischte Siegfrieds Herz, das Land seiner Vorfahren wieder glücklich zu sehen, im strengen Kontrast zum mondbeleuchteten Ritt der letzten Nacht.

Schließlich kam Xandria zu ihm und befahl allen Ratgebern, den Thronsaal zu verlassen. Als angemessene Geste schickte Siegfried auch seine Begleiter davon.

So standen sie voreinander, Königin und Prinz – die Herrscherin von Xanten und sein rechtmäßiger Erbe.

Siegfried ging auf die Knie. »Meine Königin.«

Die Art, wie er das Wort »Königin« sprach, respektvoll und besitzergreifend zugleich, ließ Xandria wohlig erschauern, doch sie gab sich keine Blöße. »Siegfried, Sohn von Siegfried, Erbe von Island.«

Es war ein Misston, der Siegfried nicht gefallen konnte. Xandria nannte seinen Anspruch auf Island, Xanten jedoch blieb unerwähnt.

Er richtete sich auf. »Es gibt so vieles, zu dem es zu gratulieren gilt. Respekt verbietet mir, den Tod Wulfgars zu preisen, doch die neue Zeit für Xanten, unter einer gerechten und schönen Königin, macht mich glücklich. Nun kann Frieden sein.«

Alles zog Siegfried zu Xandria hin. Er wollte sie in die Arme schließen, ihr Herz an seinem pochen spüren, und von ihren Lippen das Versprechen küssen, dass die Königin so sehr sein war wie die Prinzessin der Nacht zuvor. Doch etwas riet ihm, Zurückhaltung zu wahren.

Xandria sah ihn an, und ihr Blick hatte etwas seltsam Entferntes, als müsse sie den Prinzen neu abschätzen. »Du magst den Tod meines Vaters nicht preisen wollen – doch meine Abwesenheit in der Burg letzte Nacht kam deinen Plänen sehr gelegen.«

Siegfried verstand nicht. »Was hat unsere letzte Nacht mit dem Tod des Königs zu tun?«

»Vielleicht nichts, vielleicht alles«, sagte Xandria. »Doch fragen werde ich dürfen, ob es Schicksal war, dass Euer Meuchelmörder in der Stunde kam, da Ihr mein Herz zu binden trachtet.«

Der Ton war jetzt formell geworden, und sie sprach ihn wieder an wie einen Fremden. Jede Freude entglitt Siegfried, jede Hoffnung auf ein Wiedersehen in reinem Glück. »Mein ... Meuchelmörder? Königin, wenn Ihr auch nur eine Sekunde glaubt, es wäre meine Niedertracht, die ...«

»Es braucht den Glauben nicht«, unterbrach Xandria, »wo es den Beweis gibt.«

Siegfrieds Magen zog sich schmerzhaft zusammen, und in seinem Kopf drängte ein Gedanke an die Oberfläche, der zu entsetzlich war, um ausgesprochen zu werden. »Zeigt mir den Beweis – und ich werde ihn Euch widerlegen.«

Steif und mit zwei Schritten Abstand geleitete Xandria Siegfried in den Kerker, wo an die zehn Mann die schwer verriegelte Tür sicherten, hinter der der Königsmörder ruhig und gefasst auf seine Bestrafung wartete.

Siegfried blickte durch die eisernen Stäbe. Nun war der entsetzliche Gedanke nicht mehr aus seinem Kopf zu verbannen – im Anblick seines Freundes Nazreh wurde der böse Traum Wirklichkeit.

»Könnt Ihr bestreiten, dass der Mörder des Königs aus Eurem Zirkel stammt?«, fragte Xandria scharf.

Es gelang Siegfried nicht, die Augen von seinem alten Begleiter zu nehmen. »Nazreh, sprich – was ist geschehen? Sag, dass sie dich in der Nacht überwältigten und hierherbrachten, um den Mord einer unschuldigen Seele anhängen zu können!«

Nazreh lächelte milde. »Es ehrt dich, dass du in deinem Herzen keinen Glauben an meine Schuld finden kannst. Doch ist es wichtig, dass die Wahrheit klar im Raume steht – ich schnitt Wulfgar die Kehle durch.«

Siegfried legte den Kopf an die Gitterstäbe, als könnte das kühle Eisen seine heißen Gedanken mildern. »Aber wie ist das möglich … und warum?«

»Die Antwort darauf liegt zwischen dir und mir.«

Siegfried drehte sich zu Xandria. »Kann ich mit ihm allein sprechen?«

Es missfiel der Königin, doch sie winkte ihre Wachen von der Zelle weg. »Es wird Euer letztes Treffen sein.«

Als keine feindlichen Augen mehr zusahen, erlaubte sich Siegfried eine Träne der Enttäuschung. »Lass es mich verstehen, guter Nazreh. Bitte.«

Der Orientale stand auf und trat an das Gitter. »Ist es nicht offensichtlich? Der Krieg stand unter keinem guten Stern, und nur Verlierer gab es auf beiden Seiten. Doch nun ist der Weg frei für wahren Frieden, und keine Schuld liegt auf deinen Schultern. Wie gering ist das Opfer meines Lebens?«

»Zu hoch«, flüsterte Siegfried. »Zu hoch.«

»Und weil ich wusste, dass du so denken würdest, konnte ich dich nicht einweihen«, erklärte Nazreh. »Du durftest nicht von meinem Plan wissen. Nun steht es dir frei, als Ehrenmann mit der neuen Königin zu verhandeln.«

Siegfried schüttelte den Kopf. »Selbst wenn ich glauben möchte, dass dieser Wahnsinn seinen Zweck erfüllt, so hast du eines nicht bedacht – Xandria glaubt niemals, dass ich dich nicht schickte. Und ohne ihr Vertrauen kann kein Frieden sein.«

Nazreh nickte. »So ist es. Doch auch daran habe ich gedacht. Gibst du mir die Zeit, dir zu erzählen, was so lange ich verheimlicht habe?«

»Und wenn wir Tage und Nächte hier säßen.«

»So lange wird es nicht dauern«, lächelte Nazreh. »An manchen Abenden hast du mich gefragt, was mich in jungen Jahren durch die Welt getrieben hat. Meine Stärke, meine Sprachen, meine Aufzeichnungen. Es ist wichtig, dass du die Wahrheit kennst, um zu verstehen. Ich bin Fida'i.«

»Was ist das? Ein Volk, eine Religion?«

»Es ist ein Lebensweg, der – einmal eingeschlagen – keinen Schritt zurück erlaubt. Fida'i ist ein sehr altes Wort aus meiner Heimat und bezeichnet jene, die sich opfern. Wir glauben, dass mitunter das einzelne Opfer gegen jedes Gesetz gebracht werden muss, um das vielfache Opfer zu verhindern.«

»Und dazu gehört kalter Mord?«

Nazreh nickte. »Nichts ist kalt am Mord, wenn das eine genommene Leben mehr als zwei weitere Leben rettet. Wir geben nichts auf Stand und Reichtum, der Wert eines Menschen hängt weder an seiner Bestimmung noch an seinem Ziel – ich habe oft versucht, dir das zu erklären.«

»Dann hast du Wulfgar ermordet, weil …«

»… weil selbst das Leben zweier einfacher Soldaten des Hofes den Wert seines Lebens übersteigt. Ich rechne nicht mit Schicksal, ich rechne mit Zahlen. Ein Toter, tausende gerettet. Nenne es Meuchelmord – meinen Frieden habe ich damit gemacht.«

Der Gedanke war Siegfried zu fremd, um ihn zu verstehen, aber nicht zu fremd, um ihn nicht akzeptieren zu können. »Du schaffst es, Ehre in der Bluttat zu finden. Doch wie soll es nun den Krieg beenden? Xandria hält mich für den Anstifter der Tat – und denkbar schlecht ist damit die Grundlage aller Verhandlungen.«

»Wir Fida'i sind seit Jahrhunderten die Boten des Todes an schwarzen Höfen. Wir morden, wo der Gerechtigkeit sonst keine Luft zum Atmen bleibt. Doch enden kann die Tyrannei nur dann, wenn mit der Tat auch die Verantwortung übernommen wird. Ich übernehme die Verantwortung für den Tod Wulfgars – und deine Klinge wird mich richten. Dann ist dem Gesetz und dem Ruf nach Strafe Genüge getan.«

Siegfried machte einen Schritt vom Gitter zurück. »Nein! Niemals! Ich werde den Dolch nicht gegen dich erheben. Eher greife ich die Burg mit zwanzigtausend Mann an, um dich zu befreien! Die noble Tat an der Bestie wird nicht mit Mord am Edelmann gesühnt!«

Nazreh hob die Hand, um Siegfried zu beruhigen. »Du verstehst noch immer nicht – mein Tod durch deine Hand ist ein ebenso notwendiger Teil des Plans wie der Tod Wulfgars durch meine. Ich habe meine Pflicht zum Frieden erfüllt, nun musst du es mir gleichtun.«

Es war Siegfried unmöglich, den Mord an seinem besten Freund – seinem Retter! – in Betracht zu ziehen, und doch drängte sich der Gedanke in seinen Kopf, weil er so naheliegend war, so zwingend, so … richtig? Hier war die Gelegenheit, mit einem Dolchstoß zu beenden, was sonst noch tausende von Leben kosten mochte. Nur die Freundschaft wehrte sich dagegen, und sie war stark.

»Bedenke deine Verantwortung«, sagte Nazreh eindringlich. »Die Verantwortung eines Königs. Nicht der persönlichen Neigung bist du verpflichtet, sondern dem Wohl des Ganzen!«

Siegfried zog seinen Dolch, als könnte die Klinge in der Hand die Entscheidung erleichtern.

Nazreh lächelte. »Glaub mir, es ist der Schritt zum König, den du heute tust. Das Richtige zu tun, auch wenn es dem Herzen widerspricht, macht einen großen Führer aus.«

Der Dolch zitterte in Siegfrieds Hand, als habe er ein eigenes Leben, als fürchte er das Kommende. »Was für ein König bin ich, der seinen besten Freund zu töten gedenkt?«

Durch die Gitterstäbe packte Nazreh Siegfrieds Hand und zog sie an sich heran, sodass die Dolchspitze auf sein Herz wies. »Ich bin Fida'i, Siegfried – mein Tod entlohnt meine Tat. Alles andere würde mich entehren.«

Sie standen nun schweigend da, gaben dem Augenblick Atem, fanden sich in die Unvermeidlichkeit der nächsten Stunden ein. Siegfried erlaubte sich den Gedanken, der ihm vor Minuten noch unerhört erschienen war.

Was Nazreh wollte … war richtig.

Sein Herzschlag fand Ruhe, und Nazreh konnte es an seinem Gesicht sehen. »Du weißt, dass meine Worte Wahrheit sind.«

»Wird Wahrheit immer so schmerzen?«, wollte Siegfried wissen.

Nazreh lächelte. »Nicht immer. Aber wenn sie schmerzt, darfst du sie nicht verleugnen.«

»Du wirst in meinem Herzen bleiben.«

»Das würde ich mir wünschen. Und wenn es mir noch zusteht, einen Wunsch zu äußern …«

»Jeden.«

»Kehre heim zu meiner Hütte, hol die Kiste mit den Büchern – und lies sie. Du wirst Antworten auf Fragen bekommen, die das Leben dir noch nicht gestellt hat.«

Siegfried nickte. »Mein Ehrenwort darauf.«

Seine Hand zitterte zu sehr und war zu kraftlos, den

Stoß auszuführen, um den Nazreh ihn gebeten hatte. Siegfried konnte nicht einmal den Stoff am Hemd seines Freundes durchdringen.

»Königin!«, rief Nazreh laut.

Es dauerte kaum zwei Sekunden, bis Xandria mit den Wachen an die Zelle trat. Sie erschrak, als sie den Dolch in Siegfrieds Hand sah – und die Hand des Orientalen fest darum geschlossen. »Was soll diese Posse bedeuten?«

Nazreh nickte ihr zu. »Majestät, meine Glückwünsche zur Krönung – bis hier herunter habe ich die Jubelschreie des Volkes gehört. Nutzt die Gelegenheit, dem Volk auch noch den Leichnam des Mörders Eures Vaters zu präsentieren. Es wird Eure Macht stärken und böswillige Verräter aus Eurem engeren Kreise scheuchen.«

Xandrias Körper war so steif, dass ihre Knie und Ellbogen schmerzten. »Ich brauche keinen Rat von den Mördern meines Vaters.«

»Es war meine Tat, und meine Tat allein«, versicherte Nazreh nun. »Prinz Siegfried wusste nichts davon und wird zum Beweis den Wulfgar sogar rächen.«

Der Araber sah Siegfried fest in die Augen. Es war Bitte wie Aufforderung. Was nun zu tun war, konnte nicht mehr erklärt werden, wenn es als richtig nicht erkannt war.

Siegfrieds Finger kneteten den weichen Schaft des Dolches, und Schweiß rann in seinen Kragen. Er suchte nach einem Ausweg, nach dem Fehler in Nazrehs Logik, nach der einen Sache, die nicht bedacht worden war.

Er fand sie nicht.

Und so stach er zu.

Die Klinge glitt leicht in das sie begrüßende Fleisch, und Nazrehs Augen bekamen einen leichten Glanz, wie eine Kerze, die noch einmal hell flackert, bevor sie erlischt.

Er starb lächelnd.

Kaum eine Stunde später warf Siegfried den Leichnam des Königsmörders vom Balkon der Burg in den Hof, damit die Xantener ihn schänden konnten. Dazu verkündete er: »Ich, Siegfried, bin gekommen, um Wulfgar im fairen Kampf zu stellen, mit Xanten als Preis. Dieser Mann nahm mir das Recht, und ich nahm ihm dafür das Leben. Da kein Hass in meinem Herzen ist für die neue Königin, ruhen die Kämpfe von diesem Tage an, bis Einigkeit gefunden wird – Einigkeit in Frieden für *alle* Reiche!«

Und die Xantener jubelten ihm zu.

Die Kunde vom Krieg an der Xantener Grenze war in kaum einer Woche nach Island gedrungen – ein Schiff brachte sie als unerwartete Fracht in den Hafen. Sten und die Männer Wulfgars mühten sich, die schlechte Nachricht vor den Isländern geheim zu halten. Nach einem harten Winter flossen endlich die Tribute wieder, Erze fanden den Weg zur Burg sowie ein wenig Ernte und hartes, schweres Holz, aus dem sich Gutes schnitzen ließ. Das klägliche Restvolk war nicht zufrieden, doch hatte es die dröge Niedergeschlagenheit aufgegeben, die in den ersten Monaten jeden Versuch zunichtegemacht hatte, ein funktionierendes Gemeinwesen unter Xantens Führung zu bilden.

Natürlich blieb nicht aus, dass Eolind und die anderen von dem Schattenheer erfuhren, das unter der Führung eines gewissen Siegfried König Wulfgar die Stirn bot. Fast jeder Diener, jeder Koch, jeder Stalljunge in der Burg war ein Spion im Dienste der Isländer Sache, und so machte die Neuigkeit schnell die Runde. Wo die meisten Isländer nur hofften, dass der Herausforderer Xantens Islands Königssohn war, da wusste Eolind es genau, denn er kannte das wahre Erbe dessen, den er Sigurd nannte.

Die Sicherheit, in der sich die Xantener Statthalter auf der Insel wähnten, war trügerisch vom ersten Tage – das einfache Volk, das sich scheinbar dem Joch der neuen Herren ergab, war vielfach von den Rebellen angewiesen, keinen Widerstand zu leisten. Solange man Wulfgar gab, was Wulfgar wollte, gab es weder Grund für Bestrafungen noch für weiträumige Patrouillen durch das aufgegebene Land. Und dort war es, wo junge Männer unter den erfahrenen Blicken von Gelen und Jon Woche um Woche trainierten und Boote aus Dänemark auf der Sturmseite der Insel anlegten, wo Xantener Augen nicht hinschauten. Sie brachten Waffen und Nahrung, als freundschaftliche Geste Dagfinns, der zwar nicht eingreifen konnte, das Haus Island aber unterstützte, wo es ging.

Nun war also eingetreten, was Eolind, wenn auch nicht vorausgesagt, so zumindest doch versprochen hatte. Der letzte Spross des Throns trat an, Rache für den feigen Überfall auf Island zu nehmen und sich das Haupt des grausamen Wulfgar zu holen. Zwei Tage lang sangen und soffen die Männer im Untergrund, und Eolind stieß immer wieder mit Gelen und Jon an. »Möge der gute Sigurd, auch wenn er nun Siegfried heißt, dem Wulfgar noch kräftig in den Hals pissen, nachdem er ihm den Schädel abgeschlagen hat!«

Die Stimmung in der Felsenburg hingegen war weniger euphorisch. Mit den jüngst einlaufenden Schiffen brach der Nachschub aus der Heimat ab, keine neuen Soldaten kamen an, um die Veteranen zu ersetzen. Im Gegenteil – was nicht täglich Dienst zu schieben hatte, wurde nach Xanten abberufen, um im Krieg gegen den Feind anzutreten. Nur noch die notwendigsten Verwalter und Wachen verblieben Sten, um das Stadtreich unter seiner Knute zu halten. Fälschlicherweise und um seine Leistungen über die Maßen zu würdigen, hatte Sten seinem König wieder und wieder versichert, dass die Insel befriedet und jeder Widerstand gebrochen sei. Er glaubte es so sehr, wie er es hoffte, auch wenn er manche Nacht aus dem Schlaf schreckte, weil er meinte, eine kalte Klinge am Hals zu spüren.

Eolind stand neben Sten, als das Schiff mit den »entbehrlichen« Soldaten zum Kontinent auslief. Er mühte sich sehr, nicht zu lächeln, als der Xantener Statthalter sagte: »Nun denn, in der Heimat mögen sie dringlicher gebraucht werden als hier.«

»Ich stimme zu«, murmelte der alte Ratgeber des Hauses Island. »Hier können wir die Soldaten Wulfgars gerade gar nicht brauchen.«

Sten sah ihn von der Seite an. »Vielleicht ist es leichtfertig, das zu sagen, Eolind – aber ich bin froh, dich an meiner Seite zu wissen. Du bist ein guter Mann, und jeder König kann stolz sein, dich unter seinem Befehl zu wissen.«

Eolind nickte, und in der Nacht darauf begann der Angriff der Rebellen. Die Bediensteten der Felsenburg öffneten ihnen die Tore, und einige von ihnen nutzten den Geheimgang, den schon Siegfried durchschritten hatte. Kein Mond stand am Himmel, und die Fackeln in den langen Gängen waren wohlweislich gelöscht worden.

Das Gemetzel war still und schnell, so brutal wie konsequent. Die meisten verbliebenen Xantener und ihre Söldner fanden ihre Kehlen durchschnitten oder die Rippen von Dolchen durchstoßen, bevor sie einen Schrei ausstoßen konnten. Manche erwischte es im Schlaf auf der Pritsche, andere bekamen einen Pfeil durch den Hals, als sie die große Freitreppe hinaufmarschierten. Ein ganzer Wachtrupp war der Stille und Einfachheit halber mit Suppe vergiftet worden, und die Posten am Meer warf man kurzerhand auf die Klippen.

Sten, den Statthalter Wulfgars, nahm sich Eolind selber vor. Er gönnte sich den Luxus, seinen Vorgesetzten aus dem Schlaf zu wecken, ihn die Kleidung anlegen zu lassen und dann im Thronsaal zum Kampf zu fordern. Das widersprach dem, was mit Gelen und Jon abgesprochen war, doch Eolind brauchte die Genugtuung, die mit dem fairen Duell kam. Sten war jünger als er und flink mit dem Schwert in beiden Händen, doch die Liebe zu Island und der Hass auf Xanten machte den alten Ratgeber zum starken Gegner. Der Kampf wogte hin und her, ging über Tische und Stühle und endete erst, als Eolind Sten mit dem Schwert an einen Isländer Schild nagelte.

»Ich suche mir den König selbst, der meine Treue verdient«, sagte Eolind verächtlich, als Stens Augen brachen.

Mit dem wenigen, was ihnen noch verblieben war, feierten die befreiten Isländer, und um Mitternacht entzündeten sie ein Freudenfeuer, in dem die Leichen der Xantener brannten und das gleichzeitig Gebet für ihren ungekrönten König Siegfried war. Auch auf der Insel nannte man ihn nun bei diesem Namen, nachdem Eolind in einer feierlichen Rede den Bewohnern die Wahrheit hinter der Legende erzählt hatte.

Es bestand kein Zweifel, dass Siegfried über Wulfgar triumphieren würde und dass er in ein befreites Reich heimkehren konnte. Nur noch wenige Wochen würde es dauern, und die Isländer waren entschlossen, dem heimkehrenden Sieger die Insel in bestmöglicher Verfassung zu schenken. Sie machten sich daran aufzubauen, was unter dem Joch Xantens liegen geblieben war.

Dass Wulfgar dem Dolch Nazrehs zum Opfer fiel und dass Xanten kein Feind mehr war, dessen Soldaten man abschlachten musste, erfuhren die Isländer nicht. Ihr blutiger Aufstand war ein Erfolg und kaum zwei Tage später schon Legende.

Was am Xantener und Isländer Hof Jubel war, das waren Wut und Empörung in den Schattenreichen. Es grollte von den Wäldern der Nibelungen bis Walhall, in Utgard spürte man den Unwillen der Götter genauso wie an den Rändern der Welt, wo die Bestien hausten.

Brunhilde hatte es vorausgesehen – doch nicht *so*. Für das Leben Siegfrieds waren Odin mehr Seelen versprochen worden, den Blutdurst des Göttervaters sollte der furchtbare Untergang zweier Reiche stillen. Es war das alte Spiel mit dem alten Ziel – ein edles Leben zu retten hieß, tausend namenlose Seelen zu holen.

Nazrehs Tat hatte das festgefügte Schicksal erschüttert, die Balance zwischen Asgard und Midgard stand auf dem Spiel. Und Brunhilde konnte die Schuld dafür nur bei sich selber suchen.

Sie hätte es sehen müssen. Die Herzen von Siegfried und Xandria gierten nicht nach Krieg, sondern nach einander. Fleischliche Lust schöpfte sich aus wahrer Liebe, und wo wahre Liebe war, konnte der Hass nicht Wurzeln schlagen.

Brunhilde war sich selbst so wütend wie Siegfrieds Heer. Sie stand auf einem Hügel weit entfernt, doch ihr Auge sah klar, dass die Front kein Leben hatte. Die Soldaten blieben in den Zelten oder pflegten ihre Pferde. Manche Wunde bekam Zeit zu heilen, und manch stilles Gebet dankte schon für das Ende der Gewalt.

Es war … falsch. Falsch und widerwärtig.

Es kicherte um Brunhilde. Erst leise, aus der Entfernung, dann immer näher, bis es aus dem Gras kroch und in den Tautropfen auf ihren Füßen hallte.

Kein Bluuut für Ooodin … kein Siiieg für Siiiegfried … kein Ende dem Fluuuch …

Die Walküre trat auf das feuchte Gras, als könnte sie damit die Nibelungen selber treffen. »Es war nicht so geplant! Das Schicksal versprach ihm die Herrschaft über Xanten – nach einem langen, schweren Krieg!«

Kein Schicksal meeehr … in deiner Haaand … die Zukunft schwaaarz …

Es hätte so einfach sein können. Blutig, aber einfach. Siegfried hätte erst Wulfgar getötet, dann Xandria genommen und am Ende die Reiche vereinigt. Als der Blick in kommende Jahre noch klar gewesen war, hatte sie ihn als König gesehen, der sogar dem Reich der Franken die Stirn bot. Mehr als ein Land zu führen war ihm vorbestimmt – den Kontinent hatte er in seiner Hand.

Nicht König Siegfried.

Kaiser Siegfried.

Doch Nazreh hatte es zunichtegemacht. Die Tat des Einzelnen hatte das Schicksal aller verändert und die Wasser des Weges in die Zukunft getrübt. Nicht die Nibelungen, nicht Brunhilde – vielleicht nicht einmal Odin konnte nun sagen, was sein würde.

Wieee das … wieee das … wiedaswiedaswiedas?

Es war Frage so sehr wie Anklage, und Brunhilde mühte sich mit der Antwort. »Der Araber trägt die Schuld. Bestimmen können die Götter nur über jene, die an sie glauben. Er hat sich eingemischt, das Herz ohne Bestimmung, die Seele ohne Schicksal. Am Götterwillen war ihm nichts gelegen, und so hat seine Klinge vernichtet, was in langen Jahren vorgesehen war.«

Odin wird wüüüten … Odin wird fooordern … Odin wird straaafen …

Brunhilde schwieg, denn sie konnte nicht widersprechen. Mit der Aussicht auf viele andere Seelen hatte sie dem Göttervater Siegfried vorenthalten, hatte in eitler Nostalgie dem Sohn ihres Geliebten das Leben über seine Zeit hinaus verlängert. Nun hatte sie den vereinbarten Preis nicht bezahlt, aus welchem Grund auch immer. Ihre Pflichten als Walküre hatte sie vergessen, und selbst in der Anmaßung hatte sie versagt.

Sie ahnte, dass selbst der Tod Siegfrieds nun nicht mehr ausreichen würde, Odin zu besänftigen. Leichenberge am Rhein waren jetzt nicht mehr die Währung, die zur Begleichung der Schuld diente.

Odin würde Leid verlangen.

Leid ohne Vorbild.

Ohne Maß.

Ohne Ende.

»Es tut mir leid, Siegfried«, flüsterte Brunhilde in das geckernde Lachen der Nibelungen hinein.

Es war schon wunderlich, wie eine Nacht und zwei Tode die Welt verändern konnten. War es gestern noch Siegfrieds Traum gewesen, die Burg Xanten im Sturm zu erobern, so lag sie ihm nun bereitwillig zu Füßen, und kein Schwert war dafür mehr erhoben worden.

Er hielt sich sorgsam im Hintergrund, während Xandria die Geschäfte des Tages abwickelte. Offiziell herrschte kein Frieden, und wo Siegfried das Land nicht gewonnen hatte, da stand es ihm auch nicht zu. Er war zuversichtlich, dass die neue Königin an seiner Seite regieren würde, dass in der glorreichen Zukunft, die ihnen nun offenstand, Xanten und Island ein Reich waren, regiert von einem Königspaar in weiser Bestimmung.

Die Generäle beider Heere trafen sich ohne Groll, reichten einander die Hände und besprachen die Lage wie Männer, deren Feuer des Krieges keine Nahrung mehr fand. Siegfried hatte seinen Soldaten die Vollbürgerschaft Xantens versprochen, und das darbende Land gab sich den Fremden gerne, die Ackerbau, Viehzucht und Handel versprachen. Frauen warteten auf neue Männer, Kinder auf neue Väter, und die Soldaten – sie warteten auf Frieden am Ort, an dem es alt zu werden lohnte. Vielleicht war Xanten davon noch entfernt, doch war das unerhörte Ende des Krieges nicht Anlass zur Hoffnung, dass alles sein konnte?

Siegfried wünschte, dass Xandria ihm nun wieder vertraute, und wenn Nazrehs Tod schwer auf seinem Herzen lag, so war da auch die Freude, all das befürchtete Blutvergießen verhindert zu haben. Während die Königin die wichtigsten Posten bei Hofe neu besetzte, um die grausamen Günstlinge des Vaters in die Verbannung zu schicken, nahm Siegfried seine bevorzugte Stellung als Gelegenheit, mit der Erlaubnis der Königin die Burg zu sichten und ihre Lagerräume zu inspizieren. Er fand obszöne Mengen Nahrung, die teilweise kurz davor war, zu verrotten. Er fand die Ballen Tuch, ohne die Xantener im Winter erfroren waren, und manches Ackergerät rostete hier vor sich hin, statt auf der Scholle seinen Ertrag zu bringen. Schnell waren zehn Gruppen treuer Soldaten abgestellt, um den Überfluss des Hofes ins Land zu bringen. Für das angereiste Volk drehte sich manch großer Spieß, und viele Fässer aus den königlichen Kellern wurden angeschlagen. Die Regentschaft Xandrias I. sollte wohlwollend und gerecht beginnen.

So regierten, kommandierten und delegierten Siegfried und Xandria den Tag lang aneinander vorbei im Versuch, das Reich nicht gleich im Chaos versinken zu lassen. Wo Wulfgars harte Hand ihren eisernen Griff verloren hatte, musste kluge Planung treten.

Zur Nacht bat eine Hofdame, Siegfried möge der Königin in ihren Gemächern seine Aufwartung machen. Er sagte zu, und noch auf dem Weg durch die langen Hallen, die er durch des Tages Arbeit schon gut kannte, verteilte er Anweisungen für den nächsten Morgen und biss herzhaft in eine kalte Keule, um nicht zu verhungern.

Fürwahr, ein aufregender und fleißiger Tag war es gewesen.

Er öffnete die Tür zu Xandrias Gemach noch in Gedanken, wo die Pferde seiner Krieger unterzubringen waren und ob der Hof das Stroh dafür stellen konnte.

Ein warmer Wind wehte jeden Funken aus seinem Verstand, und es war, als fiele der Hof hinter seinem Rücken in ein schwarzes Loch, das für ihn nicht mehr von Belang war.

Xandria lag auf ihrem Bett, umgeben von hundert Kerzen, den weißen Körper auf einem weichen Fell, nackt und sanft, unschuldig und fordernd. Das Licht spielte mit dem roten Haar, und ihr Schoß glitzerte reicher als der goldene Schatz der Nibelungen. Trotz der Wärme standen die Spitzen ihrer Brüste fest und kühl, als suchten sie den Mund, der sie weich leckte. Von der Stirn bis zu den Fußspitzen war die Königin mit leichter Salbe eingerieben, und ihre Haut roch nach Rosen und Wein.

Und eine Königin war sie. Die Krone trug sie als einziges Schmuckstück.

Siegfried trat an das Bett, und in seiner Brust war Kampf: Die Liebe gebot ihm, diesen Anblick zu genießen, keinen Muskel zu bewegen, um das perfekte Bild nicht zu zerstören. Er wollte in Ewigkeit hier stehen, die sich langsam räkelnde Königin vor Augen, in unwidersprochener Erkenntnis, das Ideal der Schönheit gefunden zu haben. Gleichzeitig kochte ihr Körper die Geilheit in ihm auf, zog schmerzhaft an seinem Unterleib, forderte die Hände, mit gleicher Gier zu nehmen, woran der Blick bereits sich labte. Der Zwiespalt war süßes Leid von nie gekannter Tiefe, und Siegfried hatte keine Worte, Xandria den Drang zu beschreiben, der ihn zu ihr trieb.

Sie richtete den Oberkörper auf, und ihre zitternde Stimme verriet ebensolche lüsterne Erwartung. »Ich habe dich im Traum gesehen.«

»Mir wurde von dir im Traum erzählt«, antwortete Siegfried wie bei ihrer ersten Begegnung. Er ging um das Bett, bis er an der Seite neben ihr stand.

»Bin ich, was du dir erhofft hast? Ist mein Körper deiner Liebe würdig?«

Sie fragte es mit der ehrlichen Unsicherheit eines Mädchens, das seine Macht über den Mann noch nicht entdeckt hatte.

»Meine Liebe ist es, die im Tempel deines Körpers beten muss und deren Würdigkeit infrage steht«, antwortete Siegfried, und in diesem Moment war er sicher, niemals genug Mann für diese Frau zu sein.

»Lass mich dich sehen«, flüsterte Xandria.

Siegfried streifte seine Kleidung ab, bis er nackt vor ihr stand, den Körper in Lust versteift, pochend vor Gier, dass es ihm fast unangenehm war. Er wollte sich zu ihr legen, ihren Körper in die Kissen drängen, ihren Schoß mit seinem Becken vor sich treiben, doch ihr Bett war ein Schrein, den er mit Schweiß und Samen nicht beschmutzen wollte.

Xandria sah ihn an, ohne Scheu, und ihr Lächeln zeugte nicht von Spott. »Ein prachtvolles Geschenk bringst du mir.«

Siegfried, an hehren Worten niemals verlegen, gelang es nicht, ein Wort aus seiner Kehle zu pressen. Seine Augen wanderten von den Schenkeln der Königin – seiner Königin! – zu ihren Brüsten, folgten den Bewegungen ihrer Schultern, wie sie leicht die Position auf dem Bett wechselte, und hingen an ihren Fingern, die mit langen Nägeln sanfte Streifen auf ihre Haut malten wie ein Gemälde aus fröhlicher Lust.

Xandria genoss Siegfrieds begehrlichen Blick, und seine Männlichkeit war stärker noch und größer, als ihre Träume es versprochen hatten. Sie sah den feuchten Glanz auf der Kuppe, ähnlich der benetzten Wärme ihres Schoßes. Sie begann ihre Beine zu strecken und mit einer feinen Hand die Blüte ihres Geschlechts zu öffnen. Dabei durchlief sie schon der erste Schauer, der für das Liebesspiel gedacht war und den sie in der Übung immer wieder leise stöhnend genossen hatte.

»Willst du mir geben, was meine Finger mir versprechen?«, fragte sie und öffnete sich weiter. »Dann folge deinem Herzen zu mir.«

Der Anblick seiner Königin, die mit streichelnden Fingern sich ihm bot, brach Siegfrieds Starre, und er beugte sich zu ihr hinab. Sie öffnete ihre Lippen seinem Kuss, während ihre Hände nach seiner prallen Sinnlichkeit tasteten. Obgleich beide kaum erwarten konnten, ihre Körper einander zu ergeben, fanden Xandria und Siegfried den Genuss darin, sich mit Mund und Händen ausgiebig zu erforschen. So wie er den Schweiß zwischen ihren Schulterblättern schmeckte und seine Hand den weichen Hintern fand, so spielten ihre Finger zwischen seinen Schenkeln und bissen ihre Zähne frech in seine Brust.

Einmal, zweimal ergab sich Siegfried ihrer Hand und ihrem Mund, und das Geschenk fand frohe Aufnahme. Für jeden Ausbruch gab er ihr seine Zunge, spielte in der warmen Höhle ihres jungfräulichen Leibes, bis ihre Fäuste das Fell trommelten und der Kronreif vom hin und her geworfenen Kopf fiel. Sie schrie vor Lust und Dank, dass die Wirklichkeit den Traum bei weitem übertraf.

Es war nicht zu sagen, wann Siegfried sich erstmals in ihr fand, wann Xandria die Beine um seine Hüften schlang, um bis zur Wurzel sein Gemächt in sich zu spüren. Der Weg, in ausdauernder Zärtlichkeit bereitet, fand beide wild und hemmungslos. Sie rieben ihre Körper aneinander, von Stößen getrieben, und hielten nur inne, um im Schauer die Gemeinsamkeit zu erleben. Xandria drückte ihn an den Schultern nach oben, um sein von Leidenschaft verzerrtes Gesicht zu genießen, und lag sie bäuchlings auf dem Bett unter ihm, dann drehte er ihr sanft den Kopf zur Seite, um ihr Stöhnen besser hören zu können, das ihm Rhythmus gab. Sie leckte seinen Finger, als er zum ersten Mal den Saft in ihren Körper gab, und sie biss zu, bis der Schmerz von seinen schaudernden Lenden ablenkte.

Siegfried hatte gehört – und bei Liv erlebt –, dass jede Nacht ihr Recht forderte und den Mann irgendwann schlaff und ermüdet fand. Doch den Moment, da er von Xandria lassen wollte, suchte der Prinz vergebens. Kaum war er keuchend von ihr gerollt, suchten ihre Finger nach seinen Schenkeln, verstrichen sanft die Reste seiner Liebe, bis unter ihrer Hand die Lust erneut wuchs. Und wenn die Königin erschöpft die Augen schloss und das Beben in ihrem Leib verging, tastete Siegfried hungrig nach ihren Bauch, streichelte ihre Finger oder steckte seine Zunge spielerisch in ihren Nabel, bis sie seinen Kopf festhielt und schwer atmend in ihren Schoß drückte. Und immer wieder flüsterte Xandria leise, nicht für das Ohr des Geliebten: »Deine Hure. Endlich deine Hure.«

Ihre Leidenschaft hielt, was die Liebe versprochen hatte, und so wie ein Barde immer neue Worte für den Liebreiz der Frau fand, so erforschte Siegfried immer neue

Wege, in Xandria die Lust zu reizen, die kein Ende nehmen wollte. Als die Sonne schon am Rand des Horizonts lugte, standen sie am Fenster, und was ein verträumter Blick auf das Land werden sollte, fand sie in wilder Erregung an der Mauer, und mit den Hähnen schrie Xandria den Morgen herbei, während der kalte Stein an ihrem Rücken rieb.

Die Geilheit, die sie aneinander fanden, ebbte erst ab, als Siegfried eine Träne auf Xandrias Wange fand und ihr Blick erstmals nicht den seinen suchte.

»Was ist los, meine Königin?«, fragte er verwirrt. »Habe ich dir Schmerzen bereitet?«

»Nein«, flüsterte sie mehrmals und suchte seinen Mund mit ihrem zu verschließen. »Das Leben hast du mir geschenkt.«

Obgleich ihre Hände erneut versuchten, ihn zu reizen, rückte er ein wenig von ihr ab. »Was ist es dann, das eine Träne aus deinem Auge fordert?«

Xandria atmete tief ein und zog ein Laken vom Boden, um den nackten Körper zu bedecken, den keine Kerzen mehr wärmten. »Die Schönheit der Nacht, mein Prinz – wie kann der Tag ihr ebenbürtig sein?«

Siegfried stutzte und lachte dann. »Das ist deine Sorge? Xandria, unsere erste Nacht mag niemals wiederkehren, aber mein Bestreben wird es sein, jeden Tag und jede Nacht das gleiche Glück mit dir zu erleben.«

Sie lächelte, aber es war ein trauriges Lächeln. »Aber was soll werden? Du musst nach Island, und Xanten kann nicht ohne Königin sein. Auch wenn ich dich jetzt noch an mir spüre, so verzehrt mein Körper sich schon in der Verzweiflung, dich gehen zu lassen.«

Siegfried strich ihr über die Wange. »Du redest von Wochen, und nicht einmal vielen. Befiehl den Xantener Statthaltern auf Island, die Insel wieder an die Bewohner zu übergeben. Ich leite den Wiederaufbau, und sobald ich der Verwaltung Vertrauen schenke, komme ich zu dir zurück. Und dann regieren wir gemeinsam am Rhein.«

Der Ausdruck in Xandrias Augen änderte sich, aus Unsicherheit wurde Überraschung. »Wir regieren – gemeinsam?«

»Natürlich«, erklärte Siegfried. »Ist es vom Schicksal nicht wundervoll gedacht? Der rechtmäßige Erbe von Xanten und seine Königin. Statt eines der Häuser mit Gewalt zu halten, gehen wir den Bund aus Blut und Liebe ein.«

Xandria rutschte etwas von ihm weg, die Magie der letzten Stunden war augenblicklich verflogen. »Siegfried, du *kannst* nicht mein König sein!«

»Aber wieso denn nicht?«

Sie schlang das Laken etwas fester um ihren Leib, als müsste sie ihn vor dem Geliebten nun verstecken. »Du bist immer noch der Heerführer, der das Land mit seinen Truppen überfallen hat, und ich die Tochter des Königs, der ihm entgegentrat. Auch deine ehrenhafte Tat, den Mörder Wulfgars zu richten, ändert nichts daran, dass du für Xanten allemal ein Feind bist.«

»Ich bin der Erbe!«, hielt Siegfried ärgerlich dagegen. »Mein Großvater war der geliebte Siegmund, meine Mutter die nicht weniger geliebte Kriemhild.«

»Doch gekommen bist du als Eroberer«, widersprach Xandria. »Das Volk *weiß* noch nicht einmal von deinem Anspruch!«

»Dann werde ich es ändern«, sagte Siegfried entschlossen. »Morgen verkünden wir, von wessen Blut ich bin.«

»Verkünden kannst du, was immer dir beliebt«, gab Xandria zu. »Doch warum sollte auch nur eine Xantener Seele dir glauben? Den Namen Siegfried hast du selber dir gegeben, und für die Menschen hier bist du der Sohn des Isländer Königs, der auf Rache und Besetzung sinnt.«

Siegfried erkannte, dass Xandria recht hatte – das Land politisch zu erobern, die Herzen der Menschen durch das Erbe zu gewinnen, das war ihm nicht eingefallen. Doch es war geschehen, was geschehen war. Er konnte schlecht Haus um Haus aufsuchen, um im persönlichen Gespräch die Bürger zu überzeugen, dass er war, wer er vorgab zu sein.

»Was denkst du?«, flüsterte Xandria, in Sorge über den grübelnden Prinzen.

»Dass es gilt, meinen Anspruch auch zu beweisen«, sagte Siegfried düster. »Ich weiß noch nicht, wie das geschehen soll, aber ich werde einen Weg finden.«

Sie küsste ihn auf die Nasenspitze. »Darauf vertraue ich.«

Er sah in ihre Augen. »Glaubst *du* mir, dass ich Siegfried bin, der rechtmäßige Erbe von Xanten?«

Xandria lächelte. »Mich hast du längst überzeugt. Überzeuge noch das Volk – und Xanten wird dir ebenso gehören wie mein Herz.«

Siegfried gab sich redlich Mühe, die Enttäuschung der nächsten Tage zu verheimlichen. Er hatte alles erreicht, was es zu erträumen gab – und nun stand er vor dem Thron von Xanten und konnte ihn nicht besteigen. Xandria hatte recht. Wie dumm war er gewesen! Natürlich war ihm bewusst, dass sein Vater der sagenhafte Held Siegfried war, doch für jeden anderen im Reich mochte das allenfalls Wahn sein, ein Fiebertraum von Macht und Größe. Sicher, das Volk mochte ihm zugejubelt haben, als er Nazrehs Leichnam in den Hof warf, doch in den Tavernen machte schon die Runde, dass der Usurpator

Siegfried keinen Platz an der Seite der tapferen Königin verdiente.

Es tat weh zu sehen, dass die Dinge nun, da der Krieg beendet war, auch ohne ihn ihren Gang gingen. Das Heer der Invasoren wurde aufgelöst, und Xandria gab den Soldaten die von Siegfried versprochene Vollbürgerschaft. Die umliegenden Reiche sandten Boten mit Segenswünschen, und der Frankenherrscher Theudebald schenkte dem Hof einhundert seiner besten Pferde. So sehr Siegfried sich für Xanten freute, so sehr nagte in ihm, dass es keinen König Siegfried brauchte, dass sein Blut nicht der Lebenssaft war, der es antrieb.

Die Nächte mit Xandria, wenngleich immer noch voller Leidenschaft und heißem Verlangen, erfüllten ihn nicht mehr mit der gleichen Ekstase wie zuvor, als er noch meinte, mit der Vereinigung den letzten Schritt zum Thron zu gehen. Worüber Xandria geweint hatte in jener Nacht, dass Siegfried zurück nach Island müsse, das schien sich nun zu bewahrheiten, besonders als die Kunde kam, dass Island sich selbst befreit hatte. Siegfrieds Herz hatte vor Freude einen Sprung gemacht, als er davon erfuhr, und doch am Abend darauf viel Wein gebraucht, die Nachricht schönzutrinken.

Auch Island hatte keinen Retter Siegfried nötig!

Er war ein Held ohne Tat, ein Krieger ohne Kampf, eine Legende ohne Geschichte.

Wenigstens gab die Befreiung Islands ihm wieder eine Aufgabe. Dem Volk der Insel musste er seinen Anspruch nicht beweisen, und der Thron dort stand ihm frei. Jahre würde es dauern, das Land zu einstiger Blüte zurückzuführen, und in der langsamen Sorgfalt seiner Regentschaft konnte er noch allemal sich den Respekt verdienen, der ihm in Xanten vorenthalten wurde.

Doch damit war an ein Leben an Xandrias Seite nicht zu denken. Er würde Siegfried sein, König von Island, und sie Xandria, Königin von Xanten, weit im Süden. Vielleicht ihren Kindern würde man dereinst erlauben, die Reiche zu vereinen, doch das gegenwärtige Island hatte wenig echte Liebe für ihn übrig. Das schmerzte umso mehr, da kaum ein durchzechter Abend nicht mit Geschichten seines Großvaters endete, dem guten König Siegmund. Und Xandrias Schönheit wurde ein ums andere Mal mit der von Kriemhild verglichen, die im Lande unvermindert hohes Ansehen besaß.

Lustlos ließ Siegfried von den Männern, die noch in seinem Sold standen, das restliche Gold der Nibelungen herbeischaffen und ein paar Boote für die Reise auf dem Rhein herrichten. Deren hölzerne Bäuche füllte er mit Nahrung ebenso wie mit Kleidung und Saatgut. Vier Schiffe trugen ganze Schaf- und Rinderherden in sich, um die Landwirtschaft Islands eilends zu verstärken. Wenn er schon nicht als Retter kam, so wollte Siegfried wenigstens als Wohltäter seinem Volk willkommen sein.

Xandrias General Alban entpuppte sich als vertrauenswürdiger Ratgeber, was die Vorbereitungen für die lange Reise anging, und bei viel Bier und Schweinebraten saßen sie manchen Abend da, um Siegfrieds Heimfahrt zu planen. Es entging dem alten Veteranen nicht, dass der Prinz von Island trotz des guten Kriegsausgangs missgelaunt war. »Hoheit, grämt Euch nicht. Sicher ist Island nicht Xanten, aber es ist ein schönes Reich, das zu regieren hohe Ehre verspricht.«

»Gewiss«, knurrte Siegfried und trank seinen Kelch leer. »Doch kam ich, um einen anderen Thron zu gewinnen.«

Alban lächelte milde. »Glaubt einem alten Schlachtpferd – der Thron Xantens ist kein sicherer Ort, und seit

Generationen hat er den Regenten kein Glück gebracht. Als ich noch unter Siegmund diente …«

»Du warst in Xantener Dienst, als König Siegmund herrschte?«, unterbrach Siegfried überrascht. Er hatte angenommen, dass die meisten Generäle unter Wulfgar eingesetzt worden waren.

Alban nickte. »Ich stand sogar an seiner Seite, als es auf dem Schlachtfeld gegen die Schlange Hjalmar ging.«

»Und Kriemhild – kanntest du die edle Königin?«

Der General strich seinen Bart, als müsse er überlegen. »Sie war nicht lange auf dem Thron, kam gerade von Burgund und reiste bald nach Xanten, wo sie ihr Ende fand. Man sagt, sie sei ob der verlorenen Liebe wahnsinnig geworden, doch als Regentin dieses Reiches war sie weise und gerecht. Ich hörte die ersten Schreie des Kindes, das sie gebar.«

Siegfried konnte seine Aufregung kaum verbergen. »Der Sohn? Was geschah mit ihm?«

»Er hieß wie Ihr, Hoheit – Siegfried. Wohl im Gedenken an den Vater. Die Königin nahm ihn mit nach Gran, wo Hochzeit mit Etzel sein sollte. Stattdessen gab es ein Massaker, und mit keinem Reich haben die Hunnen seit jeher wieder Verbindungen geknüpft.«

»Ist das Schicksal des Jungen verbürgt?«, hakte Siegfried nach.

Alban hob die Schultern. »Gemeuchelt wurde er wohl – wie Kriemhild, Gunther und die vielen anderen Toten der Nacht. Die Hunnen haben die Leichen am nächsten Morgen gleich verbrannt.«

Die näheren Umstände waren Siegfried nicht bekannt gewesen, und ihm schwindelte bei dem Gedanken, was Elsa und Gernot getan haben mussten, um sein junges Leben zu retten. Dann fasste er sich ein Herz. »Alban, was würdet Ihr entgegnen, wenn ich nicht nur den Namen Siegfried nannte – sondern behauptete, eben jener Sohn von Kriemhild zu sein?«

Der General runzelte die Stirn. Seine Verärgerung stand ihm ins Gesicht geschrieben, aber es stand ihm nicht zu, einen Eroberer zu schelten. »Ich würde zweifeln, aber wenn Ihr es sagt ...«

»Nicht bloß sagen«, winkte Siegfried ab. »Was, wenn ich das Erbe jenes Siegfried für mich beanspruchte?«

Alban senkte die Stimme, wurde eindringlich und ernst. »Guter Herr – Xanten hat nun eine Königin, die fruchtbare Jahre uns verheißt. Euer Anspruch würde den ihren fordern, und kaum ein Mann fände sich in Xanten, der das guthieße. Die Legende Siegfrieds zum eigenen Nutzen zu missbrauchen, kann kein Glück bringen.«

Siegfried nickte – und konnte nicht mehr anders. »Aber es ist die Wahrheit – ich bin Siegfried, Sohn von Siegfried und Kriemhild, gerettet von Gernot von Burgund, aufgezogen in Island als Sohn Gernots und Elsas. Ich stand gegen die Nibelungen wie mein Vater und blieb siegreich – und nun drängt es mich, das Reich meiner Vorväter zu regieren.«

Er sah Alban fest in die Augen, und keine Lüge war in seinem Blick. Der alte General trank aus, schob seinen Kelch beiseite und nickte gedankenschwer. »Es ist nicht in meiner Macht, Eure Behauptung wahr oder gelogen zu nennen. Doch wenn Ihr den Rat eines alten Narren sucht, dann sage ich – beweist es.«

»Genau das will ich«, zischte Siegfried, der von den anderen Männern im Festsaal nicht gehört werden wollte. »Aber wie? Meine Eltern – beide Paare – sind schon lange verschieden, und keine Chronik nennt meinen Namen. Wie du selber die Legende erzählst, bin ich seit siebzehn Jahren tot.«

Alban rieb sich die Stirn, als bereite es ihm Mühe, sich zu erinnern. »Man sagt, Siegfried habe auf dem Schlachtfeld ein Mal gezeigt, als es gegen Hjalmar ging. Es bewies die Blutlinie seines Vaters Siegmund.«

»Ein Mal? Wo?«, fragte Siegfried aufgeregt.

Vielleicht war das die Lösung!

»Zwischen Schulter und Schlüsselbein«, sagte Alban, »so ich mich recht erinnere.«

Ungeduldig zerrte Siegfried sein Hemd an der Schulter herunter. Doch beide Seiten zeigten glatte Haut ohne Makel.

»Manchmal erhält man das Erbe der Mutter«, kommentierte Alban die Enttäuschung des Prinzen. »Mag das Mal Euer Blut beweisen – seine Abwesenheit verleugnet es nicht.«

»Was dann?«, fragte Siegfried verzweifelt. »Was würde dem strengen Urteil Xantens genügen? Was muss ich tun, um meinen Vater meinen Vater nennen zu dürfen?«

Alban lachte leise. »Den Drachen töten fällt leider aus – da hat der alte Siegfried ganze Arbeit geleistet.«

Im Gedanken daran kam dem General eine Idee, die seine Miene deutlich aufhellte. »Doch halt! Den Drachen Fafnir erlegte Siegfried nicht allein – das Schwert Nothung hielt er in der Hand! Die Waffe der Könige von Xanten!«

Siegfried konnte sein Glück kaum fassen, und er drückte begeistert Albans Hände. »Dann höre, was ich dir jetzt sage – Nothung ist mein! Ich trage es im Beutel umher, seit ich die Nibelungen traf!«

»Ihr habt das Schwert des Königshauses?«, fragte Alban und rang sichtlich um Fassung. »In welchem Zustand ist es?«

»In zwei Teile zerbrochen«, gab Siegfried zu. »Warum, vermag ich nicht zu sagen.«

Mit einem Eifer, der sein Alter Lügen strafte, packte Alban den Prinzen bei den Schultern. »Dann ist es keine Heuchelei! Nothung bricht, wenn sein Herr dem Tod geweiht ist! Ich habe es bei Siegmund gesehen, und auch von Siegfried wurde es berichtet! Hättet Ihr mir von einer ganzen Klinge berichtet, ich hätte Euch vor allen Männern Lügner gerufen!«

»So kann ich mit dem Schwert beweisen, dass ich Erbe von Xanten bin?«, fragte Siegfried, und das Warten auf die Antwort war ihm unerträglich.

»So ist es«, sagte Alban würdevoll. »Und bei Gott, wenn ich es dann nicht selber glaube!«

Siegfried sprang auf. »Ich will keine Sekunde mehr zögern, es zu holen!«

Wer hatte ahnen können, dass der Schlüssel zum Thron seit Monaten schon in seinem Besitz war? Wie viel Dank schuldete er der einzelnen Stimme im Chor der Nibelungen, die ihm geraten hatte, das zerbrochene Schwert nicht achtlos liegen zu lassen?

Seine Füße trugen ihn schnell zu dem Gemach, das die Königin ihm zugewiesen hatte und in dem eine hölzerne Truhe seinen Besitz bewahrte. Seine hektischen Finger fanden das lederne Tuch, in dem das Schwert verborgen war, seit er es aus dem Wald in Burgund mitgebracht hatte. Was nicht mehr als ein Erinnerungsstück gewesen war, verhieß nun eine glorreiche Zukunft.

Das Schwert des Hauses Xanten!

Wie hatte er darauf nicht kommen können?

Die beiden Teile fühlten sich warm an in seiner Hand, als lebten sie von seiner Freude auf.

Er würde Nothung der geliebten Xandria zeigen!

Und dann dem ganzen Volk!

Man würde Siegfried feiern.

Siegfried von Xanten!

Er eilte mit dem Schwert zur Tür – und stieß hart dagegen, als er sie verschlossen fand. Seine Hand ging zum geschmiedeten Ring, um sie aufzuziehen, und fanden glühendes Eisen!

Mit einem Schrei trat Siegfried zurück, die Finger rot verbrannt, den Geruch kokelnder Haut in der Nase. Bevor ein Gedanke der Erklärung seinen Verstand erreichte, stand die ganze Tür in Flammen, und die Zungen leckten sich nach links und rechts über die Wände, als gelte es, sich schnellstens hinter dem Rücken des Prinzen wieder zu vereinen.

Nach zwei Herzschlägen brannte der Raum, selbst das, was nicht brennbar war – Stein, Metall, Glas. Im Zentrum hingegen, wo Siegfried nur den pochenden Schmerz der leidenden Hand spürte, wurde es kälter. So kalt, dass der Prinz sich an die Nächte isländischer Winter erinnerte, in denen die Hunde auf dem Hof erfroren. Atem stand so dicht vor seinem Mund, dass er wie eine weiße Fackel in die Flammen blies.

»Und *was* gedenkst du nun zu tun?«, hörte er die Stimme der Walküre, die er als Brunhilde kannte.

Siegfried spürte in der Kälte seine Muskeln erstarren, während gleichzeitig seine Haut brannte, als säße er auf Eis in einem Kreis von Fackeln. Der Beutel mit dem Schwert schien auf einmal bleiern und rutschte ihm aus den Fingern auf den Boden.

»Noch einmal frage ich dich – was ist dein Plan?«

»Zeig dich mir!«, schrie er als Antwort.

Brunhilde tat es – keinen Dingen oder Elementen untertan, trat sie aus der Wand in den Raum, wobei die Flammen nicht einmal die Spitzen ihrer Haare versengten.

»Ich bin hier, Siegfried, Sohn von Siegfried«, sagte die Walküre ohne Spott.

»Und ich beabsichtige, den Namen zu tragen, bei dem du mich nennst«, verkündete Siegfried trotzig. »Das Schwert Nothung kündet von meinem Geburtsrecht.«

»Es ist entzwei, und als solches kündet es allenfalls von vergangenen Niederlagen«, widersprach Brunhilde. »Glaubst du, das Xantener Volk lässt sich von einem Mann mit zerbrochenem Schwert regieren?«

Siegfrieds Wangen brannten, während seine Füße in der Kälte jedes Gefühl verloren. »Das Schwert ist die Klinge meiner Ahnen.«

»Und deinen Ahnen diente es zur Macht, als es die Waffe des Königs war«, höhnte die Walküre. »Glaubst du, Siegfried trat Hjalmar mit geborstenem Metall gegenüber? Das Schwert hat nur die Kraft, die mit seiner Klinge auch erkämpft werden kann. Dein Vater wusste das – und darum schmiedete er Tag und Nacht, bis Nothung sich ihm unterwarf. *Darin* liegt der Beweis des Blutes.«

»Dann werde ich Nothung eben schmieden«, verkündete Siegfried. »So wie mein Vater.«

Brunhilde lachte. »Dein Vater war Geliebter, Kämpfer, Prinz und König – aber er war auch ein Schmied, der an Regins Esse seine Lehrjahre verbrachte. Dir wird nicht nur das Schwert sich verweigern – Hammer und Amboss gehören kaum zu deinen Freunden.«

Es gefiel ihr, Siegfried zu verhöhnen. Darin lag das Gefühl der Macht, die Freude, dem Schicksal Richtung zu geben. Was in den letzten Tagen geschehen war, hatte allen ihren Plänen gespottet, und nun stand sie in Odins Schuld, das Rad der Geschichte weiterzudrehen.

»Wenn das Schwert geschmiedet werden will, wird es sich mir unterwerfen«, hielt Siegfried dagegen. »So will es mein Erbe.«

Die Walküre dachte nach. Wenn nicht bald etwas geschah, verlief sich alles, was angedacht war, in banalem Alltag. Der reißende Strom des Lebens war dabei, ein Bach zu werden, in den man die Füße stecken konnte, ohne dass es einen hinfortzog. Xandria in Xanten, Siegfried in Island, und irgendwelche langweiligen Kinder in ebenso langweiligen Reichen, deren Blut lauwarm war.

Doch in diesem Moment lag es an ihr, dass es nicht so kam, dass das Leben seine starke Strömung behielt.

»Es gibt einen Ort und … eine Gestalt, an deren Blasebalg du lernen kannst, wie Nothung sich heilen lässt«, sagte Brunhilde nun. »Doch kann ich dir versprechen, dass der Preis höher sein wird, als du dir vorzustellen vermagst.«

»Wie heißt dieser Schmied, von dem du sprichst?«, wollte Siegfried wissen, den zweiten Teil ihrer Aussage überhörend. »Ich lasse ihn von meinen Leuten eilends herbeischaffen!«

Brunhilde lachte. »Niemand schafft den Wieland herbei. Er ist der Schmied der Götter, und sein Schmiedefeuer brennt auf der Insel Ballova.«

»Davon habe ich noch nie gehört«, sagte Siegfried. »Wo soll das sein?«

»Ballova liegt an der westlichen Kante Midgards, wo die ewigen Wasserfälle vom Rand der Welt nach Utgard stürzen. Es ist nahe dem Ort, an dem die Titanen hausen. Dort, auf der zeitlosen Felseninsel, findest du Wieland, der schon Mjölnir, den Hammer des Donnergottes, in der ewigen Glut härtete.«

»Und Wieland wird Nothung schmieden?«

Sie schüttelte den Kopf. »Das kannst nur du selbst. Doch wird er dir die rechte Weisung geben und deine Hand dir führen.«

»Dann ist es beschlossen«, erklärte Siegfried mit Nachdruck. »Mein Weg führt nach Ballova. Und mein Dank gilt dir für diesen Rat.«

Brunhilde hätte ihn nun ziehen lassen können, damit die Türen öffnend für das letzte schwarze Kapitel der Geschichte, doch wieder gewann die Erinnerung an die Liebe, die sie einst für den anderen Siegfried empfunden hatte. »Es gibt noch eins zu wissen.«

»Was ist es?«

»Das Schwert lässt sich nur schmieden, wenn es auch geführt werden will«, warnte Brunhilde. »Manche sagen, es schafft Leid, um ihm zu trotzen. Sowohl bei deinem Vater wie bei deinem Großvater begann die Legende mit dem Schwert – und endete auch mit ihm. Wer das Schwert schmiedet, schmiedet auch seinen eigenen Untergang.«

»Wie kann das sein?«

Brunhilde hob die Schultern. »Niemand weiß es. Nothung ist, wie auch der Ring der Nibelungen, ein Mittler. Es eröffnet der Absicht den Weg zur Tat. Heute kannst du dich noch begnügen, kannst Island wählen als dein Heim und Xandria den Thron von Xanten lassen. Doch wählst du das Schwert, wird es dein Herr.«

Siegfried nahm sich die Zeit, die Angelegenheit zu durchdenken. Doch er sah keinen Ausweg, denn er wollte Xanten ja nicht aus Eigennutz – sein Platz war an der Seite Xandrias, und dafür musste er König sein. Und nur Nothung versprach den Respekt des Volkes.

Schließlich nickte er. »Ich habe deine Worte wohl gehört – und nun wisse meine Entscheidung: Es geht nach Ballova.«

Auch Brunhilde nickte. »Dann läuten die Glocken zur nächsten Runde des Schicksals. Geh allein auf diesem Weg, und wenn dein Boot die Küste nicht mehr sieht, wird der Wind der Götter dich leiten.«

Die letzte Silbe hing noch in der Luft, als Siegfried blinzelte – und der Spuk vorbei war. Kein Feuer, kein Eis, keine Walküre. Nicht einmal die Luft, die er atmete, trug noch die Kälte der vorigen Sekunde.

So war sein Weg noch nicht am Ende, sein Schicksal also noch nicht erfüllt. Siegfried nahm den ledernen Beutel vom Boden und sah die beiden Teile Nothungs an. »Schmied Wieland, Siegfried von Xanten hat Arbeit für dich.«

5

Zur Macht noch das Recht

Xandria verstand es nicht, und kein Wort, das Siegfried sprechen konnte, änderte etwas daran.

Er wollte sie verlassen!

Nicht etwa, um sein geplagtes Volk von Island durch seine Gegenwart zu neuer Hoffnung zu führen, nicht um in den umliegenden Reichen für Frieden und Freundschaft zu werben – es trieb ihn in den schrecklichsten Winkel der Welt, auf der Suche nach einer Legende, die ihm verschaffen sollte, was zu wollen in ihren Augen unrein war.

Wie sollte sie das verstehen?

Was versprach sich Siegfried davon, wenn das Xantener Volk ihn als den erwählten Retter anerkannte? Welcher Gewinn lag in einem Reich, das sowieso schon zu seinen Füßen lag – einschließlich seiner Königin? Als König von Island konnte er sie offiziell freien, wenn er aus der Heimat wiederkehrte, und nichts mehr konnte sie sich wünschen, als seinem Werben zu entsprechen. Dann würde er sein, was er immer gewollt hatte – König von Xanten. Vielleicht nicht aus dem Recht seines Blutes, aber doch mit rechter Krone auf dem Kopf.

Aber bei den Bestien wollte er in die Lehre, ein Schwert

schmieden, dessen Gebrauch seit Wochen erstmals wieder unnötig war, um Vorfahren nachzueifern, die allesamt auf dem Schlachtfeld einen Tod in jungen Jahren fanden und die eigenen Söhne nie gesehen hatten.

Nein, sie verstand es nicht.

Und dennoch – sie spürte bald, dass sie ihn nicht halten konnte, und was noch mehr Pein gewesen wäre als seine Abreise, wäre seine Abreise mit harschen Worten gewesen. Und so fand sie es in ihrem Herzen, nicht zu weinen, wenn er mit seinen Ratgebern besprach, wo die Insel Ballova zu finden sein mochte, und sie widerstand dem Drang, sein Boot, das eigens für diesen Anlass gezimmert wurde, des Nachts mit der Axt klein zu hauen.

Vielleicht lag Wahrheit in dem Schicksal, von dem Siegfried immer sprach, vielleicht war der Weg des Lebens keiner, auf dem man nach der Hälfte stehen bleiben durfte.

Und so kam der Tag, an dem sich der Hofstaat versammelte, um den Mann, der als Eroberer einst gekommen war, als Freund Xantens in die Fremde zu verabschieden. Die Nacht zuvor hatten Siegfried und Xandria einander noch einmal in den Armen gehalten, süße Schwüre sprechend und die Möglichkeit des Untergangs verneinend.

»Gib mir dein Wort, dass du zurückkehrst«, sagte die Königin, und sie war froh, schon alle Tränen geweint zu haben, um vor dem Volke nicht zu schluchzen.

»Als König«, versprach Siegfried und prüfte ein letztes Mal den Vorrat, den seine Leute in den Nachen mit dem kleinen Segel gelegt hatten.

»Lebendig wäre mir genug«, flüsterte Xandria. »Der Heiland möge dich beschützen.«

Siegfried fragte sich für einen Moment, wie seine Geliebte diesen seltsamen Christengott um Schutz anflehen konnte, wo er doch an den Ort reiste, der genau diesen

Gott widerlegte. Der Rand der Welt war Hort der Asen, und der Allmächtige aus den Kirchen Burgunds hielt sich dort sicher nicht auf.

Ein letzter Blick auf die Xantener, die am Ufer des Rheins standen, um ihm zu winken, bestärkte Siegfried erneut in seinem Plan – es waren gute Menschen, die einen guten König verdient hatten. Einen König aus der Blutlinie, die seit Jahrhunderten das Reich regierte, das nur durch Verrat und Niedertracht ihnen zu nehmen war.

Drei Soldaten schoben den Bug, und Wasser unterspülte den Bauch des Bootes. Keiner der Anwesenden konnte ernsthaft glauben, dass Siegfried mit der Nussschale auch nur die Küste erreichen würde, doch der Prinz hatte versichert, das Versprechen der Götter auf seiner Seite zu haben.

Er sah sich nicht mehr um, denn seine Zukunft lag stromabwärts. Wie von unsichtbarer Hand geführt, trieb das Boot dem Meer entgegen.

Xandria stand länger da als alle anderen, und schließlich war sie allein am Ufer mit ihrer Leibgarde. Sie gab sich selber Teil der Schuld. Hätte sie Siegfried einst abgewiesen, sich ihm nicht hingegeben – vielleicht wäre sein Drang in die Heimat Island stark genug gewesen, nicht auf diesen irrsinnigen Plan zu verfallen. Vielleicht hätte er dann in sich Frieden genug gefunden, die Dinge sein zu lassen, wie sie sein sollten.

Nun segelte er zum Ende der Welt, um sich und den Xantenern etwas zu beweisen.

Sie fand doch noch ein paar Tränen.

Die Nibelungen akzeptierten kein Recht, das nicht auf ihrer Seite war, keinen Befehl, der ihren Interessen zuwiderlief. Darum hatte Odin sie einst verstoßen, verdammt zu einem Leben in ewigen Schatten, körperlos und unvergänglich. Sie waren Gestalten von niederem Charakter, bösartige Wesen, denen das Leid anderer Freude bereitete, bewies es doch ihre Fähigkeit, trotz der Geistexistenz die Räder des Schicksals zu drehen.

Gewöhnlich genügte es, ein wenig Gier in die Herzen der Menschen zu streuen. Der Hunger nach Besitz zog meist Hass und Zwietracht, Neid und Intrige nach sich. Noch einfacher war es, wenn zwei den Anspruch auf den gleichen Besitz teilten. Dann wurde aus bösen Gedanken schnell böse Tat, und die Nibelungen kicherten und kreischten, wenn das Blut als Ernte der Hinterlist floss, die sie gesät hatten. Ihre Missetaten reichten bis weit in die Jahrhunderte zurück, als die Menschen noch keinen Stein auf den anderen setzten, und Nahrung war, was man in den Wäldern fand oder erlegte. Doch erst seit die Menschen in Gemeinschaft sich versammelten und Besitz aus wertlosem Metall die Gemüter erhitzte, war es eine große Freude, goldenen Tand als Lockruf der Niedertracht zu nutzen.

Siegmund von Xanten war dem Hjalmar gefallen, der in der Krone seine Bestimmung sah. Hagen hatte seinen eigenen König hintergangen, um den Tod Siegfrieds zu rechtfertigen. Brunhilde hatte verraten, was sie liebte, weil sie dem Schoße Kriemhilds die Kraft ihres Schmieds nicht gönnte. Kriemhild selbst, in Trauer blind, opferte gleich alle Reiche unter ihrer Herrschaft der Rache für Hagens Speer.

Es hatte den Nibelungen Freude bereitet und die Jahre flink vertrieben, die sie sonst knurrend und einsam im Wald verbrachten.

Doch nun fühlten sie sich übergangen.

Es war das Gesetz Odins, dass die Nibelungen dem

Menschen selbst kein Haar krümmen durften. Daher hatte ihnen der Drache Fafnir so gute Dienste geleistet, denn für ihn galt das Wort des Göttervaters nicht. Ihre Macht war die der Trugbilder, das Spiel mit Wünschen, Träumen und falschen Versprechungen.

Ebenso war jedoch unumstößlich, dass die Einflüsterungen der Nibelungen nur vom Menschen selbst gebrochen werden konnten. Es war am alten Siegfried gewesen, den Fluch zu brechen – und nach seinem Tode mühten sich daran Gernot und Elsa.

Doch Brunhilde hatte sich nicht daran gehalten!

Vom ersten Tage an hatte sie Siegfried, dessen Seele sie eigentlich nach Walhall holen sollte, beschützt. Eigenmächtig hatte sie sein Leben verlängert, an den Gabelungen seines Schicksals den rechten Weg ihm aufgezeigt.

Dabei hatte Odin Brunhilde zu Siegfrieds Walküre gemacht, weil er meinte, sich auf ihren Dienst besonders verlassen zu können. Schließlich stellte der Junge alles dar, was ihr das irdische Leben unerträglich gemacht hatte und für das sie sich am Ende in Gernots Schwert geworfen hatte. Er war das Zeichen der Liebe des ersten Siegfried zu Kriemhild, und als solches hätte es Brunhildes Ansinnen sein sollen, ihn schnell vom Angesicht der Erde zu holen.

Warum sie das nicht tat, war ihr Geheimnis.

Aber es unterlief die Bemühungen der Nibelungen, die weder den Raub ihres Goldes noch das Ende des Fluches hinnehmen wollten. Die Walküre hatte nicht das Recht, sich einzumischen, wenn die Nibelungen Leid und Verderben für das Blut Siegfrieds ersannen!

Und so hatten sie Odin geflüstert, was geschehen war.

Natürlich war der Göttervater nicht erfreut gewesen, in die gierigen Gesichter der Zwerge zu schauen, die er einst verbannt hatte. Nach Walhall ließ er sie nicht ein, und im stinkenden Morast Utgards trafen sie sich, wo die Titanen stampften und die Schreie der Verdammten jedes Ohr bluten ließen.

Von dem eindringlichen Getuschel ließ sich Odin kaum beeindrucken, doch hatte er sich ebenfalls gewundert, wieso der junge Siegfried noch nicht an der Seite seines Vaters in Walhall speiste. Sein Name stand schon lange im Buch der Toten. Die knochigen Finger der Geistwesen zeigten auf Brunhilde, schwärzten sie an, klagten über den Schild, den sie über den Prinzen hielt.

Odin widersprach. Hatte Brunhilde Siegfried nicht nach Ballova gelockt? War im Schmieden Nothungs nicht die Saat für weiteres Unglück? Nicht weniger als Verderben hatte Siegfried zu erwarten, wenn er das Schwert der Väter sich untertan machte. Die Walküre wusste das – und hatte den Prinzen doch nicht davon abgehalten.

Die Nibelungen hielten dagegen. Götterhand hatte Brunhilde dem Siegfried versprochen, um sichere Reise zu gewährleisten – ein Versprechen, das nicht einmal Odin brechen konnte. Und es war kaum zu erwarten, dass der alte Narr Wieland Siegfried nicht zur Hand ging. Am Ende – woran sollte Siegfried dann noch scheitern? Die Gegner hatte er – nicht zuletzt mit Brunhildes Hilfe – schon aus der Welt gebracht, und Xanten harrte begierig seiner Rückkehr.

Odin verstand, und zürnte schwer. Seine Blitze setzten ganze Landstriche in Brand, und seine schweren Stiefel trampelten wütend auf tausend Seelen. Von seinen eigenen Söhnen war er Ungehorsam gewohnt, von Loki wie von Thor. Doch seine Walküren hatten zu gehorchen, denn nicht mehr waren sie als sein Fußvolk auf der Erde.

Er dachte daran, Brunhilde zu bestrafen. Doch die Nibelungen argumentierten schlau – wenn die Walküre Siegfried so verehrte, dann war es für sie deutlich schmerzhafter, seinen Weg ins Verderben mit ansehen zu müssen. Schließlich konnte Odin Brunhilde nicht einmal mehr das Leben nehmen. Siegfried aber hatte so viel Glück, das zu zerschmettern eine Freude sein würde …

Odin, seiner Walküre überdrüssig, lieh den Nibelungen gerade lange genug sein Ohr, um sich auf deren Plan einzulassen.

Siegfried würde Nothung schmieden.

Und er würde das Schwert brauchen.

Denn Glück würde es ihm nicht bringen. Es würde nur sein Leben retten, damit er sehen konnte, wie der Horizont seines Schicksals sich schwarz färbte und blutiger Regen fiel.

Niemand trotzte Odin.

Und die Werkzeuge der Bestrafung fand der Göttervater gleich am Ort, in Utgard.

Brunhilde hatte Wort gehalten – obwohl Siegfried das Ruder hielt und der Wind das Segel blähte, schien das Boot seinem eigenen Willen zu folgen und den Weg geradewegs nach Ballova zu suchen. Sanft glitt es im Wasser des Rheins nach Norden, und auch in den Nächten ließ es nicht ab, wenn der Prinz die Augen schloss und in Gedanken an sein Reich und seine Königin selig schlief.

Irgendwann gabelte sich der Fluss, dann wieder, dann erneut, wie die Äste eines Baumes. Flacher wurde der Rhein und sanfter sein Strom, bevor er ins Nordmeer mündete, wo die Flut Siegfried schon erwartete. Auf einer Düne sah er zu seiner Überraschung den Wolf, der sich die letzten Wochen rar gemacht hatte und der doch als Begleiter Siegfrieds ewiger Schatten war.

»He!«, rief Siegfried freundlich, während der Wolf ihm

regungslos hinterhersah. »Ich würde dich auf dieser Reise gerne an meiner Seite wissen, doch wie man sagt, meiden Wölfe das Wasser.«

Der Wolf heulte kurz und trollte sich dann.

Siegfried war zuversichtlich, die Insel des Schmieds zu finden und dort Nothung schmieden zu können. Schließlich war es sein Schicksal, und nicht einmal die Götter verweigerten sich den Nornen. Der Gedanke freute ihn, mit dem zusammengefügten Schwert das Erbe der Väter zu erringen.

Die Küste verlor sich bald in der Ferne, während das Boot wie von unsichtbarer Hand gezogen durch die Wellen pflügte. Siegfried konnte keine Richtung geben, denn niemand auf Erden wusste, wo Ballova war, und so lag sein Vertrauen in den Göttern, die ihn leiteten. Er vertrieb sich die Zeit damit, Früchte zu essen und in den Büchern zu lesen, die er von Nazreh und Thelonius erhalten hatte.

Manchmal sah er Inseln, und Punkte am Horizont kündeten von Schiffen, Händler meist, manchmal auch mutige Abenteurer auf der Suche nach fernen Gestaden. Einmal war Land in Sicht, das seltsam vertraut ihm vorkam und in dem er Island zu erkennen glaubte. Sein Herz wurde schwer, und es drängte ihn, dort haltzumachen, um die Arme um die Brust alter Freunde zu schlingen. Doch das Boot unter ihm ließ keinen Umweg zu und hielt unbeirrt Kurs. Siegfried tröstete sich mit dem Gedanken, dass er sich getäuscht haben mochte und Island in Wirklichkeit weit weg war.

Irgendwann blieb der Horizont dann leer, und auch kein einzelner Vogel mehr kreuzte den Himmel. So sehr Siegfried ins Wasser starrte, er sah keinen Fisch dort schwimmen. Er schloss daraus, dass der Rand der Erdenscheibe näher kam, der Ort, an den die Menschen sich nicht wagten, weil hier herrschte, was vor langer Zeit die Welt erschuf.

Manchmal war ein Rauschen in der Luft, wie ferner Donnerhall, doch stetig und dunkel. Siegfried konnte nur vermuten, dass es die Wasserfälle am Ende der Welt waren, und er hoffte innig, dass sein Boot wirklich wusste, wie der Weg zu finden war. Die Route nicht selber zu bestimmen, erschien ihm nun wie ein Ärgernis, eine Gefahr, der er sich niemals hätte aussetzen dürfen. War er nicht immer stolz gewesen, seine eigenen Entscheidungen zu treffen? Wer hatte ihm je vorgeschrieben, wohin er zu gehen hatte? Nun war er gefangen auf dem weiten Meer in einem kruden Gebilde aus Holz, den Mächten ausgeliefert, deren wahre Ziele er nicht kannte.

Es fiel ihm auf, dass Tag und Nacht verschwanden, ineinander überflossen. Am Morgen wurde es nur wenig hell, und zum Abend ließ das spärliche Licht kaum nach. Dies verstärkte sich über die Tage, bis kein Unterschied mehr auszumachen war und trübe Dämmerung regierte. Siegfried verlor das Gefühl für Zeit, und es waren sein Magen und die schwindenden Rationen, die ihm das vage Gefühl gaben, dass aus Reisetagen Wochen wurden. Er fragte sich, wie groß die Weltenscheibe sein musste, um ihn so weit zu tragen, ohne dass er von den Rändern fiel.

Was aber, wenn die Götter sein Schiff aus schierer Bosheit im Kreis führten? Er konnte treiben, bis sein Proviant verbraucht war, bis der Hunger ihn in den Wahnsinn trieb und schließlich der tote Leib auf dem feuchten Holz verfaulte.

Unsinn!

Er verscheuchte die düsteren Gedanken, die er den schlimmen Erinnerungen an seine Flucht aus Island zurechnete. Furchtbar war es gewesen, aber auch damals hatten die Götter ihn nicht im Stich gelassen.

Seine Beine wurden müde ob der langen Sitzerei, und immer wieder musste er sich strecken und die zwei Schritte vom Bug zum Heck und zurück gehen, damit die Muskeln nicht das Wissen darum verloren, was ihre Aufgabe war.

Irgendwann kam Nebel auf. Nicht die Sorte Nebel, die den Blick versperrt und in breiten Schwaden jeden fernen Punkt verschluckt, sondern der flache, teppichgleiche Nebel, der kaum eine Handbreit über dem Wasser stand und in dem Siegfried rühren konnte wie in einer warmen Suppe.

Es wurde auch kälter. Kälter als die Isländer Winter, kälter noch als ein Grab aus Schnee. So kalt, wie Siegfried sich den Tod vorstellte. Er zog die Beine an und schlang die Arme darum. Seinen Kopf steckte er zwischen die Knie, und alle Felle und Decken, die er bei sich hatte, warf er über seine zusammengekauerte Gestalt. So hatte es ihn Eolind gelehrt. Der Kälte durfte man keine Fläche geben, sonst sog sie einem hungrig das Leben aus dem Körper.

Siegfried versuchte, Brunhilde anzurufen, die Götter, den Geist seines Vaters. Es gab keine Antwort, und jedes in die Düsternis gerufene Wort sog eisige Luft in seine Lungen, und er ließ es bald wieder sein.

Er dämmerte nun vor sich hin, mit dem Gedanken an Xandria als einzige kleine Flamme. Vom Schlaf zum Wachzustand ging es fließend, als müsse er die Tagundnachtgleiche imitieren. Manchmal schreckte er hoch, was kaum noch einem müden Kopfheben entsprach, und wusste dann nicht mehr, wie lange er gedöst oder was ihn geweckt hatte.

Irgendwann knirschte es, als stöhnte einer der Titanen, und das taube Fleisch von Siegfrieds Körper ruckte hin und her. Er zwang seine Augen auf, spähte durch den Schlitz, den er in seinen schützenden Fellen gelassen hatte.

Da war … Dunkel vor dem Boot. Er konnte es nicht genauer beschreiben, es war nur einfach nicht die hellgraue Trübnis, die er in den letzten Tagen – Wochen? – gesehen hatte.

Er schälte sich aus dem wärmenden Haufen und stellte fest, dass die Kälte nachgelassen hatte. Zwar fror ein eisiger Wind immer noch die Härchen auf seinem Arm, doch war kein Frost mehr darauf aus, ihn sich zu holen.

Bei dem Versuch, sich aufzurichten, fiel Siegfried zweimal hin. Seine Beine schmerzten, und seine Knie kämpften gegen jeden Versuch, sich gerade hinzustellen.

Irgendwann stand er wankend da und rieb sich das Eis aus dem Gesicht, um besser sehen zu können.

Land.

Das Boot war auf Land gelaufen.

Kein Gras, keine Erde, kein Sand. Nur Fels. Grauer, unwirtlicher Fels, dem Boden an den Küsten Islands nicht unähnlich.

Siegfried packte Nothung in seinem Lederbeutel und ging von Bord.

Das feste Land unter den Füßen fühlte sich gut an, stark und vertrauenswürdig.

Es gab keine Frage, wo er war.

»Ballova«, flüsterte Siegfried.

Brunhilde hatte Wort gehalten.

Kaum Königin geworden, fand Xandria es schon beschwerlich, die Aufgaben des Tages zu erledigen. Nicht, weil es ihr an geistiger Regung oder ausreichender Zeit mangelte – sie vermisste Siegfried nur so sehr, dass kaum ein anderer Gedanke in ihrem Kopf Platz fand. Dabei war es in diesen Tagen doppelt dringlich, das Reich besonnen zu verwalten – die Freude über das Ende des Krieges war abgeklungen, und die aus den Kellern der Burg gekarrten Gaben waren vom hungrigen Volk aufgebraucht. Bei den Xantenern kehrte nun der Alltag ein – und der Alltag war noch immer geprägt von Armut und Krankheit. Zwar hatten etliche Söldner das Angebot angenommen, sich niederzulassen, aber die Höfe, die ihnen gegeben wurden, waren in schlechtem Zustand, und für die Herbsternte hatten sie die Aussaat versäumt. Damit war jetzt schon sicher, dass ein weiterer harter Winter auf das Land zukam und kein noch so schöner Sommer darüber hinwegtäuschen konnte.

Es hatte auch Zwietracht gegeben zwischen Söldnern und Alteingesessenen. Mancherorts stritten sich drei Männer um einen Hof, und die Verwalter der Regionen kamen kaum nach, die Händel zu schlichten. Viele der Dispute kamen vor die Königin, die feststellen musste, dass manchmal zwei Menschen gleiches Recht hatten und ihr Urteil nicht anders konnte, als dem einen Unrecht tun. Es schmerzte, war Xandria doch in der festen Überzeugung aufgewachsen, dass Gut und Böse trennbar waren und die Festlegung für jeden offensichtlich, der reinen Glaubens war.

Die Nächte waren noch schlimmer. Ihr Körper hatte sich an die Wärme Siegfrieds gewöhnt, an seine starke Hand in ihrer, wenn sie einschlief. Sie fand sich aus tiefem Schlummer hochschreckend, nach ihm tastend, den Namen des Geliebten auf den Lippen. Dann zog sie die Decken über die kalten Schultern, weinte in ihr Kissen und hoffte auf den Sonnenaufgang.

Niemand konnte ihr sagen, wie lang die Reise Siegfrieds an den Ort, den niemand kannte, dauern würde.

Er hatte ihr nur vage Andeutungen gemacht, von seinem Erbe, wieder einmal. Trunken vor Freude hatte er ihr vom Ende aller Sorgen erzählt, wenn es ihm nur gelänge, einen legendären Schmied zu finden. Es beunruhigte Xandria, dass Siegfried sich auf die alten Götter berief. Das war Ketzerei, so hatte sie es von ihrem Vater gelernt, und führte zu nichts als dem Untergang. Sie war überzeugt gewesen, Siegfried zur Hochzeit überreden zu können, in den christlichen Glauben zu treten. Nach dem, was sie wusste, war schon Gernot getauft worden, ebenso wie das Haus von Burgund, also auch seine wahre Mutter Kriemhild.

Dem Ruf der nordischen Asen zu folgen hieß, sich vom Teufel in die Hölle locken zu lassen!

Wie zur Bestätigung häuften sich bei Hof die schlechten Omen – eine Kuh brachte ein totes Kalb mit zwei Köpfen zur Welt, und an drei heiligen Sonntagen aufeinander regnete es. Der Blitz schlug in die Kirche von Xanten ein.

Xandria betete jeden Morgen, jeden Abend. Und jeder ihrer Träume war ein Gebet.

So gingen die Wochen ins Land, und der Druck auf den Thron nahm zu – Theudebald bat um ein Treffen, weil der Erbkrieg der Sachsen an seinen Grenzen zu Scharmützeln führte, die Xanten schlichten sollte. Und wenn der mächtige Theudebald um etwas bat, war es für jeden anderen Befehl. Der Familienzwist der Sachsenstämme führte außerdem dazu, dass Yor dringlich um Vermählung nachsuchte, um seine Position zu stärken. Er hatte zwar gehört, dass sich Xandria dem Eroberer Siegfried verpflichtet hatte, aber er ging davon aus, dass der Frieden in der Region Preis genug war, die Meinung der Königin zu ändern. Rom hingegen hoffte auf verstärkten Handel, nachdem man den Machtwechsel in Xanten von Burgund aus nach Kräften unterstützt hatte.

Ohne Siegfried fühlte sich Xandria überfordert, und die Reiche, die an Xanten zogen, fanden sie zögerlich und hinhaltend.

Aus dem Frühling wurde ein Sommer, als Alban das erste Mal die Frage stellte, die Xandria sich selbst seit Wochen verweigert hatte. »Was tun wir, wenn Siegfried nicht mehr wiederkehrt?«

Ballova war eine Insel, wie Siegfried noch keine gesehen hatte. Aus Fels wie Island, aber von einem helleren Grau in der Farbe, flach, gänzlich ohne Erhebungen, und selbst an der Wasserlinie leicht gerundet wie nach Plan. Es wuchs nichts, und kein Tier schrie in die ewige Dämmerung. Bewegte man sich kaum drei Schritte vom Wasser weg, verstummten die Geräusche des Meeres, und es war, als habe man sich die Ohren verstopft. Sogar die eigene Stimme wurde dumpf und tonlos.

Siegfried fand, dass er sich weniger auf einer Insel befand und mehr auf einer riesigen runden Steinplatte, die jemand ins Meer gelegt hatte. Wenn er die Rundung des Ufers schätzte, dann mochte die Platte zwei Tagesmärsche von einer Seite zur anderen fordern und bestimmt das Dreifache, wenn man sich am Wasser hielt.

Der Prinz entschied, den Weg zur Mitte zu suchen, denn dort war der wahrscheinlichste Platz für jeden, der sich hier niedergelassen hatte. Obwohl Hunger und Durst über die letzten Tage seinen Körper geschwächt hatten, war er zuversichtlich, und sein Schritt war fest. Die Götter hatten ihn kaum hergeschickt, damit er kläglich auf dem Fels verreckte. Dann hätte ihn schon vorher das Meer holen können.

Etwas schimmerte in der Düsternis am Rande der Welt. Es war von weißer Flamme wie helle Glut, dann wieder rötlich wie glimmendes Holz. Es tanzte weit entfernt, und wenn es besonders stark auffauchte, dann züngelte es fast bis zum Himmel. Doch erst, als Siegfried leise, dann immer lauter die Schläge eines Hammers auf Eisen hörte, war er sicher, am rechten Ort zu sein.

Die Schmiede Wielands!

Er fand die Kraft zu laufen, und bald dröhnte Metall auf Metall in seinen Ohren, dass er fürchtete, sie würden zu bluten beginnen. Die Wärme der Esse hauchte ihm schon aus der Ferne entgegen, und immer wieder wehte es durch seine Haare von einem Blasebalg, der groß wie drei Mann sein musste.

Natürlich hatte Siegfried in seiner Jugend viele Schmieden Islands besucht, und er kannte das Handwerk, auch wenn er es nicht beherrschte. Aber hier war eine Werkstatt, die keiner anderen glich.

Kein Haus, keine Hütte, keine Unterkunft. Das Schmiedefeuer nicht mit Kohle angeheizt, sondern aus glühendem Stein, der aus der Erde direkt in eine Felswanne brodelte. Der Amboss ein Stück Eisen, groß wie ein Langtisch, und zur Kühlung glühender Klinge eine Wasserader, die wie mit einem Messer gezogen die Insel kaum einen Fußbreit durchschnitt. Der Blasebalg so groß, dass man die obere Kelle an einer Kette zu sich ziehen musste. Der hellgraue Felsboden trug im Umkreis der Esse schwarze Flecken wie ein Tier sein Muster.

Und überall Waffen. Wie Buschwerk lagen sie herum, in Haufen, manchmal sauber gestapelt, dann wieder verkeilt, als könnten sie nie wieder entwirrt werden. Speere, Schwerter, Streitäxte, Hämmer, Schilde, Brustpanzer, Helme. Ausrüstung von Heerscharen, die kein irdisches Auge je geblickt hatte. Viele waren fleißig begonnen, aber nie beendet worden – Dolche ohne Griff,

Klingen ohne Schärfe, verzogene Visiere, gebrochenes oder geborstenes Metall. Was nicht dem Anspruch der Götter entsprach, war hier achtlos auf den Stein geschleudert worden.

Siegfried meinte auch, irgendwo das monotone Schnattern einiger Gänse zu hören, doch mochte er sich vertun in einer Welt, die seine Sinne vielfach narrte.

Und da war der Mann, in dem Siegfried den Schmied erkennen musste, zu dem er in die Lehre gehen sollte. Er sah ihn erst nur von hinten, wie er wütend mit dem Hammer auf glühendes Eisen eindrosch. Groß von Gestalt, größer als alle Krieger, die der Prinz je gesehen hatte. Er selbst mochte diesem Hünen allenfalls bis zur Brust reichen. Das Kreuz so breit wie mancher Mann groß war, und mit Muskeln bepackt, die unter ölig-schmutziger Narbenhaut pumpten wie ein Meer im Sturm. Haare, schwarz und wild, nur mühsam von einem Lederband gehalten, und jeder Schlag des Arms von einem Schrei begleitet, der das Metall vermutlich stärker bändigte als die schiere Kraft.

Für einen Moment beobachtete Siegfried die mächtige Gestalt des Schmieds, wie sie am Amboss auf eine Glut fauchende Klinge eindrosch. Doch bevor er sich ein Herz fassen konnte, hielt der Helfer der Götter inne, und sein Atem ging selber wie ein Blasebalg. »Man hat dich angekündigt.«

Er drehte sich um. Das Gesicht bestand aus wenig mehr als dunklen Augen und Bartwuchs, in dem der Schweiß glitzerte. Keine Lederschürze schützte die behaarte Brust vor den Funken, und manche alte Wunde zeugte vom Streit mit denen, die seine Dienste in Anspruch nahmen.

»Wieland«, sagte Siegfried, und er war so unsicher, dass es wie eine Frage klang.

»Man ruft mich bei vielen Namen«, sagte der Schmied. »Wieland, Wiolant, Velant – vom Anfang der Zeit her auch Völundr. Nur meine Arbeit ist geblieben.«

»Meine Name ist … ich bin …«, stotterte Siegfried, der noch nie bei wachem Geist in der Gegenwart eines Wesens aus dem Umfeld der Götter gestanden hatte.

»Siegfried«, vollendete Wieland. »Dein Kommen war mir vom Wind angekündigt.«

Der Hüne beugte sich vor, und das alte Leder seiner Hose knirschte vernehmlich. Er schnupperte an seinem Besucher. »Du riechst wie ein Mensch. Euch hängt schon der Geruch von Fäulnis an, auch wenn euer Herz noch schlägt.«

»Ich bin hier, um mein Schwert zu schmieden«, sagte Siegfried im Versuch, sich nicht einschüchtern zu lassen. Er hielt das Leder mit dem darin eingeschlagenen Nothung vor sich.

Wieland nahm die Waffe, und die beiden Teile sahen in seinen Händen aus wie Spielzeug. »Eine gute Klinge, wenn sie nicht gerade entzwei ist«, knurrte der Schmied. »Doch wie es scheint, ist Nothung seinen Besitzern nicht sehr treu.«

»Du kennst das Schwert meiner Väter?«, fragte Siegfried verblüfft.

Wieland lachte, und der Felsboden schien darüber zu erzittern. »Kennen? Tumber Schlachtenhansel, unter meinem Hammer ist es einst entstanden!«

Odin war nicht wütend gewesen, zumindest nicht offen. In den zwölf Palästen von Walhall hatte er Brunhilde empfangen und von ihr Rede und Antwort verlangt, was Siegfried und sein Reich anging. Im ewig rauschenden Fest der Götterburg drängte sich die Walküre zum Thron des

Gottvaters vor, an Einflüsterern und geilen Leibern vorbei, bis sie vor ihrem Herrn und Schöpfer stand.

Den Walküren stand es nicht zu, Odin anzulügen, und Brunhilde musste, ob ihre Seele wollte oder nicht, die Wahrheit sprechen. So erzählte sie Siegfrieds Verlegenheit, von seinem unbändigen Wunsch, im Namen seiner Väter König von Xanten zu werden. Und sie versicherte, den jungen Krieger nur zu Wieland geschickt zu haben, um in der Fertigung Nothungs dem Schicksal neue Nahrung zu geben.

Zur Ehre Odins.

Odin war nicht wütend gewesen. Im Gegenteil, er lachte, und jeder, der in Reichweite saß, stieß mit ihm auf Siegfried an, den jungen Recken, der seinem Blutruf folgte, egal wohin dieser ihn führte. Und Brunhilde wurde das Gefühl nicht los, dass der Göttervater davon schon gewusst hatte und dass ihr Bericht mehr Prüfung als Neuigkeit für ihn war.

Aber wenn Odin bereits wusste, warum Siegfried sich Nothung untertan machen wollte – wie konnte er dann freudig darauf hoffen, dessen Seele bald an seiner Seite zu wissen? Er hätte Wieland leicht anweisen können, den Wunsch des eifrigen Eroberers abzulehnen, ihn gar mit einem Schlag des Schmiedehammers zu zertrümmern. Doch der Ase winkte ab, lachte und trank seinen Met mit großer Zufriedenheit. »Soll er doch das Schwert der Väter schmieden. Wird er sehen, was es ihm bringt.«

In der scheinbar leichtfertigen Bemerkung lag eine finstere Drohung, denn Odin *wusste,* was Nothung brachte. In seinem Auftrag war es einst entstanden, und das Schicksal, das das Schwert herbeibeschwor, es hatte seinen Ursprung ganz allein in Odins Willen.

»Wie ist der Weg Siegfrieds zurück in die Welt?«, wollte Brunhilde wissen.

»Friedlich, wie du es ihm versprochen hast«, gab Odin zur Antwort. »Mit großem Stolz darf er Nothung führen, und Xanten soll ihn gern als König grüßen.«

»Aber das Ende allen Unglücks ist damit noch nicht gekommen«, vermutete Brunhilde, und ihr Herz wurde schwer.

Odin lachte wieder. »Siegfried bekommt alles, was er will – und verliert alles, was er hat.«

»Dann wird es niemals aufhören«, sagte die Walküre nun lauter, als es ihrem Stand entsprach. »Das Rad dreht sich weiter, immer weiter.«

Der Göttervater wurde ernst, und in seinem Ernst lag berechnende Grausamkeit. »Es ist keine Laune meinerseits, Brunhilde. Dein Siegfried hat gewählt zwischen dem, was ist, und dem, was sein kann. Ich achte nur darauf, dass er den angemessenen Preis zahlt. Und erinnere mich nicht daran, dass darin *deine* Aufgabe gelegen hätte.«

Odin war nicht wütend. Und das war ein schlimmes Zeichen.

Seit Siegfried den Fuß auf den Felsen Ballova gesetzt hatte, waren Müdigkeit und Hunger abgeklungen wie lästige Erinnerungen. Damit verschwand das letzte Gefühl für die Zeit, die hier nicht zu vergehen schien.

Wieland zeigte sich als guter Lehrer, auch wenn sein grober Körper oft die Schwäche des Menschen Siegfried unterschätzte. Der übergroße Hammer brach dem Prinzen glatt das Handgelenk, als er zum ersten Mal damit auf den Amboss schlug, und so mancher Spanfunken brannte heiß genug, um einen Schrei aus Siegfrieds Kehle zu locken. Das Schmiedefeuer, aus einem Vulkan unter der Insel gespeist, war zu heiß, und der erste Versuch, flüssiges Metall dort abzuzapfen, sengte Siegfried jedes Haar vom Körper, und keine Braue hielt nun mehr den Schweiß auf, der von seiner Stirn floss.

Weil kein Schlaf und kein Essen mehr Pausen erzwangen, hielten Siegfried und Wieland an der Esse nur inne, wenn die Eintönigkeit der Arbeit sie drängte, davon abzulassen.

»Wieso das Schwert Nothung für meine Väter?«, fragte Siegfried dann.

Wieland, der nicht geübt war, viel zu reden, kratzte sich am mächtigen Kopf. »Odin versprach dem tapferen Blut eine Belohnung. Doch das Gleichgewicht verlangt für jedes Licht einen Schatten.«

»Und dann bekamst du den göttlichen Auftrag?«

Wieland lächelte, und er war darin ebenso wenig geübt wie im Sprechen, und es ähnelte dem Ausdruck eines schweren Schmerzes. »In Idafeld, nahe bei Walhall, schwang ich damals noch den Hammer. Mein Vater Wade aus dem Meere, er wäre stolz auf meine Arbeit gewesen.«

»Was geschah mit Idafeld?«

Der Schmied hob seufzend die breiten Schultern, und ein Schatten fiel über Siegfried. »Die Liebe traf mein dummes Herz. Eine Schwanenjungfrau war's, ausgerechnet. Doch Odin wählte sie zur Walküre, und als ich in Wut ihm eine neue Lanze verweigerte, verbannte er mich hierher. Wenn Ragnarök kommt, das Ende der Welt, solle es mich mitreißen, sagte er.«

Es fiel Siegfried auf, wie hart und ungerecht die Götter oft mit anderen umsprangen, und wie wenig Herz ausgerechnet jene hatten, die alle anderen Herzen erschufen.

Bald standen sie wieder an der Esse, dann am Amboss, und wenn Wieland den Blasebalg zusammenzog, musste Siegfried sich ducken, damit der Wind ihn nicht von den

Beinen riss. Doch er lernte rasch und fleißig, und so manches Mal, wenn Wieland seine Arbeit mit dem Hammer lobte, war der Prinz selber unzufrieden und schmolz das Metall erneut, um abermals zu beginnen.

Klinge um Klinge faltete Siegfried heiß auf dem Amboss, kühlte sie und drosch dann wieder darauf ein, dass sie weißglühend sich ihm unterwarf. Doch Nothung ließ er unbehauen, in sicherer Entfernung. Mit nicht weniger als der Hand eines Meisters wollte er ans Schwert seiner Väter gehen. Er hatte nicht die Zeit des vorigen Siegfried, der seine gesamte Jugend der Kunst mit Hammer und Zange gewidmet hatte, doch dafür war sein Lehrmeister ein Kind der Götter und trotz seiner Gestalt weise und geduldig. So lernte Siegfried, welche Brösel dem Metall beizugeben waren, um es härter und leichter zu machen, was die Glutfarbe war, bei der es sich am besten formen ließ, und wann eine Klinge zu schmal war, um ihre Länge zu halten.

Bald gelangen Siegfried Klingen, die manchem König gut gestanden hätten, glatt und glänzend, scharf und von einem Gleichgewicht, dass sie zu führen eine Freude war. Wenn er nicht schmiedete, übte sich Siegfried im Kampf, mit niemandem als sich selbst zum Gegner.

Irgendwann, nach langer Zeit am Amboss, fand er Wielands Pranke auf seiner Schulter. »So angenehm die Gesellschaft ist – was Siegfried lernen kann, hat er gelernt. Das Schwert Nothung ist nun an der Reihe.«

Siegfried strich sich über die Stirn. »Wenn meine Gegenwart dir kaum zur Last fällt, wie kommt es dann, dass du keinen Lehrling hast?«

»Den hatte ich einst. Er zog dann unter die Menschen. Was aus ihm wurde, weiß ich nicht.«

Es war das erste Mal, dass Siegfried das Gefühl hatte,

dass Wieland nicht aufrichtig war. Aber das war sein Recht, und nun standen wichtigere Dinge an.

Ein Schicksal galt es zu schmieden!

Der Frühling war in Arbeit schnell vergangen, der Sommer hatte ihre helle Haut gewärmt, und als der Herbst die Blätter bräunte, gestattete sich Xandria zum ersten Mal, den Gedanken Albans selber zu denken. *Was, wenn Siegfried nicht wiederkommt?*

Große Trauer hatte sie übermannt, und kein freundliches Wort aus ihrem Kreis hatte das Herz ihr leichter machen können. Sie hatte Posten an allen Ecken des Reiches aufstellen lassen, um nach ihm auszuschauen, und Kundschafter zogen durch alle Lande, mit dem Versprechen auf Belohnung für die Entdeckung des Isländer Prinzen.

Die Königin hatte einen Herold nach Island gesandt, den dortigen Statthalter Eolind die Lage wissen lassen und beide Länder in Freundschaft verbunden. Doch was nutzte es, wenn ein Bettler die leere Börse mit einem anderen Bettler teilte? Um sie herum wurde die Lage heikler, und die Reiche, denen weder die Männer noch die Waffen zum Krieg fehlten, zogen ihre Heere zusammen und rasselten an den Grenzen von Franken und Sachsen mit Schild und Schwert. Xanten, dazwischengelegen wie eine Insel im Sturm, würde nur noch Durchmarschgebiet für Theudebalds Truppen sein, wenn nichts Wundersames geschah. Und vom Durchmarschgebiet zur Provinz Frankens war es dann ein kleiner Schritt.

Was für ein Hohn! Selbst wenn Siegfried zurückkehrte, würde er kein Reich mehr finden, das er erobern konnte!

Jeden Abend saß Xandria in ihrem Gemach, bürstete das Haar, bis es glänzte, rieb sich rosenduftende Paste auf die

Brust und trug ein Nachtkleid von reizender Schönheit, bevor sie in die kühlen Laken stieg. So wie sie jeden Abend auf Siegfrieds Rückkehr hoffte, so wollte sie jeden Abend dafür bereit sein, ihn in Liebe zu empfangen.

Und eines Abends hörte sie ein Geräusch, spürte sie eine Gegenwart in ihrem Zimmer, und horchte in die Dunkelheit, wo leises Leder knarzte.

»Siegfried?«

Sie hauchte seinen Namen nur.

Das Mondlicht warf nur einen einzigen Strahl durch das Fenster, und darin fand sich die Gestalt, die Xandria kannte, doch die sie nicht erwartet hatte.

Es war die Walküre, die ihr einst den Prinzen versprochen hatte!

Nicht mit Feuer kam sie diesmal, ohne großes Drama war ihr Auftritt, als wolle sie sich heimlich anschleichen, als sei zu großes Aufsehen von Gefahr.

»Erst Waise, dann Königin«, sagte die Walküre leise, und in ihrer Stimme klang etwas Unterwartetes – Bedauern?

»Was ist mit Siegfried?«, flüsterte Xandria, zu keinem anderen Gedanken fähig.

»Es kam, wie ich es prophezeite – und doch so anders, als ich hoffte«, sprach die Kriegerin, als habe sie die junge Königin nicht gehört.

»Was ist mit Siegfried?«, wiederholte Xandria, und ihr Herz konnte sich nicht entscheiden, ob es doppelt schnell schlagen oder den Dienst ganz versagen sollte.

»Um Siegfried braucht Ihr Euch nicht zu sorgen«, kam die Antwort, doch im Ton lag keine Beruhigung.

Ein Schluchzen, aus Glück wie Erleichterung geboren, schüttelte Xandria. »Zu wissen, dass er lebt, ist genug freudige Botschaft.«

Die Walküre trat einen Schritt näher, und alle Kraft, die

sie einst ausgestrahlt hatte, schien den starken Körper verlassen zu haben. »Es tut mir leid, Königin Xandria.«

»Was tut euch leid, Walküre?«, fragte Xandria. »Sagtet Ihr nicht gerade, Siegfried ginge es gut? Was darüber hinaus könnte mich sorgen?«

Odins Kriegerin strich der Königin fast liebevoll über die Wange. »Den Preis für Siegfrieds Trotz – zahlt Ihr.«

Xandria wollte die Hand an ihrem Gesicht halten, um der Walküre zu versichern, dass sie für ihren Geliebten jeden Schmerz zu erdulden bereit war, aber sie griff ins Leere, denn sie war bereits wieder allein.

Und es war in der Mitte dieser Nacht, dass die Horde Utgards kam, um Xanten zu strafen und Xandria zu holen …

Es lag Schmerz darin, dem Schwert Nothung einen fremden Willen aufzwingen zu wollen. Jedes Mal, wenn Siegfried den Hammer auf die glühenden Bruchstellen schlug, spaltete die Wut der Waffe die Haut seiner Hand, fraß sie sich gierig in seinen Arm und riss an seiner Schulter. Es war, als wollte man einem Bären ein Stück Fleisch aus dem Maul zerren, ohne dass er mit kräftigen Kiefern zubiss.

Nothung wollte sich nicht unterwerfen – es musste unterworfen werden.

Wieland stand daneben und sah, wie Siegfried sich mühte. Er bewunderte den Starrsinn des Schwertes ebenso wie die Entschlossenheit seines Lehrlings, es zu brechen, bevor er es wieder zusammenschmiedete.

Dutzende, hunderte Male scheiterte der Prinz von Island an der Aufgabe. Die Bruchstelle der Klinge kühlte zu schnell ab, statt der Vereinigung brachen immer mehr Metallstücke heraus. Manchmal schien es, als schoben sich die Hälften auf dem Amboss auseinander, gerade bevor Siegfried sie mit dem Hammer einen wollte.

Hätte er Tage zu zählen gehabt, Siegfried wäre schier verzweifelt. Doch auf der Felsenplatte Ballova war alles gleich, und ein Versuch war so gegenwärtig wie der nächste.

Mit einem Mal verkündete Wieland: »So geht es nicht.«

Siegfried unterbrach die Arbeit und sah den Lehrmeister an, wofür er den Kopf weit in den Nacken legen musste. »Was meinst du?«

Wieland besah sich die Teile Nothungs. »Das Schwert zusammenzufügen ergäbe nicht mehr als ein vormals gebrochenes Schwert. Die jungfräuliche Klinge allein wird dein Freund sein.«

»Was heißt das?«

»Es braucht eine neue Klinge für Nothung, geschmiedet aus dem Metall der alten, die dafür eingeschmolzen wird.«

Siegfried dachte kurz darüber nach, nickte schließlich und warf die Klinge in den Tiegel. »Ein Neuanfang. Das klingt recht in meinen Ohren.«

Der Hüne lächelte wieder krumm. »Dann wird es auch Zeit für die Gänse.«

Wie sich herausstellte, hielt der Schmied der Götter, irgendwo außer Sichtweite, in der Tat einen Käfig mit Gänsen bereit, die aufgeregt schnatterten, als er ihn herbeischleifte.

»Was braucht es das Federvieh?«, wollte Siegfried wissen. »Hunger habe ich keinen.«

»Die Tiere essen wäre Verschwendung. Eines der großen Geheimnisse der Schmiedekunst ist das«, verriet Wieland. »Wenn dein Schwert härter sein soll als das Metall, aus dem es geschmiedet wird, dann lass die Gänse erst die Späne fressen.«

»Wieso?«, fragte Siegfried. »Wie ich es sehe, scheißen sie es aus, wie es oben hereingekommen ist.«

Wieland schüttelte den Kopf. »Und da liegt der Irrtum, guter Siegfried. In den Gedärmen der dummen Viecher braut sich mehr zusammen als bei den Alchemisten. Trennst du das Metall hinterher wieder aus ihren Knütteln, wird es härter sein und geschmeidiger, als du dir wünschen kannst.«

Siegfried hatte keinen Grund, an den Worten Wielands zu zweifeln, so seltsam sie auch waren, und neugierig besah er sich die Gänse im Käfig. Als er nach ihnen tastete, bissen sie kräftig zu.

So feilten sie Nothungs Metall herunter zu Spänen, verfütterten sie zwischen Weizen und Hafer dem Federvieh und warteten die Stunden, bis die Vögel hergaben, was sie nicht mehr brauchen konnten. Es stank scheußlich, aber die Glut des Schmiedefeuers brannte den Kot der Tiere rasch hinfort und ließ nur das Eisen zurück, das nun seltsam blass glänzte, als sei es schon ungeschmiedet poliert.

Siegfried goss das Eisen neu geschmolzen in die Form und hob den Hammer, um Nothung neu zu schmieden. Es dauerte gut zehnmal so lange wie jede Klinge, die er davor von seinem Amboss gelassen hatte. Die Funken sprühten in den Himmel, und schrill schrie das Metall, als gelte es, sich der Formung zu widersetzen.

»Gut so, mein Freund«, lobte Wieland. »Nicht nachlassen. Nothung wird immer unter Schmerzen geboren.«

Irgendwann fühlte Siegfried die Muskeln in den Armen nicht mehr, der Kopf dröhnte vom Lärm, und die Augen sahen nur noch Schlieren aus Glut und Tränen. Der Schmied Wieland musste ihn von hinten packen und vom Amboss wegziehen, als die Arbeit getan war.

»So, gut ist's«, sagte er, und eher widerwillig ließ Siegfried den Hammer fallen und warf die Zange beiseite.

»Nothung …«, keuchte er.

»… hast du dir vor hundert Schlägen schon untertan gemacht«, vollendete Wieland. Er nahm die noch glühend heiße Klinge und steckte sie in den kleinen Bach, der neben der Esse lief. Es zischte, und eine Dampffontäne spritzte auf wie bei den Geysiren, die Siegfried von Island kannte. Es war das erste Mal seit Ewigkeiten, dass er wieder an etwas anderes dachte als an seine Aufgabe.

Xandria.

Er hatte nicht einmal mehr an Xandria gedacht.

»Und nun der Test der Väter«, unterbrach Wieland seinen Gedanken. Der Hüne zog sich ein dickes schwarzes Haar vom Kopf und warf es ins Wasser, wo es träge davonzuschwimmen begann.

Der Schmied steckte die Spitze Nothungs in den Bach, direkt in den Weg des Haares. Der Strom trieb es nicht um die Klinge, sondern direkt darauf hinzu.

Und die Klinge teilte das Haar der Länge nach.

»*Ha!*«, schrie Wieland begeistert und warf dem immer noch benommenen Siegfried sein Schwert zu. »Gutes Handwerk zahlt sich eben immer noch aus!«

Der Prinz fing das Schwert und wog es in den Händen. Es fühlte sich gut an, warm und versichernd. Die Balance war so perfekt, dass Siegfrieds Arm förmlich nach vorne gezogen wurde, während Nothung in der Luft tänzelte. Es gab ihm das Gefühl von Kraft, Gerechtigkeit.

Und Macht.

»Nun habe ich, was nötig ist, um mir das Erbe meiner Väter zu sichern«, sagte Siegfried, und sein Blick hing an dem Schwert wie vormals am Körper seiner Königin. Er streckte es zum Himmel empor.

»Nothung wartet so wenig wie dein Schicksal«, sagte Wieland. »Doch denk daran – nicht immer lässt die Entscheidung sich zwingen. Dem Unvermeidlichen sich hinzugeben, darin liegt Weisheit.«

Siegfried sah ihn an. »Selbstlos hast du mir geholfen, wo ich keinen Weg mehr sah. Was mehr als meinen Dank kann ich dir bieten?«

Der Hüne winkte bescheiden ab. »Es war eine Lust, eine so stolze Waffe auf dem Amboss entstehen zu sehen. Die Götter wissen solche Kunst schon lange nicht mehr zu schätzen. Wenn dereinst deine Söhne Nothung erneut schmieden müssen, schicke sie zum alten Wieland. So Ragnarök uns Zeit lässt, will ich sie in die Lehre nehmen.«

Siegfried reichte ihm die Hand. »Wenn es nach meinem Willen geht, wird das Schwert nie mehr entzweigehen.«

Es gab nichts mehr zu sagen, und der neu entflammte Gedanke an Xandria trieb ihn an, darum machte Siegfried sich auf den Weg zurück zum Wasser, wo sein Boot hoffentlich noch auf ihn wartete.

Wieland sah ihm noch lange nach, plötzlich betrübt von der Erkenntnis der Jahrtausende. »Das Schwert geht immer entzwei. Es ist der Lauf der Dinge.«

Er hörte eine säuselnde Stimme, die still gewesen war, seit Siegfried seinen Fuß auf Ballova gesetzt hatte. Eine Stimme, die all das schon erlebt hatte.

»Ach, Regin«, murmelte Wieland. »Was hätte ich denn tun sollen? Mich Siegfried verweigern? Sein Vater hat sich deinem Verbot auch nicht gebeugt.«

Er hörte noch ein wenig auf die Stimme und nickte. »Natürlich wird es böse enden. Tut es das nicht immer?«

Sie kamen aus der Zwischenwelt, die auf Odins Befehl keine Tore brauchte und keine Grenzen kannte. Den Weltenbaum Yggdrasil kletterten sie von den Wurzeln empor, krochen durch das Erdreich, fanden den Weg zwischen Mauerritzen und Bodenplatten. Ihre schwarzen nackten Körper, kaum größer als die von Kindern, spuckten den Odem Utgards aus faulen Mündern durch gelbe Zähne, und ihre zu Klauen gewachsenen Hände überwanden jede Palisade, jede Festung. Sie sprachen nicht, denn das Wenige, das sie wollten, kannten sie alle. Und Waffen hatten sie keine, denn in ihrer Masse waren sie Waffe genug.

Eintausend der lichtscheuen Kreaturen hätten gereicht, den Hof von Xanten zu überrennen, zweitausend hätten jede Hoffnung auf Widerstand im Keim erstickt – und doch schickte Odin fünftausend, weil es ihm gefiel, die Horde im Reich der Menschen wimmeln zu sehen, wie sie das hochmütige Geschlecht umhertrieb, links und rechts beißend, Fleischstücke aus den Körpern reißend. Frauen, Männer, Kinder, Kühe, Pferde – was immer lebend sich fand, wurde mit Genuss gejagt, bis es den letzten Atem tat.

Die Horden hatten keinen Zweck, nicht einmal in Utgard. Sie waren das, was zwischen den Dingen lebte, ein Rest der dunklen Zeiten, mehr geduldet als gebraucht. Nicht einmal Odin vermochte zu sagen, ob die Unterwelt ein paar Stämme oder Heerscharen aus Millionen der kratzigen Gnome beherbergte. Wertloses Leben, vielleicht nicht einmal Leben.

Der Befehl, von Utgard nach Midgard zu gehen und das Reich Xanten zu vernichten, hatte der Horde, die kaum zu eigenem Denken fähig war, Gefühle großer Lust bereitet. Er versprach Fleisch und kreischende Leiber, Angst, in der man sich suhlen konnte. Hatte in der Unterwelt kaum noch jemand Furcht beim Anblick der garstigen Geschöpfe, so fanden sie Panik, als sie den Menschen in die Fersen bissen und das Blut aus den Adern tranken. Jeder Mann, der einen Horden-Dämon mit Fackel oder Schwert zu bannen vermochte, fand sich von hinten überwältigt von zehn weiteren. Sie warfen Kinder aus den Fenstern, um zu sehen, was geschah, wenn sie auf das Pflaster des Hofes schlugen. Tieren durchbissen sie gerne die Muskeln, um zu sehen, wie sich die gequälten Wesen zuckend voranschleppten.

Tod war für die Horde große Freude, größer war nur das Labsal Leid. Und sie genossen es in vollen Zügen, als wäre es ein nie enden wollendes Bankett.

Es war nicht Odins Sache, sich allzu herrisch in das Leben der Menschen einzumischen, aber Xanten war christlichen Glaubens, und es gefiel ihm der Gedanke, die Horde auf jenen reiten zu lassen, die mit Stoßgebeten ihren dummen Gott um Hilfe anflehten. Und der Überfall war nicht weniger als die gerechte Strafe für die Anmaßung sowohl von Brunhilde als auch Siegfried. Geschickt hatten sie versucht, sich ihrem Schicksal zu entwinden, bis ewiger Friede in Reichweite war. Sogar das Gold der Nibelungen hatte der junge Siegfried weise für sich eingesetzt, ohne dass die Geistwesen ihm beikommen konnten. Doch dann, als das Licht der Zukunft ihm offenstand, hatte Siegfried nach der Macht der Vergangenheit gegriffen, hatte mit Nothung und dem Blut der Väter wieder alles infrage gestellt.

Odin sah nicht ein, warum er den armseligen Menschen damit davonkommen lassen sollte.

Xanten brannte binnen Stunden, und die Schreie der Gequälten hallten über das Land, bis sogar Theudebalds Truppen an den Grenzen eilig flohen.

Nur Xanten, das hatte Odin den Horden befohlen. Den Rest der Erdenscheibe zu säubern, das war Aufgabe für einen anderen Tag.

Wichtiger noch als die Zerstörung des Reiches war jedoch das Schicksal seiner Herrscherin. Xandria war der Schlüssel – der Schlüssel zu Siegfried. Was Odin ihr antat, das schmerzte den Prinzen doppelt. Und so war es auch gedacht.

Aus diesem Grund kletterten an die hundert Horden-Zwerge an der Burgmauer hinauf, die Krallen in den Stein schlagend, und lugten in die Fenster, bis sie hinter einem den Schrei Xandrias fanden. Sie verstanden wenig, aber der Wert der Würde für die Menschen war ihnen vertraut, weil sie ihn wohl zu nehmen wussten. So schlugen sie die Königin nicht nur, sondern rissen ihr mit den Zähnen das Kleid vom Leib, verbogen ihre Krone und tatschten jene Stellen, die Xandria am meisten zu schützen suchte. Je mehr sie schrie, je mehr sie flehte, desto mehr feuerte es die Horde an.

Fünf, sechs Dämonen packten die junge Frau und trugen sie wie Kriegsbeute davon. Was noch am Hofe Xanten lebte, sah mit Grausen, wie die Königin nackt und besudelt mit den Eindringlingen im Erdreich versank, zuletzt ihre verzweifelte Hand nach oben gestreckt, als bitte sie um jemanden, der sie festhalten möge.

Sechs Nächte lang wütete die Horde, denn bei Tage mieden sie das Sonnenlicht, und am Ende war kein Reich mehr, wo einst Xanten war. Und was kein Reich war, das hatte auch keine Königin mehr.

Odin war zufrieden. Was Siegfried wollte, hatte er ihm genommen. Doch war der Göttervater nicht so voreilig, das erbarmungslose Spiel hier schon zu beenden. Zum Schicksal gehörte es, dass es zu wenden war. Siegfried hatte Nothung – und Odin ihm etwas gegeben, um das er kämpfen konnte.

Darum durfte Xandria nicht sterben. In Utgard bei der Horde leben, das war ihr nun bestimmt, und was die Horde mit ihr tat, das scherte Odin wenig. Nur leben musste sie.

Was sonst würde Siegfried zur Rache treiben?

Es war, als habe der Wolf auf ihn gewartet – er grüßte Siegfried von der Düne, auf der der Prinz ihn zuletzt gesehen hatte. Doch der Ruf des Tieres war mehr ein verzweifeltes, fast anklagendes Jaulen, wie der Prinz es noch nie gehört hatte. Als der Wolf sich sicher war, dass Siegfried ihn gesehen hatte, rannte er eilends in den Wald, Richtung Süden den Rhein hinauf.

Es war ein dunkler Vorbote dessen, was Siegfried erwartete, aber davon ahnte er nichts. Die Rückreise von Ballova war unbeschwert und ruhig gewesen, und in jugendlicher Freude hatte er auf dem Boot tagelang Nothung geschwungen und unsichtbare Feinde zu Dutzenden niedergestreckt.

Wahrlich, dem Siegfried war das Leben gut. Die Liebe einer Königin, gleich zwei Reiche mit Ehre und Respekt und die glorreiche Geschichte der Häuser von Xanten und Burgund im Blut. Das Schwert Nothung in seiner Hand war Zeichen dessen, was ihm zustand.

Er sehnte sich nach Xanten, nach Xandria, nach einer großen Feier für den gewonnenen Frieden.

Bis er den Rauch aufsteigen sah.

Zuerst dachte er an einen Waldbrand. Dann daran, dass Räuber vielleicht ein Gehöft angesteckt hatten.

Doch der Rauch war dicht, und wie ein schwarzer Vorhang zog er sich über den Horizont, dort, wo Siegfried

Xanten wähnte. Als sein Boot einige weitere Biegungen des Rheins genommen hatte, ahnte Siegfried, dass etwas geschehen war, mit dem niemand mehr gerechnet hatte.

Xanten stand in Flammen!

Es hielt ihn nicht mehr im Boot. Er packte Nothung, sprang über Bord und schwamm zum Ufer. Die gute Strecke, die noch zwischen ihm und dem Reich lag, überwand er laufend, abwechselnd den Namen Xantens und Xandrias rufend. In seinem Kopf wirbelten die Gedanken, und es mischten sich Schuldgefühle darunter. Das faulende Herbstlaub deutete darauf hin, dass er das Land viele Monate im Stich gelassen hatte, und es war nicht leichtfertig anzunehmen, dass das Geschehen mit seiner Abwesenheit zusammenhing.

Die Wälder um ihn herum waren niedergebrannt, seine Füße traten in Asche. Manches Haus schwelte noch vor sich hin, kein Karren stand mehr auf seinen Rädern. Vieh wie Mensch war verstümmelt worden und achtlos auf den Weg geworfen. So sehr es ihn traf – Siegfried nahm sich keine Sekunde, um stehen zu bleiben.

Er erreichte den Hof von Xanten außer Atem, doch nichts konnte ihn dazu bringen auszuruhen. Zwischen verbrannten und geschändeten Leibern bahnte er sich den Weg durch die Hallen, wo nur noch selten ein letztes Stöhnen zu hören war.

Er fand das Gemach seiner Königin, und er fand es leer.

Der Wahn griff nach seinem Geist, und mit aufgerissenen Augen sah er sich um. Wo war sie? Er schwang Nothung, als könnte es ihm gegen einen Gegner helfen, der das Schlachtfeld längst schon verlassen hatte.

Auf dem Boden entdeckte er das blutverschmierte Kleid, mit Rissen, die von Klauen zeugten. Er tauchte sein Gesicht hinein, und für einen letzten beruhigenden Augenblick konnte er sie riechen. Xandria. Der Duft von Rosen und Wein.

Dann brach er zusammen.

Für Stunden tränkten seine Tränen den Stoff, und Nothung, so mächtig wie hilflos, lag an seiner Seite. Während die Sonne unterging, rief der Wolf vom Wald her, und nun verstand Siegfried sein Klagelied.

Es war nicht schwer zu ahnen, dass die Götter ihn bestraften, auch wenn Siegfried nicht verstand, warum.

Irgendwann röchelte es vor der Tür, und ein gebrochener Körper schob sich nah genug an Siegfried heran, dass er ihn bemerkte.

Es war Alban. Oder ein grausam verzerrtes Abbild von ihm. Ein Bein fehlte, die Arme waren grotesk verdreht, und wo weise Augen einst in die Welt geblickt hatten, da waren nur noch blutige Löcher.

»Chhhe … Chhhönigchin?«, röchelte er, und Siegfried erkannte, dass seine Zunge faserig gespalten war.

Der Prinz fand die Kraft, den alten Mann auf die Arme zu nehmen und den geschundenen Körper auf das Lager der Königin zu betten. »Alban, es ist Siegfried. Sag mir, was geschehen ist.«

Jedes Wort schmerzte, doch der Ratgeber kannte seine Pflicht. »Die … Chhorden … Ho… Horden. Uhhgard. Tausende. Dämonen. Tausende.«

Alban war Christ, das wusste Siegfried. Trotzdem sprach der alte Mann von Utgard, der Unterwelt. Was er gesehen hatte, musste unzweifelhaft gewesen sein. »So haben Heerscharen aus Utgard das Reich überfallen?«

Der Ratgeber nickte, soweit es ohne Schmerzen möglich war. »Aus dem Feuer … ohne Gnade. Alle … tot.«

In diesem Moment entschloss sich Siegfried, die Götter selbst für dieses Massaker zur Rede zu stellen. »Verzeih mir, dass ich nicht bei Euch war, Alban. Mein Leben hätte ich gegeben, um das Eure zu retten – und das von Xandria.«

»Die Chhönigin«, krächzte Alban mühsam. »Rettet sie!«

Der Sinn der Worte brauchte einige Momente, um zu Siegfried durchzudringen. »Xandria retten? Dann ist sie nicht verloren?«

Alban wollte wohl Siegfrieds Arm greifen, aber seine gebrochenen Knochen ließen es nicht zu. »Nach Uhgard«, flüsterte er, und das Leben schwand aus seinem Körper. »Die Chhönigin.«

Dann erlöste ihn der Tod von Schmerzen, die ihn am Leben gehalten hatten, um Siegfried diese Nachricht zu überbringen. Seine Pflicht hatte er getan, und weit mehr. Siegfried nahm ein Seidentuch, um das Gesicht des tapferen Mannes zu bedecken.

Dann trat er auf den Balkon, hielt Nothung in die Abendsonne und brüllte: »UTGAAARD!!!«

Durch Meilen Erdreich zerrte die Horde Xandria, bis alles an ihr Dreck war. Sie hustete fauligen Humus aus, der ihre Ohren verschloss, unter den Fingernägeln kratzte und an ihrem Geschlecht trocknete. Wurzeln rissen Wunden in ihre Haut, doch Blut kam wenig, weil sofort Schmutz in das Fleisch drängte. Atmen war kaum möglich, doch die Königin war viel zu benommen, um die Lungen zu füllen.

Irgendwann durchstießen sie die Scheibe von Midgard nach unten, und ewig noch wäre Xandria gefallen, bevor sie in Utgard auf dem düsteren Boden ihr Ende gefunden hätte. Aber die Dämonen krallten sich in ihr Fleisch und hangelten sich an den Wurzeln Yggdrasils nach unten. Besondere Vorsicht legten sie nicht an den Tag, und immer wieder schlug der Kopf der Königin gegen armdicke Äste, und abgebrochenes Holz bohrte sich in ihren Körper.

Dort, wo die Wurzeln Yggdrasils den Boden Utgards hielten, nahmen die Kreaturen der Horde Xandria wieder auf die Schultern und schleppten sie zu dem stinkenden Berg, der ihr Zuhause war und in dem sie in hunderten von klammen Höhlen vegetierten. Aus den Götterkriegen von tausenden von Jahren hatten sie genug Abfälle und Überreste gesammelt, um die Königin mit schwerem Eisen an den Füßen an die Felswand zu ketten.

Es dauerte drei Tage, die hier unten bedeutungslos waren, bis Xandria wieder bei klarem Verstand war. Und ihre Gedanken kreisten nur um Nahrung und Flucht. Dann und wann warfen ihr Dämonen der Horde Reste hin, die an Widerlichkeit kaum zu überbieten waren. Doch schließlich war ihr Magen so verzweifelt, dass er dem Mund befahl, nicht auszuspucken, was irgendwie verdaubar war.

Die Kreaturen anzusprechen war vergeblich. Jede Bitte, jedes Flehen der Königin ignorierten sie, während sie in die Höhlen hinein- und wieder herausliefen, und wenn doch mal zwei von ihnen einen Blick zu Xandria warfen, dann kicherten sie kehlig, als wäre der Anblick eine reine Freude.

Und das war er für die Horde auch. Feines weißes Fleisch war hier unten selten, menschliche Furcht ebenso, deren Geruch für die Dämonen kaum schöner sein konnte. Hier gab es Edelmut zu brechen, und das war eine seltene Währung in der Unterwelt. Nach einigen Tagen der vergleichsweisen Ruhe, die Xandria schluchzend und hungernd verbracht hatte, begannen die Mitglieder der Horde, sie mit spitzen Stöcken zu stechen, weil sie der Klang ihrer Schreie begeisterte. Als Xandrias Körper zu schwach war, um darauf noch mit Hysterie zu reagieren, kamen sie näher und kratzten mit den Klauen an allen schwärenden Wunden, die sie finden konnten.

Die Königin tat ihnen den Gefallen. Sie weinte und wimmerte um Gnade. Oder wenigstens einen schnellen Tod. Die Horde war entzückt.

Irgendwann bemerkten die Kreaturen, dass die Menschenfrau besonders markerschütternd schrie und strampelte, wenn man ihr Geschlecht eroberte …

Jeden Morgen, jeden Abend schrie Siegfried den Namen seiner Geliebten von den Mauern der ausgebrannten Burg. Dann rief er Odin an, und Utgard. Er brüllte voller Wut, dass Brunhilde sich ihm stellen solle, und verhöhnte die Nibelungen in der Hoffnung, sie würden sich ihm zeigen.

Es war vergebens. Die Tage blieben so still wie die Nächte und leblos wie das tote Reich Xanten. Die Leichen begannen zu verwesen, und Tiere aus dem Wald schlichen sich heran, um von den Kadavern das Fleisch zu zerren.

Siegfried erkannte die bösartige Ironie, die im Gelächter der Götter lag – hatte er jetzt nicht Xanten? Regierte er das Reich nicht allein, und noch dazu mit Nothung in der Hand? Wahrlich, seine Wünsche hatten sie ihm erfüllt, einen wie den anderen. Die Gefahr, im Wunsch nach dem, was man will, das zu verlieren, was man hat, war leicht zu übersehen gewesen.

Irgendwann sah er dünne Rauchfahnen im Westen aufsteigen, und er ahnte, dass es die Lager der Franken waren, die sich nun sicher genug fühlten, die leere Hülle, die Xanten war, endgültig dem großen Frankenreich einzuverleiben. Es gab ja keinen König mehr, den man besiegen musste, kein Heer, das an den Grenzen stand. In seiner Zerstörung war Xanten wieder jungfräulich geworden und Besitz für jeden, der den ersten Fuß daraufsetzte. Siegfried verspürte keinen Drang, den neuen Herren mit dem Schwert in der Hand entgegenzutreten. Was sein Herzenswunsch gewesen war, seit er von seiner Blutlinie erfuhr, das hatte nun keinen Wert mehr. Das Reich war so wenig wie das Erbe, wenn es mit Leben und Liebe nicht zu füllen war.

In seiner Verzweiflung des vierten Tages kam ihm die Idee, wie er Brunhilde zu sich zwingen konnte. War sie als Walküre nicht von Odin selbst beauftragt, ihn nach Walhall zu bringen, wenn der Tod seine Seele forderte? Er beschloss, es herauszufinden. Im besten Falle konnte er sie locken – im schlimmsten Falle war er tot, was ihn momentan genauso wenig schreckte. Der Gedanke, doch noch ein wenig Freiheit im Handeln zu haben, gab ihm Kraft, und er suchte aus seinem einstigen Gemach ein sauberes Hemd, wusch sich im unverdorbenen Brunnen und briet das Fleisch einer Kuh, um sich zu stärken.

Dann, zum Abend hin, setzte er sich in der Mitte des königlichen Hofes auf die Steine, drückte das Heft Nothungs in den Boden und legte die Spitze an seine Brust. Die Hände legte er entspannt auf die Knie, und seine Augen hielt er geschlossen.

Ein Ruck des Oberkörpers nach vorn, und alles würde vorbei sein. Das Schwert, einst Retter seiner Väter, half ihm dann, das Elend zu beenden. Es war nicht der Tod, den ein Krieger sich wünschen durfte, aber in diesem Augenblick war für Siegfried ein Tod zu gut wie jeder andere.

Er spürte die von ihm geschmiedete Spitze, wie sie auf der Haut kratzte, als suchte sie Einlass in seinen Körper. Sie war einladend warm, und in der Schärfe des Eisens lag das Versprechen, schnell zu töten.

Siegfried fragte sich, ob er noch beten sollte, aber er hatte keine Götter mehr, die er respektieren konnte. Die

Asen waren grausam und gemein, und der Gott der Christen hatte seine Hand nicht über Xandria gehalten.

Nein, diese letzte Reise machte er allein.

Ein letzter Atemzug, den Brustkorb aufgebläht, spannte Siegfried seine Muskeln.

»Nie hätte dein Vater den feigen Weg gewählt«, hörte er die Stimme der Walküre.

Er öffnete die Augen. Keine Fackeln brannten mehr im Hof, seit die Horden Xanten überfallen hatten, und im Mondlicht war Brunhilde kaum mehr als ein Schatten.

Sein Plan hatte funktioniert!

»Kommst du meiner Seele wegen, oder um mich zu verhöhnen?«, fragte er.

Es wurde nun etwas heller, denn aus dem Boden kam das Pferd der Walküre, mit Feuer an den acht Hufen.

»Keins von beidem treibt mich sonderlich zur Eile«, sagte Brunhilde nun, und in ihrer Stimme war fast so etwas wie Bedauern zu hören. »Was geschehen ist, das war so nicht vorgesehen.«

Siegfried stand auf, Nothung in der Hand. »Du sagtest, mit dem Schwert in der Hand könnte ich beweisen, dass ich der rechtmäßige Herrscher Xantens bin.«

»Und das kannst du«, bestätigte Brunhilde. »Ich habe nie gesagt, dass es dir etwas nützen würde. Darin liegt der Spott der Götter – wenn die Menschen nur nach dem Lohn gieren, missachten sie den Preis, den es zu zahlen gilt.«

»Du hättest mich warnen können«, sagte Siegfried bitter. »Ein Wort zur Vorsicht hätte …«

»Hätte nichts genutzt«, unterbrach die Walküre. »Dein Herz war stolz und dein Charakter eitel. Du hast nicht das Schicksal gewollt, das dir bestimmt war. Doch verlässt niemand den Weg der Götter, ohne ihren Zorn zu spüren.«

»Dann wusstest du, was geschehen würde? Du hast mein Leid vorausgesehen?«

Brunhilde schüttelte den Kopf. »Die Lebenslinien sind gegeben, und im Buch des Todes lesen wir, wann sie ihr Ende erreichen. Doch als du die Überfahrt nach Britannien überlebt hast, als die Nibelungen dich nicht aufhalten konnten, als dein Freund Nazreh den Wulfgar meuchelte – da brach zusammen, was als Schicksal für dich geplant war. Mir blieb nur, die Fäden mühsam zu entwirren, ohne den Zorn Odins hervorzurufen. Vergebens.«

Jeder Muskel in Siegfrieds Körper spannte sich schmerzhaft. »Dann hat der Göttervater selbst dieses Massaker befohlen?«

Brunhilde nickte, und es schmerzte sie, dass sie im Halbdunkel des Hofes einander wie Feinde gegenüberstanden. »Die Horde aus Utgard hat er geschickt, um dich zu brechen.«

Wütend hieb Siegfried Nothung in den Boden, wo es zitternd in einem Stein stecken blieb. »Odin! Wie kann er mich für meine Tapferkeit auf diese Weise entlohnen? Habe ich nicht ihm zum Ruhm gehandelt? Schmiedete ich nicht das Schwert, das *er* einst meinem Blut gegeben?«

Brunhilde trat nahe zu ihm, doch unterdrückte sie das Bedürfnis, tröstend seinen Arm zu greifen. »Ruhm und Ehre gebären im selben Maße Neid und Missgunst, so ist das Gleichgewicht der Welt.«

Selbst ihre Augen, die den menschlichen so weit überlegen waren, nahmen kaum die schnelle Bewegung war, mit der Siegfried sein Schwert aus dem Boden zog und in einer eleganten Drehung zu ihrem Hals führte. Hungrig sirrend erstarrte Nothung um Haaresbreite vor dem Fleisch der Walküre.

»Ich weiß nicht, ob mein Schwert eine Walküre richten

kann«, sagte der Prinz ruhig. »Doch bin ich nun bereit, es herauszufinden.«

»Was versprichst du dir davon?«, fragte Brunhilde, und ihre Stimme verriet keine Angst, nur Neugier.

»Ich will dein Pferd, das durch die Welten reiten kann. Und dann werde ich gen Utgard ziehen und Xandria befreien.«

Zeit war in Utgard so wenig von Bedeutung wie in Asgard – sie war ein Taktgeber nur auf der Erdenscheibe Midgard. Wo Menschen wanderten, langsam verfielen, wo eine Sonne Tag und Nacht unterschied und der Boden Jahreszeiten hatte, da spürte man den Fortgang aller Dinge. In Utgard jedoch, wo kein Glück zu finden war und Titanen im endlosen Kampf stampften, maß niemand die Ewigkeit. Was auf der Mittelscheibe geschah, fand hier unten keine Entsprechung, und die vier Tage, die Siegfried in Xanten auf Brunhilde gewartet hatte, waren in Utgard nicht mehr als ein Herzschlag und nicht weniger als ein ganzes Leben.

Nur Xandria, die von Midgard war, spürte in der Unterwelt ihr Leben langsam verlöschen. Und es machte ihr keine Furcht – im Gegenteil: Sie hatte lange aufgehört, ihren Gott anzubeten oder Siegfrieds Namen zu flüstern, wenn zwei oder drei Horden-Dämonen ihren Leib schändeten. Das Einzige, worum sie noch flehte, war der Tod. Sie hoffte, wenigstens die bescheidenste aller Bitten erfüllt zu bekommen.

Doch es war nicht Odins Wille, und auch wenn der Körper der Königin schwach und brüchig wurde, ließ er den Funken des Lebens nicht aus ihr herausgleiten. Sie war nun weniger als ein Mensch, weniger als ein Stück Fleisch.

Sie war ein Pfand.

Ihr Körper hatte irgendwann zu bluten aufgehört, aus Wunden wie im Rhythmus aller Frauen. Manchmal, wenn ein Arm oder ein Bein taub waren, kratzte sie mit zerbrochenen Fingernägeln daran, um zu sehen, ob es faulte. Ihre Zunge spielte an Zähnen, die freudlos wackelten, weil manche Horden-Männchen es genossen, sie zu schlagen, während sie in sie eindrangen.

Ja, es gab Männchen wie Weibchen auch in der Horde, und wenn man den Unterschied äußerlich kaum zu sehen vermochte, so lernte Xandria ihn sehr schnell: Die Männer hatten kaum andere Gier, als sich schnell in ihr zu ergießen, manchmal zu zwei oder zu dritt, und dann feixend davonzutrotten. Sie lernten rasch, wo ihrem Samen Unterschlupf gewährt wurde, und es war ihnen egal, ob es Blut brauchte, um den Weg zu bereiten.

Die Weibchen hatten kein Interesse, die Königin zu besteigen. Im Gegenteil – in Eifersucht kamen sie angekrochen, wenn Xandria halb ohnmächtig dahindämmerte. Dann bissen sie in ihre Brüste, rissen ihr das Haar büschelweise aus, spuckten ihr in die Augen.

Es gab so viele, und sie waren einander so ähnlich, dass Xandria es irgendwann aufgegeben hatte, ihre Zahl zu schätzen. Manchmal schien es, als kämen sie von weither, als sei die Königin auf Midgard eine Attraktion, der jeder sich nach Belieben bedienen konnte.

Was tat eine Seele, der das Sterben nicht vergönnt war, die das Leben aber nicht mehr zu ertragen wusste? Sie trennte sich vom Körper, langsam, leise, wie von einer Familie, die man bei Nacht und Nebel zurücklässt, um in der Ferne neues Glück zu suchen.

Xandrias Verstand packte die Seele und das Herz in ein Bündel, schnürte es gut zu, und oft, wenn ihr Körper schlief, machte der Verstand kleine Reisen, sah sich um, ob anderswo ein besseres Heim zu finden war. Dann fand sich die Königin beim Erwachen wirr und verzweifelt, und es dauerte immer ein wenig länger, bis der Verstand eilig seinen Dienst aufnahm und nicht verriet, wie sehr es ihn drängte, den erbärmlichen Körper endgültig aufzugeben.

Es schmerzte Xandria nicht, wenn sie merkte, dass ihr Geist auf Reisen ging. Im Gegenteil. Der Schmerz kam bei seiner Rückkehr, wenn sie wieder die Schwänze der Horde spürte und ihre Krallen unvernarbtes Fleisch suchten, dem sie Leid zufügen konnten.

Manchmal sprach sie mit sich selbst, oft in Gedanken nur, um keine Aufmerksamkeit zu erregen. »Hure« war das Wort, das oft einsam in ihrem Kopf tanzte. Hure. Wie prophezeit.

Dann löste sie ihren Geist von seinem Versprechen, bei ihr bleiben zu müssen. Er sollte keine Schuld spüren, denn was er hinterließ, war kaum mehr als faulender Unrat. Der Geist wehrte sich dagegen, hatte er seinen Körper doch lieb gewonnen über die Jahre, aber Xandria hatte nichts mehr zu geben, und wollte sie wenigstens die Seele retten, dann musste der Geist einsehen, dass der Körper nicht zu halten war.

Er sah es ein.

Und er ging.

Natürlich konnte Siegfried Brunhilde nicht töten. Zuerst einmal sprach dagegen, dass sie schon tot war. Als Walküre schlug ihr Herz nicht mehr, und selbst das, was der Prinz als Körper vor sich sah, war wenig mehr als Projektion. Und diese Projektion war nur so wahr und fleischlich, wie Brunhilde es ihr gestattete. Bevor der Gedanke, Nothung den Kopf holen zu lassen, auch nur gedacht werden konnte, würde ihre Gestalt verblassen und die Klinge nur leere Nachtluft finden.

Doch der verzweifelte Mut Siegfrieds beeindruckte Brunhilde. »Wenige Männer würden es wagen, einer Walküre zu drohen.«

»Dich zu fürchten würde bedeuten, etwas zu haben, das ich noch verlieren könnte«, hielt Siegfried dagegen, und im Geiste schalt er sich, dass seine Hand zitterte. »Doch ihr habt mir schon alles genommen.«

»Dein Leben, unversehrt«, erinnerte ihn Brunhilde. »Es ist ein größerer Schatz, als dir bewusst sein mag.«

»Es ist kein Leben ohne Xandria«, widersprach Siegfried.

Brunhilde lächelte kalt. »Als sie dein war, war es dir nicht genug.«

Ein Schauer durchlief Siegfried, und gänzlich unmännliche Tränen rannen seine Wange hinab. »Erinnere mich nicht! Was zählt, ist jetzt. Und wenn sie lebt …«

»… sie lebt …«

»… dann werde ich sie finden! Und dann wird diese Posse ein Ende haben.«

Die Stärke des Kriegers, die ihn getrieben hatte, der Walküre das Schwert an den Hals zu setzen, war schnell wieder verebbt. Er tat Brunhilde leid, und vielleicht war das von Anfang an der Fehler gewesen – Mitleid war nicht die Aufgabe einer Walküre. »Sie finden zu wollen ist die Posse – hast du auch nur einen Moment gedacht, ihr Überleben ist Zufall? Es ist Odins Wille, sein Köder für Siegfried, der nach ihm schnappen wird, weil seine Dummheit es ihm gebietet.«

»Nicht Dummheit, nur meine Liebe«, flüsterte Siegfried. »Und wenn beides eins ist, soll es mir egal sein.«

»Dann nimm mein Pferd Hjordan, gezeugt von Sleipnir, dem Hengst Odins«, sagte Brunhilde, denn nichts sonst drang mehr zum Prinzen durch. »Er wird dich zu den Wurzeln Yggdrasils in Utgard bringen. Die schwarze Horde wirst du erkennen, wenn du sie siehst.«

»Werde ich Xandria finden?«, wollte Siegfried wissen.

Die Walküre seufzte. »Wenn du die Ratschläge deines Lebens zu befolgen in der Lage bist, dann besteht die Möglichkeit.«

»Werde ich sie retten?«, hakte er nach.

»Du *kannst* sie retten«, sagte Brunhilde vorsichtig. »Doch was du zu retten trachtest, mag nicht mehr zu retten sein. Mehr kann ich nicht sagen.«

Siegfried schwang sich auf das achtbeinige Pferd Hjordan, das sich ihm nicht widersetzte. »Was gibt es mehr zu sagen? Wenn ich sie retten kann, werde ich es tun. Kein Preis ist ab heute mehr zu hoch.«

»Und genau darauf setzen die Nibelungen«, warnte Brunhilde. »Sie vertrauen, dass alles, was du bist und hast, in der Waagschale landet, solange Xandria dein Ziel ist.«

»Was haben die Nibelungen damit zu tun?«, fragte Siegfried. »Ist, was geschehen ist, nicht Tat des Göttervaters selbst?«

Brunhilde nickte. »Aber wer, glaubst du, flüsterte ihm ein von deiner und meiner Weigerung, dem Schicksalspfad zu folgen? Wer nannte ihm die Königin als Mittel größten Leides, das dir anzutun wäre?«

Siegfried steckte Nothung in die lederne Scheide auf seinem Rücken. »Dann werden nach meiner Rückkehr die Nibelungen selbst sich zu verantworten haben. Und es wird keine Debatte sein – ich werde jeden Einzelnen von ihnen vernichten, bis das Ende des Fluches nicht mehr in ihrer Entscheidung liegt, sondern in ihrem Tod. Das sei mein Schwur.«

Brunhilde legte Hjordan die Hand auf die Nüstern und sprach leise zu ihrem Hengst. »Sei willens, den Menschen auf deinem Rücken zu tragen. Bring ihn nach Utgard, und warte bei Yggdrasil, bis er zurückkehrt oder ich dich rufe.«

Hjordan schnaufte leicht, und Brunhilde wusste, dass ihr Pferd besser Folge leisten würde als jeder Mensch, mit dem sie in dieser Tragödie zu tun gehabt hatte.

Sie sah Siegfried an und trank ein letztes Mal den Anblick des Gesichts, das sie an seinem Vater so geliebt hatte. »Mehr kann ich für dich nicht tun.«

Siegfried nickte. »Und weil die Gelegenheit sich vielleicht nicht ergibt, möchte ich dir an dieser Stelle Dank sagen. Mag im Ergebnis auch nur Leid liegen, so erkenne ich im Bemühen deine Absicht. Ich weiß um die Gefahren, die du meinetwegen eingegangen bist. Könnte ich es dir vergelten – ich würde es tun.«

»Vielleicht geben uns die Götter eines Tages Zeit und Gelegenheit«, flüsterte die Walküre und ließ die Nüstern von Hjordan los, dessen acht Beine funkensprühend auf die Steine traten. »Viele Prüfungen warten auf dich. Kämpfe mit Würde.«

Siegfried nickte, und das Pferd, auf dem er saß, drehte sich, um in den Boden zu reiten, als sei er ein Hügel, der sich bergab neigte. Als Letztes sah Brunhilde die erhobene Spitze Nothungs, die von der Erde verschluckt wurde.

So stand sie in der verbrannten Burg, inmitten eines toten Volkes, und konnte nur warten. Ohne den treuen Hjordan war ihr nicht gegeben, aus den Höhen das Geschehen zu überschauen.

Vielleicht war es besser so.

Der Wolf, Siegfrieds meist stiller Begleiter, trottete auf

den Hof, die Leichen ignorierend. Er labte sich nicht am Fleisch der Ermordeten, sondern kam auf die Walküre zu, den Blick fragend, fast anklagend.

»Sieh mich nicht so an«, sagte Brunhilde. »Sieh mich nicht an, als sei es alles meine Schuld.«

Sie dachte es selber schon oft genug.

6

Siegfrieds Abstieg nach Utgard

Auf Hjordans Rücken war der Ritt durch die Midgardscheibe verführerisch leicht. Zwar kratzte die Erde an Siegfrieds Haut, und dann und wann spürte er Steine und Zweige im Gesicht, doch war er selbst kaum von fester Gestalt. Das Pferd der Walküre war sein Schild, so wie es einen Seemann kaum zu scheren braucht, welche Temperatur das Wasser unter dem Schiff hat.

Natürlich kannte Siegfried die Geschichte der Welt, wie sie in den Göttersagen seiner Vorfahren erzählt wurde. Dass die Erde eine Scheibe war, überspannt von Asgard jenseits des Himmelszelts, und Utgard überragend, verbunden alle drei durch den mächtigen Lebensbaum Yggdrasil, das lernte man von Kindesbeinen an. Doch stand es auch geschrieben, dass es den Menschen verboten wie unmöglich war, Utgard zu betreten, oder Asgard. Midgard galt als die schwächste aller Scheiben, mit Wesen, die nach dem Willen der Götter tanzten und in Furcht vor der Unterwelt den Rand der Erde mieden. Weder Göttern noch Titanen waren die Menschen gewachsen, und so konnten sie nur hoffen, ihr Leben zu vollenden, ohne zwischen beiden zerrieben zu werden. Am Ende wartete auf alle Ragnarök, wenn der Wolf Skalli die Sonne fressen und Wolf Hati den Mond schlucken würde.

Doch bis dahin blieb Siegfried ausreichend Zeit für Rache.

Der Durchbruch durch die Midgardscheibe in die Unterwelt war einem Auftauchen aus dem Wasser ähnlich, auch wenn er nach unten geschah. Druck wich von Siegfried, Wind blies ihm hart den Dreck aus den Haaren, und er spürte, wie seine Kleidung an ihm flatterte. Er riss die Augen auf, und wahrlich – es war eine düstere Welt, über die er seinen Blick schweifen ließ. So hoch wie die Wolken über Midgard, so hoch schwebte er auf dem Rücken des Walkürenpferds dahin. Obwohl nichts unter Hjordans Hufen war, fielen sie nicht in die Tiefe dem sicheren Tod entgegen. Stattdessen glitt das Tier mit ruhigem Schwung, die acht Beine leicht nach hinten angewinkelt, dem Boden entgegen.

Keine Sekunde vergaß Siegfried, warum er hier war. Dennoch gönnte er sich Minuten des Erstaunens, während er noch sicher auf Hjordan saß. Wer konnte sagen, ob je ein Mensch zuvor die Größe und düstere Pracht Utgards gesehen hatte? Da waren Berge, die Feuer spien, und schwarze Flüsse, die grüne Dämpfe schwitzten. In der Ferne bebte es, und mühsam machte Siegfried eine Gestalt aus, die kaum kleiner als die Felseninsel von Island sein konnte und sich knirschend aus der Erde wühlte. Da waren … Dinge, anders konnte er sie nicht benennen, die in der Luft ihre Kreise zogen. Keine Vögel – unförmige Kreaturen mit unzähligen Gliedern und brennenden Augen.

Es roch nach Schwefel und verbranntem Fleisch. Abgestanden und muffig war die Luft, und sie stach in den Lungen. Es war auch nicht still – Schreie aus so vielen Gegenden und in verschiedenen Lautstärken mischten sich zu einem seltsam schrillen Ton, der weder Anfang noch Ende kannte. Ob Wut oder Verzweiflung die Kehlen trieb, war nicht zu sagen.

Und in der Mitte – Yggdrasil.

Der Weltenbaum.

Irgendwie hatte Siegfried nicht gedacht, dass es im wortwörtlichen Sinne ein Baum sein würde, doch er wurde eines Besseren belehrt.

Yggdrasil war ein Baum. Hier in Utgard sah man nur die knotigen Wurzeln, die ihn hielten, und den unteren Teil des Stammes bis hinauf zur Midgardscheibe, der vom Umfang her die Größe Xantens sicherlich überbot. Siegfried zweifelte nicht, dass es Wochen dauern würde, den Baum nur einmal zu umrunden. Die Wurzeln selbst waren breit wie der Rhein, und so lang und gewunden waren sie auch. Wie ein Fluss schienen sie in Bewegung, als wäre Yggdrasil ein lebendes Wesen, das unter der Last der Weltenscheiben stöhnte.

Fast bedauerte es Siegfried, als Hjordan sich dem Boden näherte und ihn nahe der dünnsten Wurzeln absetzte, die noch dick wie ein Steinturm der Burg Burgund waren. Das Pferd war vom schrecklichen Anblick Utgards unbeeindruckt, denn sein Leben konnten die Dämonen, die hier hausten, ihm nicht nehmen. Wahrscheinlich hatte man den Feuerstreifen, den seine acht Hufe hinterließen, längst gesehen und respektvoll einer Walküre Platz gemacht.

Siegfried stieg vom Pferd, und der feuchte Boden unter seinen Füßen schmatzte vernehmlich. Es fühlte sich weniger wie Erde an, mehr wie schleimiges Fleisch. So mochte man auf einer Zunge laufen, dachte der Prinz.

Kaum stand er sicher, trabte Hjordan davon. Was Siegfried nun bevorstand, daran wollte der Walkürenhengst keinen Anteil haben. Er war Träger nur, nicht Kampfgefährte.

Siegfried fiel auf, dass er nicht wusste, wohin er sich wenden sollte. Von oben hatte er gesehen, dass Utgard sich kaum weniger weit erstreckte als Midgard. Brunhilde hatte gesagt, dass er die Horde, die seine Königin entführte, erkennen würde, wenn er sie träfe. Demnach blieb ihm nichts, als loszugehen und zu vertrauen, dass die Götter, die ihn hergelockt hatten, auch seine Schritte führen würden.

Schon als er das rechte Bein hob, um den Fuß nach vorn zu setzen, spürte Siegfried den Schmerz. Er war stechend und durchzog den ganzen Körper. Sofort nahm er das Bein zurück. Der Schmerz ließ nach. Er versuchte es nach links.

Schmerz. Unsichtbare Riesenhände, die seinen Kopf quetschten. Er presste die Kiefer so stark aufeinander, dass fast die Zähne brachen.

Nach rechts.

Besser. Nur ein dumpfes Pochen im Schädel. In diese Richtung konnte er gehen, ohne dass sein Kopf zersprang. Ein, zwei Schritte, vorsichtig tastend. Es ging.

Es war, als würde der Schmerz ihn leiten. Der Weg war, wo er nicht aufstöhnen musste, wo die Welt vor seinen Augen nicht verschwamm. Einfach. Siegfried nahm einen Berg als Landmarke und nannte ihn »Norden«. Demnach leitete ihn der Schmerz nach Südwesten.

Kaum hatte er sich daran gewöhnt, nicht seine Sinne, sondern seine Schmerzen als Führung zu nehmen, konnte er langsam, aber stetig vorangehen. Manchmal reichte es, den Kopf zu drehen und von einem Blitz hinter der Stirn erinnert zu werden, dass es ein Irrweg war.

Und doch – Siegfried hielt auf einmal inne. Ein unangenehmes Brennen kroch sogleich seinen Rücken hinauf, als wollte eine unsichtbare brennende Hand ihn nach vorne stoßen.

Was hatte Brunhilde gesagt? »*Wenn du die Ratschläge deines Lebens zu befolgen in der Lage bist.*«

Er hatte in dem Moment, aufgeregt und in Wut, kaum darüber nachgedacht. Doch nun, da Utgard selbst den Weg wies, drängte es sich ihm in den Kopf, als Warnung und Erinnerung.

Der Schmerz im Rücken wurde stärker, und es kostete Mühe, nicht weiterzugehen, dem Schmerz nicht auszuweichen. Das Wort »Schmerz« klang in seinem Schädel, als suche es ein Echo. Und es fand ein Echo.

Du musst gehen, wohin der Schmerz dich zieht. Daran wächst ein Mann.

Nazreh hatte das gesagt, damals in Britannien. Als er gegen jede Vernunft zum Nibelungenwald wollte.

Wohin der Schmerz dich zieht.

Der Satz war mehr als Wahrheit – er spottete dem, was Siegfried gerade tat. Er wich dem Schmerz aus, statt ihm zu folgen. Wo er einen Weg finden musste, da ließ er sich von Utgard leiten, ausgerechnet! Als ob das Land der Titanen und Dämonen ein Interesse hatte, ihm zu helfen!

Siegfried nahm eins der Lederbänder, die um die Scheide seines Schwerts gewickelt waren, und rollte es zusammen. Dann steckte er es zwischen seine Zähne – und drehte um.

In den Schmerz hinein.

Ein Schritt. Zwei Schritte. Drei.

Ein Höllenfeuer zündete in seinem Kopf, seine Arme brannten, und er hatte das Gefühl, den Hammer Thors an die Schienbeine geschlagen zu bekommen. Wie andere

Männer gegen einen Schneesturm kämpften, so zwang er sich in einen Schmerzsturm.

Wohin der Schmerz dich zieht.

Die Arme kreuzte er vor der Brust, die Fäuste fest geballt, jeder Schritt ein Stöhnen zwischen den auf Leder beißenden Zähnen.

Weiter. Immer weiter. Wo es den Körper hindrängte, wo Linderung winkte, gerade da durfte er nicht sein. Es war ein Kampf mit sich selbst, den Schmerz zu suchen, immer mehr, immer tiefer, bis er meinte, dass sogar seine Seele sich in Krämpfen wandte.

So ging er vielleicht hundert, vielleicht zweihundert Schritte. Manchmal knickten ihm die Beine ein, und seine Arme zuckten in Qualen, sodass er sich kaum aufzurichten vermochte. Worauf er weiterkroch, so gut es ging, bis ein Stein ihm half.

Und dann – versiegte der Schmerz.

War Utgard der Hass auf ihn ausgegangen? Oder hatte sein Körper aus Überlastung entschieden, keine Pein mehr zu empfinden? Siegfried nahm das Leder aus dem Mund und wischte sich die Tränen aus den Augen. Er besah sich seine Arme, seine Hände, die vorher noch in Flammen gestanden hatten.

Sie waren unversehrt.

Er erinnerte sich daran, dass Brunhilde von Prüfungen gesprochen hatte, und er konnte nur vermuten, dass er die erste gerade bestanden hatte. Knapp war es gewesen – Siegfried war nicht sicher, wie lange er dem Schmerz noch hätte widerstehen können. Der Mensch war nicht dafür gemacht zu leiden, und irgendwann gab auch der stärkste Körper auf.

Xandria.

Der Gedanke an seine Geliebte ließ ihn nicht lange ausruhen, sondern trieb ihn weiter. Er blieb in etwa auf dem Weg, den der Schmerz ihm aufgezeigt hatte. Einen besseren Fingerzeig hatte er noch nicht bekommen.

Es fiel ihm auf, dass von den Wesen, die er aus der Luft gesehen hatte, keines seinen Weg kreuzte. Man erzählte sich, dass die Dämonen von Utgard feige waren, ohne Tapferkeit. Doch irgendetwas sagte Siegfried, dass sie schauten, aus den Büschen, den Baumkronen, hinter den Felsen und Sträuchern hervor. Neugierde trieb sie, und wie in einer Arena wollten sie sehen, was der Gladiator Siegfried zu bieten hatte.

Zuerst freute er sich, als der Boden unter seinen Stiefeln nicht mehr schleimig-weich war, sondern trocken und bröcklig. Es knirschte vertraut, und darauf lief es sich wie einst am Strand von Island, wenn die Ebbe das Wasser vom Sand gesogen hatte.

Doch was zuerst warme Gedanken an die Heimat weckte, irritierte Siegfried in dem Moment, als der Sand nach seinen Knöcheln griff. Er hob den Fuß, schüttelte ihn frei und setzte ihn zurück – nur um noch weiter einzusinken. Er verlagerte das Gewicht auf das andere Bein, und wie zum Hohn steckte er damit bis zum Knie in fahlbrauner Erde.

Der Boden – er fraß ihn auf wie mit einem hungrigen Maul!

Siegfried hatte Geschichten von dieser Erscheinung gehört. Die Männer in den Tavernen nannten es Schlucksand, und die Legende ging, dass ihm nicht zu entkommen war. Wer einmal in ihm steckte, den gab der Sand nur als blank gelutschte Knochen wieder frei.

Der Prinz sah sich um, suchte nach der Stelle, an der der Boden noch fest und sicher gewesen war. Vielleicht konnte er sich dort festhalten, womöglich an einem Ast zur Rettung zerren. Doch jede Bewegung ließ ihn weiter absacken, zog mehr von seinem Körper in das Erdreich. Selbst der Gedanke an Flucht wurde bestraft, und Siegfried sah die Schnalle seines Gürtels eintauchen.

Um Hilfe zu rufen, mochte in Utgard sicher sinnlos sein. Kein Seil trug er bei sich, keinen Speer, dessen Spitze er als Widerhaken einsetzen konnte. Er nahm Nothung in der Hoffnung, vielleicht im Schlucksand den Boden zu ertasten und sich darauf abzustützen. Die Belohnung war, dass er bis zu den Schultern einsackte und nicht einmal mehr die Arme hochheben konnte.

Es erschien ihm so fremdartig wie absurd, dass kein Gegner ihn bisher hatte bezwingen können, aber eine Grube Schlucksand sein Ende sein sollte. Wie war ein Gegner zu bezwingen, der nicht kämpfte?

Siegfried versuchte es mit ganz langsamen Schwimmbewegungen. Vielleicht konnte er in Ruhe und Bedacht …

Schon reichte der Sand bis an sein Kinn, und nun gönnte sich der Verstand doch ein wenig Panik. Soweit er sich recht erinnerte, hatte keiner seiner Lehrmeister jemals einen Rat gehabt, wie eine tückische Sandgrube zu besiegen war, aus der es kein Entrinnen gab.

Das träge schwappende Erdreich leckte an seinen Lippen und trug Knirschen zwischen seine Zähne, als Siegfried das dröhnende Lachen Wielands in seinem Kopf hörte.

Wieland der Schmied?

Siegfried atmete zum letzten Mal, bevor der Sand seinen Mund endgültig verschloss, und er versprach sich selbst, den Atemzug bis zur Bewusstlosigkeit zu nutzen, um sich an die langen Gespräche mit Wieland an der Esse zu erinnern.

Da war etwas gewesen … etwas über das, was nicht zu verhindern war …

Dem Unvermeidlichen sich hinzugeben, darin liegt Weisheit.

Siegfried hörte auf zu kämpfen. Er hatte keine Ahnung, wie ihm das helfen sollte, doch unvermeidlich war sein Versinken wohl, und Wieland hatte geraten, sich dem hinzugeben. An allen Stellen seines Körpers zog der Schlucksand nun mit gleicher Kraft, die Körner reinigten, was der Prinz an Schmutz mit sich brachte. In seinem Kopf begann es zu rauschen, weil die Luft dem Hirn zum Denken fehlte, und seine Lungen drückten verzweifelt in seinem Brustkorb. Es drängte Siegfried, den Mund aufzureißen, einzuatmen, was immer sich davor fand, auch wenn dann nur Sand in seinen Körper floss. War der Schmerz der ersten Prüfung stechend und grausam gewesen, so fühlte er hier dumpfe Pein und mehr die Seele als den Leib um Hilfe strampeln.

Wie tief war er wohl gesunken? Drei Ellen, vier? Konnte er mit der Hand die Oberfläche noch erreichen? Wozu? Niemand würde sie packen und ihn in Sicherheit zerren.

Dem Unvermeidlichen sich hinzugeben …

Es war nicht nur die Entscheidung, dem Schlucksand keinen Widerstand zu leisten – es war, das Schicksal des Todes zu akzeptieren. Das Ende seines Lebens war hier, in völliger Stille, und geradezu gnädig zugedeckt, wo keiner es sehen konnte. Nicht nur der Körper musste aufhören zu zappeln – auch der Geist musste ruhen.

Hatten bisher noch bunte Flecken hinter Siegfrieds Lidern getanzt, so wichen sie nun einer völligen Schwärze. Jeder Gedanke, den er versuchte, entwand sich seinem Griff, verschwand trudelnd im Nichts.

Sich hinzugeben …

Wille und Stolz verließen ihn zuletzt, pieksten ihn ein

letztes Mal, um dann schulterzuckend die Unendlichkeit zu suchen.

Der Tod war nun Siegfrieds Freund, den es nicht zu fürchten galt …

… und als er erwachte, schien es ihm nicht wie eine Rückkehr ins Leben, sondern als die Wiedergeburt im Tod. Von Dunkelheit umgeben, fühlte er nach seinen Augen, die offen waren. Es war ihm unmöglich zu sagen, ob kein Licht ihn traf oder ob er blind war.

Er tastete vorsichtig umher. Der Boden war kalt, kalkig wie eine Eierschale, die seine Finger trocknete. Leicht gebogen, als säße er in einer flachen Grube.

War das der Tod?

Es widersprach allem, was seine Götter verhießen, und die Götter anderer Religionen sowieso. Wo war der Platz an Odins Seite, falls dieser ihn für einen ehrenvollen Krieger hielt? Wo waren die Dämonen, die an ihm rissen und zerrten, falls Utgard sein Platz für die Ewigkeit war? Die Hölle, von der die Christen sprachen – so sah sie sicher nicht aus.

Er fühlte sich eingesperrt, auch wenn er nicht wusste, wo er sich befand. Vielleicht waren um ihn weites Land und ein prächtiger Himmel, den er nur nicht sehen konnte. Und doch sagte sein Gefühl, dass freier Lauf nicht möglich war.

Er richtete sich auf, vorsichtig, wankend, weil die Augen ihm keine Hilfe waren. Es roch faul, abgestandener noch als in Utgard selbst, und als er die Arme nach links und rechts ausstreckte, fühlte er leicht gewölbte Wände vom gleichen Material wie der Boden. Über seinem Kopf war knapp eine Handbreit Platz.

Eine kleine Hütte vielleicht, mit weiß getünchten Mauern?

»Wo bin ich?«, murmelte er, ohne eine Antwort zu erwarten.

»Am Ort deiner letzten Ruhe«, kam eine dröhnende Stimme, und der Boden zitterte so wie die Wände. Es schmerzte, und Siegfried musste sich die Ohren zuhalten. Zumindest sein Gehör war also noch in Ordnung.

»Wer spricht da?«

»Deine Gesellschaft für die Ewigkeit«, hallte es durch den kleinen Raum, den er lediglich abtasten konnte.

Siegfried legte die Hand auf seine Brust und fand den vertrauten Schlag darunter. »Wenn ich Schmerz empfinden kann und mein Herz noch pocht, dann bin ich auch nicht tot!«

»Tot nicht – nur auf ewig eingekerkert«, antwortete die Stimme. »Kein Hunger wird dich quälen, und kein Schmerz mehr. Nimm Platz, und keine Antwort will ich dir verweigern.«

»Kein Kerker ist auf ewig«, hielt Siegfried dagegen. »Und solange mein Blut noch fließt, werde ich den Ausweg suchen. Ich habe eine Königin zu retten – eine Liebe.«

»Xandria ist tot, und nicht mal ihren Leib könntest du mehr bergen«, klang die Stimme dumpf und ohne Mitleid.

Siegfried wollte es nicht glauben, doch machte es ihm Sorge, dass sein unsichtbarer Gesprächspartner ihren Namen kannte. »Das kann nicht sein! Mir wurde versprochen, dass ich sie finden werde.«

»Von Brunhilde, der Walküre«, sagte die Stimme. »Auch sie hat Odin grausam bestraft. Was in Utgard einen Tag ausmacht, das kann in Midgard viele Jahre dauern. Während du schliefst, wurde die Seele Brunhildes ins ewige Feuer geworfen, und der Leib Xandrias verfaulte in den Ketten, in denen sie auf deine Rettung wartete.«

»Nein!«, schrie Siegfried. »Niemals will ich das glauben!«

»Mir liegt nichts daran, dich zu belügen«, sagte die Stimme. »Mein Wort ist Wahrheit.«

Mit einem Mal sah Siegfried wieder – doch nicht die Welt um sich herum. Bilder flackerten auf wie in einem Traum, doch tanzten sie im Raum vor seinem Auge, als hätten die Götter sie auf flackernde Flammen geworfen. Nicht realer als die Nibelungen selbst, doch greifbar wie in einer guten Erzählung.

Da war Brunhilde, das sonst so kalte Gesicht im Schmerz verzerrt, die Hände sehnsüchtig ausstreckend, während Millionen von Händen an ihr zerrten und eine endlose Grube sie verschlang.

Da war Xandria, im Gegensatz zu Brunhilde reglos. Ihr flammendrotes Haar war fahl geworden, der helle Teint grünlich und glänzend. Gebrochen die Augen, grau die Lippen, eingefallen die Wangen. Abgemagerte Gliedmaßen, die aus den Ketten, die sie hielten, leicht zu schlüpfen vermocht hätten.

Und dann Theudebald, den Siegfried am Wappen auf der Brust leicht erkannte. Hinter sich Thelonius mit zufriedenem Gesicht. Und die Schande war nicht ihre Freundschaft – die Schande war der Ort, an dem sie sie feierten. Beide Männer standen auf dem großen Balkon der Burg Xanten und blickten über das einstige Reich, in dem nun die Flagge der Franken wehte.

Die Bilder erloschen.

»Was dir zu erkämpfen du versuchtest, ist verloren«, ertönte die Stimme. »Ich will dich nicht täuschen, noch kann ich dich trösten. Doch wenn du Frieden machst mit dem, was ist, dann kann ich dich begleiten, und nie mehr alleine wirst du sein.«

Siegfried setzte sich, der Schädel pochend im Schmerz, der Körper taub, der Mut angeschlagen. »Dann gibt es nichts, wofür es sich zu kämpfen lohnt?«

»Nicht kämpfen zu müssen ist Lohn in sich selbst«, sagte die Stimme. »Mit der Zeit wirst du Frieden finden. Vertraue mir.«

Der Prinz tastete nach seinem Rücken, fand das Schwert Nothung noch an seinem Platz. Doch in der Tat – wofür sollte er noch kämpfen? Dieser dunkle Ort, er versprach Erholung. Wo es nichts zu sehen gab, da gab es auch nichts zu wollen. Und war das Wollen, war die Gier nicht der Ausgangspunkt von allem gewesen? Hatte das Wollen jemals mehr gebracht als Leid? War das Ergebnis des Wollens jemals wirklich das Haben gewesen?

»Du wirst verstehen«, sagte die Stimme ruhig. »Und mit dem Verständnis kommt die Ruhe.«

Siegfrieds Atem ging nun langsamer, sein Herz schlug im gleichmäßigen Rhythmus. Zum ersten Mal seit Monaten floss das Blut in seinen Adern ohne Antrieb, zog es seine Beine nirgendwo mehr hin.

»Dein Wohl ist im Hier und Jetzt, nicht im Dort und Dann«, flüsterte die Stimme. »Was du kanntest, gibt es nicht mehr. Was du wolltest, wird es nicht mehr geben.«

Ohne Wehmut gedachte Siegfried nun seiner Freunde, und er hoffte, dass sie in Frieden aus dem Leben gegangen waren. Thelonius, Jon, Gelen, Eolind. Bei der Erinnerung an seinen alten Ratgeber wurde ihm das Herz warm, und er spürte die strafende Hand auf seinem Hinterkopf.

Denkt mit Eurem Verstand, nicht dem des Gegners.

Das war einer der Ratschläge Eolinds gewesen.

»Du kannst mir glauben«, hallte es durch den kleinen lichtlosen Raum. »In meinem Wort ist Wahrheit.«

Doch das Gesäusel verfing von einem Moment zum anderen nicht mehr. Die Worte Eolinds waren wie der Anker, den Siegfried brauchte, um sich in der Unendlichkeit dieses Dunkels nicht zu verlieren. Er stand auf und zog das Schwert Nothung. »Welchen Grund habe ich, zu glauben, was du mir erzählst?«

»Mein Wort ist Wahrheit.«

»Und was mehr habe ich als Versicherung, außer eben jenem Wort?«

»Du hast gesehen, was es zu sehen gab«, antwortete die Stimme.

»Deine Bilder sind genauso Trug wie deine Worte«, höhnte der Prinz. »Sie sollen mich einlullen, mir den Kampfgeist schwächen.«

»Meine Worte sind Wahrheit. Je eher du es akzeptierst, desto eher wirst du dich hier in Frieden begnügen.«

»Du bist der Wärter, der dem Gefangenen den Kerker schmackhaft machen will«, rief Siegfried. »Doch ich denke mit meinem eigenen Verstand. Und ich will frei sein!«

»Es gibt keine Freiheit, wo es keinen Ausweg gibt«, sagte die Stimme, und sie schien ein wenig zu zittern. »Kein Ausweg.«

»Ich glaube das gerne – wenn ich mich davon überzeugt habe.«

Er begann, jeden Fleck in der seltsam gewölbten Zelle abzutasten. Manchmal war der Boden rissig, aber nie genug, um Nothung hineinzuzwingen. Als er zwei Schritte vorwärts machte, rutschten seine Beine weg und fanden erst einen Schritt tiefer wieder Halt. Es war, als habe er die ganze Zeit auf der Pritsche seines Kerkers gestanden und nun den Boden entdeckt. Doch da war kaum noch Raum, und die vierte Wand, die größte, verhinderte ein Fortkommen.

Siegfried wünschte sich nichts mehr als die flammenden Hufe Hjordans, um zu sehen, in welch seltsamem Gewölbe er sich befand.

»Mein Wort ist Wahrheit«, drängte die Stimme. »Kein Ausweg.«

Schon die Forderung, sich zu ergeben, machte Siegfried wütend, und er tastete weiter an den Wänden entlang. Schließlich bemerkte er, dass zwei vielleicht schildgroße Stellen an der Vorderseite wärmer waren als der kalte Rest der Wände.

»Es ist keine Schande darin, in Frieden das Schwert niederzulegen«, mahnte die Stimme. »Es gibt nichts mehr zu erkämpfen.«

Als Antwort zog Siegfried Nothung. In der völligen Dunkelheit war seine Hand auf der linken warmen Stelle die einzige Orientierung.

»Leg das Schwert beiseite, Siegfried«, sagte die Stimme, und die Angst, die deutlich in ihr zu hören war, stärkte Siegfrieds Glauben, auf dem rechten Weg zu sein.

»Ich denke mit meinem eigenen Kopf«, knurrte er und stieß Nothung so stark in die warme Fläche, wie es ihm möglich war.

Die Spitze des Schwerts drang ein, weich und glibberig. Die Stimme schrie wie ein Schwein, das zum Fest abgestochen wird. Ein erstes Licht erschien, wo Siegfried die Klinge wieder zu sich zerrte. Ein weiterer Hieb, und der düstere Boden von Utgard kam in Sicht. Die Stimme schrie weiter, doch der Prinz schnitt wütend die warme Fläche wie ein Loch aus der Wand und kroch durch Schleim und faseriges Fleisch nach draußen.

Der grobe Boden der Unterwelt fing seinen Körper auf, und trotz der ewigen Dämmerung brauchten Siegfrieds Augen einen Moment, um das Licht zu ertragen. Er warf sich auf den Rücken und hob Nothung vor sich, um einem Angriff seines unsichtbaren Kerkermeisters zu entgehen.

Als er wieder klar erfasste, was er vor sich sah, wurden seine Augen groß, und ein Keuchen entrang sich seiner Kehle.

Keine Zelle hatte ihn gefangen, kein Bau aus Stein oder Eisen.

Es war ein Kopf gewesen!

Ein Kopf, sicher im Erdreich verwurzelt, groß wie ein Haus, mit struppigen Haaren und so dreckiger Haut, dass sie dem Boden unter ihr ähnelte. Und dennoch – ein Kopf.

Mit nur noch einem Auge. Und einer blutigen Höhle, wo Siegfried sich den Weg gebahnt hatte.

»Was ist das für ein Spuk?«, rief er. »Was für eine Gestalt bist du?«

Der Kopf verzog stöhnend die Miene, das zerstörte Auge schmerzte sehr. Luft, durch die Nasenlöcher ausgestoßen, wirbelte Laub vom Boden auf. »Man nennt mich … Mimir.«

Siegfried rappelte sich auf, nun wieder zuversichtlich, die Oberhand zu haben. Er blickte auf die Stelle, an der das Haupt in den Boden überging. »Ist dein Körper eingegraben?«

Mimir stöhnte. »Nein, nur noch Kopf bin ich. Odin verweigert mir den Tod, damit ich ihm täglich weissage.«

»Und in deinen Schädel hatte man mich gesperrt?«

»Es war der Gedanke, dass genügend Leid dich empfänglich gemacht hätte«, grummelte der Kopf, und faustgroße Speicheltropfen von seinen fleischigen Lippen tropften auf den Boden. »Ich sollte dir gut zureden, die Dinge hinzunehmen.«

Siegfried trat an Mimir heran und setzte die Spitze Nothungs direkt vor das verbliebene gesunde Auge. »Möchtest du gänzlich erblinden, Riese?«

In dem verbliebenen Auge war Panik zu erkennen. »Nicht! Das Wenige, was mir noch bleibt, ist der Ausblick in die Welt. Wenn ich nicht einmal mehr sehen kann, ist mein Leben grausame Ödnis!«

»Dann sprich die Wahrheit nun, wo du sie vorher nur behauptet hast – was ist mit Xandria, Brunhilde, dem Reich?«

»Odin wird mich strafen!«

»Odin wird dich strafen, weil du mich hast entkommen lassen – nun entscheide dich, ob er einen blinden Kopf straft oder einen einäugigen!«

Mimirs Kiefer mahlten ein wenig, dann fügte er sich ins Unvermeidliche. »Deine Königin lebt, und Brunhilde ist auch unversehrt. Wie lange das für Xanten gilt – das vermag ich nicht zu sagen.«

»Dann mache ich mich besser auf den Weg«, sagte Siegfried und steckte das Schwert in seine Scheide.

Von allen Reisen, die er unternommen hatte, war jene nach Utgard zweifellos die wunderlichste. Siegfried wünschte sich Nazreh an die Seite – der Araber hätte sicherlich ganze Bibliotheken gefüllt mit seinen Aufzeichnungen und Bildern. Die Prüfungen, denen der Prinz sich stellen musste, waren weniger mit dem scharfen Schwert zu bestehen, als mit scharfem Geist. Er konnte nur still den Menschen danken, die ihn auf seinem Weg begleitet hatten und von deren Erfahrungen er nun profitierte.

Eine Anhöhe kam vor Siegfried in Sicht. Dort fühlte sich der Boden wieder an wie bei Yggdrasil, weich und beweglich. Doch umgehen wollte er sie nicht, hoffte der Prinz doch auf einen guten Blick über die Utgardscheibe, um sich erneut zu orientieren. Die Erlebnisse im Schlucksand wie im Schädel Mimirs hatten ihm jede Ahnung genommen, wie weit er bereits gekommen war.

Er erreichte den höchsten Punkt nicht.

Als er Nothung in den Boden drückte, um ihm beim Aufstieg zu helfen, da zitterte die Erde, zuckte wie im Krampf und bäumte sich Siegfried entgegen. Er suchte etwas, an dem er sich festhalten konnte, fand es nicht und rollte schmerzhaft zurück, ohne dabei die Hand vom Schwert zu nehmen. Ein Strauch Beeren, die mit tausend kleinen Mündern nach ihm schnappten, bremste seinen Fall, und mühsam rollte er sich zur Seite, um vielen winzigen Wunden zu entgehen.

Siegfried rappelte sich auf, das Schwert bereit, um sich gegen alles zu verteidigen, was ihm entgegentrat. Und was ihm entgegentrat, war der Hügel selbst, den er vor wenigen Augenblicken noch besteigen wollte.

Ein Zischeln lag in der Luft, ein vielstimmiges Grummeln, brechendes Holz und wühlende Erde. Der Hügel wuchs weiter und weiter, bis er sich entfaltete wie zwei Arme, die zuvor verschränkt waren. Schlanke Leiber drehten sich in den Himmel, die Köpfe pendelnd, und gespaltene Zungen, so lang wie eine ausgewachsene Eiche hoch, lugten aus geschuppten Mündern.

Einen Regenschauer aus Dreck schüttelten die gigantischen Schlangen ab, der auf Siegfried niederprasselte. Die Kraft der beiden Leiber drückte so stark in den Boden, dass sich die Erde zwischen den Beinen des Prinzen spaltete und er sich mühsam zur Seite warf.

Siegfried kam sich vor wie ein Fischer, der mit blanker Faust versucht, einen Sturm zur Umkehr zu bewegen. Manche Schuppen an den Schlangenleibern waren größer als er selbst, und wenn die Kreaturen sich streckten, mochten sie an der Midgardscheibe lecken.

Goin und Moin.

Die Götterschlangen Utgards.

Geboren vom Wolfswesen Grafwitnir.

Eine bräunlich rot, die andere gräulich grün.

Siegfried wusste nicht viel darüber, nur dass sie der Legende nach sich von den Wurzeln Yggdrasils nährten, um dem Weltenbaum den allzu starken Wuchs zu verweigern. Ihre schlanken Köpfe hatten die Größe von römischen Schiffen, und ihre schwarz glänzenden Augen waren wie dunkle Teiche.

Beide Schlangen beugten sich zu Siegfried, und ihre fleischigen Zungen peitschten den Boden links und rechts von ihm auf. Je näher sie kamen, desto genauer konnte der Prinz ihre Eckzähne sehen, die wie jene angespitzten Stämme aussahen, aus denen man in Dänemark die Hütten baute. Ihr Atem war kalt und klar.

Sie musterten ihn.

Sie … schnupperten.

In ihre Nasenlöcher hätte Siegfried klettern können, und er bekam ein Gefühl dafür, was sein Vater empfunden haben mochte, als er einst dem Drachen Fafnir gegenüberstand.

Vielleicht war es gut so. Vielleicht war hier die Prüfung, als Schlangentöter Ehre zu erlangen, dem Erbe des ersten Siegfrieds angemessen. Die Utgardschlangen zu erschlagen, das würde den Göttern selbst Respekt abverlangen.

Mit beiden Händen packte Siegfried das Schwert Nothung und versuchte sich an einer Strategie. Den peitschenden Zungen auszuweichen war sicher ein guter Rat zum Anfang. Wenn es ihm gelang, die Schlangen dort zu treffen, würde es ihnen schwerfallen, ihn in ihre Mäuler zu zerren.

Oder waren die Leiber, lang und weich, der rechte Ort für eine Attacke? Eine Ritze in der Haut, und er konnte in die Kreaturen kriechen, sie von ihnen heraus schlitzen, wo sie ihm kaum begegnen konnten.

Siegfried überlegte so lange, dass ihm erst spät auffiel, dass Moin und Goin fast reglos über ihm aufragten. Er suchte einen sicheren Stand und pendelte die Spitze des Schwertes zwischen den Schlangen hin und her. »Ich bin Siegfried, Sohn von Siegfried, dem Drachentöter.«

Moin und Goin zischelten nur, eher aus Gewohnheit denn Boshaftigkeit, wie es schien.

Der Kampfschrei, mit dem er sich auf die Bestien stürzen wollte, sammelte sich schon in seiner Kehle, als Siegfried sich der Worte Brunhildes entsann.

Ein kluger Anführer wählt seine Kämpfe mit Bedacht.

Sein Herz raste, sein Blut kochte, und das Schwert in Siegfrieds Hand verlangte nach seinem Recht. Es wollte geführt werden gegen die Ungeheuer und glorreich in ihrem kalten Fleisch versinken. Trotzdem zwang sich der Prinz zur Ruhe und seine Gedanken zur Klarheit.

Den Kampf mit Bedacht wählen – was hatte das zu bedeuten? Wo war die Wahl, was war die Alternative? Er war ein Krieger mit einem heiligen Schwert, und vor ihm schwangen zwei Höllenkreaturen im faulen Wind. War es nicht seine Pflicht …?

Nur langsam ging ihm auf, dass weder Goin noch Moin Anstalten machten, ihn anzugreifen. Gut, die Schlangen waren groß und grässlich im Anblick – doch was genau zwang ihn, sich einzulassen auf einen Kampf? Sicher würden beide Bestien nach ihm schnappen, wenn er Nothung gegen sie führte. Schließlich hatten sie sich auch erst aufgebäumt, als dessen Spitze sie stach.

Langsam, sehr langsam senkte Siegfried die Klinge.

Er atmete tief ein, um sich Gehör zu verschaffen. »Mein Kampf ist nicht mit euch!«

Goin und Moin reagierten so wenig, wie sie zuvor auf seinen Namen reagiert hatten.

Das Blut in Siegfrieds Adern beruhigte sich, und sein Herzschlag war nun so, dass er ihn nicht mehr in den Ohren hörte. »Wenn es euch nicht nach Blut giert, wird auch meine Klinge keines suchen!«

Er steckte Nothung vorsichtig in die Scheide auf seinem Rücken und hob beide Hände. Es war eine krude Geste, als wollte er den Schlangen huldigen.

Weitere zehn, zwanzig Sekunden vergingen, bis Goin und Moin sich erneut aufbäumten und die gewaltigen Leiber in den Boden rammten. Die Wucht ihres Aufpralls warf Siegfried gute drei Schritte nach oben, und er landete hart, was die Luft aus seinen Lungen trieb. Wie ein Donnerschlag grollte es durch Utgard, und in rhythmischen Bewegungen gruben sich die Schlangen zurück in die Erde, wo sie vor Minuten erst geweckt worden waren.

Siegfried blieb noch ein wenig liegen.

Immer wenn er glaubte, dass ihm nichts mehr Furcht einjagen konnte, fand Utgard einen Weg, genau das zu tun. Jeder klare Gedanke sagte ihm, dass auch sein Schwert Nothung gegen Moin und Goin zwecklos gewesen wäre. Fast hätte ihn die Eitelkeit des Kriegers in einen Kampf geführt, der nicht zu gewinnen war.

Ein kluger Anführer wählt seine Kämpfe mit Bedacht.

»Danke, Brunhilde«, keuchte er leise. »Das war guter Rat.«

Siegfried hatte das Gefühl, Utgard langsam zu verstehen. Es war ein Ort, der nicht nur aus Dämonen bestand, aus Ungeheuern, die heulend nach Menschenfleisch gierten.

Utgard war ein Ort der Versuchung. Hier galt die Bestie im Herzen eines Mannes, und sie zu bezwingen war nicht weniger gefährlich. Die Kunst, das Schwert zu führen, hatte kaum Bedeutung. Utgard suchte jeden Krieger nach seinen Schwächen ab, wälzte seine Seele um, als sei sie ein Stein, unter dem sich eine fette Assel versteckte. Der Schild aus Rechtschaffenheit und Dünkel, den jeder mit sich trug, galt hier nichts, und keine Rüstung wehrte die bösen Gedanken ab, mit denen Utgard sich in die Köpfe schlich. Genauso gut konnte Siegfried nackt durch die Unterwelt marschieren.

Eine Weile lang blieb es verdächtig ruhig, und der Prinz mutmaßte, die Wesen von Utgard würden schlafen wie die Menschen auf der Erdenscheibe, doch dann machte er sich klar, dass dort, wo keine Nacht war, auch kein Schlaf war. Er merkte es an sich selbst – weder Hunger noch Durst zehrten ihn aus, und keine Müdigkeit lockte ihn, sich auf weichem Gras auszuruhen.

Manchmal blickte er zurück zu Yggdrasil, um abzuschätzen, wie gut er vorankam, doch das war hoffnungslos – der Weltenbaum schien nicht kleiner zu werden, und Siegfried wurde das Gefühl nicht los, auf der Stelle zu treten. Nur die wechselnden Büsche und Krüppelbäume versicherten ihm, dass dem nicht so war.

Er sah die Kreatur nicht, die von einem Felsen auf ihn gelauert hatte, listig in seinen Rücken sprang und sich dort mit scharfen Klauen festkrallte. Siegfried torkelte im Kreis, versuchte das kehlig kichernde Vieh abzuschütteln, aber er konnte nicht einmal Nothung ziehen. Scharfe Zähne in einem speichelnden Maul schnappten nach seinem Hals, wollten die Muskeln seines Genicks durchbeißen, um ihn schnell zu töten.

In Ermangelung einer anderen Idee ließ sich Siegfried

auf den Rücken fallen, sodass sein ganzes Gewicht die Bestie erwischte. Dann langte er über seine Schultern hinweg, fand strähnige Haare zwischen seinen Fingern und zog den Horden-Dämon ruckartig hervor.

Der Übeltäter war klein, schwarz von oben bis unten, mit brennenden Augen und einem widerlich breiten Maul. Er zappelte und kreischte, doch an Kraft konnte er es mit Siegfried nicht aufnehmen. Der Prinz rappelte sich auf, schlug den stinkenden Körper gegen einen Felsen und trennte ihm mit Nothung den Kopf vom Rumpf, bevor die Kreatur zu einer Reaktion fähig war.

Siegfried musste nicht lange überlegen. Das war ein Wesen jener Horde, die Xanten überfallen hatte! Er hatte sie gefunden!

Die nächsten Schritte bestätigten seine Vermutung. Immer mehr Horden-Dämonen sprangen aus den Büschen, warfen sich ihm kreischend entgegen und fanden ihre Leiber durchtrennt von der Klinge Nothungs. Manchen spaltete Siegfried die Schädel, anderen durchbohrte er den kleinen Brustkorb. Wenn eine Kreatur ihm zu nahe kam, packte er sie, warf sie zu Boden und trat ihr mit seinem schweren Stiefel das Leben aus dem Körper. So starben die Bestien im Dutzend.

Das eitrig gelbe Blut der Horden-Dämonen tränkte Siegfrieds Weg bis zu ihrem Versteck, einer losen Ansammlung von Höhlen in einer Bergkette, die stank, als sei sie aus dem Kot der Titanen geformt worden.

Nun war die Zeit nicht mehr für frühere Weisheiten – nun fand Nothung seine Bestimmung! Fast mühelos tanzte es in Siegfrieds Hand, und seine Musik war der Tod der Monster, die Xandria geraubt hatten. Manchmal erwischte es drei Horden-Dämonen auf einen Streich, anderen hackte es die Beine ab, sodass sie wimmernd davonkrochen.

Und dann war es vorbei.

Siegfried vermochte nicht zu sagen, ob er allen Kreaturen den Garaus gemacht hatte, oder ob einige wenige sich ängstlich versteckt hielten, um seiner Klinge nicht zu begegnen. Es war ihm auch egal, denn was er suchte, fand er nun.

Xandria.

Sie war an eine Felswand vor den Höhlen gekettet. Schmutzig und müde, aber lebendig, drängte sich ihr feiner Körper ihm entgegen, als sie ihn erblickte. »Siegfried!«

Beide weinten sie Tränen des Glücks, als der Prinz ihre Fesseln mit Nothung brach und seine starken Arme sie auffingen, als sie ihm schwach entgegentaumelte. Er hob sie hoch und zog sie nahe an sich. »Es ist vorbei. Nun bringe ich dich zum Yggdrasil, und Brunhildes Pferd wird uns von dort nach Xanten tragen.«

»Oh, Siegfried«, schluchzte Xandria, und ihre Hände streichelten seinen Nacken. »Keine Sekunde habe ich gezweifelt, dass du kommen würdest.«

»Keine Sekunde habe ich gezögert«, sagte er und verschloss ihre Lippen mit einem Kuss. Sie schmeckte weich, und er roch Rosen und Wein.

Folge deinem Herzen zu mir.

Siegfried hatte es getan. Er war seinem Herzen zu ihr gefolgt, so wie sie es von ihm erbeten hatte. Er küsste sie noch einmal, und es war nicht anders als in der Nacht, in der sie sich zum ersten Mal geliebt hatten.

Und darin fand er den Makel.

Sie war länger in Utgard gefangen gewesen als er. Sah man sich die Horden-Dämonen an, dann mochte man sich nicht ausmalen, was sie mit ihren Gefangenen taten.

Doch Xandria schien nicht nur unverletzt, sondern auch

guter Dinge. Ihr warmer Körper zitterte nicht, und ihre Hände hielten sich an ihm fest. Nicht mal ein Nagel an ihren Fingern war gesplittert.

Siegfrieds Verstand bettelte, den Sieg nicht zu verspielen, zu nehmen, was ihm gegeben worden war. Seine Beine rannten mit der Königin in den Armen gen Yggdrasil, als wollten sie jeden ruhigen Gedanken vereiteln.

Folge deinem Herzen zu mir.

Siegfried blieb stehen. Er hob den federleichten Körper seiner Geliebten, und sie sah ihn fragend an. »Was ist, mein Prinz – mein König?«

Noch einmal küsste er sie, und mit den Lippen forschte sein Herz, suchte den Klang ihrer Liebe, tastete nach dem unsichtbaren Band, das sie verknüpfte.

Und das Herz fand nichts.

Kaum etwas verwirrte Siegfried mehr als das. War seine Liebe schon erloschen? Oder die ihre? War nicht das, was er vor sich sah, so untrüglich Xandria wie einst in seinem Zelt? Kannte er nicht jede Sommersprosse auf ihrer hellen Haut?

Er wollte sie loslassen, sie fragen, von seinen seltsamen Gedanken erzählen. Doch Xandria klammerte sich an seinen Hals und ließ nicht los. »Bitte nicht.«

Und je mehr er sie von sich drückte, desto stärker wurde ihr Griff, und als die Muskeln seiner Arme schon kräftig spielten, da wuchsen der Königin die Nägel, und schmerzhaft schnitten sie in seinen Hals. Vor seinen Augen dunkelte ihre Haut, sog der Kopf die feuerrote Haarpracht auf und schrumpelte der schlanke Körper zu zwergenhafter Gestalt zusammen. Die schnurrende Stimme von eben ging über in ein hysterisches Kichern.

Ein Wechselbalg!

Die Wut verlieh Siegfried die Kraft, das Biest, das eben

noch die Königin gewesen war, von seinem Nacken zu reißen und zu Boden zu werfen. Sofort wollte es bäuchlings davonkriechen, aber Siegfried stellte seinen Fuß auf den Hals des Dämons. »Du konntest meine Augen täuschen – doch nicht mein Herz.«

Ein letztes Mal wehrte sich das Vieh, indem es die Stimme der Königin benutzte. »Bitte, Siegfried, ich weiß nicht, was sie mit mir gemacht haben. Du musst mir glauben!«

Es knirschte, als der Prinz dem Dämon das Genick an vielen Stellen brach.

Mit dem Tod des Wechselbalgs begann die Umgebung um Siegfried zu verschwimmen, wurde zu einer Realität, an der er sich nicht mehr festhalten konnte. Vor seinen Augen flackerte es, Farben liefen ineinander, und auf Nothung gestützt ging er in die Knie, um nicht schwindelnd zur Seite zu fallen. Er schüttelte energisch seinen Kopf, wollte die falschen Bilder bannen, den ewigen Gaukeleien ein Ende bereiten.

Schließlich fand er sich auf sicherem Boden wieder, und als er hinter sich sah, erkannte er Mimirs Kopf kaum hundert Schritte entfernt. Alles, was er in den letzten Stunden erlebt hatte – wenn es denn Stunden gewesen waren –, das war Trug gewesen. Weder hatte er die Horde besiegt noch hatte er Xandria befreit.

Siegfrieds Seele wurde schwer, und er fragte sich, wie oft die Götter ihn noch prüfen wollten. Mochten seine Beine in Utgard auch nicht müde werden, so konnte er das nicht für seine Geduld sagen. Es schien Odin zu gefallen, dass er sich im Kreis drehte, keinen Weg fand, mit geradezu kindischem Trotz nach jedem Köder schnappte, den man ihm hinhielt. Diese Welt spielte nicht nach den Regeln, die er kannte.

Doch er kannte den Preis dessen, was er suchte, und wusste um die Liebe, die auf ihn wartete. Siegfried entschied, dass es gleich war, wie oft der Göttervater ihn forderte. Bis ans Ende aller Tage würde er sich jeder Aufgabe stellen, um Xandria zu finden. So stemmte er sich wieder hoch und ging festen Schrittes weiter in die Richtung, die so beliebig sein mochte wie jede andere.

Diesmal blieb er von Erscheinungen unbehelligt, und keine seltsamen Kreaturen kreuzten seinen Weg. Den Yggdrasil im Rücken hatte er tatsächlich das Gefühl voranzukommen, und irgendwann erschien in seinem Blickfeld der stinkende Berg, der auch Bestandteil seines letzten Wachtraums gewesen war.

War er nun auf der rechten Fährte? Hielt sich die Horde hier versteckt, war Xandria hier in Ketten? Er duckte seine Gestalt und achtete darauf, möglichst wenig Geräusche zu verursachen.

Der Berg war durchlöchert wie ein Käse, und die schwarzen Wesen, die eifrig darin und darauf herumkrochen, wirkten wie übergroße Ameisen. Manche hatten Fleischstücke zwischen den Zähnen, andere pissten und kackten, wo sie gerade standen. Ein einiger Stamm waren sie nicht, das merkte man an der Feindseligkeit, mit der sie einander mitunter begegneten. So verteidigten viele Horden-Dämonen eifersüchtig den Eingang ihrer Höhle, und kam eine andere Kreatur zu nahe, zischten sie böse und warfen mit Dreck. Sie waren von primitiver Ekelhaftigkeit, wie fehlgeschlagene Versuche Odins, die achtlos beiseitegeworfen worden waren.

Siegfried nahm all das auf, während seine Augen angestrengt nach Xandria suchten. Er hatte nun kein Interesse mehr an der großen Schlacht – wenn er seine Königin retten konnte, war das Lohn genug.

Doch die Schlacht, die er nicht suchte, fand ihn schneller, als ihm lieb war.

Es kreischte von irgendwo her, als einer der Dämonen den Prinzen entdeckte, und bevor Siegfried sich wappnen konnte, fand er sich von Horden-Bestien umzingelt. Sie waren größer und ihre Muskeln fester als die Kreaturen, die er im Wahn vor kaum ein paar Stunden bekämpft hatte. Kein Wunder, war in seiner Fantasie der glorreiche Sieg doch ausgemachte Sache gewesen.

Die Wirklichkeit würde es ihm nicht so einfach machen.

Siegfried entschloss sich, so nah am Ziel den geraden Weg zum Erfolg zu suchen und überließ Nothung die Führung. Und das Schwert seiner Väter nahm die Aufgabe dankend an. Es wurde ein silberner Klingenwirbel, der fraß, was er finden konnte, eine Sense, die manches Monstrum vom Boden mähte, und manches Mal der letzte Anblick der Dämonen, bevor ihr Lebenslicht verlosch.

Es war der Stoff für Legenden – der aufrechte Kampf, der Weg für die Rache, das Duell mit den Göttern selbst. Er stand als ein Mann gegen viele, als eine Wahrheit gegen tausend Lügen. Doch so wie kein Sturm einen einzigen Fels im Meer zu brechen vermochte, so stand Siegfried fest im feuchten Boden Utgards, den Rücken nicht gebeugt, das Schwert niemals gesenkt.

Die Horden-Dämonen kannten keine Fairness, suchten ihren Gegner nicht im Zweikampf zu bezwingen. Sie sprangen aus Bäumen, tauchten aus dem Boden auf, taten sich zusammen, um in der Menge Siegfried zu verwirren. Doch welchen Winkel sie auch probierten, welche ungeschützte Stelle sie erspähten – immer war die Klinge schneller, und keine Kreatur bekam die Zeit, ihren Fehler zu bereuen. Was an seine Arme sich klammerte, das streifte Siegfried wie lästige Fliegen ab, und mancher Bestie zerdrückte er mit bloßer Hand den Hals, damit sie tot auf die Erde fiel. Als er eine volle Runde mit ausgestrecktem Nothung sich drehte, tropfte nachher das Blut von gleich vier Dämonen von der Klinge. Wenn er einen Schopf Haare zu fassen bekam, rammte er den anhängenden Schädel auf einen Felsen am Boden. Als ein Vieh sich in seine Faust verbiss, brach er ihm das Kreuz über seinem Knie und ließ es wimmernd liegen. Die Horde starb nicht nur für Xandria, sie starb für alles, was Siegfried in kaum einem Jahr durchgemacht hatte. Sie starb für die Rache der Nibelungen, sie starb für Gernot und Elsa, für Nazreh und für die Leiden Xantens.

Stunde um Stunde dauerte das Massaker, und manchmal meinte Siegfried, sich nicht mehr von der Stelle rühren zu können, so sehr stapelten sich die Leiber um ihn herum. Die Horden-Dämonen, in ihrer Torheit furchtlos, ließen nicht ab, suchten ihr Heil nicht in der Flucht. Odin hatte ihnen befohlen, Siegfried aufzuhalten, und kein Quäntchen Verstand riet ihnen davon ab.

Der Prinz warf einen weiteren Dämon zu Boden, stellte den Fuß auf dessen linke Hand und zerrte an der anderen so stark, dass es den Arm aus der Schulter riss.

Nothung bewies nicht nur, dass es das Schwert der Sieger war – es kündete auch von Siegfrieds Schmiedekunst, die es schneller und tödlicher gemacht hatte, als es jemals zuvor gewesen war. Wenn ein Dämon sich zu seinem Körper vorgedrängt hatte und die lange Klinge ihn nicht treffen konnte, rammte Siegfried dem Gegner ein ums andere Mal den Knauf am Heft so heftig ins Maul, dass mit den Zähnen auch die Schädeldecke brach.

Auf Midgard wäre die Nacht angebrochen, als die Kadaver der Dämonen in die Hunderte gingen, doch Siegfried spürte keine Müdigkeit und empfing jeden neuen Angriff mit der Wucht seiner Wut. Das Wenige, was die Horde an Taktik besaß, verbrauchte sich schnell, und wo eine massive Attacke nicht fruchtete, da verloren sie rasch die Geduld und bald darauf das Leben.

Irgendwann, Siegfried zählte weder Stunden noch Leichen, ebbte die Gewalt des Kampfes ab, doch nicht weil Siegfried oder die Horde es an Entschlossenheit fehlen ließen. Es ging der Horde nur die Zahl der Leiber aus, die sich dem Prinzen stellen konnten. Mittlerweile waren sie aus allen Höhlen gekrochen gekommen, die Jungen wie die Alten, und hatten geopfert, was es zu opfern gab.

Und dann war es vorbei.

Ein letzter Schrei, ein letztes Gurgeln mit Blut.

Hektisch drehte sich Siegfried im Kreis, in jeder Sekunde weitere Gegner erwartend.

Doch nichts geschah.

Er machte ein paar Schritte, spähte in das Zwielicht Utgards, auf der Suche nach verdächtigen Bewegungen, nach gelben Augen mit neidischem Blick.

Aber da war nichts mehr.

Siegfried hatte … gewonnen? Er steckte Nothung in die Scheide, und beim Anblick der gemetzelten Horde gönnte er sich grimmigen Hohn. »Ich bin Siegfried, Sohn von Siegfried – und nun kennt ihr mein Schwert.«

Er glaubte kaum, dass er alle Dämonen der Horde vernichtet hatte – sicher gab es in den Weiten von Utgard mehr. Die Menge, die Xanten überfallen hatte, musste ungleich größer gewesen sein. Aber was es hier und jetzt an Kreaturen gab, das hatte er gerichtet, und nun war es Zeit, sich wieder seiner eigentlichen Aufgabe zu widmen.

Und was er suchte, fand er auch, mit groben Ketten an eine Felswand vor den Höhlen gekettet.

»Xandria?«

Siegfried stand vor Xandria, und was eitel Freude über das Wiedersehen hätte sein sollen, war blankes Entsetzen.

Die Königin, ein Bündel nur noch aus Fleisch, Haaren und Dreck, sah ihn an, und doch an ihm vorbei. Die grünen Augen, matt nun und nicht mehr leuchtend, irrten hin und her, suchten etwas, das nicht mehr zu finden war. Das einstmals rote Haar hatte allen Glanz verloren, und graue Strähnen deuteten wie Falten in der geschundenen Haut darauf, dass die Tage bis zu Siegfrieds Rettung in Utgard Jahre gewesen waren. Vieles, was Siegfried erst für getrockneten Schmutz gehalten hatte, entpuppte sich als dunkel verkrustetes Blut, das mühsam sich an ihren Leib krallte, um die vielen Wunden zu schließen, die von fettig gelben Klauen gekratzt worden waren. Böse stachen die Rippen hervor, die Wangenknochen, und die Haut spannte sich, wo kein Fleisch mehr darunter war. Die Fingernägel waren Xandria herausgerissen worden, um ihre Möglichkeit zur Gegenwehr zu mindern. In den eigenen Ausscheidungen, in denen sie saß, tummelten sich Würmer, balgten sich förmlich um das freie Mahl.

Sie zitterte, nicht aus Kälte oder Angst, sondern aus teilnahmsloser Gewohnheit, und ihr Oberkörper, dessen kleine Brüste eiterten, schwang sanft hin und her, als folge er einem Lied, das ihr Geist leise sang, um sie zu beruhigen.

Siegfried wusste nicht, was er tun sollte. Was Liebe gewesen war, wurde nun Mitleid, und im Hass auf die Horde fand er kein geeignetes Wort, die Königin anzusprechen. Das Schwert Nothung in seiner Hand wurde heiß, und es teilte seine Wut, die keinen Weg fand, keinen Gegner. Hatte er vor Minuten noch nur daran gedacht, mit Xandria aus Utgard zu entfliehen, so spielte sein Verstand nun mit dem Gedanken, in der Unterwelt zu bleiben, bis jede

Kreatur geschlachtet war, bis er im Blut waten konnte als Rache für das, was man seiner Liebe angetan hatte.

Brunhilde hatte ihm gesagt, dass das, was er zu retten trachtete, vielleicht nicht mehr zu retten sein würde. In aller Grausamkeit begriff er nun.

Noch einmal kroch ein Horden-Dämon heran, ein letzter Versuch, den Auftrag Odins zu erfüllen. Siegfried trieb Nothung durch seinen Mund ins Gehirn und hinten aus dem Schädel. Dann nahm er sich die Zeit, so lange auf die Bestie einzustechen, bis sie in Stücken lag.

Es gab ihm keinen Frieden.

Von Xandrias schmalen Lippen tropfte Speichel, und gedankenlos kratzte sie mit weichen Fingerkuppen an offenem Fleisch, das kürzlich erst geschändet wurde. Wie oft, mochte er sich nicht vorstellen. Siegfried nahm das Schwert und presste es in die Ketten seiner Geliebten, die knirschend die Königin freigaben. Er zog sein Hemd aus, um ihr das kleinste bisschen Würde zu geben, das er für sie noch hatte.

Er sah den Stein mit der Spitze nicht, nach dem Xandria griff, ohne hinzusehen. Aus dem Augenwinkel nahm er die Bewegung ihres Armes wahr, doch er maß ihr keine Gefahr bei. Erst als der Stein hart an seine Schläfe schlug und ihn hintüber warf, kam es ihm in den Sinn, dass Xandria im Wahn ihn nicht erkannte.

Und so war es. Die Königin, erstmals frei seit ihrer Entführung, stürzte sich mit dem Letzten, was ihr Körper an Leben hatte, auf ihn, den Stein als Waffe in der knochigen Hand. Mehr als ein Grunzen kam nicht aus ihrer Kehle, und Siegfried wollte nicht wissen, was die Horde mit ihrer Zunge getan hatte.

Körperlich fiel es dem Prinzen leicht, Xandria zu packen und den Stein aus ihrer Faust zu drehen, doch im

Herzen war es ein Kampf, den er nicht gewinnen konnte. Sie zappelte in seinen Armen, zu keinem zielgerichteten Angriff mehr fähig, und er presste sie an sich, als gäbe die Nähe seines Körpers ihr Geborgenheit. Und fast war es so, auch wenn Xandria sich in der Attacke verausgabt haben mochte – sie erschlaffte, und umschlungen lagen sie am Boden, im grotesken Zerrbild einer liebenden Umarmung.

Zu bekommen, was man will – alles zu verlieren, was man hat.

Der Rückweg zu Yggdrasil, wo Hjordan auf ihn wartete, war für Siegfried so ereignislos wie beschwerlich. Wog Xandrias Leib auch kaum mehr als ein Sack Mehl, so war die Last ihres Wahnsinns nicht zu ertragen. Manchmal kicherte sie, dann zuckte ihr Unterleib, und immer wieder weinte die Königin ohne Tränen.

Siegfried bestieg das Walkürenpferd, hielt Xandria behutsam vor sich fest, und als sie in die Luft aufstiegen, warf er keinen Blick mehr auf die Unterwelt, deren Prüfungen er allesamt bestanden hatte, nur um dann doch von ihr verhöhnt zu werden.

Es gab nun nicht mehr viel zu tun.

Epilog

Es wird aus kommenden Zeiten viel zu erzählen sein

An derselben Stelle, an der sie ins Erdreich getaucht waren, brachte der treue Hengst Hjordan den Prinzen wieder nach Midgard – in den Hof der Burg von Xanten. Es war Nacht, und Siegfried konnte nicht sicher sein, ob hier in der Welt der Menschen überhaupt Zeit vergangen war. Der Ausspruch Nazrehs, dass Zeit bedeutungslos sei, fand immer neue Wahrheiten.

Brunhilde trat zu ihrem Pferd, und ein Blick auf Xandria bestätigte, was sie befürchtet hatte – der Zorn Odins kannte keine Grenzen, und wahrlich hatte er den Prinzen von Island mit aller Sorgfalt gequält, die er aufbringen konnte.

Siegfried stieg von Hjordan, die angebotene Hand ausschlagend. Er setzte den Rest dessen, was einmal Xandria gewesen war, auf den Boden. Dann ging er zu einem Trog und tauchte den Kopf hinein, als müsse er sich durch das kalte Wasser versichern, wieder daheim zu sein.

»Siegfried …«, begann Brunhilde vorsichtig.

»Du solltest gehen«, sagte er. »In meinem Dunstkreis regiert der Tod, und in der Zukunft wird er mein ständiger Begleiter sein.«

Es war nicht mehr die Stimme eines Mannes, nicht die eines Kriegers – Siegfried sprach im Ton des gerechten Zorns, der nichts Menschliches mehr hatte. Nothung auf seinem Rücken war nun ein Richtschwert und jedes seiner Worte ein Urteil.

»Die Entscheidung, nach Utgard zu gehen, trafst du selbst«, erinnerte ihn Brunhilde sanft. »Ebenso die Reise nach Ballova, der Angriff auf Xanten, der Kampf um Islands Thron.«

»An Schnüren geführt wurde ich«, knurrte Siegfried. »Du, die Götter, die Nibelungen – mit dem Wort Schicksal habt ihr mich gelockt. Und wie ein Kind bin ich gefolgt.«

»So ist das Leben nicht gemacht«, widersprach Brunhilde.

»Lass mich für einen Tag allein«, bat Siegfried, unfähig, jetzt das Wesen der Welt zu diskutieren. »Gib mir den Tag mit meiner Liebsten in der Heimat.«

Skeptisch sah Brunhilde auf das Spottbild dessen, was einst eine Frau und Herrscherin gewesen war, aber sie nickte. »Ich komme wieder. Und nicht, um mich an deinem Leid zu laben.«

Sie bestieg Hjordan, tätschelte ihm dankbar den Hals und löste sich in der dünnen Nachtluft auf.

Siegfried hingegen wusch sich weiter, fand in einer Kammer der Burg frische Kleider und zog sie Xandria über, die sich in ihrer Lethargie nicht wehrte. Aus einer Schatulle barg er einen schlichten Ring, den er mit dem Versprechen ehelicher Treue bis in den Tod ihr an den dürren Finger steckte.

So verbrachten sie eine letzte Nacht ohne Schlaf – als König und Königin von Xanten. Er mit gebrochenem Herzen, sie mit gebrochenem Geist, das Land mit gebrochener Seele.

Und als der Morgen kam und die Sonne frühe Strahlen über den Rand der Midgardscheibe schickte, nahm Siegfried seine Xandria mit auf den großen Balkon. Er zeigte ihr den Horizont, ließ sie den frischen Duft des Waldes riechen, und als eine letzte Träne ihr erstes Lächeln fand, da nahm er sie in seine starken Arme, wo sie aufhörte zu zittern.

Er drückte so lange, bis kein Atem mehr aus ihren Lungen kam und die Beine der Königin erschlafften.

Als Brunhilde nach Xanten zurückkehrte, brannte der Leib Xandrias auf dem Hof bereits, wie es alte nordische Sitte war. Er hätte sie gerne nach christlichem Brauch begraben, doch kannte er die Riten nicht genau.

Die Walküre stand ohne Worte die Stunden neben Siegfried, bis die Asche kalt war. »Ich habe mit Odin gesprochen. Nie hätte er gedacht, dass es dir gelingt, die Königin zu finden. Er hat dich unterschätzt – und deine Liebe.«

»Ich hoffe, sein grausames Spiel hat ihn wenigstens amüsiert«, murmelte Siegfried.

»Er bietet dir den Platz an seiner Seite«, fuhr Brunhilde fort. »Du hast dich mehr als aufrechter Krieger gezeigt als alles, was in den letzten Jahren die Regenbogenbrücke überquert hat. Selbst dein Vater hat nicht solchen Edelmut bewiesen.«

»Muss ich nicht sterben für den Sitz in Walhall?«, fragte der Prinz, und Wut lag in seiner Stimme.

Brunhilde schüttelte den Kopf. »Ich nehme dich mit. Gleich jetzt. Kein Leid mehr für den, der mehr gelitten hat als alle anderen.«

Siegfried sagte nichts.

Brunhilde sah auf die verbrannten Reste der Königin inmitten des verwüsteten Reiches. »Was hält dich noch?

Die Franken werden Xanten bald nehmen, und wenn sie großzügig sind, überlebt es gerade mal als Name einer Stadt.«

»Das Reich schert mich nicht mehr«, gab Siegfried zur Antwort. »So wenig wie mein Erbe. Doch ich trage Nothung, und den Fluch der Nibelungen. Das ist eine Rechnung, die noch beglichen werden muss.«

Die Walküre verzweifelte am Sohn des Mannes, den sie einst geliebt hatte. »Aber verstehst du nicht? Genau das ist es, was sie wollen. Das Rad weiterdrehen, den Ring des Schicksals niemals enden lassen. Odin bietet dir an seiner Seite das Ende aller Not. Nicht nur für dich – für alle Reiche, die darin gebunden sind.«

Im Wind meinte Siegfried, die Geistwesen zu hören, wie sie ihn verhöhnten, ihn zum Kampf bis in die Ewigkeit forderten. »Solange die Nibelungen sind, ist kein Frieden in der Welt. Sie säen nichts als Niedertracht, die ihnen reiche Ernte bringt. Da sind sie wie die Götter, deren Langeweile böse Spiele gebiert. Nur die Menschen können in Liebe und Frieden leben.«

»Was soll dann werden?«, fragte Brunhilde.

»Ich dachte erst daran, nicht zu ruhen, bis ich die Nibelungen vernichtet habe.«

»Die Nibelungen kann man nicht vernichten, denn kein Leben wohnt in ihnen.«

»Und ich war bereit zu suchen, bis ich einen Weg finde, das zu ändern«, fuhr Siegfried fort. »Ich malte mir den Genuss aus, ihre kreischenden Stimmen um Vergebung flehen zu hören. Wie sie mir mehr und mehr Reichtum bieten würden als Preis für ihre armselige Existenz. Und wie, wenn sie dann alle ausgerottet sind, ich die Welt vielleicht nicht als gerechter König, aber als Siegfried, der Nibelungentöter, verlassen kann.«

»Welch brutales, einsames Leben«, flüsterte Brunhilde, die in der Gegenwart Siegfrieds immer mehr Mensch geworden war und nun kaum noch an die Walküre erinnerte, die einst seine Träume gesucht hatte.

»Ein Leben, aufgezwungen zwischen dem Zorn der Götter und der List der Nibelungen«, bestätigte Siegfried. »Und genau darum wird es nicht mein Leben sein. Wer dieses Spiel gewinnen will, muss dem Spiel selber sich verweigern. Nicht Odin bestimmt mein Schicksal, nicht der Geist vom Walde – hier und heute tue ich es selbst.«

»Wenn dir das gelänge«, sagte Brunhilde, »wärst du ein größerer Mann als alle vor dir. Größer als dein Vater, als Gunther, als Gernot.«

»Ich strebe nicht mehr nach Größe«, widersprach Siegfried.

»Und darin mag der Schlüssel liegen«, versicherte Brunhilde, und ihre Hand fand seine Schulter. »Ein weiser Gedanke, Siegfried.«

»Nenn mich Sigurd.«

Mit wenig außer Nothung und etwas getrocknetem Fleisch in einem Beutel war Sigurd gen Norden gezogen, und es erinnerte Brunhilde an Gernot und Elsa, wie sie einst versucht hatten, sich dem Griff der Götter zu entziehen. Doch war sie zuversichtlich, dass Sigurd gelang, was den Generationen vor ihm versagt geblieben war.

Sie verbrachte noch einige Tage in der Burg Xanten. Das tote, ausgebrannte Gemäuer entsprach ihren trüben Gedanken, und so schritt sie durch die verfallenen Gänge wie die Königin, die sie einst hatte sein wollen. Einmal lachte sie, als ihr zum ersten Mal seit Jahren einfiel, dass sie sogar Königin von Xanten geworden wäre, wenn Siegfried damals ihre Hand zur Ehe nicht ausgeschlagen hätte. Es hatte so viel Leid gebracht und war rückblickend doch so unwichtig gewesen.

Der Wolf hatte Sigurd nicht begleitet. Er genoss die Einsamkeit des Hofes Xanten und die Gesellschaft der Walküre. So manchen Abend sahen sie die Sonne gemeinsam untergehen. Brunhilde streichelte sein Fell, und der Wolf leckte ihre Hand.

»Er hat dir Ehre gemacht«, sagte sie dann. »Vielleicht ist er nicht König geworden, wie der Ruf seines Blutes verlangte, aber keinen Mann von größerer Weisheit habe ich je gesehen.«

Der Wolf knurrte, und Brunhilde hielt ihm die Schnauze fest. »Du hättest mich in größerer Weisheit erwählt, und nicht das blonde Prinzesschen. Also schweig still.«

Und der Wolf schwieg.

Irgendwann, als die fränkischen Truppen Xanten nahmen, gingen Brunhilde und der Wolf zum Tor hinaus und geradewegs zur Regenbogenbrücke. Sie hatten sich ein Festmahl verdient, und in allen zwölf Palästen Walhalls würde man ihre Geschichte noch lange hören wollen.

Es ging Sigurd auf, dass es kaum ein Jahr her war, seit er das erste Mal Fjällhaven gesehen – und das erste Mal seinen Namen verleugnet hatte. Nun ging ein weiterer Sommer zu Ende, und er sah die Stadt mit den Augen eines Mannes, der keinen Hunger mehr auf Abenteuer hatte, sondern den die Heimat rief. Wie viel der Lauf der Jahreszeiten doch zu ändern vermochte.

Mit dem wenigen, was er vom Gold der Nibelungen in seine Taschen gesteckt hatte, war die Reise vom Rhein nach Dänemark kurz und kaum beschwerlich gewesen. Er verschwendete keinen Gedanken mehr daran, ob es die Geistwesen zürnte, dass er noch mit ihrem Schatz die Rechnungen beglich. Er hatte nachts manchmal ihre Stimmen gehört, beleidigt und herrisch. Sie wollten neuen Zwist, die nächste Runde im ewigen Spiel. Manchmal gelang es ihnen, sich in seine Träume zu schleichen, doch selbst dort war er ihnen nun überlegen und ließ ihren Hass an seinem Gleichmut abprallen. Irgendwann blieben sie dann still.

Ein Schiff zu finden, das ihn zur Felsenburg brachte, würde nicht schwer sein. Seit die Isländer die Besatzer überwältigt hatten, galt das kleine Reich als mutig und wieder jeden Handel wert. Viele Schiffe richteten sich darauf ein, die Insel mit Waren zu beliefern, und besonders Dänemark mühte sich in Freundschaft, beim Wiederaufbau zu helfen.

Sigurd kehrte in dem Gasthaus ein, das ihm und Gelen an ihrem ersten Abend auf dem Festland Speis, Trank und Prügelei geboten hatte, doch auf Rauferei war er nicht aus, ebenso wenig wie die meisten anderen Reisenden an diesem Tag. Sie alle hatten gehört, wie die Reiche sich aufgerieben hatten, wie Heerscharen dunkler Horden gefallen waren, und es verband die Männer des Schwertes in Ehrfurcht.

Irgendwann, als der Wirt ihm den dritten Krug brachte und das Fleisch eines Ochsen wohlig seinen Magen füllte, fragte Sigurd: »Hier gab es eine Schankmagd, deren Namen ich vergessen habe. Klein und blond war sie, und im letzten Herbst habe ich sie getroffen.«

Der Wirt nickte. »Liv. Doch sie arbeitet nicht mehr hier. Hat nicht einmal den Winter lang bedient, als es wahrlich genug Arbeit gab. Sie lebt bei einem Bauern am Rande der Stadt, habe ich gehört. Wollt Ihr eine Nachricht für sie hinterlassen?«

Sigurd winkte ab. »So wichtig ist es nicht. Ich hatte ihr nur einst leichtfertig prophezeit, nie wieder einen Fuß nach

Fjällhaven zu setzen, und nun – das Leben ging nicht, wie ich es erwartet hatte.«

»Bei wem tut es das schon?«, fragte der Wirt, und die freundliche Floskel beschäftigte Sigurd so lange, wie der Krug reichte.

Zwei Tage blieb er in Fjällhaven, und niemand erkannte in ihm den jungen Mann, der Erbe des Xantener Throns war. Einen Bart trug er nun, und der einstmals geschmeidige junge Körper war von vernarbten Muskeln geprägt. Selbst seine Augen, die einst offen und klar gewesen waren, trugen einen Ausdruck permanenten Misstrauens, die Brauen tief herabgezogen.

Schließlich hatte Sigurd keinen Grund mehr, die Heimreise weiter hinauszuzögern, als ein Weizenschiff zur Fahrt nach Island sich bereitmachte. Wie es Brauch war, half er mit, die Säcke an Bord zu bringen, und die Mühe ohne Kampf war ihm eine willkommene Abwechslung. Mit den Männern, die von seiner Geschichte nichts wussten, wagte er manchen vorsichtigen Scherz, auch wenn noch lange kein Abend sein Herz anders als gebrochen fand.

Weil die Wellen ruhig waren und der Vollmond hell am Himmel stand, entschied der Kapitän des Schiffes, zur Nacht hinauszusegeln. Sigurd hatte seinen Beutel schon an Bord geworfen und nur noch einen Fuß auf dänischer Erde, als er hinter sich eine zittrige Stimme hörte. »Ein junger Mann sagte mir vor einem Jahr, dass er nicht wiederkäme.«

Er drehte sich um, und im Mondlicht stand Liv vor ihm. Sigurd konnte das Erstaunen in ihren Augen sehen, denn er hatte sich wahrlich genug verändert. Er lächelte und war froh, dass der Wirt ihm ihren Namen genannt hatte. »Ein dummer junger Mann, der nicht einmal den nächsten Morgen hätte voraussagen können, Liv.«

Er konnte sehen, dass ihr Herz einen Sprung machte. »Sig.«

»Sigurd«, korrigierte er, denn der alte Name barg für ihn Frieden. »Mein Name ist Sigurd.«

»Ich würde gerne fragen, wie es dir ergangen ist«, sagte Liv, »doch wie ich dich jetzt sehe, macht es mich bang.«

Er ging einen Schritt auf sie zu – und sie trat einen Schritt zurück in die Dunkelheit.

»Was ist mit dir? Schreckt dich mein geschundenes Gesicht dermaßen, dass du Abstand halten möchtest?«

Sie schüttelte den Kopf. »Es ist nur … ich kam nicht, weil …«

Erst jetzt sah Sigurd, dass Liv den linken Arm unter der Brust hielt, als müsse sie etwas an sich pressen. Ein Bündel, nicht größer als ein Weinschlauch.

»Was hast du da?«

Er konnte in ihren Augen sehen, dass sie fortlaufen wollte, und er hätte sie auch ziehen lassen – wenn das Bündel in diesem Moment nicht zu strampeln begonnen hätte. Liv hob es ein wenig, und eine Träne glänzte silbrig im Mondlicht auf ihrer Wange. »Ich wollte … es sollte nicht so sein …«

Sigurd ging energisch zu ihr, und seine Hand strich ein Deckchen beiseite, um ein kleines Kind zu finden. Noch nicht lange auf der Welt – nicht lange genug, um der Kälte des Herbstes ausgesetzt zu werden.

»Ein Kind?«, fragte er verwirrt.

»Ein Sohn«, sagte Liv, und in dem Wort lag Liebe.

Sigurd sah die junge Frau an, dann das kleine Leben auf ihrem Arm. Immer wenn er dachte, das Dasein könne ihn nicht mehr überraschen, sprang es ihn von hinten an und goss ihm kaltes Wasser in das Hemd. »Ist der Junge … bin ich sein …?«

»Kein anderer, das will ich bei meinem Leben schwören«, sagte Liv mit hoffnungsvollem Ernst.

Sigurd drehte sich von ihr weg, der Anblick war zu viel für den Moment.

»Ich komme nicht, um Geld zu fordern«, sprach die junge Schankmagd schnell. »Bitte, das musst du mir glauben. Ich kam, weil du es wissen sollst. Weil er doch dein ist, wie er mein ist.«

Der Ton in ihrer Stimme ließ keinen Zweifel daran, dass sie aufrichtig war. Was immer Sigurd in der ersten Nacht im Stall gedacht haben mochte – ihre Worte beschämten ihn. An das reine Herz als Hure gedacht zu haben in der Zeit …

»Mein Sohn«, sagte er leise. »Wie ist sein Name?«

Liv war sichtlich froh, dass er ohne Groll zu ihr sprach. »Hättest du deine Rückkehr versprochen, ich hätte gewartet mit der Taufe. Doch so blieb mir nichts, als ihm den Namen seines Vaters zu geben – Sig.«

Sigurd nahm ihr das Kind aus dem Arm, und im Mondlicht strichen seine Finger über das Gesicht des Jungen, der friedlich schlief, als würde sich nicht gerade seine Zukunft entscheiden. »Was hast du mit ihm vor?«

Liv hob die Schultern. »Ein alter Bauer hat mich aufgenommen, denn in der Taverne konnte ich nicht bleiben. Es ist harte Arbeit, doch abends kann ich mich um das Kind kümmern. Wer weiß, in ein paar Jahren …«

»Geh mit mir nach Island«, unterbrach Sigurd die junge Frau. »Das Schiff legt gleich ab, und wenn dich hier nichts hält, soll der Junge seinen Vater haben.«

Liv schlug die Augen nieder. »Du brauchst keine Wohltat tun an mir oder meinem Kind.«

Sigurd hob sachte ihr Kinn. »Keine Wohltat, aber was recht ist. Ich schäme mich, dir vor einem Jahr kein Ohr gegeben zu haben. Mein Schicksal lockte mich fort. Doch heute sind wir wieder hier, und zweimal will ich nicht den gleichen Fehler machen.«

»Auch wenn ich nicht dein Schicksal bin?«, fragte Liv vorsichtig.

»Gerade weil du nicht mein Schicksal bist«, sagte Sigurd. »Ich kann dir weder Liebe noch den Mann versprechen, den du suchst …«

»… doch ein Heim und ein Vater für das Kind wäre mehr, als ich mir erhoffen dürfte«, vollendete Liv und nahm ihm das leise schmatzende Kind ab. »Er will gefüttert werden.«

Sigurd nahm das Horn des Dryk von seinem Hals und legte es dem Jungen zwischen die kleinen Finger. »Dann komm«, sagte er und bot Liv die Hand. »Island wartet.«

Sie nahm mit seiner Hand das neue Leben.

»Was treibt dich eigentlich zur Insel?«, fragte sie noch, denn sie wusste so wenig über ihn. »Was ist dein Beruf?«

»Das werden wir sehen, wenn wir anlegen«, antwortete Sigurd. »Zuerst einmal gilt es, alte Freunde zu finden.«

Seinen Blick hatte er schon auf dem silbernen Fluss, den das Mondlicht auf das Meer strahlte und der den Weg nach Island wies.